ANTHOLOGY OF THE NOVELS WON THE *Big 3* LITERARY PRIZES

한국 3대 문학상 수상소설집 ── ❷

병신과 머저리

이청준 외 지음

한국 3대 문학상 수상소설집 ❷

병신과 머저리

초판 1쇄 펴낸 날 1998. 6. 15
초판 8쇄 펴낸 날 2010. 1. 22

지은이 이청준 외
펴낸이 홍정우
펴낸곳 도서출판 가람기획
등록 제17-241(2007. 3. 17)
주소 (121-841)서울시 마포구 서교동 465-11 동진빌딩 3층
전화 (02)3275-2915~7
팩스 (02)3275-2918
이메일 garam815@chol.com

ISBN 978-89-8435-016-8 (04810)
ISBN 978-89-8435-014-4 (전7권)
ⓒ 가람기획, 1998

'새로운 출발, 진지한 문학읽기'를 위하여

-「한국 3대 문학상 수상소설집」 간행에 가름하여

나라 형편이 안팎으로 어려움에 빠져 있는 오늘, 많은 사람들이 경제 되살리기에 매달려 구슬땀을 흘리고 있습니다. 선진국 진입의 문턱에서 뼈아픈 좌절을 맛본 우리는 21세기, 나아가 통일을 앞두고 다시 한번 오늘의 우리 모습을 찬찬히 되돌아볼 시점에 이르렀다고 봅니다.

'선진국 수준의 책읽기가 뒷받침되지 않고서 선진국이 될 수 없다'는 말은 참으로 우리에게 아픈 지적이 아닐 수 없으며, 그럼에도 지식산업의 근간인 출판산업이 지금 벼랑 끝으로 내몰리고 있는 것이 우리가 처한 현실입니다.

이러한 때, 모든 문화의 밑거름이 되는 출판문화의 일으킴은 겨레의 삶과 직결되는 문제이며, 이 궁핍한 시대의 문예부흥은 문학인과 출판인만의 문제가 아닌, 우리 모두의 몫입니다.

우리가 이 시점에서 「한국 3대 문학상 수상소설집」(전7권)이라는 작지 않은 책을 세상에 내놓는 것도 '새로운 출발, 진지한 문학읽기'에 그 뜻이 있다 하겠습니다.

이 기획 시리즈는 우리 현대문학사에 한 획을 그어온 작가·작품들을 연대순으로 한자리에 모으고 그 문학사적인 의미를 다시 정리하고 자리매김함으로써, 훌륭한 우리 문학 자료집이 될 뿐만 아니라, 교양인들을 위한 '진지한 문학읽기'에 크게 이바지할 것으로 봅니다. 아울러, 지금까지 베스트셀러 위주의 가벼운 책읽기에 치우쳐온 우리 독자들로 하여금 보다 체계 있는 '문학읽기'로 이끌어주는 길라잡이가 될 것임을 믿습니다.

1998년 이른 여름에

「한국 3대 문학상 수상소설집」 편집위원 전영태(평론가·중앙대 교수)
정호웅(평론가·홍익대 교수)
이동하(소설가·중앙대 교수)

한국 3대문학상 수상소설집

현대문학상 / 동인문학상 / 이상문학상

제2권 차례

1961년 현대문학상 • **판문점** · 이호철/007

1962년 동인문학상 • **꺼삐딴 리** · 전광용/045

1962년 동인문학상 • **닳아지는 살들** · 이호철/077

1962년 현대문학상 • **가주인산조** · 권태웅/119

1963년 현대문학상 • **광대 김 선생** · 한말숙/133

1965년 동인문학상 • **잔해** · 송병수/149

1965년 현대문학상 • **탁자의 위치** · 이광숙/175

1966년 동인문학상 • **서울, 1964년 겨울** · · · · · · · · · · · · · · · · · 김승옥/213

1966년 현대문학상 • **히오의 순유** · 천상규/237

1967년 동인문학상 • **웃음소리** · 최인훈/263

1968년 동인문학상 • **병신과 머저리** · 이청준/279

1968년 현대문학상 • **열병** · 송상옥/313

1969년 현대문학상 • **유다 행전** · 유현종/341

1970년 현대문학상 • **어떤 파리** · 박순녀/365

1971년 현대문학상 • **처세술개론** · 최인호/393

□ 해설 • 1960년대 소설의 넓이, 그 지표 · 조남현/417

판문점

이호철(李浩哲)

1932년 함남 원산에서 태어났다. 1955년 『문학예술』에 소설 「탈향」으로 등단했다. 1961년에 현대문학상을 수상했으며, 1962년에 동인문학상을 수상했다. 소설집으로는 『서울은 만원(滿員)이다』 『소시민』 『나상(裸像)』 『곰복사회(公僕社會)』 『문』 『판문점』 등이 있다.

판문점

새벽녘에는 빗방울이 들었으나 어느새 구름으로 꽉 덮였던 하늘의 이 구석 저 구석이 뚫리며 비도 멎고 스름스름 개기 시작했다. 그렇다고 쨍하게 맑은 날씨로 활짝 개어오른 것은 아니고 적당히 구름이 끼고 바람이 불며 꾸물거리는 변덕스러운 날씨로 변했다. 해가 떠오르자 비 갠 끝의 습기를 바람이 몰아기고 거무튀튀한 떼구름이 온 하늘을 와당탕 소리를 내듯 이리저리 몰려다녔다. 햇덩이는 그 희고 짙은 모습을 잠시 나타냈다가는 검은 구름 속에 묻혀 눈이 시지 않고도 바라볼 수 있게 귀여운 모습의 또렷한 윤곽이 되기도 하고, 육중한 떼구름에 휩싸여 빠져나오려고 안간힘을 쓰기도 했다. 함석 지붕들이 새말갛게 반짝이는가 하면 어느새 그늘에 덮여 둔탁해지기도 하였다. 볕과 그늘이 뒤바뀌고 게다가 바람까지 불어, 거리는 수선스럽게 들떠 보였다.

정각 여덟 시에 버스는 조선호텔 앞을 떠났다. 금방 서울을 빠져나오자 추수가 끝난 황량한 들판을 마른 먼지를 일으키며 내처 달렸다.

진수(鎭守)는 초행길이었다.

"내일 판문점 구경 가게 됐어요."

하고 어제 초저녁 형님에게 말하자,

"뭐, 판문점? 글쎄, 가는 것은 좋다만 조심해라."

형님은 이렇게 긴치 않게 받아넘겼다.

"을씨년스럽지 무슨 구경이 되겠어요. 끔찍스러워."

하고 급하게 웃저고리를 걸치고 난 형수가 형님을 흘끗 쳐다보며 한마디 했다.

웃저고리를 갈아입은 형수에게서는 방 전체에 떠도는 화장품 냄새와 더불어 약간 야한 냄새가 났다. 필요 이상으로 도사연해서 앉아 있는 형님에게서도 비슷하게 역겨운 것이 풍겼다.

"끔찍스럽긴 무엇이 끔찍스러."

형님이 형수를 향해 괜히 눈을 부릅뜬다.

'옳지, 저렇게 위엄을 부리는구나. 좀 전에 굉장히 사랑을 했는가 보군. 괜히 쓰윽, 내가 있으니까.'

진수는 마음속으로 이렇게 웃었다. 형수는 한 순간 약간 풀이 죽는 낯색이 되었다가 곧 되살아났다.

"무슨 별 준비 없어두 되나?"

형님 들으라는 말이 분명하여 진수는 형님이 대답하거니 알고 그편을 바라보았다.

그러나 형님은 석간을 들여다보면서 형수 말을 묵살하였다.

그제야 진수가 다급하게 대답하였다.

"무슨 준비가 필요해요, 필요 없어요."

형님은 다시 온전하게 따스한 낯색이지만 근친다운 우려도 약간 깃들인 투로 말하였다.

"하여튼 조심해라."

"네."

더블베드에 눕힐 법도 한데 더블베드는 비어 있고 조카 아이는 바닥에 눕혔다. 라디오에서는 가느다란 음악이 흘러나왔다. 형수가 그것을 껐다. 형수의 조심스럽게 핥는 듯한 눈길이 잠시 형님의 몸 둘레를 감돌았다. 형님은 턱수염을 만지작거리면서 그냥 신문만 들여다보았다. 다시 형수는 진수를 건너다보며 조금 미안한 얼굴을 하였다. 형님을 바라보다가 진수에게로 돌리는 그 표정의 변화가 엄청나게 느껴졌다.

"몇 시간이나 걸려요?"

형수가 또 물었다.

"한 두어 시간 걸린다더군요."

"아이, 좀 지루하겠군."

하고 형님 쪽을 또 쳐다보면서 하는 형수의 말은 지리 여부보다도 '안 그렇소, 여보' 하고 형님의 얼굴을 이쪽으로 돌려 잡자는 속셈 같았다.

형님은 일부러 그러는 것이 완연하게 그냥저냥 신문에다 두 눈을 꼬나 박고 있었다.

마침 조카 아이가 깨어 칭얼거렸다.

형수가,

"응, 응, 잘 잤니, 푸욱 잤어? 어이쿠, 기지개를 다 켜구, 어이쿠 됐다아."

'이것 좀 봐요. 여보, 애 기지개 켜는 것 좀 봐요. 좀 보래두.'

이렇게 또 형수는 형님을 쳐다보다가 제김에 조금 뾰로통해지는 듯했으나 진수 편을 힐끗 보고는 다시 차악 가라앉아졌다.

젖을 물렸다.

문득 형수는 진수를 향해 두 눈을 꿈쩍꿈쩍 하고는 다시 애를 들여다보며 물었다.

"종혁아, 아재 어딨니?"

진수는 별 뜻도 없이 히죽이 웃었다.

조카 아이는 젖을 문 채 한 팔을 뒤로 돌리며 진수 편을 가리켰다.

"응, 거깄어?"

"또 아빠는?"

조카는 다시 같은 몸놀림으로 형님 쪽을 가리켰다.

"응, 아빠는 거기 있군."

하고 형수는 통째로 깨물어먹고 싶은 듯이 와락 조카를 끌어안았다.

비로소 형님이 눈길을 들었다. 순간 형수의 눈빛이 반짝했으나 형이 형수나 조카는 거들떠보지도 않는 것을 알자 다소곳이 머리를 수그리며 조심스럽게 애를 들여다보았다.

"몇 시에 떠나니?"

형님이 진수를 향해 조금 단호한 억양으로 물었다.

"여덟 시에 조선호텔 앞에서 떠나요."

이젠 나가라는 신호인 듯해서 진수는 부시시 일어서 형님 방을 나왔다. 그리고 생각했다.

자기가 나왔으니까 형님과 형수와 조카의 사이는 온전하게 그들대로의 분위기로 되돌아갔을 것이다. 형님은 와락 다가앉으며 형수의 엉덩이를 한번 꼬집어볼 수도 있을 것이다. '아이, 왜 이래요오, 주책없이.' 형수는 이렇게 소곤대는 목소리로 눈을 흘길 것이다. '안방에서 들어요, 이러지 말아요. 글쎄, 주책없이.' 그러나 형수도 알고 있을 것이다. 그들만의 자리가 됐으니까 이러는 것을. 으레 딴 사람이 있으면 사또님이 된 것처럼 근엄하게 도사리고 있는 남편을 자연스럽고도 능청맞게 오므라졌다 펴졌다 하는 남편의 그 융통성에 속으로는 감탄하는지도 모른다. 정작 그들만의 분위기가 되면 형님은 애송이처럼 응석을 부리고 도리어 형수가 조금 전의 형님 같은 표정이 될지도 모른다. 형님이 애걸조가 되고 형수가 비싸게 굴지도 모른다. 여자란 은근히 이런 것을 바라고 있을지도 모른다. 사실 형님에겐 치사한 구석이 있다. 형수와 조카는 끔찍이 사랑하고, 어머니나 자기를 두고는 집안에서의 제 처신, 마땅히 해야 할 제 도리 같은 것만 우선 생각한다. 그리고 그 처신이나 도리는 적당히 작위적인 진지성을 수반하기가 일쑤이다.

"어머님이 원래 동태찌개를 좋아하시는데, 저녁엔 그것 좀 하지 그랬어. 그러구 어머님이 늙으시구 쓸쓸하시어서 이것저것 잔소리가 심할 테지만 그런 걸 고깝게 여기면 못쓰니까 조심하구. 겸상으로 밥을 먹을 때도 진수는 내 밥그릇과 제 밥그릇을 은근히 살피고 있어. 그런 건 아무리 소탈한 사람이라도 미묘하게 작용하는 법이니까 당신이 자상히 신경을 써야 돼. 진국(鎭國)이한테서 어제 기별이 온 모양인데, 돈을 좀 부쳐 달라는가 봐. I need money. 마지막에 조심스럽게 이렇게 썼더라잖아. 진수 애긴 농담 비슷했지만 아무래도 좀 부쳐 줘야 할까 봐. 지금

얼마 남아 있어? 그쪽 돈은 말구, 종혁이 이름으로 된 통장 있잖아. 거기
서 좀 떼보지 그래."

설령 그들만이 됐을 때 이렇게 제 아내에게 차근차근 말을 한다 해도
그러는 표정에는 작위적인 것이 번뜩일 것이다. 비록 형수가 이런 설교
를 들으며 순순히 받아들이는 표정이었다고 하더라도, 조금만 지나면
그런 것은 아무래도 좋고 까마득히 잊어버릴 것이다. 형님은 더욱 치근
덕거리며 형수에게로 다가앉을지도 모른다. 이렇게 한 집에서조차 느껴
지는 이역감, 일정한 상거가 이즈음 와서 진수로 하여금 구체적으로 여
자라는 것, 결혼이라는 것을 생각하게 하는 것이다. 그러나 좀 전에 형님
이 '가는 것은 좋지만 조심해라' 하던 그 근친다운 우려의 눈길은 진수로
서 그렇지 않아도 외포가 곁들인 판문점행을 더욱 꺼림칙하게 한 것만
은 틀림이 없었다. 간밤 내내 판문점이라는 곳이 풍겨 주는 이역감은 니
깃니깃한 기름기로서 소용돌이쳤다. 판문점이 중유 같은 물큰물큰한 액
체더미가 되어 우르르 자갈 소리를 내면서 몰려오기도 하고, 우둘투둘
한 바위덩어리로서 우당탕거리며 달아나기도 했다. 그런가 하면 판문점
이 상투를 한 험상궂은 노인이기도 했다. 시뻘건 두루마기를 입고 가로
버티고 서서 이놈, 소리를 지르기도 했다. 호되게 매를 맞은 일이 있는
국민학교 4학년 때 담임 선생님이기도 했다. 밤새 판문점에서 쫓겨다니
는 꿈을 꾸었다.

새벽에 집을 나서는데 어머니가 말했다.

"조심해라, 또 덤벙대지 말구."

"네."

어머니의 그 자애로운 눈길을 쳐다보며 진수는 '어머니가 역시 제일 좋
군. 혼자 늙어지면 참 삭막할 거야' 하고 씁쓸한 생각을 했다.

한 시간 남짓 달린 버스 속은 외국인 기자들의 웃음소리와 잡담으로
하여 또 다른 이역의 분위기로 무르익어 있었다. 그것은 집에서처럼 섬
세하게 느껴지는 미묘한 이역감이 아니라 뚜렷한 이역감이었다.

서양 사람들이란 한 사람 한 사람 따로따로 보면 별로 구별이 없는 듯
하지만, 몇 사람을 한데 놓고 차근차근 뜯어 보면 제각기의 특색을 특색

대로 찾아낼 수가 있다.

대개 머리통이 크고 머리칼은 샛노랗기도 하고, 짙은 다갈색이기도 하고, 그런가 하면 신비스럽도록 보얀 은실빛이기도 하고 눈알빛 또한 가지각색이다. 꼭 장난질로 물감칠을 한 유리알을 박아놓은 듯이 영롱하게 새파란 눈, 보라빛 눈, 혹은 회색빛이 도는 눈, 게다가 육중한 코, 전체로서 꽤나 입체적으로 음영이 짙으면서도 어느 구석인가 잔뜩 입김을 불어넣어서 풍선처럼 허황하게 부풀게 한 것 같은 멀렁한 얼굴, 팔, 다리, 손 등 할 것 없이 부성부성하게 노르끼한 솜털…… 도무지 사람 같지가 않고 괴이한 짐승처럼 보이는 것이다. 그러나 표정 하나하나의 움직임과 노는 짓들은 순진성과 간교성을 범벅으로 지니고 있고, 우리네보다 훨씬 낙천적인 구석이 있어 보인다. 그리고 그 노는 짓들을 가만히 살펴보면 제각기 그 성격의 윤곽들도 금방 짚이는 것이다. 맨 앞쪽에 몸을 쉴 사이 없이 움직이며 웃음거리나 없나 해서 잔뜩 기갈이 들린 좀 주책없어 보이는 사람, 원체 앞자리가 멀어서 말은 못 알아듣겠지만 그 과장이 섞인 손놀림과 요란스러운 뒷모습, 얘기를 듣는 사람들이 심드렁한 표정 등으로 미루어 별로 우습지도 않은 얘기를 애써 우습게 얘기하려는 것이 완연하였다. 한 대목이 끝나면 이따금 그 주위에서 한가한 웃음이 터지곤 하지만 어쩐지 보기에도 딱했다. 정말 우스운 것이라면 이 정도로 떨어진 자리에서도 그 분위기에 저도 모르게 전염되어 웃음이 비어져 나올 것이다. 그러나 이따금 터지는 그쪽의 한가한 웃음은 이 버스칸 전체의 메마름을 차라리 의식하게 해주고, 그럴수록 진수에겐 생소한 이역감만을 배가시키는 것이다. 더더구나 그 작자 바로 앞에 앉은 사람은 자못 호인풍이어서 그 작자에게서 좀 놓여나고 싶은 모양이지만, 할 수 없이 억지로 꾹 참고 견디는 얼굴이 이쪽에서 보는 사람조차 슬그머니 조바심이 나고 안타까워졌다. 드디어는 하품이 나오자 힐끗 그 앞사람 표정을 살피고는 반쯤 입을 벌리는 듯하다가 어물어물 다시 다물어 버린다. 순간 그 작자도 잠시 그쳤다가 염치없이 다시 얘기를 잇는다.

진수는 뒤쪽에 앉아 혼자 히죽이 웃었다. 순간 공교롭게도 그자와 눈이 마주쳤다. 그도 조금 창피한 듯 히죽 웃고는 외면을 하고 있었다.

'사람들이란 참 묘해. 이렇게 멀리 앉아 있어도 어떤 순간 한눈에 완벽한 교류가 가능해지니 말야.'

바로 그때 진수 뒤에서 우렁우렁한 목소리가 울렸다. 물론 영어였다.

"헤이 캐나리. 무얼 그리 또 짖어대구 있어?"

'아이쿠, 시원해라. 나 말구두 또 있었구먼.'

진수는 번쩍 정신이 들 듯이 뒤를 돌아보았다.

버스 속이 술렁대었다.

"뭐라구?"

앞쪽 당사자가 휘딱 돌아보며 받았다.

"보아하니, 그닥 재미가 없는 얘기 같은데, 대관절 무슨 얘길 혼자서만 신바람이 나서 그 야단이야? 보고 있자니 딴 사람들이 딱하지 않나. 난 미리 피해서 여기 와 앉았지만."

'어이쿠, 시원해라. 저런 것이 사람을 죽이지, 죽여. 그자도 기가 꺾일걸.'

순간 온 버스칸이 들썩이도록 웃음이 터졌다. 누구나가 그 작자가 빚어내는 버스 안의 탁한 분위기를 똑같이 역겹게 느끼고 있었던 모양이었다.

"오키나와 얘기야."

그 작자가 받았다.

"오키나와가 어쨌기?"

뒷사람이 다시 질러댔다.

"오키나와 풍속 얘기."

이번엔 그 작자 앞의, 조금 전에 하품을 하던 자가 받았다.

"다 아는 얘길 뭘 지껄여."

"오키나와 여잔 맨발로 다닌대나."

"별 신통한 얘기도 아니군 그래."

맨 뒷자리에 앉았던 또 다른 녀석 하나가 이렇게 가시돋친 소리로 톡 쏘았다.

순간 버스 안은 다시 조용해졌다. 모두가 어느 맨바닥으로 풀썩 주저앉은 표정으로 제각기 손목시계들을 보았다. 새삼스럽게 버스 엔진 소리가 와랑와랑 부풀어오르고 누구인가가 한국말로 "아직 멀었나?" 하고 지껄이고 있었다.

　문득 진수의 눈엔 건너편 자리에서 투박한 남색 코트 차림인 늙수그레한 여기자 하나가 주위의 이런 동정에는 아랑곳없이 소곤소곤 열심히 재잘거리고 있는 것이 돋보였다. 그 옆의 남자는 남편이라는 것이어서 부부동반으로 나와 있는 기자들이라는 것이다. 그러고 보니까 역시 말하는 표정에 집안 애기다운 자상하고도 따뜻한 구석이 느껴진다. 남편은 홈스펀 웃저고리에 골덴 바지의 수수한 차림이고 두툼한 고불통을 물었지만 아무리 보아도 들이빠는 기척이 없다. 이제나 이제나 하고 안타깝게 바라보는 것이나 전혀 들이빨지는 않는다. 저런 망할 자식이, 드디어 진수는 이렇게 악을 쓰듯이 속으로 뇌까렸다. 아내 쪽은 보지 않고 똑바로 제 앞만 바라보고 있는 것이 엊저녁의 형님처럼 그런대로 남편다운 위엄이 늠름하다. 한참 만에야 드디어 빽빽 힘을 주어 고불통을 빨다가 얌전한 손놀림으로 고불통 끝을 만져 보고, 불이 꺼진 것을 알아차리고도 전혀 표정이 없이 호주머니에서 라이터를 꺼내 불을 당겼다. 잠시 말을 끊고 이러는 남편을 아내가 차근히 지켜본다. 둘 사이의 더께가 앉을 정도의 때묻은 익숙함이 단려하게 느껴진다. 그러나 그 단려한 냄새도 역시 어딘가 서양풍의 이역 냄새였다. 둘이 다 팔자 좋게 곱게 걸어온 그들 인생의 편린이 번뜩였다. 드디어 남편의 담뱃불이 당겨지고 푸른 연기가 고불통에서 피어나자, 아내의 얼굴에도 비로소 안심하는 표정이 떠오른다. 다시 좀 전의 애기를 계속한다.

　하버드(대학)에 다니는 큰아이는 위가 약해서 탈이야요. 어제 편지에도 그저 위 타령이군요. 참, 내 정신 좀 봐, 깜박 잊었었네. 후리맨한테서도 편지가 왔어요. 왜 있잖아요. 좀 덤벙대는 애. 큰애 친구, 농구인가 한다는 애 말예요. 별소린 없구, 그저 안부 편지이긴 하지만 우스운 소리를 썼어요. 요새두 당신하고 꼭 붙어만 다니느냐구. 늙어서까지 그러면 다른 사람에게 남편이 공처가로 보이는 법이니까 조심하라구. 나 같으면 아마 죽을 지경일 거라구. 우서 죽겠어…… . 그렇게도 무뚝뚝하게만 보이던 남편의 표정에 미소가 어리는 것이 이런 애기라도 하고 있는 모양이다. 그녀의 얘기는 그냥 계속된다. 작은애의 서독 여행은 괜찮았나 보죠. 이탈리아, 스페인, 스위스, 희랍까지 돌았다지만 돈이 모자라서 북구라파엔 못 갔던 것을 아쉬워하더군요. 이렇게 썼어요. 마마, 파파, 돈 좀 더 버세요. 다음 방학 때는 기어이 덴마크, 노르웨이, 스웨덴의 엽서를 뭉텅이로 마마, 파파에게 보낼 수 있도록. 알프스는 확실히 멋있어요. 희랍의 인상도 꽤나 큰 것이었지요. 나는 거기서 비로소 미국이라는 나라는 덩어리만 컸지 뿌리는 얕다고 실감으로 느낄 수 있었지요. 그것만도 큰 수확이었지요. 미국은 어떤지 아세요? 좀 떠 있고 허황하고 알이 찬 맛이 없어요. 역시 몇천 년의 전통을 지닌 나라는 비록 가난하더라도 부피가 있고 이편을 압도하는 것이 있어요. 그것은 중요한 것이지요. 우리들의 교양도, 우선 그런 것에 밑받쳐져 있어야 할 것 같아요. 겉만 핥지 말고 부박하지 말아야지요. 이번에 참 많이 배웠어요. 이렇게 제멋대로 응석을 부려둔 큰애보다는 자주성이 있고 단단하고 활달해서 사회에 나가더라도 빨리 익숙해질 것 같긴 해요. 아는 것도 빠르구. 어떻게 생각하세요, 당신은? ……참, 어제 대사 부인을 만났어요. 당신 안부를 묻더군요. 여전히 무뚝뚝하냐구, 무슨 멋으로 붙어 다니느냐구. 그래서 여전히 무뚝뚝하다고 대답해 줬지요. 그 부인의 조크는 좀 고급이야요. 어떻게 생각하세요? 며칠 전에 왜 파티가 있었잖아요. ICA의 그 누구인가 한 사람이 주관헌…… 그 사람 이름이 뭐랬더라? 그 사람 좀 시서분하답니다. 엉큼한 사람이라고 말들이 많더군요. 자세한 내용은 모르겠지만 어떻든 말이 많아요. 당신도 조심하세요. 올가미에 걸려들지 말구……. 그녀의 얘기는 그냥 계속되는데, 이런 이야기라도 하고 있는 모양이었다.

진수는 입에 단침이 괴어와, 창문을 조금 열면서 뒤에 앉은 외국인 기자에게 열어도 괜찮겠느냐는 눈짓을 보냈다. 그는 어느새 졸고 있다가 화닥닥 상체를 일으키더니 덮어놓고 오라잇 오라잇, 털이 부숭부숭한 손까지 내 흔들면서 좋다고 하였다.

진수는 조심스럽게 괸 침을 창 밖에다 뱉어냈다.

순간 버스는 임진강을 넘어서고 있었다. 와당탕와당탕거리며 다리를 건너는데, 처참하게 비틀어진 쇠기둥이 강으로 곤두박질을 하고 있고,

동강난 철판때기가 삐뚜름히 걸려 있기도 하여, 비로소 판문점행이라는 처절하고도 뚜렷한 의식과 결부가 되어서 웬 노여움 같은 것이 울컥 치밀어올랐다.

버스 안에서는 그렇게도 돋보이던 외국인들이었지만 정작 판문점에 이르자, 그 냄새와 단려한 기운이 푸석푸석 무너져 보였다. 누구나가 회범벅 같은 얼굴로 꽤나 생소한 듯이 어리둥절해서 판문점 둘레를 돌기만 했다. 이것저것 덮어놓고 카메라의 셔터를 누르기도 했다.

버스 안에서 주책없이 지껄여대던 그 작자가 북쪽 경비병에게 카메라를 들이댔다가 순간 저쪽에서 와락 눈을 부릅뜨면서 돌아서니까 싱긋이 웃고는 그도 그냥 돌아섰다. 제 동료한테로 가서 턱으로 그 경비병을 가리키며 잔뜩 주눅든 얼굴로 속삭이듯이 말했다.

"저 사람 화났어."

"누구?"

"저 쬐끄만 경비원 말이야."

그들은 잠시 한가하게 웃었다.

남편과 쉴 사이 없이 재잘거리던 그 늙은 여기자가 진수에게로 다가오더니 차이니즈는 어느 편에 앉았느냐고 물었다. 아마 저 안쪽에 앉은 세 사람일 것이라고 하니까, 겁겁하게 그편을 흘끗거리곤 댕큐 댕큐 하고 호들갑스럽게 지껄였다.

어느새 북쪽 기자들이 나와 있었다.

이편 사람들이거니만 여겼는데, 어딘가 다른 구석이 있어 찬찬히 살펴보니 나팔바지에 붉은 완장을 찼다. 피식피식들 웃으면서 우르르 어울려들었다. 서로 낯이 익어진 사람들끼리 인사를 하는가 보았다.

"오랜간만입니다."

땅딸막한 사람 하나가 이편 사람에게 이렇게 말했다.

"오우, 나왔어?"

인사를 받은 이편 사람이 더 익숙한 투를 내며 반말짓거리로 받았다. 허풍이 섞인 우월감과 상대편에 대한 은근한 비아냥거림이 범벅이 된,

언뜻 보기에도 조금 냉랭했다.

"담배 피우기요?"

저편에서 나온 사람이 담배를 권하자,

"또 공세로군."

하고 이편 사람이 받았다. 그러면서도 권하는 대로 담배 한 대를 뽑았다.

"당신들은 그, 무슨 소리요? 공세 공세 하는데, 대체 알아듣지 못할 소리릴 헌단 말야."

저편 사람이 또 이렇게 말했다.

"이러지 말어. 괜히 능청떨지 말구 솔직히 탁 터놓구 말해."

이편 사람이 받았다.

"그 좋은 소리군. 그래, 솔직히 터놓구 말합시다."

저편 사람이 또 이렇게 말했다.

진수는 혼자 히죽이 웃었다

'재미있군.'

그 광경을 멍청히 건너다보고 있던 외국인 여기자가 옆에서 귓속말로 물었다.

"저 사람 지금 뭐라고 말해요?"

"미국 사람들은 다 나가라고 그러는군요."

"오우, 그래요? 무서워라."

그녀는 놀라운 듯이 중얼거렸다. 잠시 동안 그쪽을 뚫어지게 건너다보다가 뒤 어깨가 조금 밑으로 처져서 저편 남편 있는 쪽으로 걸어갔다. 남편에게 가서 그쪽을 가리키며 무엇이라고 중얼대자, 남편은 여전히 표정이 없이 그편을 흘끗 한번 쳐다볼 뿐 그냥 외면을 하였다.

"누님 나오셌소? 우리 누님 나오셌군. 오랜만이외다. 어떻게 장산 잘 되우?"

씽씽 바람이 이는 듯이 휘익 들어와, 허옇게 살이 찌고 굵은 검은 테 안경을 낀 사람 하나가 북쪽에서 나온 서른 살 남짓 되어 보이는 조금 덕성스럽게 펑퍼짐하게 생긴 여기자에게 이렇게 기차바퀴 지나가는 듯 한 소리로 말했다.

치마 저고리를 입고 있어서 이편 여자인 줄 알고 있었는데, 자세히 보니 붉은 완장을 차고 있었다. 그녀는 두 눈이 감겨지게 웃으면서 반색을 했다.

"어이구, 여전하시구려. 로동자 농민들 피땀을 빨아서 피둥피둥해지셨군. 더 뻔뻔해지구."

그녀는 이렇게 말하면서도 악수를 청하였다.

"허, 이거 왜 이래. 만나자마자 또 공세문 곤란한데. 장산 좀 됐다 하구 우선 인사나 하고 봅시다래."

손을 잡으면서 안경잡이가 말했다.

"공센 무슨 공세라고 그래. 공세 혼살이 났는지 원, 지레 벌벌 떨기부터 하니 지은 죄가 단단히 있나 보군."

주위 사람들은 히죽히죽 웃었다. 외국 기자들도 그 오고 가는 표정만으로도 짐작이 가는 듯 피식피식 웃었다.

"우리 매부께서도 안녕하시구, 조카 아이들도 다아 잘 있구요? 참, 시아버지 모시기 고생되지 않소? 무척 고생이 될 텐데. 난 누님 고생을 생각하문 밤잠도 제대로 못 자지 않수."

안경잡이가 또 말했다.

그녀는 손으로 입을 가리고 나오는 웃음을 겨우 참아냈다.

"당신은 왜 그렇게 허풍이 심하오? 배운 건 허풍만 배웠소?"

조금 전의 그 땅딸막한 사람이 그 사이로 비집고 끼어들었다.

"그래, 난 허풍만 배웠다. 당신은 실속만 차려서 그렇게 쬐끄매졌군. 딱하다 딱해. 이런 젠장, 누님하고 마음대로 인사도 못하겠군."

이편에서 간 사람들이 와르르 웃음을 터뜨리자, 그 땅딸막한 사람도 조금 쓰겁게 웃으면서 말했다.

"영 안 통하는군. 아주 썩어 문드러졌군, 정말 딱하오."

"정말 딱하우. 이런 것이 왈 유머라는 거야. 유머라는 말 배워 줘? 모르지? 거기선 모를 거야. 설명해 줘?"

마침 안에서 마악 회담이 시작되고 있어, 잠시 조용했다.

진수는 창턱에 두 팔을 걸치고 안을 들여다보았다.

"초면이신 것 같은데, 처음 나오셨지요? 안녕하세요?"

등 뒤에 상냥스러운 목소리가 들려 고개를 돌렸다. 빵긋 웃는 낯빛이다. 눈알이 투명하게 샛노랗고 얼굴이 납작하고 기미가 끼고 그런대로 깜찍하게 생겨 있었다. 남색 원피스에 붉은 완장을 찼다. 예사 처녀가 예사 총각에게 흔히 하듯, 수줍음이 어린 웃음을 띠었다. '야, 요것 봐라' 하고 진수는 생각하면서도,

"네, 안녕하세요."

하고 받았다.

아리랑 담배를 피워 물면서 비스듬히 그녀 편으로 돌아섰다.

"저, 서울에도 간밤에 비 많이 왔지요?"

그녀가 또 이렇게 물었다. '어럽쇼, 금니까지 하고.'

"네? 비 많이 왔지요?"

다시 그녀가 재우쳐 물었다.

"네."

"저, 어디 기자세요?"

"광명통신요."

"네에, 그래요?"

진수는 가슴이 조금 후들거렸다.

마침 저편에서 조금 전의 그 안경잡이가 다시 큰소리로 악악 서렸다.

"이를테면 유머라는 것은 말이야, 당신들에게서는 백번 죽었다가 깨도 알 수 없는 것, 사람이 제대로 사람 구실을 하기 시작해서 얼마쯤 더 있다가야 서서히 알아지는 거란 말야. 알아? 알아듣겠어? 이렇게만 말해선 거긴 잘 모를 거야."

"여보, 지껄여도 침이나 튀지 않게 좀 지껄여."

"이런 젠장, 월사금을 받아두 시원치 않겠는데, 간섭이 왜 이리 심해. 이건 중요하니까 배워 둬요. 손해는 절대로 없을 테니까."

진수는 발작적으로 폭소가 터져 나와 손으로 입을 가리며 키들키들 웃었다. 무언가 대번에 수월해지는 느낌이었다.

"참, 저런 사람을 어떻게 생각하세요?"

그녀가 미간을 조금 찡그리면서 물었다.

"네? 어떻게 생각하세요?"

"글쎄, 사람 재미있지 않소."

진수는 그녀를 건너다보며 또 웃음이 터져 나오려는 것을 겨우 참았다. 그녀도 조금 웃는 듯하더니 일순 싸악 웃음이 벗겨지며 말했다.

"무엇이 덕지덕지 껴묻었어요. 그게 뭐냐하면 실속없이 곡예사 같은 몸짓만, 저런 걸 재미있다고 생각하는 건 이를테면 타락의 징조야요. 이럭저럭 와랑와랑한 소음으로 속임수를 쓰는 거, 솔직하지가 못해요. 어떻게 생각하세요?"

'제법 지껄이는데.'

진수는 이렇게 생각했으나, 곧장 그녀의 말을 받았다.

"그렇지만 말요. 곡예사 같은 몸짓, 타락의 징조 운운하는데, 그것이 벌써 당신 머리 속의 어느 함정을 뜻하는 거죠. 당신들은 어떤 개개인의 양상을 객관적인 큰 기준과의 관련 속에서만 포착하지만, 우리네는 그렇지가 않아요. 저런 것이 비록 당신 말대로 속임수라고 쳐도 속임수치고는 즐겁고 순진한 것이라 그런 말이지요. 타락의 징조라는 것도 명확한 개념으로 간단히 처리될 성질은 아니지요. 어떤 분위기가 완숙의 경지에 이르러서 익어터질 때, 이를테면 타락의 징조라는 게 나타나는데요. 전체적으로 포착하면 피상적으로 명료하지만, 그것만 고집하는 건 무리지요. 그런 방법은 유형을 가르기만 하는 데는 필요해도, 어떤 경우의 섬세한 진실은 포착 못해요. 감은 더운 물에 넣어야 떫은 맛이 없어지지 않아요? 너무 오래 데우면 껍질이 벗겨지고 물큰물큰해지지요. 요컨대 타락의 징조라는 것도 당사자의 경우에선 적당히 감미롭고 졸음이 오듯이 고소하고 팔다리를 주욱 펴고 있는 것같이 그래요."

"그건 비겁한 짓이야요. 그런 썩은 개인의 경우를 문제삼을 수는 없어요. 감은 익어서 먹으면 될 뿐이야요. 익는 과정을 운운하는 건 쓸데없는 사변이지요. 어떤 큰 가능성에 대한 큰 지향이 있어야 해요. 모름지기 자신이 살고 있는 사회를 총체적으로 포착해야 해요. 그렇지 못하면 그 찌뿌드드하게 졸음이 오는 감미에서 헤어나지 못해요. 사변에 매달리고,

섬세한 경우에 매달리고 그러면 아무것도 못해요. 큰 결론만이 필요하지요. 이것이 바로 우리 현실의 정곡이야요. 어떻게 생각하세요? 그렇게 생각 않으세요? 참, 저 서울은 어때요?"

진수는 그녀의 현실 운운하는 말을 받으려다가 불쑥 튀어나오는 딴 소리에 멈칫했다. 그러자 그녀는 웃으면서 말했다.

"그 문젠 알았어요. 그 문제에 대한 결론은 제가끔 얻으면 되잖아요? 제가 옳아요. 얘기도 효율적으로 속도 있게 합시다. 서울은 어때요?"

"……."

"네? 어때요?"

"평양은 어때요?"

"근사해요. 아주 굉장해요."

"서울두 근사하죠. 아주 굉장하고."

그녀가 피 하고 웃자, 진수도 피 하고 웃었다. 다음 순간 둘이 다 키들키들거렸다.

"가족이 전부 서울에 계시겠군요?"

그녀가 물었다.

"네."

진수가 대답했다.

"결혼은 하셨어요? 신례지만."

그녀가 얼굴을 약간 붉히면서 또 이렇게 물었다.

"아뇨."

진수는 문득 엊저녁 형님 방으로 들어섰을 때, 웃저고리를 갈아입던 형수에게서 야한 냄새가 나던 일이 떠올랐다. 그는 조금 씁쓸한 표정이 되었다.

"참, 저 남북 교류를 어떻게 생각하세요?"

그녀가 또 이렇게 물었다.

"네? 교류요? 글쎄…… 결국 이렇죠. 지금 당신하구 나하구 교류가 가능해지지 않았습니까? 참 간단하게…… 그러나 이런 걸 빗대어서 모든 것이 다 이런 투로 될 수 있다고 생각하는 건 지금 우리가 처해 있는 처지로서는 너무 소박하구 낙천적인 생각 같군요. 우리 남북관계는 원체 착잡해요. 6·25 이전부터의 그 끔찍끔찍한…… 이 리얼리티를 리얼리티대로 포착하는 것이, 참 리얼리티라는 말은 모르겠군."

진수는 얘기가 신명이 나지 않아, 뜨적뜨적 이렇게 말하고는 씽긋 웃었다.

"사실주의의 그, 그것 말이지요?"

"네, 네, 그런 거요. 그런 것과 관련이 있는 문제거든요. 민족의 양식이라는 것도 현실적인 조건 앞에서는 당장 먹혀들 여지가 없어요. 현실은 어떻게 해볼 도리가 없게 되어 있지 않아요?"

그녀가 달래듯이 말했다.

"그렇지가 않아요. 조금도 복잡하지도 착잡하지도 않아요. 지극히 간단하지요. 당신도 자기 운명을 자기가 쥐고 있다고 생각하시지요? 그렇지 않으세요? 그렇지요? 그러니까 간단하지요. 패배 의식과 우유부단은 못써요. 문제는 간단한 걸 괜히 복잡하게 생각하려고 해요. 교류를 하면 교류가 되는 거야요."

"그러나 피차 타산이 있지요. 그런 본질론이 통하지 않아요. 그렇게 간단히 생각하는 건 당신들의 상투적인 경우이고, 이편 경우는 또 이편 경우거든요. 이편 경우의 내력이 또 있어요. 철저한 현실주의가 작용하는 거지요. 막 하는 말로, 먹느냐 먹히느냐 하는 측면 말이지요. 우리, 조금 더 얘기가 솔직해져야 하겠군요."

그러나 그녀는 두 눈을 깜짝깜짝했다.

"누가 먹고 누가 먹히나요? 그 발상법부터가 비뚤어진 생각이야요. 요컨대 피할 까닭은 없어요. 어떻게 생각하세요. 정치의 표준이라는 걸 어디다가 두고 계시나요? 어느 특정된 개인의, 혹은 집단의, 감정적인 장애라든가, 타성에서 오는 고집이라든가, 우선 그런 건 제거되어야 하지 않아요? 선택할 권리는 묻혀서 사는 일반에게 있어요. 그 사람들에게 선택할 기회와 자유를 주어야 해요."

그녀는 얼굴이 붉어지면서 좀 강렬한 어조로 이렇게 말했다. 진수가 응했다.

"그렇지요. 선택할 자유를 주어야지요. 아무렴요. 당신들은 줍니까? 당신들 세계에서 자유라는 건 어떤 모습을 지니는가요? 자유조차 혹시 강제당하는 건 아닌지요? 설령 그것이 당신들이 말하는 진보적 민주주의가 표방하는 선택된 몇 사람의 미래에 대한 일정한 역사적 전망에 밑받침된 옳은 강제라고 가정하더라도 말이지요. 어때요, 거기서 견딜 만해요? 솔직히 말하세요."

진수는 조금 신랄한 데를 찌른 듯하여 씽긋 웃었다.

순간 그녀는 발끈했다.

"신념이 문제지요. 자유는 허풍선과 같은 허황한 것일 수가 없어요. 자유의 진가는 그 사회 나름의 일정한 도덕적 규범과 인간적 품위와 결부가 되어서 비로소 제대로 설 수 있는 거지요. 자유 이전에 정의가 있어요. 그렇지 않으면 자유는 이용만 당해요. 빛 좋은 개살구지요. 우리 모랄의 기본이 뭣인지 아세요? 우리 민족의 나갈 바 큰 방향이야요. 개인은 거기 제대로 째어들어 있어야만 해요. 그 속에서 자유야요. 결국 이념이 문제겠군요. 당신의 생각은 나태 그것이야요. 타락되고 싶다는 말밖에, 놀고 싶다는 말밖에 아니야요. 자유에 대한 옳은 인식도 없고, 일정한 이념도 없고, 있는 것은 그날그날의 동물적인 희뿌연 자기밖에 없어요. 비트적거리고 주저앉고 싶은 자기……."

"그럼 자기를 팽개치고 무엇이 남아요. 놀고 싶고 적당히 나쁜 짓하고 싶은 자유란 최고급이지요. 사람은 원래 그렇게 생겨 먹었어요. 그것을 크낙한 관용으로써 받아들일 수 있는 사회가 있어요. 부피와 융통이 있는. 그런 것이 적당히 용서가 되면서도 전체로 균형이 잡혀 있는. 참, 어느 것이 허풍선이냐 따질까요? 자기조차 팽개쳐 버린 이념덩이가 허풍선이냐, 그렇지 않으면 적당히 자기를……."

"천만에, 자기가 없이 어떻게 이념이 있을 수 있어요. 자기를 왜 팽개쳐요. 완벽하고 명료한 자기는 이념에 밑받침되어 있어야 해요. 그렇지 않고는 흐늘흐늘하고 비트적거리는 자기의 검불만 남아요. 당신의 자유에 대한 견해는 썩어빠진 거야요. 한마디로 썩어빠진 거야요. 쉰 냄새가 나요. 곰팡이 냄새가…… 어마아, 그런 논리가 어디 있어요?"

"있지요, 있구말구. 사람이 지니고 있는 내면의 부피와 깊이는 한이 없어요. 당신들은 사람도 어떤 효율의 데이터로만 간주하고 있어요. 당신들 사회에서 옳다 그르다 하는 그 기준이 대개 짐작이 되는데, 일면적인 거지요."

"아니야요, 다만 지금 우리들의 현실이 다급해 있다 뿐이지요. 원인은 그것이야요."

"참 도스토예프스키나 셰익스피어를 아시오? 어떻게 생각하시오?"

"알아요. 도스토예프스키는 약간 자신을 희화화하여 놓고 필요 이상으로 비장한 몸짓을 하는 도시 소시민의 사변 철학이고, 셰익스피어는…… 시민 사회가 싹트기 시작하는 사회의 여러모를 부피 있게 부각시켰어요."

"무서운 추상이로군."

"아니야요. 본질이 그래요. 세부에 구애되지 말고 큰 윤곽으로 포착해야 해요."

마침 좀 전의 외국인 여기자가 옆으로 지나가고 있었다.

'오우, 원더풀.' 히죽 웃으면서 이런 표정을 했다.

그리하여 잠시 얘기가 끊겼다. 조금 뜸하다 했더니 조금 전에 요란스럽게 지껄이던 안경잡이와 그 '누님'께서는 같이 사진을 찍고 있었고, 둘 다 키들키들 웃고 있었다. 회담 장소 건너편 쪽 처마 밑에서는 양쪽 사람들 대여섯 명이 우루루 붙어서 실랑이질을 하고 있었다.

들여다보이는 회담장은 바야흐로 서릿바람의 도가니였다. 납치한 어부들을 당장 송환하라는 것이었다. 기본 내용을 알아서 그런지 말소리는 들리지 않고 그저 스피커 소리가 귀에 윙윙 하기만 했다. 저편은 울부짖고 이편은 전혀 무관심의 표정이고, 이편이 울부짖으면 저편 얼굴에 하나같이 비아냥거림이 어리고, 드디어 저편에서 책상을 두드리고, 순간 맞은편에 앉은 이편 사람은 시끄럽구먼 왜 이리 야단이여, 이쪽 조금 어리둥절한 낯색을 하고 비로소 스프링 달린 쇠붙이 의자를 한번 들썩이고 헛기침을 하고, 똑똑히 들으란 말이여, 별로 쓸모 있는 소리는 아니지만, 이렇게 미리 다지기라도 하듯이 상대편을 일순간 맞바로 쏘아보고, 내리 읽고, ……이번엔 스피커에서 영어가 울리고 서릿바람이 일고…… 이런 연속이다.

"인도적인 원칙으로서도 돌려보내 줘야지."

잠시 말없이 안을 들여다보던 그녀가 진수 들으라는 듯이 혼잣소리처럼 말했다.

"아가씨, 몇 살이오?"

진수가 조금 전의 억양과는 달리 단호하게 물었다. 여자가 너무 까불면 못써, 제법 이런 눈짓으로 숙성한 남자의 그 위엄을 드러내면서.

"스물넷요."

그녀는 약간 놀라면서 진수를 쳐다보곤 조금 당황해 하며 겁에 질린 듯이 대답했다.

'다섯 살 차이라…….'

진수는 익살을 부리듯 이렇게 생각하며,

"조금 수월해집시다. 피곤해질 소리만 하지 말구. 언어는 언어 이상을 뛰어넘을 수 없거든. 우리들의 현실이 바로 그거란 말요. 비겁한 도피 의식이라고 해도 할 수는 없지만. 어떻든 피차 타산이 앞선 거래가 아니니까. 좋은 소리 해보아야 믿을 사람도 없구. 이쯤되지 않았소? 비극이랄밖에요."

하자, 그녀는 잠시 어리둥절한 낯색으로 다시 이 말을 받으려고 했다. 그러나 진수가 그녀를 막았다.

"이를테면 말요. 내가 남편이고 당신이 아내라고 칩시다. 그럴듯한 놀음이 제법 될 것 같지 않소? 이편에서 위엄을 부리는 것과 그편에서 아양을 떠는 것이 제법 썩 들어맞을 것도 같은데. 이편에서 눈을 부라리면 제법 수그러질 줄도 알긴 알 것 같고, 이편에서 술이나 마시고 조금 흐트러진 표정으로 우자우자 하면 그쪽에서는 제법 기승을 세울 줄도 알긴 알 것 같고, 이편에서 노래를 부르면 시늉으로라도 반주쯤도 하겠고, 양말짝이나 기저귀 빠는 것도 못할 일 아니겠고, 애에게 젖 물리는 것도 제격이겠고, 어떻소? 헌데 스물넷이면 노처녀군."

대뜸 물 쏟아버리듯이 진수가 말하자, 어마나아 하듯 그녀는 입을 조금 헤 벌린 채 멀거니 진수를 쳐다보았다. 다음 순간, 한손으로 입을 가리고 키들키들 웃었다.

"천만의 말씀이요. 스물넷이 뭣이 노처녀예요?"

하고 익살을 섞으며 그녀도 받았다. '어렵쇼' 하고 진수는,

"여자 스물넷이면 노처녀야. 알아 둬. 거기서는 버릇이 그런가. 버릇치고는 못됐군. 스물넷에 시집도 못 가면 쓰레기 취급을 당하는 거야. 알아 둬."

하자 그녀는 정신을 차리려는 듯이 조금 새침해졌다. 순간 주위를 휘딱 살폈다. 누가 들으면 이건 좀 창피하군, 약간 난처해 하는 표정이 되었다. 그러나 다시 받았다.

"말솜씨가 역시 망종 냄새가 나요. 거기선 남자 구실을 하려면 그래야 되나요?"

"망종이라니, 무슨 소리야? 못 알아들을 소린데."

"망할 종자, 이를테면 망나니, 어깨, 깡패……."

"그럼 꿍생원만 사낸가, 거기선?"

"천만에."

"그럼 됐어."

'정말 그럼 됐어.' 진수는 속으로 뇌까리면서 되씹었다. '그럼 됐어. 힘들 것 없어.'

어느새 먹구름이 잔뜩 끼어 있었다. 어두워졌다. 내다보이는 좁은 들판으로 소나기가 몰려오고 있었다. 먼지 없는 바람이 일었다. 먹구름 틈 사이로 삐져서 내리붓는 흰 햇살이 빛기둥이 되어 동편 산 틈바구니로 곤두서 있었다. 그곳만 무지개빛으로 환했다. 그 아롱아롱한 빛 무더기가 간접으로 엇비치어 판문점 둘레는 마치 새벽녘 같아졌다. 그것이 무척 신선하면서도 이역의 분위기를 돋우었다. 사람들은 어느 틈 사이로 빛줄이 새어들어오는 어두운 움 속에라도 들어 있는 것 같은 무르익음에 잠겨 있었다. 제각기 무엇인가에 취해 있는 느낌이었다. 환한 날빛 밑에서는 웅성대는 소리가 밝은 기운을 띠었었으나 하늘이 꽉 막히자 그 소리들은 한데 엉겨 안으로만 덩어리가 되어 달려들었다. 드디어는 그것이 홍건하게 익어 독을 뿜었다.

"비가오려나보다, 비가."

누구인지 이렇게 혼잣소리로 지껄였다. 북쪽 사람인지 남쪽 사람인지 알 수가 없었다. 그러나 사람들은 그런 소리쯤 그냥 흘려 버리고 말았다.

"오우, 원더풀."

어느 구석에서 이런 소리가 또 들렸다.

동편 쪽에 세로 섰던 빛기둥도 어느새 사라지고 더욱 어두워졌다. 비로소 사람들은 조용조용히 하늘을 올려다보고 혹은 들판을 내다보았다. 그러면서 갑자기 수선대었다.

드디어 빗방울이 들더니 금방 연이어서 장대 같은 소나기가 쏟아지기 시작했다.

함석지붕이 와당와당 와라랑 하자 울부짖던 스피커 소리가 멀어졌다. 대뜸 땅 위엔 보얀 빗물 안개가 서리고 하늘과 땅이 그대로 굵은 물줄기로 이어졌다. 순간 회담 장소 안에 앉은 사람들도 일제히 밖을 내다보며 눈이 휘둥그레졌다. 굉장한 소나기군, 모두 이렇게라도 생각하는가 보았다. 그 놀랍게도 일률적인 표정이 기묘한 역설을 느끼게 했다. 늘어선 경비병들이 처마 밑으로 피해 서고, 둘레에 서 있던 사람들도 하나 둘 이리저리 엇갈리며 괴이한 소리를 내지르면서 막사로 뛰기 시작하였다. 그 필사적인 분위기가 전염이 되어 모두가 와르르 헤쳐지는 속에 진수도 덥석 그녀의 손을 잡았다. 그녀는 화닥닥 놀라 손을 잡힌 채 같이 뛰었다. 앞에 지프차가 가로 서 있었다. 진수는 그 문을 열고 먼저 그녀를 올려 앉혔다. 그녀도 같이 뛰는 사람이 누구인지도 딱히 모르고 덮어놓고 올라탔다. 진수는 지프차에 올라타자 문을 닫고 문고리를 채웠다. 순간 그녀는 문을 열고 와락 나가려고 하였으나, 진수가 그녀의 손을 다시 잡았다. 그녀는 얼굴이 무섭게 일그러지며 사무친 애걸조로 진수를 바라보았다.

"안심해, 그편 차니까."

진수가 말했다.

그녀는 무슨 암시나 받은 것처럼 일순 활짝 피어나듯이 웃었다. 그러나 사실은 진수도 아직 어느 쪽 차인지 알지 못했다.

"이봐."

진수가 불렀다.

"……."

그녀는 조마조마해 하였고, 쌔근쌔근 숨을 몰아쉬며 말했다.

"이북 가시죠? 네? 이북 가시죠?"

"이봐, 금니 어디서 했어?"

"네?……."

그녀는 한 손으로 입을 가렸다.

"금니 어디서 했어?"

눈을 부릅뜨며 진수가 다시 물었다.

"평양에서요."

"입 벌려 봐."

"싫어요."

"가족이 몇이야?"

"일곱요."

"누가 벌어 먹여?"

그녀는 비로소 키들거리듯이 웃었다.

"그렇게 물으문 곤란해요. 우리게선 벌어 먹구 자시구가 없어요."

"참 그렇겠군."

그녀가 비에 젖은 머리를 쥐어짰다. 신 살구알 냄새가 났다.

"살구알 냄새가 난다."

"네?"

그녀가 짜던 손을 잠시 멈추었다.

"살구알 냄새가 나, 네 머리에서."

"이북 가시죠? 네?"

거친 숨소리로 또 물었다.

"데리구 가봐."

그녀는 조바심스럽게 바깥을 살폈다.

그러나 여전히 줄기차게 퍼붓는 빗속에 밖은 칠흑의 어둠 같은 무색의 공간으로 차 있을 뿐이었다.

"데리고 가봐."

진수가 또 말했다.

"답답하군요, 답답해요. 어떡해야 좋을지 모르겠군요. 이런 경우엔 순서가…… 아이, 빈 왜 이리 쏟아질까. 보세요, 용기를 내세요. 네? 용기를 내요."

"이봐."

"……."

"이봐."

"아니, 이러지 말아요. 이러문 못써요."

"남자 여자가 이렇게 아무도 없이 단둘이 마주 앉아 있으면 어떤지 알지? 그런 그리움을 그리워해 보았나?"

"아이, 이러문 못써요."

그녀는 와들와들 떨며, 떨리는 두 손을 들어 얼굴을 가렸다. 손가락 사이로 겁에 질린 두 눈이 뚫려 있었다.

"이것 보세요."

그녀가 마지막 안간힘을 쓰듯이 불렀다.

"왜?"

"전 지금 할 일이 있어요. 해야 할 일이 있어요. 도와 주세요. 네? 이건 분명히 우리 차지요, 그렇죠? 작정하세요. 어떻게 하실래요? 난 설득을 해야 해요. 어떻게 하실래요?"

"그래, 설득시켜 봐라. 어서 설득시켜 봐."

"우선 본인이 결정하세요. 그게 선차예요."

"지금 넌 놓여난 기분을 느끼지 않나? 너나 나나 마찬가지야. 놓여난 기분을 느껴야 돼."

"그런 얘기를 할 때가 아니야요, 지금은."

"이런 것이 우리 경우에서의 자유라는 거다, 겨우 이런 것. 무엇인가, 고삐를 풀어 팽개친 연후에 겨우 남는 것이 이런 거야. 그렇게 느끼지 않나? 이런 말은 여전히 썩은 소리라고만 생각하나?"

"이건 썩은 냄새야요. 분명히 썩은 냄새야요. 이런 건 끝까지 경계해야 해요. 전 그래야 해요."

그녀는 뭍에 나온 물고기처럼 발작이나 하듯이 울기 시작했다.

형님 방으로 들어섰다. 형님은 더블베드에 벌렁 누웠다가 천천히 일어났다. 불빛이 환하다.

형수는 잠든 조카를 안은 채 필요 이상으로 표정을 가장하면서 웃었는데, 어디가 어떻다고 쏘옥 집어낼 수는 없이 또 불결한 냄새가 났다.

"어때? 재미 있었니?"

하고 형님이 물었다.

"끔찍스럽지 않았어요? 하긴 마찬가지 조선 사람이긴 했겠지만."

형수도 이렇게 곁다리 끼듯이 말했다. 진수는 멋쩍게 조금 웃었다.

"괜찮더군요. 구경할 만하더군요."

"사람들은 어떻든?"

형님이 또 물었다.

"뭐 그저……."

대답하기가 힘들어 우물쭈물 넘겼다.

형님은 조금 비양거리는 듯한 웃음을 입가에 흘리었다. 하긴 아랫사람 앞에서 저런 종류의 조금 얕보는 듯한 웃음을 웃는 것은 권위의 담을 쌓는 데 도움이 되기는 할 거라 하고 진수는 생각하는데, 어느새 형님은 딴청을 부리며 형수에게 물었다.

"와이셔츠 대려 왔나?"

"네, 10분이나 기다렸대나 봐요. 세탁소가 어찌나 붐비는지. 기집애(식모아이를 가리키는 말이었다), 안 됐으면 좀 있다가 갈 것이지 잔뜩 늘어붙어 앉아서. 덕분에 찾아오긴 했지만."

하고 형수는 진수를 건너다보면서 약간 이죽대었다.

"낼 전무가 미국 가. 비행장까지 나가 봐 줘야지. 당신은 어떡할라우? 나가보는 것이 좋겠는데."

형님이 또 말하였다. 형수는 얼굴빛이 대뜸 상기되면서 치맛바람을 일으키는 표정이 되었다.

"얼마 동안이나 가 있을라는지, 그 언니 또 속깨나 타겠군. 혼자선 못 견뎌하는걸. 그 언니 참 요새 다이아반지를 스리맞았답디다. 원 반지두 스리를 당하나. 그 언닌 원체 정신이 산만해서. 헌데 참 몇 시에 떠나우? 언니두 며칠 못 만났는데 마침 잘됐수."

그러나 형님은 다시 딴청을 피우며 가볍게 하품을 하고는,

"종혁이는 자나?"

뻔히 눈앞에 자고 있는 것을 보면서도 이렇게 물었다. 형수는 무엇이 그다지도 즐겁고 흐뭇한지 싱글벙글했다.

"네, 벌써 두어 시간 잤는데 그냥 자는군요. 아까 낮에 기집애가 업고 나가더니 서너 시간 밖에서 잘 놀았어요. 노곤해졌나부지."

"날씨가 이젠 차지는데 조심해요. 감기나 들지 않게."

"네."

형수는 공손하게 받았다.

다시 형님은 진수쪽으로 돌아앉으며 은근하게 물었다.

"그래, 그 판문점이라나 하는 덴 어떻든?"

'굉장히 두텁군, 낯가죽이.'

진수는 이렇게 생각하며,

"네, 그저 뭐."

하고 또 우물쭈물하였다.

일순 형수도 비로소 이 집 맏며느리답게 여유 있는 웃음을 웃으며 진수를 쳐다보았다.

"무섭지 않습디까? 우린, 생각만 해두 을씨년스럽기만 허지 원."

"……."

진수는 할 말이 없어 대꾸를 않는데, 형수가 갑자기 문을 열며,

"얘얘, 순아."

하고 은근자중한 목소리로 부엌 쪽에다 대고 불렀다. 대답하는 기척이 없었으나 형수는 그냥 나직하게 말했다.

"상 채려 들여라아. 찌개 냄비는 대강 끓으면 내놓구, 할머니 상부터 어서 채려라."

부엌에서 그냥저냥 대답이 없자, 형수는 발끈했다.

"얘얘, 순아, 기집애가 귀가 처먹었나."

비로소 부엌에서 가느다란 목소리로 대답이 새어나왔다.

"어서, 상 채려. 할머님 상부터 채리구. 동태 냄빈 내놓구."

시원시원히 소리를 지르고는 형님을 다시 흘끗 쳐다보며 사뭇 상냥스러운 낯색이 되었다.

"저 동태찌갤 끓였어요. 어머님이 어쩌나 좋아하시는지……."

그러나 형님은 가타부타 대답이 없이 다시 진수를 보며 딴소리를 꺼냈다.

"진국이가 돈을 좀 부쳐 달란다지?"

"네에."

"얼마나 부치면 좋을까?"

"글쎄요."

마침 어머님이 들어오셨다. 그러자 형님은 덮어 놓고 골치가 아픈 낯색부터 하였다.

형수는 자는 애의 머리를 조심스럽게 쓰다듬으며 앉음새를 바로 하는 시늉을 했다.

"앤 자니?"

하고 어머니가 물었다.

"네에."

형수가 금세 꺼져들어가는 목소리로 대답했다. 어머니는 흘끗흘끗 형님을 건너다보며 잠시 방 안의 분위기를 살피다가, 한참만에야 진수 쪽으로 머리를 돌렸다.

"어딘가 갔다 온다더니 무사했니?"

"네."

"그럼 무사하지, 무슨 일이 있겠어요. 어머닌 괜히 걱정이시어."

하고 형님이 괜스레 퉁명스럽게 말했다.

어머니는 조금 무안을 당하는 낯색으로 잠시 말이 없다가 진수에게 조심조심 또 물었다.

"또 쌈이나 안 나겠더냐? 난리 말이다, 난리."

"네."

형님이 오만상을 찡그리며,

"에이 참, 쓸데없는 참견을 하셔, 어머님은."

하고 신경질적으로 말하고는 휙 밖으로 나갔다. 어머니의 눈이 쓸쓸하게 형님의 그 뒷모습을 치어다보았다.

"괜히들 그러는구나. 무슨 말을 원, 얼씬 못하겠구나, 쯔쯔쯔."

형수는 얼굴이 홍당무가 되어 난감하고도 미안한 표정을 하며 더욱 머리를 수그리고 자는 애 머리를 쓰다듬었다.

열한 시가 지나서야 진수는 자리에 누웠다. 종일 버스 속에서 시달린데다가 바싹 긴장을 했던 탓인가, 온몸이 노곤하였으나 정작 쉬이 잠은 오지 않았다.

……폭이 넓은 푸른 강물이 급하게 흘러가고 푸른 옷을 입은 그녀가 노래를 부르면서 그 물에 떠내려가고 있었다. 강둑에 선 그를 올려다보자 안타까운 표정으로 물 속에서 손을 빼내어 흔들었다. 소곤대는 목소리로 급하게 조잘대었다.

들키지는 않았어요. 당신은 오른편으로 나가고 난 왼편으로 나가기를 잘했어요. 나는 정말 와들와들 떨었지요. 그러나 그것이 바로 우리 현실이야. 너무 통달한 체하지 마세요. 비가 지나가자 눈부시게 활짝 개었잖아요. 가을 햇빛이 정말 눈부시더군요. 빗물이 수증기가 되어 소리를 지르면서 올라가고, 그러나 하늘은 흠뻑 그것을 빨아들여 구름 한 점 없이 맑았었잖아요. 언제쯤 우리에게도 그렇게 사악 구름이 가실 때가 오려는지요. 당신은 지프차에서 나와선 시큰둥하게 우울한 낯색이시더군요. 막사에선 동료들이 한참을 찾았대나 봐요. 그 소린 날 뭉클하게 했어요. 난 거짓말을 했죠. 그냥 서 있던 자리에 있었다구, 괜찮더라구. 그러자 그 땅딸막한 사람은 이렇게 말했어요. 김 동무는 역시 단단하거든 하고. 어쨌든 감사해요. 물큰물큰한 그 이역의 짙은 냄새에 잠시나마 흥건히 취할 수 있었어요. 난 원래 초행길이 아니야. 단골이지요. 이를테면 당신 말대로, 졸음이 오는 듯한 그 남쪽 분위기, 기지개를 켜는 듯한 감미한 맛, 적당하게만 퇴폐적인 것이 풍기는 그 완숙한 냄새, 조금쯤 무리를 해도 용서가 될 듯싶은 펑퍼짐한 언덕 같은 관용, 조금쯤 쓸쓸하고 괴괴한 분위기, 때에 따라서는 애교에 넘친 적당한 허풍, 당신들이 자유라고 일컫는 그 권태가 섞인 분위기는 확실히 짙은 냄새로 휩싸요. 반드시 악착같이 정연한 논리로 쓸모 있게 사느니보다, 여유 있게 자기를 누리는 맛, 누리는 것이 거드럭거리는 거지요. 곧 진력이 나고 권태가 오고, 그렇지만 사는 맛치고는 최고급일 거야요. 약간은 그렇게 살 만도 할 것 같긴 해요. 돋아오르는 아침만 맛이 아니라 해가 기우는 저녁녘도 맛은 맛일 테지요. 야심에 찬 어린 치기(稚氣)도 치기지만, 길가의 늙수그레한 노인이 누리는 적당한 무위와 적당한 권태도 맛은 맛일 테지요. 그러나 그런 분위기도, 전 이미 익숙해 버리고 쉬이 졸업해 버리고 말았어요. 다만 판문점으로 오는 날은 기분이 좋아요. 무작정 냄새가 좋아요. 하지만 자기의 분수, 스스로 지녀야 할 태세를 추호도 잃지는 않아요. 남쪽에서 오신 풋내기 손님도 대뜸 알아볼 줄 알아요. 무척 순진하시네요, 제가 안내해 드릴게요, 이런 표정을 지을 줄도 알아요. 이러다가 혼살이 나게 걸렸었지요. 당신은 무서운 구석이 있어요. 물론 신사적이었고 피차 연민으로 헤어지긴 했지만, 날 흔들어 놓으려구 해요. 어느 깊숙한 독(毒)의 도가니로 떨어뜨리려고 해요. 그런 건 못써요. 밝고 긍정적인 색채만 중요해요. 비록 지나치게 상식적이고 조악하다고 하더라도 차츰 성숙되게 마련이야. 지금 중요한 건 거칠게 터전을 닦는 일이야요. 안녕, 빠이빠이. 불쌍해요. 당신이 불쌍해요. 착잡한 혼탁 속에서 주리를 틀고 계시지요. 그 범상한 속물적인 일상에 진력이 나셨지요? 지금 당신의 형님 방에선 바야흐로 사랑이 들끓고 있어요. 그런 것은 확실히 멋있을 거야요. 어디서나 멋있을 거야요. 이런 그리움을 그리워해 보았느냐고 물으셨죠. 우스워라. 사람들은 부끄러워서 그런 이야길 마음대로 못해요. 그런 점은 어느 세상에서나 마찬가지지요. 너무 솔직해지는 것도 병이야요. 당신은 분명 그런 병이 있어요. 와작와작 자신을 깨물어 먹고 싶어하는 병이. 당신이 불쌍해요. 빠이빠이. 우리, 어디서나 만나질까요. 어느 언덕에서나 만나질까요. 당신이 선 언덕에 해가 지고 있어요. 산그늘이 내려와요. 어마나아, 당신도 잠기시는군요. 안타까워라. 어둡기 전에 어서 돌아가세요. 문을 잠그고 그 쓸데없는 생각에 잠기세요. 기도를 드리세요. 유구한 생각에 잠기세요. 쓸모없는 당신의 그 사변에 마음껏 황홀하세요. 빠이빠이, 안녕. 내 이 혼자 감당해야 하는 비밀은 약간은 무게를 지녔어요. 이런 것 좋을까요? 그러나 안심하세요. 불원간 부숴낼 거야요. 안녕, 빠이빠이. 그녀는 쨍한 햇볕 밑을 급하게 흘러내려갔다……

2백 년쯤 뒤 판문점이란 고어로 '板門店(판문점)'이 될 것이다(비몽사몽 간에 진수의 생각은 또 비약했다). 그때 백과사전에는 이렇게 쓰일 것이다. 1953년에 생겼다가 19XX년에 없어졌다. 지금의 개성시의 남단 문화회관이 바로 그 자리다. 원래 점(店), 혹은 점포라는 말은 '상점'이라든가 '가게'라는 말과 동의어로 쓰였다. 이 어휘의 시초는 역사의 단계에 있어 초기 수공업 시대에까지 소급되어야 한다. 이미 고전경제학에 속하는 문제지만 자유기업이 성행하면서 이른바 소상인이 대두됨과 더불어 인류 역사의 각광을 받은 어휘이다. 그러나 이 판문점의 경우는 그런 전통적인 뜻의 점포가 아니라 희한한 점포였다. 이 점포의 특수한 성격을 밝히자면 당시의 세계 정세, 그 당시 세계의 하늘을 뒤덮었던 냉전기류를 비롯하여 그 밖에도 6·25라는 동족상잔을 설명해야 하고, 그것은 적지 않게 거창하고도 구구한 일이기 때문에 여기서는 일단 생략하기로 한다. 일언이 폐지하여, 회담 장소였다. 휴전회담이라는 것을 비롯해서 군사정전회담이라는 것이 무려 5백여 회에 걸쳐 있었다. '휴전회담'이라든가 '군사정전회담'이라는 말도 긴 설명이 필요한데, 여기서는 역시 생략하기로 한다. 그 회담 기록이 적힌 거창한 문건이 지금 인류 역사의 기념비적인 익살로서 개성 박물관에 안치되어 있는 것은 이미 다 아는 사실이다.

얼마 전, 아프리카 공화국에서 온 한 역사학자가 이 문건들을 전부 통독해낸 사실을 아는 사람은 알 것이다. 이것을 전부 통독해낸 것도 처음 있는 일이라 그에게 문화공로훈장을 수여한 바 있지만 그때에도 일부에서는 여론이 분분했다시피 약간 쓸개빠진 짓이라는 느낌이었었다. 그러나 흑인종의 그 가상할 만한 끈질긴 정력과 참을성에는 누구나 감탄 해마지 않았다 이것을 통독해낸 그 흑인 박사의 결론은 이렇다. "이것은 걸작이다! 두말할 것도 없이 하여튼 걸작이다." 일부에서는 이 결론이 야유 겸 스스로의 도로에 그친 노고에 대한 자위였을 거라고도 하고 있지만, 인간의 성실성이라는 것이 이렇게도, 어이없는 데 소요될 수도 있다는 데 대한 경탄일 것이라고, 긍정적으로 해석하는 사람도 있는 것 같았다. 단도직입적으로 얘기하자. 판문점은 분명 '板門店'이었고, 이 나라 북위 38도선상 근처에 있었던 해괴망측한 잡물이었다. 일테면 사람으로 치면 가슴패기에 난 부스럼 같은 거였다. 부스럼은 부스럼인데 별로 아프지 않은 부스럼이다. 아프지 않은 원인은 부스럼을 지닌 사람이 좀 덜 됐다, 불감증이다, 어수룩하다는 데에 있다. 한데 그 부스럼은 그 사람으로서도 딱하게 알기는 아는 모양인데, 어쩐단 도리가 없다. 그 부스럼을 지닌 사람은 그 부스럼을 모든 사람과 더불어 공동 책임을 지고 싶어하고, 그 당대를 살펴보면 사실 그럴 만한 객관적인 내력도 어느 정도 있긴 있었다. 그러나 그 공동 책임이 도시 불가능했다. 그리하여 그 당자는 덜 됐다고 해도 할 수 없고, 불감증이라고 해도 할 수 없고, 어수룩하다고 들어도 할 수 없게 되었다. 그냥 내버려 두기로 했다. 이럭저럭 세월이 지나는 동안 당사자도 부스럼 여부는 까마득히 잊어버리고 멀쩡한 정상인의 행세를 시작했다. 어떻소, 이 부스럼, 신기하죠, 이쯤 내 휘두르기도 했다. 제법 좀 사려 있답신 사람들이 구경을 오고 손가락질을 하면서 딱하게 여기는 얼굴을 하기도 하고 진단을 내리고 처방전을 만들어 책임의 소재를 규명하기도 했으나, 당자는 그저 웃어넘기거나 전혀 아랑곳하지도 않았다. 결국 사려 입답신 사람들도 그 선의의 사려를 팽개치곤 하였다. 왜냐하면 자기 분수는 누구보다도 그 자신이 잘 알고 있다는 지극히 평범한 진실을 되씹게 마련이었다. 그리하여 그 부스럼은 날이 갈수록 더욱더 그 절대절명의 중량을 지니게 되어, 심지어 관광 유람지 구실까지 하였다. 판문점이란 이러한 세계 유일의 점포로서 문자 그대로 남북으로 난 두 개의 문이 판자문으로 되어 있어, 그 문을 열고 닫을 때마다 쾅 닫아도 한참을 흔들흔들했다. 천장이 낮은 길쭉한 단층집으로 휑 하게 큼직한, 흡사 2세기 전 국민학교 교실 같은 마루방인데, 신을 신은 채 드나들어도 괜찮게 되어 있었다. 문은 북문하고 남문이 있었다. 이를테면 그 문이 판자문이라는 말이다. 그런데 그 문을 두고 제법 근엄한(적당히 우울한 표정쯤 하고 맺은) 묵계가 있었다. 남문 사용자는 남문만 사용할 것, 북문 사용자는 북문만 사용할 것. 그리고 그 방 한가운데엔 가로줄이 쳐 있었고 그 줄을 사이에 두고 마주 무쇠 테이블이 놓여 있다. 각각 세 개씩 여섯 개의 테이블이었다.

그 테이블 뒤로 무쇠 의자와 작은 테이블과 또 다른 의자들과 마이크와 스피커가 우글우글 놓여 있다. 한 달에 한 두세 번 그 판자문이 사용된다. 10시 가까이 되면 남쪽과 북쪽에서 각각 자동차와 버스가 굴러온다. 살기가 등등해서들 서성댄다. 북문과 남문이 쿵쾅쿵쾅 열리면서 남문 사용자들과 북문 사용자들이 용건을 떠메고 우르르 들어선다. 후덕후덕들 자리를 차지해서 앉는다. 연필과 백지를 꺼내고 더러 저희끼리 귓속말을 주고받는다. 드디어 남문 사용자들의 거두가 들어선다. 훤칠하게 키가 큰 미국 사람이다. 남문으로 들어선 사람들이 일제히 일어서서 예를 표한다. 쇠붙이 의자의 마루에 부딪는 소리가 시끄럽다. 이어 북문 사용자의 거두가 들어선다. 역시 북문으로 들어온 사람들이 일제히 일어서서 예를 표한다. 드디어 양편이 다 자리가 잡히고 잠시 그럴듯한 침묵이 흐른다. 이렇게 되면 그 테이블 한가운데로 가로지른 흰 줄이 제법 경계선다운 육중함을 지니고 부각된다. 객관적인 당위성이 느껴지는 것이다. 이렇게 하여 소위 회담이 시작된다. 한국말과 미국말과 중국말이 교차된다.

판문점 근처에 이렇다 할 집이라고는 없고 부속 건물들만이 몇 채 띄엄띄엄 서 있었다. 판문점 앞은 들판이었고, 뒤는 펑퍼짐한 언덕이었다. 지금의 개성시 통문로 거리가 앞에 해당되고, 문화회관 별관이 뒤편에 해당된다. 이 얼마나 어이없는 일이었고 민족의 에너지를 쓸데없이 좀먹는 일이었던가. 통탄, 통탄이다. 우리의 조상들이 그때 그 시절에 그 짓을 하고 있었다는 걸 상상해 보라. 더구나 외국 사람까지 주역으로 끌어들여서 말이다. 근엄하게 우울한 표정으로 그 문을 드나들었다는 것을 상상해 보라. 그것이 그때에는 상식으로 통했을는지 모르지만, 이런 놈의 상식이 어찌 통할 수가 있었더란 말인가. 바로 한가운데 가로지른 선이 바로 지금 문화회관의 변소에 해당된다는 것이다. 고증학자 설 교수의 설에 의하면 변소 속의 변기가 바로 경계였다니 더구나 익살이 아닐 수 없다. 앞으로 문화회관에서 일을 보시는 분들은 쭈그리고 앉아 심심하거든 이 점을 한번 음미해 보시도록. 최근 설 교수의 그 설을 둘러싸고 분분한 논쟁이 있었던 사실을 아는 사람은 알 것이다. 그 선은 변소의 변기가 아니라 지금의 변소 문에 해당된다는 이설(異說)이 있었던 것이다. 이것은 참 유쾌한 논전(論戰)이어서 우리들의 관심을 집중시킨 바 있었는데, 이 논전에서 우리는 우리 시대의 가상할 만한 큰 특징을 발견할 수 있었던 것이다. 2세기 전에는 이러한 종류의 논쟁이란 쓸개빠진 어처구니없는 회화에 속했을 것이라는 사실이다. 인간 생활의 기본적인 여건이 해결되지 않았던 조건하에서의 정신 상태의 양상을 이해하는 데 이것은 퍽 많은 것을 시사해 준다. 최근에 와서 문제가 되는 것은 여가의 이용과 자극의 발견, 경이의 창안이다. 최근에 와서 우리들의 취미가 굉장히 미세해지고 세분화된 사실을 새삼 상기해야 할 것이다.

다시 해가 뜨고 지고, 뜨고 지고, 서울은 이리저리 뒤채면서 들끓었다. 바야흐로 장면(張勉) 정부는 정국 안정의 사명을 짊어지고 가파른 언덕을 기어오르고 있었다. 신민당의 분열이 신문지상에 클로즈업되고, 개각을 둘러싼 여론이 분분했다. 정부는 온 신경을 국회의 의원 분포에 소모했다. 정치 자금의 염출로 민주당과 신민당의 실업계를 위요(圍繞)한 이면 공작이 불을 뿜었다. 이 틈서리로 혁신계가 머리를 내밀었으나 그것도 벌써 이리저리 갈라졌다 붙었다 요동질을 할 뿐이었다.
진수는 취직건 때문에 아침 일찍부터 돌아다녔다. 사흘쯤 희소식이다가도 닷새쯤 무소식이고, 이런 연속이었다. 이 다방 저 다방 들러 커피를 사고 혹은 얻어 마시고 매일 대여섯 잔씩이나 마셨다. 그 사이 어머니가 급하게 돌아가셔서 사나흘쯤 북새를 치렀다. 조카 아이의 네 돌 생일날에는 집에서 조촐한 파티가 있었다. 짝짝끼리 추을 추기 전에 마루에 밀가루를 뿌리고 전축을 틀었다. 형수는 그 조금 큰 체대에 펑퍼짐한 한복 차림으로 형님의 어깨를 잡고 돌아갔고, 형님도 형님대로 어깨가 꾸부정해서 두 사람 다 삐딱한 모습으로 스탭을 밟았다. 미국으로 갔던 전무와 형수의 그 에스 언니도 초대되었다. 그들도 둘이 얼싸안고 춤을 추었다. 진수는 한구석에서 웬일인지 부끄럽고 쑥스럽고 자꾸 두 볼이 근질근질했다.

한 순간 문득 전등이 꺼졌다. 동시에 전축도 멎었다. 마루에 치마 끌리는 소리와 잠시 수런거리는 소리가 일더니 소파에들 앉았다. 식모아이가 급하게 초를 켜와 이 구석 저 구석에 세워 놓았다. 담소가 시작되었다.

"참 야단이야, 전기 사정이 이래 놓으니!"

누구인가가 이렇게 투덜거렸다. 형수는 주인으로서 제 책임이기나 한 것처럼 미안해 하였다. 부엌 쪽을 한껏 우아한 목소리로,

"얘야 순아야, 초 몇 자루 더 켜오나아."

했다.

"하긴 전등불보다도 초를 켜는 것도 멋이야요. 분위기가 더 좋아요. 안온하고 쉬이 분위기가 익어요."

처녀인지 부인인지 분간이 안 가게 양장을 한 여인이 말했다.

"하긴 옛적 서양 귀족들은 초를 배치하는 것도 격조에 속했답디다. 그 집의 품격을 알려면 초의 배치 여하를 본다더군요. 사모님께서도 한번 솜씨를 보이시지."

하고 그 옆에 앉았던 혈색 좋은 사내가 말했다.

"제가 원체 격조가 있어야죠. 막 굴러먹었는걸."

형수가 이렇게 받고는 무엇이 우스운지 이상한 목소리를 내며 혼자 웃었다. 다른 사람이 전혀 받아 웃지 않는 것을 알자, 약간 무안해 하며 필요 이상으로 침착한 표정이다가,

"참, 김 전무님, 미국 가셨던 얘기나 하시지요."

하고 조심조심 말했다.

"……."

그 전무께선 덩치에 어울리지 않게 수줍은 표정을 하였다. 순간 전무의 부인이 입을 실쭉 하고는 이편을 얕잡아보듯이 말했다.

"통 얘길 안해요. 처음 갔을 때나 신기하지, 이젠 하도 가봐서 그저 그런가 봅디다."

"그렇겠죠."

하고 형수가 받았다. 비로소 당사자인 그 전무가 말했다.

"더더구나 이번엔 일이 좀 바빴어요. 서구라파 쪽으로나 갔으면 억지

로라도 틈을 내어 재미를 보았겠지만, 미국은 이젠 하도 다녀와서 뭐 그저 심드렁하더군요. 하와이에서 며칠 더 묵을까 했는데, 정작 이틀쯤 있으니까 또 조바심이 납디다. 역시 집이 제일 좋아요."

"언니를 너무 사랑하시니까 그렇죠."

좀 전의 양장한 여인이 받았다.

"아끼긴요. 기념품 하나두 안 사왔습디다."

전무의 부인은 또 실쭉해지면서 받았다.

"그야 믿는 사이니까 그렇지."

전무가 말하자,

"믿는 나무에 곰팡이 핀답니다, 홍."

하고 대번에 부인이 코웃음을 쳤다.

'저 작자 꿈쩍 못하는군. 영 형편없군.'

진수는 한구석에서 이렇게 생각했다.

사실 그 전무 부인의 어딘가 횡포에 가까운 신경질적인 몸짓과 말투는 자리의 분위기를 싸늘한 것으로, 힘든 것으로 만들고 있다. 그녀의 남편은 물론이려니와 모두가 그녀의 눈치를 조심스럽게 살피곤 했다. 10시가 넘어 전기불이 들어오자 촛불 밑에선 어지간히 익어 보이던 분위기였으나 다시 생소해졌다.

마침 전무 부인이 남편에게 짜증 섞어 말했다.

"여보, 이젠 갑시다."

"그래, 슬슬 돌아가 볼까."

전무라는 자가 이렇게 뭣인가 컴플러치하듯 어름어름 받았다.

모두 후덕후덕 일어나서 귀가 인사를 했다.

눈이 왔다.

눈에 묻힌 판문점은 장난감처럼 동그만하고 납작해 보였다. 휑한 언덕에 선명히 돋보였다.

진수는 그날도 광명통신 기자 이름을 빌어서 갔다.

그녀를 만나자 말했다.

"눈이 왔어요."

"네."

그녀는 어느 구석 여운이 담긴 웃음을 웃으며 한 순간 얼굴을 붉혔다.

"처음 만난 거나 마찬가지군요. 다시 힘들어졌군요."

진수가 말했다.

"……"

그녀는 말없이 고개만 끄덕였다.

"그렇게 인정 같은 것에만 매달리지 마세요. 당신 주변에 있는 사람들이 헐벗고 있는 것을 생각하세요."

그녀는 또 그 투의 약간 준엄한 표정이 되며 말했다.

진수는 씽긋이 웃으며 말했다.

"천만에, 내 주변은 풍부해요. 도리어 너무 풍부하고 무거워서 탈이지요. 덕지덕지한 것이 참 많이 들끓고 있어요. 몇 겹으로 더께가 앉아 있지요. 도리어 헐벗은 것은 당신이지요. 당신은 새빨간 몸뚱이만 남았어요. 모두 털어 버리고 너무너무 알맹이 알몸뚱이만 남아 있어요."

그녀는 피이 하듯이 웃고 말했다.

"아주 벽창호군요."

저편엔 외국인 부부 기자가 여전히 가지런히 붙어 서 있었다. 남편은 역시 고불통을 물었으나 들이빠는 기적이 없고, 아내는 그 남편을 따뜻하게 정이 담긴 눈길로 건너다보고 있었다. 어느 안방에 단둘이 앉아 있기나 한 것처럼.

안경잡이와 그 '누님'께서는 오늘은 다소곳하게 머리를 맞대고 정말 오랜만에 만난 오랍 누이이기나 한 것처럼 수군대고 있었다. 스피커 소리가 왕왕 울렸다. 그녀는 남쪽 사람과 북쪽 사람이 여기서 만날 때 으레 짓는 그 경계와 방어 태세가 껴묻은 표정으로 피해서 갔다. 그 뒷모습을 건너다보면서 진수는 생각했다.

'기집애, 조만하면 쓸 만한데, 쓸 만해.'

혼자 쓸쓸하게 웃었다. ▨

꺼삐딴 리

전광용(全光鏞)

1919년 함남 북청에서 태어나 서울대 문리대 및 동대학원을 졸업했다. 1939년에 『동아일보』 신춘문예에서 「별나라 공주와 토끼」로 동화부문 입선을 했으며, 1955년에 『조선일보』 신춘문예에서 「흑산도」가 소설부문에 당선했다. 1962년에 동인문학상을 수상했으며, 1979년에는 대한민국 문학상을 수상했다. 소설집으로 『흑산도』 외 다수가 있다.

■심사평

「꺼삐딴 리」는 일정(日政), 북한(北韓), 남침후(南下後)의 각각 다른 현실 속에서 교묘, 능란하게 섭세(涉世)해 세속적으로 성공하는 의사의 이야기다. 이런 인물은 우리의 둘레에 얼마든지 있어 상식화되어 있는 것인데, 전씨는 이 흔해 빠져 남이 거들떠보지 않는 제재를 붙잡아 한국적인 인간형으로 선명하게 고정시켜 놓았고, 수법에 있어서도 일부에서 낡은 것이라고 덮어 놓고 밀어 놓으려는 고전적 사실주의를 채택해 성과를 보여 주고 있다. 욕심을 말한다면 밀도에 아쉬운 점이 없지 않으나 어떻든 새로운 것을 추구하는 나머지 제재나 수법상 혼돈을 일으키고 있는 작단 일부에 반성의 재료가 된다고 생각한다.—안수길(安壽吉)

꺼삐딴 리

수술실에서 나온 이인국(李仁國) 박사는 응접실 소파에 파묻히듯이 깊숙히 기대어 앉았다.

그는 백금 무테 안경을 벗어 들고 이마의 땀을 닦았다. 등골에 축축히 배인 땀이 잦아들어감에 따라 피로가 스며왔다.

두 시간 이십 분의 집도(執刀). 위장 속의 균종(菌腫) 적출. 환자는 아직 혼수 상태에서 깨지 못하고 있다.

수술을 끝낸 찰나 스쳐가는 육감, 그것은 성공 여부의 적중률을 암시하는 계시 같은 것이다. 그러나 오늘은 웬일인지 뒷맛이 꺼림칙하다.

그는 항생질(抗生質) 의약품이 그다지 발달되지 않았던 일제 시대부터 개복수술에 최단 시간의 기록을 세웠던 것을 회상해 본다.

맹장염이나 포경(包莖) 수술, 그 정도의 것은 약과다. 젊은 의사들에게 맡겨 버리면 그만이다. 대수술의 경우에는 그렇게, 방임할 수만은 없다. 환자측에서도 대개 원장의 직접 집도를 조건부로 입원시킨다. 그는 그것을 자랑으로 삼아왔고 스스로 집도하는 쾌감마저 느꼈었다.

그의 병원 부근은 거의 한 집 건너 병원이랄 수 있을 정도로 밀접한

지대다. 이름 없는 신설 병원 같은 것은 숫제 비장날 시골 점방처럼 한산한 속에 찾아오는 손님을 기다리고 있는 형편이다.

그러나 이인국 박사는 일류 대학 병원에서까지 손을 쓰지 못하여 밀려오는 급환자들 틈에 끼여 환자의 감별에는 각별한 신경을 쓰고 있다.

그것은 마치 여관 보이가 현관으로 들어서는 손님의 옷차림을 훑어보고 그 등급에 맞는 방을 순간적으로 결정하거나 즉석에서 서슴지 않고 거절하는 경우와 흡사한 것이라고나 할까.

이인국 박사의 병원은 두 가지의 전통적인 특징을 가지고 있다.

병원 안이 먼지 하나도 없이 정결하다는 것과 치료비가 여느 병원의 갑절이나 되게 비싸다는 점이다.

그는 새로 온 환자의 초진(初診)에서는 병에 앞서 우선 그 부담 능력을 감정하는 데서부터 시작한다. 신통치 않다고 느껴지는 경우에는 무슨 핑계를 대든 그것도 자기가 직접 나서는 것이 아니라 간호원더러 따돌리게 하는 것이다.

그렇게 중환자가 아닌 한 대부분의 경우 예진(豫診)은 젊은 의사들이 했다. 원장은 다만 기록된 진찰 카드에 따라 환자의 증세에 아울러 경제 정도를 판정하는 최종 진단을 내리면 된다.

상대가 지기나 거물급이 아닌 한 외상이라는 명목은 붙을 수 없었다. 설령 있다 해도 이 양면 진단은 한푼의 미수나 결손도 없게 한 그의 반생을 통한 의술 생활의 신조요 비결이었다.

그러기에 그의 고객은 왜정 시대는 주로 일본인이었고 현재는 권력층이 아니면 재벌의 셈 속에 드는 축들이어야만 했다.

그의 일과는 아침에 진찰실에 나오자 손가락 끝으로 창틀이나 탁자 위를 훑어 무테 안경 속 움푹한 눈으로 응시하는 일에서 출발된다.

이때 손가락 끝에 먼지만 묻으면 불호령이 터지고, 간호원은 하루 종일 원장의 신경질에 부대껴야만 한다.

아무튼 단골 고객들은 그의 정결한 결벽성에 감탄과 경의를 표해 마지 않는다.

1·4후퇴시 청진기가 든 손가방 하나를 들고 월남한 이인국 박사다. 그

는 수복되자 재빨리 셋방 하나를 얻어 병원을 차렸다. 그러나 이제는 평당 오십 만 환을 호가하는 도심지에 타일을 바른 이층 양옥을 소유하게 되었다. 그는 자기 전문의 외과 외에 내과, 소아과, 산부인과 등 개인 병원을 집결시켰다. 운영은 각자의 호주머니 셈 속이었지만 종합병원의 원장 자리는 의젓이 자기가 차지하고 있다.

이인국 박사는 양쪽 조끼 주머니에서 십팔금 회중시계를 끄집어내 시간을 보았다.

두 시 사십 분!

미국 대사관 브라운 씨와의 약속 시간은 이십 분밖에 남지 않았다. 이 시계에도 몇 가닥의 유서 깊은 이야기가 숨어 있다. 이인국 박사는 시계를 볼 때마다 참말 '기적'임에 틀림없었던 사태를 연상하게 된다.

왕진 가방과 함께 삼팔선을 넘어 온 피난 유물의 하나인 시계. 가방은 미군 의사에게서 얻은 새 것으로 갈아 매어 흔적도 없게 된 지금, 시계는 목숨을 걸고 삶의 도피행을 같이 한 유일물이요, 어찌 보면 인생의 반려(伴侶)이기도 한 것이다.

밤에 잘 때에도 그는 시계를 머리맡에 풀어 놓거나 호주머니에 넣은 채로 버려 두지 않는다. 반드시 풀어서 등기 서류, 저금통장 등이 들어 있는 비상용 캐비닛 속에 넣고야 잠자리에 드는 것이었다. 거기에는 또 그럴 만한 연유가 있었다. 이 시계는 제국대학을 졸업할 때 받은 영예로운 수상품이다. 뒤쪽에는 자기 이름이 새겨져 있다.

그후 삼십여 년, 자기 주변의 모든 것은 변하여 갔지만 시계만은 옛 모습 그대로다. 주변뿐만 아니라, 자기 자신은 얼마나 변한 것인가. 이십 대 홍안을 자랑하던 젊음은 어디로 사라진 것인지 머리카락도 반백이 넘었고, 이마의 주름은 깊어만 간다. 일제 시대, 소련군 점령하의 감옥 생활, 6·25 사변, 삼팔선, 미군 부대, 그 동안 몇 차례의 아슬아슬한 죽음의 고비를 넘긴 것인가.

─월삼 십칠석.

우여곡절 많은 세월 속에서 아직도 제 시간을 유지하는 것만도 신기하다. 시간을 보고는 습성처럼 째각째각 소리에 귀 기울이는 때의 그의 가느다란 눈매에는 흘러간 인생의 축도가 서리는 것이었다. 그 속에서도 각모(角帽)와 '쯔메에리' 학생복은 벗어 버리고 신사복으로 갈아입던 그날의 감회를 더욱 새롭게 해주는 충동을 금할 길 없는 것이었다.

이인국 박사는 수술 직전에 서랍에 집어넣었던 편지에 생각이 미쳤다. 미국에 가 있는 딸 나미. 본래의 이름은 일본식의 나미꼬(奈美子)다. 해방 후 그것이 거슬린다기에 '나미'로 불렸고 새로 기류계에 올릴 때에는 꼬(子)자를 완전히 떼어 버렸다.

나미쨩! 딸의 모습은 단란하던 지난날의 추억과 더불어 떠올랐다.

온 집안의 재롱둥이였던 나미, 그도 이젠 성숙했다. 그마저 자기 옆에서 떠난 지금, 새로운 집에서 산다고는 하지만 이인국 박사는 가끔 물밀어오는 허전한 감을 금할 길 없었다.

아내는 거제도 수용소에 있을 때 죽었고, 아들의 생사는 지금껏 알 길이 없다.

서울에서 다시 만나 후처로 들어온 혜숙(惠淑). 이십 년의 연령차에서 오는 세대의 거리감을 그는 억지로 부인해 본다. 그러나 혜숙의 피둥피둥한 탄력에 윤기가 더해 가는 살결에 비해, 자기의 주름잡힌 까칠한 피부는 육체적 위축감마저 느끼게 하는 때가 없지 않았다.

그들 사이에서 난 돌 지난 어린것, 앞날이 아득한 핏덩이만이 지금의 이인국 박사의 곁을 지켜 주는 유일한 피붙이다.

이인국 박사는 기대와 호기에 찬 심정으로 항공 우편의 피봉을 뜯었다.

전번 편지에서 가타부타 단안은 내리지 않고 잘 생각해서 결정하라고 한 그 후의 경과다.

—결국은 그렇게 되고야 마는 건가…….

그는 편지를 탁자 위에 밀어 놓았다. 어쩌면 이러한 결말은 딸의 출국 이전에서부터 이미 싹튼 것인지도 모른다는 생각이 들었다.

대학에서 영문과를 택한 딸, 개인지도를 하여 준 외인 교수, '스칼러십'을 얻어 준 것도 그이고, 유학 절차의 재정보증인을 알선해 준 것도 그가 아닌가. 우연한 일은 아니다.

 그러나 시류에 따라 미국 유학을 해야만 한다고 주장한 것은 아버지 자기가 아니었던가.

 동양학을 연구하고 있는 외인 교수, 이왕이면 한국 여성과 결혼했으면 좋겠다던 솔직한 고백에 자기의 학문을 위한 탁월한 견해라고 무심코 찬의를 표한 것도 자기가 아니었던가. 그것도 지금 생각하면 하나의 암시였음이 분명하지 않은가.

 이인국 박사는 상아로 된 '오존 파이프'를 앞니에 힘을 주어 지그시 깨물며 눈을 감았다.

 꼭 풀 쑤어 개 좋은 일을 한 것만 같은 분하고도 허황한 심정이다.

 —코쟁이 사위.

 생각만 하여도 전신의 피가 역류하는 것 같은 몸서리가 느껴졌다.

 —더러운 년 같으니, 기어코…….

 그는 큰 기침을 내뱉었다.

 그의 생각은 왜정 시대 내선일체(內鮮一體)의 혼인론이 떠돌던 이야기에까지 꼬리를 물었다. 그때는 그것을 비방하거나 굴욕처럼 느끼지는 않았다. 오히려 당연한 것으로 해석했고 어찌 보면 우월한 것으로 생각하지 않았던가. 그런데 이 경우는…….

 그는 딸의 편지 구절을 곱씹었다.

 —애정에 국경이 있어요…….

 이것은 벌써 진부하다. 애비도 학창 시절에 그런 풍조는 다 마스터했다. 건방지게, 이게 새삼스레 애비에게 설교조로……. 좀더 솔직하지 못하고…….

 그러니 외딸인 제가 그런 국제 결혼의 시금석이 되겠단 말인가.

 —아무튼 아버지께서 쉬 한 번 오신다니 최종결정은 아버지의 의향에 따라 결정할 예정입니다만…….

 그래 아버지가 안 가면 그대로 정하겠단 말인가.

 이인국 박사는 '일대잡종(一代雜種)'의 유전법칙이 떠오르자 머리를 내저었다. '흰둥이 외손자', 생각만 해도 징그럽다.

그는 내던졌던 사진을 다시 집어 들었다.

대학 캠퍼스 같은 석조전의 거대한 건물, 그 앞의 정원, 뒤쪽에 짝을 지어 걸어가는 남녀 학생, 이 배경 속에 딸과 그 외인 교수가 나란히 어깨를 짚고 서서 웃음을 짓고 있다.

─흥, 놀기는 잘들 논다…….

응, 신음 소리를 치며 그는 자리에서 일어섰다. 아무튼 미스터 브라운을 만나러 이왕 가는 길이면 좀더 서둘러야겠다. 그 가장 대우가 좋다는 국무성 초청 케이스의 확정 여부를 빨리 확인해야겠다는 생각이 조바심을 쳤다.

그는 아내 혜숙이 있는 살림방 쪽으로 건너갔다.

"여보, 나미가 기어코 결혼하겠다는구려."

"그래요……."

아내의 어조는 별다른 감동이나 의아도 없음을 이인국 박사는 직감했다.

그는 가능한 한 혜숙이 앞에서 전실 소생의 애들 이야기를 하는 것을 삼가왔다.

어떻게 보면 나미의 미국 유학을 간접적으로 자극한 것은 가정 분위기의 소치라는 자격지심이 없지 않기도 했다.

나미는 물론 혜숙이를 단 한 번도 어머니라고 불러 준 일이 없었다. 혜숙이 또한 나미 앞에서 어머니라고 버젓이 행세한 일도 없었다.

지난날의 간호원과 오늘의 어머니, 그 사이에는 따져서 표현할 수 없는 미묘한 감정들이 복재(伏在)되어 있었다.

"선생님의 일이라면 무엇이든지 돕겠어요."

서울에서 이인국 박사를 다시 만났을 때 마음속 그대로 털어놓은 혜숙의 첫마디였다.

처음에는 혜숙이도 부인의 별세를 몰랐고 이인국 박사도 혼인 여부를 참견하지 않았다.

혜숙은 곧 대학병원을 그만두고 이리로 옮겨왔다.

나미는 옛 정이 다시 살아 혜숙을 언니처럼 따랐다.

이들의 혼인이 익어갈 때 이인국 박사는 목에 걸리는 딸의 의향을 우선 듣기로 하였다.

딸도 아버지의 외로움을 동정하고 있었다. 자기 자신 아버지의 시중이 힘에 겨웠고, 또 그 사이 실지의 아버지 뒤치닥거리를 혜숙이 해왔으므로 딸은 즉석에서 진심으로 찬의를 표했다.

그러나 시간이 흐를수록 혜숙과 나미의 간격은 벌어졌고 혜숙도 남편과의 정상적인 가정 생활에 나미가 장애물이 되는 것 같은 느낌을 차츰 가지게 되었다.

혜숙 자신도 처음에는 마음놓고 이인국 박사를 남편이랍시고 일 대 일로 부르진 못했다.

나미의 출발, 그 후 어린애의 해산, 이러한 몇 고개를 넘는 사이에 이제 겨우 아내답게 늠름히 남편을 대할 수 있고, 이인국 박사 또한 제대로의 남편의 체모로 아내에게 농을 걸 수도 있게끔 되었다.

"기어쿠 그 외인 교수하군가 가까워지는 모양인데."

이인국 박사는 아내의 얼굴을 직시하지는 못하고 마치 독백하듯이 뇌까렸다.

"할 수 있어요. 제 좋다는 대로 해야지요."

마치 남의 이야기를 하는 것처럼 이인국 박사에게는 들려왔다.

"글쎄 하기는 그렇지만……."

그는 입맛만 다시며 더 이상 계속하지 못했다.

잠을 깨어 울고 있는 어린것에게 젖을 물리고 있는 아내의 젊은 육체에서 자극을 느끼면서 이인국 박사는 자기 자신이 죄를 지은 것만 같은 나미에 대한 강박 관념을 금할 길이 없었다.

저 어린것이 자라서 아들 원식(元植)이나 또 나미 정도의 말상대가 되려도 아직 이십여 년의 세월이 흘러야 한다.

그때 자기는 칠십이 넘는 할아버지다.

현대 의학이 인간의 평균 수명을 연장하고, 암(癌) 같은 고질이 아닌 한 불의의 죽음은 없다 하지만, 자기 자신 의사이면서 스스로의 생명 하나를 보장할 수 없다.

─마누라는 눈앞에서 나는 새 놓치듯이 죽이지 않았던가.

아무리 해도 저 놈이 대학을 나올 때까지는 살아야 한다. 아무렴, 때가 때인 만큼 미국 유학까지는 내 생전에 시켜 주어야 하지.

하기야 그런 의미에서도 일찌감치 미국 혼담을 맺어 두는 것도 그리 해로울 건 없지 않나. 아무렴 우리보다는 낮게 사는 사람들인데. 좀 남보기 체면이 안 서서 그렇지.

그는 자위인지 체념인지 모를 푸념을 곱씹었다.

"여보, 저걸 좀 꾸려요."

이인국 박사의 말씨는 점잖게 가라앉았다.

"뭐 말이에요."

아내는 젖꼭지를 물린 채 고개만을 돌려 되묻는다.

"저, 병 말이요."

그는 화장대 위에 놓은 골동품을 가리켰다.

"어디 가져가셔요?"

"저 미대사관 브라운 씨 말이야. 늘 신세만 졌는데……."

아내가 꼼꼼히 싸놓은 포장물을 들고 이인국 박사는 천천히 현관을 나섰다.

벌써 석간 신문이 배달되었다.

아무리 생각해도 그것은 분명 기적임에 틀림없는 일이었다. 간헐적으로 반복되어 공포와 감격을 함께 휘몰아치는 착잡한 추억, 늘 어제 일마냥 생생하기만 하다.

1945년 팔월 하순.

아직 해방의 감격이 온누리를 뒤덮어 소용돌이칠 때였다.

말복(末伏)도 지난날씨언만 여전히 무더웠다. 이인국 박사는 이 며칠 동안 불안과 초조에 휘몰려 잠도 제대로 자지 못했다.

무엇인가 닥쳐올 사태를 오들오들 떨면서 대기하는 상태였다.

그렇게 붐비던 환자도 하나 얼씬하지 않고 쉴 사이 없던 전화도 뜸해졌다. 입원실은 최후의 복막염 환자였던 도청의 일본인 과장이 끌려간 후 텅비었다.

조수와 약제사는 궁금증이 나서 고향에 다녀오겠다고 떠나갔고, 서울 태생인 간호원 혜숙이만이 남아 빈집 같은 병원을 지키고 있었다.

이층 십조 다다미방에 '훈도시'와 '유까다' 바람에 뒹굴고 있던 이인국 박사는 견디다 못해 부채를 내던지고 일어났다.

그는 목욕탕으로 갔다. 찬물을 퍼서 대야째로 머리서부터 몇 번이고 내리부었다. 등줄기가 시리고 몸이 가벼워졌다.

그러나 수건으로 몸을 닦으면서도 무엇엔가 짓눌려 있는 것 같은 가슴 속의 갑갑증은 가셔낼 수가 없었다.

그는 창문으로 기웃이 한길가를 내려다보았다. 우글거리는 군중들은 아직도 소음 속으로 밀려가고 밀려오고 있다.

굳게 닫혀 있는 은행 철문에 붙은 벽보가 한길을 건너 하얀 윤곽만이 두드러져 보인다.

아니 그곳에 쓰여 있는 구절.

<친일파(親日派), 민족반역자(民族反逆者)를 타도(打倒)하자!>

옆에 붉은 동그라미를 두 겹으로 친 글자가 그대로 눈앞에 선명하게 보이는 것만 같다.

어제 저물녘에 그것을 처음 보았을 때의 전율이 되살아왔다.

순간 이인국 박사는 방쪽으로 머리를 획 돌렸다.

—나야, 원 괜찮겠지…….

혼자 뇌까리면서 그는 다시 부채를 들었다.

그러나 벽보를 들여다보고 있을 때 자기와 눈이 마주치는 순간, 일그러지는 얼굴에 경멸인지 통쾌인지 모를 웃음을 비죽거리면서 아래 위로 훑어 보던 그 춘석이 녀석의 모습이 자꾸만 머리 속으로 엄습하여 어두운 밤에 거미줄을 뒤집어쓴 것처럼 께림텁텁하기만 하다.

그간 놈, 하고 머리에서 씻어 버릴려도 거미처럼 자꾸만 감아 붙는 것만 같았다.

벌써 육 개월 전의 일이다.

형무소에서 병보석으로 가출옥되었다는 중환자가 업혀서 왔다.

휑뎅그런 눈에 앙상하게 뼈만 남은 몸을 제대로 가누지도 못하는 환자, 그는 간호원의 부축으로 겨우 진찰을 받았다.

청전기의 상아 꼭지를 환자의 가슴에서 등으로 옮겨 두 줄기의 고무줄에서 감득되는 숨소리를 감별하면서도 이인국 박사의 머리 속은 최후 판정의 분기점을 방황하고 있었다.

입원시킬 것인가, 거절할 것인가…….

환자의 몰골이나 업고 온 사람의 옷매무새로 보아 경제 정도는 뻔한 일이라 생각되었다.

그러나 그것보다도 더 마음에 켕기는 것이 있었다. 일본인 간부급들이 자기 집처럼 들락날락하는 이 병원에 이런 사상범을 입원시킨다는 것은 관선 시의원이라는 체면에서도 떳떳치 못할 뿐더러 자타가 공인하는 모범적인 황국신민(皇國臣民)의 공든 탑이 하루아침에 무너지는 결과를 가져오는 것이라는 생각이 들었다.

순간 그는 이런 경우의 가부 결정에 일도양단하는 자기식으로 찰나적인 단안을 내렸다.

그는 응급 치료만 하여 주고 입원실이 없다는 가장 떳떳하고도 정당한 구실로 애걸하는 환자를 돌려보냈다.

환자의 집이 병원에서 머지않은 건너편 골목 안에 있다는 것은 후에 간호원에게서 들었다. 그러나 그쯤은 예사로운 일이었기에 그는 그대로 아무렇지도 않게 흘려 버렸다.

그런데 며칠 전 시민대회 끝에 해방 경축 시가행진을 자기도 흥분에 차 구경하느라고 혜숙이와 함께 대문 밖에 나갔다가 자위대 완장(腕章)을 두르고 대열에 낀 젊은이와 눈이 마주쳤다.

이쪽을 노려보는 청년의 눈에서 불똥이 튀는 것 같은 살기를 느꼈다.

무슨 영문인지 모르고 어리벙벙하던 이인국 박사는 그것이 언젠가 입원을 거절당한 사상범 환자 춘석(春錫)이라는 것을 혜숙에게서 듣고야 슬금슬금 주위의 눈치를 살피며 집으로 기어들어왔다.

그후 그는 될 수 있는 대로 거리로 나가는 것을 피했지만 공교롭게도 어제 저녁 그 벽보 앞에서 마주쳤었다.

갑자기 밖이 와자지껄 떠들어대었다. 머리에 깍지를 끼고 비스듬히 누워서 갈피를 잡을 수 없는 생각에 골똘하던 이인국 박사는 일어나 앉아 한길 쪽에 귀를 기울였다. 들끓는 소리는 더 커갔다. 궁금증에 견디다 못하여 그는 엉거주춤 구부린 자세로 밖을 내다보았다. 포도에 뒤끓는 사람들은 손에 손에 태극기와 적기(赤旗)를 들고 환성을 울리고 있었다.

─무엇일까?

그는 고개를 갸웃 하며 다시 자리에 주저앉았다.

계단을 구르며 급히 올라오는 발자국 소리가 들려왔다.

혜숙이다.

"아마 소련군이 들어오나 봐요. 모두들 야단법석이에요……."

숨을 헐레벌떡이며 이야기하는 혜숙이의 말에 이인국 박사는 아무 대꾸도 없이 눈만 껌벅이며 도로 앉았다.

여러 날째 라디오에서 오늘 입성 예정이라고 했으니 인제 정말 오는가 보다 싶었다.

혜숙이 내려간 뒤에도 이인국 박사는 한참 동안 아무 거동도 못하고 바깥 쪽을 내다보고만 있었다.

무엇을 생각했던지 그는 움죽 자리에서 일어났다. 그리고는 벽장문을 열었다. 안쪽에 손을 뻗쳐 액자들을 끄집어 내었다.

<국어(國語, 일어)상용(常用)의 가(家)>

해방되던 날 떼어서 집어넣어 둔 것을 그 동안 깜박 잊고 있었다.

그는 액자틀 뒤를 열어 음식점 면허장 같은 두터운 모조지를 빼내어 글자 한 자도 제대로 남지 않게 손끝에 힘을 주어 꼼꼼히 찢었다.

이 종잇장 하나만 해도 일본인과의 교제에 있어서 얼마나 떳떳한 구실을 할 수 있었던 것인가. 야릇한 미련 같은 것이 섬광처럼 머리 속을 스쳐갔다.

환자도 일본말 모르는 축은 거의 오는 일이 없었지만, 대외 관계는 물론 집안에서도 일체 일본말만을 써왔다. 해방 뒤 부득이 써오는 제나라 말이 오히려 의사 표현에 어색함을 느낄 만큼 그에게는 거리가 먼 것이었다.

마누라의 솔선수범하는 내조지공(內助之功)도 컸지만 애들까지도 곧잘 지켜 주었기에 이 종잇장을 탄 것이 아니던가. 그것을 탄 날은 온 집안이 무슨 큰 경사나 난 것처럼 기뻐들 했었다.

"잠꼬대까지 국어로 할 정도가 아니면 이 영예로운 기회야 얻을 수 있겠소."

하던 국민총력연맹 지부장의 웃음 띤 치하 소리가 떠올랐다.

그 순간 자기 자신은 아이들을 소학교부터 일본 학교에 보낸 것을 얼마나 다행으로 여겼던 것인가.

그는 후, 한숨을 내뿜었다. 그리고는 저금통장의 잔액을 깡그리 내주던 은행 지점장의 호의에 새삼 고마움을 느끼는 것이었다.

그것마저 없었더라면……. 등골에 오싹하는 한기가 느껴왔다. 무슨 정치가 오던 그것만 있으면 시내 사람의 절반 이상이 굶어 죽기 전에야 우리 집 차례는 아니겠지. 그는 손금고가 들어 있는 안방 '단스'를 생각하면서 혼자 중얼거렸다.

이인국 박사는 무슨 일이 일어나도 꼭 자기만은 살아 남을 것 같은 막연한 기대를 곱씹고 있었다.

주위가 어두워왔다.

지축이 흔들리는 것 같은 동요와 소음이 가까워졌다. 군중들의 환호성이 터져 나왔다. '만세' 소리가 연방 계속되었다.

세상 형편을 알아보려고 거리에 나갔던 아내가 돌아왔다.

"여보, 당꾸 부대가 들어왔어요. 거리는 온통 사람들 사태가 났는데 집안에 처박혀 뭘 하구 있어요."

"뭘 하기는?"

"나가 보아요. '마우재'가 들어왔어요……."

어둠 속에서 아내의 음성은 격하였으나 감격인지 당황인지 알 길이 없었다.

— 계집이란 저렇게 우둔하구두 대담한 것일까…….

이인국 박사는 엷은 어둠 속에서 마누라 쪽을 주시하면서 입맛을 다셨다.

"불두 엽대 안 켜구."

마누라가 스위치를 틀었다. 이인국 박사는 백촉 전등의 너무 환한 것이 못마땅했다.

"불은 왜 켜는 거요."

"그럼 켜지 않구, 캄캄한데……, 자, 어서 나가 봅시다……."

마누라의 이끄는 데 따라 이인국 박사는 마지못해 하면서 시침을 떼고 따라나섰다.

헤드라이트의 눈부신 광선, 탱크 부대의 진주는 끝을 알 수 없이 계속되고 있다.

이인국 박사는 부신 불빛을 피하면서 가로수에 기대어 섰다.

박수와 환호성, 만세 소리가 그칠 줄 모르는 양안(兩岸)을 끼고 탱크는 물밀 듯 서서히 흘러간다. 위 뚜껑을 열고 반신을 내민 중대가리의 병정은 간신히 '우라—' 하면서 손을 내 흔들고 있다.

이인국 박사는 자기와는 아무 관련도 없는 이방 부대라는 환각을 느끼면서 박수도 환성도 안 나가는 멋쩍은 속에서 멍하니 쳐다보고만 있다. 그는 자기의 거동을 주시하지나 않나 해서 주위를 두리번거렸다.

그러나 아무도 그에게는 관심을 두는 일이 없이 탱크를 향하여 목청이 터지도록 거듭 만세를 부르고 있지 않은가.

—어떻게 되겠지…….

그는 밑도 끝도 없는 한 마디를 뇌이면서 유유히 집으로 돌아왔다.

민요 뒤에 계속되던 행진곡이 그치고 주둔군 사령관의 포고문이 방송되고 있다.

이인국 박사는 라디오 앞에 다가앉아 귀를 기울였다.

시민의 생명 재산은 절대 보장한다. 각자는 안심하고 자기의 직장을 수호하라. 총기(銃器), 일본도(日本刀) 등 일체의 무기 소지는 금하니 즉시 반납하라는 등의 요지였다.

그는 문득 단스 속에 넣어둔 엽총(獵銃)에 생각이 미치었다. 그러면 그것도 바쳐야 하는 것일까. 영국제 쌍발, 손때 묻은 애완물같이 느껴져 누구에게 단 한 번 빌려 주지 않았던 최신형, 특제품이다.

이인국 박사는 다이얼을 돌렸다. 대체 서울에서는 어떻게들 하고 있는 것일까.

거기도 마찬가지다. 민요가 아니면 행진곡이 나오고 그러다가는 건국준비위원회(建國準備委員會) 누구인가의 연설이 계속된다.

대체 앞으로 어떻게 될 것인가 궁금증을 해결할 방법이 없다.

해방 직후 이삼 일 동안은 자기도 태연하였지만 번지르르하게 드나들던 몇몇 친구들도 소련군 입성이 보도된 이후부터는 거의 나타나질 않는다. 그렇다고 자기 자신이 뛰어다니며 물을 경황은 더욱 없다.

밤이 이슥해서야 중학교와 국민학교를 다니는 아들 딸이 굉장한 구경이나 한 것처럼 탱크와 '로스케'의 이야기를 늘어놓으며 돌아왔다.

그들은 아버지의 심중은 아랑곳없다는 듯이 어머니, 혜숙이와 함께 저희들 이야기에만 꽃을 피우고 있었다.

이인국 박사는 슬그머니 일어나 이층으로 올라와 다다미 방에서 혼자 뒹굴었다.

앞일은 대체 어떻게 전개될 것인가. 뛰어넘을 수 없는 큰 바다가 가로 놓인 것만 같았다. 풀어 낼 수 있는 실마리가 전연 더듬어지지 않는 뒤헝클어진 상념 속에서, 그래도 이인국 박사는 꺼지려는 짚불을 불러일으키는 심정으로 막연한 한 가닥의 기대만은 끝내 포기하지 않은 채 천장을 멍청히 쳐다보고만 있다.

지난 일에 대한 뉘우침이나 가책 같은 건 아예 있을 수 없었다.

자동차 속에서 이인국 박사는 들고 나온 석간을 펼쳤다.

1면에 제목을 대강 훑고 난 그는 신문을 뒤집어 꺾어 3면으로 눈을 옮겼다.

＜북한(北韓) 소련유학생(蘇聯留學生) 서독(西獨)으로 탈출(脫出)＞

바둑알 같은 굵은 활자의 제목. 왼편 전단을 차지한 외신 기사. 손바닥만한 사진까지 곁들여 있다.

그는 코허리에 내려온 안경을 올리면서 눈을 부릅떴다.

그의 시각은 활자 속을 헤치고, 머리 속에는 아들의 환상이 뒤엉켜 들이차왔다.

아들을 모스크바로 유학시킨 것은 자기의 억지에서였던 것만 같았다.

출신 계급, 성분, 어디 하나나 부합될 조건이 있었단 말인가. 고급 중학을 졸업하고 의과대학에 입학한 바로 그 해다.

이인국 박사는 그때나 지금이나 자기의 처세 방법에 대하여 절대적인 자신을 가지고 있다.

"얘, 너 그 노어 공부를 열심히 해라."

"왜요?"

아들은 갑자기 튀어나오는 아버지의 말에 의아를 느끼면서 반문했다.

"야, 원식아, 별수없다. 왜정 때는 그래도 일본말이 출세를 하게 했고, 이제는 노어가 판을 치지 않니. 고기가 물을 떠나서 살 수 없는 바에야 그 물 속에서 살 방도를 궁리해야지. 아무튼 그 노서아말 꾸준히 해라."

아들은 아버지 말에 새삼스러이 자극을 받는 것 같진 않았다.

"내 나이로도 인제 이만큼 뜨내기 회화쯤은 할 수 있는데, 새파란 너희 낫세로야 그걸 못하겠니."

"염려 마세요, 아버지……."

아들의 대답이 그에게는 믿음직스럽게 여겨졌다.

이인국 박사는 심각한 표정으로 말을 이었다.

"어디 코 큰 놈이라구 별것이겠니. 말 잘해서 진정이 통하기만 하면 그것들두 다 그렇지……."

이인국 박사는 끝내 스텐꼬프 소좌의 배경으로 요직에 있는 당간부의 추천을 받아 아들의 소련 유학을 결정짓고야 말았다.

"여보 보통으로 삽시다. 거저 표나지 않게 사는 것이 이런 세상에선 가장 편안할 것 같아요. 이제 겨우 죽을 고비를 면하였는데 또 재까지 그 '높이 드는' 복판에 휘몰아 넣으면 어쩔라구……."

"가만 있어요. 호랑이두 굴에 가야 잡는 법이요. 무슨 세상이 되던 할대로 해봅시다."

"그래도 저 어린것을 어떻게 노서아까지 보낸단 말이요."

"아니, 중학교 애들도 가지 못해 골들을 싸매는데 대학생이 못 가 견딜라구."

"그래도 어디 앞일을 알겠소……."

"괜한 소리, 쟤가 소련 바람을 쏘이구 와야 내게 허튼소리 하는 놈들도 찍 소리를 못할 거요. 어디 보란 듯 다시 한 번 살아봅시다."

아들의 출발을 앞두고 걱정하는 마누라를 우격다짐으로 무마시키고 그는 아들의 유학을 관철했다.

—흥, 혁명 유가족두 가기 힘든 구멍을 친일파 이인국의 아들이 뚫었으니 어디 두구 보자…….

그는 만장의 기염을 토하며 혼자 중얼거리고는 희망에 찬 미소를 풍겼다.

그 다음 해에 사변이 터졌다.

잘 있노라는 서신이 계속하여 왔지만 동란 후 후퇴할 때까지 소식은 두절된 대로였다.

마누라의 죽음은 외아들을 사지로 보낸 것 같은 수심에도 그 원인이 있었다고 그는 생각하고 있다.

이인국 박사는 신문 '다찌기리' 속에 채워진 글자를 하나도 빼지 않고 다 읽어 내려갔다.

그러나 아들의 이름에 연관되는 사연은 한 마디도 없었다.

—이 자식은 무얼 꾸물꾸물하느라고 이런 축에도 끼지 못한담……. 사태를 판별하고 임기응변의 선수를 쓸 줄 알아야지, 멍추같이…….

그는 신문을 포개어 되는 대로 말아 쥐었다.

—개천에서 용마가 난다는데, 이건 제 애비만도 못한 자식이야…….

그는 혀를 찍찍 갈겼다.

—어쩌면 가족이 월남한 것조차 모르고 주저하고 있는 것이나 아닐까. 아니 이제는 그쪽에도 소식이 가서 제게도 무언중의 압력이 터져 갈 터인데……. 역시 고지식한 놈이 아무래도 모자라…….

그는 자동차에서 내리자 건 가래침을 내뱉았다.

—독또루 리, 내가 책임지고 보장하겠소. 아들을 우리 조국 소련에 유학시키시오.

스텐코프의 목소리가 고막에 와 부딪는 것만 같았다.

자위대가 치안대로 바뀐 다음날이다. 이인국 박사는 치안대에 연행되었다.

시멘트 바닥에 무릎을 꿇고 앉은 그는 입술이 파랗게 질려 있었다. 하반신이 저려 오고 옆구리가 쑤신다. 이것만으로도 자기의 생애를 통한 가장 큰 고역이라고 그는 생각하고 있다. 그러나 그것보다는 앞으로 닥쳐올 예기할 수 없는 사태가 공포 속에 그를 휘몰았다.

지나가고 지나오는 구두발 소리와 목덜미에 퍼부어지는 욕설을 들으면서 꺾이듯이 축 늘어진 그의 머리는 들릴 줄을 몰랐다.

시간만이 흘러가고 있었다.

그의 머리 속에는 짓눌렸던 생각들이 하나씩 꼬리를 치켜들기 시작했다.

—이럴 줄 알았더면 어디든지 가 숨거나, 진작 남으로라도 도피했을 걸……. 그러나 이 판국에 자기를 감싸 줄 사람이 어디 있담. 의지할 만한 곳은 다 자기와 같은 코스를 밟았거나 조만간에 밟을 사람들이 아닌가. 일본인! 가장 믿었던 성벽이 무너지고 난 지금 누구를…….

—그래도 어떻게 되겠지…….

이 막연한 기대는 절박한 이 순간에도 그에게서 완전히 떠나 버리지는 않았다.

—다행이다. 인민 재판의 첫코에 걸리지 않은 것만 해도……. 끌려간 사람들의 행방은 전연 알 길이 없다. 즉결 처형을 당하였다는 소문도 떠돈다. 사흘의 여유만 더 있었더라면 자기는 이미 이곳을 떴을는지도 모른다. 다 운명이다. 아니 그래도 무슨 수가 있겠지…….

"쪽발이 끄나풀, 야 이 새끼야."

고함 소리에 놀라 이인국 박사는 흠칫 머리를 들었다.

때도 묻지 않은 일본 병사 군복에 완장을 찬 젊은이가 쏘아보고 있다. 춘석이다.

이인국 박사는 다시 쳐다볼 힘도 없었다. 모든 사태는 짐작되었다.

이제는 죽는구나, 그는 입 속으로 뇌까렸다.

"왜놈의 밑바시, 이 개새끼야."

일본 군용화가 그의 옆구리를 들이찬다.

"이 새끼, 어디 죽어 봐라."

구둣발은 앞뒤를 가리지 않고 전신을 내지른다.

등골 척수에 다급한 충격을 받자 이인국 박사는 비명을 지르며 고꾸라졌다.

그는 현기증을 일으켰다. 어깻죽지를 끌어 바로 앉혀도 몸을 가누지 못하고 한쪽으로 쓰러졌다.

"민족과 조국을 팔아먹은 이 개돼지 같은 놈아, 너는 총살이야, 총살……."

어렴풋이 꿈속에서처럼 들려왔다. 그러나 그에게는 그 말도 아무런 반항을 일으키지 못했다.

시간이 얼마나 흘렀을까. 자기 앞자락에서 부스럭거리는 감촉과 금속성의 부닥거리는 소리를 듣고 어렴풋이 정신을 차렸다.

노란 털이 엉성한 손목이 시계줄을 끌르고 있다. 그는 반사적으로 앞자락의 시계 주머니를 부둥켜 쥐면서 손의 임자를 힐끔 쳐다보았다. 눈동자가 파란 중대가리 소련 병사가 시계줄을 거머쥔 채 이빨을 드러내고 히죽이 웃고 있다.

그는 두 손으로 있는 힘을 다해 양복 안주머니를 감싸쥐었다.

"흥…… 야뽄스끼."

병사의 눈동자는 점점 노기를 띠어갔다.

"아니, 이것만은……."

그들의 대화는 서로 통하지 않는 대로 손아귀와 눈동자의 대결은 그대로 지속되고 있다.

병사는 되박만한 손으로 이인국 박사의 손을 뿌리치면서 시계를 채어냈다. 시계줄은 끊어져 고리가 달린 끝머리가 이인국 박사의 손가락 끝에서 달랑거렸다.

병사는 밖으로 나가 버렸다.

—죽음과 시계…….

이인국 박사는 토막난 푸념을 되풀이하고 있다.

양쪽 팔목에 팔뚝시계를 둘씩이나 차고도 또 만족이 안 가 자기의 회중시계까지 앗아가는 그 병사의 모습을 머리 속에 똑똑히 되새겨 갈 뿐이다.

감방 속은 빼곡이 찼다.

그러나 고참자와 신입자의 서열은 분명했다. 달포가 지나는 사이에 맨 안쪽 똥통 위에 자리잡았던 이인국 박사는 삼 분지 이의 지점으로 점차 승격되었다.

그는 하루 종일 말이 없었다. 범인 속에 섞여 있던 감방 밀정이 출감된 다음날부터 불평만을 늘어놓던 축들이 불려 나가 반 송장이 되어 들어왔지만, 또 하루 이틀이 지나자 감방 속의 분위기는 여전히 불평과 음식 이야기로 소일되었다.

이인국 박사는 자기의 죄상이라는 것을 폭로하기도 싫었지만 예전에 고등계 형사들에게서 실컷 얻어들은 지식이 약이 되어 함구령이 지상 명령이라는 신념을 일관하고 있었다.

그는 간밤에 출감한 학생이 내던지고 간 노어회화(露語會話) 책을 첫장부터 꼼꼼히 뒤지고 있을 뿐이다.

등골이 쏘고 옆구리가 결려 온다. 이것으로 고질이 되는가 하는 생각이 없지 않다. 아침 저녁으로 기온이 사뭇 내려가고 있다. 아무리 체념한다면서도 초조감을 막을 길 없다.

노어책을 읽으면서도 그의 청각은 늘 감방 속의 이야기를 놓치지 않고 있다. 그들이 예측하는 식대로의 중형으로 치른다면 자기의 죄상은 너무나 어마어마하다. 양곡 조합의 쌀을 몰래 팔아 먹은 것이 7년, 양민을 강제로 보국대에 동원했다는 것이 10년. 감정적인 즉결이 아니라 법에 의한 처단이라고 내대지만 이 난리 판국에 법이구 뭐이구 있을까. 마음에만 거슬리면 총살일 판인데…….

—친일파, 민족반역자, 반일투사 치료 거부, 일제의 간첩 행위…….

이건 너무도 어마어마한 죄상이다. 취조할 때 나열하던 그대로 한다면 고작해야 무기 징역, 사형감일지도 모른다.

그는 방 안을 둘러보며 큰 숨을 내쉬었다.

처마밑에 바싹 달라붙은 환기창에서 들이 비치던 손수건만한 햇살이 참대자처럼 길어졌다가 실오리만큼 가늘게 떨리며 사라졌다. 그 창살을 거쳐 아득히 보이는 가을 하늘이 잊었던 지난 일을 한 덩어리로 얽어 휘몰아오곤 했다. 가슴이 찌릿했다.

밖의 세계와는 영원한 단절이다.

그는 눈을 감았다. 마누라, 아들, 딸, 혜숙이, 누구누구…… 그러다가 외과계의 원로 이인국 박사에 이르자 목구멍이 타는 것같이 꽉 막혔다. 그는 헛기침을 하고 침을 삼켰다.

─그럼, 어쩐단 말이야. 식민지 백성이 별수 있었어. 날구 뛴들 소용이 있었느냐 말이야. 어느 놈은 일본놈한테 아첨을 안 했어. 주는 떡을 안 먹은 놈이 바보지. 흥, 다 그놈이 그놈이었지.

이인국 박사는 자기 변명을 합리화시키고 나면 가슴이 좀 후련해왔다. 거기다 어저께의 최종 취조 장면에서 얻은 소련 고문관의 표정은 그에게 일루의 희망을 던져 주는 것이 있었다. 물론 그것이 억지의 자위(自慰)일지도 모른다고 생각되었지만.

아마 스텐코프 소좌라고 했지. 그 흑부리 장교, 직업이 의사라고 했을 때 '독또루' '독또루' 하고 고개를 기웃거리던 순간의 표정, 그것이 무슨 기적의 예시 같기만 했다.

이인국 박사는 신음 소리에 놀라 눈을 떴다.

복도에 켜 있는 엷은 전등 불빛이 쇠창살을 거쳐 방 안에 줄무늬를 놓으며 비쳐 들어왔다. 그는 환기창 쪽을 올려다보았다. 아직 동도 트지 않은 깜깜한 밤이다.

생똥 냄새가 코를 찌른다. 바짓가랑이 한쪽이 축축하다. 만져 본 손을 코에 갖다 댔다. 구역질이 난다. 역시 똥 냄새다.

옆에 누운 청년의 앓는 소리는 계속되고 있다. 찬찬히 눈여겨보았다. 청년 궁둥이도 젖어 있다.

─설산가부다…….

그는 살창문을 흔들며 교화소원을 고함쳐 불렀다.

"뭐야!"

자다가 깬 듯한 흐린 소리가 들려 왔다.

"환자가……, 이거, 이거 봐요."

창살 사이로 들여다보는 소원의 얼굴은 역광 속에서 챙 붙은 모자 밑의 둥그스름한 윤곽밖에 알려지지 않는다.

이인국 박사는 청년의 궁둥이 께를 손가락으로 가리키며 들여다보고 있다.

"이거, 피로군, 피야."

그는 그제야 붉은 빛을 발견하곤 놀란 소리를 쳤다.

"적리야, 이질……."

그는 직업 의식에서 떠오르는 대로 큰 소리를 질렀다.

"뭐, 적리?"

바깥 소리는 확실히 납득이 안 간 음성이다.

"핏똥 쌌소, 핏똥을……, 이것 봐요."

그는 언성을 더욱 높였다.

"응, 핏똥……."

아우성 소리에 감방 안의 사람들은 하나 둘 눈을 뜨며 저마다 놀란 소리를 쳤다.

"적리, 이거 전염병이요, 전염병."

"뭐, 전염병……."

그제야 교화소원이 문을 열고 들어왔다.

얼마 후 환자는 격리되었고, 남은 사람들은 똥을 닦느라고 한참 법석을 치고 다시 잠을 불러일으키질 못했다.

이튿날 미결감 다른 감방에서 또 같은 증세의 환자가 두셋 발생했다. 날이 갈수록 환자는 늘기만 했다.

이 판국에 병만 나면 열의 아홉은 죽는 길밖에 없다고 생각한 이인국 박사는 새로운 위험에 사로잡히기 시작했다.

저녁 후 이인국 박사는 고문관실로 불려 나갔다.

"동무는 당분간 환자의 응급 치료실에서 일하시오."

이게 무슨 청천벽력 같은 기적일까. 그는 통역의 말을 의심했다.

소련 장교와 통역관을 번갈아 쳐다보는 그의 눈동자는 생기를 띠어갔다.

"알겠소, 엥……?"

"네."

다짐에 따라 이인국 박사는 기쁨을 억지로 감추며 평범한 어조로 대답했다.

—글쎄 하늘이 무너져도 솟아날 구멍은 있다니까.

그는 아무 표정도 나타내지 않으려고 이를 악물었다.

죽어 넘어진 송장이 개 치우듯 꾸려져 나가는 것을 보고 이인국 박사는 꼭 자기 일같이만 느껴졌다.

—의사, 이것은 나의 천직이다.

그는 몇 번이고 감격에 차 중얼거렸다. 그는 있는 힘을 다해 자기 담당의 환자를 치료했다. 이러한 일은 그의 실력이 혹부리 고문관의 유다른 관심을 끌게 한 계기를 마련해 주었다.

사상범을 옥사시키는 경우는 책임자에게 큰 문책이 온다는 것은 훨씬 후에야 그가 안 일이다.

소련 군의관에게 기술이 인정된 이인국 박사는 계속 병원에 근무하게 되었다. 그러나 죄상 처벌의 결말에 대하여는 알 길이 없었다.

그는 이 절호의 기회를 최대한으로 활용하고 싶었다. 이제는 죽어도 한이 없을 것만 같았다.

어떻게 하여 이 보이지 않는 구속에서까지 완전히 벗어날 수는 없을까.

그는 환자의 치료를 하면서도 늘 스텐코프의 왼쪽 뺨에 붙은 오리알만한 혹을 생각하고 있었다.

불구라면 불구로 볼 수 있는 그 혹을 가지고 고급 장교에까지 승진하였다는 것은 소위 말하는 당성(黨性)이 강하거나 그렇지 않으면 전공(戰功)이 특별했음에 틀림없다는 생각이 들었다.

그것 하나만 물고 늘어지면 무엇인가 완전히 살아날 틈새기가 생길 것만 같았다.

이인국 박사의 뜨내기 노어도 가끔 순시하는 스텐코프와 인사말을 주고받을 수 있을 정도로 진전되었다.

이 안에서의 모든 독서는 금지되었지만 노어 교본과 당사(黨史)만은 허용되었다.

이인국 박사는 마치 생명의 열쇠나 되는 듯이 초보 노어책을 거의 암송하다시피 했다.

크리스마스를 전후하여 장교들의 주연이 베풀어지는 기회가 거듭되었다.

얼근히 주기를 띤 스텐코프가 순시를 돌았다.

이인국 박사는 오늘의 기회를 놓치지 않겠다고 마음먹었다.

수일 전 소군(蘇軍) 한 사람이 급성맹장염이 퍼져 복막염으로 번졌다.

그 환자의 실을 뽑는 옆에 온 스텐코프에게 이인국 박사는 말 절반 손짓 절반으로 혹을 수술하겠다는 의사를 표명했다.

스텐코프는 '하라쇼'를 연발했다.

그 후 몇 번 통역을 사이에 두고 수술 계획에 대한 자세한 의사를 진술할 기회가 생겼다.

이인국 박사는 일본인 시장의 혹을 수술하던 일을 회상하면서 자신 있는 설복을 했다.

—동경 경응대학병원에서도 못하겠다는 것을 내가 거뜬히 해치우지 않았던가.

그는 혼자 머리 속에서 자문자답하면서 이번 일에 도박 같은 심정으로 생명을 걸었다.

소련 군의관을 입회시키고 몇 차례의 예비 진단이 치루어졌다.

수술일은 왔다.

이인국 박사는 손에 익은 자기 병원의 의료기재를 전부 운반하여 오게 했다.

군의관 세 사람이 보조하기로 했지만 집도는 이인국 박사 자신이 했다.

야전 병원의 젊은 군의관들이란 그에게 있어선 한갖 풋내기로밖에 보이지 않았다.

그는 수술을 진행하는 동안 그들 군의관들을 자기 집 조수 부리듯 했다. 집도 이후의 수술대는 완전히 자기 전단하의 왕국이라고 생각되었다.

그러나 아까 수술 직전에 사인한, 실패되는 경우에는 총살에 처한다는 서약서가 통일된 정신을 순간순간 흐려 놓곤 한다.

수술대에 누운 스텐코프의 침착하면서도 긴장에 찼던 얼굴, 그것도 전신 마취가 끝난 후 삼 분이 못 갔다.

간호부는 가제로 이인국 박사의 이마에 맺힌 땀방울을 연방 찍어내고 있다.

기구가 부딪는 금속성과 서로의 숨소리만이 고촉의 반사등이 내리비치는 방 안의 질식할 것 같은 침묵을 헤살짓고 있다.

수술은 예상 이상의 단시간으로 끝났다.

위생복을 벗은 이인국 박사의 전신은 땀으로 흠뻑 젖었다.

완치되어 퇴원하던 날, 스텐코프는 이인국 박사의 손을 부서져라 쥐면서 외쳤다.

"꺼삐딴 리, 스바씨보."

이인국 박사는 입을 헤 벌리고 웃기만 했다. 마음의 감옥에서 해방된 것만 같았다.

"아진, 아진……, 오첸 하라쇼."

스텐코프는 엄지손가락을 높이 들면서 네가 첫째라는 듯이 이인국 박사의 어깨를 치며 찬양했다.

다음날 스텐코프는 이인국 박사를 자기 방으로 불렀다.

그가 이인국 박사에게 스스로 손을 내밀어 예절적인 악수를 청한 것은 이것이 처음이었다.

—적과 적이 맞부딪치면서 이렇게 백팔십 도로 전환될 수가 있을까. 노랑대가리도 역시 본심에서는 하나의 인간임에는 틀림없는 것이 아닌가.

"내일부터는 집에서 통근해도 좋소."

이인국 박사는 막혔던 둑이 터지는 것 같은 큰 숨을 삼켜 가면서 내쉬었다.

이번에는 이인국 박사가 스텐코프의 손을 잡았다.

"스바씨보, 스바씨보."

"혹, 나한테 무슨 부탁이 없소."

이인국 박사는 문득 시계가 머리에 떠올랐다.

그러나 곧 이어 이 마당에 그런 이야기를 꺼낸다는 것은 오히려 꾀죄죄하게 보이지 않을까 하는 생각이 뒤따랐다.

그러나 아무래도 그 미련이 가셔지지 않았다.

이인국 박사는 비록 찾지 못하는 경우가 있더라도 솔직히 심중을 털어놓으리라고 마음먹었다.

그는 통역의 보조를 받아가며 시간과 장소를 정확히 회상하면서 시계를 약탈당한 경위를 상세히 설명했다.

스텐코프는 혹이 붙었던 뺨을 쓰다듬으면서 긴장된 모습으로 듣고 있었다.

"염려 없소, 독또루 리, 위대한 붉은 군대가 그럴 리가 없소. 만약 있었다 하더라도 그것은 무슨 착각이었을 것이오. 내가 책임지고 찾도록 하겠소."

스텐코프의 얼굴에 결의를 띤 심각한 표정이 스쳐가는 것을 이인국 박사는 똑바로 쳐다보았다.

—공연한 말을 끄집어 내어 일껏 잘 되어 가는 일에 부스럼을 만드는 것은 아닐까.

그는 솟구치는 불안과 후회를 짓눌렀다.

"안심하시오, 독또루 리, 하하하."

스텐코프는 큰 웃음으로 넌지시 말끝을 막았다.

이인국 박사는 죽음의 직전에서 풀려나 집으로 향했다.

어느 사이에 저렇게 노어로 의사 표시를 할 수 있게 되었느냐고 스텐코프가 감탄하더라는 통역의 말을 되뇌이면서…….

차가 브라운 씨의 관사 앞에 닿았다.

성조기(星條旗)를 보면서 이인국 박사는 그날의 적기(赤旗)와 돌려 온

시계를 생각하고 있었다.

응접실에 안내된 이인국 박사는 주인이 나오기를 기다리면서 방 안을 둘러보았다. 대사관으로는 여러 번 찾아갔지만 집으로 찾아온 것은 이번이 처음이다.

삼 년 전 딸이 미국으로 갈 때부터 신세진 사람이다.

벽쪽 책꽂이에는 『이조실록(李朝實錄)』, 『대동야승(大東野乘)』 등 한적(漢籍)이 빼곡이 차 있고, 한쪽에는 고서(古書)의 질책(帙冊)이 가지런히 쌓여져 있다.

맞은편 책상 위에는 작은 금동불상(金銅佛像) 곁에 몇 개의 골동품이 진열되어 있다.

십이 폭 예서(隷書) 병풍 앞 탁자 위에 놓인 재떨이도 세월의 때묻은 백자기다.

저것들도 다 누군가가 가져다 준 것이 아닐까 하는 데 생각이 미치자 이인국 박사는 얼굴이 화끈해졌다.

그는 자기가 들고 온 상감진사(象嵌辰砂) 고려청자 화병에 눈길을 돌렸다.

사실 그것을 내놓는 데는 얼마간의 아쉬움이 없지 않았다. 국외로 내어 보낸다는 자책감 같은 것은 아예 생각해 본 일이 없는 그다.

차라리 이인국 박사에게는 저렇게 많으니 무엇이 그리 소중하고 달갑게 여겨지겠느냐는 망설임이 더 앞섰다.

브라운 씨가 나오자 이인국 박사는 웃으며 선물을 내어 놓았다.

포장을 풀고 난 브라운 씨는 만면에 미소를 띠우며 기쁨을 참지 못하는 듯 '쌩큐'를 거듭 부르짖었다.

"참 이거 귀중한 것입니다."

"뭐, 대단한 것은 아닙니다. 거저 제 성의입니다."

이인국 박사는 안도감에 잇닿는 만족을 느끼면서 브라운 씨의 기쁨에 맞장구를 쳤다.

브라운 씨의 영어 반 한국말 반으로 섞어 하는 이야기를 들으면서 이인국 박사는 흐뭇한 기분에 젖었다.

"닥터 리는 영어를 어디서 배웠습니까?"

"일제 시대에 일본말 식으로 배웠지요. 예를 들면 '잣도 이즈 아 갓도' 식으루요."

"그런데 지금 발음은 좋은데요. 문법이 아주 정확한 스탠다드 잉글리쉬입니다."

그는 이 말을 들을 때 문득 스텐코프의 말이 연상되었다.

그러고 보면 영국에 조상을 가진다는 브라운 씨는 알(R) 발음을 그렇게 나타내지 않는 것 같게 여겨졌다.

"얼마 전부터 개인 교수를 받고 있습니다."

"아, 그렇습니까."

이인국 박사는 자기의 어학적 재질에 은근히 자긍을 느꼈다.

브라운 씨가 부엌 쪽으로 갔다 오더니 양주 몇 병이 놓인 쟁반이 따라 나왔다.

"아무거라도 마음에 드는 것으로 하십시오."

이인국 박사는 워드카 잔을 신통한 안주도 없이 억지로라도 단숨에 들이켜야 속 시원해 하던 스텐코프를 브라운 씨 얼굴에 겹쳐 보고 있다.

그는 혈압 때문에 술을 조절해야 하는 자기 체질에 양맞게 스카치 잔을 핥듯이 조금씩 목을 축이면서 브라운 씨의 이야기를 기다렸다.

"그거, 국무성에서 통지 왔습니다."

이인국 박사는 뛸 듯이 기뻤으나 솟구치는 흥분을 억제하면서 천천히 손을 내밀어 악수를 청했다.

"쌩큐 쌩큐."

어쩌면 이것은 수술 후의 스텐코프가 자기에게 하던 방식 그대로인지도 모른다는 생각이 들었다.

이인국 박사는 지성이면 감천이라구 나의 처세법은 '유 에스 에이'에도 통하는구나 하는 기고만장한 기분이었다.

청자병을 몇 번이고 쓰다듬으면서 술잔을 거듭하는 브라운 씨도 몹시 즐거운 표정이었다.

"미국에 가서의 모든 일도 잘 부탁합니다."

"네 염려마십시오. 떠나실 때 소개장을 써 드리지요."

"감사합니다."

"역사는 짧지만 미국은 지상의 낙토입니다. 양국의 우호와 친선에 도움이 되기를 바랍니다."

"쌩큐……."

다음날 휴전선 지대로 같이 수렵하러 가기로 약속하고 브라운 씨 대문을 나섰다.

이번 새로 장만한 영국제 쌍발 엽총의 짙푸른 총신을 머리에 그리면서 그의 몸은 날기라도 할 듯이 두둥실 가벼웠다.

이인국 박사는 아까 수술한 환자의 경과가 궁금했으나 그것은 곧 씻겨져 갔다.

그의 마음속에는 새로운 포부와 희망이 부풀어올랐다.

신체 검사는 이미 끝난 것이고, 외무부 출국 수속도 국무성 통지만 오면 즉일 될 수 있게 담당 책임자에게 교섭이 되어 있지 않은가?

빠르면 일 주일 내에 떠나게 될지도 모른다는 브라운 씨의 말이 떠올랐다. 대학을 갓 나와 임상 경험도 신통치 않은 것들이 미국에만 갔다 오면 별이라도 딴 듯이 날치는 꼴이 눈꼴 사나왔다.

─어디 나두 댕겨오구 나면 보자!

문득 딸 나미와 아들 원식의 얼굴이 한꺼번에 망막으로 휘몰아왔다. 그는 두 주먹을 불끈 쥐며 얼굴에 경련을 일으키듯이 긴장을 띠다가 어색한 미소를 흘려보냈다.

─홍, 그 사마귀 같은 일본놈들 틈에서도 살았고, 닥싸마귀 같은 로스케 속에서도 살아났는데, 양키라고 다를까……. 혁명이 일겠으면 일구, 나라가 바뀌겠으면 바뀌구, 아직 이 이인국의 살 구멍은 막히지 않았다. 나보다 얼마든지 날뛰던 놈들도 있는데 나쯤이야…….

그는 허공을 향하여 마음껏 소리치고 싶었다.

─그러면 우선 비행기 회사에 들러 형편이나 알아볼까…….

이인국 박사는 캘리포니아 특산 시가를 비스듬히 문 채 지나가는 택시를 불러 세웠다.

그는 스프링이 튈 듯이 털썩 주저앉았다.

"반도 호텔로……."

차창을 거쳐 보이는 맑은 가을 하늘이 이인국 박사에게는 더욱 푸르고 드높게만 느껴졌다. 🔚

주:'까삐딴'은 영어(英語)의 캡틴(Captain)에 해당되는 노어(露語)다. 8·15 직후 소련군(蘇聯軍)이 북한(北韓)에 진주(進駐)하자 '까삐딴'이 '우두머리'나 '최고'라는 뜻으로 많이 쓰였는데, 그 발음(發音)이 와전(訛傳)되어 '꺼삐딴'으로 통용되었다.

닳아지는 살들

이호철(李浩哲)

1932년 함남 원산에서 태어났다. 1955년 『문학예술』에 소설 「탈향」으로 등단했다. 1961년에 현대문학상을 수상했으며, 1962년에 동인문학상을 수상했다. 소설집으로는 『서울은 만원(滿員)이다』『소시민』『나상(裸像)』『공복사회(公僕社會)』『분』『판문점』 등이 있다.

■심사평

「닳아지는 살들」은 밤중에 멀리서 들려오는 꽝땅…… 하는 금속의 힘 있는 음향을 되풀이하여 삽입하면서 몰락해 가는 한 가정의 어둡고 무기력하고 애수에 찬 분위기 속에서 힘찬 것을 지향하는 한 여인의 심정을 혼연하게 그려 준 작품이다. 체홉의 어떤 작품을 연상시키면서도 그 기본 위에서 현대적인 감각으로 한 걸음 더 나가고 있는 이 작품은 이씨의 작가적인 좋은 재질을 보장해 주고 있다는 점에서 마음 든든한 바 있다. 여주인공과 이층의 사나이와의 관계에 조금 아쉬운 구석이 발견되나, 그 가정의 분위기를 형성하는 다른 인물들을 음영이 있게 그려 준 점에서 얼마든지 커버될 수 있었다.─안수길(安壽吉)

닳아지는 살들

1

오월의 어느 날 저녁이었다. 맏딸이 또 밤 열두 시에 돌아온대서 벌써부터 기다리고들 있었다. 서성대는 사람은 없으나 언제나처럼 누구인가를 기다리고 있는 분위기는 감돌고 있었다.

은행 두취(頭取:'은행장'의 전 이름. 편집자 주)로 있다가 현역에서 은퇴하고 명예역으로 이름만 걸어놓고 있는(지금도 거기에서 매달 들어오는 수입으로 한 달 살림은 넉넉했다) 칠십이 넘은 늙은 주인은 연한 남색 명주옷을 단정하게 입고 응접실 소파에 기대어 앉아 있었다. 단정하게 입긴 입었으나 어쩐지 헐렁헐렁해 보이고 축 늘어진 앉음새는 속이 허하여 혼자 힘으로 일어설 힘조차 없을 것처럼 보였다. 귀가 멀고 반백치였다. 그러나 허연 살결의 넓적한 얼굴은 훨씬 젊어 보이고 서양 사람의 풍격을 느끼게 하였다. 며느리 정애(貞愛)와 막내딸 영희(英姬)가 옆자리에 앉아 있었다. 며느리의 한복 차림을 싫어하는 왕년의 시아버지의 뜻대로, 정애는 봄 스웨터에 통이 좁은 까만 바지 차림이고, 영희는 원피스를 입고 있었다. 며느리와 시누이는 사이 좋은 자매를 연상케 하였다. 세 사람은 모두 넓은 창문 너머 어두운 뜰을 내다보고 있었다. 정애는 시아버지의 한 팔을 부축하고 앉았고 영희는 옆에 턱을 받치고 앉았다.

 바깥은 어둡고 뜰 변두리의 늙은 나무들은 바람에 불려 서늘한 소리를 내었다. 처마끝 저편에 퍼진 하늘엔 별이 총총하게 박혀 있으나, 아스므레한 기운에 잠겨 있다. 집은 전체로 조용하고 썰렁했다.

 꽝 당 꽝 당.

 먼 어느 곳에선 이따금 여운이 긴 쇠붙이 두드리는 소리가 들려왔다. 밑거리의 철공장이나 대장간에서 벌겋게 단 쇠를 쇠망치로 두드리는 소리 같았다. 근처에 그런 곳은 없을 것이었다. 그렇다면 굉장히 먼 곳일 것이었다.

 꽝 당 꽝 당.

 단조로운 소리이면서 송곳처럼 쑤시는 구석이 있는 밤중에 간헐적으로 들려오는 그 소리는 이상하게 신경을 자극했다.

 "참, 저거 무슨 소리유?"

 영희가 미간을 찌푸리면서 말했다.

 "글쎄, 무슨 소릴까……."

 정애가 심드렁하게 대답했다.

 "이 근처에 철공장은 없을 텐데."

 "……."

 정애는 표정으로만 수긍을 했다.

 꽝 당 꽝 당.

 그 쇠붙이의 쇠망치에 부딪히는 소리는 여전히 간헐적으로 이어지고 있었다. 밤내 이어질 셈이었다. 자세히 그 소리만 듣고 있으려니까 바깥의 서늘대는 늙은 나무들도 초여름 밤의 바람에 불려서 그런 것이 아니라, 그 소리의 여운에 울려 흔들리고 있는 것이었다. 그 소리는 이 방 안의 벽 틈서리를 쪼개고도 있는 것이었다. 형광등 바로 위의 천장에 비수가 잠겨 있을 것이었다. 초록빛 벽 틈서리에서 어머니는 편안하시다. 돌아가서 편안하시다. 형편없이 되어가는 집안꼴을 감당하지 않아서 편안하시다. 꽝 당 꽝 당, 저 소리는 기어이 이 집을 주저앉게 하고야 말 것이다.

집지기 구렁이도 눈을 뜨고 슬금슬금 나타날 때가 되었을 것이다. 그리고 향연이다. 유감이 없이 이별을 고해야 할 것이다.

영희가 갑자기 조작적인 구석이 느껴지게 필요 이상으로 깔깔대며 웃었다. 정애가 화들짝 놀랐다. "참, 언니 내가 지금 무슨 생각을 했는지 아우?" 하곤, "아버지 팔을 그렇게 부축하고 있으니까 며느리 같지가 않구 딸 같아요" 하고 말했다.

정애는 약간 수줍어하는 듯한 표정을 지었다. 아버지는 물론 못 듣고 있었다. 제 코앞의 사마귀만 주무르고 있었다.

영희가 계속 다급하게 말을 이었다. 목소리가 높아지고 조급해 있었다. 그 쇠붙이 두드리는 소리가 듣기 싫어서 안 들으려고, 억지로 조잘대고 있는 셈이었다.

꽝 당 꽝 당.

그러나 그 쇠붙이 소리는 같은 삼십 초 가량의 간격으로 이어지고 있었다. 뾰족뾰족한 삼십 초다. 영희 목소리의 밑층 넓은 터전으로 잠겨 그 소리는 더욱 윤기를 내고 있었다.

"그러니까 우리 집두 적당히 민주적인 집안인 셈이겠죠. 시아버지와 며느리 사이가 이쯤 되어 있으니." 잠시 사이를 두었다가 더 목소릴 높여, "그렇지만 진력이 안 나우, 올켄? 도대체 무엇인지 굉장히 빠진 게 있어. 큰 나사못이래도 좋고, 받들어 수는 기능이래도 좋고, 그런 것 말이야요. 아이 안 그렇수?"

정애는 시아버지를 닮았다. 시아버지와는 다른 성격으로 백치가 되어 있었다. 대화(對話)란, 피차 신경을 긁어 놓기 위해서, 밤낮 할 짓이 없이 이렇게 앉아 있는 사람들끼리 잊어 버렸던 일을 되불러일으켜 피차 골치를 앓게 하기 위해서, 쓸모 없는 사변을 위해서, 태어난 것은 아니라고 그렇게 믿고 있는 듯 보였다.

"오늘 저녁두 또 열두 시유?"

영희가 또 말했다. 계속해서, "오빠 또 이층이겠수?" 하곤,

"참, 그인 아직 안 돌아왔죠?"

그이란 선재(善載)일 것이었다. 아직 약혼까지는 안 됐으나 결국은 그

렇게 낙착되리라고 피차 각오하고 있고, 주위에서도 다 그렇게 알고 있는 터였다. 이북으로 시집을 가서 이젠 이십 년 가까이 만나지 못한 언니의 시사촌 동생이라니, 그렇게 알밖에 없었다. 1·4후퇴 때 월남을 하여 험한 세상 건너오면서 두터움이 배어들 만도 하였다. 삼 년 전에 세상을 떠난 늙은 어머니가 그를 몹시 아껴 주고 측은해 하였다. 제 맏딸의 시동생이라는 연줄을 생각해서였을 것이었다. 역시 칠십이 되어 노망도 들 만했지만, 맏딸의 이모저모를 선재에게 되풀이 되풀이 물어보는 눈치였다. 임종 때도 온가족이 다 모여 있었지만 선재를 기어이 확인하고서야 안심을 하였다. 아마도 맏딸 대신으로 삼았을 것이었다. 결국 이러는 사이에 이층의 구석방을 차지해 버렸다. 때로는 일이 만 환 들여 놓는 수도 있었지만 이즈음에 와서는 그것도 뚝 끊어졌다. 처음 한동안은 불길한 사람으로 느껴지고 천티가 흐른다고 생각했으나, 자기는 팔자 드센 여자, 시집을 안 가야 할 여자로 막연하게 자처하고 있는 사이에, 어느새 그와도 익숙해졌다. 어느 수산물 회사에 있다고 하나 그 자상한 내력을 알 만큼 그토록 익숙한 것은 물론 아니었다.

"어째서 하필이면 열두 시유?"

영희가 말했다.

"글쎄."

정애가 대답했다.

"정말 돌아오기만 하면 오죽 좋겠수."

영희가 말했다.

"글쎄 그러기나 하면."

정애가 대답했다.

"생각하면 참 우스워 죽겠어."

영희가 웃지는 않고 웃는 시늉만을 했다. 그러기를 멈추고 장난치듯이 말했다.

"숫제 우리 모두 헤져 버립시다. 어떻게든 살게는 되겠지 뭐. 뿔뿔이 헤져 버려. 그까짓 거 뭐 어때요. 쉬울 것 같애 차라리."

차라리 한번 그렇게 해보자는 셈으로 익살맞게 눈을 치켜올려 떴다.

마침 성식(成植)이 층층다리를 내려와 안 복도로 통하는 문을 살그머니 열었다. 정애와 영희의 시선과 부딪치자 영희 쪽을 향해,

　"왜들 그러구 앉었어?" 하고 물었다.

　영희는 히죽이 웃으면서 좀 가시가 돋친 소리로 말했다.

　"오빤 여전히 파자마 차림이로구려, 또 언니를 기다리지 않우."

　성식은 대답이 없이 아버지의 건너편 의자에 앉았다.

　영희가 말했다.

　"오빠, 오늘두 열두 시유 글쎄." 곧 이어서,

　"같이 안 기다릴라우?"

　성식은 대답이 없이 신문을 펼쳐 들었다.

　"이 집 젊은 주인이니까 같이 기다려야지 뭐. 안 그렇수 언니" 하곤 아버지 쪽을 향해 손짓을 섞어 큰 소리로, "아버지, 오빠두 기다려 준대요, 오빠두." 아버지는 화들짝 놀란 얼굴을 하며 딱히 알아 듣지는 못한 눈치이나 머리를 끄덕였다.

　뚜렷하게 내색은 안 내지만 오빠가 선재와 자기와의 일에 철저하게 방관적인 것을 영희는 알고 있다. 선재를 경멸하고 있는 눈치다. 딱히 선재를 사랑하고 있는 것도 아닌데 오빠의 그런 투가 영희의 자존심을 긁어 놓았다. 그리고 그것이 차라리 선재를 자기의 어느 구석과 굳게 연결시켜 놓는 것이다.

　"오빠, 그이 몇 시에 돌아온단 말 못 들었수?"

　성식은 미간을 찡그리며 머리를 가로저었다.

　"오빠, 내가 말 끝마다 오빠를 긁어 놓고 있는 것을 알우?"

　성식의 안경알이 한번 차게 번쩍했다.

　"왜 그러는지 알우? 알 테지 뭐, 난 요새 오빠와 선재씨 요모조모로 비교해 봐요. 오빠가 아니꼬운 점이 많아."

　"……."

　"서른네 살, 낯색이 해말갛구, 긴 다리가 바싹 여위구, 낮이나 밤이나 파자마차림, 음악을 공부한다고 하다가 대학은 미술대를 나오구, 미국을 두어 번 다녀온 후론 취직을 할 염도 않구, 그렇다구 딱히 할 일도 없구,

막연하게 작곡가를 꿈꾸고 있구, 그 다음 오빠를 설명할 얘기가 또 뭐 있을까?"

안경알만 또 번쩍했다.

복도로 나와 버렸다.

꽝 당 꽝 당.

잠시 잊어버렸던 그 소리는 다시 광물성의 딴딴한 것으로 번쩍번쩍 달려들었다. 방 안에서보다 더 크게 육중하게 지축을 흔들 듯이 달려들었다. 가슴에서 카바이트 내음새가 났다. 목욕탕 문이 열려 있고 휑하게 불이 켜져 있었다.

불을 끌까 하다가 역시 켜두는 것이 좋을 듯하여 그냥 두었다.

이북에 있는 언니가 열두 시에 돌아오다니, 그러한 것은 물론 찬찬하게 따져 볼 성질이 못 되었다. 그러나 어느 때부터인지 딱히 알 수 없지만, 이렇게 기다리는 일에는 이젠 익숙해져 있었다. 아버지는 이 년 전부터 귀가 멀어 있었다. 귀가 멀면서 말수가 적어졌다. 말로 할 수도 있는 것을 대개는 눈짓이나 표정으로 뜻을 전하곤 했다. 그러면서 차츰 머리가 텅 비어지고 반백치가 되어간 것이다. 집안 전체를 통어(統御)해 나가는 줄이 끊어지면서, 식모는 훨씬 자유스러워지고 활달해지고 뻔뻔해졌다. 이 집에서 가장 문문해 보인다는 셈인지 선재에게 곧잘 농을 걸기도 하였다. 그런 것도 영희의 자존심을 긁어 놓았다. 부성부성하게 부은 듯한 약간 얽은 얼굴에 짙은 화장을 하고 얼룩덜룩한 원피스 차림으로 외출이 잦았다. 4·19 데모나 5·16 때는 하루 종일 밖에 나가 있었다. 설마 데모에는 가담 안 했을 터이지만, 시장을 보아 가지고 들어설 때는 넓은 터전의 내음새를 거칠게 풍기면서 있었다.

살그머니 부엌문을 열었다.

"하필이면 밤 열두 시야. 낮 열두 시면 어때서, 미쳐두 좀 곱게나 미치지."

식모가 혼자 푸념을 하고 있었다.

영희는 흠칫했다.

"뭐? 뭐야? 너 이제 뭐라 그랬어?"

식모는 돌아보곤 키들대며 웃기부터 했다.

"너 이제 뭐라 그랬느냐 말야?"

"아무것도 아니에유."

식모가 말했다.

"너두 이 집에 살면 이 집 식구가 아니냐. 좀 어울려 들면 못 쓰니, 못 써? 못 써? 누군 너만큼 몰라서 이러는 줄 아니?"

영희의 눈에서는 드디어 눈물이 비어져 나왔다.

"누가 어째시유 뭐? 그저 혼자 해본 얘긴 걸유."

오빠는 가는 흰 테 안경을 쓰고 여전히 신문을 보고 있었다. 한 손에는 코카콜라 통을 들고 있었다. 걷어 올린 파자마 밑으로 퍼런 심줄이 내솟 은 하얀 살결의 여윈 다리에 털이 무성했다.

아버지는 그냥 전의 자세 그대로였다. 오빠와 한자리에 앉으면 으레 그 렇듯, 정애의 아름다운 얼굴엔 우수가 서려 있었다. 머리를 갸웃히 바깥 쪽으로 돌리고, 되도록 오빠와 시선이 마주치는 것을 피하고 있었다. 참 알 수 없는 일이었다. 시집살이의 가장 요긴한 사람인 제 남편을 외면하 고 피하면서도 어떻게 시아버지나 시누이에게는 그토록 충실할 수 있는 지 영희로서는 납득이 되지 않았다.

마침 큰 벽시계가 열 시를 치고 있었다. 그 여운이 긴 시계 치는 소리는 방 안을 이상하게 술렁술렁하게 만들었다. 사방의 벽이 부풀었다 수축 했다 서서히 운동을 하였다. 늙은 주인의 허한 눈길이 시계 쪽으로 향해 있었다. 치는 소리가 들리지는 않을 텐데 기묘한 일이었다. 영희는 풀석 올케 앞에 앉아 머리를 올케 무릎에 파묻고 그 신묘한 아버지의 시선이 우습다는 셈인지 키들키들 웃다가 시계 치는 소리가 멎자 잠시 조용했 다. 머리를 들고 잠긴 목소리의 조용한 어조로 그러나 차츰 격해지면서,

"언니, 언닌 정말 늘 이러구 있을 참이유? 답답허잖우? 오빠란 사람은 저렇게 밍물이구, 대낮에두 파자마나 입구 뒹굴구 코카콜라나 빨구 앉 았구."

순간 정애와 성식이 머리를 동시에 들었다. 성식의 손에서 스르르 신문 이 빠져나가며 또 안경알이 불빛에 번쩍했다. 정애는 제 남편과 눈이 마 주치자 차디차게 외면을 했다. 미간을 찡그리며,

"아니, 왜 또 이러우?"

영희는 맨 마룻바닥에 무릎을 꿇고 올케의 손을 더욱 힘주어 잡았다. "아버진 이렇게 병신이 되구, 대체 우리가 이토록 지키고 있는 게 뭐유? 난 스물아홉이 아니유? 올켄 스물아홉 먹은 노처녀라는 것을 언제 한번이나 새겨 둔 일이 있수? 올케가 이젠 이 집안의 주인 아니유? 이 집안의 가문과 가풍과…… 언니, 언니. 언닌 대관절 무슨 명분으루 이 집을 이토록 지키고 있는 거유?"

성식이 코카콜라통을 놓았다. 담배를 꺼냈다. 이런 일엔 익숙해진 듯하였다. 그러나 가느랗게 긴 손가락이 가늘게 떨고 있었다. 정애의 남편이나 영희의 오빠는 없고 찬 안경알만이 있었다.

"아니 정말 왜 또 이러우?"

시계를 쳐다보던 노인도 말귀는 못 알아들어도 눈을 크게 벌려 뜨고 영희를 건너다 보았다. 그러나 여전히 허한 눈길이었다.

"언니, 정말 빨리 이 집 내놓구 이사합시다. 교외에다가 조그만 집이나 사서…… 전셋집들은 다 내놓아 정리하구, 아버진 하루 빨리 세상 떠나시도록 하구, 올켄 이혼을 하구……."

"……."

"그러구 저 기집앤(식모) 내보내구, 우리 둘이……."

"……."

영희는 다시 안으로 잠겨 드는 소리로 말했다.

"언니, 난 요새, 모르겠어요, 직면해 있는 건 올케두 알고 있잖수, 어찌 그렇게 모른 체만 할 수 있수, 그저 그렇게 돼 가나 부다, 내버려 두면 그렇게 돼 가나 부다, 그렇게 아무렇게나 내버려 둘 성질은 아니잖수."

"……."

꽝 당 꽝 당. 쇠붙이의 쇠망치에 부딪는 소리가 조용해진 틈서리로 파고들어왔다.

식모가 응접실 문을 열었다. 영희는 정애의 한 손을 잡고 있었다. 성식은 다시 신문을 펼쳐 들고 있었다. 딱히 신문을 보고 있는 눈치는 아니고, 불빛에 안경알만 번쩍였다. 늙은 주인은 그냥 어두운 밖을 내다보고 있었다. 결국 이렇게 그들은 누구인가를 기다리고 있는 셈이었다. 늙은 주인은 맏딸을, 정애는 아직 한 번도 본 일이 없는 맏시누이를, 영희는 언니를, 성식은 누님을 기다리고 있는 셈이었다. 그러나 사실은 그 누구도 분명하게 기다리고 있다는 의식은 없었다. 도대체 그건 말이 안되는 소리였다. 그저 모두가 막연하게 기다리고 있다고 생각하고 있을 뿐이었다. 그런 것이라도 없으면 한 집안에서 한 가족이라고 살 명분이 없게 되는 셈이었다. 이젠 이런 일에 적당히 익숙해진 터였다. 그리고 이젠 이런 일에 모두 넌덜머리를 낼 만도 하였다. 결국 이 기다림의 향연은 늙은 주인이 역시 아직은 이 집안의 주인이라는 것을 암시해 보여 주는 대목이기도 했다. 맏딸이 돌아온다고 고집을 부리면 맞이할 준비들을 해야 하는 것이었다. 그렇게 기다리는 자세를 취하고 있으면 돌아올 것 같은 실감이 나기도 하였다.

식모는 잠시 그냥 서 있었다. 어쩐지 한번 소리를 내어 가볍게 웃어 보고 싶었으나, "영희 언니 밖에서 찾아요" 하고 말했다.

영희가 화들짝 놀라듯이 일어섰다. 뒷머리를 두어 번 내리 쓰다듬으며 밖으로 나갔다.

불빛에 있다가 나와서 밖은 새까마했다. 고무신을 끌고 조심조심 큰 문 앞으로 갔다. 골목길이 휑하게 뚫리고, 그 끝 큰 길과 맞닿은 어귀에 잡화상 불이 안온하게 환했다. 차츰 주변의 음영이 잔잔하게 부풀어올랐다. 형광등 불빛에 비해 그 불그스름한 잡화상의 전등 불빛은 따뜻한 가라앉음을 느끼게 해주었다. 영희는 일순, 무엇인가 그리워진다고 생각하였다.

앞 담벼락에 누군가 기대어 서 있었다. 또 술이 엉망으로 취한 선재였다. 직감으로 술이 만취한 것을 알자, 영희는 또렷한 저항감이 달콤한 것이 되어 온 몸 구석구석으로 퍼졌다. 술 안 먹은 선재보다는 이렇게 술이 취한 선재가 훨씬 좋은 것이었다.

선재 등 뒤로 다가가 입술을 지그시 깨물며 어깨에 한 손을 얹었다. 꽤 따뜻한 솜씨라고 스스로 느꼈다.

"술이 많이 취했군요" 하곤 말을 이었다. "왜 들어오지 못하구 밤낮 나부터 찾아요. 뭣 꺼릴 게 이다구. 그런 건 선재씨답지 않아요."

선재는 엉거주춤하게 돌아서며 별 뜻이 없이 허붓하게 한번 웃기부터 했다. 술 취한 사람 치고는 또렷한 소리로 내던지듯이 말했다.

"나, 마셨어, 우습지? 우습지 않아? 우습지? 참 영희에게 뭐 좀 따져봐야겠어."

"따져 보나 마나지 뭘."

영희도 비죽이 웃으며 이렇게 받곤 팔깍지를 끼었다.

어두운 속에서 선재는 한번 꿋들 하고 넘어질 듯하다가 말했다.

"우리 나가자, 당장 나가자. 이 집을 나가자, 어때?"

"그래, 나가요. 어차피 나가게 될 걸 뭐."

영희가 조용히 말했다.

"오늘 밤 당장 나가, 지금 당장."

"……."

영희는 가볍게 웃었다.

"정말이란 말야, 정말 정말이란 말야."

선재가 말했다.

무엇이 정말이라는 것인지는 모르겠지만 분명히 정말은 정말이라고 영희도 생각했다.

꽝 당 꽝 당.

쇠붙이에 쇠망치 부딪치는 소리는 여전히 계속되고 있었다. 바깥에 나와서 이렇게 술이 취한 선재와 마주 서 있어서 그 쇠붙이 소리는 훨씬 자극성이 덜해져 있었다. 차라리 따뜻한 초여름밤의 기운, 초여름밤의 가락을 띠우고 있었다.

"정말이야, 정말."

선재가 또 말했다.

"알아요, 글쎄."

영희가 속삭이듯이 말했다.

오빠나 정애와 마주 앉으면 으레 자기가 하고 있는 소리를, 지금은 선재가 그다운 가락으로 하고 있다고 영희는 듣고 있는 편이 되어 있었다. 술 취한 선재와 이렇게 마주 서니까 그 수다한 언어라는 것이 값이 싸게 생각되었다.

선재는 갑자기 모가지를 앞으로 길게 내뻬어 들며 토할 몸짓을 했다. 두어 번 꿱꿱거리더니 토하기 시작했다. 영희가 재빨리 두 손을 오무려 선재의 입에 가져다 댔다. 끈적끈적한 것이 두 손에 담겨졌다. 영희는 웬일인지 웃음이 복받쳐 올라와 킬킬대고 웃으면서, 그것을 길 한 옆에 버리고 벽돌담에 손바닥을 두어 번 문질렀다.

어둠 속에서도 선재의 눈에 눈물이 배어져 있었다. 그것을 문질러 주었다. 선재는 또 한번 허붓하게 웃었다. 한 팔로는 선재의 전신을 부축하고 한 손으로는 등을 두드려 주었다. 감미가 곁들인 기묘한 서글픔이 전신으로 퍼졌다. 건장한 사내를 이렇게 부축해 주고 있다는 알이 찬 실감이 와 안겼다. 동시에 결국은 이렇게 낙착되고 있구나, 이렇게 되는구나 하고 생각했다. 서서히 영희는 흥분되고 있었다. 선재의 등을 두드려 주면서 한쪽 볼을 그 등에 차악 대었다. 육중한 온기가 느껴지고 심장 뛰는 소리가 요란하고, 나무들 사이로 별이 총총했다.

꽝 당 꽝 당.

쇠붙이 소리는 평범하게 멀었다. 근육이 좋은 사내가 앉아서 혹은 서서 두드리고 있을 것이었다. 불꽃이 튀기도 하고 튀지 않기도 할 것이었다. 그 근처 뜰에는 사람들이 둘러앉아서 이 거리의 이야기를 하고 있을 것이었다. 오월 밤이 익으면 저녁밥도 적당히 삭아지고 모여 앉아서 얘기하기가 좋을 것이었다. 담뱃불이 두서넛 발갛게 타고 있을 것이었다.

"저 소리 들려요?"

영희가 말했다.

"무슨 소리?"

선재는 어눌한 소리로 되물었다. 그의 등에 한쪽 귀가 파묻혀 있어서, 그의 목소리는 귀에 들어오기 전에 전신 안으로 와랑와랑하게 퍼져들기부터 했다.

"저 쇠붙이 두드리는 소리."

선재는 잠시 어리둥절하게 귀를 기울이는 눈치다가,

"응, 들려 왜?"

"……."

선재를 부축하고 들어오다가 층층다리 밑에 잠시 버려 두고 응접실에 들렀다. 아버지가 한번 쳐다보았다. 정애는 쓸쓸하게 한번 웃었다. 성식은 여전히 신문을 들고 있었다.

"또 취했어요."

영희가 말했다. 남자가 취해 들어오면 여자는 짜증을 내게 마련이라는 셈으로, 스스로 생각해도 어이가 없게 그런 투가 서려 있었다. 정애는 말없이 다시 한 번 웃었다. 영희는 정애의 그 무엇이나 다 알고 있는 듯한 웃음을 대하자 약간 낯을 붉혔다.

마침 식모가 황겁하게 문을 열었다. 웃음을 터뜨리지 않으려고 애쓰면서 말했다.

"언니 언니, 아이 저걸 어쩌우, 현관 복도에다가 글쎄."

또 토한 모양이었다. 순간 집안은 큰 일이나 난 듯이 술렁술렁해졌다. 영희가 달려 나가고 식모가 목욕탕 쪽으로 뛰어가고 문 여닫히는 소리가 울렸다. 스위치를 눌러 복도 불을 켜고 수도에서는 물이 솟구쳤다. 식모는 꽤 좋은 모양이었다.

응접실은 다시 휑했다.

비로소 정애가 남편을 바라보았다. 역시 찬 안경알만이 눈에 들어왔다. 웬 을씨년스러움이 뒷등을 짜르르하게 타고 내려갔다. 시아버지는 잠시 요란법석을 피우는 복도 쪽을 내다보며 며느리에게 눈짓만으로 무슨 일이냐고 물었다. 정애가 위층을 가리키며 선재가 돌아왔다는 것을 알려 주었다.

양치질 소리가 나더니 끙끙거리면서 층층다리를 올라가고 있었다. 정애는 그 소리를 차곡차곡 접어 두듯이 듣고 있었다. 선재라는 사람이 꽤 좋게 생각되었다. 식모의 웃음소리가 들렸다.

식모도 같이 작업에 참여한 모양이었다.

몇 번 뒹구는 듯한 소리도 나고 영희의 숨을 죽인 웃음소리도 들렸다.

일순간 집안이 다시 조용해졌다. 위층에서 문 닫히는 소리가 들리고 식모의 말소리가 짤막하게 나고 층층다리를 쿵쾅거리면서 내려오고 있었다. 성식이 천천히 일어서더니 말없이 나가려고 하였다.

"여보" 하고 정애가 불렀다. "이층으로 가요?"

안경알에 가려 표정을 알 수 없는 성식은 대답이 없이 그냥 이편을 내려다보다가 기어이 나갔다. 정애는 와들와들 떨릴 만큼 갑자기 조급해졌다. 층층다리를 또 올라가고 있었다. 정애는 까닭도 없이 화들짝 놀라졌다. 몇 시간이 걸려 올라가는 듯싶었다. 친아버지 같기만 한 시아버지의 팔을 더욱 힘주어 잡으며 정애의 눈은 피곤한 듯이 감겨졌다.

식모가 응접실 문을 열었다. 불빛이 싸늘하게 하얗다. 정애가 혼자 이상하게 울고 있다가 머리를 들었다. 늙은 주인은 뜰을 내다보고 있었다. 식모는 한참 동안 그냥 서 있었다. 문을 닫으려는데 정애가 물었다. "언니 안 내려오니?" "좀 있다가 내려온대요." "왜?" "……." "알았다." ─알았을까? 정말 알았을까? 알았을 거야.─ 식모는 이렇게 생각했다. 눈이 마주치자 피차 화가 난 듯이 마주 쳐다보았다. 늙은 주인도 식모와 정애를 번갈아 쳐다보았다. 여느 때 답지않게 뚜릿뚜릿한 눈길이었다.

드나들지 않아서 모르고 있있는데 징작 들어와보니 초라하게 좁은 방이었다. 씀쓰름하게 독신 남자의 내음새가 났다. 불을 켤까 하다가 그대로가 좋은 듯하여 선재를 침대에 눕히고 뜰로 향한 창문을 열었다. 아래 응접실 불빛이 여기까지 약간 반사되고 있었다. 영희는 아직 홍분 속에 있었다. 일정한 홍분의 바로미터를 그냥 유지하고 싶었다. 그 홍분이 가시기 전에 일을 치르고 싶었다. 원피스를 벗었다. 침대에 걸터앉아 선재를 흔들었다.

"이것 봐요, 눈 떠요. 자면 싫어요."

선재는 꿍꿍거리며 저리 비키라는 셈으로 한 손을 내젓다가 눈을 뜨고 영희의 얼굴을 보자 놀란 듯이 일순간 조용하게 올려다보았다. 자연스럽게 영희를 끌어안았다. 영희는 순하게 응하면서 속삭였다. 땀에 젖은 남자의 머리카락 내음새가 났다.

"취하면 싫어요, 지금 이런 경우엔 취하지 말아요."

선재는 아직 정신이 몽롱했다. 그러나 술은 차츰 깨고 있었다.

"정말 정말이야요, 정신차려요. 정신 안 차리문 나 억울해요."

"음, 술 깼어. 정신차리고 있어."

비로소 선재가 말했다.

꽝 당 꽝 당, 그 소리는 계속되고 있었다. 퍽 가까이에서 들리고 있었다. 뚫린 창문은 흡사 그렇게 뚫려진 구멍 같았다. 뚫린 구멍 저편으로 초여름밤이 쾌적하게 기분에 좋았다.

"취하지 말아요."

영희가 또 말했다.

"안 취했어."

선재가 대답했다.

"거짓말."

영희는 마음속으로 꺄득꺄득 웃었다.

"정말 취하지 말아요, 정신차리고 샅샅이 씹어요. 하나라도 놓치면 싫어요."

"……."

선재는 영희를 끌어안으며 몸을 한번 뒤챘다. 그 김에 영희의 몸도 빙그르르 돌며 한 옆에 모로 누워졌다. 온몸에 꼭 알맞은 공간이다.

"오늘이 며칠이죠?"

영희가 속삭였다.

"몰라."

선재가 받았다.

"그런 걸 모르면 어떻게 해요."

영희가 속삭였다.

이런 경우의 사내가 대개 그렇듯, 선재는 조급해져 있었다. 영희는 요런 상태를 조금이라도 더 유지하고 싶었다.

"왜 이리 급해요. 급하게 서둘지 말아요. 우리 얘기부터 해요."

자세를 취할 듯한 선재를 밑에서 끌어안으며 영희가 달래듯이 말했다. 선재는 다시 거북이등이 올려 솟구듯 어두므레한 속에서 움찔움찔 일어나고 있었다.

"이것봐요, 얘기부터 해요."

"무슨 얘기."

"오늘이 며칠이죠?"

"몰라."

"모르면 어떻게 해요."

"……."

"열두 시에 언니가 돌아온대요."

"……."

"정말 정말이야요, 늘 답답하지요? 선재씨도 그렇죠?"

영희의 목소리는 차츰 애처로워지고 가냘퍼지고 있었다. 눈을 감고 있었다.

"모두 무엇을 놓치고 있어요. 큰 배경을 놓치고 있어요. 뿔뿔이 떨어져 있어요. 그렇죠? 그렇죠? 그래서 답답하죠?"

잠시 눈을 떴다. 뚫린 창 저편으로 오월 밤이 보였다. 부끄러웠다. 다시 눈을 감았다.

"어머나, 이러지 말아요. 나, 내려가야 해요. 언닐 같이 기다려야 해요. 내일 아침 피차 쑥스러워지면 어떻게 해요. 쑥스럽지 않겠죠, 그렇죠. 어마아 정말이군요. 여자가 남자보다 아름답다는 건 이런 때 보면 알아요."

입만 쉴 사이 없이 움직일 뿐이다.

"자꾸 쫓아오구 있었어요. 나, 오늘 저녁 내내 도망을 하구 있었어요. 혼자 감당하기가 어떻게나 무섭던지 그런 걸 누가 감당해 주나요. 그 놈의 쇠망치 소리 말이야요. 딴딴한 쇠망치 소리 말이야요."

맏딸이 '세라복'을 입고 있다, 세라복을 입고 애들을 주렁주렁 달고 있다, 새하얀 깃에서 바닷물 내음새가 난다, 손에는 정구 라켓을 들고 있다, "이겼어요, 이겼어요 아버지." 하며 매달린다, "어떻게 이겼니?" "이렇게

이겼지요, 뭐." 맏딸은 라켓을 휘두른다, 집안은 맏딸이 있어서 응성응성
하다, 이 방 저 방마다 문이 요란하게 여닫힌다, 성식이가 숫돌에다 칼을
갈고 있다, 꽝꽝한 햇빛에 숫돌과 칼이 번쩍번쩍 한다, 모든 것이 번쩍번
쩍 한다, 정문은 훵하게 열려 있다, 바람이 제멋대로 들어왔다 나갔다 한
다, 뜰의 나무들도 기름이 올라 미끈미끈하다, 흙 내음새, 나뭇잎 내음새
가 뒤범벅이 되어 물씬물씬하다, 바둑이는 뜰 한가운데 자빠져 있다, 불
만이 없어서 짖을 거리가 없다, 영희가 아장아장한 작은 발로 개를 한번
걸어찬다, 개는 영희를 올려다보며 약간 얕본다, 그러나 몇 발자국 피해
주기는 한다, 영희가 까덱까덱 웃는다, 따라가서 또 한번 걸어찬다, 개는
완연하게 노여운 기색으로 끙끙거리며 곁눈질로 영희를 살피다가 두어
번 애걸하듯 원망하듯 부당하게 이유없이 채운 것을 넋두리하듯 짖는다,
다시 영희가 까덱까덱 웃는다, 개도 웃으면서 하품을 하면서 꽁지를 흔
든다, 오줌이 마렵다, 며늘아, 오줌이 마렵다, 식모애가 문을 열고 호젓
하게 서 있다, 신 살구알 내음새가 난다, 버르장머리가 없다, 머리칼이
까만 아내는 뜰에서 장미꽃을 따고 있다, 허리에 살이 올라 있다, 등의자
에서 영희가 울고 있다, 금세 숨이 넘어가듯이 울고 있다, 마음대로 울도
록 집안이 들썩들썩하도록 내버려둘 모양이다, 세라복을 입은 맏딸이
아내에게 말한다, "어머니, 우리두 라일락꽃을 심어요, 어머니." "그래
라" 하고 아내가 자신 있게 대답한다, "심자꾸나. 못 심을 까닭이야 없지
않니. 무슨 일이라도 하고 싶은 일은 못할 일이야 있겠니." 나이 든 식모
가 뜰 가생이로 지나간다, 아내가 말한다, "어멈, 어딜 가우?" 어멈은 대
뜸 우그러들며 무엇이라고 중얼거린다, 오줌이 마렵구나, 며늘아 오줌이
마렵구나, 머리가 까만 어머니가 뽕나무에 올라가 있다, 풋풋한 뽕밭 내
음새가 코에 시리다, 서쪽 산에 걸린 붉은 해가 굉장히 크다, "어머니,
저 해 좀 봐." 어머니는 들은 체도 안한다, "어머니, 저 해 좀 봐 저 해."
해는 중천에 있을 때보다 훨씬 가까운 거리에 있다, 해의 키가 커져서
손발이 생겨서 성큼성큼 이편으로 올 것 같다, 서산 그늘이 우— 소리가
나듯 달려오고 있다, 엎드렸던 보리밭이 그늘에 쓸려 일어선다, 은행나
무 위의 까치집이 반짝반짝 한다, 죽은 어머니를 끌어안고 울다가 아버

지는 뜰에 나와서 또 울고 있다, 어머니의 풀어진 머리카락이 길다, 머리카락이 길어서 어머니 같지가 않다, 지붕 위에 수염이 시커먼 사람이 올라가서 이상한 고함을 지른다, 사방이 찌렁찌렁 울린다, 밑에서 아버지가 울다가 그 사람을 치어다본다, 마을 사람들이 웅성거리며 몰려든다, 갓을 쓰고 흰 두루마기를 입고 차례차례로 와서 절을 한다, 집안은 물씬물씬 국수 국물 내음새로 찬다, 웅성웅성해서 좋기도 하고 어머니가 죽었대서 서러워지기도 한다, 아버지가 자꾸 운다, 아버지 울지 마. 이십년 만에 양복을 입고 돌아온다, 아버지는 또 운다, 아버지 울지 마, 울지마, 며늘아, 오줌이 마렵구나, 오줌이 마려워…… 글쎄 그러면 그렇지.

영희가 문을 열었다.
"오빠 자우?" 하고 물었다. "자지 않죠? 자지 않겠지 뭐."
성식은 침대에 비스듬히 누운 채 들어서는 영희를 건너다보았다. 안경을 벗고 있어서 더 바싹 여위어 보였다. 푸르스름한 불빛이 바닷속처럼 썰렁했다. 방이 넓어서 천장도 더 휑하게 높아 보였다. 침대 가장자리에 앉아 영희가 조용히 불렀다.
"오빠."
성식은 그냥 쳐다보기만 했다.
"오빠."
성식은 눈을 조금 벌려 떴다.
"……지금 내가 어떻게 보이우?" 하고 곧 이어서 "오빠…… 나 결혼했어. 오늘 밤, 지금 막…… 뭐 어떠우?"
성식은 또 안경을 찾았다. 눈길을 피하며 영희가 그것을 집어 주었다. 성식은 안경을 쓰고도 몸을 가누기가 어려운 듯했다.
"오빠, 이왕 그렇게 될걸 뭐. 어차피 이젠 이런 형식으루 될밖에 없잖수. 누구나 다 자기 혼자의 문제밖에 안 남아 있는걸. 안 그렇수? 어쩌다가 우리가 모두 이렇게 됐을까, 오빠."
성식은 천장을 올려다보았다.
"오빠, 아무 할 말두 없수? 무슨 일을 저질러야 오빠 열을 올릴 수가 있수? 말을 할 수가 있수? 대관절.”

성식은 그냥 말이 없이 물끄러미 천장을 올려다보았다. 영희는 보일 듯 말 듯 쓰디쓰게 한번 웃었다.

꽝 당 꽝 당.

그 쇠붙이 소리가 또 뾰족하게 돋아올랐다.

영희는 몸을 한번 흠칫 추스르며, “아이 저놈의 소린 그냥 들리네.” 성식은 어느새 담배를 피우고 있다.

밤은 깊어질수록 더욱 새하얗게 투명해졌다. 방 안의 불빛도 더욱 하얘지고, 늙은 주인은 여전히 코앞의 사마귀를 주무르고 있었다. 선재와 식모는 저저끔 제 방에서 입은 채로 잠이 들었다.

영희는 연분홍색 파자마 차림으로 까만 선글라스를 썼다 벗었다 하고 있었다. 정애는 천장을 올려다보고 단정하게 앉아 있었다.

꽝 당 꽝 당.

그 쇠붙이 두드리는 소리도 띠글띠글하게 더욱 투명했다. 이미 간헐적으로 이어지는 것이 아니라 조급하게 계속되고 있었다. 후방에다가 든든한 것을 두고 탐색전을 벌이는 소리 같았다. 영희는 선글라스를 썼다 벗었다 하면서 말했다.

“언니, 정말 저거 무슨 소리유?”

“글쎄 무슨 소릴까.”

정애가 대답했다.

“근처에 철공장은 없을 텐데.”

“……”

정애가 대답이 없자 영희는 선글라스를 접으며 말했다.

“언니 저런 소리 들으면 이상한 생각이 안 드우?”

“무슨 생각?”

“글쎄 무슨 생각이냐고 물으면 선뜻 대답할 수는 없지만, 우리와는 다른 무엇인가 싱싱한 것이 서서히 부풀어서 우릴 잡아먹을 것 같은…… 얘기가 우습지만…….”

"……."

영희는 가느다랗게 콧노래를 시작했다. 발까지 달싹달싹하며 장단을 맞추었다. 정애가 보일 듯 말 듯하게 상을 찡그렸다.

영희가 또 화들짝 놀라듯이 말했다.

"우리가 왜 자지 않구 이렇게 앉아 있수? 붙어 앉아 있어 보아도 진력만 나구 저저끔 제 방에 혼자 떨어져 있으면 무섭구, 바스락대는 나무 잎새 소리에조차 후들짝후들짝 놀라구, 한밤중에 응접실에 내려와 보면 한두 사람은 으레 이렇게 붙어 앉아 있구, 불이 환하구, 푸욱 잠이나 들 수 있으면 오죽 좋겠수."

영희는 이것저것 자꾸 지껄이고 싶은 모양이었다.

"참 언니두 그런 일 겪었수? 어린 때 제삿날 저녁 말이야요. 부엌엔 웅성웅성 아주머니들이 들끓구, 불을 많이 때서 온돌방은 덥구, 애들끼리 장난을 하다가 설핏 잠이 들지 않겠수. 얼마쯤 자다가 깨보면 여전히 방은 덥구, 뜨락과 부엌과 마루에서는 사람들이 웅성거리구, 방엔 불이 훤하구. 그런데 아무도 없이 혼자 잠이 들어 있었거든요. 물론 입은 채로지요. 깨보니까 마루와 부엌과 뜰과 다른 방에서는 웅성웅성 사람들이 들끓는데 제 방만은 아무도 없지 않겠수. 아득해서, 아득해서 혼자만 이렇게 있다는 것을 알려야 할 텐데, 알려지지는 않구 답답해서 답답해서……."

"……."

"누구인가 이렇게 투명한 밤일수록 엽기적인 생각 있지 않우? 안나 카레리나를 자처해 본다든가, 장발장이 되어 본다든가 하면 괜찮다고 합디다만 어떨까. 그렇게라두 해볼까 봐. 어마, 벌써 열한 시 사십오 분이유 언니."

늙은 주인의 코앞 사마귀를 만지는 모양은 푸념을 하는 어린애처럼 보였다. 손에 땀이 나 있고 초저녁보다 조급해 있었다. 이따금 눈이 휘둥그레져서 두리번거리며 영희와 정애를 번갈아 쳐다보았다. 그 눈빛은 기묘하게 예리한 것을 담고 있었다. 영희도 말을 멈추고 아버지의 그 시선을 쫓고 정애도 마찬가지였다. 역시 늙은 주인은 아직은 이 집안의 가장인 모양이었다.

"참 언니, 우리 집이 어쩌다가 이렇게 되었을까. 때로 잠자리에 누워서 잠은 안 오구 점점 더 샛맑애 올 때 있지 않우? 우리 집이 어쩌다가 이렇게 되었을까, 한번 본격적으로 따져 보자, 이렇게 따져 보기로 하거든요. 마음속 한구석으로는 아주 단조로운, 힘이 들지 않는 생각, 하나, 둘, 셋, 넷, 다섯, 여섯, 일곱…… 이렇게 무한정 세어 나가구, 눈은 바깥의 밤하늘을 내다보구, 다른 한구석으로는 찬찬하게 떠올려 가면서 일 년 전은 우리 집이 어떠했었나, 아버지는, 오빠는, 올케는? 이 년 전은 우리 집이 어떠했었나, 아버지는, 오빠는, 올케는? 이렇게 따져 올라가 보거든요. 그러면 아무것도 이상해진 것은 없는 것 같아요. 하나도 이상한 구석은 없는 것 같아요. 그렇지만 십 년 전은 어떠했나? 이십 년 전은? 이렇게 생각하다가 다시 일 년 전이나 오늘로 돌아오면 훨씬 차이가 생겨지는 걸. 아주 뚜렷하게 말이야요."

영희의 목소리는 잔잔하게 여느 때 없이 아름다웠다. 정애는 조용히 머리를 수그리고 한 손으로 이마를 가리고 있었다. 영희는 두 손으로 턱을 받치고 천장을 올려다보며 지껄이다가 정애를 쳐다보곤 눈을 벌려 뜨며 말했다.

"애개, 언니 울우?"

일순 조용했다.

꽝 당 꽝 당. 쇠붙이 두드리는 소리가 뾧조록히 돋아올랐다.

층층다리를 내려오는 발자국 소리가 들렸다. 조심스럽게 내려오는 소리이나 쿵쿵 온 집채가 흔들리듯이 울리고 있었다. 아득한, 아득한 곳을 내려오는 소리 같았다. ─복도에 불을 켜둘 걸, 괜히 죽였지.─ 영희는 몸서리를 치면서 이렇게 힘을 주어 속으로 중얼댔다. 어쩐지 어두운 속을 내려오는 모습보다는 환한 속을 내려오는 모습을 떠올리는 것이 좋을 성싶었다. 누구래도 상관은 없었다. 물론 오빠일 것이었다.

문이 열리고 안경을 쓴 오빠가 들어서고 있었다. 안경알이 차게 번쩍였다. 역시 혼자는 못 견디겠는 모양이었다. 영희를 대하기가 난처할 것이었다. 그러나 역시 혼자 있느니보다는 나을 성싶으니까 내려왔을 것이었다.

"오빠, 아직 안 잤수?"

차악 감겨드는 정겨운 목소리로 영희가 물었다. 성식은 한쪽 볼이 약간 치켜 올라지며 어쩔 줄을 몰라했다. 겁겁하게 비실비실 피하는 듯한 몸짓을 하며 정애와 영희를 번갈아 쳐다보았다. 영희가 신경질적으로 말했다.

"오빠, 언니도 알아요. 다 얘기했는 걸 뭐. 그런데 뭐 그리 대단하우?"

이상한 일이었다. 정애와 마주앉으면 명주실을 뽑아낸 듯 잔잔한 소리가 나오지고, 오빠만 끼이면 차게 맵게 신랄해지고 싶은 것이었다. 성식은 안경알 속에서 맥없이 한번 웃는 듯하였다.

"오빠, 웃구 있수?"

"……."

"오빠, 웃구 있수? 이제 웃었수?"

"……."

영희는 악착스럽게 성식 앞으로 다가앉았다. 성식의 무릎을 잡고 또 말했다.

"오빠, 정말 이제 웃었수?"

"……."

성식은 무엇을 털어내기나 하려는 듯이 상을 찡그리면서 뒤로 물러가려고 하였다. 정애는 얼이 빠진 사람처럼 영희와 남편을 건너다보고 있었다.

순간 벽시계가 열두 시를 치기 시작했다. 세 사람은 일세히 시계 쪽으로 시선을 돌렸다. 방 안이 술렁술렁해졌다. 시계를 쳐다보던 세 사람의 시선이 다시 늙은 주인 쪽으로 향했다. 코앞의 사마귀를 만지던 늙은 주인이 어리둥절하게 아들과 며느리와 딸을 번갈아 쳐다보았다.

복도로 통한 문이 열리며 방 안의 불빛이 복도 건너편 흰 벽에 말갛게 삐어져 나갔다. 열두 시가 다 쳤다. 네 사람의 시선이 그쪽으로 옮겨졌다. 조용했다. 왼편 쪽으로부터 서서히 식모가 나타났다. 히히히히 하고 이상한 웃음을 띠고 있었다. 제딴에 미안하다는 뜻인 셈이었다.

"벤소에 갔었이유" 하고 말했다.

순간 영희가 발작이나 일으킨 듯이 아버지 쪽으로 달려갔다. 한 손으로 식모를 가리키며 한 손으로는 아버지를 부축해 일어세우며, 쪼개지는 듯한 큰 소리로 말했다.

"아부지, 자 봐요. 언니가 왔어요. 언니가…… 정말 열두 시가 되었으
니까 언니가 왔어요. 이제 정말 우리 집 주인이 나타났군요. 됐지요? 아
부지 자, 어때요? 됐지요? 아부지."

식모가 이번에 소리를 내며 웃었다.

"정말이에요, 아부지 저렇게 언니가 왔어요. 그렇게도 기다리시던 언니
가 왔어요."

이렇게 소리를 지르면서 식모를 내다보는 영희의 눈길은 적의로 타오
르고 있고, 아버지는 영희의 부축을 받으며, 저리 비키라는 것인지 혹은
어서 들어오라는 것인지 분간이 안 가게, 한 손을 들어 허공에다 대고
허우적거리고, 성식과 정애도 엉거주춤하게 의자에서 일어서 있었다.

꽝 당 꽝 당.

그 쇠붙이 소리는 밤내 이어질 모양이었다.

2

사흘째 계속해서 저녁이면 선재를 찾아오는 여인이 있었다. 오늘 저녁
은 초저녁부터 응접실에 기다리고 앉아 있었다. 머리까지 뒤집어쓴 남
색 레인코트가 빗물에 젖어 있었고, 손엔 물색 우산을 접어들고 있었다.

빗물에 젖어 물씬한 내음새를 풍기고 있는 큰 문 빗장을 벗겼을 때, 음
영이 짙은 그녀 뒤로 동편 하늘이 벗겨지고 있었다. 금세 소나기가 쏟아
지고 천둥이 치고 하더니 멎어 있었다. 정애는 구면이기나 한 것처럼 들
어오라고 하였다. 그녀도 별반 어색해 하지 않았다.

그러나 그녀로 해서 집안에는 새로이 듬성듬성한 틈이 생겼다. 영희는
선재 방에 박혀 있고, 성식은 응접실에 내려와서 트럼프 패만 떼고, 식모
조차 전기세를 받으러 왔는데 줄 돈이 없다느니, 조간이나 석간이나 한
가지만 볼 것이지 일요신문까지 본다느니, 제 분수에 맞지 않는 푸념을
쫑얼쫑얼거리며 이 방 저 방 돌아다니고 신경질을 부리고 하였다. 요즈
음에는 신문마다 이층 선재 방에 올라갔다야 내려오는 것이 못마땅하다

는 것인가. 정애는 흰 블라우스 차림으로 시아버지 곁에 앉아 씁쓰므레하게 웃었다.

응접실의 벽시계가 열 시 십 분 전을 가리키고 있었다.

뺑끼칠을 새로 한 사방 벽은 두텁고 이래서 여름은 서늘하고 겨울에는 뜨뜻할 것이었다. 그러나 아늑하기는커녕 형광등 불빛 밑에서 무엇인가 잔뜩 고여서 출구를 찾는 기운으로 차 있었다. 무슨 일이건 처리하고 치르어낸다는 것에 이미 절망하고 있는 사람들이었다. 바깥은 바람이 세고 소용돌이가 칠 것이었다. 그러나 시간은 이 집채에 닿아서는 서서히 굼벵이 걸음을 걷다가 무참히도 정지되어 물큰물큰한 열기를 뿜는 것이다. 시간은 그렇게 살이 찌고 부어오르고 그리고 이 집안 사람들은 지치고, 어떤 사소한 일이건 무겁게 감당을 해야 하는 것인지도 몰랐다.

부엌 쪽에서는 찜찌름한 마늘장아찌 같은 내음새가 풍겨오고, 바튼 칼도마 소리가 들려왔다. 그 칼도마 소리 사이사이 이따금 온 집채가 울듯이 쿵쿵 하고 속 길이 울리는 소리가 나곤 했다. 허한 기운이 도는, 그러나 여운이 깊숙한 울림 소리였다. 집채 어느 근처에서 나는 소리인지 알 수 없었다. 환청(幻聽) 같기도 하고, 분명한 소리는 아니었으나 정애에게는 그 소리가 울릴 때마다, 이 방에 앉아 있는 사람들이 모두 멀리로 이를테면 하늘에서 나는 소리 같은 것에 조용히 귀를 기울이는 듯 보였다. ―저게 무슨 소리유?― 이렇게 건너편의 남편에게 물어 볼 수도 있을 것이었다. 그러나 어쩐지 그래지지가 않았다. 휑뎅그렁한 사람의 목소리라는 것이 이런 경우에는 몸서리가 칠 것이었다. 쿵쿵, 이러고 보니 그 그늘진 소리는 두 달 전 오월 어느 날 저녁의 꽝 당 꽝 당 하던 먼 쇠붙이 소리가 슬금슬금 이 집채 안으로 기어들어와 있는 것인지도 몰랐다. 이상한 일이지만 그때 그 쇠붙이 소리는 그날 밤 하룻밤이었을 뿐 이튿날 저녁부터는 부순 듯이 없어져 있었다. 반짝반짝 초조로움과 일정한 거리감을 더불고 있던 그 오월 밤의 쇠붙이 소리는, 어느덧 이렇게 끈끈하고 그늘진 부피를 더해 있었다. ―집이 울면 집안이 망한다는데― 문득 정애는 이런 생각을 하였다.

성식은 물색 파자마에 런닝 바람으로 벌써 한 시간 가량이나 트럼프 패만 떼고 앉아 있었다. 늙은 주인은 이편 소파에 멀뚱히 앉아 있었다. 두 달 전보다 더 축 늘어졌으나 부성부성 살이 찌고 혈색도 더 좋아 보였다. 코앞 사마귀를 여전히 만지고 있었다. 선재를 찾아온 여인은 성식의 트럼프 패를 구경하고 있었다. 벽의 남색 커튼이 바람에 펄러덕펄러덕거렸다. 식모가 복도를 통하는 문을 열었다. 식모의 어딘가 적극적이고 노골적인 것이 번뜩이는 눈길이 선재를 기다리는 그 여인에게 가 있었다. 정애는 웬일인지 그런 눈길만 접해도 가슴이 하들하들 떨려왔다.

정애가 물었다.

"언니 이층에 있니?"

"네."

"저녁 먹었니?"

"아직 안 먹겠대나 봐요."

"왜?"

"……."

여전히 식모의 눈길은 그 여인에게 가 있었다. 문을 닫고 도로 나갔다.

하긴 선재라는 사람은 어느 구석인가 이렇게 뒤가 깨끗치 못한 지저분하고 싱거운 사람이긴 하였다. 어머니가 살아계실 때 어물어물 집에 들어와 눌러앉았을 뿐, 그의 지나온 내력을 딱히 아는 사람도 없었다. 어머니가 돌아가시자 그도 퍽 헐렁헐렁해지고 무척 외로움이 돋아 보였다. 어머니의 마지막 삼년상을 치르던 날은 누구보다도 서럽게 서럽게 울었다. 그의 우는 모습이 차라리 그와의 짙은 연줄을 느끼게 하였던 것이었다. 눈물 한 방울 안 흘리고 햇빛 밑에서 안경알만 메마르게 번쩍이던 남편 성식이에 비해서 그 소박한 위인이 믿음직스럽게 느껴졌었다. 생각하면 어이가 없는 일이기는 하였다. 하긴 십여 년 동안 혼자 살아왔으니 가다 오다 만나게 된 여인이 없으라는 법은 없을 것이었다. 그러나 정작 그를 찾아온 여인과 이렇게 마주 앉자 생소하게 별 특색이라곤 없는 그녀와 더불어 선재라는 위인도 새삼스럽게 생판 남이었다는 관념으로 부풀어오르는 것이었다. 이 집안에 들어오게 된 내력과 들어와서의 행적이 하나하나 일정한 거리감을 두고 부풀어오르는 것이었다.

그리고 세상이란, 삶이란 결국 이런 것인가 부다, 이렇게 생각되었다. 두 달 전 영희와 그런 관계가 있은 연후부터 선재는 위태위태한 속취(俗臭)가 풍기기 시작하였다. 밤 늦게 돌아온 선재에게 이 하찮다면 하찮은 일을 곧이곧대로 전했을 법도 했었을 텐데, 이틀 저녁을 그냥 넘긴 것은 그런 까닭에서였을 것이었다. 선재는 이틀 저녁을 내리 열한 시가 넘어서 들어와 기분이 좋아 있었다. 그저 호인풍이기 만한 그 단순하고 부피가 얇은 위인이 어쩐지 처량해 보였다. 포켓에서 바나나를 내놓고, 껌을 내놓고, 남은 담배꼬투리에 섞여 비너츠콩, 새우 부스러기가 나오곤 했다. 영희는 흡사 어린 아기의 재롱 피우는 것을 보며 좋아하듯이 지극히 단순하게 깔깔대고 웃기만 하는 것이었다. 그 모습은 어떤 역설을 느끼게 하였다. 차라리 절망한 사람의 깊은 슬픔, 타념이 어려 있었다.

　오늘 저녁도 선재는 늦을 모양이었다.

　문득 정애가 말했다.

　"선재씨와 아신 지가 오래 되셨나요?"

　그 여인과 성식이가 동시에 놀라며 트럼프에서 눈길을 돌렸다.

　"네. 한 삼 년 됐어요."

　"네에."

　정애는 흔한 사교가(社交家) 투로 머리까지 주억거리며 대답하였다. 남편이 다시 트럼프 장을 젖혀 갔다. 늙은 주인은 놀라듯 정애와 건너편 여인을 번갈아 쳐다보았다. 그리고는 크게 하품을 하였다.

　벽시계가 열 시를 치고 있었다. 세 사람의 시선이 그쪽으로 쏠렸다. 선재를 찾아온 그 여인만이 세 사람을 두리번두리번 쳐다보았다.

　정애가 다시 말했다.

　"같은 고향이군요."

　"아아뇨" 하고 여인은 되물었다. "그럼 이 집은 그이 집이 아니나요?"

　옳아, 선재를 한 가족으로 알고 있었던 모양이었다. 정애는 웃으면서 말했다.

　"선재씨 집은 아니야요."

　"그럼 아주머니하고는 어떻게 되시나요?"

"네에, 그저 그렇게 되지요."

어차피 얘기가 길어질 듯해서 또 이렇게 막연히 얼버무렸다. 그 여인은 어리둥절한 눈길로 성식이와 정애를 번갈아 건너다보았다. 그 어리뚱하게 실망한 듯한 표정은 에누리없는 그녀의 액면 그대로를 느끼게 하였다.

정애가 또 물었다.

"같은 회사에 계시나요?"

"네, 있었는데 전 삼 개월 전에 나왔어요. 교환수로 있었는데요, 하루 이틀이지 업 치고는 답답한 업이어서 잘못 정신 팔다가는 욕 듣지요, 귀찮지요, 싱거운 남자들한테 쓸데없는 희롱당하지요, 많은 사람을 상대해야 하니까요. 집은 경기도 여주야요. 가족은 다 없어졌어요. 육이오 때 당했지요. 숙부님이 한 분 계시구, 여주에 살고는 있지만 남이나 마찬가지야요."

그 여인은 이렇게 또박또박 쓸데없는 얘기까지 늘어놓았다. 위인이 역시 얇고 주책이 없어 보였다. 남편이 트럼프 패를 떼다 말고 돌아다보며 히죽이 웃었다. 늙은 주인은 이번엔 뚜릿뚜릿한 눈길로 그 여인을 건너다보았다.

"저, 실례지만……."

정애가 말했다.

"네."

"선재씨와…… 이를테면 연애하시는 관계이군요."

"뭐, 뭐가 뭔지 모르겠어요. 요새 왜 흔히 그런 일 많지 않아요? 그저 그런 거지요. 정말 뭐가 뭔지 모르겠어요."

꺽죽꺽죽 웃으면서 이렇게 말하고는, 곁에 앉아 있는 성식을 돌아보며 비위살 좋게 동의나 구하듯이 또 웃었다. 정애의 눈길이 흔들리는 그녀의 아랫배 언저리에 가 있었다. 그녀는 또 히죽이 혼자 웃고는 그 근처 옷매무새를 고쳤다. 두세 시간을 전혀 모르고 있었는데 얘기가 시작되자마자 그녀는 그녀다운 본색을 알알이 드러내고 있었다.

정애가 또 말했다.

"선재씨에겐 무슨 급한 용무가 계신가 보군요. 이를테면……."

"네, 벌써 다섯 달인 걸요."

선뜻 이렇게 말하고는 약간 얼굴을 붉히긴 했다. 잠시 무슨 말인지 못 알아듣다가 비로소 정애는,

"선재씨의……."

"……."

물론이지, 사람을 어떻게 보고 하는 소리냐는 투의 결연한 것이 번뜩였다. 정애는 또 머리를 끄덕끄덕 했다. 딱히 이 정도까지 짐작했던 것은 아닌데, 별반 이렇다 할 느꺼움도 일어오르지 않았다. 그쯤 되어 있었군, 그저 이렇게 생각했다.

열린 문 저편 뜨락에서는 달이 뜬 칠월 밤의 짙은 나무 내음새가 밀려왔다. 흠뻑 젖은 싱그러운 나무 내음새는 말 그대로 수목(樹木)을 느끼게 하였다. 찬 빗물 머금은 바람이 불어 안쪽 벽의 자락이 긴 하늘색 커튼이 펄러덕펄러덕 했다. 천장이 높아서 커튼의 밑자락은 서서히 흔들거렸다. 늙은 주인은 소파에 기대 앉아 펄럭거리는 커튼을 뚜릿뚜릿한 눈길로 이따금 쳐다보았다. 정애는 커튼과 시아버지를 번갈아 건너다보며 흔들리는 커튼에서 꿈틀거리는 짐승을 보았다. —참 시어머니가 돌아가셨을 때 입관을 끝내고 저런 커튼을 쳤었지. 그때두 짐승처럼 보였어.— 정애는, 이런 생각을 하며 갑자기 덮어 놓고 요란해지고 싶어서 시아버지의 귀에 대고 큰 소리로 말했다.

"어머니가 돌아가셨을 때요오."

목소리가 휑하게 울렸다.

늙은 주인은 화들짝 놀랐으나 금세 따뜻한 눈길로 정애를 돌아보며 의미 없이 머리를 크게 주억거렸다. 선재의 그 여인도 의아스러운 눈길로 이편을 건너다보았다. 정애는 커튼 쪽을 손가락으로 가리키면서,

"저런 커튼을 쳤었지요."

또 늙은 주인이 머리를 주억거리고 백치 같은 만족한 웃음을 머금었다. 웃으면서 또 커튼을 쳐다보고 되풀이 머리를 주억거렸다.

잠시 후, 정애는 혼자 울기 시작했다. 소리 없이 손수건만 눈으로 가져가 우는지 어쩌는지 알 수는 없었다. 식모가 안 복도로 통하는 문을 열

고 들어와서 무슨 푸념을 하다가 우는 정애를 쳐다보곤 혀를 끌끌 차며 도로 나갔다. 선재를 찾아온 여인은 정애를 마주보면서도 우는 눈치를 모르는 듯했다.

늙은 주인은 어딘지 모르게 훨씬 더 늙어 있었다. 그러나 혈색은 더 좋아 보였다. 그냥 그렇게 소파에 버려 두고 있는 듯한 인상이었다. 이러구 보면 이미 늙은 주인은 전혀 오관(五官)의 문이 문마다 막혀 있는 듯하였다. 두 달 전만 하여도 정애와 영희는 아버지 곁에서 떠나지 않고, 간절하게 붙들어 두려는 듯한 투가 어려 있었는데, 이젠 포기하고 있는 듯하였다. 이 늙은 주인의 이런 모습은 이 집안의 풍모를 집중적으로 체현해 보여 주고 있는 듯하였다. 눈을 떴다가 잠이 들었다가 다시 눈을 떴다가 이런 연속이었다. 요즈음에는 문안을 오는 사람도 없는 듯하였다.
문이 열렸다. 영희가 들어서고 있었다. 허리를 바싹 졸라맨 까만 원피스에 맨발이었다. 선득해질 만큼 단단한 광물질을 느끼게 하였다.
성식은 다시 급하게 트럼프를 잡고 있었다.
"아직 저인 안 갔었수?"
영희는 아무렇게나 턱으로 그 여인을 가리키며 정애에게 물었다. 천한 시위조로 느껴질 법도 한데 너무나 너무나 그렇지가 않았다.
"……"
정애는 일순 선재라는 사내를 두고 두 여인을 맞겨루듯이 여긴 혼자 생각에도 여간 섭섭하고 억울하지가 않았다. 영희라는 위인은 확실히 그 여인쯤으로는 비교가 안될 만큼 부피가 두터웠다.
영희는 아버지 옆 소파에 털썩 기대어 앉았다.
"아버지, 안 주무셨수?"
늙은 주인은 또 말귀를 못 알아들으면서도 머리를 주억거렸다.
"참 오빠."
"……"
"오늘 복덕방 들렀었수."
"……"

성식은 트럼프를 놓고 위태위태한 눈길로 곁의 안경을 집어 썼다. 파삭파삭한 얼굴이 조금 윤기가 나 보였다. 선재를 찾아온 그 여인이 이상하게 얼굴을 찌그러뜨렸다. 어느새 문소리도 없이 식모가 들어와 앉아 있었다. 또 시작이 되는구나, 이런 투로 노골적으로 웃고 있었다. 그런 식모의 표정이 돋보였다.

"대관절 어쩐다는 거유?"

"……"

"우리 여자들이 다녀야 시원캤수?"

"……"

영희는 또 왈칵 하면서,

"오빠, 오빠가 오늘 저녁 기분이 좋아 있죠. 난 알아, 그 이유를."

"……"

"참 이상한 일이우. 난 지금 그 누구보다도 신경에 거슬리는 게 오빠야. 어쩌면 이럴 법이 있수."

영희의 이런 투의 푸념은 이젠 어떤 상투적인 때가 묻어 있었다. 정애가 아득한 표정으로 외면을 하였다. 그런 정애의 표정이 영희의 마음을 더욱 짓쑤셔 놓았다. 이젠 영희의 이런 종류의 신랄한 푸념도 신랄한 맛이 가셔 있었다.

늙은 주인은 뺑 하게 영희를 쳐다보고 있었다. 성식은 눈을 내리깔고, 가늘고 긴 손가락으로 트럼프장을 톡톡 튀기며 젖혀 갔다. 구석편에 앉았던 식모가 키들키들 소리를 내어 웃었다. 단단한 것이 풍기고 있었다. 선재를 찾아온 여인이 놀라는 듯한 눈길로 식모를 건너다보았다. 그러나 영희는 전혀 반응이 없었다. 정애를 돌아보며 또 말했다.

"아이, 참 언니두 언니유. 무슨 생각으루 저이를 몇 시간씩 잡아 두는 거유? 그이에게 알려서 내일 만나도록 하면 될걸. 하는 일들이 그렇게 답답하우?"

선재를 찾아온 그 여인이 비로소 두 눈을 디룩거렸다.

그러구 보니 그렇긴 했다. 정애는 다소곳이 얼굴을 붉히며 사과하듯이 영희를 건너다보았다.

결국 이 집안 사람들은 무슨 일이건 처리하고 치르어 낸다는 것에 이미 절망하고 있는 셈이었다. 바깥은 바람이 세고 소용돌이가 칠 것이었다. 그러나 시간은 이 집채에 닿아서는 서서히 굼벵이 걸음을 걷다가, 무참히도 정지되어 물쿤물쿤한 열기를 뿜는 것이다. 시간은 그렇게 살이 찌고 부어오르고, 이 집안 사람들은 지치고, 어떤 사소한 일이건 무겁게 무겁게 감당을 해야 하는 것인지도 몰랐다.

정애는 알고 있었다. 영희가 자기와 단 둘이만 마주 앉으면 말할 수 없이 약해지고 따뜻하게 감상적으로 부드러워지고, 감미롭고 슬픈 모습을 지니는 것을.

정애는 또 눈물이 글썽였다.

아득한 이층에서 따르르 따르르 전화벨 소리가 울리고 있었다. 성식의 방일 것이었다. 하루 한 번을 쓰기가 힘든 전화기는 성식의 방에서 먼지가 부옇게 앉아 있을 것이었다. 부연 먼지를 쓰고 따르르 따르르 첨예한 금속성 소리를 지른다는 것이 어쩐지 어색하게 느껴졌다. 그러나 사실은 식모가 아침마다 빤질빤질하게 닦아 두는 것이었다. 전화기는 텅 빈 큰 방에 까맣게 윤기를 내고 있을 것이었다. 그런데 먼지가 부옇게 앉아 있는 것처럼 생각되는 것은 어인 까닭일까.

식모가 쿵쿵거리며 뛰어 올라갔다. 전화벨 소리가 멎었다. 물론 선재일 것이었다. 영희를 찾을 것이었다. 식모가 다시 내려왔다.

"누구냐?"

영희가 물었다.

"……."

식모는 대답이 없이 건너편 선재를 찾아온 여인을 홀끗 쳐다보았다. 여인은 또 성식의 트럼프 패를 들여다보고 있다가 자세를 고쳤다. 시계를 쳐다보고 정애를 쳐다보고 일어섰다. 방이 술렁술렁해졌다. 늙은 주인의 눈길이 이 사람 저 사람 둘러보고 있었다. 영희는 이층으로 올라와 전화를 받았다.

"여보세요."

"나야."

선재였다.

보이지는 않지만 저편에서 또 싱글벙글 하고 있을 것이었다. 이즈음 선재는 이렇게 걸핏하면 밤중에라도 전화를 걸 수 있을 만큼 활달해져 있었다. 식모와 말장난도 않고, 속취가 나는 위엄을 부리고, 성식이나 정애를 대하는 품도 천한 속기가 묻어 되바라져 있었다. 게다가 술이 취해서 들어오면 제 침대에 누워서 저를 기다리고 있는 영희가 괜찮다 뿐인 듯했다. 그 이상 더 바랄 것도 없고 따질 것도 없겠다는 투였다. 결국 요맛쯤의 일조차 정작 처리하기를 꺼려 하고 귀찮게 여기는 그런 위인이었다. 이 집채 안에 사는 사람 가운데 오로지 건강한 풍모를 느끼게 하고 비교적 풋풋한 떫은 맛을 느끼게 하던 단 한 사람뿐인 선재조차 이렇게 어처구니없이 무너지고 흐늘흐늘해지는 것이 영희는 안타깝게 여겨졌다. 두 달 전 집을 나가자고 할 때 나갔던들 하고 생각했다.

"나야."

잠시 뜸했다가 저편에서 다시 선재가 되풀이 말했다. 비로소 영희는,

"또 술, 아휴 술 내음새……."

저편에서도 웃고 있었다. 전화로서는 어쩐지 편하게 상투적으로 이래질 수가 있었다.

"아기는 잘 크나?"

두 달밖에 안된 뱃속의 아기를 두고 익살이랍시고 하는 말이있다.

"음, 잘 커. 아빠가 보구 싶대."

이런 경우 늘 그렇듯 영희는 같은 가락의 익살로 받아 넘겼다. 그리고 씁쓰므레하게 웃었다. ―밤낮 같은 투여서 아주 상투화해 버렸어.― 이렇게 생각했다.

"참, 오늘 복덕방에 들렀었지. 이즈음 통 거래가 없다는군. 우리만이라도 나오긴 나와야 할 텐데……."

역시 할 텐데 정도다.

"……."

"여보세요."

"듣구 있어요."

"별일은 없었나."

"네."

"오빠는 여전히 집에 있구?"

"……."

여전히라는 소리가 신경에 거슬렸다. 그러나 영희는 급하게,

"참 손님이 한 분 있었어요."

"누구?"

"글쎄 들어온 다음에 얘기하지요."

결국 싱거운 전화였다. 이상한 일이지만, 이렇게 전화통을 잡고는 피차 뱃속의 애기 얘기라든지, 살림 처리, 살 궁리 같은 것을 얘기만이라도 건네는데, 정작 집에 들어와 마주 앉으면 그런 문제는 까마득해지는 것이었다. 그것은 피차가 마찬가지였다. 그러고 보니 선재에게 임신을 알린 것도 잠자리에서가 아니라 전화로써였다. 우스운 일이었다.

어느새 영희는 선재 방으로 돌아와서 선재의 좁은 침대에 널찌감치 엎뎌, 달빛이 찬 뜨락을 향해 선글라스를 썼다 벗었다 하며 장난을 했다. 선재를 찾아왔던 그 여인이 큰 문을 나서고 있었다. 문 빗장을 걸고 어둠 속에서 식모가 엉뚱하게 '노란 셔츠'를 휘파람으로 잠깐 불었다. 영희는 ─기집애 미쳤어.─ 속으로 중얼거리면서 혼자 히쭉 웃었다. 선글라스 속에서 뜨락의 젖은 나무 숲이 유현(幽玄)하게 깊숙이 내려다보였다가 다시 반짝하고 살아 왔다가 했다. 스물아홉이나 먹은 노처녀인 주제에, 게다가 선재의 아기까지 뱃속에 든 주제에 이렇게 어린애마냥 어둠 속에서 선글라스를 썼다 벗었다 하고 있는 스스로가 약간 어이없게 느껴지기는 했다.

이층으로 엇비슷하게 비쳐오는 빗물 머금은 불빛은 불빛이라기보다 차라리 사람 내음새를 밀어올리고 있었다. 요맛쯤의 거리(距離)만 두고 내려다보아도 아버지, 올케, 오빠, 식모 한 사람 한 사람이 분명한 윤곽으로 따뜻하게 집혔다. 오빠에게 너무했다고 생각했다. 다음 순간 화닥딱 놀라듯 일어나 앉았다. ─대관절 일이 어느 만큼 되었는지 차근차근 따져봐야겠어.─ 이렇게 중얼댔다. 그러나 따지구 자시구 없이 일은 뻔

한 것이었다.

 영희는 다시 아래층으로 내려갔다.

 택시가 골목으로 넉넉히 들어올 수 있음에도 불구하고 어떤 셈인지 큰
길 어귀에서 내려서 걷기로 하였다. 비 개인 끝의 하늘은 맑게 개이고
달이 떠 있었다. 선재 뒤로 거리는 저만큼 물러서 있었다. 모퉁이 길에는
사람 하나 얼씬하지 않고 멀리에서부터 하이힐 소리가 또깍또깍 가까워
오고 있었다. 어둠 속에 사람 형체는 안 보이고 소리만 들렸다. 저쪽 한
길 옆에 약국의 불빛이 안온했다. 점포 문을 닫고 있었다. 닫고 있는 사
람은 안 보이고 닫히는 소리가 날 뿐이고, 넓은 공간을 휘저으며 그림자
만 어른거렸다. 선재는 하늘을 올려다보고, 이즈음 유행되는 ‘세드 무비’
를 휘파람으로 혹은 콧소리로 되풀이 되풀이 흥얼거리며 걸었다. 술이
얼근한 속에 모든 것이 휑뎅그렁했다.

 아, 슬픈 영화는 늘 나를 울게 한다.

 아, 슬픈 영화는 늘 나를 울게 한다.

 그 단조로운 슬픔이 감미롭게 온몸 구석구석으로 퍼져갔다. 또깍또깍
소리는 가까워오면서 어둠 속에 불현듯 여인의 형체가 나타났다. 우산
을 들고 레인코트도 접어들고 있었다. 갑자기 저편에서 섰다.

 “어마.”

 비로소 선재도 섰다. 잠시 피차 그렇게 서 있었다. 선재가 그녀에게 다
가갔다.

 “어디서 오나?”

 그녀는 턱으로 선재를 가리켰다. 알 만하였다. 그러자 그녀의 손을 잡
고 급하게 도망이나 치듯이 어두운 왼편쪽 골목으로 꺾어 들어갔다. 어
두운 속으로 어두운 속으로 흡사 부끄럽고 창피한 길 속을 핥듯이 달음
박질을 쳤다. 그녀는 흐트러진 하이힐 소리를 뚜꺽뚜꺽 내며 순하게 따
랐다. 어느 큰 저택의 어두운 담 밑에 기대어 섰다. 이마에 돋친 땀을
씻고, 또 ‘세드 무비’ 휘파람을 허하게 조금 불다가 앞에 다소곳이 선 그
녀의 어깨에 비로소 손을 얹었다. 눈길은 건너편 하늘에 가 있었다. 아무

애기도 더 묻고 싶지 않았고, 하고 싶지도 않았다. 그녀는 오래간만에
이 사내의 내음새나마 맡는다는 것일까? 여느 때의 그녀답지 않게 쿨쩍
쿨쩍 울기 시작했다. 선재는 우는 그녀를 내려다보며, 사람이란 결국 너
나없이 가엾고 슬프게 마련되어 있나 부다, 이런 생각을 했다. 선재는
울고 있는 그녀를 끌어안았다. 찝찌름한 눈물이 그녀의 얼굴을 덮고 있
었다. 선재는 전혀 감정의 물결이 곁들임이 없이 그녀의 찝찌름한 볼을
핥고 있었다. 결국 이쯤 되었나 부다, 건너편 하늘을 건너다보며 또 이렇
게 생각했다. 속삭이듯이 말했다.

"집을 어떻게 알았어?"

"……."

그녀는 대답을 않고 대뜸,

"다섯 달 됐어요."

내뱉듯이 이렇게 속삭이고 또 울었다.

"알구 있어, 알구 있구 말구, 잊어버리구 있을 리가 있나. 잊어버리구
있을 리가 있나."

선재도 괜히 울멍울멍했다. 뭐 딱히 이 여인을 생각해서라기보다 단순
히 잊어버리고 있었다는 사실이 슬픈 듯했다. 선재라는 사람은 역시 처
리한다는 일만 빼놓다는다면 사내치고는 퍽 따뜻하고 보드라운 사내이
긴 하였다. 이 여인과 마주서자 어느새 다시 떫은 풋풋한 맛의 선재로
돌아와 있었다.

"우리 탓은 아니야. 알겠어? 사람들이 모두 달라져야 할 텐데 말야, 달
라질 수가 없거든. 뒤에서 붙들어 주는 것이 없어서 이런 거야. 규범이래
도 좋고 믿음이래도 좋고 신념이래도 좋아. 하여튼 그런 것이 있어야 돼.
밑을 헤아릴 수 없는 수렁뿐이니 말야. 새로운 기운은 여기와는 다른 아
득한 차원에서 일어 오르고 있는 것이야, 알겠어?"

지금 그녀의 뱃속에 다섯 달 찬 아이가 자라고 있다는 사실 앞에 이런
애기는 어차피 건방질 것이었다. 그녀가 이런 애기를 알아들을 처지도
아니었다. 그녀는 어느새 울음이 그쳐 있었다. 울음이 그치자 비로소 그
녀다운 맛을 발산하고 있었다.

"정말 뭐가 뭔지 모르겠어."

그녀는 선재 가슴에 두 손을 포개어 얹으며 이렇게 말하고는 선재를 올려다보며 이상하게 웃었다. 선재도 마음이 편해졌다.

"그래 맞았어, 그렇지? 뭐가 뭔지 모르겠지?"

"……"

"그래 그 동안 어떻게 지냈어?"

"뭐, 밥 먹구 낮잠 자구 저녁엔 나가구 그렇게 지냈지 뭐. 그런데 직장에서도 차츰 눈치를 차리는가 봐. 딴 애들의 눈치두 있구. 손님들두 그렇구……"

그러니까 이젠 그만둬야겠다는 얘기인 듯했다. 그녀는 '오비홀'에 나가고 있는 것이다.

"하긴 그렇겠군."

"그렇겠군이 뭐야? 여전히 그 모양이군."

그녀는 또 웃었다.

순찰 순경이 자전거를 타고 옆으로 지나가고 있었다.

다시 큰 골목길로 나왔을 때는 약국의 문도 닫히고 한결 더 괴괴해졌다. 그녀는 선재의 손을 잡고 덮어 놓고 기분이 좋아 있었다. 선재를 정작 만나자 모든 걱정거리가 아득하게 밀려가는 듯하였다.

둘은 자연스럽게 헤어졌다.

영희가 들어섰을 때 늙은 주인은 앉은 채 잠이 들어 있었다. 바깥쪽 문은 닫혀 있었다. 정애가 눈을 들었다. 영희를 보며 약하디 약하게 웃었다. 영희는 계란색 블라우스로 바꾸어 입고 있었다. 정애 옆에 앉으며 정애의 두 손을 따뜻하게 마주 잡았다.

"언니 안 잤수?"

"……"

정애는 가느다랗게 웃었다.

"어마, 벌써 열한 시유 언니."

정애는 영희의 이런 부드러움이 오늘 저녁따라 새삼스럽게 가슴이 아팠다. 따뜻한 눈길로 영희를 건너다보았다.

"나 지금 이층에서 이런 생각을 했어요. 언니와 나와 친형제면 어떠했을까 하구. 어쩐지 더 친숙해졌을 것 같지는 않아. 안 그럴수? 언니, 피차 마음 씀이 이토록 부드러워졌을 것 같지는 않아. 참 이상한 일이우. 어쩌문 그렇게 오빠라는 사람은 못마땅하기만 하구 신경에 거슬리기만 하우? 생각하면 오빠도 불쌍한 사람이 아니우? 들볶고 쏘아대기만 한다고 그렇게 태어난 사람이 달라질 리도 만무한 것이구. 참 학교 때 이런 얘길 들었어요. 남자 발레리나들 말이우. 보통 때도 화장을 한대. 망칙하잖수? 분을 바르구 연지곤지를 찍구. 얘기하는 것도 애 재 한다지 않수. 거기 비하면 오빠가 월등 낫지 뭐. 월등이 뭐야? 월등 몇 배지 뭐."

"……."

정애는 부드럽게 머리를 끄덕이며 눈물이 글썽해졌다.

"그렇지요 언니. 월등 몇 배지 뭐. 하긴 이런 것이 다 우리 탓은 아니지 않겠수? 어슷비슷하지 뭐. 언니나 나나 오빠나 다 같은 평면 속의 사람이 아니우? 서서히 기울어져 가는…… 날로 날로 더 무력해 가는…… 무엇인가 큰 울타리에서 너무나 너무나 비뚤어져 있어요. 싱싱한 것은 우리와는 너무나 다른 곳에서 움터 오르고 있어요. 안 그럴수 언니? 그렇지 언니? 난 이렇게 얘기가 두서가 없지 않수?"

지금 이런 얘기를 하고 있을 때는 아닐 것이었다. 좀 전에 그 여인이 돌아갔고 영희도 임신 두 달인 터였다. 그러나 그런 얘기는 어차피 꺼내지 않으니만 못할 것이었다.

영희가 이렇게 무한정 지껄이는 대로 내버려두어야 할 것이었다.

"참 언니, 그때 어느 날 저녁의 그 쇠붙이 소리 있지 않수? 어째서 그날 밤만 그렇게 소리가 났는지 모르겠어. 낮에 저 아래쪽을 다녀 봤는데 철공장이나 대장간 같은 곳은 아무데도 없습디다. 아무리 생각해도 이상한 일 아니우? 참 아버지두 그날 이후루 달라지셨어요. 마지막 바래움도 포기하고, 저렇게 잠만 많이 주무시지 않수? 이북에 있는 언니도 찾지 않구, 보채지도 않으시구, 사그라져 가는 불길 같은데 식욕은 더 왕성하구, 참 이상한 일 아니우?"

늙은 주인의 잠든 모습은 흡사 대여섯 살 난 어린애 같았다. 방에 모셔다가 눕힐 법도 한데 어쩐지 이렇게 버릇이 되어 있었다. 그냥 소파에 앉혀 두는 것이었다.

잠시 조용했다.

"언니."

"……."

"난 어차피 선재와 되어야 할까 봐."

영희가 문득 이렇게 말했다. 그러자 정애가 영희의 두 손을 힘주어 잡았다. 늙은 주인은 가느다랗게 코를 골고 있었다.

"그인 나 아니면 안될 것 같아요. 어쩐지 그럴 것 같아. 나 이상으루 약한 사람이야. 언니 언니, 지금 나한테 아무 소리도 마우. 나 다 알구 있어요. 어떤 규범을 두고 이런 걸 생각할 성질은 아니지 않겠수? 어차피 그런 건 놓치구 있으니까요. 피비린내 나는 내 타산을 두고 얘기하는 것도 아니야. 싸느다랗게 공정(公正)하게 생각해 본 연후의 얘기야. 알겠수? 언니. 그인 너무나 너무나 호인(好人)이잖수? 무슨 일을 저질러도 미워할 수는 없을 것 같아. 차라리 가엾고 처량해 보일 뿐이우. 눈물이 나도록 처량한 사람이우. 알고 보니까 그래. 두어 달 동안에 정이 들었나 봐."

"……."

정애가 머리를 끄덕였다.

"언니, 언니도 어서 아기를 낳읍시다. 고집도 아니구 뭐가 뭔지 잘 모르겠어. 막연하게 알 것두 같구. 언니 경우가 말이우. 그저 무색 투명하기만 하게 하루 하루를 그렇게 지낼 수만은 없지 않겠수. 백년하청이지 길은 열리지 않지 않겠수. 언니, 정말 우리 무슨 일이든 일을 잡읍시다. 모두 일이 없구, 마음들이 허해서 이래. 일이야 찾으면 없을라구? 하다 못해……."

하다 못해…… 역시 할 만한 일도 없을 것 같다.

"정말이야, 마음들이 허해서 이래."

다시 조용했다. 정애와 영희는 한 덩어리로 엉겨 있고 늙은 주인만이 쌔근쌔근 숨을 쉬고 있는 듯하였다. 정애가 영희를 마주 보며 또 부끄러운 듯이 웃었다. 여느 때의 반듯한 맛이 가셔지고 소녀 같은 내음새를 풍겼다.

갑자기 정애가 놀라듯 하며, 영희의 두 손을 다시 힘주어 잡았다. 새파랗게 질리면서,

"어마" 하곤 다급하게 속삭이는 소리로,

"저 소리 듣수?"

"무슨 소리유?"

영희도 덮어 놓고 정애의 표정만 보고 파랗게 질렸다.

쿵 쿵, 울리고 있었다. 집 속의 깊은 어느 진수(眞髓)에서 울려 나오는 소리일 것이었다. 광물질도 아니고, 흡사 식물질인 오래 묵은 나무뿌리 같은 것이 맞부딪치는 것 같은 소리였다. 쿵 쿵.

"난 모르겠는데, 소리가 무슨 소리유? 언니."

둘은 어느새 서로 끌어안고 볼을 맞댄 채 먼 곳에 귀를 기울이는 듯한 표정을 지었다.

"집에서 무슨 소리가 나요."

정애가 급하게 속삭이는 소리로 말했다.

"어마아."

영희가 대답했다.

"아씨는 안 들리우?"

정애가 속삭였다.

"난 모르겠어요."

영희가 말했다.

창문 바깥에 무엇인가 어른어른 하는 것 같았다. 달빛에 나뭇잎들이 어른거리는 그림자일 것이었다. 벽의 남색 커튼이 어쩐지 생기를 띠고 움찔움찔 움직이는 듯 보였다.

쿵 쿵.

"저거, 저거 또 들려요."

정애가 또 자지러지듯이 속삭였다.

"아이, 소리가 무슨 소리유?"

영희가 신경질적으로 큰 소리로 말했다.

"정말 안 들리우?"

순간 전등이 꺼졌다.

이층에서 쿵쾅거리며 뛰어 내려오고 있었다. 성식일 것이었다.

"순자야, 순자야, 순자야."

여느 때의 성식이답지 않은 거치른 목소리로 급하게 불렀다. 숨소리가 헐떡헐떡했다. 식모 방에서 식모가 뛰어나갔다.

"초 어디 있니? 초."

복도에서 웅성웅성댔다.

식모가 요란스럽게 응접실 문을 열고 들어왔다. 허덕허덕하며 서랍 여는 소리가 들렸다.

순간 다시 불이 들어왔다. 좀 전보다 더 환했다. 슈미즈 바람의 식모가 천천히 돌아섰다. 위는 알몸 그대로였다. 풍만한 육체였다. 성식은 여전히 숨을 헐떡이면서 복도로 통하는 문에 막아 서 있었다. 눈빛이 거치른 기운을 띠우고 있고 짙어 보였다. 늙은 주인은 그냥 소파에 잠이 들어 있었다. 영희는 성식과 식모를 번갈아 건너다보며 키들키들 웃었다. 정애는 외면을 하고 시아버지의 비뚤어진 머리를 바로 잡아드렸다.

시계는 열한 시 이십 분을 가리키고.

비로소 식모가 쭝얼거렸다.

"어이구 대관절 이 집안은 어떻게 되어먹은 집안이 이 모양인지 몰라. 등신 병신들만 모여 살구 있어."

그러나 언제부터인가 이렇듯 대담한 식모의 푸념에도 누구 하나 대꾸를 못하게 되어 있었다.

현관에 또 벨소리가 났다.

식모가 제 방으로 건너가 윗도리를 걸치고 뛰어 나가고 있었다.

성식은 다시 층층다리를 올라가고 있었다.

늙은 주인이 억억 하고 큰 소리를 지르며 번쩍 눈을 뜨고는, 몸을 비틀면서 거쉰 소리를 엉엉거렸다. 꼭 짐승의 소리 같았다. 입에서는 침이 흐르고 있었다. 무슨 꿈이라도 꾼 모양이었다. 두 팔을 내저으며 억억거리다가 다시 잔잔해졌다. 정애와 영희를 뚜릿뚜릿한 눈길로 돌아보고 얌전해졌다.

층층다리를 올라가는 선재의 발걸음이 별반 취한 것 같지 않았다. 곧 영희가 뒤쫓아 올라갔다.

불이 켜져 있지 않았다. 선재는 어둠 속에서 옷을 벗고 있었다.

아래층에서 정애는 또 혼자 울고 있었다. 식모 방의 불이 꺼졌다. 열한 시 반 사이렌이 울리고 있었다.

성식은 이층의 큰 방에서 혼자 전축을 틀었다. 불빛이 푸르므레했다. 침대 위에 벌렁 누워 있었다.

"오늘 무슨 일 있었수?"

영희가 말했다.

"……."

선재는 대답이 없었다.

아래층에서 정애는 알고 있었다. 결국 아무 일도 없으리라는 것을. 선재나 영희나 피차 아무 말도 못하리라는 것을. 선재의 그 여인은 아득한 어느 곳을 지나가고 있을 것이었다. 제 집에 닿아 있을 것이었다.

영희는 알고 있었다. 선재가 그녀와 만났다는 것을. 만나서 대개 어떤 모습으로 그녀를 대했으리라는 것을.

영희는 이런 경우, 제 김에 미안해서 무뚝뚝해 있는 선재를 다루는 법을 너무나 잘 터득하고 있었다. 🔲

가주인산조(假主人散調)

권태웅(權泰雄)

1934년 평북 정주에서 태어나 성균관대학교 약학과를 졸업했다. 1958년 『현대문학』에 소설이 추천 완료되어 문단에 등단했다. 1962년 현대문학상을 수상했으며, 소설집으로 『옥상에 던진 감정』『감격 시대』등이 있다.

가주인산조(假主人散調)

　나를 버리고 도망간 아현동 색시의 체취는 사흘이 지나도록 나의 침대 시트에서 가시지 않았다. 시트의 섬유 가락마다 깊숙이 뿌리를 박고 파고든 이 완강하고도 느꺼운 향내. 나는 이제 침대 시트에 미칠 듯이 머리를 틀어박고 코를 흠흠거리면서, 아현동 색시가 흘리고 간 얼얼한 체취를 들이빠는 버릇에서 좀체로 헤이 나오지 못하게 된 것이다. 숱 많고 반들거리는 머리카락에서 샘솟듯 마구 퍼져오르던 독한 머리칼 냄새, 물기 밴 눈매에 푸르게 번득였던 강한 아이섀도, 그리고 그 한없이 싱글거리는 유리처럼 매끈하던 알몸에서 풍기던 애매한 향기. 이러한 모든 것들은 나를 미치게 하는데 충분한 것이었다. 내가 이층 창가에 붙여 놓았던 침대를 안으로 깊이 밀어 놓은 거나 자리를 뜰 때마다 소중하게 담요를 덮어 두곤 했던 이유도 실상은 이 성숙한 향내를 오래도록 보존하고자 했던 때문이요, 나의 인생에 최초로 찾아든 관용(寬容)의 우주를 기념하고자 했던 때문이었다. 나는 아현동 색시가 떨어뜨리고 간 머리비듬 하나라도 그리고 그녀의 피부를 망측하게 감쌌던 각질(角質) 하나라도 감동 없이 바라볼 수가 없게 된 것이었다.

"당신의 이것 말이에요. 꼭 내가 첫 아이 배었을 때 배 나온 것 같아요."

아현동 색시가 언덕처럼 솟아나온 나의 등허리를 어루만지며 새삼스레 내가 곱추라는 것을 놀릴 때에도 나는 황홀하고 찬란한 그 여자의 향내에 취하여 노하지 못했다. 나는 나의 손길이 닿는 감미롭고도 부드러운 그녀의 피부를 잠시라도 거부할 수가 없었다. 그녀의 거칠은 숨결은 나를 압도하듯이 나의 숨결을 안타까이 불태웠으며 나의 이 비통하리만큼 절실한 욕망을 수용해 주었다. 그때 나는 그녀였고, 그녀는 내 속에 있었다.

"당신은 꼭 왕벌이군요."

나는 그녀가 머금는 휘황한 불빛과도 같은 웃음을 바라보며 떨리는 어금니를 지그시 악물었다.

아현동 색시는 자기의 허리를 부둥켜 안은 나의 억센 팔을 간단히 뿌리치고 일어나 창문을 활짝 열어 젖히며,

"아, 이 전쟁이라는 것은 언제 끝난다는 거죠?"

하고 가래침을 탁 뱉는 것이었다.

"왜 전쟁이 지루한가?"

"당신은 안 그래요?"

나는 대답하지 못했다.

이것이 아현동 색시가 나에게 남기고 간 마지막 목소리가 될 줄은 나는 상상하지 못했다. 설사 내가 미리 알았던들 별수가 있을 까닭도 없었다. 그 여자의 머리카락을 휘여잡고 부디 전쟁 동안만이라도 나를 버리지 말아 달라고 정신없이 울었을 것이다. 나는 아현동 색시가 파괴하고 간 나의 서정(抒情)의 균형을 눈물 없이 지탱할 수가 없는 것이다. 나는 완전히 그녀가 폭풍처럼 일으켜 놓은 막중한 역사의 구릉에 대하여 매복해 버리고 말았다. 비속한 감탄을 던지며 그녀의 흰 이빨 사이에서 조용히 밀려 나오던 단 한마디,

"당신은 생각보다 퍽 신나는 사람이군요."

어떻게 이 지극히 간단하고도 평범한 언어의 조직이 나로 하여금 그토록 미치게 할 수 있단 말인가. 아현동 색시가 나에게 던지고 간 놀랄 만한 격려는 나도 이제는 제법 나의 인생을 유용한 방향에서 해석해야 한

다는 용기를 부여하는 데 만족할 만한 것이었지만 그렇다고 하루에도 몇 차례씩 트럭에 가득가득 실리어 전선으로 수송되는 미국 군인들처럼 선뜻 자리를 털고 일어나 길가에 얼마라도 서성거리고 있는 양부인들을 향하여 한쪽 눈을 묘하게 감았다 뜨면서 손가락으로 이리 오라, 할 수는 없지 않은가. 나는 키가 조그마한 난쟁이 곱추가 눈물과 태양의 하늘 아래 우두커니 버티고 서서 멸망한 거리의 황량(荒凉) 앞에 슬픈 웃음을 짓는 양공주를 향하여 외눈을 지리감고 손가락질을 하는 모습을 상상하다가 그만 서러움이 복받치는 바람에 눈물이 콱 터졌다. 지난날 잠시나마 나의 인생을 불태워 주던 전쟁의 문명에 향한 나의 질겁한 탐구는 오로지 공허하고 허망한 의의만을 남겨 준다는 것일까. 그러니 나는 빛나는 공주(公主)와도 같은 아현동 색시가 그리울 수밖에 없고 그녀가 떨어뜨리고 간 이 말할 수 없는 향내 속에 전쟁이 마련해 준 발랄한 고기 비늘을 탐욕할 수밖에 없다. 내 가슴을 강물처럼 흐르는 오열한 희열, 그리고 전쟁이 지나간 뜨락, 그 조용한 폐허 속에 찾아든 거만한 정념. 그것은 분명히 존재하는 성곽(城郭)이었다. 폐허에 깃들인 향수는 은밀하게 나의 가슴을 두드리는 혈맥이었고 그것은 환희의 격언을 수집하는 산적(山賊)이었다. 지구 위, 몇 만 광년이 흘러간대도 조금도 서럽지 않은 듯이 바닷속에 들어 앉은 못난 자라와 나를 비교하던 과거의 치욕은 얼마라도 조소해 주어도 좋게 되었다. 나는 인간들이 영광이라 부르는 것을 알게 되었다. 행복이라 부르는 것도 알게 되었다. 그리고 그 영광을 탐욕하는 것은 조금도 수치가 될 수 없다는 것을 알았다.

"당신의 이것 말이에요. 꼭 내가 첫 아이 배었을 때 배 나온 것 같아요."

그렇더라도 나는 노하지 못했다. 아현동 색시의 검은 머리카락이 깃발처럼 너울거리며 나의 얼굴을 덮는 순간, 나는 오래간만에 세계라는 것을 의식할 수 있었고, 그 세계에 걸리는 단단한 교량을 느낄 수 있었다. 그것은 가교(假橋)는 아니었다. 해양과도 같은 찬란한 방석이 깔린 온실이었다. 정지되었던 나의 온갖 울분이 갑자기 폭발하는 분화구에 걸린 오색 프리즘은 아니었다.

미아리 고개쯤에서 들리는 듯한 대포 소리가 서울 하늘을 흔들고, 그리하여 너는 곱추다, 난쟁이 병신, 하면서 나를 경멸하던 잘난 인간들이 모두가 한 덩어리 아비규환이 되어 서로 다투어 한강을 건너가던 피난민들을 망연히 창가로 넘겨 보면서도 나는 내가 저 세포처럼 들끓는 인간 속에 덤으로나마 끼이지 못한 것을 슬퍼하지도 않았고 기뻐하지도 않았다. 나는 꼭 저 다리를 건너야만 한다는 정당한 이유를 발견하지 못했대서가 아니라 나는 기실 게으른 놈이다. 그로부터 만 석 달이 지난 오늘, 다시 물밀 듯 북쪽으로 진격하는 아군을 따라 한두 사람씩 이 구월의 백열이 내려 쪼이는 허허한 서울 거리로 찾아드는 사람들을 발견하고도 나는 슬프지도 기쁘지도 않았다.

지금 나에게 있어서의 전부는 아현동 색시뿐이다. 내가 못 견디도록 그리운 사람은 다만 나를 소풍처럼 가벼운 심경으로 들러간 아현동 색시의 싱싱한 청춘뿐이다. 나는 아무리 생각하여도 이 비분의 주제를 해결할 수 없을 것만 같다. 그것은 사실 나를 몹시 놀라게 하는 것이다. 나 스스로를 주체하지 못하는 청춘의 벽.

그러나 얼마나 다행한 일인가. 나의 메마른 가슴에 촉촉한 봄비를 뿌려 주고 간 그녀에의 탐구. 나는 전쟁이 터지지 않았던들 여자의 순결한 미학을 감득하지 못했을 것이며, 광막한 대지의 하늘에 무한대로 뻗어만 간 백색의 탄젠트 곡선을 휘잡아 내릴 수는 더욱 없을 것이다.

나는 아현동 색시가 나의 침대 시트 위에 가로누워 있는 완벽한 왕국 속에서 제왕(帝王)이 된 오만을 맛보았고, 그리하여 나와 같은 기형의 육신들이 기억하는 날카로운 슬픔의 분통(憤痛)들을 저버릴 수 있었다. 이런 경우, 입방체의 환희가 진동하는 나의 방 안은 나의 공화국이었다. 분향과 거치른 숨결 속에서 부침하는 나의 허신은 허신이 아니었다. 솟구치는 감격, 불타는 정염(情炎).

나는 아까 낮에 남산 언덕에서 내려와 나를 모욕하고 경멸하던 얼굴들이 서울을 버리고 피난을 떠난 쓸쓸한 보도에 서서 나는 거기 그들이 흘리고 간 욕망의 대상들을 실소했다. 누구 한 사람 쳐다봐 주지 않는 아카시아의 번쩍이는 반사광은 나를 다스리듯 비쳐 주었지만 한 주일 동안에 걸친 아현동 색시와의 왕국을 모르고 지냈던들 나는 하얀 산들이 황량한 폐허의 서울 거리를 둘러싼 불모의 거리 한복판을 나 홀로 미쳐서 울며 헤메이다가 죽었을 것이다.

나는 지금 오랫동안 침대 시트 위에 머리를 틀어박고 묘한 아현동 색시의 향기를 들이빨고 누웠다가 몸을 일으켜 창가로 걸어와 섰다. 색소를 잃은 밤하늘에는 먹구름이 한 덩어리 나직이 내려 앉았고 구름에 머리 끝만 벗어난 흐린 조각달이 포탄으로 옆구리가 사정없이 무너난 높은 빌딩의 이그러진 잔해(殘骸)에 슬픔의 긴 그림자를 던져 주고 있다.

밤은 고즈넉하다. 시꺼먼 영상만인 산과 하늘, 썩은 가마니와 쓰다 버린 탄약통이 지저분하게 흩어진 보도의 정적. 어느 후미진 골목에는 낯선 이국 병사의 시체가 가마니로 덮여 있을 것이다. 아현동 색시와 어깨를 나란히 모으고 이 창가에 기대서서 개 한 마리 얼씬거리지 않는 정적을 지켜보고 있을 때에는 조금도 적막하지 않았던 것을 나는 생생하게 기억하고 있다. 그러나 밀물처럼 몰려 오는 이 외포. 나는 가만히 한숨을 끈다.

내가 다시 침대로 돌아와 담배를 집어 물고 성냥불을 당겼을 때 멀리 자동차 엔진 소리가 들려 오기 시작했다. 갑자기 요 며칠 새로 부쩍 는 미군부대의 대이동이었다. 하루도 거르지 않고 몇 차례씩 북쪽으로 실려 가는 미군부대의 이농은, 전황은 반드시 이편 쪽의 공격인 듯한 인상이 결정적이었고 그것은 트럭마다 가득 찬 병사들의 표정도 그러려니와 산적한 탄약과 거대한 병기의 수송으로도 알 수 있었다.

이윽고 비단 커튼이 드리운 창문에 헤드라이트가 환히 비쳐들었다. 이 불빛에 아현동 색시의 발가벗은 흰 몸뚱어리가 파도처럼 구비치던 생각을 하고 나는 조용히 눈을 감았다.

열흘 전 서울 거리에 시가전이 맹렬하게 벌어졌을 때의 일이다. 회색 하늘에 진동하는 폭음과 대포 소리, 골목과 빌딩을 향하여 퍼붓는 앙칼진 따발총 소리, 박격포와 기관총의 난사. 이런 속에서 중공군과 괴뢰군은 황망히 쫓기면서도 거리의 요소와 로터리마다 바리케이드를 쌓아올림으로써 아군의 진격 속도를 조금이라도 늦추기 위하여 서울 집에 숨어 있던 부녀자들을 샅샅이 뒤져 내어 거리로 내몰았다. 그들은 부녀자들을 두 패로 나누어 한 패는 바리케이드를 육성하는 데 투입했고, 다른 한 패는 아스팔트를 파헤치고 지뢰를 묻는 데 동원하였다.

아현동 색시는 이 노무동원에 끌려 바리케이드를 쌓아올리는 부녀자들 속에 잡혀 있었다. 그때 나는 빈집을 찾아다니며 식량과 바꿀 수 있을 만한 물건을 훔쳐내기 위하여(사실 모든 사람들이 그랬다) 지금 내가든 이 집에 머물러 있었다. 나는 이 거대한 양옥 지하실에 숨어서 폭발과 유탄을 피하고 있었다.

아현동 색시가 괴뢰군의 눈을 피하여 몰래 숨어들어 온 곳이 바로 내가 며칠 전에 물건을 훔쳐 내기 위하여 찾아든 이 유령처럼 큰 양옥이었다.

"선생님께서는 어째서 피난을 안 가시고 이렇게 집에 남아 계신가요? 남자분들은 다들 떠났는데……."

내가 안내한 화려한 양실에 들어 앉으며 아현동 색시는 이렇게 묻는 것이었다.

"가족들만 보내고 나만 남았지요. 피난을 안 간들, 나 같은 병신이야 누가 뭐래겠습니까."

엉겁결에 대답해 버린 나의 말에,

"선생님은 아주 편리한 분이군요."

하고 이내 수긍해 주었다. 나는 새삼 그녀의 아름다움에 놀랐다. 서른 안팎의 요염한 그녀의 자태를 나는 정신없이 훔쳐보았다. 나는 생전 처음으로 아름다운 여자와 대좌할 수 있는 시간을 가졌던 것이다.

"절 어떻게 좀 숨겨 주실 수가 없겠습니까? 시가전이 끝날 때까지만이라도……."

애원에 가까운 그녀의 고운 목소리는 나의 가슴에 불을 질러 놓았다.

"얼마라도 좋습니다. 다행히 이 집엔 먹을 것은 많습니다. 지금 다시 붙잡히면 큰일이 아닌가요?"

"이 은혜는 꼭 갚고야 말겠어요. 정말 일생 잊지 않겠습니다."

나는 그날부터 소홀했던 가내 수색에 황급히 달라붙었다. 나는 아직 집안 구조의 세밀한 부분까지도 조사하지 않고 있었기 때문이다.

나는 어쩌다가 이 집 주인이 된 것이다. 주인이 되고자 해서가 아니었다. 나는 아현동 색시를 처음 대면해서도 주인 행세를 해야 한다는 생각은 추호도 먹어 보지 못했다. 그녀가 나의 말귀를 묘하게 물고 늘어지는 강박한 분위기는 나로 하여금 얼떨결에 그렇게 대답하게 했던 것이다. 내가 이러한 비장한 허위 속에 사로잡히지 않을 수 없던 이유가 바로 그녀의 아름다움 때문이었다는 것을 안 것은 퍽 뒤의 일이었다.

나는 여자를 위하여 시중하는 일이 조금도 고통으로 생각되지 않았다. 나는 즐겁고 행복했다. 나는 인간들이 행복이라고 말하는 것을 이해할 수 있을 것 같았다. 그녀의 부르튼 상처를 치료하기 위하여 그녀의 하얀 발목을 쥐었을 때 나는 와들거리면서 한참 동안 떨었다. 그것은 일종의 전율과도 같은 감정이었다. 나는 하늘에서 떨어지는 환각을 느꼈다.

처음 나는, 아현동에 살고 있었노라는 이 차갑도록 아름다운 여자가 나와 같은 불구자의 신체적 조건을 지닌 사나이로서도 오래 숨겨 두고 억압하던 그녀의 완강한 음기(淫氣)를 자극할 수 있으리라고는 꿈에도 생각하지 못했다.

나는 타인을 위해서 있었던 것이다. 내가 어머니 뱃속에서 세상에 떨어져 나와 제일 먼저 찾은 것은 나 스스로의 의식이 아니라 어머니 젖꼭지를 찾는 의식이었다. 내가 이러구러 삼십여 년 동안 나만의 고독과 울분을 안고 살아오는 동안 나는 언제나 타인의 부속품이라는 굴욕에 일관하여 살아오지 않았던가. 그러한 내가 아현동 색시가 필요로 하는 맑은 정액을 가지고 있으리라고 생각하지 않은 것은 너무나 당연하다. 그러나 우리가 이틀을 기름진 음식으로 배를 채우고 옆집이 포탄으로 산산조각이 되는 소리를 들으며 잠을 청하던 밤, '선생님'은 '당신'이 되었고 '부인'은 '여보'로 변한 것이다. 나는 황홀했다.

"우리 집도 저 옆집처럼 언제 산산조각이 날지 어떻게 알아요?"

공포와 체념이 섞인 그녀의 낮은 목소리에 나는 그녀의 잘록한 허리를 끌어안았다. 나는 미끄러지듯 그녀의 가슴에 손을 댔다. 비굴하게도 나는 속으로 이렇게 빌고 있었다.

'부디 전쟁이 끝나지 말아다오.'

비오듯 마구 퍼내리던 폭탄은 다행히 내가 주인이 된 이 집에 떨어지지 않았다.

"앞으로 어떻게 될지는 모르지만 난 영원히 이렇게 당신만을 섬기면서 살고 싶어졌어요."

잠시나마 내 가슴은 설레이기 시작했고 창문을 통하여 눈에 비쳐 오는 폐허는 쓸쓸하게 생각되지 않았다. 인생의 간절한 욕망을 느끼면서 나는 어느 구석엔가 비겁한 허위가 숨겨져 있는 스스로를 의심했다. 그것은 지금 우리가 들어 있는 이 집은 나의 집이 아니라고 고백하는 일이었다. 나는 내가 고백할 수 있는 기회가 빨리 오기를 바랐다.

그러한 어느 날이었다. 내가 잠시 밖에 나갔다 들어오니까 아현동 색시는 아래층의 삼면경 앞에 도사리고 앉아서 한바탕 화장을 하고 있었다. 나는 저고리를 벗은 그녀의 한없이 반들거리는 어깨를 매만지며 포동포동한 피부에 입술을 얹었다.

"간지럽군요. 점잖게 저리 가 계세요."

그녀는 마스카라가 묻은 고운 눈매로 흘기는 것이었다.

"이 판국에 화장은 무슨 화장이오?"

"당신한테 좀더 예쁘게 보일려구."

한참 있다가,

"우린 정말 부부가 되는 건가요?"

하고 검은 머리를 옆으로 펄럭이는 것이었다.

"제발 그래 주겠소?"

나는 심통하게 말했다.

"당신 같은 부자는 이런 집 한 채, 나한테 넘겨 주는 것쯤 아주 쉬운 일이겠죠? 부부가 된 기념으로라도 말이에요. 안 그럴까요?"

나는 얼른 대답하지 못했다. 나는 한숨을 내리쉬다 말고,

"그게 소원이오?"

이 말에 대번 아현동 색시의 빛나는 얼굴에 큰 변화가 왔다. 얼굴은 불그레 상기되었고 눈동자를 덮은 긴 속눈썹이 떨리는 듯했다.

"어머! 그래 주시겠어요? 그랬으면 얼마나 좋을까. 마음이 놓일 것 같

아요. 전 행복한 여잔가 봐요."

"꼭 이 집이 탐이 나오?"

내가 반문했더니 아현동 색시는 와락 나의 가슴에 파고들면서 몸부림을 치는 것이었다.

나는 그날 아주 홀가분한 기분이 되어 미농지를 구해다가 가옥명의변경(家屋名儀變更)에 관한 각서를 쓰고 지장을 눌렀다. 나는 나의 침착하고도 태연한 행동에 놀라지도 않았고 웃지도 않았다. 그날 밤의 그녀의 난무는 내가 일찍 경험하지 못한, 보다 격동적인 것이었다. 나는 그녀가 권하는 대로 위스키를 반 병태미나 마시고 깊은 잠에 떨어졌다.

이튿날 한낮이 되어 내가 눈을 떴을 때에는 아현동 색시는 이 집에서 자취를 감춘 뒤였다.

나는 이 뜻하지 않은 사태에 직면하자 적이 당황하지 않을 수 없었다. 나는 다시 전쟁 이전의 굴욕 속으로 빠져들어가는 듯한 기분이 들었다. 그러한 나에게는 적당한 고독이 필요했다. 나는 이 기분을 탕진하기 위하여 며칠 동안 폐허의 거리를 헤매었다. 절대자의 영광인 양 높푸른 가을 하늘에 우뚝 선 성당의 뾰족각 밑에서 나는 아직 포연의 냄새가 솟아오르는 깨진 서울 거리를 굽어 보았다.

헤드라이트가 창문을 환히 비쳐 오는 자동차 엔진 소리가 이윽고 가까이 들려왔다. 나는 이제 자동차의 엔진 소리만 들어도 그 자동차를 운전하는 병사의 국적(國籍)을 가려낼 수 있도록 정밀해진 것이다. 지금 들려 오는 자동차의 주인공은 보나마나 텍사스에서 우마를 몰던 카우보이일 것이다. 나는 담뱃불을 꼬나물고 다시 창가에 다가섰다. 요란한 폭음을 터뜨리는 트럭이 한 줄이 되어 수십 대가 속력을 내고 앞으로 달려가고 있었다. 칠흑 같은 적막을 뚫고 두 줄기 불빛이 평행선을 그으면서 앞으로 밀려 나갔다. 나는 이제 아무런 감정도 없이 괴뢰군을 응징하는 폭력의 대열을 바라볼 수가 있었다.

나는 창가에 서서 하루에도 몇 차례씩 줄지어 가는 트럭들의 질주를 지켜보다가 예전에 보지 못하던 몇 가지 새로운 변화를 발견했다. 길가에는 사람들이 나와 서서 손을 흔들고 있었고, 맞 바라다보이는 남산 허리에는 울긋불긋한 전등불이 환히 켜져 있는 것이 그것이었다. 서울을 버리고 떠났던 사람들이 언제 이렇게 많이 돌아왔을까. 나는 반가운 생각이 들지 않았다. 그러면서도 나는 내가 얼마나 초라한 존재인가를 확인하기 위하여 그들이 서성대는 보도에 가서 서곤 했다. 아무래도 나는 그들과 대등된 인간은 아니었던 것이다. 나는 그 보도에서 습기 속에 오물이 썩어가는 악취가 코에 스며들어오는 것을 느꼈다. 나는 문득 광활한 우주의 한 정점, 거기 습기와 오물이 썩어가는 한 뼘 땅에 내던져진 자신을 의식했다. 스스로에 향한 질시와 모멸의 감정이 냉랭히 나의 가슴에 흘러 번지는 것이었다. 머지않아 이 집 주인도 돌아올 것이다.

불현듯 집 생각이 떠올랐다. 그와 동시에 집에 두고 나온 워리(개) 생각이 든 것이다. 우리 집 워리는 굶어 죽지 않았을까. 단칸 오막집이 하늘로 날아가는 바람에 사족이 잘리어 죽지나 않았을까.

나는 침대로 돌아와 벌렁 드러누웠다. 아현동 색시가 흘리고 떠난 독한 체취에 나는 취하는 듯하였다. 아현동 색시가 없는 방 안은 이제는 나의 공화국이 아니었다. 나는 이제 이 집에서 떠나야 할 때가 왔는지도 모른다는 생각을 하며 몸을 모로 뉘었다.

이튿날 나는 몇 번이고 나의 공화국을 지켜보다가 거리로 나섰다. 드문드문 보도를 왕래하는 주민들 틈에 군복 입은 청년들이 철모를 젖혀 쓰고 떼를 지어 걸어다니고 있었다. 나는 나의 집이 있는 서대문을 향하여 걸음을 옮겨 놓았다. 나의 걷는 모습은 내가 생각하여도 무기력하고 초라해 보였다. 나의 손에는 아무것도 든 것이 없었고, 의복은 석 달 전 동대문 시장에서 낡은 군대 작업복을 사 입은 그대로였다. 아현동 색시의 싱그러운 향내가 밴 침대가 있는 그 집에는 얼마든지 고급 양복이 양복장에 가득한 것을 나는 알고 있지만 그대로 나와 버렸던 것이다.

나는 문득 아현동 고개를 꺾어들다가 발을 멈추었다. 아현동 색시와 길가에서 만나게 된다면 나는 무슨 말을 어떻게 할 것인가를 생각해 본 것이다. 이제 나는 다시 그녀에게 나의 왕실로 돌아와 달라고 애걸할 용기를 가지고 있지 못한 것을 알고 있다. 총성이 들리지 않는 맑은 하늘 아래, 서울을 버리고 떠났던 시민들이 돌아온 거리 한복판에서 내가 지껄일 수 있는 말은 단 한 구절, 서울은 비참하지만은 않았노라는 것뿐이었을까. 그 밖에 내가 자신 있게 할 수 있는 이야기란 어떤 것일까.

나는 황망히 길을 되돌아서고 있었다. 나는 오랫동안 음울하고도 장중한 폐허를 걸었다.

대문 한 짝 부서지지 않은 나의 집 앞에 이른 나는 긴 심호흡을 들이켰다. 관자놀이가 핑 하고 들먹이는 것 같았다. 눈 언저리가 뜨거워지는 것이었다. 나는 목청을 가다듬고 계속하여 워리를 불러 보았지만 워리는 대꾸해 주지 않았다.

나는 그 길로 다시 거리 한복판으로 나왔다. 대지는 칠흑 속에 들기에 앞서 조용히 숨쉬고 있는 듯이 보였다. 나는 다시 무엇 때문에 이왕에 나의 왕국이던 양옥집을 찾아왔는지 모른다. 내가 막 골목을 돌아 양옥집 맞은편 가도로 나섰을 때 나는 그만 소스라치게 놀라고 말았다. 나를 오랫동안 미치게 했던 아현동 색시가 그 집 앞에 서 있는 것이 아닌가. 나는 밀려오는 환희에 정신없이 길을 가로 건넜다. 그러나 나는 잠시 후 아현동 색시는 혼자가 아니라는 것을 알았다. 그녀의 손목을 다정스레 쥐고 있는 사나이는 건강하고 늠름했다. 나는 뒷걸음질을 하고 있는 나의 얼굴에 눈물이 흘러내리고 있는 것을 느꼈다. 나를 즐겨 모멸하던 사람은 지금 아현동 색시가 손목을 얌전하게 쥐고 있는 사나이와 같은, 그런 늠름하고 건장한 사람들이 아닌가.

나는 이느 곁에 빌딩들이 수없이 불타 버린 잔해를, 옆으로 끼고 있는 광장으로 걸어 나오고 있었다. 나는 갈 곳이 없었다. 내가 갈 만한 데는 워리가 없는 서대문 나의 집도 아니요, 아현동 색시가 이제는 내 집이노라고 늠름한 사나이를 데리고 들어온 양옥도 아니다. 나는 웃었다. 나는 울었다. 그 울음과 웃음 뒤의 공허는 한결 서글픈 것이었다. 나는 해가 더 저물기 전에 내가 가야 할 곳을 찾아야 한다는 생각을 하며 발길을 옮겨 놓았다. 그러한 내 앞에 소년 하나가 걸어가고 있는 것이 보였다. 소년은 무릎까지 내려오는 군인 잠바를 입고 있었다. 머리에는 부서진 헬멧이 얹혀 있었다. 소년은 어깨를 움직이지 않고 앞으로 걸어 나가고

있었다. 소년의 손에는 막대기 하나가 들려 있었다. 소년은 길가에 뒹구
는 빈 깡통만 발견하면 손에 든 막대기를 휘둘러서 가볍게 내려치는 것
이었다. 마치 미군 장교들이 지휘봉을 들고 허공을 갈기듯이.

붉게 타오르는 황혼이 소년의 검은 머리카락을 노랗게 물들이고 있었
다. 나는 줄곧 소년의 뒤를 따라 수시로 빛을 잃는 노을을 향하여 발을
옮겨 놓았다. ■

광대 김 선생

한말숙(韓末淑)

1931년 서울에서 태어나
서울대 언어학과를 졸업
했다. 1957년 『현대문학』
에 「신화의 단애」로 추천
을 완료했다. 1963년에 현
대문학상을 수상했다. 소
설집으로는 『신화의 단애
(斷崖)』『하얀 도정(道程)』
『별빛 속의 계절』『신과의
약속』『이 하늘 밑』등이
있다.

광대 김 선생

준(俊)은 부엌으로 가는 초인종을 두 번 누르고 의자에서 일어섰다. 책상 위에 반쯤 놓여 있던 오선지(五線紙) 한 장이 양탄자 위로 떨어졌다. 그것을 주우려고 하지도 않고 그는 피아노에 가서 앉았다.

아침 하늘은 잿빛으로 흐려 있다. 눈이나 비가 올 것 같다. 늦가을에서 겨울로 들어설 무렵은 일쑤 날씨가 고르지 못했다. 스팀이 꼭 알맞다. 그러나 준은 노타이의 한쪽 소매를 천천히 걷어 올렸다. 건반에 팔꿈치를 세우고 턱 밑에서 두 손을 모았다. 건반에서 무거운 불협화음이 길게 여음을 끈다. 흐린 하늘에 북악과 인왕산 봉우리들이 조용히 선을 긋고 있다. 준은 한참 동안 창 밖을 보고 있다가 오른손 새끼손가락으로 건반의 제일 높은 키를 쳤다. 투명한 소리가 툭 하고 부서진다.

'1악장하고 2악장만은 역시 좋다. 버릴 수 없는데……'

그는 벌떡 일어나서 책상으로 갔다. 1, 2악장은 가야금과 오케스트레이션이 가까스로나마 융합이 되어 있으나, 3악장의 카덴자는 아무래도 어딘지 어색했다. 여기만 잘되면 이 협주곡은 성공할 것 같다.

국악기와 양악기가 합주될 때는 언제나 분위기 때문에 실패하기 쉽다.

악기의 성질이 전혀 다르기 때문이다.

합리적이고 벽돌처럼 각 음이 독립되어 있는 양악의 음과 지극히 비합리적이고 천연의 바위처럼 각 음의 모양이 저마다 다른 한국 악기의 음을 함께 써서 건축을 하는 것은 확실히 위험한 실험이다. 준은 무엇보다도 한국 음악이 갖는 분위기를 잘 나타낼 수 없어서 힘이 들고 있는 것이다.

그는 목 뒤로 깍지손을 껴서 돌리고 있다가 책상 옆에 있는 초인종을 눌렀다.

두 번을 채 누르기 전에 부엌 아이가 커피를 가지고 들어왔다. 아침 먹고서 벌써 네 번째 커피다. 준은 작곡이 제대로 되지 않으면 커피를 마시는 버릇이 있었다. 목이 마르거나 식욕을 느껴서가 아니라, 그 향기를 맡으며 한 모금씩 맛을 음미하는 동안 기분이 전환되고 새로운 생각이 떠오르는 것 같기 때문이다. 그리하여 일이 잘 진행되는 수도 있고, 어떤 때는 공연히 애꿎게 커피만 대여섯 잔 마시고 마는 때도 있다. 그렇게 되면 커피의 향도 맛도 전혀 모르면서 마치 마시는 것이 치러야 할 의무인 것처럼 한 모금씩 액체를 목 너머로 넘기고 있었다. 그러나 그의 생활에서 커피는 없으면 안될 물건이다. 초인종을 두 번 누르면 말하지 않아도 부엌에서는 커피를 가지고 올라오게끔 되어 있었다.

준은 티테이블로 가서 선 채 포트를 기울였다. 그가 한 모금 마시려는데 도어에 노크 소리가 나며,

"오빠, 나 들어가도 되지?"

원(媛)이었다. 그녀는 대답도 듣지 않고 핸들을 돌리며 들어왔다.

"아이구, 몇 잔째야!"

원은 허리를 뒤로 넘기며 어이없다는 듯이 곁눈을 흘긴다. 그녀의 산뜻한 빨간 원피스가 갑자기 방 안에 전등을 확 켠 것 같다.

"부엌에서 고개를 내젓고 있어요."

여자들끼리 또 쑥덕거렸으려니 여기며,

"너 참 잘 왔다. 한번 들어 보아."

"나 좀 바빠."

원은 항공 엽서를 흔들어 보이며,

"이것 찍고, 외무부에 가야 하거든."

그녀는 타이프 앞에 앉아서 사양 없이 키를 두드리기 시작했다. 언제 배워서 그렇게 능숙한지 속도가 여간 빠르지 않다. 원은 비자만 나오면 곧 미국으로 떠나게끔 모든 준비가 되어 있었다. 유학 수속은 둘이 같이 시작했는데 원은 '풀스칼러십'에 '풀브라이트' 시험까지 패스해 두었다. 학비는 아버지가 충분히 댈 텐데도 미국은 부자니까 되도록 우리 돈은 아껴야 한다는 그녀의 지론(持論)이 여기서도 발휘되어 여비까지 마련해 둔 셈이다. 준은 아직도 멀었다. 원이 무슨 일에건 판단을 빨리 내리고, 또 내려지면 서슴지 않고 행동으로 부딪쳐 가는 데 비해서, 준은 자신의 의미를 찾느라고 무언가의 주위를 항상 배회하고 있는 정신 상태 때문인지도 모른다.

"넌 지금 그렇게 낌새도 모르고 뛰어 다니지만, 한국 사람이 영문학 하러 왔다고 거기서들 웃을걸?"

준은 몇 번이나 하던 말을 또 했다. 그가 비록 양악을 아무리 공부하고 작곡을 한다 해도 서구인과 도저히 나란히 설 수 없노라고 믿고 있는 것과 같은 이유에서다.

"두고 보아!"

원은 계속 키를 치면서 준을 한 번 흘겨보고 야무지게 말끝을 맺는다. 준이 놀리는 줄 아는지 원은 인제나 이런 투의 말에는 '두고 보아!' 하며 입을 옹초 물었다.

"농담이 아니라니까!"

"한국인이 서양 것을 하면 얼마나 할 거냐는 거지? 내가 좋으니까 해요, 내 생리에 맞으니까 말야. 서양 것이니까 하고 한국 것이니까 안하는 게 아니에요."

공교롭게 말이 끝나는 것과 타이프가 끝나는 것이 일치했다. 원은 타이프의 뚜껑을 덮고 일어서더니 팔목시계를 본다.

"시간은 약간 있으나 듣고 있을 여유가 없어요, 마음이 바빠서. 나쁘게 평하고 싶지만 사실 괜찮아, 이번 것."

그녀는 콧노래로 멜로디 몇 군데를 부르더니,

"이거지? 내 방에 다 들리는걸? 전에 비하면 나아졌어."

얄미울 만큼 거만하나, 준은 그것이 또 부럽기도 하다. 사실 원이 한 말은 너무 속도가 빠르고 이론에 비약이 있으나, 나중에 곰곰이 생각해 보면 제법 들을 만한 것이 있었다. 이번 것이 괜찮다는 말에 조금 용기를 얻은 준은,

"괜찮을 게 어디 있어, 죽도 밥도 아니야. 서구적이냐면 그것도 아니구, 한국적이냐면 그렇지도 않아."

원의 맑은 음성이 더욱 자신 있게 굴러 나왔다.

"그러면 어때요? 문제는 동서(東西)가 아니에요. 그것이 하나의 작품이 되어 있는가가 문제지."

원은 날씬한 다리를 쭉쭉 뻗으며 문까지 갔다.

"누가 그걸 모르나, 그것이 안되니까 괴로운 거지."

"자기의 것을 만들면 되잖아? 한국 말을 하며 한국 땅에서 커피를 마시구, 양탄자 위에서 피아노를 치고, 그것이 오빠 걸 어떡해? 오빠 외의 것을 나타내려니까 얼굴이 저 모양이지. 훗훗. 커피를 그렇게 마시다가는 위에 구멍이 뚫린답니다."

그녀는 마지막 말은 문 밖에서 얼굴만 내밀고 하더니, 말이 끝나자 얼굴을 쏙 빼내고 탕 하고 문을 닫아 버렸다.

준은 멍하니 문만 쳐다보다가 일어서서 녹음기를 꺼내어 녹음 준비를 하였다. 피아노를 치며 듣는 것보다 녹음을 해서 들어 볼까 하는 것이다. 더 객관적으로 들을 수 있을 듯해서다. 1, 2악장은 피아노만인데도 괜찮았다. 그래서 카덴자 부분이 좋지 않다고 아주 내버리기도 아까운 것이다. 카덴자는 악보로 보아도 모자라는 데가 있으니 실지 연주로는 더 나쁠 것만 같다. 준은 잠시 녹음 테이프를 바라보고 있다가 갑자기 양복장을 열더니 스프링코트를 내어 입었다.

"그렇지, 여기는 스팀이 있으니까 덥지만……."

그는 생각하며 노타이 위에 윗도리를 하나 더 껴입었다.

준이 계단을 내려가는데 부엌 아이가 올라온다.

"방 치워도 좋을까요?"

"응."

준은 아무것도 눈에 보이지 않는 듯이 바삐 내려가다가,

"참, 학교에 전화해서 감기로 열이 나서 화성법은 휴강한다고 해주어."

하고 소리를 쳤다.

밖은 꽤 추웠다. 준은 코트의 깃을 바싹 여미고 골목을 걸어나갔다. 가야금을 가르치는 광대 김 선생을 찾아가려는 것이다.

한길에 다다르자 그는 잠깐 발을 멈추었다. 김 선생이 반 년 전에 살던 집에서 여전히 사는지, 그 후 이사를 했는지 모르기 때문이다. 국악원 같은 데에 가서 주소를 먼저 파악하는 것이 낫지 않을까?

이사를 하는 것은 그리 쉬운 일이 아니다. 김 선생은 어떤 때는 한 달에 두 번이나 주소가 바뀌는 수가 있었다.

그에게 '여난(女難)의 상(相)'이 있는지 그는 곧잘 여자에게 붙들리어 함께 살게 되는데, 단 한 번 외에는 그 많은 여자 중에 좋아서 인연이 맺어진 적은 없다는 것이다. 그래서 살다가 정 견딜 수 없으면 아무도 모르게 여관이나 하숙으로 입은 것과 가야금 하나만 들고 달아났다. 대개 전셋집에 들기 때문에 달아날 때마다 그는 거의 맨손이 되고 말았다. 그래서 밥을 굶는 적도 있으나, 싫은 것을 참느니 굶는 쪽이 낫다고 했다.

열한 살 때 전라남도 어느 시골에서 결혼을 했는데, 지금도 그 부인은 정릉에서 홀로 살고 있다. 그는 부인과는 사실상 몇십 년을 남처럼 지냈고, 또 그 어느 여자보다도 싫어했으며, 생활비는 한 달도 거르지 않고 대었다. 김 선생은 가끔 방송이나 연주를 해서 수입이 있는데, 제자가 많아서 다른 국악인보다는 훨씬 생활에 여유가 있었다.

시꺼멓고 고목 껍질처럼 거칠은 다섯 손가락이 어떻게 그처럼 섬세하고 또 웅장한 음악을 만들어 내는지 이상한 느낌조차 준다. 얼굴도 손 못지않게 못 생겼으나, 그 선량한 눈 때문인지 그 음악 때문인지, 그는 사랑하지도 않는 여자들에게 휩쓸리어 공연한 고생을 하고 있는 것 같았다. 여자들이라 해도 모두가 기생이다.

준이 알기만 해도 김 선생은 열서너 번은 이사를 했다. 그럴 때마다 제자들은 그의 있는 곳을 알아 내느라고 한참 동안 뛰어다녀야 했다. 그는

또다시 그 여자에게 붙들리지 않기 위해서 다른 여자를 방패로 삼았다.

그러니까 또 얼마 못 가는 것은 오히려 당연한 일이 아닌가? 준은 처음에는 그를 경멸했으나 차차 그가 좋아졌다. 아마도 여자들이 유혹하지 않으면 그는 정말 음악만 하고 살 사람이었다. 준은 그것을 증명할 수 있는데, 그것은 그가 단 한 번 사랑해서 살았다는 여옥이라는 기생과 헤어지고서도 3년 동안 혼자 있었기 때문이다. 혼자 있는데도 부인한테 안 간 것을 보면 부인이 그만큼 싫다는 까닭도 있겠으나, 그가 여자를 좋아하지 않는다는 것도 짐작할 수 있는 일이다. 그러던 것이 어떤 악명 높은 기생의 손에 말리어 들어가서 다시금 주소가 바뀌기 시작한 것이다.

여옥이와 헤어질 때는 상당히 타격이 심한 듯했다. 준은 그때 그를 알고 이틀째 되는 고등과 학생이었다. 준은 지금도 뚜렷이 상기할 수 있는데, 김 선생의 얼굴이 검고 거칠어선지 뚝뚝 굴러 떨어지는 눈물도 어쩐지 검은 빛만 같았다. 여간해서 애틋한 로맨스는 있을 것 같지 않는 사람이 느껴 울어선지 준은 그때 기이한 눈으로 그를 바라보았던 것이다.

"아무래도 헤어지겠다는 거여."

준이 묻지도 않는데 그는 말하고 있었다. 그의 기분이 견딜 수 없게 되었을 때에 공교롭게 준이 그 방에 있었던 모양이다. 작곡을 하기 위해서는 국악도 알아야 한다는 그의 지도 선생님의 말에 별로 좋아하지도 않던 국악을 알려고 배우러 다녔었다. 입학 시험 때문에 두어 달 이상은 계속도 못하고 말았으나, 준은 그 후 가끔 김 선생에게 가서 감상도 하고 배우기도 하였다. 그러는 동안 국악이 좋아졌고, 또 오래 사귈수록 김 선생에 매력을 느끼게 되었다.

"이 년 동안 정말 사랑했어. 내 기술을 다 가르쳐 주었지. 그런데 이젠 싫다는 거여. 사랑하지만 싫다는 거여. 우린 어제 밤새도록 가야금을 탔어. 백 년 함께 살 사람들처럼 말이어. 아침밥 먹더니 여옥이는 손가방 하나 들고 나가 버렸어."

그래서 그가 여자와 헤어질 때 입은 것만 가지고 맨손으로 달아나지 않게 된 경우도 그때만인 셈이다.

준은 한길로 나와서 조금 망설이다가 인사동 쪽으로 내려갔다. 김 선생

도 이제는 나이도 먹었고, 들리는 말에는 이번에는 진짜 지독한 여자한테
걸려서 꼼짝 못할 것이라 하니, 반년 사이에 헤어졌을 것 같지는 않았다.
 낙원시장 뒤를 돌아서 좁다란 골목을 한참 들어가다가 준은 조그만 대
문 앞에 섰다. 문패가 그대로 있다.
 대문을 여니 아랫방에서 댄스 곡 같은 재즈가 들려온다.
 '누가 춤을 추나?'
 준은 마루 겸 레슨실로 되어 있는 대청으로 올라갔다. 두어 칸 되는 대
청에 두 개들이 구공탄 난로가 하나 있는데, 그것도 화력이 약한지 실내
는 춥다. 여학생 둘이 난로 옆에서 가야금을 켜다가 준을 흘끗 보고 다
시 계속하고 있다. 방석이 댓 개 있는데 모두 커버가 더러워져 있다. 실
내가 어딘지 누추하고 살벌하다. 제자들도 대개 가정 부인들이지만, 상
당한 음악가나 사장급도 있어 언제나 대청이 좁았었는데, 오늘은 왜 텅
비어 있는지 모르겠다. 추운 탓은 아닐 것이다, 이것은 계절에 좌우되는
직업이 아니니까. 반년 동안 무엇인가 꽤 변한 것 같다.
 준은 앉을 염이 나지 않아,
 "선생님 안 계신가요?"
하고 물었다.
 "곧 오실 거예요. 저희들이 시간보다 빨리 왔어요."
 "멀리 나가셨나요?"
 "아니요, 아랫방에 계신대나요?"
 여학생들은 서로 보며 키키 웃고 가야금을 합주하다가 다시 킥 하고
웃기 시작하더니 못 참겠는지 손가락으로 서로의 다리께를 쿡쿡 찌르며
허리를 비틀고 웃는다. 준은 무엇이 그렇게 우스운지 얼른 짐작이 안 가
서 머쓱하니 섰다가 그도 난로 옆에 앉았다. 얼굴에 무엇이 묻었나 생각
하다가 겨우 그는 웃는 까닭을 깨달았다. 아랫방에 계신다니 춤추는 이
가 바로 김 선생인가 보다. 좀처럼 그 모습을 상상하기 힘들기는 하나
그렇다면 확실히 우습기는 우습다. 굽은 허리에 게다가 약간 갈지자걸
음인데 어떻게 사교춤을 추고 있을까?
 '아니 그렇게 변했나?'

커피도 홍차도 못 마시고, 양악은, 더구나 재즈는 시끄러워서 골치가 아프다는 이가 춤을 배우다니.

"이거 웬일이여?"

김 선생이 댓돌에 신을 벗으며 준을 보고 얼굴이 벌개졌다. 춤춘 것이 창피했는지 모른다. 준은 그 사이의 안부 인사를 하고 산조(散調)를 들으려고 왔노라고 했다.

"그러지, 그러지."

김 선생은 고개를 뒤로 돌려 무엇인가 찾는 듯이 두리번거리더니, 호주머니에서 손수건을 꺼내어 땀도 없는데 얼굴을 한번 훔쳐 낸다. 어딘지 침착성을 잃고 있다. 춤춘 것이 어색하고 부끄러워 어쩔 줄을 모르는 것 같다. 그는 무슨 말인지 입속말로 하면서 안방으로 가서 가야금을 가지고 나왔다. 백 년은 더 된 것이라고 그가 자랑하며 아끼는 가야금이다. 좌단(坐團)과 양이두(羊耳頭)가 화류고, 좌단 한가운데 옥으로 화려하게 용 무늬가 박혀 있다. 나뭇결이나 몸의 빛이나 안족(雁足)의 곡선 등, 악기라느니보다 하나의 미술품 같다. 그 소리도 요즈음 만드는 가야금에서는 도저히 기대키 어려운 것이었다.

김 선생은 소중히 안 듯이 그것을 무릎에 놓고 줄을 골랐다. 여학생들이 가까이로 바싹 다가앉는다. 그가 타는 산조의 전곡(全曲)을 들어 보기는 힘드는 일이기 때문이다. 다른 사람이 청하면 무엇인가 딴 말을 하여 결국 피하고 마나, 웬지 준이 청해서 그가 거절한 적은 없었다. 준이 그를 좋아하는 것만큼 그도 준을 좋아하는 탓인가 보다. 산조는 전곡을 다 하려면 30분 내지 40분이 걸리기 때문에 준은 학생들에게 폐가 될까 하여,

"학생들 먼저 보아 주시지요. 저는 기다리겠습니다."

라고 말했다.

"괜찮아요."

하며 학생들은 김 선생 곁으로 더 다가앉는다.

"학교 안 가고 어찌 왔어?"

김 선생은 겨우 얼굴빛이 제대로 돌아왔다.

"중간 시험이에요."

"우등생들이니께."

김 선생은 선량하게 웃고 줄을 고른다.

그의 음악은 더욱 그 경(境)에 달했다는 느낌이었다.

"수고하셨습니다."

준은 박수를 치는 것은 이 유유하고 웅장한 분위기에 맞지 않을 것 같았다. 김 선생은 음악 이론은 전혀 몰랐다. 학교 교육도 겨우 국민학교 3학년 정도였다. 아버지가 광대였기 때문에, 가난한 그는 그 가업(家業)을 이어받는 수밖에 딴 재주는 없었다. 그는 속에서 우러나는 것을 손가락으로 켜면 그것이 그대로 음악으로 되어 나오는 듯했다. 김 선생만큼 선천적 재질을 타고 난 사람은 지금의 한국 악단에는 양악, 국악을 통틀어도 없다고 준은 생각하고 있었다.

"요새 새로 작곡한 게 있는디."

그는 다시 켜기 시작했다. 준은 새것이라는 말에 흥미를 느꼈으나, 음악이 진행함에 따라 깜짝 놀라며 김 선생을 보았다. 그리고 그는 김 선생의 빨간 넥타이에 또 놀랐다. 언제나 눈에 띄지 않는 빛의 넥타이 둘을 가지고 여름 겨울로 나누어 쓰고 있던 김 선생이다. 빨간 빛은 그에게 어울리지도 않고, 공중에 덩그렇게 매달린 것처럼 어색했다. 그의 새 곡도 어색하기 이를 데 없는 것이었다. 변했는데……?

준은 미간을 모으며 참고 끝까지 들었다.

"어띠어? 현대 기분이 나지 않는개비?"

"네?"

준은 당황하며 흩어졌던 표정을 모았다.

"현대라니요?"

준은 '현대도 고전도 아니고 더욱이 선생님 것답지도 않습니다. 엉망이며 저속합니다'라는 말을 빼놓았다.

"요즘은 모두 악보다, 악보다 하여 악보로 가르치는 선생들만 찾아다니는 모양이어……?"

그는 준의 눈빛을 살피듯이 보았다.

준은 방이 비어 있는 까닭을 비로소 알았다. 악보로 가르친다……. 그러니까 교수법이 과학적이고, 이론적이고, 현대적이라는 선전에 모두 현혹당하고 있는 것이다. 피상적인 것만 눈에 들어오는 사람들에게는 오히려 당연한 현상이다.

"악보만 가지고 되나요?"

준은 아까부터 차차 우울해지는 자신을 느끼고 있었다. 그는 기분을 털어내는 듯이 일어서서 어깨를 두어 번 출석거렸다.

"선생님, 감사합니다. 다음에 또 뵙지요."

김 선생은 준의 뒤를 따라 나왔다.

"나도 악보를 만들고 있는디……."

"네……."

"콩나물 대가리 말이여. 학생들이 자꾸만 주르니까 어떻게든 해 보아야겠어서 말이어."

산조와 같이 미분음(微分音)이 많은 것을 재래의 음부(音符)로 완전히 나타내긴 불가능하다.

"몰라서 공연히 몰려가는 거겠지요."

그는 무엇인가 더 말이 나올 것 같았으나 잠자코 대문 밖으로 나와 버렸다.

밖은 빗방울이 잘게 뿌려지고 있었다. 그는 택시도 세우지 않고 빗속을 천천히 걸어갔다.

'제자들이 주르니께……' 하던 김 선생의 말을 준은 생각하고 있었다. 그가 사교춤을 시작한 것도, 어색한 그 새곡을 만들어 본 것도, 행여 그것이 현대의 의미인가 하는 것이 아닐까? 그리고 그것은 학생 하나라도 더 가져야 하는 절실한 생활 문제와 결부되어 있기 때문이 아닐까? 준의 고개가 스스로 땅으로 숙여졌다. 그는 한숨을 토해내고 있었다.

사나흘째 비가 계속하더니 눈이 오기 시작했다. 준의 작곡은 진전이 없었다. 그는 텅 빈 머리로 학교에 나가서 강의만 했다.

일요일이 되니 준은 전날 가야금을 켜 준 인사로 저녁 대접이나 할까 하고 눈 속을 우산을 쓰고 김 선생을 찾아갔다. 그러나 문패는 벌써 딴 이름으로 바뀌어져 있다. 김 선생이 또 여자가 싫어진 모양이다. 그렇다면 이 집에 그 여자는 있을 텐데 문패는 틀림없이 남자의 이름이다. 준이 얼른 발길을 돌리지 못하고 있는데, 대문이 삐걱 열리더니 댓 살 된 듯한 사내 아이가 나무판 하나를 들고 나와서 다짜고짜 문 앞에서부터 쌓인 눈을 걷어올리기 시작했다. 힘이 드는지 끙끙 소리를 내고 있다. 눈사람을 만들려는 모양이다.

'물어도 알 리는 없겠지…….'

준은 그냥 돌아섰다.

저녁을 먹다가 준은 전화를 받았다. 김 선생이다.

"꼭 만나서 할 말이 있는디……."

"네."

"향이라는 다방으로 할까?"

"네? 선생님도 다방엘 다 가십니까?"

"헛헛, 한번 가 보지, 헛헛."

김 선생은 공연히 너털웃음을 쳤다.

준은 구석자리에 혼자 앉아 있는 김 선생을 이내 발견해 냈다.

"무엇 드실까요?"

"아무것이나 시켜 놓지."

준은 인삼차하고 커피를 시켰나. 김 선생은 잠자코 창 밖의 눈만 보고 있다. 그 옆 얼굴을 보자 준은 놀랐다. 그는 너무나 여위어 있었다. 툭 불그러진 광대뼈 밑으로 패인 볼보다도 속으로 무엇인가 커다란 힘되는 것이 팍 허물어진 것 같다.

차가 나왔다. 준은 커피를 마시며 말했다.

"선생님, 아까 제가 댁에 갔었는데요."

"헛헛, 여자가 달아나 버렸어. 전셋돈 몽땅 빼 가지고 말이어. 헛헛."

그는 웃었다. 그러나 입술은 우는 듯이 일그러지며 떨렸다. 돈 없고 늙은 김 선생이 이제 더 필요가 없었던가? 그 여자도 어쩌면 악보 가지고 가르친다는 젊은 사람에게로 달아났는지도 모른다.

"그러면 지금 어디에 계십니까?"

"여관에 있지."

준은 조금 망설이다가,

"어떨까요, 선생님. 여관비 같은 것 제가 보아 드리고 싶은데요?"

돈 얘기는 대뜸 해 버리는 것이 피차 어색하지 않으리라고 준은 생각했다.

"아니, 아니, 그래서 보자고 한 건 아니여. 실은…… 저……."

김 선생은 테이블 위에 있던 큰 봉투에서 오선지로 된 노트 한 권을 꺼내어서 준에게로 밀었다. 준은 그것을 들어 펼쳐 보자 난처한 듯이 고개를 한 번 꼬았다. 가야금 곡을 악보로 한 모양인데, 고음부 기호가 서툰 솜씨로 이상하게 삐뚤어져 있다. 음부들은 무엇을 채보한 것인지 짐작할 수가 없다. 산조 같기는 하나 음정이 전혀 틀려 있다. 준은 노트를 놓고 창 밖을 보았다. 창 밖은 함박눈이다.

"어띠어?"

김 선생이 물었다. 준은 망설이다가,

"좀 생각해 보겠습니다."

했다. 무거운 침묵이 흘렀다. 둘은 모두 제각기 내리 쏟아지는 창 밖의 눈만 보고 있었다. 조금 후에 준은 이렇게 말해 보았다.

"기다려 봅시다, 선생님."

그는 원이 말하는 것처럼, 나 외의 것은 안된다는 것을 새삼스럽게 느끼고 있었다. 그러나 그는 그러니까 무엇이건 그것이 내 생리화된 후에 비로소 작곡을 해야 하는 것이 아닌가 하고 설명할 염은 전혀 없었다. 김 선생은 기다리라는 것을 어떻게 알아들었는지,

"안 올 거여."

했다. 달아난 여자를 기다리라는 줄 안 모양이다. 그의 목소리가 힘없이 쓸쓸하다. 안 오리라는 말 뒤에 행여 오려나 하는 마음이 간절한 것만 같다. 그렇게 싫다던 여자이나, 이제는 그나마 아쉬운 형편인지. 준은 구태여 딴 뜻이었다고 변명하지 않았다.

둘은 누가 먼저랄 수도 없이 자리에서 일어섰다. 한길은 한산했다. 밤도 꽤 늦은 모양이다. 함박눈이 더욱 세게 내리고 있다. 준은 말했다.

"어디로 가십니까? 모셔다 드리지요."

"아니, 고만두어, 고만두라닝게."

김 선생은 끝내 거절하고 돌아섰다.

그의 약간 굽어진 허리에 우산이 무거운 듯했다.

눈 속으로 김 선생은 멀리 아물거려 왔다. 준은 그제야 손을 들어 택시를 세웠다.■

잔해(殘骸)

송병수(宋炳洙)

1932년 경기도 개풍에서
태어나 한양대를 졸업했
다. 1957년 『문학예술』에
「쇼리 킴」이 당선되어 문
단에 등단했다. 1965년에
동인문학상을 수상했으
며, 주요 작품으로 「인간
신뢰」「탈주병」「22번지」
「그늘진 양지」「궤태」「저
거대한 포옹 속에」「함정」
등이 있다.

■수상결정서

　독립문화상 기금관리 위원회는 1964년도 동문학부분상(同文學部分賞)인 동인문학상 수상자의 선정을 위하여 김동리(金東里), 백철(白鐵), 안수길(安壽吉), 여석기(呂石基), 황순원(黃順元) 제씨를 심사위원으로 위촉하였던 바, 동심사위원회는 수차에 걸친 심의 끝에 송병수 씨 작 「잔해(殘骸)」를 추천하였기에 이를 발표하는 바이다. 그 추천 내용은 다음과 같다.

　송병수 씨는 1957년 문학지 『문학예술』의 제1회 신인문학상 수상자로 우리 나라 문단에 데뷔하였으며, 그 당시의 수상작 「쇼리 김」은 신인으로서의 역량을 보여 준 좋은 작품이었다. 이래 씨는 「21번형(番型)」「인간신뢰(人間信賴)」「그늘진 양지(陽地)」「탈주병」 등 주로 전쟁이 빚어낸 상처를 소재로 전후의 사회상을 그리면서 인간 관계의 회복을 꾀하는 많은 작품을 썼고 전후 작가로서 현실에 대처하는 데 있어 많은 통찰과 성실성을 보여 주었다.

　씨의 금년도 작품으로서 「계루도(繫累圖)」와 「잔해」의 두 편이 다 같이 수상 후보 대상에 올랐으며 특히 후자가 갖는 작품의 짜임새와 소재를 다루는 데 보여 준 그 작가적 역량이 본 심사위원들의 주목을 끌었다.

　금년도의 창작이 예상 외로 풍작이라는 인상을 받은 심사위원들은 적지 않은 수의 후보작을 두고 오히려 대상이 많은 것을 염려했을 뿐 송병수 씨 작 「잔해」의 수상에 대해서는 아무런 이의도 표시하지 않았다. 본 동인문학상은 이미 8회의 연륜을 쌓아 오는 동안 적지 않은 수의 유능한 작가에게 수상하였으며 그들은 현재 한국 문단의 중견으로서 오늘의 발전과 내일의 비약을 위해 노력을 게을리하지 않고 있다. 그 대열 가운데 또 한 사람의 유능한 작가 송병수 씨가 끼이게 되는 것을 우리 문단의 큰 수확이라고 생각하며 본 심사위원 일동은 만장일치로 씨를 본상의 수상자로 추천하는 바이다.

　독립문학상 기금관리 위원회는 본상 심사위원회의 이상과 같은 수상자 추천을 검토한 후 이에 적극적인 찬의를 표하고 인준하여 송병수 씨를 금년도 수상자로 결정 발표한다.

　─독립문화상기금관리위원회(獨立文化賞基金管理委員會)

잔해(殘骸)

　삼천 피트의 고도(高度). 김진호(金鎭浩) 중위는 지상으로 급강하(急降下)하고 있었다.

　차디찬 영하(零下)의 암흑 속을 급강하하며 그는 다급히 립 코드를 잡아당겼다. 낙하산이 활짝 펴졌다. 순간 몸뚱이가 허공에 탁 멎는 듯한 충격을 받았다. 그러면서부터 무척이나 초조한 순간 순간을 겪어 내기에 그는 숫제 눈마저 찡그려 감고 있었다.

　그것은 어쩔 수 없는 체념에서였지만 기실 눈을 뜨나 안 뜨나 시계(視界)는 칠흑(漆黑)의 허공이었다.

　무척이나 매웁고 거센 바람—이기보다 마찰되는 공기—이 몸뚱이를 치훑을 뿐이었다. 그 거센 바람은 비행기를 탈출할 때 그가 당황하여 캐노피에 부딪쳐 비행 헬멧이 벗겨진 맨머리의 머리칼을 치솟게 했다.

　그런 경황 속에서도 그에게 깊이깊이 메아리쳐 오는 소리가 있었다.

　"하필이면 비행기 조종사의 아내가 된담……."

　쾅—. 몸뚱이가 지상에 부딪는 충격을 그는 한참만에야 의식했다.

　무사착륙. 착륙이라기보다 숫제 충돌이었다. 마치 높은 지붕에서 맨몸으로 떨어진 것만큼이나 충격이 심했다. 온몸이 으스러지듯 아팠다. 그는 한참 동안 고통을 이기지 못해 거동할 수가 없었다.

그가 낙하한 지점은 다행히 어느 산기슭 편편한 땅바닥이었다. 그래도 얼어 굳어 돌덩이나 다름없는 땅바닥이었으나 서너 뼘이나 눈이 덮여 있었다.

그는 애기(愛機) '무스탕'을 탈출할 때 이미 자기 몸뚱이가 성해나리라고는 바라지도 못했었다.

운수 사나와 거치른 바윗덩이에 떨어져 몸뚱이가 박살이 되거나 나뭇가지에 몸뚱이가 걸려 그대로 실신하고 마는 경우가 많다는 것을 그는 많이 들은 터였다. 그는 자신이 그런 경우를 피할 만한 행운을 지니고 있기는 틀렸다고 생각하고 있었다.

그런데 낙하한 지점은 편편한 땅바닥. 그가 낙하 훈련을 제대로 받은 익숙한 타이버라면 눈이 푹신하게 쌓인 땅바닥에 떨어지고서도 발꿈치와 궁둥이가 으스러지는 것 같은 그런 고통은 안 받았을 것이다.

그는 파일럿 생활 일 년 남짓한 동안 아직 한 번도 낙하해 본 경험이 없었다. 내 언제 조난당한 때가 있으랴는 자만과, 그보다도 게으른 습성에서 파일럿들에게 때때로 시행되는 점프 훈련을 요령 좋게 피하곤 했었다.

그는 한참 동안 낙하산의 라이자를 단단히 움켜잡은 채 옴짝도 하지 않았다. 옴짝할 수가 없었다.

그러나 마냥 그러고만 있을 수는 없었다. 그리 멀지 않은 곳에서 인기척이 들려왔다. 다섯 걸음 앞을 분간할 수 없는 깜깜한 어둠 속에 눈으로 확인할 수는 없었으나 아무래도 인가(人家)의 기척은 아니었다.

어쩌면 그를 수색하는 적병들인지도 모른다. 어쨌든 이곳은 위험했다.

그는 억지로 몸을 가누며 일어났다. 그는 적지(敵地)에 조난한 파일럿이 마땅히 해야 하는 민첩한 수습 활동을 해낼 수는 없었다. 그러나 그는 기어서라도 안전한 곳으로 피신해야 했다.

그는 팔다리를 건성 놀려 봤다. 몹시 얻어맞은 것모양 온몸이 뻐근하고 거동이 부자유스러웠다.

그는 천천히 파일럿의 작업을 시작했다. 우선 지상에서는 무용의 물건일뿐 아니라 가장 표적이 되기 쉬운 낙하산을 걷어 치워야 했다.

그 작업은 처음부터 수월치가 않았다. 낙하산의 한쪽 끝이 키 두 곱쯤 되는 나뭇가지에 걸려 걷혀지지가 않았다.

게다가 무척 가까운 곳에서 인기척이 났다. 지껄이는 말소리가 들렸으나 심한 바람 소리에 묻혀 무슨 말인지 알아들을 수는 없었다. 그들이 군대이든 민간인이든 적지(敵地)의 사람들인 만큼 무조건 경계해야 했다.

그는 무척 난처했다. 낙하산을 걷어 치려면 나무에 올라 낙하산이 걸린 가지를 꺾어야 했다. 그 작업을 말 소리가 들릴 정도의 저쪽이 모르도록 해치우기는 여간 어려운 게 아니었다.

아무리 힘들어도 낙하산을 그냥 버려 두고 갈 수는 없었다. 적에게 낙하 지점을 정확히 알려 주는 짓이다.

그는 한참 동안 기척 나는 곳에 귀를 기울여 봤다. 수색대인 것 같지는 않았다. 그는 조심스레 나무에 기어올라갔다.

낙하산이 걸린 가지는 밑둥이 어른 팔목만큼이나 굵었다. 그는 재크 나이프로 가지 밑둥을 자르기 시작했다. 자세도 편치 않으려니와 소리 죽여 가며 하는 일이 무척 힘들었다.

으스스 오한에 떨던 몸이 식은땀으로 흠뻑 젖어들어갔다.

상당히 많은 시간을 소비한 끝에 겨우 나뭇가시가 당기면 휘어질 정도로 베어졌다. 그는 나무에서 내려 발돋움하며 나뭇가지를 잡아 휘었다. 웬만한 소리는 심한 바람결에 묻혀 버리지만 그래도 잎이 스치는 소리가 나지 않도록 밑에서 조심조심 받쳐 들어야 했다.

칼자루를 잡았던 손바닥이 장갑을 끼었으나 심한 추위에 겹쳐 쓰라렸다. 그토록 고심한 끝에 겨우 나뭇가지를 땅에 휘어내렸다.

부시럭 소리가 몹시 났으나 바람 소리는 그보다 더 요란해서 멀리는 안 갔다.

그는 급히 낙하산을 걷어 멨다. 그리고는 실물(失物)이나 흔적이 없도록 세심하게 살펴 다듬은 다음 그곳을 떠났다.

김진호 중위는 우선 북쪽이라고 짐작되는 곳으로 걸음을 옮겼다.
웅틀봉틀한 골짝을 더듬어 나가 산비탈에 이르렀다.

그는 산비탈을 올라갔다.

남쪽으로 향해 날으던 그의 무스탕 기(機)는 그가 탈출하고서도 한참 동안은 그대로 주인 없이 비행하고 있었다.

그가 지상에 착륙할 때까지의 오랜 동안 날아갔으니까 아마도 이삼 킬로미터 이상은 넉넉히 활공비행(滑空飛行)을 하다가 어느 산마루에 충돌했을 것이다. 멀리 산 너머 하늘이 번쩍 하는 섬광에 이어서 굉장히 요란한 폭음이 은은히 들려 왔다. 그러고는 조용했다. 비행거리 이삼 킬로미터는 그리 먼 것은 아니지만 지상 거리로는 산 몇 개를 넘어야 했다. 그러니까 적의 수색 범위에선 벗어난 셈이지만 그래도 더 안전한 은신처를 찾아야 했다.

적이 탈출한 조종사를 수색한다면 기체의 추락 현장에서 그 부근과 그 남쪽을 수색할 것이다. 그러니까 추락 현장에서 되도록이면 멀리, 되도록이면 북쪽으로 일단 피하는 것이 안전했다.

그는 눈구렁에 빠지고 미끄러지고 하면서, 때로는 무성한 나무 숲에 긁히고 들어받치고 하면서 산비탈을 올라갔다. 가면서 가면서 나침반(羅針盤)을 꺼내 봤다. 깜깜한 어둠 속에서도 야광침(夜光針)이 짐작한 대로 가고 있는 방향을 가리키고 있었다.

그는 온몸이 후줄근히 땀에 젖어 산마루에 이르렀다.

몹시 피로했다. 우선 사방을 경계하고 위험이 없음을 확인하고서야 눈바닥에 털썩 맥을 놓고 주저앉았다.

나무와 바위가 널린 둔덕바지, 당장은 아무런 위험도 없었다. 정작 위험이 닥칠 때 민첩하게 피신 활동을 하자면 충분한 기력을 남겨 놔야 했다.

다리를 뻗고 푹 쓰러지고만 싶었다. 무척 배가 고팠다. 그는 우선 할 일은 해놓고 봐야 했다.

그는 엉금엉금 무릎으로 기어 주위를 더듬어 살폈다. 바위 틈새에 수북히 쌓인 눈을 손으로 파헤쳤다. 가죽 장갑이 후줄근히 젖어 들었다.

그는 파헤친 구덩이에 낙하산을 묻고 다시 눈을 덮었다. 흔적이 안 남도록 주위를 대충 다듬었다.

나일론으로 짠 길고 질긴 낙하산 줄을 따로 몇 가닥 뽑아 간수했다. 조난당한 파일럿이라면 으레 그런 것을 필수품으로 간수해야 된다는 교관(敎官)이나 선배들의 말을 많이 들어 익힌 터이지만, 기실 당하고 보니 언제 어디서고 요긴하게 쓰여질 성싶었다.

그는 곧 다음 작업을 착수했다.

등에 지고 있는 구명대(救命帶)를 열어 조사해 봤다.

잔뜩 흐려 깜깜한 하늘. 깜깜한 어둠 속에 비장품(備裝品)들을 일일이 눈으로 확인할 수는 없으나 장갑 낀 손으로 대충 더듬어 봐도 무엇들인지 다 알 수 있었다.

휴대용 라디오 송신기가 하나, 구급약품 상자와 비상용 식량 상자가 각각 하나, 이 밖에 간편하게 접힌 고무 보트, 모조(模造) 고기밥이 달린 낚시바늘, 모기나 독충(毒蟲)을 막기 위해 몸에 바르는 방독액(防毒液), 우군 비행기에서 신호할 때 쓰이는 내광통(內光筒), 신호경(信號鏡) 따위가 들어 있었다.

휴대용 라디오 송신기는 버턴만 누르면 '채널 D' 표준주파(標準周波)로 SOS 신호를 자동으로, 또는 구급 신호를 수동으로 보낼 수 있게 되어 있는 것으로 그는 알고 있었다.

식량 상자에는 쇠고기와 감자를 버무린 통조림 두 통과 후춧가루, 소금, 설탕, 성냥, 담배 따위가 납봉(蠟封)되어 있었다.

구급약품 상자에는 머큐로크롬, 옥도정기, 페니실린, 몰핀 주사약, 가제, 붕대 따위가 겨우 쓸 만큼 들어 있었다. 그리고 이것들 말고도 열 개가 넘는 크고 작은 호주머니가 비행복에 달려 있으며 그 호주머니마다 넣기 알맞는 재크 나이프, 나침반, 볼펜, 초콜릿, 담배, 성냥 따위가 들어 있었다.

그는 필요 없는 고무보트와 낚시, 방독약 따위를 다시 눈을 파헤치고 묻었다.

그에게는 고무보트나 낚시나 방독약보다도 한 장의 담요와 한 벌의 메인 웨스트, 한 병의 동상(凍傷) 예방약이 당장 아쉬웠다.

꼭지만 따면 저절로 바람이 들어가 물에 띄울 수 있는 고무보트, 심심치는 않게 고기가 물린다는 낚시, 몸에 바르기만 하면 세상없이 독한 벌레도 덤비지 못한다는 방독약, 교관이 자랑처럼 용도와 용법을 일러 주던 그 우수한 장비들을 왜 하필이면 때없이 챙겨 줬는지, 보급 장교놈들의 무성의가 괘씸하려니와 이제까지 한 번도 구명대를 조사해 본 일이 없었던 자신이 새삼스레 후회도 되었다.

그는 물건을 구명대에 간편하게 챙겨 넣고, 라디오 송신기만을 남겨 놨다. 배터리를 송신기에 연결해 놓고 송신 버튼을 눌렀다. 1.5볼트 배터리의 전력이 다 소모될 때까지 마냥 신호가 가게 마련인데 아무런 응답도 없었다.

그는 몇십 킬로미터 떨어진 지상(地上) 레이더 기지까지 주파(周波)가 미치는 것인지, 아니면 대공신호(對空信號)만 가능한 것인지 송신기의 성능을 알지 못했다. 그는 평소 그런 것에 무관심했고, 교관의 교습에 귀기울이지 않았었다.

그는 무응답의 신호를 마냥 보내고만 있을 수는 없었다. 적의 수신기에 포착(捕捉)될 위험도 많지만, 그보다도 그리 수명이 길지도 못한 배터리를 아껴야 했다.

멀리서 비행기 소리가 들려오긴 했다. 그러나 여전히 아무런 응답도 없었다. 유효파장거리(有效波長距離) 밖에 비행기가 있어서인지, 아니면 주파수(周波數)가 다른 적기인지……, 그는 신호 보내는 것을 단념하고 말았다.

그는 다시 산을 내려갔다. 아무래도 산 하나쯤은 더 넘어야 마음놓일 것 같았지만, 어차피 추위 견딜 수가 없어 좀 거동을 해야 했다.

몇 시쯤 되었는지 알 수가 없었다. 팔목의 시계는 야광침이 없어 시간을 알아볼 수가 없었다.

비행기를 탈출한 지 세 시간은 되었다. 임무를 마치고 기지에 귀환하려면 시간이 밤 열 시. 돌아가던 중 사고가 났으니까 지금쯤 밤 한 시 가량 되었을 게다.

그는 자기의 비행기가 적의 대공포화에 맞았는지, 아니면 미그기의 기총소사에 맞았는지 분간할 수가 없었다. 기체(機體) 후미에 무엇인가 부딪는 가벼운 충격을 의식했을 뿐이었는데 캐노피 밑의 위험신호등(危險信號燈)이 탈출을 재촉하고 있었다. 반짝반짝 빨간 불이 켜지게 마련인 그 등은 기체에 고장이 났을 때는 자동으로 켜지는 것인데 그는 그래도 한참 동안은 조종간(操縦桿)을 잡고 있다가 겁결에 탈출했다.

애당초 달빛조차 없는 깜깜한 밤의 적지 출격은 무모한 짓이었다. 야간비행을 한 경험이 한두 번은 아니지만 구름 낀 밤만은 피해야 했다. 그러나 임무는 때를 가려 있는 것은 아니었다.

그의 편대는 폭격이 목적이기보다 적 후방 기지의 야간 보급 상황을 정찰하고 경우에 따라 위협 폭격이라도 할 임무를 띠고 밤 여덟 시를 기해 기지를 출발했었다.

삼십 분 만에 목표 지점에 도달했다. 무스탕 네 대로 편성된 비행 편대는 종열비행(縱列飛行)을 하며 일제히 조명탄(照明彈)을 투하했다. 삽시에 목표 지점이 대낮같이 훤했다.

마치 개미떼가 놀 듯 많은 사람들이 지상에 움직이고 있는 것이 보였다. 편대장기가 급강하하여 저공 비행으로 지상을 정찰했다. 그 동안 남은 세 대의 비행기는 그대로 높은 상공을 선회(旋回)하고 있었다. 지상에 위장한 트럭의 행렬과 허둥지둥 당황하고 있는 무리들이 여실히 보였다.

편대장기가 기수를 치켜 급상승해 왔다. 그 동안 세 대의 비행기는 제2의 조명탄을 투하했다. 주위는 한층 더 훤해졌다.

편대에 돌아온 편대장이 공격 명령을 내렸다.

"수송차량 이동중. 공격개시……."

편대장기를 선두로 차례차례 급강하하며 표적을 겨냥했다. 1번기가 선두의 트럭을, 2번기는 다음 트럭을, 3번기, 4번기의 순으로 각기 표적에 로켓탄을 발사했다.

잇달아 요란한 폭음이 울렸다. 차량에 만재한 탄약이 연쇄 폭발을 했다. 콩 볶듯 폭음은 계속되었다.

편대는 급강하, 급상승, 선회 비행을 되풀이하며 장비한 여섯 문의 로

켓탄과 두 개의 네이팜탄을 모조리 내리 퍼부었다. 낮에는 분명히 끊어져 있던 콘크리트 교량이 어느새 복구했는지 멀쩡히 이어져 있으며, 화물 자동차가 지나가고 있었다. 그것들은 네이팜탄에 맞아 불덩이가 되고 말았다.

편대는 마지막 기총소사를 하고 유유히 기수를 돌렸다. 흔히 있음직한 대공포화도 미그기의 습격도 없었다. 아무런 저항도 없는 지상에 안하무인의 활개를 치고 쾌재를 부르며 남하했다.

그러나 얼마 못 가서 적의 탐조등(探照燈)에 포착되었다. 하나, 둘 치뻗어 휘젓는 기다란 광선 줄기는 어느새 수십 가닥으로 늘어 편대에 집중되어 왔다. 그와 함께 지상에서 고사포를 쏘기 시작했다.

편대는 급상승하였다. 탐조등은 쉽게 떨어 버릴 수는 없으나 대공포의 사정거리는 벗어나 안심했다.

적의 대공포를 조롱하듯 자꾸 고도를 높이며 비행하고 있을 때 갑자기 예광탄(曳光彈) 몇 줄기가 뒤에서 아슬아슬하게 머리 위를 지나갔다. 그런가 했더니 어디서 나타났는지 미그기 두 대가 머리 위를 스쳐 앞으로 지나갔다.

편대는 당황했다.

"각자 개별 비행하라."

편대장이 명령했다.

프로펠러 추진의 무스탕으로는 젯트 추진의 미그와 적수가 되지를 못했다.

편대장기는 수십 줄기 탐조등이 깔린 밑으로 급강하해 갔다. 그도 편대장을 따라 내려갔다. 미그기에 쫓기기보다는 차라리 대공포화를 뚫고 나가는 게 더 안전하다는 판단에서였다. 그리고 저공(低空)일수록 탐조등의 조명 범위가 좁아 빠져나가기가 쉽기 때문이었다. 그러나 대공포를 얕잡아 본 것은 큰 오산이었다. 의외로 적의 화력은 맹렬했다. 그는 기체에 가벼운 충격을 받았다. 그러면서부터는 거의 자포적인 돌진을 감행하여 간신히 탐조등을 벗어났다.

그때는 편대장기도, 각기 흩어진 다른 두 동료기도 행방을 알 수가 없었다.

"타이거, 타이거……."

그는 우군을 불러 봤으나 아무런 응답이 없었다.

응답 대신 머리 뒤의 위험 신호등이 번쩍이며 기체의 고장을 알려 줬다.

그는 계속해서 위급 신호를 보냈다. 그러나 끝내 아무런 응답도 듣지 못한 채 탈출간(脫出杆)을 잡아당겼다. 캐노피가 벗겨지며 몸뚱이가 기체에서 십 미터는 실히 튀어올랐다가 포물선을 그으며 급강하했다.

그는 다급히 낙하산의 립 코드를 잡아당겼다. 그때부터 그는 자기 생명을 허공에 맡긴 채 체념했었다.

그러나 무사히 착륙했으며 무사히 구조받아 귀환해야 했다.

그는 산비탈을 내려가 계곡을 지나 다시 산비탈을 올라갔다. 먼저 산보다도 더 강파르고 더 험했다.

동녘 하늘이 훤히 트여올 무렵, 김진호 중위는 높다란 산마루에 올라왔다. 근방에서는 가장 높은 산이었다. 두루 싸인 높고 낮은 산봉우리와 갈래진 골짜기, 멀리 트인 들판을 두루 감제(瞰制)할 수 있었다.

산마루 능선 줄기에는 드문드문 묵은 산병호(散兵壕)가 있었다.

그는 산병호에 들어갔다. 바람막이도 되었고, 밑을 잘 살필 수 있는 위치여서 한차례 쉴 자리로는 십상이었다. 드문드문 구름이 끼었으나 트인 날씨였다.

그는 우선 한잠 자기로 했다. 몹시 졸리웁고 몹시 배가 고팠다. 그는 초콜릿을 씹으며 잠을 청했다.

그는 금세 잠들었다. 그러나 금세 잠이 깨었다.

요란한 폭음이 산마루를 뒤흔들었다. 제트기 편대가 머리 위 높다랗게 날으고 있었다. 우군기였다.

그는 벌떡 일어났다. 급히 송신기를 꺼냈다.

UN군이나 한국군에게 표준 주파로 쓰이는 채널 D로 구급 신호를 보냈다. 무응답이었다.

그는 송신기를 집어치우고 급히 신호경을 꺼냈다. 그러나 이미 늦었다. 동녘 하늘에 겨우 솟아오른 해(太陽)와 북녘 하늘 멀리 달아난 비행기 사이의 반사각도(反射角度)가 당치도 않았다.

무모한 짓인 줄 알면서도 그는 몇 번이고 반사경을 조작했다. 끝내 헛수고였다.

그는 맥이 확 빠졌다. 몹시 배가 고팠다. 목이 말랐다.

그는 식량 소지량을 다시 조사해 봤다. 감자와 쇠고기를 버무린 통조림이 두 통, 초콜릿이 두 쪽, 구조될 때까지 그것으로 유지해야 했다.

벼르자면 두 끼분은 되었다. 이미 한 끼는 굶었으니까 지금 아침을 먹고 점심은 굶는다 하면 저녁 때까지 하루는 견딜 수 있겠다.

그는 통조림 한 통을 땄다. 후춧가루와 소금을 쳐서 마른 목을 눈을 뭉쳐 씹어 적시며 먹었다. 식욕에 비해 턱도 없이 모자랐다. 참아야 했다. 대신 하얀 눈을 뭉쳐 물 대신, 밥 대신 씹어 먹었다.

그리고 그는 그곳을 떠났다.

나무가 무성하고 지대가 높아서 사방을 경계하고 은신하기는 좋았지만 구조 장소로는 마땅치 않았다. 그는 능선 줄기를 따라 내려갔다.

이제까지의 산보다 험하지는 않았으나 이제까지보다도 더 가기가 힘겨웠다. 그만큼 그는 지쳐 있었다.

가면서 가면서 몇 번이고 쉬곤 했다. 처음으로 담배도 피웠다. 담배는 쭈그러진 대로나마 피울 수는 있었는데 누진 성냥이 불이 잘 일지 않아 애먹었다.

점심 때가 훨씬 지나서 펑퍼짐한 둔덕 위에 이르렀다. 사방을 경계하기도 좋고 우군 헬리콥터에 구조되기도 좋은 장소였다. 그는 이곳에서 견딜 만큼 견뎌 보기로 작정했다. 어차피 더는 거동할 수 없을 만큼 지쳤다.

그는 눈바닥에 벌렁 누워 우군기를 기다렸다. 멀리서 비행기 소리가 들리기는 했으나 무전 연락은 단념했다.

몹시 질기고 방한(防寒)과 방습(防濕)을 겸해 만든 비행복은 눈 위에 그냥 뒹굴어도 한기가 몸에 스미지는 않았다. 손발이 몹시 시려웁고 귀뿌리는 이미 감각을 잃을 만큼 얼어 있었다.

담배를 피우고자 누진 성냥으로 불을 붙이려고 무진 애를 쓰고 있을 때 머리 위로 우군 비행기 편대가 날았다.

태극표지가 선명한 우군 비행기일 뿐 아니라 여덟 대 중 두 대는 어제 같이 출격했던 동료기임을 넘버 표지로 알 수가 있었다.

그는 급히 무전 신호를 보냈다. 응답은 없었으나 있든 없든 자동 신호를 보내면서 신호경을 꺼냈다.

마침 신호경을 쓰기에 가장 알맞는 위치에 해가 떠 있었다.

그는 햇빛을 거울에 받아 비행기 쪽에 반사 광선을 보냈다. 비행고도가 높아서인지, 이쪽의 신호를 받았는지, 안 받았는지 알 수 없었다.

그는 최후의 신호 수단인 내광통(內光筒)을 쓰기로 했다. 그러나 내광통을 꺼내 발사 준비를 하는 동안 이미 비행기 편대는 멀리 날아가고 말았다.

가끔 구름이 햇볕을 가려 신호가 가지 않아서인지 아니면 신호를 받고서도 그냥 지나친 것인지…….

그 자신 이제까지 편대비행중 목표 임무가 따로 있는 이상 지상을 주의해 본 적은 별로 없었다.

그는 언제라도 쉽게 발사할 수 있도록 내광통을 준비해 놓고 다시 그 자리에 벌렁 누워 우군기를 기다렸다. 편대 가운데 어제의 비행 동료가 있으니까 곧 구조하러 올 것 같았다. 편대장기가 보이지 않는 것이 아무래도 심상치가 않았다.

멀리서 고사포탄의 공중 파열음이 간단없이 들려왔다. 매운 바람이 거세게 몰아쳤다.

그는 조난당한 조종사가 곧잘 헬리콥터에 의해 구조된다는 말을 많이 들어왔다. 그러나 구조되어 돌아왔다는 사람을 아직 한 사람도 보지는 못했다.

그는 이대로 구조를 기다리기보다는 한 걸음이라도 남쪽으로 내려가 우군 진지를 찾아가는 것이 더 현명할 것 같기도 했다.

비행기 편대가 또 머리 위에 날았다. 아까의 편대가 돌아오는 것은 아닌 것 같았다.

그는 내광탄을 발사했다. 하얗고 빨간 연기가 하늘 높이 포물선을 그었다. 그는 계속해서 모두가 세 발인 것을 다 쏘았다.

적지에서 내광탄을 쏘는 것은 매우 위험한 짓이지만 그는 너무나 절박했다.

드디어 편대 중에서 한 대가 따로 처져 그의 머리 위를 선회했다.

그는 냉큼 라디오 송신기로 자기의 소속 관등 성명을 알렸다. 그러나 응답이 없었다. 대신 알았다는 듯 머리 위를 선회하기만 했다.

그는 그제야 자기의 라디오 송신기가 고장임을 알았다.

비행기는 머리 위를 선회하다가 산 밑으로 급강하하며 기총소사를 했다. 그는 깜짝 놀라 일어났다.

산 밑 여기저기서 비행기에 응사하는 소총소리가 들렸다. 멀리서 내광탄 연기를 보고 몰려오는 적병들인지도 모른다. 그러고 보니 그는 사방에 적이 깔려 있는 한가운데에 이때까지 있었던 셈이다.

비행기는 몇 번 기총소사를 하다가 기수를 돌려 남쪽 하늘로 사라져갔다.

그는 다급히 은신처를 찾았다. 적병들이 있는 반대쪽 기슭에 무성한 나무숲이 깔려 은신처로는 가장 적합했으나 그는 그곳이 내키지 않았다. 가장 숨기 좋은 그만큼 수색 대상지가 되기도 하기 때문이다.

그는 적병들이 올라옴직한 곳으로 마주 내려갔다. 얼마 안 가서 적병들을 발견했다. 십 미터 전방에 무장병 십여 명이 올라오고 있었다.

그는 바위를 방패삼아 엎드렸다. 최악의 경우에는 응전할 각오로 권총을 겨누어댔다.

적병들은 십 미터 옆을 그냥 스쳐가고 있었다. 그는 그 자리에 납작 엎드려 있었다. 적병들이 뒤돌아보면 눈에 띌 위치에 그는 그냥 엎드려 있었다. 다행히도 적병들은 저희들끼리 떠들며 그가 있었던 마루턱으로 올라갔다.

그는 적병들이 보이지 않자 급히 산비탈을 내려갔다. 계곡을 지나 건너쪽 산으로 들어갔다. 되도록 무성한 나무숲을 골라 산마루를 향해 올라갔다. 건너쪽 산에서 소총소리가 몇 번 났다. 아마도 찾다 찾다 못 찾겠으니까 아무데나 대고 위협 사격을 하는 모양이었다.

김진호 중위는 산마루에 이르렀다. 서산에 기우는 저녁해가 구름에 가려 희미하게 보였다. 낮에는 멀쩡하던 하늘에 잔뜩 구름이 끼어가고 있었다.

산마루는 아직 훤하지만 내려다뵈는 골짜기는 어느새 짙은 땅거미가 깔리고 있었다.

북녘으로 발 밑에 내려다뵈는 산기슭에 백여 호 남짓한 마을이 있었다. 드문드문 저녁 연기가 솟아오르고 사람들이 오가고 있었다. 무장한 군인들도 보였다.

그는 더 이상 북향하는 것을 단념했다. 동쪽으로 뻗은 산줄기를 따라 내쳐 걸었다. 어둡기 전에 마을이 가까운 이곳을 멀리 피해야 했다. 그는 묵은 산병호가 널린 산등성을 몇 개 넘었다.

비행기 편대가 날아갔으나 그는 신호하는 것을 단념했다. 이제까지의 실패에 비추어 보아 무모한 짓이었다.

그는 구출될 가망이 없을 경우 스스로 적지를 탈출할 방도를 생각해 둬야 했다.

이곳에서 우군 진지까지의 지상 거리는 상당히 멀었다. 숱한 산을 넘고 들을 건너야 하며, 사고 없이 내쳐 간다 해도 일주일은 넉넉히 걸리는 곳, 게다가 무사히 갈 수 있다는 보장은 열에 하나도 어려웠다.

휴대 식량은 한 끼 먹을 것도 되지 않았다. 배가 몹시 고팠다.

그는 하나 남은 초콜릿을 씹으며 내쳐 산등성을 타고 갔다.

되도록이면 멀리 동쪽으로 갔다가 적당한 지점에서부터 남하할 작정이었다.

낙하 지점에서 멀리 우회(迂廻)하는 것은 적의 수색망을 벗어나기 위해서이니까 그만큼 시간과 거리를 밑지는 것은 어쩔 수 없었다.

날은 완연히 어두워졌다. 하늘은 잔뜩 구름 끼어 별 하나 뵈지 않았다.

그는 되도록이면 눈 깔린 곳을 피해 갔다. 눈 위를 가더라도 지그재그로 걸어 발자국이 분명치 않게 했다. 그러니까 가뜩이나 험한 길에 시간은 오래 걸려도 행진한 직선 거리는 얼마 되지 않았다.

몇 번이나 발을 헛디뎌 주저앉고 나뭇가지에 얼굴을 긁히곤 했다. 구두 속의 발은 땀이 흠뻑 배어 미끈거렸다.

밤도 이슥히 저물었을 무렵, 그는 평탄하게 뻗어나간 둔덕 밑에 이르렀다. 그는 사람 몸 하나 겨우 드러눕기 알맞는 바위틈을 발견했다.

아무래도 무작정 가기만 하는 것도 위험했다. 전신의 피로를 더는 감당할 수도 없었다.

그는 바위틈에 들어가 웅크렸다. 의외로 자리가 편했다. 편할 뿐 아니라 어두워서 살필 수는 없으나 누군가가 먼저 은신하고 있었던 자리 같았다.

그는 이곳에서 날 새기까지 자기로 했다. 구두를 벗고 흠뻑 젖은 양말을 벗었다. 후끈한 다리가 갑자기 찬바람에 쐬워져 아픈 것인지 시원한 것인지 도무지 감각조차 명료하지 못했다.

그는 발에 붕대를 친친 감고 그 위에 다시 양말을 신었다.

그리고는 한 통 남은 통조림을 뜯었다. 땡땡히 얼어 굳어 도무지 무슨 맛인지도 몰랐으나 허기진 공복(空腹)에는 그나마도 아쉬웠다.

그는 식사를 마치고 그대로 웅크리고 누웠다. 목덜미로 해서 그 위쪽이 온통 추위에 마비될 지경이었으나 워낙 지친 몸에 잠부터 왔다.

거센 바람 소리, 멀리서 은은한 비행기 쏘리……. 독한 위스키를 한 병 단모금에 마셨으면 좋겠다. 따뜻하고 조그마한 계집의 몸뚱이라도 안았으면 좋겠다.

술과 계집은 그의 생활의 일부이듯 그의 분신(分身)이듯 그는 주색을 즐겼었다.

출격에서 돌아오면 어떤 수단을 부려서라도 영외에 나가 술을 마시고 계집을 끌어안곤 했다.

함께 출격했던 일행 중 으레 축이 나는 한두 사람, 그것이 바둑 승부를 겨룰 일이 남아 있는 전우이거나 노름 빚이 청산되지 않은 전우, 또는 계집사냥 가기로 약속한 전우일 때 그는 심란한 자신을 감당할 수가 없어 술이라도 잔뜩 마셔야 했다.

술에는 반드시 계집이 부수(附隨)되었다. 한 자리에서 봉급을 몽땅 털어 내는 젊은 공군 장교에게 계집은 흔해서 걱정이었다.

숱하게는 술을 마셨으며, 숱하게는 계집을 희롱했다. 근무 시간, 그것도 출격 시간 외에는 동료간의 봉급털기, 도박과 취홍과 엽색(獵色) 행각으로 세월을 보냈다.

그는 항상 억세게도 운이 좋았다. 도박에서는 반드시 엄청난 돈을 땄다. 백 회 이상의 출격에서도 예상 이외의 전과를 올릴 때가 많았다.

많은 전우들, 취홍에 겨워 대로를 활개치며 대성방가(大聲放歌)하던, 수틀려 카바레의 카운터랑 유리창을 때려 부수던, 장기 바둑 도박을 하다가 약이 올라 주먹다짐을 하던 영내 막사에서 밤새도록 음담패설(淫談悖說)로 밤을 새던 전우들이 출격에서 불귀(不歸)했어도 그만은 기체(機體)나 인체(人體)에 흠 하나 입지 않고 돌아오곤 했다.

동료들끼리 나선 엽색 행각에서도 그에게는 남보다 빼어난 계집이 차례지곤 했다.

그토록 숙달하고 빈번한 엽색행각에서 차례진 계집들에겐 항상 파일럿이 지니는 미구의 공포를 무마하기 위한 육체의 희롱과 학대와 쾌락이 요구될 뿐, 지나고 나면 미련이란 털끝만큼도 없었다.

단지 하나, 예외가 있다. 공군 장교의 신분 덕분에 한강 도강(渡江)의 편의를 보아 준 것이 인연이 된 여인, 이름은 미애라 했다.

미수복 지구인 서울. 도강증 없이 한강을 건너려다가 헌병 검문소에서 되돌아서는 그녀를 운수 좋게 발견했으며, 마침 공무로 타고 있는 지프차에 그녀를 태우고 강을 건넜다. 검문 헌병노 공군 장교의 선심을 눈감아 주었다.

강을 건너서는 굳이 사양하는 그녀를 굳이 그녀의 집까지 태워다 주었다.

그녀의 집과, 그 집에 애당초 피난을 가지 않고 남아 있는 그녀의 늙은 어머니, 어린 동생이 있다는 것까지 알아두고, 거듭거듭 고맙다는 그녀의 치사에 그는 외려 회심의 미소와 정중한 인사를 남겨 놓고 왔다.

다음날 그는 영내 장교주보(將校酒保)에서 값진 과자랑 군용 담요며 양말이랑 난리통에 시중에서는 구하기 어려운 음식물과 생활 필수품을 한 아름 잔뜩 사들고 그녀의 집을 찾아갔다.

당황하면서도 반기는 그녀의 환접은 물론, 오랜 동안 가족과 동네 사람들이 피난 가 있는 통에 사람 대하기를 어렵게 지냈던 그녀의 노모도 그를 정도 이상 환접했으며, 그의 선사를 무척 고마와했다.

그로부터 그는 틈만 나면 그녀의 집을 내집 드나들 듯 찾았다. 노모를 비롯한 가족과 허물없이 친숙해졌으며, 그녀와는 유별히 접촉이 잦았다.

그는 폭격으로 폐허가 된 거리를 자주 거닐었고, 때로는 화재를 입어 엉성히 골체(骨體)만 남은 빌딩 옥상에 올라가 도란도란 밤을 새우기도 했다.

결국 그는 술에 겪은 계집들에게 하듯 그녀를 희롱하기도 했지만 그녀는 결코 여느 계집들과는 구별되어야 한다고 여기곤 했다.

기실 그는 그녀가 그에게 그렇듯 그녀 앞에서는 진지(眞摯)해지곤 했다. 언동이 예의 발라야 하고 정중해야 하는 데서 오는 구애감이 그의 방탕한 기질에 도시 번거롭기 짝이 없었지만 그래도 이 여자와의 이것은 결코 장난일 수는 없다는 각성(覺醒)이 막연한 대로나마 앞서 오는 데는 어쩔 수 없었다.

그녀를 알고서도 한편으로는 술 마시고 취하고 부수고 계집을 쫓고 하는 습성은 여전했지만 그럴 때마다 전에 없던 뉘우침이 가벼운 대로나마 일곤 했다.

아무튼 공포의 출격과, 안도의 귀환과, 주색과 뉘우침과, 막연한 기대와, 막연한 죄의식 속에 나날을 보냈다.

그러던 끝의 그저께 그는 장교 면회실에 찾아온 그녀에게 단호히 선언했다.

"떼어 버려……."

"!……."

"벌써 이세(二世)를 갖는 것은 번거롭단 말야……."

몹시 상기되어 주저하지도 않고 내뱉듯한 이 말에 그녀는 그저 파랗게 질려 있을 뿐이었다.

그는 곧 너무 지나쳤다고, 같은 말이라도 그렇게 거칠게 할 것은 아니었다고, 그리고 그 말은 결코 본의는 아니었다고 뉘우쳤다.

그러나 그녀를 만나기 조금 전에,

"하필 조종사의 여편네가 된담……."

그 말만 듣지 않았어도 그는 그녀에게 그렇게 본의 아닌 말은 하지 않았을 것이다.

마악 출격에서 돌아온 그가 면회실에 기다리고 있는 동료의 부인을 만나야 했던 것이 아무래도 불운의 계기였다.

그는 그 부인에게 그녀가 기다리는 남편이 그와 함께 출격했다가 실종했음을 일러 주고 그녀를 전대장실(戰隊長室)에 인도하는 것이 임무였다.

남편의 불귀를 안 그녀는 자지러지듯 흐느꼈다. 그녀가 임신중임을 만삭의 배를 보아 알 수도 있었으려니와, 그녀의 남편인 그의 동료로부터 마누라 자랑과 대한민국 제일의 파일럿 이세(二世)가 불원 탄생하게 되노라는 말을 귀 아프게 들어온 터였다.

그는 동료의 불귀가 마치 자기의 책임이기나 한 듯 그녀에게 어찌할 바를 몰랐다.

가뜩이나 그런 판에,

"하필 조종사의 아내가 된담……."

그와 그녀를 주시하고 있던 다른 내객(內客)들 중에 누군가가 남의 일이 아니란 듯 불쑥 내뱉었다.

그는 되게 얻어 맞은 사람모양 어리벙벙히 막사에 돌아와 심란한 자신을 달래기 위해서 관물(官物) 상자 속에 감추어 둔 GI 위스키라도 꺼내 마셔야 했다. 아니면 영외에 나가 술과 세집에 진탕 묻혀 버리기라도 해야 했다.

마악 그러려는 판에 자기에게 누가 면회왔다는 위병의 전갈이었다.

야릇한 예감을 안은 채 면회실에 가봤다. 거기 뜻밖에도 미애가 초조하게 그러나 담담한 표정으로 기다리고 있었다.

비장한 결의 끝에란 듯 임신을 알리는 그녀의 말에 그는 그만 아찔했다.

"떼어 버려!"

망설임은 파일럿에겐 금물이었다. 매사에 신속한 결단이 따라야 했다.

그는 자신을 위해서나 그녀를 위해서나 그러는 것이 타당하다고 결심했다. 결코 그녀에게 유복자(遺腹子)를 남겨 줄 수 없다고 생각했다.

그렇게 그녀를 울려 보내 놓고 그는 정작 견딜 수 없었다.

무엇인가 자꾸자꾸 미워지고 까닭 없는 적개심(敵愾心)이 부글부글 끓어올랐다.

그런 판에 마침 야간 출격이 있어 그는 차례되지도 않은 것을 자청해서 나섰으며, 끝내는 그의 불길한 예감이 적중했다.

전대(戰隊)에서 '불사(不死)의 보라매'로 칭호되던 그도 이제는 여지없이 실종자 명단에 올랐을 것이다.

그녀가 그것을 안다면 지금쯤 그녀의 심상은 어떨까……. 그는 그녀에게 무엇보다도 먼저 "언제 과부가 될지 모르는 각박한 운명을 받아들일 각오가 되어 있느냐?"고 다졌어야 옳았다.

한사코 한사코 살아 돌아가서 파일럿이 아내를 맞을 때 응당 치름직한 그 다짐을 그녀에게 꼭 해야 했다. '불사의 보라매'가 이대로 실종할 수는 없었다.

김진호 중위는 잠을 깨었다.

훤한 아침이었다. 싸락눈이 부슬부슬 내리고 있었다.

너무나 추워서 추워서 그는 잠이 깨고서도 팔다리를 웅크리고 누워 있는 채 그대로 옴짝을 못했다.

그는 천천히 숨을 모아 쉬며 일어났다. 온통 하얗게 덮인 시야, 한참 동안 눈이 부시었다. 그 자신 흠뻑 눈을 뒤집어쓰고 있었다.

그는 눈을 털고 일어나 구명대를 챙기고 실물이 없나 바닥을 살폈다. 어제 비워논 깡통이 하나, 그런데 하나가 아니라 똑같은 깡통이 또 한 개가 바닥에 굴렀다.

그는 어제 분명히 하나뿐인 통조림을 땄으며, 공복과 식욕에 미치지 못하는 양(量)을 아쉬워했었다. 그는 바닥을 다시 더듬어 살폈다. 미제 담배 꽁초가 널려 있었다.

이곳에서 도시 담배를 피운 일이 없는 그는 이곳에 자기보다 먼저 머물러 간 사람이 있음을 짐작할 수 있었다.

자기의 소유와 똑같은 미제 통조림과 미제 담배, 그는 무척 반가웠다. 아마도 편대장인지도 모른다.

그는 폐물을 눈으로 덮고 다급히 그곳을 떠났다.

그러나 워낙 지친 몸이 마음 따라 움직여 주지도 않았을 뿐더러 선행자(先行者)의 발자국은커녕, 방위를 분간할 수 없이 온통 하얗게 덮인 바닥에 어디로 걸음해야 좋을지 몰랐다.

그는 대충 남쪽이라고 짐작되는 능선 줄기를 타고 내려갔다.

몇 번이나 뒹굴고 나자빠졌는지 모른다. 얼마나 시간이 걸렸는지도 모른다. 눈 내리는 하늘을 쳐다봐야 태양의 위치는 짐작도 되지 않았다. 무척 배가 고팠다.

그는 능선을 내려와 고르지 않은 들판을 한참 가다가 외따른 오막집을 발견했다.

그는 권총을 겨누어 들고 오막집 앞에 다가갔다.

울도 없고 대문도 없는 방 하나 부엌 하나뿐인 오막살이, 방 안에 기척이 있는 것을 보아 빈 집은 아니었다.

그는 발걸음을 죽여 부엌으로 들어갔다. 크게 입을 벌린 아궁이에는 장작불이 이글거렸으며, 부엌 바닥 한구석에 날 고구마가 쌓여 있었다.

그는 고구마를 큰 것으로만 골라 구명대에 잔뜩 담았다.

주인에게 사정을 하거나 권총으로 위협을 해서 얻어가느니보다는 할 수만 있으면 주인 몰래 감쪽같이 훔쳐가는 쪽이 더 안전했다. 그는 후환을 없애기 위해 경우에 따라서는 본의 아닌 살인이라도 해야 할 때에 대비해서 노상 권총을 한 손에 겨누어 잡고 있었다. 다행히 주인은 도적을 눈치채지 못했다. 그는 집을 빠져나와 되도록이면 빨리 되도록이면 멀리 달아났다.

시름시름 내리는 눈이 얼굴에 차갑고 매우며 그만큼 걸음도 더디었으나 지나온 발자국을 이내 덮어 없애 버리는 이점(利點)이 있어 마달 수도 없었다.

그는 앞에 당도한 강파른 산비탈을 올라갔다.

올라갈수록 지형은 점점 더 힘했다. 겨우 한 걸음을 내딛으면 두 걸음이 미끄러지는 그런 비탈에 몇 번이나 뒹굴었는지 모른다.

그러다가 구급품과 고구마가 잔뜩 들은 구명대를 떨구고 말았다. 구명대는 사람이 오르리라고는 믿어지지 않을 만큼 강파른 비탈을 한없이 내리굴러 멀리 눈 속에 파묻히고 말았다.

그는 그것을 다시 주우러 내려갈 용기는 없었다. 마음은 간절하지만 그로서는 버틸 만큼 기력을 버틴 다음이었다.

그는 마루턱에 올라와 맥없이 그 자리에 주저앉았다.

그에게 남은 것이라고는 얼결에 비행복 주머니에 넣었던 자잘한 고구마 두 개뿐이었다.

그는 고구마를 꺼내 두 손에 하나씩 움켜쥔 채 멍하니 넋을 잃고 앉아 있었다.

차디찬, 어쩌면 포근하기조차한 눈송이가 마냥 먼 산 바라보는 그의 얼굴에 날아 앉곤 했다.

김진호 중위는 안간힘을 쓰며 일어났다. 기력이 미치는 데까지 갈 만큼은 가야 했다. 갈 만큼이 아니라 한사코 살아 돌아가 '불사의 보라매'를 실증해야 했다. 그보다도 먼저 미애를 만나야 했다.

그는 우선 주위를 살폈다.

바로 산 아래 골짜기에 눈을 돌렸을 때 그는 움찔했다.

길게 뻗은 산기슭 나무숲에 많은 탄약더미와 화물차가 늘어서 있었다.

그는 이곳 상공을 수없이 지난 것을 기억할 수 있었다. 그러나 그냥 지나쳤을 뿐, 적의 보급처가 있으리라고는 생각지도 못했었다.

기실 비행정찰로는 도저히 식별할 수 없을 만큼 교묘하게 위장되어 있었다.

멀리서 비행기 소리가 들려왔다.

강설(降雪)을 피하느라고 구름 위 높이 날기 때문에 확인할 수는 없었으나 제공권(制空權)을 장악하고 있는 우군편의 비행기로 알아 틀림없었다.

그는 새삼스레 무전기가 아쉬웠다. 자신의 구명보다도 적의 탄약고를 우군기에 알릴 수 없는 것이 안타까웠다.

그는 자신이 비행기를 조종하고 있다면 대공수비도 없는 이곳을 소화

운동삼아 때려부술 자신이 있음을 상기했다.

그는 한참 동안 자신의 무스탕이 키 스칠 만큼 아슬아슬하게 저공 비행을 하며 통쾌하게 모조리 폭파하고야 마는 환각에 잠겨 들곤 했다.

이 황당(荒唐)한 환각은 환각에만 그치지 않았다.

돌연 무스탕기 한 편대가 구름을 뚫고 밑으로 내려왔다.

네 대의 비행기는 탄약더미 위를 되풀이 저공 순회하다가 폭격을 하기 시작했다.

골짜기는 탄약더미의 연쇄 폭발로 폭음 폭염의 수라장을 이루고 있었다.

그는 마치 관제탑(管制塔)에서 이착(離着)을 지휘하듯 정신없이 소리쳤다.

"북방으로 기수를 돌려라──. 북방 이십 미터 지점을 때려라──"

이상하게도 그의 이 명령을 따라 편대는 움직였다.

편대는 화물 자동차가 은닉되어 있는 지역에 차례차례 네이팜탄을 퍼부었다. 삽시에 검붉은 불기둥이 하늘 높이 치솟아올랐다.

편대는 위장된 목표물을 정확히 찾아내어 되풀이 되풀이 폭격을 하고는 유유히 구름 위로 치솟아 사라져 버렸다.

백 회 이상 출격한 그의 경험에 비추어 보아 아무리 능숙한 조종사라도 은닉한 목표물을 그렇게 정확히 찾아내기란 어려웠다. 암만 해도 지상유도(地上誘導)에 의한 것 같았다. 그렇다면 저 목표물이 잘 보이는 이 근방 어디에 편대로 무전 연락을 한 사람이 있을 것이다.

그는 산등성을 더듬어 내려갔다.

등성을 하나 넘어 야트막한 둔덕바지에 사람의 흔적을 발견했다.

새로 눈이 덮였으나 완연한 흔적으로 보아 그리 오래된 것은 아니었다.

사람이 엎드려서 거동한 듯한 흔적이었으며, 이곳에서 산 아래 폭격지점이 훤히 내려다보였다.

누군가가 이곳에서 우군기를 유도하다가 폭격이 끝나자 피해서 달아났을 것이다.

남쪽으로 줄기진 능선에 발자국이 깔려 있었다.

그는 발자국을 따라갔다. 혹시 파일럿들이 신는 군화자국이 아닌가 자세히 살펴보았으나 내리는 눈에 덮여 그 정도를 식별할 수는 없었다.

그는 몹시 배가 고파 손에 들고 있는 고구마를 깨물어 먹으면서 갔다. 얼어 굳어 잘 깨물어지지도 않았지만 너무나 허기진 공복에 수월히 받아지지도 않았다. 이가 시리도록 차디찬 것이 목에 걸려 제대로 넘어가지 않았다.

그는 목에 걸린 것을 칵 뱉아내고 다시 발자국을 찾았다.

어느새 발자국은 새로 쌓이는 눈에 덮여 희미해지더니 얼만 안 가서 그나마 어느 쪽으로 뻗었는지 분간할 수가 없었다.

그는 어느 쪽으로 가야 할 바를 몰랐다. 한참 동안 주춤거리다가 내친 방향으로 곧장 갔다.

그러나 얼마 못 가서 그는 또 주춤거렸다. 다리가 휘청대고 마구 현기증이 일었다. 그는 마치 외나무다리를 건널 때모양 걸음새가 안전치 못했다.

그는 한참 동안 그 자리에 우뚝하니 서 있다가 다시 걸음을 옮겼다.

그때 멀리 남쪽 하늘에 한 대의 헬리콥터가 날아오는 것이 하얀 눈발 속에 아물아물 보였다.

헬리콥터는 차츰 가까워지더니 그리 머지않은 건너편 산마루 상공에서 선회했다.

그쪽 산마루는 이쪽과 등성이가 연해 있어 성한 몸이면 십 분 이내에 뛰어갈 수 있는 곳이었다.

선회하던 헬리콥터는 드디어 산마루에 내려 앉았다. 누군가 지상에 있던 사람이 헬리콥터에 올랐다. 얼핏 보매 비행복을 입은 것 같기도 했는데 그렇게 보아서 그런지 눈발 속에 묻혀 확인할 수는 없었다.

그는 목이 터져라 고함을 치며 그쪽으로 달려갔다.

그러나 몇 걸음 가지도 않아서 헬리콥터는 산마루를 떴다.

그는 뭐라 뜻 모를 고함을 치며, 고함이기보다 숫제 울음이 터지는 거나 다름없는 절규를 하며, 정신없이 내달렸다.

그의 절규를, 그의 허우적임을 아랑곳없이 헬리콥터는 멀리 사라져갔다. 그는 고구마를 움켜쥔 두 손을 허공에 허우적이며 내달리다가 움푹 패어진 구렁텅이에 푹썩 곤두박혔다.

그는 눈 속에 처박힌 채 오래도록 송장모양 옴짝을 못했다.

몸뚱이 어디가 아픈 건지 시린 건지 의식할 기력조차 없었다. 그저 천여 만여 낭떠러지로 한없이 곤두박질치고 있는 것 같았다.

한참만에 그는 안간힘을 쓰며 일어났다. 몸을 가눌 수 없을 만큼 발목과 무릎이 아팠다. 내려꽂힐 때 마디가 부딪쳐 상한 모양이었다.

눈 속에 파묻혔던 두 손과 얼굴은 송곳이 박히듯 쓰라렸다.

두 눈에 움켜쥐고 있던 고구마는 물론, 장갑까지 어디에 빠져 박혔는지 보이지 않았다.

그는 결코 이곳에 주저앉을 수는 없다고, 기어코 돌아가고야 만다고 다졌다. 마음만은, 의지만은 그랬으나 몸뚱이가 따르지 못했다.

그는 어디라 방향을 가릴 것도 없이 내치는 대로 걸음을 옮겼다. 발목을 삔 한쪽 다리가 제대로 내딛어지지가 않아 그는 소아마비 환자처럼 절뚝거렸다.

몽유병자모양 위태롭게 비틀거리며 내걷던 그는 비탈목에 이르러 털썩 주저앉았다.

그러나 그는 곧 일어났다.

발목을 삔 다리를 더는 내딛을 수가 없어 그는 무릎과 두 팔로 눈 덮인 땅을 짚고 비탈을 기어올라갔다. 수없이 배를 깔고 엎어졌다가는 다시 기곤 하면서 그는 비탈을 올라갔다.

온통 눈범벅이 된 손과 얼굴이 이제는 아프지도 않았다. 오직 가야만 한다는, 가고야 만다는 일념뿐이었다. 한사코 가야 했다. 반드시 살아 돌아가서 할 일을 해야 했다.

"미애야, 기다려라. 불사의 보라매는 기어코 가고야 만다……."

김진호 중위는 돌뿌리에 무릎이 걸려 푹썩 엎어진 채 가쁜 숨을 몰아쉬었다.

날은 저물어가고 있었다. 목표하지도 않은, 어디쯤인지 짐작할 수도 없는 높다란 산등성이었다.

그는 쓸어안 듯 눈 덮인 땅을 짚고 있는 두 팔에 문득 야릇한 감촉을

의식했다. 바닥은 무척 견고하고 고르게 판판했다. 선뜻한 예감이 뇌리
에 스쳤다. 예감은 뭉클한 기대를 자아냈다.

그는 손으로 바닥의 눈을 헤쳐 봤다.

바닥은 사람 하나 얹어 놓기 알맞을 크기의 알루미늄판이었다. 비행기
날개의 일부임을 그는 쉽게 알 수 있었다.

그는 벌떡 일어나 부근을 두루 살폈다. 비행기의 잔해(殘骸)가 널려 있
었다. 어느 비행기가 이 산마루에 충돌한 모양이다.

그는 여기저기 눈을 헤치며 흩어진 알루미늄 조각을 더듬어 살폈다. 그
는 눈 속에서 널찍한 알루미늄판을 끌어냈다. 판의 휘어진 모양새를 보
아 동체의 일부임을 알 수 있었다. 거기 쓰여진, 아직도 선명한 기번(機
番)이 눈에 띈 순간, 그는 그 자리에 목석처럼 굳어 있었다.

R. O. K. A 27

A는 전대(戰隊) 표시, 27은 비행기 번호. 다름아닌 그의 무스탕기였다.

그는 자기 몸뚱이가 박살이 난 것처럼 왈칵 설움이 복받쳤다.

그는 무너지듯 주저앉으며 알루미늄판을 쓸어안았다.

너무나 서러워, 너무나 억울해 왈칵 울음이 터졌다.

흐느껴 물결 이는 그의 등때기에 수북히 눈송이가 내려앉았다.

함께 어스름이 깔려 왔다.🔚

탁자(卓子)의 위치(位置)

이광숙(李光淑)

1919년 함남 홍원에서 태어나 혜화전문학교를 졸업했다. 1958년 『현대문학』에 소설이 추천 완료되어 문단에 등단했다. 1965년 현대문학상을 수상했으며, 소설집으로 『산정의 의미』가 있다.

탁자(卓子)의 위치(位置)

태양이 비치는 오후!

그런 날의 오후면 이 이층방에는 서남으로 트인 유리창으로부터 한줄기의 거므스름한 전신주 그림자가 스며들게 마련이다.

비가 오나 바람이 부나, 저만치 건너다보이는 엇비슷하니 일어선 지대의 중턱— 우동집 앞에 선 한 그루의 진신주가 있다. 좀 똑바로 서지도 못하고, 언제 보아도 아이들의 그림책 같은 데 나오는 술 취한 도깨비모양 삐딱하니.

그러니까 이 이층방 탁자 위에 떨어진 그림자라는 것도 자연 그렇게 삐딱할밖에 없다.

탁자 주위에는 어젯날의 두 여인이 또 어젯날 이맘 때처럼, 아니 그 전날에도 또 그 전날에도 두 여인은 묵묵하니 그렇게 마주 앉아 탁자 위에 시선을 던지고 있었느니라! 마치 전신주 그림자 자체에 무슨 특이한 의미라도 있어서 일부러 그것을 지키고 있는 양 말이다.

물론 두 여인이 거기에 있거나 없거나 전신주의 그림자는 저 혼자서도 늘 거기에 그렇게 존재할 일이지만, 그러나 보아 주는 눈동자가 거기에 없을 때, 전신주의 그림자는 숫제 있으나 마나다. 마치 '호마이카'의 반들반들한 탁자 표면이 있음으로 해서 전신주의 그림자가 한층 더 강하게 박히고 나타나듯이, 지키고 있는 두 여인의 눈동자가 거기에 존재함으로 해서 전신주의 그림자는 비로소 자체의 존재 의미, 존재 가치 같은 것을 뚜렷이 충분히 발휘한다. 하물며 두 여인, 아니 중에도 특히 한 여인과 전신주의 그림자가 모질게 인연된 그 순간부터의 일에 있어서랴!

두 여인 가운데서 한 여인은 엇비슷하니 틀어 올린 머리에다가 감색 바탕에 둥그스름한 금박무늬의 두루마기와 엷은 보랏빛 목도리를 조심스럽게 하고 있다.

그리고 그녀와 마주 앉은 또 한 사람의 여인은 쏙빠진 아랫종아리에 오늘 아침 마악 파리에서 넘어온 것 같은 뉴스타일로 전신을 감았다.

두 여인은 현재 똑같이 말이 없다. 언뜻 보아서 점잖으니 숙녀니 하는 따위의 언어를 연상시킨다.

이윽고 두루마기 여인의 손 하나가 아까모양 또 자신의 두루마기 겨드랑 밑으로 간다. 자세히 보면 그녀의 두루마기 오른쪽 겨드랑 밑에는 그것도 같은 금박무늬긴 하나 빛깔이 약간 노르스름한 헝겊으로 오려붙인 네모꼴 자국이 있다. 그녀의 손 하나는 때때로 그 노르스름한 네모꼴 자죽을 감추느라고 은근히 오르내린다. 그러나 어쩌다가 그 네모꼴 한쪽 모서리가 배지지 솟아나올 적이 있다. 그런 때 여인의 얼굴에는 금세 야릇한 빛이 오간다. 마침 앞에나 옆에 쳐다보는 듯한 눈동자라도 있으면 당황해 하는 그녀의 표정은 한결 더 농도가 짙다.

숙녀와 노르스름한 네모꼴과—이런 걸 도대체 무어라고 이름하면 좋을까?

그리고 그녀의 맞은편에 위치한 다른 한 사람의 여인은 새파란 보석을 박은 백금반지를 왼쪽 가운뎃손가락에 끼고 있는데, 그것도 자세히 보면 손가락의 둘레와 반지 둘레와의 사이에는 적잖은 차이가 있는 것이 분명하다. 그녀도 두루마기 네모꼴 여인처럼 그것을 감추느라고 무던히 신경을 쓰고 있는 것이 분명하다. 손가락 한 마디와 반지 둘레와의 차이를 말이다. 혹은 숙녀와 손가락 한 마디라고나 할까?

—하여튼 두루마기와 양장! 또는 노르스름한 네모꼴과 짙은 잉크빛으로 변해 가는 손가락 한마디! 이질(異質) 속의 공통(共通)이라고나 할까?—

그러나 이 밖에도 현재 두 여인에게는 몇 가지의 공통점을 더 발견할 수 있을 것 같다.

우선 두 여인에게는 하얀 가루 속에 묻힌 얼굴! 그리고 차차로 야릇하게 돌아가서 거기서 그대로 굳어져 버린 표정과, 바람 한 점 없는 무르팍 위의 부동의 핸드백 두 개와 또 저마다의 앞에 위치한 저 혼자 식어 들어가는 탁자 위의 싸늘한 찻잔이 있다.

그러나 두 여인은 자신들의 그러한 거의 정물 상태(靜物狀態) 같은 현재를 까맣게 의식하지 못하고 있다. 반대로 그러한 자신들을 의식하는 순간이 있다고 하면 그녀들은 상당히 당황할 것임에 틀림없다. 왜냐하면 하나의 무의미한 외형적인 정지 상태(停止狀態)는 그 자체가 이미 지극히 부자연한 일일 뿐더러, 다른 하나의 내면적인 진행 상태(進行狀態)의 의미일 수도 있기 때문이다.

도대체 살아 있는 인간치고 거의 전체적이며 거의 완전한 정지 상태란 있을 수 있겠는가? 뿐만 아니라 그러한 자신을 상대방에게 눈치채인다고 가정해 보자. 꼴이 뭐가 되겠는가? 속을 빤히 내보이는 것 외에 말이다. 지극히 아무렇지도 않은 듯한 나를 보여야 할 이 판국에 있어선 더더구나 그렇다. 그녀들 서로의 절박한 현재 관계, 현재 위치가 있는 것이다.

아닌게아니라 현재 두 여인의 머리 속에는 그녀들의 외형적인 정지 상태와는 별도로 그 무엇이 상당한 속도를 가하면서 진행하고 있다.

두루마기 네모꼴 여인의 뇌리에는 어제 아침의 일이 도사리고 있다.

"회사에서는 어서 출근하든지, 아니면 사직원을 써 보내든지 하라고 성화 독촉이구…… 제에길, 그 좋은 약에 돈만 있으면 만사가 해결인데……. 그래, 장차 어떡할 거요, 내 병 치료에 대해서 말이오?"

선뜻하니 마치 흐린 날 허공에서 내려오는 듯한 음성이다. 그리고 유리창으로 스며드는 아침 햇살 속에서 뼈와 가죽만 남은 것 같은 앙상한 손길하며. 허나,

"……."

그녀는 미처 대답하지 못했다. 그녀의 뇌리에는 다른 하나의 사념이 자리잡고 있었다. 아침에 방 웃목에 놓인 쌀항아리 밑바닥을 쓸어모으던 자신의 빗자루 소리.

"도대체 곗날은 언제며, 이번에는 누가 탈 차례란 말이오?"

그제야 그녀도,

"내일 모레가 곗날이에요. 누가 타게 되겠는지는 번호 나오는 걸 봐야죠." 말했다.

"뭐, 제빌 뽑아 봐야 안다구? 아직도 못 타먹은 사람이 여럿인가? 난 인제 계가 거의 끝판인 줄로 알고 있었댔는데……."

맞은편 벽 중턱에는 가장자리가 다소 퇴색해 버린 체경 하나가 걸려 있거니와 거울 속에 비친 턱수염이 사뭇 덜덜 떨었다.

"아직도 저까지 세 사람 남았어요. 그렇지만 아무리 계가 끝판이래두 타 먹지 못한 하나가 아니고 단 둘만 남았어도 제비는 제비가 아니겠어요?"

하면서 그녀는 방 웃목에서 핀으로 꼭 찔러 놓은 듯이 자세를 도사렸다.

"아니 다정한 친구 사이에는 더러…… 거 뭐야? 양보니 동정이니 하는 따위의 소리도 있잖아? 우리 형편을 좀 얘기해 보지 그래!"

거울 속의 턱수염은 덜덜 떨리는 대신 이번에는 거꾸로 세워 놓은 알파벳 문자의 'V'를 서서히 흉내내면서 있었다.

"그렇지만!"

그녀의 언어에는 막연하고 소극적이나마 남편의 언어에 대한 부정의 의미가 비쳤다.

그래서 남편도 다시,

"그렇지만."

하면서 아내의 흉내가 아니라, 아내의 부정을 슬며시 다시 부정해 본다.

"그렇지만!"

아내는 세 번째도 같은 언어로써 부정의 부정의 부정을 표시했다. 무엇보다도,

―양반은 아무리 바빠도 좁은 지름길을 택하지 않느니라. 양반은 얼어 죽어도 곁불을 쬐지 않느니라. 양반은 쌀값을 묻지 않느니라!―

했느니라!

환자는 다신 입을 열지 않았다.

거울 속의 턱수염도 여운을 남기면서 차차로 본래의 자세를 서서히 회복해 가면서 있었다. 뼈와 가죽만 남은 앙상한 손길이 다시 아침 햇살을 받고 있었다.

이윽고 남편의 입에서는 한숨 같은 것이 후우 나왔다 그녀는 환자를 뒤에 두고 총총히 집을 나섰다. 다방으로, 계원들의 단골 집합소 같은 데로.

그녀는 연해 부르짖었다.

"계만 타게 되면 만사 해결인데, 남편의 병도, 집안 살림도 말이다. 과연 어떻게 될까? 타게 될까? 제발 좀 뭐가 도와서 그렇게 돼주었으면!"

얼마나 애타는 염원이냐? 그러나 그것은 어디까지나 그녀 자신의 속에서만의 부르짖음에서 그치고 만다.

그녀가 다방에 나왔을 때 보석반지 여인은 거기 먼저 와 있었다. 그녀가 자리에 앉는 것을 기다려 보석반지 여인은 지체없이 입을 열었다.

"……."

무슨 얘기 끝에 결국 남편의 병 얘기가 나왔다.

"병원의 종합진단이 나왔어요. 가슴이 좀 나쁘다고요."

그녀의 음성은 괜히 바람결에 떠는 나뭇잎 모양 좀 파르르했다.

"네, 그래서요?"

보석반지 여인의 입은 이유 없이 크게 벌어지는 것이었다. 마치 깜짝 놀라기나 했다는 듯이. 아니면 무슨 억지 동정심 같은 것을. 여우 같은.

"그러나 요샌 옛날과 달라서 가슴 나쁜 것쯤은…… 약이 하 좋으니까. 또 우리 그이의 경우는 초기(初期)의 초기라고 하지 않아요?"

두루마기 여인도 자기 남편의 가슴을 되도록 줄여서 말하는 것이었다.

"그래서 현재 치료중이시군요?"

"네, 내복약과 주사를……."

"약도 약이지만 그런 병에는 어디 고요한 곳에 가서서 정양하시는 게 좋으실 거예요."

"그렇잖아도 의사가……."

"뭐라고요?"

"따뜻한 남해안 같은 데 가서서 서너 달 고요히……."

"보세요, 내 말이 맞죠? 어서 떠나시도록 하셔야죠."

"그럼요!"

허나 두루마기 네모꼴 여인의 음성은 갑자기 무디게 떨어지는 것이었다. 무엇보다도 아침에 쌀독에서 바가지로 푹푹 퍼내는 것이 아니라 빗자루 끝으로 후벼내던 기억이 있는 것이다. 거기다 대고 보석반지 여인은 재차,

"비용도 많이 나겠네요, 쯔쯧!"

다분히 동정적인 음색의 혀까지 차면서 이쪽의 가장 아픈 데를 찔러 놓는 것이다. 뿐만 아니라,

"그러니까 이번 계만은 댁에서……."

등등의 언어가 꼬랑지를 단다. 혀끝에서 떨어진 언어와는 정반대의 빤히 속 들여다보이는 무엇을 눈동자 저 속에 지닌 채.

동시에 두루마기 네모꼴 여인은 큰 무안이나 당한 듯이,

"서너 달 정도의 비용쯤이야 뭐!"

자신의 두 귓불 밑에 야릇한 붉은 빛을 일으키면서 상대방의 언어를 얼른 그렇게 접수해 놓곤, 재차 덧붙여서,

"이번 주말쯤엔 떠날까 해요."

하는 것이다. 무엇보다도 두루마기 속에 잠들었던 체면이라는 것이 비집고 나오는 것이다. 혹은 양반 숙녀의 의밀까? 허나 그때 탁자 위에 떨어진 전신주의 그림자가 더 한층 그녀를 사로잡는 것이다. 이후 내내, 그녀 자신을 대신하면서 전신주의 그림자가 그녀의 가슴에 오는 것이다. 마치 보석반지 여인과의 마지막 두어 마디를 항상 증언하는 것 같은 그런 전신주의 그림자인 것이다.

뿐만 아니라 그녀의 가슴을 이토록 못 견디게 하는 것은 전신주의 그

림자와 더불어 저만치 벽 중턱에 걸려 있는 한 폭의 추상화이기도 한 것일까? 한 폭의 추상화도 그때 그녀를 향하여 그렇게 거기에 있었고, 더구나 한 폭의 추상화는 호마이카의 탁자 표면을 지나 다시 뻗쳐서 화폭 자체의 중앙에서 약간 처진 데를 횡단한 문제의 전신주 그림자 때문에 한층 더 그녀의 마음처럼 우는 것 같은, 아우성치는 것 같은, 찡그리는 것 같은 효과를 발휘했는지도 모를 일이다.

혹은 그것도 아니면 저기 초콜릿빛의 전화통과 탁상용 형광등을 켜놓고, 카운터 후면에 서서 히히히 웃고 있는 노랑저고리 '가오 마담' 때문일까? 항상 무슨 깊은 의미를 품은 듯한 그녀의 히히히도 그때 거기에 있었으니까.

아니 노랑저고리와 전신주의 그림자와의 사이에는 전설 같은 이런 이야기가 있느니라!

노랑저고리 '가오 마담'은 전신주의 그림자를 볼 적마다 야릇한 기억을 불러일으킨다.

이 다방에는 과거에 이상한 단골손님이 한 분 다녔다. 언제나 깔끔한 옷차림새에 말끝마다 점잖이 흐르고, 그리고 체격이나 얼굴 모양이나 어디로 보든지 신사라는 이름의 일류에 속함직했다. 그러나 퍽이나 나중에사 알게 된 일이지만 신사니 점잖이니 하는 것은 겉모양 뿐이고 속은 그렇지 못했다.

이 단골손님은 찻값을 내지 않고 머뭇머뭇 화장실로 가는 척하다가 곧잘 사라져 없어지곤 한다. 그러나 처음에사 그분의 체면이라는 것도 있고, 또 혹시 깜박 잊어버리고 그러나 싶기도 해서……. 더구나 번지지르르한 그분의 겉딱지를 볼 때에 말이다.

그랬더니 그게 아니라는 것을 '가오 마담'이 차차로 눈치챈다. 하루는 이분이 또 같은 수법을 쓰려고 한다. 그러나 '가오 마담'은 마음속에 이미 작정한 바가 있다. 단골손님의 발길이 아니나 다를까, 뒷간으로 가는 척하다가 갈랫점에서 슬쩍 계단 쪽으로 커브를 꺾는다. 곧 쿵쿵 소리가 계단을 울린다.

"돈도 돈이지만 얄미워서 일부러 뒤쫓아 내려갔지 뭐예요."

'가오 마담'은 그날 두루마기 여인에게 말했다.

"그랬더니 이 자가 하는 짓을 좀 보세요. 눈치를 채자 그만 냅다 뛰다가 저 전신주에 이마를 들이받았지 뭐예요? 호홋 호홋 호호홋!"

그래서 노랑저고리의 여인은 탁자 위의 전신주 그림자를 볼 적마다 배꼽을 뺀다. '가오 마담'은 그날 두루마기 네모꼴 여인에게 덧붙여서 말했던 것이다.

"때로는 그때의 실감을 되일으켜 볼 양으로 일부러 이 의자에 와서 앉아보기도 한대요. 날마다 이맘 때가 되면 저 전신주의 그림자가 여기에 와서 비치거든요."

'가오 마담'은 결론삼아,

"기가아 차서! 그래도 제딴에는 의젓하니 양복이니 넥타이니 제법 신사라고, 호홋 호홋 호호홋! 차 한 잔 값도 없으면서!"

아니 전신주 그림자의 뜻은 그때부터라고 하는 것이 좋을 것이다. 깜박잊었다가도 노랑저고리만 보면 되살아나곤 하는 탁자 위의 상황―. 서글프고 비비꼬인 자신이 오는 것이다.

비비꼬인 숙녀의 의미!

언제부터인지도 모르게 서서히 혹은 급격히 뿌리박힌 그녀의 본질, 속성 같은 것이랄까? 하여튼 이제 뒤집어,

"이번 계만은 서로 의논을 하셔서 저희를 태주세요."

동정을 애걸하는 등 도저히 될 말이 아니다. 숙녀 체면에.

시간이 퍽이나 갔다.

두루마기 네모꼴 여인은 눈을 들었다.

보석반지 여인도 눈을 들었다.

보석반지 여인의 머리에는 그 동안 무엇이 오면 가면 했을까? 그녀만이 아는 일이지만, 그녀는 갑자기 밑도 끝도 없이,

"그래도 이번 계만은 댁에서…… 주인어른의 병환도 있으시고……."

한다. 모르면 모르거니와 그 동안의 자기 집념의 의밀 것이다. 무의식 중에 나온 자기 폭로의 의밀 것이다.

"저 같은 거야 한 달 후에 타거나 두 달 후에 타거나 관계 없지만."

덧붙이기까지 하면서.

허나 그렇게 뇌까리는 순간에도 그녀의 왼손 장지 한 마디는 짙은 잉크빛에서 차차 꺼먹빛으로 죽어가면서 있을 것을 잊지 않는다.

"그렇잖아요? 이번 계만은 누가 보더라도 댁에서 타셔야죠. 안 그래요?"

이윽고 그녀는 거의 같은 얘기를 재차 뇌까렸다. 그러면서도 곁눈으로 슬쩍 이쪽을 살피는 품이 어쩌면 너도 한마디 내놓아보라는 뜻인지도 모른다. 허나 두루마기 네모꼴 여인도 서슴치 않는다.

"원 별말씀을! 저희는 천천히 타도 돼요. 이번 계는 댁에서 타셔야죠!"

재빨리 자신의 네모꼴을 감추면서. 또 거기에는 일종의 오기 같은 것도 비친다.

이때에도 벽에 걸린 한 폭의 추상화의 위치는 역시 거길밖에 없고, 히히히 하는 노랑저고리 여인의 웃음도 그 방향에서 온다. 아니 이제 탁자 위의 그림자는, 벽에 걸린 그림 종이니 노랑저고리의 웃음이니 할 것 없이 그녀 자신이 지껄여 놓은 몇 마디 언어와 더불어 이 모든 것을 한데 묶어 자체 속에 간직한 채 그녀의 바로 앞에 존재한다.

전신주의 그림자가 탁자 위에서 모서리 쪽으로 위치를 바꾸어 가면서 있다. 그러나 아무리 위치를 바꾸어도 전신주 그림자는 전신주 그림자 대로 존재할밖에 없고, 따라서 그 속에 간직되어 있는 모든 것—한 폭의 추상화도 노랑저고리도 거기에 그냥 있다고 할밖에 없다.

아니 전신주의 그림자는 이미 본위치를 떠서 그녀의 뇌리 저 속에 가서 못박혀 있다고 해도 좋을 것이며, 따라서 그녀는 뒷간에 쪼그리고 앉아 있는 그 순간에도 보석반지 여인에게 말한 것 같은 그런 본디의 자신과 더불어 탁자 위의 얘기가 언제나 그림처럼 붙어다니면서 그녀의 가슴에 은근히 작용해 오는 것이다.

아닌게아니라 전신주 그림자가 늘 그런 모양으로 삐딱하니 존재하기 때문에 그녀의 마음도 항상 거무스름하고 삐딱하고 안정성이 결여되어 있는지도 모른다. 때로는 그녀의 마음은 무거운 바위 밑에 깔리는 것 같은 압력감이 아니면 속이 텅빈 고무풍선 같은 둥둥 허공에 떠 있는 마음이기도 한 것이다.

전신주의 그림자가 차차로 탁자 위에서 빛을 잃어가면서 있다.

"커피가 식었어요."

다방 레지의 음성에 두 여인은 비로소 자신으로 돌아온다.

"아이 벌써 시간이……."

한 여인이 깜짝 놀래자,

"참!"

똑같이 놀래면서,

"다들 웬일일까?"

상대방의 여인도 말했다. 곗날을 하루 앞둔 두 여인의 마음이랄까?

잠시 후 두 여인은 계단을 거쳐서 밖으로 나왔다. 저만치 비스듬한 지대의 우동집 앞에 선 전신주가 힐끗 시야에 들어온다.

먼지를 날리면서 실낱 같은 한 가닥의 바람이 불어오고, 오후의 서울 거리는 서로 떠밀며 떠밀리며 한창 바쁘게 돌아간다. 아무리 생각해 보아도 인종이 지나치게 넘치는 것 같고, 무슨 방법으로든지 좀 덜어 주었으면 하는 간절한 마음이 없지 못하다.

어찌 보면 사내들은 대체로 형사가 아니면 도적놈 같은 눈망울들이고, 여인네들은 하나같이 기생이거나 눈물의 얼굴들이거나 싶기만 하다. 이런 물결을 뭐라고 이름했던가 모르겠다. 두루마기 네모꼴 여인은 괜히 마음이 서글퍼졌다. 저는 그 중의 어느 것일까? 어느 것도 아니면서 어느 것과도 남남이 아니다. 어느 것이거나 어느 것도 아니거나 마음은 매한가지로 슬프고 허전하다. 그런대로 두루마기 네모꼴 여인은, 보석반지 여인을 따라 저도 이만치 갈랫길 지점에서 잠시 걸음을 멈춘다.

"?"

보석반지 여인의 눈동자가 먼저 네모꼴 여인을 쳐다보았다.

"전 곧장 집으로 돌아가겠어요, 댁에서는?"

두루마기 네모꼴 여인의 말이다.

"저도 집으로 가야죠. 마침 집에 누가 오기로 했어요. 친정편에서. 그럼 내일 또 그 시각에 다방에서……."

보석반지 여인도 말했다. 이런 대화의 순간에도 두 여인의 표정에는 의식적이든 무의식적이든 자신들의 숙녀를 깨뜨리지 않으려고 무던히 애쓰는 빛이 돌았다.

두 여인은 이내 갈랫길 지점에서 발길을 각각 동과 서로 놀렸다. 두 여인의 현주소들이 각각 그렇게 되어 있는 것이다. 그러나 오 분쯤 전진했을까? 두 여인은 우연중 필연으로 똑같이 뒤를 돌아본다. 그 사이 서로의 현재 간격은 십 분쯤이라고 해야 할 것이다. 뿐만 아니라 무수한 인간 속에서 무수한 팔굽과 볼기짝과 구두코와 등등이 두 여인의 사이를 차단하고 있다. 동쪽 여인의 눈에는 서쪽 여인이, 서쪽 여인의 눈에는 동쪽 여인이 보이지 않는다.

이렇게 상대가 상대를 찾아낼 수 없는 지점에 이르자 두 여인은 또 서슴치 않고 주위를 한번 살핀 후 현재의 방향과는 딴판으로 똑같이 커브를 꺾는다. 집으로 가야죠, 하던 조금 전의 저희들 입에서 나온 단어들은 까맣게 내동댕이치고.

무엇보다도 두루마기 네모꼴 여인에게는 손길이 앙상한 병든 남편이 있고, 보석반지 여인에게는 까맣게 숙어 늘어가는 손가락 한 마디가 있지 않느냐?

그런데 또 한 가닥의 회오리바람이 지나간 후, 두루마기 여인은 골목을 돌아가다가 회오리바람 먼지 속에서 문득 저만치 냅다 달아나는 보석반지 여인을 발견한다. 어깨가 저절로 움찔해진다.

"아니, 저 여우가?"

분명 아까는 곧장 집으로 간다고 했는데? 두루마기 네모꼴 여인은 괜히 가슴을 편다. 두루마기 여인은 저도 부지런히 걸었다. 앞에서 가거니 뒤를 따르거니 둘은 같은 방향, 같은 길을 걸어간다. 기어코 두루마기 여인은 어느 골목 앞에서 주춤하니 발길을 멈춘다.

"오오라, 저 요물이 가는 데가 바로 거기로구나!"

두루마기 네모꼴 여인은 한 순간 저도 속으로 그런 요물을 느끼면서 뇌까렸다.

멀리 청대문이 보인다.

보석반지 여인의 구두 뒤꿈치가 늦가을 햇살에 번쩍 빛나더니 곧 대문 안으로 꺼진다.

두루마기 네모꼴 여인은 머리가 어찔어찔하면서 현기증 같은 것이 온다. 차차로 허전하고 서글픔 같은 것으로 변한다. 이윽고 그녀는 청대문에서 이만치 떨어진 어떤 그늘진 처마밑에 붙어 앉는다.

"무슨 애기가 저토록 많을까?"

마음로는 십 년도 더 간 것 같은 감을 느끼면서, 그녀의 입언저리에는 거무스름한 그림자가 구불텅하니 기어 넘어간다. 그것은 그녀가 가장 마음이 언짢을 때 저도 모르게 가지는 표정이거니와 이 순간 그녀의 가슴에는 일종의 질투의 불길마저 솟아오른다.

그러나 곧 삐걱하는 소리와 더불어 다시 청대문이 안으로부터 열리더니,

"안녕히 기세요."

보석반지 여인의 얼굴이 나타난다. 두루마기 네모꼴 여인은 얼른 자신을 그늘에 감춘다. 곧 보석반지 여인이 바람같이 옆으로 지나간다. 잠시 후,

"체!"

하면서 마치 이번에는 내 차례라는 듯이 두루마기 여인이 청대문 안으로 들어간다.

제법 큼지막한 기와집이요, 넓은 안마당이다. 수도꼭지에서는 물이 철철 흐르고 식모 같은 차림새의 여인이 소쿠리에 하얀 쌀을 씻어 담는다. 그리고 소쿠리 주변에는 마른 북어며, 피가 시뻘건 돼지 대가리며, 숙주나물이며……

"아주머니, 우리 푸닥거리 해요."

새파란 스웨터 아이의 말이거니와 그보다는 두어 살 더 많아 보이는 또 하나의 여식 아이는 저만치 떨어진 지점에서 우두커니 손가락을 물고 섰다. 발뿌리 앞에 놓인 노랑동전 한 푼을 내려다보면서.

그리고 여기 또 하나의 아이가 존재하거니와 아이는 마룻바닥에 엎드

리어 무색 붓으로 학교에서 숙제삼아 내준 것 같은 그림을 그리고 있는데, 웃는 얼굴을 그린다는 것이 어쩐지 자꾸 우는 얼굴로 돌아와 짜증이다. 그렸다간 지우고 또 그렸다간 지우곤 한다. 자칫하면 아이 자신도 그림의 아이처럼 눈물의 아이가 될까 두렵다. 붓이나 물감 자체의 탓이 아니라면, 작자 자신의 내적 반영 같은 것이 아닐까? 하여튼 모두가 어쩐지 선뜻한 장면들이요, 분위기들이다. 두루마기 네모꼴 여인은 괜히 등골이 오싹한다.

이윽고 얼굴에 보조개를 문 젊은 여인이 산뜻한 옷차림으로 마루에서 내려온다. 아무리 찾아보아도 그녀의 겨드랑 밑에는 노르스름한 네모꼴이 없다. 그녀의 손가락에 끼인 보석반지에서는 그녀의 손가락에 꼭 끼거나 반대로 헐겁거나 하는 차이를 찾아볼 수 없다. 혹은 두 여인이 번갈아 찾아들어온 이유의 하나일지도 모른다. 그녀도 곗날 투표장소에서 표를 던지는 유권자(有權者)인 계원의 한 사람이요, 동시에 계를 탈 후보의 한 사람인 것이다.

"왜 안 나왔지? 우린 목이 빠지도록 다방에서 기다렸는데, 요 깍쟁아!"
이윽고 두루마기 여인이 입을 열었다.

"미안해! 그치만 넌 접때 날 기다리게 안했니! 호홋 호홋!"
보조개 여인은 웃었다. 둘은 상당히 다정한 친구 사이인 것 같은 말투들이다. 허나 그때 탁자에서 갑자기 전화벨이 요란스럽게 울린다. 두루마기 여인의 어깨는 괜히 움찔한다. 곧 보조개 여인과의 대화가 오간다. 아니나 다를까,

"네, 네, 다녀왔대두요."
보조개 여인의 음성은 그녀의 겉모양과는 반대로 사뭇 어둡고 신경질적이다. 두루마기 네모꼴 여인의 어깨는 찾아들어올 때의 마음과는 반대로 또 한번 뚝 떨어진다.

"글쎄, 아무리 졸라두 안되는 걸 어떡해요?"
그녀의 두 번째 언어는 거의 짜증에 가깝다.

"……."
저쪽 얘기는 도통 알 수가 없다.

"염려 말아요. 옷을 갈아입고 지금 나가는 중이에요."

식모 같은 차림새의 여인이 쌀을 다 씻고, 이번에는 돼지대가리를 거꾸로 덤벙 물 속에 집어 처넣는다. 물빛이 금세 시뻘겋게 우러난다.

"부도 아니라 부도 할애비라도 최선을 다해서는 안되는 거야 어떡하겠어요? 어서 은행에 전화나 해둬요. 하루 이틀쯤 좀 기다려 달라구 말예요. 그리고 경찰에 연락해서…… 점괘(占卦)도 그렇게 나왔고…… 하여튼 더 멀리 내빼기 전에 어서 찾아 잡아넣어야지 어떡해요? 나참, 답답하고 천불이 나서……."

두루마기 네모꼴 여인의 어깨는 세 번째로 내려앉는다.

이윽고 보조개 여인은 수화기를 내려놓는다. 다시 맷돌 아래로 내려선다.

"무슨 급한 일이라도 생겼니?"

마치 제 일이나 되는 듯이 두루마기 네모꼴 여인의 말꼬리는 괜히 떨린다.

식모의 손끝에서 돼지대가리가 입을 벌린다. 돼지 입 안이 너무 단조하다.

"응 좀! 허지만 뭐……."

보조개 여인의 말꼬랑지는 약간 불투명했다. 콧잔등에 내솟은 땀방울이 유난히 빛난다.

두 여인은 밖으로 나왔다.

오륙 명의 아이들이 골목길에서 깨금을 뛰고 있다. 누가 먼저 가나— 내기라도 하는 눈치들이다. 행복한 아이와 행복하지 못한 아이와, 승자와 패자와 등등에로의 종점을 향하여 질주한다.

골목을 나가면서 이윽고 두 여인 사이에는 주고받고 얘기가 시작된다.

"조금 전에 여우가 왔다 갔지 뭐야."

보조개 여인이 먼저 입을 열었다.

"여우라니?"

두루마기 네모꼴 여인은 번연히 알면서도 시치밀 뗀다.

"윤 여우 말야, 윤 말야!"

"윤이? 그래서?"

"뻔한 거 아냐? 말은 번드르르 하지만 나한테 호감 사러 온 거지 뭐! 내일이 곗날이거든!"

"제 번호를 적어 넣어 달래?"

"차라리 그렇게 나오기나 했으면 솔직해서 귀엽기나 하지! 신사 숙녀라는 단어가 사람을 죽이지!"

"그럼 뭐래?"

"이번 계는 꼬옥 댁에서 타야 해 하잖아. 날더러 말야! 그래야 체면 생색과 동시에 나한테 호감을 사겠거든. 저를 찍어 넣어 달라는 소리나 진배없지 뭐! 누군 제 속을 모를까만이. 귓구멍이 칵 막혀서."

"그래서 넌 또 뭐랬어?"

"뭐래긴 뭐래? 이번 계는 윤 마담이 타야 한다구 되받아쳤지 뭐! 입으로야 뭔들 못해 줘?"

"……."

두루마기 네모꼴 여인의 가슴은 또 뛰기 시작했다. 윤의 여우 같은 행동을 탓하기에 앞서 똑같은 길을 찾아 보조개 여인을 만나러 온 자신이 솟아오르는 것이다. 병든 남편과 전신주의 그림자와 한 폭의 추상화와 노랑저고리의 히히히와, 자신의 숙녀와!

"그러나 난 작정했어."

보조개 여인은 얘기를 계속했다.

"작정이라니 무엇을?"

"늬 번호를 적어 넣기로 말야. 우린 언제나 살뜰한 동기동창 아냐?"

허나,

"아냐 이번 계는 늬가 타라, 난 괜찮으니."

두루마기 속에서는 또 숙녀가 비집고 나온다. 그래서 보조개 여인은,

"원 너두!"

해놓곤 덧붙여서,

"하여튼 윤만은 주어선 안돼, 얄며 죽겠어. 안 그래?"

"알았어!"

두루마기 여인의 언어에는 힘이 가해졌다.

"그럼, 오케! 내일 다방에서 만나!"

"오후 세 시 정각에, 꼬옥!"

"늬 번호를 써넣을랜다."

"난 네 번호를 적어 넣을걸!"

두 친구는 어느 백화점 앞에서 갈라졌다. 백화점 진열장 안의 마네킹 아가씨가 이쪽을 바라보면서 히히히 웃음을 물고 있다.

집에 돌아온 두루마기 네모꼴 여인은 냄비에 물을 붓고 바가지 밑바닥에 들러붙은 한줌 쌀을 씻어 넣었다.

이번에는 아침 햇살 대신 저녁 불빛이 남편의 앙상한 손길을 비쳐 주고 있었다.

잠시 후 저녁 밥상이 올라온다.

"얼마나 시장하세요."

아내의 얼굴에는 눈물이 그렁그렁했다.

"뭘! 집에 있는 사람야, 한끼쯤 굶기로서니……."

그러나 환자의 음성은 땅 속으로 기어들어가고 있었다.

"어서 들어 보세요. 반찬이라곤 김치밖에 없어요."

"흰죽에 김치 하나면 그만이지 반찬은 무슨 반찬야."

"……."

아내는 더 이상 말이 나오지 않았다. 그녀의 시야에는 저만치 벽 중턱에 걸어 놓은 체경이 괜히 위태위태해 보였다. 일종의 현기(眩氣)랄까?

곧 후룩후룩 소리가 아내의 가슴을 때렸다. 그러다가 별안간 생각난 듯이,

"참 당신은 저녁 식살 어떡했지?"

환자가 말했다.

"밖에서 먹고 왔어요."

그녀도 말했다.

"밖에서? 누구네서?"

마치 심문이라도 하는 듯한 환자의 질문이다. 그녀는 순간 당황해 하다가 얼른 둘러댄다는 것이 그만,

"당신에겐 안됐지만 친구네집에 들렀더니 마침 친구의 생일이지 뭐예요……."

불고기에다 숙주나물에다가 생선지지미에다가, 한참 동안 주워대는 것이다. 보조개 여인의 푸닥거리를 생일로 바꾸면서 잠시 수도꼭지 주변을 그려 놓는 것이다.

"잘했구려!"

환자는 이윽고 말했다. 그러나 환자의 입에서는 곧 걸다란 침이 죽물 대신 목구멍으로 꿀꺽 넘어가는 소리가 나는 것이다. 아내는 마음이 와락 괴로웠다. 괜히 안 먹고도 먹었다고. 더구나 불고기니 생선지지미니 하면서 멀쩡한 거짓말을. 거기에도 다소간 숙녀가 작용했는지 모른다.

그녀는 창자를 빳빳이 공친 채 자리 위에 몸을 던졌다. 전등을 끄고 이불을 덮고 눈을 감았다.

먼 데서 꼬옥 모기소리만큼 무슨 소리가 들려온다. 마지막 통행금지 사이렌이 메아리져 오나 보다. 뒤를 이어 이번에는 뱃속에서 또 무슨 소리가 난다. 쪼르륵 쪼르륵 하고 두어 번이나! 잠든 줄만 알았던 남편이 곁에서,

"당신 배에서 나는 거요? 내 배에서 나는 거요?"

하고 묻는다. 그녀는 얼른 남편의 귀 밑에 대고 가만히,

"당신 배에서 나요. 흰죽이 소화되느라고 그래요."

"참, 이젠 소화기라는 것도 걸레가 다 됐군! 까짓 죽물도 이기지 못해서."

"아녜요, 너무 염려 마세요. 접때 의사 선생님의 말씀이 다른 데는 까딱없다고 했잖아요?"

"근데 뱃속에서 왜 소리가 나?"

"거야 어디, 꼭 나쁜 위장에서만 나는 소린가요."

"그건 그렇지만, 하여튼 어서 본격적인 치료를 해야겠는데…… 참 곗날은 내일이랬나?"

"네!"

아내는 마음이 조마조마해 온다. 더구나 다음에 올 남편의 질문은 무엇일까? 그러나 다행이라고나 할까? 남편의 입에서는 한참 동안 말이 없었다. 뿐만 아니라 이윽고 환자는,

"아예 치사스런 소리는 하지마아! 동정 구걸하는 거 말야!"

"……."

그녀는 아무 대꾸도 하지 않았다. 대신 그녀의 눈에서는 미끌미끌한 무엇이 솟아올라왔다. 솟아올라와서는 코허리를 돌아 볼을 적시고 베개를 적시고. 시간이 좋이 흘렀다. 어디서 첫닭 우는 소리가 들려온다.

그녀의 뇌리에는 온갖 것이 떠올랐다간 사라지고 또 떠오르곤 했다.

—네모꼴과 보석반지와 부도수표와! 전신주와 추상화와 노랑저고리와, 이런 것을 한데 뭉뚱그려서 표현할 수 있는 언어는 어느 곳에 피었을까?—

그녀의 가슴은 착잡하기 이를 데 없었다.

계를 처음 모으던 날 저녁 나절의 기억이 이유 없이 불쑥 솟아오른다.

"글쎄, 우린 이웃집 곗날만 오면 밤에 잠들을 못 잔다니까."

누가 얘기를 꺼냈다.

"악을 악을 쓰면서 서로 제가 타먹겠다구. 가끔 먹사리 연극도 벌어진다구."

"아주 상것들이로군!"

누가 맞장구를 쳤다.

"거긴 왜 제비뽑기두 아냐?"

누가 물었다.

"아무리 제비는 제비래두, 서로 눈이 빨간데 어떻게 무사하겠어."

"이웃이 좋지 못하구나?"

저 구석지에서 누가 말했다.

"암만 생각해 봐두 집을 이사해야 할까 봐! 무엇보다도 아이들의 교육상."

"아암!"

하면서 혀를 차는 이도 있었다.

"글쎄 한번은 개중에서 누가 제빌 속여 먹다가 들켰다나!"

해해 히히 흐흐—저마다 독특한 음색을 발하면서 한바탕 웃었다.

"호홋 호호홋!"

두루마기 네모꼴 여인도, 윤 여사도, 보조개 여인도 웃었다.

이윽고 본론으로 들어가서,

"그럼 우린 어떤 방식으로 할까?"

누가 말했다.

"우선 명칭부터 결정하고 나서."

누가 제의했다.

"숙녀계라고 하면 어때?"

쑥 나서는 여인이 있었다.

"그거 근사한 명칭야, 좀 직접이긴 하지만."

누가 소리쳤다.

명칭이 결정되자 다음은,

"우린 제비니 뭐니 다 그만두고, 먼저 타먹고 싶은 사람을 태주기로 하자! 상것들모양 서로 드재비하는 일은 없을 테니까."

누가 제의했다.

"그러지 말고 오야에게 일임하기로 하면 어때? 오야가 봐서 정당하다고 인정되는 사람에게 태주도록 말야. 아무도 이의를 삽입하지는 않을 테니까."

다른 의견이 하나 나왔다.

"아냐, 모든 것은 재미란 말야! 재미를 빼놓곤 우린 하루도 못 살아. 그러니까 우리도 번호 써넣기야. 다만 다른 점은, 이건 내가 타먹기 위해서 적어 넣는 번호가 아니고, 내가 안 타먹기 위해서 적어 넣는 번호 같은 게 되겠지! 안그래?"

하는 사람도 있고.

"멋있어! 안 타먹기 위해서 적어 넣는 번호라! 뒤집어 말하면 내가 아니라 남을 태주기 위해서 써넣는다아, 그런 말이지. 그건 정말 좋은 얘기야."

이윽고 누가 또 말했다, 동시에,

"오라잇!"

영어도 나오고,

"암 그래야지, 에헴!"

일부러 큰기침을 발하는 여인도 있었다. 또 한바탕 배꼽을 붙잡고 돌아갔다. 결국은 그렇게 낙착을 보았다.

그런데 우스운 얘기는, 어쩌면 그런 얘기를 주고받으면서 계를 조직하던 처음의 장소 시간도 하필 거기였을까? 구석지고 호젓하고 또 홀 중앙에서 좀 멀찌감치 떨어진 거기 말이다. 전신주 그림자의 거기 말이다. 물론 자기들만의 얘기를 하자니까 자연 구석진 위치를 찾게 되었고, 여럿이 앉자니까 의자 많은 자리를 골라 뽑게 되었지만.

생각하면 꼭 뭐가 뒤에서 시키는 것만 같다. 그녀는 자리 속에서 밤새 잠이 오지 않았다. 온갖 환상이 떠오르고 사라지고 또 떠오르곤 했다.

그녀는 밤을 하얗게 새고 이튿날 오정 때쯤 해서 벽에 걸린 두루마기를 다시 내렸다. 겨드랑 밑에 오려 붙인 네모꼴이 늦가을 햇살 속에서 번쩍인다.

"오늘이 곗날이지?"

그녀는 중얼거리면서 문을 나섰다.

거리는 항상 인간의 무리로써 와글와글 했다. 무수한 볼기짝과 무르팍과 팔굽이 남의 사정도 아랑곳없이 그녀를 학대하면서 바쁘게 돌아간다.

그녀는 자꾸 꼬부라드는 허리를 가까스로 유지하면서 같은 계원인 몇몇의 다정한 친구를 찾았다. 허나 그녀는 번번이 딴전만 놓고 대문을 나오곤 했다. 병든 남편을 위해서라도 이번만은 체면이고 뭐고 다 버리고 진짜를 말해야지 하고 마음하면 마음할수록 숙녀가 두루마기 자락을 들고 비집고 나오곤 한다.

그녀는 할 일 없이 다방으로 돌아왔다.

전신주의 그림자가 어제처럼 탁자 위를 지나가고, 윤 여사는 또 먼저 와 있었다. 하필 또 그 자리라니, 무슨 심청(心請)일까? 아니면, 사람들은 왜 앉음 앉음에 있어서까지 한번 앉았던 자리를 머리에서 영 뽑아 버리지 못하고 또 찾아가 앉곤 하는 것일까?

왜 그 자리는 번번이 비어만 있을까? 구석지다, 외지다, 의자와 탁자의 배열과 수효로 봐서 한두 손님이 차지하기에는 미안한 곳이다. 아니, 두루마기 네모꼴 여인의 마음에는 꼬옥 나를 위해서 마련된 위치만 같다.

그녀는 홀에 들어서자 여기저기를 휘이 둘러본다. 빈 의자가 사방 있다.

윤 여사를 손짓해서 자리를 바꿀까 생각해 보기로 한다. 그러나 그녀는 끝끝내 윤 여사 맞은편 의자에 가서 볼기짝을 내려놓고 만다. 전신주의 그림자는 이미 그녀의 뇌리 저 속에 박혀져 있다. 계원들이 모여들면 자연 넓은 자리가 필요하다. 그때에 가서 허둥지둥 하느니 미리 맡아 놓는다.

"많이 기다렸죠?"

그녀는 가까스로 입을 열었다.

"아니에요, 저도 지금 마악! 아직 시간이 있는 걸요!"

하긴 탁자 위의 그림자가 때를 알린다.

"그래, 주인 어른의 치료 경과는 좀 어때요?"

이윽고 윤 여사의 언어가 두루마기 네모꼴 여인의 귀 밑에서 소근거린다. 어제 이맘때 여기서 만나고도 마치 몇 주일이나 지난 듯한 말투다. 그런대로 두루마기 여인은 그만그만하다고 한다.

"참 다행이지 뭐예요? 집안에 우환이 없어야 모든 노릇이…… 어서 나으셔야 하고 말고요!"

윤 여사의 콧잔등에는 무수한 잔주름이 일어난다. 이 여우가 또 시작하는구나.

"웬일일까? 애는 오늘도 안 나올래나? 곗날도 잊어 먹었단 말인가?"

두루마기 여인은 얼른 화제를 돌린다. 그러나!

"조금 늦어질지도 모른다고요. 무슨 급한 일 때문에……."

저도 모르는 사이에 튀어나온 것 같은 윤 여사의 말이거니와,

"아니 전화 연락이라도 있었던가요?"

두루마기 여인의 음성은 사뭇 흔들렸다.

급한 용무라고 하면 십중팔구는 돼지대가리와 수표딱지와의 관련이겠지만, 그보단 둘 사이에는 다정스레도 무슨 연락 같은 것이라도 있었던가?

"아니요, 잠깐 집에 들렀더니……."

"집에요."

그녀의 눈은 사뭇 커졌다.

그녀의 표정에는 차차로 무슨 큰 낭패라도 한 듯한 빛이 솟는다.

"몇 시쯤 해서 만났어요?"

두루마기 여인은 재차 물었다.

"집에서 다방으로 나오는 길에 들렀으니까요! 별일 없으면 같이 나오려구!"

말은 쉽게 아무렇지도 않은 듯이 흘러나오지만 그렇게 뇌까리는 윤 여사의 얼굴에도 적잖이 무슨 뉘우침 같은 것이 비친다.

헌데 무엇 때문에 들렀을까?

두루마기 여인의 표정은 점점 더 짙어갈밖에 없다. 더구나 저는 집에서 나오는 길에 들렀다고 하지만 방향이 백팔십도인 것이다.

무엇 때문에 백팔십도를 돌았을까의 해답은 들으나마나고, 백팔십도를 돌아가서 무엇을 말했을까? 아니 그것도 뻔한 얘기가 아니냐? 두루마기 여인은 아무리 생각해 보아도 이미 한 목 잡히고 들어가는 기분이었다. 찾아가서 온갖 여우짓을 다했을 것이다.

사람에게는 감정이라는 것이 있다. 나를 추켜 주고 동정해 주고, 좋은 말만 하는 사람에게는 좋은 감정이 가게 마련이다. 한마디의 좋은 말보다 두 마디 세 마디의 좋은 말이 보다 더 효과적일 것도 뻔한 일이다. 자칫, 보조개 여인의 표는 윤에게로 기울어질 것만 같다. 나도 집에서 나오는 길에 잠깐 들를걸!

그녀의 얼굴은 또 복잡해지기 시작한다. 그녀의 눈동자는 서서히 윤 여사의 손가락 한 마디에 가서 못박힌다.

어제 그제는 반지로 하여 손가락마디가 까맣게 죽어가더니 오늘은 반대로 손가락 끝이 항상 천장으로 향해야 할 만큼 반지 둘레가 너무나 헐겁고 싱겁다. 언젠가의 누구의 얘기가 생각난다.

"윤 말이지? 말 마라, 그년은 보석반지에 미쳤다니까. 남편을 조르다 못해 계를 든 거야! 번번이 잘 맞지도 않는 것을 빌려서 끼고 다닌다니까. 적어도 반지쯤은 옳은 거 하나 있어야 한대나, 순년! 기가아 차서!"

두 여인은 한동안 서로 말이 없었다. 이윽고 보석반지 여인이 또 먼저 건다.

"하여튼 이번 계만은 주인 어른의 병환도 있으시고 하니까 댁에서 타야 해요. 제 마음은 처음이나 지금이나 일반이에요."

그러나 두루마기 여인은 두 귀가 꼭 먹어서 아무 대꾸도 없었다.

그녀는 얼른 머리를 들었다.

허나 벽에 걸린 추상화 한 폭이 그녀를 내려다본다. 우는 듯한, 찡그리는 듯한, 아우성치는 듯한.

노랑저고리의 가오 마담도 어젯날의 그 위치에 그냥 존재한다.

그녀는 미칠 것 같은 그것들을 안 볼 양으로 머리를 바깥으로 돌린다. 그러나 거기에는 우동집과 우동집 앞에 선 전신주가 있다. 동, 서, 남, 북―이렇게 사면이 나를 포위한다. 그녀는 다시 머리를 땅 위로 떨어뜨린다. 탁자 위의 전신주 그림자가 삐딱하니 길게 자빠져 있다. 모두가 움쭉달싹 못하게 나를 사로잡는다. 뇌살한다.

"아아."

가슴 저 속에서 무슨 절박한 소리가 울린다. 그녀를 중심으로 존재하는 모든 것들 앞에서 뇌까려 놓은 그녀 자신의 언어와 더불어. 그러한 언어의 자신을 그녀 자신이 부정하지 못하고, 내동댕이치지 못하고, 망각하지 못하고 항상 머리 속에 넣어 가지고 있는 것은 그것들 때문이라고 해도 좋을 것이다. 아니, 이 모든 것들은 차라리 증언대의 위치에서 그녀에게, 그녀 안에 본래부터 간직되어 있는 것 같은 비비꼬인 숙녀를 수시로 일깨워 주고, 빈정대 주고, 채찍질해 주곤 하는 것이다.

전신주의 그림자가 차차로 위치를 바꾸어 가면서 있다.

"왜들 빨리 좀 못 나올까?"

윤 여사의 음성이 지구의 저 끝에서 오는 것모양 가늘게 메아리진다.

"지딱지딱 얼른 했버리지 않구!"

분명 일종의 짜증에 가까운 소리다.

이윽고 보조개 여인이 보조개스러운 호들갑을 떨면서 들어선다.

"두 분 숙녀님에게 미안! 많이 기다렸지?"

후반의 한마디는 두루마기 여인에게 하는 말이 분명하다. 그러나,

"아니요. 우리도 지금 마악!"

하고 재빨리 접수한 것은 윤 여사의 입이다. 두루마기 네모꼴 여인은 대답에 지각한 자신을 느끼면서 또 한 대 얻어맞은 셈이다.

그리고 윤 여사의 나중의 한마디─지금 마악이라니 새빨간 거짓말일 뿐더러, 조금 전에 짜증부리던 것과는 너무나 대조적이다. 아무리 여우삼신이라곤 하지만 사람이 어떻게 저럴 수가 있을까? 두루마기 네모꼴 여인의 얼굴에는 갑자기 붉은 빛이 확 내솟았다.

"애 지금 마악 온 게 뭐냐? 얼마나 기다렸다구."

일종의 반격이라고 할까?

너와 나와는 동기동창끼리라 무슨 말인들 못하랴 싶은 동시에 한편 보석반지 여인에 대해서는 그녀의 여우 가면을 홀랑 벗겨 놓는 결과를 가져온다. 그 바람에 보석반지 여인은 무안을 견디느라고 잠시 어찌할 바를 몰라서 허둥대다가 살며시 의자에서 일어나 뒷간 쪽으로 꺼진다. 동시에 화장실 쪽으로 가는 보석반지 여인의 뒤를 보조개 여인의 손가락 화살이 따른다. 그리곤 보조개 여인은 두루마기 여인에게 눈을 끔찍해 보인다.

손가락 끝과 끔찍하는 눈이 무엇을 의미하는지는 모르지만, 순간 두루마기 여인의 입이 쑤욱 한쪽으로 몰린다. 더 말할 나위도 없이 그것은 그녀가 속으로 무척 좋으면서 그 좋은 것을 은근히 숨기려고 할 때에 아이들모양 저도 어쩔 수 없이 나타나곤 하는 그 무엇이거니와 그때 또한 사람의 계원이 들어섰다. 몸집이 뚱뚱하고 나이 좀 지긋해 보이는 중년부인─그가 이 계의 오야인 것이다.

그래서 잠시 후 탁자 주위에는 뒷간에서 돌아온 윤 여사까지 합쳐서 네 사람의 계원이 마주 앉았다.

"다들 살림에 바빠서 나오지 못하나 봅네다."

이윽고 오야가 자신의 팔목시계를 보면서 오야스러운 점잖고 묵중한 음성으로 입을 열었다.

"어떻소, 우리끼리 결정을 지어 버리면?"

그러나 오야의 말에 아무도 대답하는 이가 없었다.

그러는 사이에도 탁자 위의 전신주 그림자는 계속 위치를 바꾸어 가면서 있다. 퍽이나 긴 시간이 흘렀다.

"어때요, 내 의견이?"

그러나 세 여인은 계속 묵묵부답이다. 그렇게도 호들갑을 떨던 보조개 여인까지 금세 귀가 꼭 먹은 듯했다.

또 시간이 흘렀다.

두루마기 네모꼴 여인의 머리 속에서는 번호표 계산이 진행되면서 있었다.

계를 탈 후보자는 셋인데, 투표권을 가진 사람은 현재까지 넷이다. 표가 둘로 갈릴 경우, 세 표를 얻어야 과반수선에 이르고, 셋으로 갈리면 두 표만으로도 충분하다.

'그런데 윤은 누구를 적어 넣을까? 오(보조개 여인의 성씨)는 누구를 적어 넣을까? 오야만은 백 퍼센트 나를 찍어대겠지! 워낙 공정하기로 소문난 여인인 데다가 나한테 언젠가 한 얘기도 있고, 또 가끔 남편의 병 위문을 와서 집안 형편을 손수 보고 갔으니까. 그러니까 윤, 오 두 사람 중에서 한 사람만 나에게로 와도 최소한 두 표는 된다. 두 표면 반이 아니냐?'

그녀는 잠시 탁자 위의 전신주 그림자도, 벽 중턱에 걸린 한 폭의 추상화도, 카운터 쪽에 있는 가오 마담의 히히히도 까맣게 동댕이치고, 대신 집에서 기다릴 앙상한 손길과 자신에게로 굴러들어올 돈 표를 계산하기에 자신조차 잊고 있었다. 표정이 시계 초침의 거의 하나하나마다 바뀌어진다.

"아무래도 다들 못 나오나 보우!"

살림에 바쁘다는 얘기리라! 또 거기에는 이미 타먹은 사람이야 나머지는 오직 남을 태워 주는 일 하나뿐인데 무엇이 급하랴 하는 뜻도 포함시키는 것만 같다.

그녀는 말한다.

"우리 네 사람에게 일임하는 셈이지 뭐유? 우리 집으로 가서 하느니 그냥 여기서 정해 버리고 맙시다."

그녀는 치마 속에서 잘 잘라진 종이 한줌을 꺼내더니 세 여인에게 한 장씩 분배하고 자신 앞에도 한 장 내려놓는다.

투표 직전의 아슬아슬한 순간이 쌓인다. 갸름하고 네모진 하얀 모조지!

세 여인의 표정은 모조지 앞에서 차차로 야릇하니 돌아간다.

두루마기 여인의 노르스름한 네모꼴과 보석반지 여인의 부조리한 손가락 한 마디와, 보조개 여인의 서류봉투 같은 것이 가을 햇살 속에서 소근거리고 있다.

"연필도 여기 있다우. 한 자루를 가지고 돌려가면서 적읍시다. 그런데 나는 세 분의 번호가 각각 무언지 잊었다우, 원 정신두!"

윤 여사의 번호는 5, 보조개 여인의 번호는 7, 두루마기 여인의 번호는 9—이상하게도 모두 홀수만 남았다고 누가 덧붙여 설명한다.

"하여튼 우리 계의 제비표는 내가 타먹기 위해서의 그게 아니라 내가 안 타먹기 위해서의 그거니까. 호홋 호홋 호홋!"

윤 여사의 웃음이 징그럽게 흘렀다.

"그럼요, 어느 상것들모양 서로 제가 타먹기 위해서 드재비하다시피 해서야 되겠어요?"

보조개 오 여인도 말했다.

"……."

두루마기 여인만은 이때에도 미처 말하지 못했다. 그녀의 머리 속은 너무나 꽉 차고 어수선하다.

"자, 어서 적어 보시우, 댁에서부터 먼저. 그래두 형식은 갖추는 게 좋을 겁니다. 저쪽으로 돌아앉아서……."

오야의 손끝에 있던 뾰죽한 연필이 보석반지 윤 여사에게로 넘어간다. 초조의 한 순간이 흐른다.

두루마기 여인은 별안간 머리가 아뜩해진다. 차차로 엉뚱한 환각을 일으킨다. 물론 남편의 몸이 성해서, 돈을 잘 벌어서 집안 살림이 여유 있었을 적의 이야기다. 반대로 S라는 이름의 여인은 이제나 그제나 매한가지로 어려웠고.

길가에서 서로 쥐어박으며 싸우는 두 아이를 본 것이다. 그 중의 한 아이가 저와 가장 다정한 S의 아이라니? 더구나 때리는 편도 못 되고 매맞는 편에 속하는 그 아이가 말이다.

그때 두루마기 여인은 공치사가 아니라 어머니의 친구로선 정말 무던하게 했느니라! 피 묻은 셔츠를 벗겨 버리고 그 자리에서 대신 새것으로 사 입히고 밥을 먹이고, 차까지 제 돈을 들여 태워보냈으니 말이다.

두루마기 여인의 눈에는 종이와 연필을 들고 저쪽으로 돌아앉은 보석 반지 윤 여사가 그때의 그 아이의 어머니인 S로 솟아오르는 것이다.

말하자면 이제 아이의 어머니는 돌아와 하얀 모조지 위에 7과 9—둘 중에서 하날 골라 적는 절대 순간에 있는 것이다.

—두루마기 여인아 너 같으면 누굴 적겠느냐?

두루마기 여인은 우선 자신에게 그렇게 물어 보는 것이다. 뻔한 대답이 나오는 것이다. 아니, 같은 값이면 하는 말도 있는 것이다. 그녀는 계속 해서,

'저도 인간이면 과거를 생각하고 현재의 처지를 볼 것이다. 뿐만 아니라 경쟁자인 보조개 오 여인과는 도통 무슨 연고가 있다는 얘기를 들어 온 기억이 없는 것이다.'

속으로 되뇌이는 것이다.

순간 입 언저리에 가느다란 웃음 같은 것이 솟아오르는 것이다. 밝은 전망의 의미가 피어나는 것이다.

그러나 다음 순간, 두루마기 네모꼴 여인은 또 한번 곱짚어 머리가 아 뜩한 것이다. 반지 낀 저 손가락 한 마디! 한 가닥의 꿈에 매달린 가냘픈 자신과 함께 비로소 연필을 가진 윤 여사가 윤 여사대로 환원하는 것이다.

다음은 보조개 여인의 차례로 붓이 넘어가는 것이다.

"어서 저쪽으로 돌아앉아서!"

오야의 음성이 모기소리만큼 느껴진다.

몽롱했던 의식이 조금씩 조금씩 다시 살아난다. 어찌 보니까 종이 위에 연필 끝을 세우는 보조개 오 여인의 한쪽 눈이 찡긋하면서 나에게로 건 너온다. 꼬옥 의미 있는 눈매다. 두루마기 여인은 얼결에 저도 씩 웃어 보였다. 그리곤,

'오야와 보조개 여인과……'

하면서 또 자신에게 모여들 표를 계산해 본다.

반지 때문에 윤 여사를 못 믿을 사람이라고 가정해 놓더라도 그래도

최소한 두 표는 나한테로 온다. 두 표면 곗돈은 다른 데로 새나가지 않는다. 그리고 인간에게는 의리와 양심이라는 게 있다. 나는 보조개 오 여사에게 해 줘야지! 2, X, X의 비율이 나온다.

두루마기 네모꼴 여인은 또 보석반지 윤 여사가 오 여인에게 적어 넣을 경우의 표수와 비율도 계산해 본다. 만사는 다각도로 해볼 일이다. 그렇게 되면 내가 던진 표까지 합쳐서 오 여인의 표가 두 표, 나와 동점이 된다. 동점인 경우에는 오가 나한테 양보한다. 그리고 나는 오에게 양보하고.

한참 동안 옥신각신 입씨름이 벌어진다. 결국에 가서는 오야가 정하게 된다. 오야는 전례에 따라서 그 언젠가처럼 또 나이 차례를 들먹일 것이다. 나이는 내가 오보다 하나가 위다. 세상이 다 아는 일이다. 말하자면 아는 숙녀를 조금도 깨뜨리는 일 없이 돈보따리를 차지한다.

집에 돌아오는 대로 남편 앞에 내려놓는다. 남편은 좋아서 어쩔 줄을 모를 것이다. 그리고 다음날 아침 남편은 새옷으로 말끔히 갈아입고 먼 남쪽을 향하여 웃으면서 떠난다.

두루마기 여인은 정양지로 떠나는 남편에게 손을 흔드는 자신의 모습까지 그려내곤 또 한번 입가에 행복의 미소를 띠어 본다. 그러나,

"어머나!"

하면서 갑자기 뒤에서 누가 소리친다. 박 여인과 고 여인과!

두 사람의 다른 계원이 들어선다.

두루마기 여인은 괜히 가슴이 철렁한다. 정말 괜히!

"벌써 시작했네!"

박 여인의 말이다.

"벌써가 뭐야? 지금이 몇 신줄이나 알어."

톡 쏘아붙인 것은 윤 여사의 음성이다.

"기다리다 못해서 시작했다우!"

이것은 오야의 얘기고.

"우린 아주 잊어 먹은 줄로 알았지!"

보조개의 여인도 말했다. 헌데 그녀의 음성에는 어쩐지 뼈가 들어 있었다.

"잊어 먹긴?"

고 여인이 말하자,

"내가 안 탈 바에야 누가 타먹거나 말거나가 아냐!"

두 번째로 톡 쏜 것도 역시 보석반지의 윤 여사다. 그러나 그녀의 톡 쏘는 언어의 감정 속에는 적의보다는 도리어 친근미 같은 것이 흐른다. 그것이 두루마기 여인의 가슴을 적이 흔들어 놓는다.

아닌게아니라 아까 오야가 시간이 늦었다고 투표를 서두를 적에 어딘가 마음 내키지 않는 듯한 표정을 지었던 것도 그녀다.

"그건 모두 농담들이고, 어서 자리에 앉아서 세 사람 가운데 가장 적당하다고 생각되는 이에게 번호를 적어 넣어요."

이윽고 오야가 또 말했다.

그러나 두루마기 여인만은 어찌어찌 하다가 이번에도 끝끝내 대화에서 삐어져 버린다. 무엇보다도 입이 떨어지지 않는 것을!

아무리 생각해 보아도 윤 여사와 새로 나타난 두 여인과의 사이에는 무슨 사전 묵계(默契) 같은 것이 있는 것만 같다. 또 봐하니 평상시에도 셋은 언제나 패를 짜서 같이 붙어다니곤 하지 않았더냐? 두 여인이 똑같이 나란히 들어선 데도 무슨 이유가 있을 법한 것이다.

여지껏 무덤같이 움직이지 않던 표정이 두 여인이 들어서자 갑자기 환하게 피어오르기 시작한 것도 윤이다. 새로 들어선 두 여인에게 대해서 다른 사람이 인사삼아 한마디쯤 하면 두 마디 세 마디 연거푸 찧고 까불고 한 것도 그녀다.

뿐만 아니라 박 여인과 고 여인이 쑥 들어서자 얼른 보조개 오 여인이 곁눈으로 윤을 찍어대면서 두루마기 네모꼴 여인에게 아랫입술을 쑤욱 내밀어 보이는 것은 또 무엇일까?

두루마기 여인의 가슴은 휘딱 바뀌어 어둡고 무겁게 뛰기 시작했다. 그녀는 또 자신한테 들어올 표수와 윤에게로 넘어갈 표를 계산하기 시작했다. 아무리 생각해 보아도 결국은 윤 여사와 나와의 싸움이 될 것 같다. 아무리 생각해 보아도 전망이 밝질 못하다.

마침내 연필은 두루마기 여인에게로 넘어온다. 두루마기 여인은 연필과 모조지를 가지고 의자에서 돌아앉았다.

 무르팍 위에 반들반들한 핸드백을 얹고 핸드백 위에 종이를 놓고 연필 끝을 세웠다. 연필 끝이 발발 떤다.

 연필 끝에서 5, 7, 9─세 글자가 눈이 말똥말똥해서 올려다본다. 셋 중에서 하날 골라내야 한다. 9가 자신이니까 5와 7이 남는다. 둘 중에서 어느 것을 적어 넣나? 뻔한 해답이다. 7이 보조개 오 여인이니까 7을 적어 넣어야지! 이미 속으로 작정해 놓은 자신을 기억하고 있다. 그러나 이상한 일이다.

 5와 7, 5와 7 하면서 그녀는 다시 망설이기 시작한다.

 5를 적어 넣으면 3, x, x거나, 4, x, x의 비율이 되기 쉽다. 잘 되어야 차점 정도에서 떨어진다. 반대로 7을 적어 넣으면 윤도 똑같이 보조개 여인을 적어 넣는다고 가정하고, 2, 2, 2로 세 사람이 동점이 되기 쉽다. 동점이면 오야가 정한다. 못 이기는 척 내가 받아 넣는 결과가 생긴다. 그러니까 최소한 동점만 돼도 좋겠는데.

 혹은 박 여인과 고 여인 둘 중에서 어찌어찌 하다가 최소한 한 사람은 나한테 준다고 요행을 붙여 보기도 한다. 그렇게 되면 오야와 보조개 여인과 그녀와 이렇게 3, x, x의 비율이 된다. 허나 그것은 얼마나 어리석고 터무니없는 가정이냐?

 세상 일은 몰라서 혹은 박 여인과 고 여인의 두 표가 몽땅 보조개 오 여인에게로 몰린다고 하자! 아니 그 중에서 한 표만이라도 간다고 하자! 돈보따리는 오 여인의 차지가 될 수도 있느니라. 그녀는 또 머리를 젓는다. 어떻게든지 계는 내가 타야 한다.

 아니 보조개 오 여인에 대한 염려는 일종의 신경과민이고, 오야의 표가 부동표인 것처럼 윤에게로 몰릴 박과 고의 그것도 부동적인 것이라고 하면 싸움은 결국 나와 윤의 싸움일밖에 없다. 그런데 윤의 부동표가 두 개인데 대해서 나의 그것은 하나다. 윤에 대해서 내가 약하다. 여기에 보조개 오 여인의 그것까지가 부동적인 것이라고 하면 꼭 2 대 2 동점이 되는데.

 아니 오 여인의 그것도 의심할 여지가 없지 않으냐? 동기동창에다가 현재까지의 모든 점으로 보아서 그렇지 않으냐?

그렇다고 하면 2 대 2의 이 싸움은 어찌 되느냐? 여우야 너는 아느냐? 모르느냐?

아니 여우가 모를 리 없다. 여우이기 때문에 더더구나다. 무슨 계책이 없을 리 없다.

아니 그렇다고 하면 장차 어찌 되느냐?

그녀의 붓끝에서는 다시 5와 7이 뱅글뱅글 돌아간다. 거기에 껴묻어서 쓸데없이 자신의 9도 나타났다 꺼졌다 한다. 남편의 앙상한 손길도 괜히 어른어른한다. 그러나 저기 카운터의 노랑저고리와 벽에 걸린 한 폭의 추상화와 우동집 앞에 선 전신주의 그림자가 현존한다. 그녀는 괜히 일종의 현기증 같은 것을 또 일으킨다.

허나 동시에 두루마기 네모꼴 여인의 눈동자 한쪽 모서리에는 걸깃 들어오는 것이 있다. 보석반지 여인의 손가락 한 마디!

오늘은 반대로 너무나 헐거워서 자칫 흘러내리기 쉬울 정도지만 어저께만 하더라도……. 안 맞는 반지를 얼마나 침을 발라 쑤셔넣었으면 저렇게 새까마니 그저 죽은 대로 남았을까? 이렇게 되면 윤 여사의 처지에서 보더라도 결코 문제는 간단하지 않다. 손가락 한 마디를 아주 포기하느냐, 아니면 숙녀를 보류해 두느냐?

두루마기 여인의 가슴에는 슬며시 오는 것이 있다. 뿐만 아니라 거의 동시에 윤 여사와 박 여인과 고 여인과 이렇게 셋이 한데 붙어 한창 소근소근하던 귓속말 중에서 한 마디가 두루마기 여인의 고막에 온다.

"까짓 문제없어!"

누구의 입에서 떨어졌는지 그런 건 문제가 아니다. 셋은 셋이면서 하나이기 때문이다.

두루마기 여인은 갑자기 얼굴이 화끈해지면서 전신의 피가 거꾸로 치솟는다고 생각했다.

질투, 분노, 경쟁심 등등!

그녀의 가슴은 와락 뛰었다.

5, 7, 9가 다시 나타난다. 붓끝에서 저희끼리 싸운다. 서로가 서로를 잡

아먹는다.

그녀는 가까스로 다시 연필 끝을 세웠다. 붓끝에서 5, 7, 9가 맹렬히 싸운다. 5가 먹힌다. 7도 꺼진다. 5와 7과 9를 합한 것만큼한 크기의 9가 혼자 남는다.

그녀는 연필을 내려놓는다.

그녀는 눈을 떴다. 제가 저를 뭉개 버린 제가 떠오른다. 숙녀가 숙녀를! 곧 박 여인 고 여인도 적어 넣는다.

개표가 시작된다.

두루마기 여인은 바깥을 바라보았다.

우동집 앞에 선 전신주 한 그루가 어제처럼 있다. 노랑저고리의 애기와 더불어 전신주 밑둥을 이마로 들이박은 신사의 모습이 선연해 온다.

"5!"

오야의 음성이 머리 위에서 내려온다.

두루마기 여인은 가슴이 철렁한다.

"혹 잘못 봤을지도 모르니 재확인들 하시우!"

역시 오야의 음성이거니와, 다음은,

"9!"

두루마기 여인의 가슴은 9는 9대로 또 철렁한다.

"또 5!"

이번에는 머리가 아찔하다.

"9!"

"2 대 2, 동점이다."

누군가가 곁에서 소리친다.

"야아, 재미난다. 시소껨이다!"

또 누군가도 소리친다.

"5!"

두루마기 여인은 저도 모르는 결에 의자 위에서 펄쩍 솟아오른다.

"최후의 한 표가 남았다."

박 여인의 음성이 멀리서 들려온다.

'9!'

허나 이것은 두루마기 여인 자신의 속에서 나온 소리다. 오야, 보조개 여인, 그리고 제가 저를 적어 넣은 것을 기억하고 있기 때문이다. 실제는 오야의 입으로부터,

"7!"

하면서 보조개 여인이 내려오는 것을. 두루마기 여인은 자신의 귀를 의심했다. 얼른 머리를 오야에게로 돌렸다. 그러나 뒤를 이어 오야는,

"3, 2, 1의 비율입니다."

집계, 검표 결과를 재확인한다.

윤 여사가 3으로 최고점이고, 자신이 2로 차점, 보조개 여인이 1로 셋째라고 선언한다.

일행은 자리에서 일어났다.

다방 손님들의 뭇 시선과 더불어,

"안녕히 가세요."

"또 오세요."

등등의 노랑저고리의 음성이 이만치까지 따라나온다.

두루마기 여인은 맨 뒤에서 계단을 내려왔다. 계단이 혼들혼들 무너질 것만 같았다.

길가에 나왔다.

윤 여사의 일행이 히히덕거리면서 저만치 앞을 서서 가고 있었다. 걸어가면서 연해 손짓하는 품이 택시를 부르는 눈치였다. 돈뭉치가 생긴 것이다.

두루마기 여인은 또 걸음을 멈추었다. 두어 걸음 전방이 잘 보이지 않았다. 이윽고 그녀는 다시 걷기 시작했다. 그러나 그녀는 또 길복판에 우두커니 서야 했다. 아무리 생각해 봐도 일이 좀 이상스럽게 돼버린 것만 같다.

윤 여인이 뽑힌 것은 뽑히게 되었으니까 뽑힌 것뿐이다. 또 이번에 못

타면 내달에 탈 수도 있는 일이라고 하자! 내달에 탈 것을 미리 예정하고 빚이라도 얻으면 남편의 병은 병대로 치료할 수 있는 문제라고 하자.

오야와 보조개 여인과 자신과—사람은 셋인데 표는 둘만 나온 것이다. 내가 나를 의심할 수는 없는 일이다. 오야를 의심한다면 이것은 부모를 의심하는 이상으로 벼락을 맞는다. 그렇다고 하면 다음의 문제는 무엇인가?

두루마기 여인은 사지가 부들부들 떨렸다. 보조개 여인의 배신이 밉다. 헌데 한술 더 떠서 이건 또 무슨 꼴인가? 가까스로 골목을 나와 전차 정류장께로 오는데,

"야아!"

하고 부르면서 뛰어오는 여인이 있다. 바로 보조개 그녀다. 두루마기 여인의 눈에는 별안간 칼이 솟았다. 허나,

"글쎄 윤이라는 여우년은 제가 저를 써넣었다는구나! 누가 살짝 귀띔해 줬어!"

보조개 여인은 눈초리 하나 움직이지 않고 말한다. 다음의 얘기는 잘 들리지도 않았거니와 그녀는 계속 중얼대는 것이다.

얘긴즉 박과 고와 윤과 이렇게 셋이 사전에 짰다는 것이다. 더구나 그 묵계 속에는 보석반지 문제가 개재되어 있다고. 말하자면 보석반지 한 개를 팔자는 사람과 계를 타서 그것을 사자는 사람과 중간에서 구문을 먹고 흥정을 붙이는 사람과!

"박이라는 그년이 윤에게 팔아먹는다는구나! 그러니까 셋이 짤 만도 돼 있지 않아? 팔려서 좋고 사서 좋고, 구문이 생겨서 좋고…… 이렇게 되면 숙녀계니 뭐니 하는 것도 끝장야. 전 상년들 같으니라고! 쯧쯧, 우린 그것두 모르고 바보처럼 고지식하게……."

그녀의 얘기는 입술에 침 한 방울 바르지 않고도 술술 잘도 나온다. 두루마기 여인의 얼굴에는 다시 피가 모인다. 이 여우 같은 년아 하는 소리가 금세 목구멍에서 터져나오려고 한다. 그녀는 두 주먹을 부서져라 하고 쥔다. 그러나 그녀의 주먹은 별수없이 도로 풀리고 만다. 보조개 오 여인의 비숙녀를 책하기에 앞서 그녀는 그녀 자신을 먼저 책해야 할

것을 안다.

"기가아 차서! 글쎄 나는 너를 써넣고 너는 나를 적어 넣었구나, 그렇지, 응?"

두루마기 여인은 또 힘없이 머리를 끄덕인다.

"다시는 그런 상년들하고 상종을 하지 말아야지!"

보조개 여인은 줄을 달아 지껄였다. 전차가 왔다.

"난 이걸 타구 갈래!"

두루마기 여인의 음성은 처절했다.

"나두 그쪽으로 좀 갈 일이 있어서."

둘은 또 같은 차에 오른다.

나란히 이 인용(二人用) 같은 의자에 앉는다. 일이 점점 더 고약스럽게 돌아가고 있었다.

차가 움직인다.

두루마기 여인은 눈을 감는다.

까닭 모를 슬픔이 차차로 전신에 퍼졌다. 보조개 여인의 서류 봉투와 두루마기 여인의 네모꼴이 넘어가는 사양 속에서 붉게 물들었다. 🔲

서울, 1964년 겨울

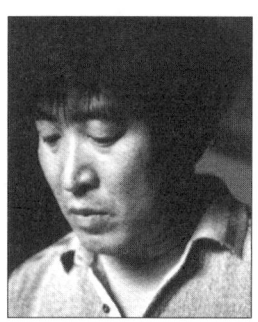

김승옥(金承鈺)

1941년 일본 오사카에서 태어나 서울대 문리대 불문과를 졸업했다. 1962년 한국일보 신춘문예에 「생명연습」이 낭선되어 등단했다. 1966년에 「서울, 1964년 겨울」로 동인문학상을, 1977년엔「서울의 달빛 0장」으로 이상문학상을 수상했다. 소설집으로는 『서울, 1964년 겨울』『김승옥 소설집』『무진기행』『환상수첩』 등이 있으며, 수필집으로『싫을 때는 싫다고 하라』 등이 있다.

■수상결정서

독립문화상 기금관리 위원회는 1965년도 동문학부문상인 동인문학상 수상자의 선정을 위하여 김성한(金聲翰), 선우휘(鮮于煇), 안수길(安壽吉), 여석기(呂石基), 황순원(黃順元) 선생을 심사위원으로 위촉하였던 바, 이 심사위원회는 수차에 걸친 심의 끝에 김승옥 씨 작 「서울, 1964년 겨울」을 추천하였기에 이를 인준하는 바이다. 그 추천 내용은 다음과 같다.

김승옥 씨는 금년 24세의 연소 작가다. 씨는 1962년도 한국일보사의 신춘문예에 단편소설 「생명연습(生命演習)」이 당선된 이래 3~4년 간의 짧은 시일 내에 「무진기행(霧津紀行)」, 「역사(力士)」, 「환상수첩(幻想手帖)」, 「시골처녀」 등등 주목할 작품을 연거퍼 발표하여 문단으로 하여금 경이의 눈을 뜨게 만들었다.

씨의 작품은 우리 말의 음영을 잘 살리고 빛나는 기지와 조심스럽고 능란한 화술을 적절히 구사하여 우리 문장이 가질 수 있는 유연하고 휘연한 분위기의 산문체를 이룩하면서 그 문체 속에 우리 나라의 현실을 기반으로 하는 사회악을 고발하고 일반적으로 현대의 부조리를 파헤쳐 승화된 차원의 정신 세계로의 지표를 암시하고 있는 것이다. 무릇 문학이 예술인 이상 내용과 형식이 조화를 이루는 곳에서 비로소 그 기능을 다한다 하겠거늘 자칫 그 하나에 치중하게 되는 작가들이 범하기 쉬운 폐단이 있었는데, 김씨는 이 약점을 극복하고 있다는 점에서 무엇보다 본 심사위원의 관심을 끌었다.

대상작 「서울, 1964년 겨울」은 전술한 바 이 작가의 작품 세계의 특색을 십분 나타내고 있을 뿐 아니라 금년도에 함께 대상에 오른 타작가의 후보작에 비겨서도 출중한 작품이었다. 그러나 본 심사위원회는 엄정을 기하기 위하여 씨의 종래의 작품, 가령 작년도의 「무진기행」과 비교해 신랄하게 검토 논란하고 지금까지의 본상 수상작의 수준과 견주어 평가도 해가면서 신중에 신중을 거듭한 끝에 마치내 우리 문학 영토에 새 깃발을 세우고 패기를 저력에 감싸 밀고 나가는 이 연소 작가의 작품 「서울, 1964년 겨울」을 1965년도 동인문학상 수상작으로 추천할 것을 만장일치로 결정지었다.

독립문화상 기금관리 위원회는 본상 심사위원회의 이상과 같은 수상작 추천을 검토한 뒤 이에 적극적인 찬의를 표하고 인준하여 김승옥 씨를 금년도 수상자로 결정 발표한다.

─독립문화상 기금관리 위원회(獨立文化賞基金管理委員會)

서울, 1964년 겨울

1964년 겨울을 서울에서 지냈던 사람이라면 누구나 알고 있겠지만, 밤이 되면 거리에 나타나는 선술집—오뎅과 군참새와 세 가지 종류의 술 등을 팔고 있고, 얼어붙은 거리를 휩쓸며 부는 차가운 바람이 펄럭거리게 하는 포장을 들추고 안으로 들어서게 되어 있고, 그 안에 들어서면 카바이드 불의 길쭉한 불꽃이 바람에 흔들리고 있고, 엄색한 군용(軍用) 잠바를 입고 있는 중년 사내가 술을 따르고 안주를 구워 주고 있는 그러한 선술집에서, 그날 밤, 우리 세 사람은 우연히 만났다.

우리 세 사람이란 나와 돗수 높은 안경을 쓴 안(安)이라는 대학원 학생과 정체는 알 수 없지만 요컨대 가난뱅이라는 것만은 분명하여 그의 정체를 꼭 알고 싶다는 생각은 조금도 나지 않는 서른대여섯 살짜리 사내를 말한다.

먼저 말을 주고받게 된 것은 나와 대학원생이었는데, 뭐 그렇고 그런 자기 소개가 끝났을 때는 나는 그가 안씨라는 성을 가진 스물다섯 살짜리 대한민국 청년, 대학 구경을 해보지 못한 나로서는 상상이 되지 않는 전공(專攻)을 가진 대학원생, 부잣집 장남이라는 걸 알았고, 그는 내가 스물다섯 살짜리 시골 출신, 고등학교는 나오고 육군사관학교를 지원했다가 실패하고 나서 군대 갔다가 임질에 한 번 걸려 본 적이 있고, 지금은 구청 병사계(兵事係)에서 일하고 있다는 것을 아마 알았을 것이다.

자기 소개들은 끝났지만 그러고 나서는 서로 할 얘기가 없었다. 잠시 동안은 조용히 술만 마셨는데 나는 새까맣게 구워진 군참새를 집을 때 할 말이 생겼기 때문에 마음속으로 군참새에게 감사하고 나서 얘기를 시작했다.

"안형, 파리를 사랑하십니까?"

"아니요, 아직까진……."

그가 말했다.

"김형은 파리를 사랑하세요?"

"예."라고 나는 대답했다. "날을 수 있으니까요. 아닙니다, 날을 수 있는 것으로서 동시에 내 손에 붙잡힐 수 있는 것이니까요. 날을 수 있는 것으로써 손 안에 잡아 본 적이 있으세요?"

"가만 계셔 보세요." 그는 안경 속에서 나를 멀거니 바라보며 잠시 동안 표정을 꼼지락거리고 있었다. 그리고 말했다.

"없어요, 나도 파리밖에는……."

낮엔 이상스럽게도 날씨가 따뜻했기 때문에 길은 얼음이 녹아서 흙물로 가득했었는데 밤이 되면서부터 다시 기온이 내려가고 흙물은 우리의 발 밑에서 다시 얼어붙기 시작했다. 소가죽으로 지어진 내 검정구두는 얼고 있는 땅바닥에서 올라오고 있는 찬기운을 충분히 막아내지 못하고 있었다. 사실 이런 술집이란, 집으로 돌아가는 길에 잠깐 한잔 하고 싶은 생각이 든 사람이나 들어올 데지, 마시면서 곁에 선 사람과 무슨 얘기를 주고받을 만한 데는 되지 못하는 곳이다. 그런 생각이 문득 들었지만 그 안경잽이가 때마침 나에게 기특한 질문을 했기 때문에 나는 '이놈 그럴 듯하다'고 생각되어 추위 때문에 저려 드는 내 발바닥에게 조금만 참으라고 부탁했다.

"김형, 꿈틀거리는 것을 사랑하십니까?"

하고 그가 내게 물었던 것이다.

"사랑하구 말구요." 나는 갑자기 의기양양해져서 대답했다. 추억이란 그것이 슬픈 것이든지 기쁜 것이든지 그것을 생각하는 사람을 의기양양하게 한다. 슬픈 추억일 때는 고즈넉이 의기양양해지고 기쁜 추억일 때는 소란스럽게 의기양양해진다.

"사관학교 시험에서 미역국을 먹고 나서도 얼마 동안, 나는 나처럼 대학입시 시험에 실패한 친구 하나와 미아리에서 하숙하고 있었습니다. 서울엔 그때가 처음이었죠. 장교가 된다는 꿈이 깨어져서 나는 퍽 실의(失意)에 빠져 있었습니다. 그때 영영 실의해 버린 느낌입니다. 아시겠지만 꿈이 크면 클수록 실패가 주는 절망감도 대단한 힘을 발휘하더군요. 그 무렵 재미를 붙인 게 아침의 만원된 버스칸이었습니다. 함께 있는 친구와 나는 하숙집의 아침 밥상을 밀어 놓기가 바쁘게 미아리 고개 위에 있는 버스 정류장으로 달려갑니다. 개처럼 숨을 헐떡거리면서 말입니다. 시골에서 처음으로 서울에 올라온 청년들의 눈에 가장 부럽고 신기하게 비추이는 게 무언지 아십니까? 부러운 건 뭐니뭐니 해도 밤이 되면 빌딩들의 창에 켜지는 불빛 아니, 그 불빛 속에서 이리저리 움직이고 있는 사람들이고, 신기한 건 버스칸 속에서 일 센티미터도 안되는 간격을 두고 자기 곁에 예쁜 아가씨가 서 있다는 사실입니다. 때로는 아가씨들과 팔목의 살을 대고 있기도 하고 허벅다리를 비비고 서 있어서 그것 때문에 나는 하루 종일을 시내 버스를 이것저것 갈아타면서 보낸 석도 있습니다. 물론 그날 밤엔 너무 피로해서 토했습니다만……."

"잠깐, 무슨 얘기를 하시자는 겁니까?"

"꿈틀거리는 것을 사랑한다는 얘기를 하려던 참이었습니다. 들어 보세요. 그 친구와 나는 출근 시간의 만원 버스 속을 쓰리꾼들처럼 안으로 비집고 들어갑니다. 그리고 자리를 잡고 앉아 있는 젊은 여자 앞에 섭니다. 나는 한 손으로 손잡이를 잡고 나서 달려오느라고 좀 멍해진 머리를, 올리고 있는 손에 기댑니다. 그리고 내 앞에 앉아 있는 여자의 아랫배 쪽으로 천천히 시선을 보냅니다. 그러면 처음엔 얼른 눈에 뜨이지 않지만 시간이 조금 가고 내 시선이 투명해지면서부터는 나는 그 여자의 아랫배가 조용히 오르내리는 것을 볼 수 있습니다……."

"오르내린다는 건…… 호흡 때문에 그러는 것이겠죠?"

"물론입니다. 시체의 아랫배는 꿈적도 하지 않으니까요. 하여튼……
나는 그 아침의 만원 버스칸 속에서 보는 젊은 여자 아랫배의 조용한
움직임을 보고 있으면 왜 그렇게 마음이 편안해지고 맑아지는지 모르겠
습니다. 나는 그 움직임을 지독하게 사랑합니다."

"퍽 음탕한 얘기군요."라고 안은 기묘한 음성으로 말했다. 나는 화가
났다. 그 얘기는, 내가 만일 라디오의 박사게임 같은 데에 나가게 돼서
'세상에서 가장 신선한 것은?'이라는 질문을 받게 되었을 때, 남들은 상
추니, 오월의 새벽이니, 천사의 이마니 하고 대답하겠지만 나는 그 움직
임이 가장 신선한 것이라고 대답하려니 하고 일부러 기억해 두었던 것
이었다.

"아니, 음탕한 얘기가 아닙니다."

나는 강경한 태도로 말했다.

"그 얘기는 정말입니다."

"음탕하지 않다는 것과 정말이라는 것과 사이엔 어떤 관계가 있죠?"

"모르겠습니다. 관계 같은 것은 난 모릅니다. 요컨대……."

"그렇지만 그 동작은 '오르내린다'는 것이지 꿈틀거린다는 것은 아니군
요. 김형은 아직 꿈틀거리는 것을 사랑하지 않으시구먼."

우리는 다시 침묵 속으로 떨어져서 술잔만 만지작거리고 있었다. 개새
끼, 그게 꿈틀거리는 게 아니라고 해도 괜찮다, 하고 나는 생각하고 있었
다. 그런데 잠시 후에 그가 말했다.

"난 방금 생각해 봤는데 김형의 그 오르내림도 역시 꿈틀거림의 일종
이라는 결론을 얻었습니다."

"그렇죠?" 나는 즐거워졌다. "그것은 틀림없이 꿈틀거립니다. 난 여자
의 아랫배를 가장 사랑합니다. 안형은 어떤 꿈틀거림을 사랑합니까?"

"어떤 꿈틀거림이 아닙니다. 그냥 꿈틀거리는 거죠. 그냥 말입니다. 예
를 들면…… 데모도……."

"데모가? 데모를? 그러니까 데모……"

"서울은 모든 욕망의 집결지입니다. 아시겠습니까?"

"모르겠습니다."라고 나는 할 수 있는 한 깨끗한 음성을 지어서 대답했다.

그때 우리의 대화는 또 끊어졌다. 이번엔 침묵이 오래 계속되었다. 나는 술잔을 입으로 가져갔다. 내가 잔을 비우고 났을 때 그도 잔을 입에 대고 눈을 감고 마시고 있는 게 보였다. 나는 이젠 자리를 떠나야 할 때가 되었다고 다소 서글픈 기분으로 생각했다. 결국 그렇고 그렇다. 또 한 번 확인된 것에 지나지 않다고 생각하면서 '자, 그럼 다음에 또……'라고 말할까 '재미 있었습니다'라고 말할까, 궁리하고 있는데 술잔을 비운 안이 갑자기 한 손으로 내 한쪽 손을 살그머니 잡으면서 말했다.

"우리가 거짓말을 하고 있었다고 생각하지 않으십니까?"

"아니요." 나는 좀 귀찮은 생각이 들었다. "안형은 거짓말을 했는지 모르지만 내가 한 얘기는 정말이었습니다."

"난 우리가 거짓말을 하고 있었던 것 같은 느낌이 듭니다." 그는 붉어진 눈두덩이를 안경 속에서 두어 번 꿈벅거리고 나서 말했다. "난 우리 또래의 친구를 새로 알게 되면 꼭 꿈틀거림에 대한 얘기를 하고 싶어집니다. 그래서 얘기를 합니다. 그렇지만 얘기는 오 분도 안돼서 끝나 버립니다."

나는 그가 무슨 얘기를 하고 있는지 알 듯하기도 했고 모를 것 같기도 했다.

"우리 다른 얘기합시다." 하고 그가 다시 말했다.

나는 심각한 얘기를 좋아하는 이 친구를 골려 주기 위해서 그리고 한편으로는 자기의 음성을 자기가 들을 수 있는 취한 사람의 특권을 맛보고 싶어서 얘기를 시작했다.

"평화시장 앞에 줄지어 선 가로등들 중에서 동쪽으로부터 여덟 번째 등은 불이 켜 있지 않습니다……."

나는 그가 좀 어리둥절해 하는 것을 보자 더욱 신이 나서 얘기를 계속했다.

"……그리고 화신백화점 육 층의 창들 중에서는 그 중 세 개에서만 불빛이 나오고 있었습니다……."

그러자 이번엔 내가 어리둥절해질 사태가 벌어졌다. 안의 얼굴에 놀라운 기쁨이 빛나기 시작했기 때문이다.

그가 빠른 말씨로 얘기하기 시작했다.

"서대문 버스 정거장에는 사람이 서른두 명 있는데 그 중 여자가 열일곱 명이 있고, 어린애는 다섯 명 젊은이는 스물한 명 노인이 여섯 명입니다."

"그건 언제 일이지요?"

"오늘 저녁 일곱 시 십오 분 현재입니다."

"아." 하고 나는 잠깐 절망적인 기분이었다가 그 반작용인 듯 굉장히 기분이 좋아져서 털어놓기 시작했다.

"단성사 옆 골목의 첫 번째 쓰레기통에는 초콜릿 포장지가 두 장 있습니다."

"그건 언제?"

"지난 십사 일 저녁 아홉 시 현재입니다."

"적십자 병원 정문 앞에 있는 호도나무의 가지 하나는 부러져 있습니다."

"을지로 3가에 있는 간판 없는 한 술집에는 미자라는 이름을 가진 색시가 다섯 명 있는데 그 집에 들어온 순서대로 큰 미자, 둘째 미자, 셋째 미자, 넷째 미자, 막내 미자라고들 합니다."

"아참, 그렇군요. 난 미처 그걸 생각하지 못했는데. 난 그 중에서 큰 미자와 하루 저녁 같이 잤는데 그 여자는 다음날 아침 일수(日收)로 물건을 파는 여자가 왔을 때 내게 빤쯔 하나를 사주었습니다. 그런데 그 여자가 저금통으로 사용하고 있는 한 되들이 빈 술병에는 돈이 백십 원 들어 있었습니다."

"그건 얘기가 됩니다. 그 사실은 완전히 김형의 소유입니다."

우리의 말투는 점점 서로를 존중해 가고 있었다. "나는……." 하고 우리는 동시에 말을 시작하기도 했다. 그럴 때는 번갈아서 서로 양보했다. "나는……." 이번에는 그가 말할 차례였다.

"서대문 근처에서 서울역 쪽으로 가는 전차의 도로리가 내 시야 속에서 꼭 다섯 번 파란 불꽃을 튀기는 것을 보았습니다. 그건 오늘 밤 일곱 시 이십오 분에 거길 지나가는 전차였습니다."

"안형은 오늘 저녁엔 서대문 근처에 살고 있었군요."

"예, 서대문 근처에서만⋯⋯."

"난 종로 2가 쪽입니다. 영보빌딩 안에 있는 변소 문의 손잡이 조금 밑에는 약 2센티미터 가량의 손톱 자국이 있습니다."

"하하하⋯⋯." 하고 그는 소리내어 웃었다.

"그건 김형이 만들어 놓은 자국이겠지요?"

나는 무안했지만 고개를 끄덕이지 않을 수 없었다. 그건 사실이었다.

"어떻게 아세요?" 하고 나는 그에게 물었다.

"나도 그런 경험이 있으니까요." 그가 대답했다. "그렇지만 별로 기분 좋은 기억이 못 되더군요. 역시 우리는 그냥 바라보고 발견하고 비밀히 간직해 두는 편이 좋겠지요. 그런 짓을 하고 나서는 뒷맛이 좋지 않더군요."

"난 그런 짓을 많이 했습니다만 오히려 기분이 좋았⋯⋯." 좋았다고 말하려고 했는데, 갑자기 내가 했던 모든 그것에 대한 혐오감이 치밀어서 나는 말을 그치고 그의 의견에 동의하는 고갯짓을 해버렸다.

그러자 그때 나는 이상스럽다는 생각이 들었다. 내가 약 삼십 분 전에 들은 말이 틀림없다면 지금 내 옆에서 안경을 번쩍이고 앉아 있는 친구는 틀림없는 부잣집 아들이고 높은 공부를 한 청년이다. 그런데 왜 그가 이래야만 되는가?

"안형이 부잣집 아들이라는 것은 사실이겠지요? 그리구 대학원생이라는 것도⋯⋯." 내가 물었다.

"부동산만 해도 대략 삼천만 원쯤 되면 부자가 아닐까요? 물론 내 아버지의 재산이지만 말입니다. 그리고 대학원생이라는 건 여기 학생증이 있으니까⋯⋯."

그러면서 그는 호주머니를 뒤적거려서 지갑을 꺼냈다.

"학생증까진 필요 없습니다. 실은 좀 의심스러운 게 있어서요. 안형 같은 사람이 추운 밤에 싸구려 선술집에 앉아서 나 같은 친구나 간직할 만한 일에 대해서 얘기하고 있다는 것이 이상스럽다는 생각이 방금 들었습니다."

"그건⋯⋯ 그건⋯⋯." 그는 좀 열띤 음성으로 말했다.

"그건…… 그렇지만 먼저 물어 보고 싶은 게 있는데요. 김형이 추운 밤에 밤거리를 쏘다니는 이유는 무엇입니까?"

"습관은 아닙니다. 나 같은 가난뱅이는 호주머니에 돈이 좀 생겨야 밤거리에 나올 수 있으니까요."

"글쎄, 밤거리에 나오는 이유는 뭡니까?"

"하숙방에 들어앉아서 벽이나 쳐다보고 있는 것보다는 나으니까요."

"밤거리에 나오면 뭔가 좀 풍부해지는 느낌이 들지 않습니까?"

"뭐가요?"

"그 뭔가가. 그러니까 생(生)이라고 해도 좋겠지요. 난 김형이 왜 그런 질문을 하는지 그 이유를 조금은 알 것 같습니다. 내 대답은 이렇습니다. 밤이 됩니다. 난 집에서 거리로 나옵니다. 난 모든 것에서 해방된 것을 느낍니다. 아니, 실제로는 그렇지 않을지 모르지만, 그렇게 느낀다는 말입니다. 김형은 그렇게 안 느낍니까?"

"글쎄요."

"나는 사물의 틈에 끼어서가 아니라 사물을 멀리 두고 바라보게 됩니다. 안 그렇습니까?"

"글쎄요, 좀……."

"아니, 어렵다고 말하지 마세요. 이를테면 낮엔 그저 스쳐지나가던 모든 것이 밤이 되면 내 시선 앞에서 자기들의 벌거벗은 몸을 송두리째 드러내 놓고 쩔쩔맨단 말입니다. 그런게 그게 의미가 없는 일일까요? 그런 사물을 바라보며 즐거워한다는 일이 말입니다."

"의미요? 그게 무슨 의미가 있습니까? 난 무슨 의미가 있기 때문에 종로 2가에 있는 빌딩들의 벽돌 수를 헤아리는 일을 하는 게 아닙니다. 그냥……."

"그렇죠. 무의미한 겁니다. 아니 사실은 의미가 있는지도 모르지만 난 아직 그걸 모릅니다. 김형도 아직 모르는 모양인데 우리 한번 함께 그거나 찾아볼까요? 일부러 만들어 붙이지는 말고요."

"좀 어리둥절하군요. 그게 안형의 대답입니까? 난 좀 어리둥절한데요. 갑자기 의미라는 말이 나오니까."

"아, 참 미안합니다. 내 대답은 아마 이렇게 될 것 같군요. 그냥 뭔가 뿌듯해지는 느낌이 들기 때문에 밤거리로 나온다고."

그는 이번엔 목소리를 낮추어서 말했다.

"김형과 나는 서로 다른 길을 걸어서 같은 지점에 온 것 같습니다. 만일 이 지점이 잘못된 지점이라고 해도 우리 탓은 아닐 거예요."

그는 이번엔 쾌활한 음성으로 말했다.

"자, 여기서 이럴 게 아니라 어디 따뜻한 데 가서 정식으로 한잔씩 하고 헤어집시다. 난 한 바퀴 돌고 여관으로 갑니다. 가끔 이렇게 밤거리를 쏘다니는 밤엔 난 꼭 여관에서 자고 갑니다. 여관엘 찾아든다는 프로가 내게는 최고죠."

우리는 각기 계산하기 위해서 호주머니에 손을 넣었다.

그때 한 사내가 우리에게 말을 걸어왔다. 우리 곁에서 술잔을 받아 놓고 연탄불에 손을 쬐고 있던 사내였는데, 술을 마시기 위해서 거기에 들어온 것이 아니라 불을 쬐고 싶어서 잠깐 들렀다는 꼴을 하고 있었다. 제법 깨끗한 코트를 입고 있었고 머리엔 기름도 얌전하게 발라서 카바이트 등의 불꽃이 너풀댈 때마다 머리 위의 하이라이트가 이리저리 움직이고 있었다. 그러나 어디선지는 분명하지는 않았지만 가난뱅이 냄새가 나는 서른대여섯 살짜리 사내였다. 아마 빈약하게 생긴 턱 때문이었을까. 아니면 유난히 새빨간 눈시울 때문이었을까. 그 사내가 나나 안(安) 중의 어느 누구에게라고 할 것 없이 그냥 우리 쪽을 향하여 말을 걸어온 것이다.

"미안하지만 제가 함께 가도 괜찮을까요? 제게 돈이 얼마 있습니다만……"이라고 그 사내는 힘없는 음성으로 말했다.

그 힘없는 음성으로 봐서는 꼭 끼여 달라는 것 같았지만 한편으로는 우리와 함께 가고 싶은 생각이 간절하다는 것 같기도 했다. 나와 안은 잠깐 얼굴을 마주 보고 나서,

"아저씨 술값만 있다면……"이라고 내가 말했다.

"함께 가시죠."라고 안도 내 말을 이었다.

"고맙습니다." 하고 그 사내는 여전히 힘없는 음성으로 말하면서 우리

를 따라왔다.

안은 일이 좀 이상하게 되었다는 얼굴을 하고 있었고, 나 역시 유쾌한 예감이 들지는 않았다. 술좌석에서 알게 된 사람끼리는 의외로 재미있게 놀게 되는 것을 몇 번의 경험으로 알고 있었지만, 대개의 경우 이렇게 힘없는 목소리로 끼어 드는 양반은 없었다. 즐거움이 넘치고 넘친다는 얼굴로 요란스럽게 끼어 들어야만 일이 되는 것이었다. 우리는 갑자기 목적지를 잊은 사람들처럼 사방을 두리번거리면서 느릿느릿 걸어갔다. 전봇대에 붙은 약 광고판 속에서는 예쁜 여자가 춥지만 할 수 있느냐는 듯한 쓸쓸한 미소를 띠고 우리를 내려다보고 있었고, 잇댄 빌딩의 옥상에서는 소주 광고의 네온사인이 열심히 명멸하고 있었고, 소주 광고 곁에서는 약 광고의 네온사인이 하마터면 잊어버릴 뻔했다는 듯이 황급히 꺼졌다간 다시 켜져서 오랫동안 빛나고 있었고, 이젠 완전히 얼어붙은 길 위에는 거지가 돌덩이처럼 여기저기 엎드려 있었고, 그 돌덩이 앞을 사람들은 힘껏 웅크리고 빠르게 지나가고 있었다. 종이 한 장이 바람에 휙 날리어 거리의 저쪽에서 이쪽으로 날아오고 있었다. 그 종이조각은 내 발 밑에 떨어졌다. 나는 그 종이조각을 집어들었는데 그것은 <미희(美姬) 서비스, 특별염가(特別廉價)>라는 것을 강조한 어느 비어홀의 광고지였다.

"지금 몇 시쯤 되었습니까?" 하고 힘없는 아저씨가 안에게 물었다.

"아홉 시 십 분 전입니다."라고 잠시 후에 안이 대답했다.

"저녁들은 하셨습니까? 난 아직 저녁을 안했는데 제가 살 테니까 같이 가시겠어요?" 힘없는 아저씨가 이번엔 나와 안을 번갈아보며 말했다.

"먹었습니다." 하고 나와 안은 동시에 대답했다.

"혼자서 하시죠." 하고 내가 말했다.

"그만두겠습니다." 힘없는 아저씨가 대답했다.

"하세요. 따라가 드릴 테니까요." 안이 말했다.

"감사합니다. 그럼……."

우리는 근처의 중국요리집으로 들어갔다. 방으로 들어가서 앉았을 때 아저씨는 또 한번 간곡하게 우리가 뭘 좀 들 것을 권했다. 우리는 또 한

번 사양했다. 그는 또 권했다.

"아주 비싼 걸로 시켜도 괜찮겠습니까?"라고 나는 그의 권유를 철회시키기 위해서 말했다.

"네 사양 마시고." 그가 처음으로 힘 있는 목소리로 말했다.

"돈을 써버리기로 결심했으니까요."

나는 그 사내에게 어떤 꿍꿍이속이 있는 것만 같은 느낌이 들어서 좀 불안했지만, 통닭과 술을 시켜 달라고 했다. 그는 자기가 주문한 것 외에 내가 말한 것도 사환에게 청했다. 안은 어처구니없는 얼굴로 나를 보았다. 나는 그때 마침 옆방에서 들려오고 있는 여자의 불그레한 신음 소리를 듣고만 있었다.

"이 형도 뭘 좀 드시죠." 라고 아저씨가 안에게 말했다.

"아니 전……." 안은 술이 다 깼다는 듯이 펄쩍 뛰고 사양했다.

우리는 조용히 옆방의 다급해져 가는 신음 소리에 귀를 기울이고 있었다. 전차의 끽끽거리는 소리와 홍수 난 강물 소리 같은 자동차들의 달리는 소리도 희미하게 들려 오고 있었고, 가까운 곳에서는 이따금 초인종 울리는 소리도 들렸다. 우리의 방은 어색한 침묵에 싸여 있었다.

"말씀 드리고 싶은 게 있는데요." 마음씨 좋은 아저씨가 말하기 시작했다. "들어 주셨으면 고맙겠습니다……. 오늘 낮에 제 아내가 죽었습니다. 세브란스 병원에 입원하고 있었는데……."

그는 이젠 슬프지도 않다는 얼굴로 우리를 빤히 쳐다보며 말하고 있었다. "네에에." "그거 안되셨군요." 라고 안과 나는 각각 조의를 표했다. "아내와 나는 참 재미있게 살았습니다. 아내가 어린애를 낳지 못하기 때문에 시간은 몽땅 우리 두 사람의 것이었습니다. 돈은 넉넉하진 못했습니다만 그래도 돈이 생기면 우리는 어디든지 같이 다니면서 재미있게 지냈습니다. 딸기철엔 수원(水原)에도 가고, 포도철엔 안양(安養)에도 가고, 여름이면 대천(大川)에도 가고, 가을엔 경주(慶州)에도 가보고, 밤엔 함께 영화 구경, 쇼 구경하러 열심히 극장에 쫓아다니기도 했습니다……."

"무슨 병환이셨던가요?" 하고 안이 조심스럽게 물었다.

"급성 뇌막염이라고 의사가 그랬습니다. 아내는 옛날에 급성 맹장염 수술을 받은 적도 있고, 급성 폐렴을 앓은 적도 있다고 했습니다만 모두 괜찮았었는데 이번의 급성엔 결국 죽고 말았습니다……. 죽고 말았습니다."

사내는 고개를 떨구고 한참 동안 무언지 입을 우물거리고 있었다. 안이 손가락으로 내 무릎을 찌르며 우리는 꺼지는 게 어떻겠느냐는 눈짓을 보냈다. 나 역시 동감이었지만 그때 사내가 다시 고개를 들고 말을 계속했기 때문에 우리는 눌러앉아 있을 수밖에 없었다.

"아내와는 재작년에 결혼했습니다. 우연히 알게 됐습니다. 친정이 대구(大邱) 근처에 있다는 얘기만 했지 한 번도 친정과는 내왕이 없었습니다. 난 처갓집이 어딘지도 모릅니다. 그래서 할 수 없었어요."

그는 다시 고개를 떨구고 입을 우물거렸다.

"뭘 할 수 없었다는 말입니까?"

내가 물었다.

그는 내 말을 못 들은 것 같았다. 그러나 한참 후에 다시 고개를 들고 마치 애원하는 듯한 눈빛으로 말을 이었다.

"아내의 시체를 병원에 팔았습니다. 할 수 없었습니다. 난 서적 월부 판매 외교원에 지나지 않습니다. 할 수 없었습니다. 돈 사천 원을 주더군요. 난 두 분을 만나기 얼마 전까지도 세브란스 병원 울타리 곁에 서 있었습니다. 아내가 누워 있을 시체실이 있는 건물을 알아보려고 했습니다만 어딘지 알 수 없었습니다. 그냥 울타리 곁에 앉아서 병원의 큰 굴뚝에서 나오는 희끄무레한 연기만 바라보고 있었습니다. 아내는 어떻게 될까요? 학생들이 해부 실습하느라고 톱으로 머리를 가르고 칼로 배를 찢고 한다는데 정말 그러겠지요?"

우리는 입을 다물고 있을 수밖에 없었다. 사환이 다꾸앙과 파가 담긴 접시를 갖다 놓고 나갔다.

"기분 나쁜 얘길 해서 미안합니다. 다만 누구에게라도 얘기하지 않고서는 견딜 수 없었습니다. 한 가지만 의논해 보고 싶은데, 이 돈을 어떻게 하면 좋을까요? 저는 오늘 저녁에 다 써버리고 싶은데요."

"쓰십시오."

안이 얼른 대답했다.

"이 돈이 다 없어질 때까지 함께 있어 주시겠어요?"

사내가 말했다. 우리는 얼른 대답하지 못했다.

"함께 있어 주십시오."

사내가 말했다. 우리는 승낙했다.

"멋있게 한번 써 봅시다."라고 사내는 우리와 만난 후 처음으로 웃으면서 그러나 여전히 힘없는 음성으로 말했다.

중국집에서 거리로 나왔을 때는 우리는 모두 취해 있었고, 돈은 천 원이 없어졌고, 사내는 한쪽 눈으로는 울고, 다른 쪽 눈으로는 웃고 있었고, 안은 도망갈 궁리를 하기에도 지쳐 버렸다고 내게 말하고 있었고, 나는 "엑센트 찍는 문제를 모두 틀려 버렸단 말야, 엑센트 말야."라고 중얼거리고 있었고, 거리는 영화에서 본 식민지의 거리처럼 춥고 한산했고, 그러나 여전히 소주 광고는 부지런히, 약 광고는 게으름을 피우며 반짝이고 있었고, 전봇대의 아가씨는 '그저 그래요'라고 웃고 있었다.

"이제 어디로 갈까?" 하고 아저씨가 말했다.

"어디로 갈까?" 안이 말하고,

"어디로 갈까?"라고 나도 그들의 말을 흉내 냈다.

아무데도 갈 데가 없었다. 방금 우리가 나온 중국집 곁에 양품점의 쇼윈도가 있었다. 사내가 그쪽을 가리키며 우리를 끌어당겼다. 우리는 양품점 안으로 들어섰다.

"넥타이를 골라 가져. 내 아내가 사 주는 거야." 사내가 호통을 쳤다.

우리는 알록달록한 넥타이를 하나씩 들었고 돈은 육백 원이 없어져 버렸다. 우리는 양품점에서 나왔다.

"어디로 갈까?"라고 사내가 말했다.

갈 데는 계속해서 없었다. 양품점 앞에는 귤장수가 있었다.

"아내는 귤을 좋아했다."고 외치며 사내는 귤을 벌려 놓은 수레 앞으로 돌진했다. 삼백 원이 없어졌다. 우리는 이빨로 귤껍질을 벗기면서 그 부근에서 서성거렸다.

"택시!" 사내가 고함쳤다.

택시가 우리 앞에 멎었다. 우리가 차에 오르자마자 사내는,

"세브란스로!"라고 말했다.

"안됩니다. 소용 없습니다." 안이 재빠르게 외쳤다.

"안될까?" 사내가 중얼거렸다. "그럼 어디로?" 아무도 대답하지 않았다.

"어디로 가시는 겁니까?"라고 운전수가 짜증난 음성으로 말했다. "갈 데가 없으면 빨리 내리쇼."

우리는 차에서 내렸다. 결국 우리는 중국집에서 스무 발자국도 더 벗어나지 못하고 있었다.

거리의 저쪽 끝에서 요란한 사이렌 소리가 나타나서 점점 가깝게 달려들었다. 소방차 두 대가 우리 앞을 빠르고 시끄럽게 지나쳐 갔다.

"택시!" 사내가 고함쳤다.

택시가 우리 앞에 멎었다. 우리가 차에 오르자마자 사내는,

"저 소방차 뒤를 따라갑시다."고 말했다.

나는 귤껍질 세 개를 벗기고 있었다.

"지금 불구경하러 가고 있는 겁니까?"라고 안이 아저씨에게 말했다. "안됩니다. 시간이 없습니다. 벌써 열 시 반인데요. 좀더 재미있게 지내야죠. 돈은 이제 얼마 남았습니까?"

아저씨는 호주머니를 뒤쳐서 돈을 모두 털어 냈다. 그리고 그것을 안에게 건네 줬다. 안과 나는 헤아려 봤다. 천구백 원하고 동전이 몇 개, 십 원 짜리가 몇 장이 있었다.

"됐습니다." 안은 돈을 다시 돌려주면서 말했다. "세상엔 다행히 여자의 특징만 중심적으로 내보이는 여자들이 있습니다."

"내 아내 얘깁니까?"라고 사내가 슬픈 음성으로 물었다. "내 아내의 특징은 너무 잘 웃는다는 것이었습니다."

"아닙니다. 종삼(鍾三)으로 가자는 얘기였습니다." 안이 말했다.

사내는 안을 경멸하는 듯한 웃음을 띠며 고개를 돌려 버렸다. 그러는 사이에 우리는 화재가 난 곳에 도착했다. 삼십 원이 없어졌다. 화재가 난 곳은 아래층인 페인트 상점이었는데 지금은 미용학원인 이층에서 불길이 창으로부터 뿜어 나오고 있었다. 경찰들의 호각 소리, 소방차들의 사이렌 소리, 불길 속에서 나는 탁탁 소리, 물줄기가 건물의 벽에 부딪쳐

서 나는 소리. 그러나 사람들의 소리는 아무것도 나지 않았다. 사람들은 불빛에 비쳐 무안당한 사람처럼 붉은 얼굴로, 정물처럼 서 있었다.

우리는 발밑에 굴러 있는 페인트 든 통을 하나씩 궁둥이 밑에 깔고 웅크리고 앉아서 불구경을 했다. 나는 불이 좀더 오래 타기를 바랬다. 미용학원이라는 간판에 불이 붙고 있었다. '원'자(字)에 붙기 시작했다.

"김형, 우리 얘기나 합시다." 하고 안이 말했다.

"화재 같은 건 아무것도 아닙니다. 내일 아침 신문에서 볼 것을 오늘밤에 미리 봤다는 차이밖에 없습니다. 저 화재는 김형의 것도 아니고 내 것도 아니고 이 아저씨의 것도 아닙니다. 우리 모두의 것이 돼버립니다. 그러나 화재는 항상 계속해서 나고 있는 건 아닙니다. 그러기 때문에 난 화재엔 흥미가 없습니다. 김형은 어떻게 생각하십니까?"

"동감입니다."

나는 아무렇게 대답하며 이젠 '학'자에 불이 붙고 있는 것을 보았다.

"아니 난 방금 말을 잘못했습니다. 화재는 우리 모두의 것이 아니라 화재는 오로지 화재 자신의 것입니다. 화재에 대해서 우리는 아무것도 아닙니다. 그러기 때문에 난 화재에 흥미가 없습니다. 김형은 어떻게 생각하십니까?"

"동감입니다."

물줄기 하나가 불타고 있는 '학'으로 달려들고 있었다. 물이 닿은 곳에서는 회색 연기가 피어올랐다. 힘없는 아저씨가 갑자기 힘차게 깡통으로부터 일어섰다.

"내 아냅니다!" 하고 사내는 환한 불길 속을 손가락질하며 눈을 크게 뜨고 소리쳤다. "내 아내가 머리를 막 흔들고 있습니다. 골치가 깨질 듯이 아프다고 머리를 막 흔들고 있습니다. 여보……."

"골치가 깨질 듯이 아픈 게 뇌막염의 증세입니다. 그렇지만 저건 바람에 휘날리는 불길입니다. 앉으세요. 불 속에 아주머님이 계실 리가 있습니까?"라고 안이 아저씨를 끌어앉히며 말했다. 그리고 나서 안은 나에게 나지막하게 속삭였다. "이 양반, 우릴 웃기는데요."

내가 꺼졌다고 생각하고 있던 '학'에 다시 불이 붙고 있는 것을 보았다.

물줄기가 다시 그곳으로 뻗어가고 있었다. 그러나 물줄기는 겨냥을 잘 잡지 못하고 이리저리 흔들리고 있었다. 불은 날쌔게 '용'을 핥고 있었다. 나는 '미'까지 어서 불 붙기를 바라고 있었고, 그리고 그 간판에 불이 붙는 과정을 그 많은 불구경꾼들 중에서 나 혼자만 알고 있기를 바랐다. 그러나 그때 문득 나는 불이 생명을 가진 것처럼 생각되어서 내가 조금 전에 바라고 있던 것을 취소해 버렸다.

무언가 하얀 것이 우리가 웅크리고 앉아 있는 곳에서 불타고 있는 건물 쪽으로 날아가는 것이 보였다. 그 비둘기는 불 속으로 떨어졌다.

"무엇이 불 속으로 날아 들어갔지요?"

내가 안을 돌아다보며 물었다.

"예, 뭐가 날아갔습니다." 안은 나에게 대답하고 나서 이번에는 아저씨를 돌아다보며 "보셨어요?" 하고 그에게 물었다.

아저씨는 잠자코 앉아 있었다. 그때 순경 한 사람이 우리 쪽으로 달려왔다.

"당신이다!"라고 순경은 아저씨를 한 손으로 붙잡으면서 말했다. "방금 무얼 불 속에 던졌소?"

"아무것도 안 던졌습니다."

"뭐라구요?" 순경은 때릴 듯한 시늉을 하며 아저씨에게 소리쳤다.

"내가 던지는 걸 봤단 말요. 무얼 불 속에 던졌소?"

"돈입니다."

"돈?"

"돈과 돌을 손수건에 싸서 던졌습니다."

"정말이오?"

순경은 우리에게 물었다.

"예, 돈이었습니다. 이 아저씨는 불난 곳에 돈을 던지면 장사가 잘된다는 이상한 믿음을 가졌답니다. 말하자면 좀 돌았다고 할 수 있는 사람이지만 나쁜 짓은 결코 하지 않는 장사꾼입니다." 안이 대답했다.

"돈이 얼마였소?"

"일 원짜리 동전 한 개였습니다." 안이 다시 대답했다.

순경이 가고 났을 때 안이 사내에게 물었다.

"정말 돈을 던졌습니까?"

"예."

"모두?"

"예."

우리는 꽤 오랫동안 불꽃이 튀는 탁탁 소리에 귀를 기울이고 있었다. 한참 후에 안이 사내에게 말했다.

"결국 그 돈은 다 쓴 셈이군요……. 자, 이젠 그럼 약속이 끝났으니 우린 가겠습니다."

"안녕히 계십시오."라고 나도 아저씨에게 작별인사를 했다.

안과 나는 돌아서서 걷기 시작했다. 사내가 우리를 쫓아와서 안과 나의 팔을 한쪽씩 붙잡았다.

"나 혼자 있기가 무섭습니다."

그는 벌벌 떨며 말했다.

"곧 통행금지 시간이 됩니다. 난 여관으로 가서 잘 작정입니다." 안이 말했다.

"난 집으로 갈 겁니다."

내가 말했다.

"함께 갈 수 있겠습니까? 오늘 밤만 같이 지내 주십시오. 부탁합니다. 잠깐만 저를 따라와 주십시오."

사내는 말하고 나서 나를 붙잡고 있는 자기의 팔을 부채질하듯이 흔들었다. 아마 안의 팔에 대해서도 그렇게 했으리라.

"어디로 가자는 겁니까?" 나는 아저씨에게 물었다.

"여관비를 구하러 잠깐 이 근처에 들렀다가 모두 함께 여관으로 갔으면 하는데요."

"여관에요?" 나는 내 호주머니 속에 든 돈을 손가락으로 계산해 보며 말했다.

"여관비라면 내가 모두 내겠으니 그럼 함께 가시지요." 안이 나와 사내에게 말했다.

"아닙니다. 폐를 끼쳐 드리고 싶지 않습니다. 잠깐만 절 따라와 주십시오."

"돈을 빌리러 가는 겁니까?"

"아닙니다. 받아야 할 돈이 있습니다."

"이 근처예요?"

"예, 여기가 남영동(南營洞)이라면."

"아마 틀림없는 남영동인 것 같군요." 내가 말했다.

사내가 앞장을 서고 안과 내가 그 뒤를 쫓아서 우리는 화재로부터 멀어져 갔다.

"빚 받으러 가기에는 시간이 너무 늦었습니다." 안이 사내에게 말했다.

"그렇지만 저는 받아야 합니다."

우리는 어느 어두운 골목길로 들어섰다. 골목의 모퉁이를 몇 개인가 돌고 난 뒤에 사내는 대문 앞에 전등이 켜져 있는 집 앞에서 멈췄다. 나와 안은 사내로부터 열 발자국쯤 떨어진 곳에서 멈췄다. 사내가 벨을 눌렀다. 잠시 후에 대문이 열리고, 사내는 대문 안에 선 사람과 말하는 소리가 들렸다.

"주인 아저씨를 뵙고 싶은데요."

"주무시는데요."

"그럼 주인 아주머니는……."

"주무시는데요."

"꼭 뵈어야 하겠는데요."

"기다려 보세요."

대문이 그냥 닫혔다. 안이 달려가서 사내의 팔을 잡아끌었다.

"그냥 가시죠."

"괜찮습니다. 받아야 할 돈이니까요."

안이 다시 먼저 서 있던 곳으로 걸어왔다. 대문이 열렸다.

"밤 늦게 죄송합니다."

사내가 대문을 향해 고개를 숙이며 말했다.

"누구시죠?"

대문은 잠에 취한 여자의 음성을 냈다.

"죄송합니다. 이렇게 너무 늦게 찾아와서. 실은⋯⋯."

"누구시죠? 술 취하신 것 같은데⋯⋯."

"월부책 값 받으러 온 사람입니다." 하고 사내는 갑자기 비명 같은 높은 소리로 외쳤다.

"월부책 값 받으러 온 사람입니다." 이번엔 사내는 문기둥에 두 손을 짚고 앞으로 뻗은 자기 팔 위에 얼굴을 파묻으며 울음을 터뜨렸다.

"월부책 값 받으러 온 사람입니다. 월부책 값⋯⋯."

사내는 계속해서 흐느꼈다.

"내일 낮에 오세요."

대문이 탕 닫혔다. 사내는 계속해서 울고 있었다. 사내는 가끔 "여보"라고 중얼거리며 오랫동안 울고 있었다. 우리는 여전히 열 발자국쯤 떨어진 곳에서 그가 울음을 그치기를 기다리고 있었다. 한참 후에 그가 우리 앞으로 비틀비틀 걸어왔다.

우리는 모두 고개를 숙이고 어두운 골목길을 걸어서 거리로 나왔다. 적막한 거리에는 찬 바람이 세차게 불고 있었다.

"몹시 춥군요."라고 사내는 우리를 염려한다는 음성으로 말했다.

"추운데요. 빨리 여관으로 갑시다." 안이 말했다.

"방을 한 사람씩 따로 잡을까요?" 여관에 들어갔을 때 안이 우리에게 말했다. "그게 좋겠지요?"

"모두 한 방에 드는 게 좋겠지요."라고 나는 아저씨를 생각해서 말했다.

아저씨는 그저 우리 처분만 바란다는 듯한 태도로, 또는 지금 자기가 서 있는 곳이 어딘지도 모른다는 태도로 멍하니 서 있었다. 여관에 들어서자 우리는 모든 프로가 끝나 버린 극장에서 오는 때처럼 어찌할 바를 모르고 거북스럽기만 했다. 여관에 비한다면 거리가 우리에게 더 좋았던 셈이었다. 벽으로 나뉘어진 방들, 그것이 우리가 들어가야 할 곳이었다.

"모두 같은 방에 들기로 하는 것이 어떻겠어요?"

내가 다시 말했다.

"난 지금 아주 피곤합니다." 안이 말했다.

"방은 각각 하나씩 차지하고 자기로 하지요."

"혼자 있기가 싫습니다."라고 아저씨가 중얼거렸다.

"혼자 주무시는 게 편하실 거예요." 안이 말했다.

우리는 복도에서 헤어져서 사환이 지적해 준 나란히 붙은 방 세 개에 각각 한 사람씩 들어갔다.

"화투라도 사다가 놉시다." 헤어지기 전에 내가 말했지만,

"난 아주 피곤합니다. 하시고 싶으면 두 분이나 하세요."라고 안은 말하고 나서 자기의 방으로 들어가 버렸다.

"나도 피곤해 죽겠습니다. 안녕히 주무세요."라고 나는 아저씨에게 말하고 나서 내 방으로 들어갔다. 숙박계엔 거짓 이름, 거짓 주소, 거짓 나이, 거짓 직업을 쓰고 나서 사환이 가져다 놓은 자리끼를 마시고 나는 이불을 뒤집어썼다. 나는 꿈도 안 꾸고 잘 잤다.

다음날 아침 일찍이 안이 나를 깨웠다.

"그 양반, 역시 죽어 버렸습니다." 안이 내 귀에 입을 대고 그렇게 속삭였다.

"예?" 나는 잠이 깨끗이 깨어 버렸다.

"방금 그 방에 들어가 보았는데 역시 죽어 버렸습니다."

"역시……." 나는 말했다. "사람들이 알고 있습니까?"

"아직까진 아무도 모르는 것 같습니다. 우리 빨리 도망해 버리는 게 시끄럽지 않을 것 같습니다."

"자살이지요?"

"물론 그것이겠죠."

나는 급하게 옷을 주워 입었다. 개미 한 마리가 방바닥을 내 발이 있는 쪽으로 기어오고 있다. 그 개미가 내 발을 붙잡으려고 하는 것 같은 느낌이 들어서 나는 얼른 자리를 옮겨 디디었다. 밖의 이른 아침에는 싸락눈이 내리고 있었다. 우리는 할 수 있는 한 빠른 걸음으로 여관에서 떨어져 갔다.

"난 그 사람이 죽으리라는 걸 알고 있었습니다."

안이 말했다.

"난 짐작도 못했습니다."라고 나는 사실대로 애기했다.

"난 짐작하고 있었습니다." 그는 코트의 깃을 세우고 말했다. "그렇지만 어떻게 합니까?"

"그렇지요. 할 수 없지요. 난 짐작도 못했는데……."

내가 말했다.

"짐작했다고 하면 어떻게 하겠어요?" 그가 내게 물었다.

"씨팔 것, 어떻게 합니까? 그 양반 우리더러 어떡하라는 건지……."

"그러게 말입니다. 혼자 놓아 두면 죽지 않을 줄 알았습니다. 그게 내가 생각해 본 최선의 그리고 유일한 방법이었습니다."

"난 그 양반이 죽으리라고는 짐작도 못했다니까요. 씨팔 것, 약을 호주머니에 넣고 다녔던 모양이군요."

안은 눈을 맞고 있는 어느 앙상한 가로수 밑에서 멈췄다. 나도 그를 따라서 멈췄다. 그가 이상하다는 얼굴로 나에게 물었다.

"김형, 우리는 분명히 스물다섯 살짜리죠?"

"난 분명히 그렇습니다."

"나두 그건 분명합니다."

그는 고개를 한번 기웃했다.

"두려워집니다."

"뭐가요?" 내가 물었다.

"그 뭔가가, 그러니까……." 그가 한숨 같은 음성으로 말했다. "우리가 너무 늙어 버린 것 같지 않습니까?"

"우리 이제 겨우 스물다섯 살입니다." 나는 말했다.

"하여튼……." 하고 그가 내게 손을 내밀며 말했다.

"자, 여기서 헤어집시다. 재미 많이 보세요." 하고 나도 그의 손을 잡으며 말했다.

우리는 헤어졌다. 나는 마침 버스가 막 도착한 길 건너편의 버스 정류장으로 달려갔다. 버스에 올라서 창으로 내어다보니 안은 앙상한 나뭇가지 사이로 내리는 눈을 맞으며 무언지 곰곰이 생각하고 서 있었다. 🔲

하오(下午)의 순유(巡遊)

최상규(崔翔圭)

1934년 충남 보령에서 태어나 연세대 영문과를 졸업했다. 1962년 『문학예술』에 「포인트」를 발표하여 등단했다. 1966년에 현대문학상을, 1983년엔 대한민국 문학상을 수상했다. 소설집으로는 『형성기』 『ㄱ 어둠의 종말』 『겨울 잠행』 『새벽 기행』 등이 있다. 1994년에 작고했다.

하오(下午)의 순유(巡遊)

닫혀진 유리창을 통하여 노오란 빛다발이 비스듬히 쏟아져내리고 있다. 수억 만 개의 먼지알들이 그 속에서 난무하고 있었다. 매캐한 오후의 햇볕이었다. 그 안에 무수한 동요를 머금고 있는 채, 그것은 멎어 있었다. 그것은 네모난 방 안에 얼마 전부터 새로이 있게 된 구분된 공간이었다. 방바닥에 투사된 사각형 위에 서 있는 거의 무한히 긴 네모뿔의 밑동 한 토막, 매캐한 먼지의 난무로 이루어진 하나의 부피. 그러나 그것은 오후의 의미를 담지 않고 있었다.

그 곁에 그가 누워 있었다. 티셔츠 한 겹을 통해 싸늘한 방바닥을 느끼고 있었다. 머리는 베개 위에 옆으로 놓여져 있었다. 그는 눈을 깜박이지 않았다. 감고 있는 까닭이었다. 두 손은 배 위에 포개어 올려 놓여져 있었다. 길게 뻗은 다리도 포개져 있었다. 퍽 오래된 자세였다. 조용한 숨결에 따라 가슴과 배가 불룩이는 것이 그의 살아 있음을 알려 주고 있었다. 방바닥엔 군데군데 파리의 시체가 떨어져 있었다. 그것들은 새까만 점들 같았다.

돌연 그 하나가 반짝 빛을 발했다. 금방까지 그것은 방바닥에 투사된 샛노란 평행사변형의 밖에 있었다. 그러다가 그것이 그 안으로 들어선 것이었다. 빛을 받은 그것은 비로소 면(面)을 갖추었다. 점은 하나의 부피를 가지고 보이기 시작했다. 그러면서 그것은 점점 평행사변형의 중앙을 향하여 이동하고 있었다. 거기 따라서 그것이 놓여 있는 방바닥도, 벽도, 천장도, 창문도 이동하고 있었다. 거기 따라서 또 누워 있는 그도, 그의 몸에 붙어서 있는 장짓문도 아주 천천히, 그러나 뒤지지 않고 이동해 가고 있었다.

그러다가 그의 어깨가 드디어 먼지의 난무로 이루어진 매캐한 빛의 공간과 부딪쳤다. 새하얀 티셔츠의 천이 휘황하게 빛나기 시작하였다. 그러면서 그것은 점차 면적을 넓혀 갔다. 그러다가 드디어 그의 뺨이 거기 침범하고 조금 뒤엔 코, 다음으로 그의 감겨진 눈이 그 속으로 밀려들어 갔다.

순간, 홀딱 벗은 알몸뚱이인 채로 넓은 곳에 내던져진 것 같은 숨가쁜 충격을 그는 느꼈다. 그는 번쩍 눈을 떴다. 이글이글 불타는 새빨간 덩어리가 그의 눈을 콱 쏘았다. 그는 와드득, 이맛살을 찌푸리고 돌아누워 버렸다.

그것으로서 그의 한 시간이 넘는 정지의 자세는 깨어져 버리고, 그의 귀엔 쉴사이없이 지나가는 바깥 거리의 육중한 소음이 꽝꽝 울려 들어오기 시작하였다. 그리고 동시에 그의 가슴은 두근거리기 시작하고, 사지가 삐끗삐끗 제멋대로 움직일 것만 같은 공포에 가까운 초조함이 그의 전체를 지배하기 시작하였다.

그는 벌떡 일어났다. 그리고 창문 양편에 밀려 있는 두꺼운 커튼을 두 손으로 잡고 홱 닫아 버렸다. 그러자 먼지의 난무와 매캐한 빛다발은 일순에 지워져 버리고 뻥 구멍이 뚫렸던 방 안의 공간은 정육면체의 원상을 다시 회복하였다. 광원이 차단된 공간, 구름 낀 하늘 아래에서처럼, 그것은 갑자기 정지해 버리고 말았다. 그것은 아무 실체도 제시해 주지 않고 있었다. 대청마루의 음울한 침묵이 지그시 밀어 누르고 있는 장짓문과, 희멀건 두 개의 벽, 암색의 두꺼운 커튼이 늘어진 창문이 난 또 하나의 벽, 그리고 누런 방바닥과 희끄무레한 천장. 그것들로 둘러싸인 공간. 또 그 속에 담겨 있는 책장과 책상, 방석과 베개, 재떨이와 화병……
등. 그리고 또 거기 벽에 등을 기대고 ㄴ자로 구겨져 있는 사람. 그런
것들 모두가 거기에서는 아무런 의미도 가지지 않고 있었다. 그것들은
그저 거기 있었다. 아무 인연도, 적절한 연유도 없이 그것들은 그저 거기
우연히 모여 있는 것처럼 보였다. 태초의 혼돈 이전의, 빛이 탄생하기
전의 미명의 상태. 바로 그것의 가태(假態)였다. 이미 그렇지 않았었고,
또 금방이라도 그렇지 않을 수 있는 잠정의 시공(時空)이기 때문에 그것
은 그것의 실태일 수는 없었다.

  더구나 그것은 어떤 발생을 기다리는 상태가 아니었다. 이미 그의 귀는
열려 있었다. 커튼 두 장으로 차단된 바깥쪽 빛의 세계를 향하여 휑하니
열려 있었다. 그리고 거기 있는 신경을 줄로 하여 매어져 있는 그의 생
명 현상은 꽝꽝 울려 들어오는 바깥의 소음의 충격이 축적되어감에 따
라서 점점 더 긴박감을 더해가고 있는 것이었다.

  그는 일어섰다. 다시 커튼을 열어제꼈다. 그리고 창문을 드르륵 열어
버렸다. 창틀의 반을 차지하는 네모 반듯한 구멍 안에 사진 액자 속의
인상처럼 그는 자세를 잡았다. 햇빛이 기름 바르지 않은 그의 머리카락
을 빗질하였다. 몰려 들어오는 바람이 그것을 또 쓰다듬었다. 창틀에 팔
꿈치를 올려 놓고, 그의 얼굴은 온몸을 대표해서 외계를 향하고 있었다.
밖은 밝았다. 노랗고 매캐한, 어마어마하고 으리으리한 공간이 의연히
펼쳐져 있었다. 차도에서는 끊일 사이 없이 자동차의 폭음이 울려오고
있었다. 사람 소리가 났다. 알아들을 수 없는 발소리가 골목길을 오고
가고, 저만큼 아래 시장쪽에서는 어수선한 시장의 소리가 들려오고 있
었다. 소리가 끊일 사이가 없었다. 그와 마찬가지로 거기에선 항시 쉬지
않고 무슨 일인가가 일어나고 있었다. 건너쪽 언덕 위에 솟기 시작하는
회색빛 빌딩이 날로 높아져가고 있었다. 거기 개미처럼 사람들이 달라붙
어 일하고 있었다. 반짝, 강한 반사광이 햇빛보다도 따갑게 그의 눈을 쏘았
다. 그 보이지 않는 구석에서도 무슨 일인가 일어나고 있다는 표시였다.
뿐만 아니라 그것은 또 밖의 모든 곳, 보이지도 않고 들리지도 않는 모든
곳에서 언제나 무슨 일이든 일어날 수 있음을 알리는 신호이기도 했다.

그는 견딜 수 없었다. 휙 돌아섰다. 움직이지 않는 정육면체가 그를 맞았다. 그 조용함의 밉기가 마치 뻔뻔스러운 여자였다. 그는 냅다 발길로 그것을 걷어찼다. 금빛으로 빛나는 먼지알들이 커다랗게 공중에 소용돌이쳤다.

그는 밖으로 나왔다. 고무신을 꿰고 바깥채로 향했다. 가게 뒷문을 벌컥 열자 향긋하고 고소한 양파 냄새가 그의 코를 찔렀다. 가게 안엔 아무도 손이 없었다. 여섯 개 있는 탁자의 하나 위에 심부름하는 여자 아이가 이마를 대고 졸고 있었다. 탁상시계의 재깍거림과 함께 그는 곁에 두 개의 눈망울을 의식했다.

거기 그의 아내가 있었다. 뜨개질을 하고 있었다. 입 가장자리 한 번 움직이지 않은 채, 눈만 돌려 그를 바라보는 동안에도 그녀의 손은 멎지를 않았다. 진한 밤색의 굵은 털실 올, 두 개의 굵은 대바늘 끝, 아내의 마알간 손가락 몇 개, 그것들이 아내의 가슴 앞에서 쉬지 않고 보비작거리며 꼼틀거리고 있었다.

아내의 눈이 그의 얼굴에서 떠나며, 그녀의 입이 열렸다.

"주무셨어요?"

"음."

그는 대답하고 문밖을 내다보았다. 눈부시게 밝은 대낮이 가로놓여 있었다. 그리고 쉴새없이 자동차의 타이어에 짓이겨지는 아스팔트 길이 새까맣게 가로 그어져 있었다. 차창의 유리들이 번쩍번쩍 빛났다. 꽈르르 하는 요란한 기계음이 시야를 가로질러갔다. 음파는 곧장 그의 가슴에 와 부딪쳤다.

그는 덜컥 의자 하나에 주저앉았다.

삐드득!

"조심하세요."

그가 흘긋 아내를 돌아보았다.

"아직 잠이 덜 깨셨나 봐."

그리고 아내는 생그레 웃었다. 그러느라 그녀의 입귀퉁이에 가느다란 주름이 잠깐 패였다가 사라졌다.

"애, 경숙아!"

그는 별안간 졸고 있는 애를 큰 소리로 불렀다.

탁자를 덮고 있던 단발머리 밑에서 동그란 얼굴이 발딱 솟아올랐다.

삐드득!

아내의 눈이 일순, 아이를 향하여 날카롭게 빛났다.

"네?"

"방에 가서 담배 가지고 나오너라. ……그리고 노타이샤스도……."

아이는 얼른 일어나 아무 냄새도 피우지 않고 그들 사이를 지나 안으로 들어갔다.

"어디…… 가시려구요?"

"음."

아내는 계속해서 뜨개질을 하고 있었다. 아무 소리도 내지 않고 있었다. 아내의 내부에서는 아무 일도 일어나지 않고 있음이 분명했다.

그는 밖을 내다보고 있었다. 갖가지 옷을 입은 사람들이 이쪽 저쪽으로 지나가고 있었다. 그것은 행렬이 아니었다. 제각기 움직이고 있었다. 길 저쪽편 인도도 마찬가지였다. 그들은 좀더 한가롭게 보였다. 십이 미터의 도로의 폭 때문이었다. 그 도로 위로 버스, 합승, 택시, 트럭…… 등이 쉴새없이 지축을 울리며 질주하고 있었다.

"뭐 마실 것 좀 드릴까요?"

그는 고개를 가로저었다. 아내는 그를 보지 않고 있었다. 그러나 그녀는 알아들었을 것이었다. 그만큼 그들은 가까이 있었고, 또 그만큼 가게 안은 조용했다. 일하는 아이가 안으로 들어간 후, 아내의 자디잔 손놀림 이외에 가게 안에서 일어난 일이란 그의 고갯짓밖엔 없었다.

그때 뒷문이 열렸다. 그리고 아이가 그의 노타이 셔츠와 담배를 가지고 나왔다. 그는 담배를 받아 탁자 위에다 놓고 옷을 꿰었다. 그리곤 담배를 하나 꺼내 물고 곽은 셔츠 주머니에 넣었다.

"성냥!"

아내가 밀어 놓는 성냥을 집기 위하여 그는 일어섰다.

"어디 가시게요?"

그는 성냥을 그었다.

"바둑이나 둘까…… 되는 대로지 뭐."

"이런 날에나 좀 푹 쉬시잖구……."

아내의 머리 뒷벽에 붙은 일력이 파란 토요일 색깔의 숫자였다.

"내일 쉬지."

"하루도 못 참으시는군요."

그는 재떨이에 성냥개비를 던지고 주머니를 뒤져 보았다. 십 원짜리 너 댓 장이 나왔다. 다시 집어 넣었다. 아내가 서랍을 열었다. 잠깐 뒤적거리더니 지폐 한 장을 꺼내 놓았다. 오백 원짜리였다. 그는 두 손가락으로 그것을 집어 주머니에 구겨 넣었다. 그리고 아내의 얼굴을 잠깐 바라보다가 넌지시 웃으며 말하였다.

"들어올 때, 콘돔을 사가지고 올까?"

아내는 잠깐 그의 얼굴을 마주보다간 눈을 떨어뜨렸다. 가볍게 두어 번 도리질하는 아내의 얼굴엔 아까와 같은 미소가 생그레 떠올라 있었다. 그는 아내의 귀뿌리를 잡아 두어 번 가볍게 흔들어 주곤 밖으로 나왔다.

휴식. 그것은 하지 않을 수 없을 때밖에는 해서는 안되는 일이다. 토요일이래서 아무것도 않고 방구석에 처박혀 있을 수는 없다. 할 수만 있다면 언제나 무엇인가를 하고 있지 않아서는 안된다. 끊임없이 무슨 일인가가 밖에서는 언제나 일어나고 있다. 행해지고 있다. 시시각각으로 이루어지고 끝나고 있다. 그것이 결코 단절되는 법이 없이 항시 지속되고 있는 것이다. 발단, 행위, 결말. 사건의 연속이다.

모든 사건은 그 중심 인물의 내면적인 욕구나 외부적인 인과관계로 발생하는 것만은 아니다. 그보다는 더 큰 사건들이 으레 사소한 우연을 계기로 전혀 생각지 않게 발생하고 상상할 수도 없이 묘한 방향으로 전개되어 나가기도 하는 법이다.

그는 버스 정류장을 향하여 걷고 있었다. 그리로 향해서 가고 있는 사람이 많았다. 그는 남보다 뒤지지 않게 걷고 있었다. 버스 한 대가 그를 앞질러 달려갔다. 그게 이십여 미터 앞에서 멎었다. 몇 사람이 내리고 몇 사람이 탔다. 그는 달려갔다. 그러나 차는 요란한 폭음과 먼지를 싸놓고는 떠나 버렸다. 구태여 뒤늦을 필요가 없었다. 그는 분했다. 뒤를 돌아보았다. 또 한 대의 버스가 오고 있었다. 그러나 앞서간 버스는 영원히 탈 기회를 놓치고 말았다. 영원히 가버린 것이었다. 그것이 몇 정류장 못 가서 고장이라도 나지 않는 한…… 혹시 그에게서 꽃피울 어떤 귀한 가능성을 싣고 있는지도 알 수 없는 채로…….

거센 먼지바람을 일으키며 다음 버스가 들이닥쳤다. 그리고 그것은 그의 앞에서 요란한 브레이크 소리를 내며 호들갑스럽게 멎었다. 서 있는 사람들이 비쓸비쓸 하고 앞으로 몰리면서 몇몇 승객이 어지러운 발소리를 내며 투닥투닥 뛰어내렸다. 그것이 그의 마음에 들었다. 사람들이 내린 뒤 그는 의젓한 걸음으로 버스에 올랐다.

와아앙……. 엔진이 맹수처럼 으르렁거리며 육중한 차체는 굴러나가기 시작하였다. 운전수의 왼편 발로 클러치가 두 번 밟히우며 기어가 바뀌어 들어갔다. 뒤이어 오른발로 액셀러레이터가 밟히우자 격조를 낮춘 폭음을 다시 토해내면서 차체는 거리를 헤치며 전진하였다. 판판한 대로 위를 달려도 차는 흔들렸다. 완만한 아스팔트의 기복은 차의 속력으로 단축되어 타이어와 스프링의 탄력을 거쳐서도 그의 발바닥에 항거할 수 없이 힘찬 충격을 불끈불끈 치솟구어 주고 있었다. 차 안엔 사람이 꽉차 있었다. 천장에 붙은 환기창에서 세차게 쏟아져내리는 바람이 후련하도록 선선하였다.

그는 움직이고 있었다. 시속 삼십오 마일. 양쪽 보도를 걷고 있는 사람들이 죽죽 뒤로 물러나고 있었다. 일찍이 절벽에서 떨어질 때를 제외하고는 인간이 맛볼 수 없었던 힘들지 않게 빠른 속도로 그는 비동(飛動)하고 있었다. 그의 마음속이 차차 안정되어 갔다. 이제 그는 무엇인가를 하고 있는 것이었다. 손잡이를 잡고 잠잠히 서서, 앞에 앉은 여자의 얼굴에서 까막점을 세고 있으면서도 말이다.

도심의 거리를 그는 걷고 있었다. 그리고 분명히 자신이 걷고 있음을 확인할 수 있었다. 마음이 놓였다. 그는 온몸의 긴장을 풀었다. 두피(頭皮)의 긴장을 풀자 머리 속에서 얼기설기 엉크러져 당기고 있던 신경의 줄 같은 것이 스르르 녹아 없어져 버렸다. 그는 담배를 꺼내 입에 물었다. 멈춰 서서 성냥불을 그어댔다. 그리고 서서히, 제법 능청스러운 걸음을 옮겨 놓는다. 휘황한 하늘이 이젠 결코 그에게 초조하게 달려들지를 않았다. 끊임없이 움직이고 끊임없이 소음을 내는 거리의 모양이 이젠 결코 그의 가슴에 긴박감을 주지 않았다. 만약 이때 누가 그에게 뭣하러 나왔느냐고 물으면 그는 서슴지 않고 '가슴이 짜릿한 감격을 구하러!'라고 대답할 수 있을 것이었다. 그러나 그의 왼손에 들려진 담배끝의 불덩이는 마치 소크라테스의 등불처럼 불타는 태양 아래 빛을 잃고 있었다.

그는 말을 하지 않기로 하였다. 아무것도 외부에 강요하지 않기로 하였다. 대신 그는 눈과 귀와 코, 그리고 외부에 노출된 피부 전부를 개방해 버렸다. 무엇이든지 받아들이기만 하려는 자세였다. 단 그의 이 개방된 감각 기관에는 일정한 수신 주파수가 있었다. 무한대한 시공에 무한히 많이 산재해 있는 제가능성 중에 그 시각 그 좌표에서 자신에게 부합되는 가능성만을 놓치지 않고 포착하려는 것이었다. 그는 움직이고 있었다. 멎지 않고 나아가고 있었다. 그러나 그것은 비에 젖지 않으려고 소낙비구름에 앞서기 위하여 달려나가는 것처럼 무모한 짓은 아니었다. 다만 그는 정지를 생략하고 있을 따름이었다. 시시각각으로 있게 되는 단절, 거기에서 생기는 불필요한 간격을 생략하는 것이었다. 그러므로 그의 움직임에는 절도가 필요없었다. 그는 언제나 흐르고 있어야만 되었다.

거리는 오전중에 그가 처해 있었던 거리였다. 거기엔 행진이 없었다. 정지된 범위 안에서 모든 것들이 우왕좌왕 갈피를 잡을 수 없는 싸움을 일으키고 있었다. 거기에서 소음이 일어났다. 갑주와 갑주의 부딪침이 아니라, 정신과 물(物)의 부딪침이었다. 거기에서 소음이 일고 있었다. 그 속에 또 제가능성이 날아 돌아다니고 있었다. 그 속을 꿰뚫고 그가 걸어나가고 있었다.

그러면서 그의 머리 속에서는 또 별도의 생각의 흐름이 진행하고 있었다. 「유어 취팅 하아트」, 저건 레이 찰스가 부르는 것이다. 슬프고 슬픈 검둥이 소경의 목소리다. 조용하다. 그러나 그것은 온갖 소란함을 억누르고 난 다음의 조용함이다. 그러나 우스꽝스럽다. 이렇게 밝고 바쁜 거리에서 저렇게 측은한 유행가를 귀담아 듣는다는 것은 확실히 우스꽝스러운 짓이다. 그러나 지나치면 그만이다. 들리지 않는다. 이것이 거리의 편리함이다. 그러나 또 들려온다. 이번 것은 유럽의 것이다. 「메어 큐르 바」. 에디뜨 삐아프가 절규하고 있다. 어떡하면 좋은가. 차라리 잠시 멈추어 이 휘황한 가두에 저립(佇立)해서 저 노래를 좀더 들어보며 눈을 끔벅거려 볼까? 그러나 싱겁다. 감격이 없다. 지나치게 소원해 있다. 감격의 시대는 지나가 버린 것이 아닌가. 현대는 소음의 시대라고…….

　우리는 마리네띠에게서 소음주의(騷音主義), 즉 소음(騷音)의 합주(合奏)를 이어받았다. 소음이란 당초엔 분명 어떤 다채(多彩)로운 생활(生活)의 강력(强力)한 시사(示唆)에 지나지 않았을 것이다. ……그러므로 마리네띠와 그 지지자(支持者)들은 전쟁(戰爭)을 물(物)의 항쟁(抗爭)의 최고(最高)의 표현(表現)으로서, 제가능성(諸可能性)의 자연(自然)스러운 폭발(爆發)로서, 운동(運動)으로서, 동시적(同時的)인 시(詩)로서, 또 생(生)의 문제(問題)를 해결(解決)하는 운동일반(運動一般) 가운데서 구해지는 절규(絶叫)와 사격(射擊)과 호령(號令)의 교향곡(交響曲)으로서 사랑한 것이었다. 운동(運動)은 감동(感動)을 불러일으킨다. 영혼(靈魂)의 문제(問題)는 화산(火山)과 같은 성질(性質)을 띠고 있다. 모든 운동(運動)은 자연(自然)히 소음(騷音)을 가져온다…….

천구백이십 년, 휠젠벡의 「다다여 전진하라!」의 한 구절이렷다. 운동-소음-감동. 이렇게 되면 음악도 그 장엄성을 잃어버린다. 그것은 지고의 것에의 추구이기를 그치고 동시성에 미친 즉물적인 행동 자체로 타락해 버린다. 운동-소음-감동-운동-소음…… 영구 순환이다. 그러나 우리의 욕구의 방향은 다르다. 우리는 감격을 구한다. 할 수만 있다면 다음에 행동이나 운동을 가져오지 않는 종지부로서의 감격을 원한다. 따라서 소음은 질색이다. 그래 그 욕구의 일단의 속된 표현으로서, 이 귀

시끄러운 소음 속에서 에디뜨 삐아프의 「메어 큐르 바」를 가려내고 있는 것이다…….

……그의 용무는 공중에 산재해 있었다. 그리고 그것은 한줌의 공기처럼 손에 잡히지 않았다. 거리는 혼잡을 이루고 있었다. 모든 사람은 제각기의 방향으로 제각기 움직이고 있었다. 그에겐 방향이 없었다. 아니, 모든 방위가 그의 방향이기도 했다. 그러나 한줌의 공기처럼 손에 잡히지 않는 그의 용무와 함께 그것은 결정되어 있지를 않았다. 그의 마음은 부풀어 있었다. 들리는 것, 보이는 것 모두가 차츰 격조를 낮추어 토요일 오후를 호흡하고 있었지만 그의 마음의 매듭은 풀어지지 않고 있었다. 자정만 되면 모든 사람이 다 버리고 가버리는 세계를 밤 새워 걷기라도 할 것 같은 기대와 의욕으로 그는 흐르고 있었다. 그 흐름이 어느덧 그의 습성을 따르고 있었다. 그는 저도 모르는 사이 끌려가듯이 그 골목을 향하여 걸어가고 있었다.

밝은 외광을 등지고 들어서는 컴컴한 두 사람의 남녀를 본 순간, 그의 수신기에는 반짝 빨강불이 켜졌다. 뒤이어 걷잡을 수 없이 빠른 속도로 송신부호는 그의 머리 속에 기록되기 시작하였다. 그의 마음은 돌처럼 딴딴하게 긴장하고 말았다. 그러나 그의 몸뚱이는 잠잠히 부드러운 자세를 유지하며 의자 속에 파묻혀 있었다. 의자의 팔걸이에 얹힌 길다란 팔끝, 손가락 사이에서 타다 만 담배가 힘없이 미끄러져 바닥에 떨어졌다.
여자는 대령과 함께 들어오고 있었다. 그들은 무난히 자리를 찾아 앉았다. 레지가 여자의 얼굴을 가리고 서 있었다. 대령의 옆얼굴은 똑똑히 보였다. 사복을 입고 있었다. 그러나 그 얼굴은 볼 필요가 없었다. 그는 앞에 놓인 냉수 글라스를 들어 쫄끔 마시고 목을 축이었다. 그리고 할 일이 없어진 그의 손은 또다시 담배를 꺼냈다. 마담이 성냥을 가지고 왔다.
"성냥 여기 있는데……."
그의 목소리는 자신이 듣기에 약간 떨리고 있는 것도 같았다. 마담은 아무 불만 없다는 표정으로 방긋 웃어 보이고는 돌아서 가고 있었다. 그의 시선은 그 뒷모습을 따르고 있었다. 그러나 마음은 왼편쪽 저만큼에

벽으로 붙어 앉은 여자를 보고 있었다. 여자의 얼굴이 흐릿한 시계(視界) 귀퉁이에 들어와 있었다. 그 얼굴은 움직이고 있었다. 방 안을 둘러보고 있음이 분명했다. 그녀는 그러지 않을 수가 없었을 것이었다. 그 움직임이 끝날 무렵해서 그는 담배연기를 깊이 빨아들이고 그쪽으로 고개를 돌렸다. 여자는 그를 보지 않고 있었다. 애교 비슷한 미소를 띄우고 대령과 무슨 이야기를 하고 있었다. 그녀의 목소리가 어렴풋이 분간되었다. 대령의 목소리도 가끔 크룽크룽 울리는 것 같았다. 그러나 그들은 극히 은밀한 이야기를 하고 있는 것이었다.

쇤베르크의 「정화된 밤」이 들려오고 있었다. 그 줄기를 따라 흐르다가 그는 문득 고소를 금치 못했다. 그때 시계 한귀퉁이의 하얀 얼굴이 삐끗 움직이는 것 같았다. 그는 고개를 돌려 보았다. 금방까지 그를 쳐다보다가 돌려지는 그녀의 시선과 일순 마주쳤으나 그녀는 아무런 신호도 보내 주지 않았다. 대령은 이야기하고 있었다. 몸을 앞으로 숙인 채 몇 마디 진지한 태도로 말하고는 그녀의 얼굴을 열심히 살피고 있었다. 그녀는 배시시 계면쩍은 듯한 웃음을 보이다간 금방 환하게 밝은 얼굴이 되어가지고 무슨 대답을 한번 하고는 멍청히 얼굴의 신경을 놓아 버리는 것을 볼 수 있었다. 그녀는 음악을 듣고 있는지 몰랐다. 그러나 대령에겐 음악을 들을 귀가 없었다. 그는 다시 고개를 이쪽으로 돌리고 몸을 귀에 맡겨 버렸다. 각각 한쌍씩의 바이올린, 비올라, 첼로로 연주되는 현악 육중주곡. 리하르트 데에멜의 로맨틱한 시. 어둡고 침침한 음향의 심연이 그의 마음을 느른하게 유혹하고 있는데 그의 심중에는 들척지근한 Zwei Menschen의 줄거리가 진행되고 있었다.

두 사람이 음침한 숲속을 걷고 있다. 잎 떨어진 앙상한 나뭇가지들이 뻗쳐 마주 얽힌 머리 위, 까마득한 하늘엔 차가운 달이 걸려 있다. 남녀는 걷고 있다. 여자가 이야기한다. 그녀의 죄를 고백한다. 그녀에겐 어린애가 있지만 곁에 있는 사내의 아이는 아니다. 그녀는 인생의 행복이란 걸 믿을 수 없었다. 그래서 생의 충실, 모성애, 또 어머니로서의 의무 등에 대한 동경을 잃고 잘 알지도 못하는 남자에게 내심 전율을 느끼면서도 몸을 맡겨 버렸던 것이다. 그녀는 그것으로 그녀의 생은 축복받고 결정되어 버린 것으로 알았었다……. 그러나 지금 그녀는 또 다른 이 남자와 둘이서 어두운 숲속을 걷고 있는 것이다. 그녀는 비틀거리며 걷고 있다. 그리고 그녀를 쫓아오고 있는 달을 멍청한 얼굴로 우러러보고 있다. 이때 남자는 여자에게 말한다. 여자를 상심케 해서는 안되는 것이다. 지난날의 죄책 때문에 괴로움을 당하게 해서는 안되는 것이다. 보라, 저 맑고 티없는 달빛을 보라. (여기서부터 밤은 정화되기 시작하는 대목이다.) …… 저 달빛은…….

  그러나 이때 여자와 대령이 자리에서 일어섰다. 여자는 그를 보지 않고 출구로 나가고 있었다. 남자도 찻값을 탁자 위에 놓고는 그 넓은 등으로 문을 막다시피하며 뒤따라 나가고 있었다. 그는 그냥 앉아 있었다. 눈을 감고 있었다. 첼로의 낮은 음이 그의 마음속 깊은 바닥을 흔들어 주고 있었다. 시간이 흘렀다. 일 분, 이 분……. 그러다가 그는 일어섰다. 카운터에 가서 돈을 내고 서서히 문을 나섰다. 그리고 꼬부라진 계단을 내려갔다. 거리에 나서자 쫙! 햇빛이 그를 에워쌌다. 그는 눈을 가늘게 뜨고 앞을 보았다. 저만큼 플라타너스 가로수 아래 여자는 서 있었다. 그는 다가갔다. 여자는 그에게 비로소 반가운 웃음을 보내 주었다. 그도 미소를 보여 주었지만 그의 얼굴은 무너지지 않았다. 꽉 자세를 고정시킨 채, 의식적으로 자연스럽게 안면 표피의 일부를 움직여 밝혀내고 있는 미소였다.
"오랜만이군……."
그녀는 대답 없이 그의 곁에 따라 섰다.
"갔어요, 그 사람?"
"네."
그들은 좀 걷다가 한적한 좁은 골목으로 들어섰다.
"왜 요샌 만날 수 없었지?"
"좀 바빠서……."
"그렇게 여러 날? 그 대령과 연애하는 게로군……."
"싫어, 그런 말. ……근데 아세요?"
"알지, 그 대령. 전부터 누구에 열의를 가지고 있었던 것도."
"어마, 어떻게요?"

여자가 반짝 고개를 들었다. 그리고 상체를 이쪽으로 돌리는 바람에 그의 팔굽에 뭉클 여자의 유방이 눌렸다. 그는 팔을 돌려 뒷짐을 졌다. 그리고 어두운 얼굴이 되지 않기 위해 애썼다.

"내 군대 시절의 상관이죠. 어느 날 나하고 둘이만 술을 마시는 자리에서 이야기하더군. 이름은 말하지 않고 묻지도 않았지만…… 누구하고 참 비슷하다고 생각했었지. 결국 그게 누구라는 게 오늘에사 난 알았군."

"그으래요?"

여자는 생각에 잠겼다. 그러다가 말했다.

"다 아신다니까 머. 요샌 자기 사는 교외에 있는 싼 집을 하나 알선해 주겠다고 열성이에요."

그들은 버스 정류장 근처에 와 있었다. 자리가 비어 있는 버스가 한 대 멈춰 있었다. 교외로 나가는 것이었다. 그들은 아무 의논도 없이 차에 올랐다.

그는 차의 진동에 따라 몸을 흔들리우고 있었다. 곁에 앉은 그녀의 몸이 철썩철썩 그에게 물결쳐 왔다. 그러나 그것은 무의지의 충격이었다. 그녀는 그에게 다가앉고 싶은 마음도, 그렇다고 더 떨어져 앉고 싶은 마음도 없음이 분명했다. 그녀의 마음속엔 대령과 만난 일에 대해 변명하고 싶은 생각만 간절할 것이었다.

문득 어느 뜨거웠던 날의 일이 생각났다. 그는 말했었다. 내 심정을 고백하는 따위의 일로 우리 사이의 평화로운 정의를 깨뜨릴 만큼 어리석지는 않다. 그러나 지금 같아서는 차라리 그렇게 어리석지 못함이 답답하다. 분별심이란 참으로 무책임하게 불편한 것이다. 나는 원한다. 나는 간절히 누구를 원한다. 원한다고 해서 가져지지 않는 줄은 알고 있다. 그러나 나는 목마른 것이다. 마실 수 있는 물이 아니라는 것을 아는 것이 목마름을 덜해 주지는 않는다……. 여자는 그의 어깨 위에 앉은 먼지를 털어 주며 한참 생각하다가 대답했다. 전 아무래도 자신을 용서할 수가 없어요. 그렇다고 버릴 수도 없구요. 다른 사람에겐 값싼 것이지만 반면 저 자신에게는 너무 값비싼 거예요. 그러니까 지금대로가 좋아요.

더 올라가지도 않고 내려가지도 않는 지금대로가…….

그게 대령 때문이 아님을 그는 알고 있었다. 그건 누가 뭐래도 확실했다. 그러나 그렇대도 그가 보는 앞에서 그녀가 대령과 만난 것을 좋게 생각하지는 않았다. 그리고 그녀는 그것을 알고 또 내심 그게 좋기도 해서 변명을 하려고 하는 것이다. 그뿐이다. 그 일이 끝난 다음엔 이런 것 저런 것 화제를 바꾸어 이야기나 하고, 밥을 사먹고, 거리를 걷고…… 이런 것뿐이다. 이건 참으로 아무것도 아니다. 이 아무것도 아닌 것을 향하여 그들은 흔들리는 버스 안에 나란히 앉아 싱겁지도 않은 얼굴로 가고 있는 것이었다. 결국 아무 일도 일어나지 않고 만다. 이 여자와 나와는 아무 일도 할 수 없는 것이다. 그리고 그 아무것도 아닌 일에는 이 먼지알처럼 무수한 가능성이 산재해 있는 무한대의 시공은 적합하지가 않은 것이다.

그 다음에서 버스가 멎자 그는 일어섰다. 그리고 여자의 팔을 잡았다. 밖에서는 전차 한 대가 요란한 쇳소리를 내며 지나가고 있었다. 왜요, 왜 여기서 내려요, 하는 표정이 역력히 떠올라 있었다. 그러나 그들은 내렸다. 그 거리엔 허름한 가게들이 즐비해 있었다. 그들이 한 번도 와보지 못한 거리였다. 쌀가게, 미장원, 철물점, 약방, 양장점…… 등이 주욱 낮은 추녀를 드리우고 늘어서 있었다. 보랏빛 착색을 한 삼 층 집도 보였다. 창유리마다 빨강과 흰색의 공이 그려져 있었다. 거기서 몇 집 더 가서 목욕탕처럼 타일을 붙인 새로 지은 중국집이 있었다. 그는 그리로 그녀를 데리고 들어갔다.

그들은 이층방으로 안내되었다. 문을 닫았다. 그리고 그가 돌아서자 성숙을 극한 그녀의 얼굴이 그를 향하고 있었다. 그는 그녀의 어깨를 두 손으로 잡았다. 그녀의 몸이 갑자기 딱딱하게 오므라드는 느낌이었다. 그는 입을 열었다.

"나는 누구를 사랑하지는 않아. 그러나 나는 못 견디겠어!"

그는 여자를 끌어당겼다. 그녀의 몸이 파르르 떨면서 끌려왔다. 그녀의 가슴이 그의 가슴 앞에서 출렁 움직였다. 그는 어깨를 잡았던 손으로 그녀의 두 뺨을 꼭 감싸쥐었다. 여자의 눈이 반항적으로 그를 올려다보고 있었다. 그는 고개를 구부리었다. 그래도 닿지 않아 어깨를 움츠리었다. 오뚝한 콧날 아래 발그레한 입술이 꼭 다물려 있었다. 그의 입술이 그녀의 입술을 건드렸다. 움직이지 않았다. 그녀는 돌처럼 굳어 있었다. 그는 입술로 입술을 열었다. 방싯 그것이 열렸다. 그리고 그녀는 스르르 풀리기 시작했다. 그리고 시원한 물처럼 빨려 들어오기 시작하였다. 그는 그녀의 뺨을 놓고 대신 그녀의 목과 등을 꽉 끌어안았다. 여자가 핸드백을 놓치는 순간 방문이 드르륵 열렸다. 그러나 그는 꼼짝도 안했다. 여자에게 육박하는 힘만 좀더 가했을 뿐이다. 급사는 황급히 물수건과 엽차 그릇을 놓고는 문을 닫아 버렸다.

몇 분 뒤 그들은 방을 나왔다. 둘은 새삼스럽게 남이 되어 버린 듯한 얼굴이었다. 계단을 내려왔다. 중국 사람들이 괴이한 얼굴로 그들을 노려보고 있었다. 카운터 앞에서 생각난 듯이 그는 주머니에서 돈을 꺼냈다. 십 원짜리 석 장과 오백 원짜리 한 장이었다. 그는 오백 원짜리를 내놓았다. 그리고 그녀의 뒤를 따라 중국집을 나왔다. 뒤에선 더욱 괴이한 표정을 한 사람들이 돈과 나가는 그의 뒷모습과를 꺼끔내기로 쳐다보고 있었다.

날이 저물어가고 있었다. 그들은 그녀의 집 근처까지 가는 합승에 실려가고 있었다. 그는 아무것도 생각할 수가 없었다. 차에 몸을 싣듯이 어디엔가 실려 버린 느낌이었다. 그녀를 입맞추었다고 하는 한 가지 역행으로 하여 별안간 방향감각을 잃어버린 느낌이었다. 입맞춤과 그 입맞춤이란 역행과…… 두 가지 중 어느 쪽에 의미가 있는 건지 알 수가 없었다. 자, 그러면 다음엔 무엇이 올 것인가. 다음엔 무슨 일이 일어날 것인가, 아니 이제 우리는 무슨 일을 할 수 있을 것인가.
문득 그는 그녀를 돌아보았다. 그녀는 비스듬히 창 밖을 내다보고 있었다. 밖에는 산그늘에 가리운 우중충한 집들이 줄지어 지나가고 있었다. 마치 그 집들에게라도 이야기하듯 그녀는 말했다.
"저, 그 대령이 사라는 집, 사야 되겠어요."

"음?"

무슨 말인지 그는 알아들을 수 없었다. 대령이 사라는 집을 사겠다는 말이 도대체 무엇을 뜻하는지 알 수 없었다. 한동안 생각하다 그는 중얼거렸다.

"내가 돌아본 것을 알았다는 이야기겠지?"

잠깐 뒤 그녀는 고개를 깨딱거렸다.

차는 멎었다 달리고, 멎었다 달리고 하면서 자꾸 도심을 향하여 질주하고 있었다. 길가 가겟집들에 불빛이 차츰 찬란해지기 시작하고 있었다. 고층 건물 꼭대기까지 기어올라간 네온사인들이 각색으로 빛나며 움직이기 시작하고 있었다. 밤이 시작되고 있었다. 자정을 향하여 질주하는 시간이 밤이라는 형태로 그들의 앞에 나타나는 것이었다.

"어떡하지?"

그가 물었다.

"내리죠."

차가 멎었다. 여자가 내렸다. 그도 내렸다. 뒤이어 자꾸 차는 밀렸다. 내리고 타는 사람들이 어둑한 거리에 북적거리고 있었다. 그들은 거기에서 빠져나왔다. 시계, 귀금속 등을 비춘 찬란한 불빛이 포도 위까지 환히 밝혀 주었다. 그들은 그중 하나의 쇼윈도 앞에 섰다. 마음에 드는 물건을 물색하기라도 하는 것처럼 두 사람은 서 있었다.

"어떡하지?"

유난히 큰 팔목시계 하나를 보면서 그가 물었다.

그들은 또 걷기 시작했다. 몇 발짝 가다가 그녀가 말했다.

"제가 술을 사드릴까요?"

그는 고개를 저었다.

"난 누구를 타락케 하고 싶진 않아요."

"그렇게 쉽사리 타락하진 않아요."

그녀의 말은 성을 잃어버린 말이었다. 그녀는 기껏 이야기를 하고 싶은 것이리라. 이야기라도 하며 이 석연치 못한 감정을 풀어 보고 싶은 것이리라. 그러나 이야기하는 것으로 그것이 풀어지지는 않는다. 잘못하면 더 깊은 미궁으로 빠져, 둘다 서로 도울 수조차 없는 미아가 되어 버릴지도 모른다. 술을 마신다……. 그것도 의미 없는 짓이다. 전 술을 마실 줄을 모르고, 난 지금 술을 마시고 싶질 않다. 둘이 같이 있을 구실이란 그런 것밖에 없는가. 그렇지 않으면 이렇게 어떡헐까 어떡헐까 하며 거리를 헤매고 다니는 길밖엔 없는가.

그의 팔굽에 또 그녀의 유방이 닿고 있었다. 그는 또 뒷짐을 졌다. 동편 하늘에서 희미하던 반달이 차츰 샛노란 영채를 띄우기 시작하고 있었다.

"쇤베르크"

"Verklärte Nacht."

"정화시켜 볼까?"

픽, 여자가 웃었다. 픽픽, 그도 웃었다. 그러나 금방 그는 웃음을 그쳤다. 끝이 날 것 같지 않았다. 언제까지고 이 이녕(泥濘) 속에서 발을 빼지 못할 것 같았다. 뛰어나와야 했다. 더 깊은 수렁에 빠지게 될지, 굳은 땅을 디디고 나서게 될지는 알 수 없지만 그는 무슨 행동이건 변화를 가져올 일을 해야만 했다. 순간 그는 자신이 그녀에게 실려 있음을 생각해 내고 분연히 몸을 솟구쳐 뛰어내렸다.

"여자가 견딜 수 없을 때엔 어떻게 하는지 알아요?"

그녀가 말끄러미 그를 쳐다보았다.

"Run away."

수그리고 있는 그녀의 얼굴에서 표정을 찾아보기는 힘들었다. 그러나 고개를 숙이는 순간, 그는 보았다. 그녀의 얼굴이 수치심으로 일그러져 있음을. 그는 뒤이어 말했다.

"해봐요, 되나 안되나. 단, 이 다음에 만날 때에는 우리는 꼭 서로 사랑 해야만 된다는 것을 잊지 말고……."

그리고 그는 걸음을 멈추었다. 그녀의 걸음걸이가 잠깐 머뭇거리는 듯 했다. 그러나 그녀의 발의 움직임이 멎지는 않았다. 굽이 높은 백색 샌들 위에서 쭉 곧게 올라간 두 개의 다리는 서서히 앞서거니 뒤서거니 옮겨 지며 그에게서 멀어져 가고 있었다. 검정색 원피스가 맨 먼저 밤의 인파 속으로 동화되고 말았다. 다음엔 두 다리가 비슷한 다리들과 섞여들어

분간을 할 수 없이 되더니 맨 나중에 그녀의 하얀 핸드백이 반짝 빛을 발했다간 사라지고 말았다.

 어둠은 머리 위에서부터 자우룩히 덮여 내렸다. 그러나 땅 위에선 무수한 반발이 일어나고 있었다. 수없는 전구들이 몸부림치며 빛을 발산하고 있었다. 그리고 검은 하늘 한가운데 노오란 달은 너무 멀리에 혼자 있었다. 도시는 사람들로 충만해 있었다. 낮보다 몇 배나 더 큰 소리의 양이 공간이 미어지게 터져오르고 있었다. 넘어가는 해가 붉듯이 도시는 불건강하게 빛나고 있었다. 조금 전까지 가벼운 원소처럼 가능성이 부동하던 공간에 습도 높은 불결한 어둠이 자리잡고 있었다. 거기 어떤 구석엔가 무서운 눈이 있어 자꾸 사람들을 불빛 속으로만 몰아넣고 있는 시각.
 그는 주위를 돌아보았다. 혹시 누가 보고 있었다면 이상하게 생각하리만큼 그는 그녀가 떠나간 뒤, 그 자리에 오래 서 있었던 것이었다. 그는 걸음을 옮겨 놓았다. 수염이 갑자기 자라는 것처럼 턱에 까실까실한 느낌이 있었다. 그래 턱언저리를 만져 보았으나 아침에 면도한 자리가 까칠까칠할 뿐 아무렇지도 않다. 그는 고개를 쳐들었다. 그리고 입술을 빨아 보았다. 약간의 루즈의 맛이 아직도 사라지지 않고 남아 있었다. 그것은 그녀의 입술의 부재의 맛이었다. 길을 건너려 하자 신호등이 빨강으로 바뀌었다. 서 있기가 싫었다. 길을 오른편으로 돌아갔다. 저만큼 위쪽에 불빛으로 제약을 받지 않는 횡단보도가 있음을 그는 알고 있었다. 거기 그가 도착할 때쯤엔 여기 신호등이 파랑으로 바뀌어 있을지도 몰랐다. 그러나 그는 그것을 기다리고 있을 수 없었다. 그는 걸었다. 앞에 아무 기대도 없어 그는 천천히 걸었다. 험준한 산의 외곽이 검푸른 하늘을 배경으로 시커멓게 솟아 있는 게 보였다. 거기서 방송탑 꼭대기의 빨강 불이 서서히 껌벅거리고 있었다. 우수수 가로수가 건조한 소리를 내고 흔들렸다. 약간 선선한 바람이 옷깃 사이로 스며들었다. 검푸른 하늘이 불어오고 있었다. 곧 가을일걸……. 그는 피우고 싶은 마음도 없이 담배를 꺼내 입에 물었다. 그리고 성냥을 손에 들고는 켤 생각을 하지 않고

덩두런히 멈춰 서버렸다. 길가 꽃가게 문 옆에 새장이 하나 매달려 있었다. 들여놓기를 잊어버려, 거기 남아 있는 장 안에서 새들이 슬픈 소리로 울고 있었다. 성냥을 켰다. 그리고 그것을 쳐들어 새장을 비춰 보았다. 이름 모를 작은 새가 두 마리 몸을 맞붙이고 떨고 있는 것처럼 보였다. 이젠 어두워 장문을 열어 준다고 하더라도 적당한 갈 곳을 찾아가지도 못하리라. 그는 무료히 성냥개비를 길바닥에 버렸다.

그리고 이번엔 담배를 피울 목적으로 성냥을 켜는데 휘이 바람이 불어와 불을 꺼버렸다. 서늘한 기운이 목덜미에 스쳤다고 생각되자 문득 희미한 냄새가 코를 스쳤다. 그건 아주 가까운 곳에서 풍겨오는 냄새였다. 그는 번쩍 고개를 돌이켰다. 검정 원피스가 거기 서 있었다. 흰 얼굴과 핸드백과 샌들과 함께……. 그는 그것이 환영이기를 바랐다. 그래 모른 척 또 하나의 성냥을 켰다. 담배에 불을 붙였다. 그러고 나서 다시 돌아보았다. 없어졌어야 할 환영은 없어지지 않고 그냥 거기 있었다.

"도망칠 수 없었어요."

환영은 말하고 있었다. 그의 가슴은 별안간 뛰기 시작하였다. 가슴이 찌르르 하는 감격이 막 오려고 하는 찰나였다.

"그럼?"

"그럼이라니요?" 환영은 반문했다. "전 할 수 없었어요. 그래 아까 그대로 여기까지 온 거예요."

그녀의 대답은 그를 배반하고 말았다. 그의 가슴속에서는 노여움이 치솟기 시작했다. 왜 도망치지 못했는가. 일단 도망쳤다가 지금은 다시 만나는 것으로는 왜 되지 못하는가!

"그럼 어떡하지? 우린 무얼 하지? 뭘 할 수 있지? 무엇이든 하지 않고는 못 견디겠어. 그런데 우리가 할 수 있는 일은 뭐지?"

그녀는 서 있었다. 대답을 하지 않고 있었다. 그는 외치고 말았다.

"누가 못한 걸 내가 대신해 줄까? 무엇을 할 수 있거든 나를 부르란 말이요. 자, 이렇게 내가 걷기 시작할 테니…… 자, 부를 수 있으면 서슴지 말고 불러보란 말이야!"

그는 걷기 시작했다. 뒤에서는 아무 소리도 들리지 않았다. 그는 더 빠르게 걸음을 옮겨 놓았다. 그래도 그를 부르는 소리는 들리지 않았다. 쫓아오는 소리는 들려오지 않았다. 그러나 그는 어느덧 달려가고 있었다.

　요란한 사이렌 소리를 내고 소방차가 달려오고 있었다. 한 대, 두 대, 세 대……. 자디잔 차들이 한쪽으로 쫙 비켜서는 좁은 길을 육중한 빨강 덩어리들은 미친 듯이 굴러 지나갔다. 주위가 갑자기 어수선해졌다. 다시 움직이려 발동을 걸고 시동하는 차들의 엔진소리에 섞이어 수많은 사람들의 수런거리는 소리가 그를 에워싸고 조여들었다. 길 왼편 신문사 너머 쪽에서 불길이 왈칵 하늘로 치솟았다. 검붉은 연기가 무섭게 꿈틀거리며 하늘 위로 휘말려 올라갔다. 불은 가까이에서 나 있었다. 가게마다 사람들이 뛰어나와 있었다. 멈춰선 행인들 사이에 끼어 있는 사던 사람, 팔던 사람. 길옆 바에서도 손님, 웨이터, 여급들이 나와서 있었다. 이층 맥주홀 창에도 갖가지 남녀의 얼굴들이 벌겋게 열려 있었다. 큰길에서는 교통이 차단되어 있었다. 지나던 행인들이 빼꼭 길을 메우고 있었다. 불이 난 곳은 은행이었다. 서류고에서 불이 난 것이라고 누군가 설명하는 것을 그는 지나치면서 들었다. 불길이 창문마다에서 콱콱 뿜어나오고 있었다. 그 널름거리는 혀끝이 구름 같은 검은 연기로 화하여 밤하늘에 휘말려 올라갔다. 소방차의 호스 끝에서 세찬 물줄기가 허옇게 불 속을 후비고 들어가고 있었다. 그 하나가 삐뜩 하더니 붉은 벽돌벽에 부딪치자 콱 비말(飛沫)이 흩어지며 좌르르 길 위로 쏟아져 내렸다. 그때 무엇이 그 안에서 쏟아져 내리는 듯하더니 잠깐 불끝이 주춤했다간 다음 순간, 한층 더 샛노란 빛을 띠어가지곤 화악 뿜어 나왔다. 그 불길이 다시 한 번 주춤하자 이번에는 그 위층 창문에서 불꽃이 튀어나오기 시작했다. 사람들이 혀를 차고 있었다. 탄식하는 소리도 들렸다. 그들의 얼굴은 모두 붉게 물들어 있었다. 그는 그 사이를 헤치고 뚫고 나가고 있었다. 지금쯤 그녀는 어느 어두운 길목을 돌아가고 있을지 몰랐다. 어쨌든 그녀는 어디쯤엔가 가고 있을 것이었다. 그는 계속해서 사람들의 등과 어깨와 가슴과 옆구리를 헤치며 걸어나갔다. 차츰 틈이 넓어졌다. 움직이는 사람들이 차차 눈에 띄기 시작했다. 불은 멀어져 있었다.

그러나 그의 머리 위 하늘은 뻘겋게 불길한 색으로 물들어 있었다. 그리고 저만큼 북쪽 하늘로 깜깜한 연기가 불려 올라가고 있었다. 그는 손수건으로 이마의 땀을 닦았다. 큰 한숨을 내쉬고 그 골목으로 들어섰다. 그는 또 거기로 가고 있었다.

아까 그녀가 앉았던 자리에는 대학생 같은 청년이 앉아 있었다. 그리고 그 맞은편 대령이 앉았던 자리에는 중년 부인이 앉아 있었다. 그가 앉았던 자리는 비어 있었다. 그는 그리로 가서 앉았다.

"불이 크게 난 모양이죠?"

마담이 성냥과 재떨이를 들고 그에게로 왔다. 그는 뭐라곤가 대답해 주었다. 그리고 손수건으로 이마와 목을 훔쳤다. 음악은 라흐마니노프인가 했더니 아니었다. 가슴이 빡빡해지는 고음의 트레몰로……

"나, 커피."

마담이 빵긋 웃으며 고개를 깨딱거리곤 금방 아무렇지도 않은 얼굴로 돌아가, 전표 쪽지에 볼펜을 굴렸다.

그는 생각난 듯이 다방 안을 다시 한 번 둘러보았다. 그녀는 거기 있을 리 만무했다. 뿐만 아니라 그녀는 거기 오지 않을 것이었다. 혹시 영원히 오지 않을지도 몰랐다. 그렇대도 달리 아무 방도도 없었다. 그는 어느 구석엔가 그녀의 손때쯤은 남아 있을지 모르는 이 다방에서 차를 마시고 앉았다 돌아가지 않으면 안되었다.

레지가 차를 날라왔다.

"그 아줌마하고 같이 오실 줄 알았더니……"

그는 말없이 스푼을 들어 차를 저었다. 그리고 잔을 들어 한 모금 마셨다. 그 밖엔 아무 할 일이 없었다. 그 차도 얼마 안 있어 다 마실 것이었다. 그는 시계를 보았다. 여덟 시 오 분이었다. 좀 있다가 바늘 두 개가 일직선이 되기 전에 그는 전혀 할 일이 없는 사람이 되고 말 것이었다. 너무 이른 시간이었다. 그는 그때야 술을 생각해 냈다.

그는 번쩍 고개를 들어 마담을 쳐다보았다. 그녀의 고개가 이쪽으로 돌려지기를 기다려 그는 손짓을 했다. 그녀가 가까이 왔다.

"나, 돈 좀 빌려 주셨으면……."

"웬일로 그런 부탁을 다 하세요? 얼마나요?"

"약간. 주머니가 비어서요…… 술을 좀 마시고 싶은데……."

"빌려드릴 수야 있지만…… 저희 집에서 잡수시면 안되나요? 진짜 위스키가 있어요. 제가 대접할게요."

"것도 좋죠. 고맙습니다. 그러나 그것으로 저의 돈의 필요성이 해소되지 않습니다."

"어머나, 그럼 도리없이 두 가지를 다 해드려야겠군요. 그럼 선생님, 잠깐 앉아계세요."

그녀는 웃으며 카운터로 돌아갔다. 또 무슨 일이 되어 나가고 있었다. 시계바늘은 일직선이 되어 오른편으로 기운 사선을 긋고 있었는데, 그에겐 또 마담이 주는 술을 마시고, 또 그녀가 빌려 주는 돈을 받아서 쓰는 일이 남아 있게 된 것이었다. 그는 의자의 쿠션 속에 몸을 깊이 묻고 팔을 움직이지 않은 채, 크게 기지개를 켰다.

어렴풋이 정신이 들자 심한 갈증을 느꼈다. 무거운 눈을 힘들여 떴다. 거기 한 얼굴이 있었다. 새까맣고 조그맣고 또렷한 두 개의 눈에서 영원히 잠들 것 같지 않은 싱싱한 시선이 그에게 부어져 내리고 있었다. 웃으면 한쪽 귀에 주름이 잡히는 얄팍한 입이 가만히 닫혀 있었다. 그것이 방긋 열리며 두 입술 사이에 윗니의 하얀 치열이 보였다.

"깨셨어요?"

"음."

그는 벌떡 일어나 앉으려 하였다. 그러나 일어나지지 않았다. 아내의 오른손이 그의 왼편 뺨에 닿아 있었다. 그리고 왼손은 그의 머리를 빗질하다가 그냥 거기 머물러 있었다. 그는 아내의 무릎을 베고 누워 있었다. 그는 아내의 얼굴을 이윽히 올려다보고 있었다. 그녀는 생그레 웃음을 내려보내고 있었다.

"아까, 무어라고 하셨는지 아셔요?"

아내는 우스워 못 견디겠다는 듯이 돌연 쿡쿡 웃었다. 그러면서 허리를 구부리어 뺨을 그의 얼굴로 가져왔다. 얇고 부드러운 뺨이 막 수염이 돋아나기 시작하는 그의 턱 언저리를 어루만졌다. 쿡쿡 아내는 여전히 웃고 있었다.

"왜? 내가 뭐라고 했기에?"

"도박을 하셨다구요. 간신히 본전은 건지고 왔지만, 그것도 위험한 본전이라구요. 그러면서 꼬깃꼬깃한 백 원짜리 다섯 장을 내놓으시곤, 마치 그 말을 하러 멀리에서 달려오시기라도 한 것처럼 왈칵 제게로 쓰러지시잖겠어요."

"취했었군."

"지금은요?"

아내가 고개를 들었다. 그가 몸을 일으켰다. 그리고 고개를 가로저었다. 그는 입술을 빨아보았다. 아무 맛도 냄새도 나지 않았다. 그는 아내의 입술에 천천히 그리고 가만히 입맞추었다. 그리고 말했다.

"나 물 좀."

아내의 감겼던 눈이 뜨여지고, 아내가 일어섰다. 문을 열고 나갔다. 그는 주위를 돌아보았다. 한쪽에서 어린애가 잠들어 있었다. 그 머리맡에서 장난감 강아지가 고개를 꼬고 그를 바라보고 있었다.

그는 돌아와 있었다. 다시 출발점으로 돌아와 있었다. 본전만 가지고, 그것도 아주 위험한 본전만 가지고, 한 발짝도 나서지 않은 원위치로 돌아와 있었다. 미지의 가능성도 그걸 향하고 있는 그의 수신기도 문을 닫고 있었다. 이제 또 하룻밤이 지나면 내일치의 움직임이 시작될 것이었다. 그러므로 지금 이 시간, 그는 무조건 괄호를 닫아 버리고 휴식을 해도 좋은 것이다.

아내가 물그릇을 가지고 들어오는데 마루의 괘종이 종을 울리기 시작하였다. 그는 아내를 보며, 물을 마시며, 그 소리를 세었다.

······여덟, 아홉, 열, 열하나, 열둘. 그리고 그는 마음먹었다. 쉴 수 없다고, 이렇게 가까이 있으면서도 저렇게 멀리 있는 아내를 찾는 일을 지금부터 하지 않으면 안된다고······ ■

웃음소리

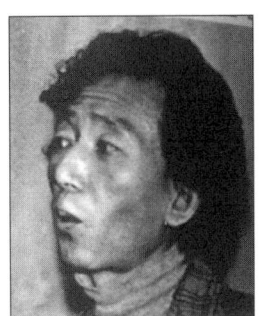

최인훈(崔仁勳)

1936년 함북 회령에서 태어나 서울대 법대를 중퇴했다. 1959년 『자유문학』에 「그레이 구락부 전말기」 등을 추천받아 등단했다. 1967년에 동인문학상을 받았으며, 희곡 「옛날 옛적에 훠어이 훠이」로 한국연극영화예술상을 받기도 했다. 소설집으로는 『광장』『총독의 소리』『소설가 구보씨의 1일』『화두』 등이 있으며, 수필집으로 『길에 관한 명상』, 평론집으로 『문학을 찾아서』가 있다.

■수상결정서

최인훈 씨는 1959년에 단편소설 「그레이 구락부 전말기(俱樂部顚末記)」와 「라울 전(傳)」으로 『자유문학』의 추천을 완료한 이래 많은 단편과 함께 특히 장편에 주력하여 「광장(廣場)」, 「구운몽(九雲夢)」, 「회색(灰色)의 의자(倚子)」, 「서유기(西遊記)」와 연작 「크리스마스 캐롤」 등 중후한 작품을 계속적으로 발표해 문단에 여러 가지로 문제를 던지곤 하고 있는 것으로 주목받는 작가다. 더욱이 「광장」은 문단에서뿐 아니라 일반 지식인 사이에도 널리 읽혀진 문제작이었다.

씨의 작품의 특색은 한마디로 관념적 사실주의라고 할 수 있을 것이다. 현실이 대상이로되 그것을 정곡으로 파헤치는 것이 아니라 일차 관념으로 받아들여 요리한 뒤에 그것을 밀도 있고 생생한 문장에 담아 혹은 우화, 혹은 상징, 혹은 데포르사숑의 표현으로 형상화하는 수법인 것이다.

관념소설이라면 현대문학의 특질의 하나인 것은 주지하는 바이지만 서구에 있어서는 유력한 대가들이 이미 시험했고, 하고 있는 창작수법으로 이 수법을 씨가 받아들여 씨 나름대로 성실하게 작품으로 썼고 써 나가고 있다는 사실을 심사위원 전원이 주목하지 않을 수 없었고, 이런 작품이 범하기 쉬운 관념의 생경한 노출을 전기한 여러 가지 표현으로 극복하고 있다는 점을 수긍하지 않을 수 없었다.

「웃음소리」는 씨의 장단 전작품의 특색이 단적으로 나타나 있는 단편이다. 죽음이라는 구체적인 사실로 표시되는 절망적인 현상에 직면한 인간의 존재를 무르녹은 이미지와 잘 용해된 관념과 밀도 있는 문장으로 구축한 휘연한 작품이다. 단편 자체로도 가작일 뿐 아니라, 여타의 대상작에 비겨도 우수했고 예년의 수상작의 수준으로도 손색이 없다고 보아, 이 작품을 1966년도 동인문학상 수상작으로 추천한 것을 만장일치로 인준하였다.

—독립문화상 기금관리 위원회(獨立文化賞基金管理委員會)

웃음소리

정한 시간까지는 아직 사이가 있었지만 그녀는 곧바로 걸음을 옮겨 골목으로 꺾어지는 모퉁이를 돌았다.

<바 하바나>라고 쓴 간판이 익숙한 눈어림 속에 들어왔을 때 그것은 마치 죽었다는 소문을 듣고 있던 사람을 거리에서 문득 만났을 때처럼 그녀를 서먹하게 했다.

그곳까지 걸어가는 사이의 시간이 그녀에게는 무척 길게 느껴졌다. 수없이 오고 간 그 골목이 아주 생소하고 힘든 저항을 받으며 헤쳐들어가야 하는 뿌듯한 물체처럼 생각히는 것이었다.

문을 열고 홀 안에 들어섰을 때 그러한 느낌은 줄기는커녕 한층 심해졌다.

벽에 밀어 붙여서 쌓아올린 의자들의 위쪽 것은 거꾸로 한 다리를 앙상하게 천장을 향하여 뻗치고 있고, 스크린이 두 겹으로 이 의자의 더미를 성벽처럼 둘러치고 남은 공간은 전에는 기름이 잘 먹어 검고 육중하게 빛나던 마루답지 않게 희부옇고 을씨년스러웠다. 그녀의 눈길을 맞은 맨 처음 것은 이 공간이었고, 그 저편에 스크린으로 가려진 의자의 산(山)을, 그리고 그 봉우리에 솟은 삐쭉삐쭉한 금속의 다리들을—이런 순서로 인식하였던 것이다. 그것은 그녀가 바로 한 달 전까지 거기서 웃고 마시고 얼굴과 몸의 표현을 취한 속에서도 적당히 계산하면서 주었다 뺏었다 하며 돈과 바꾸던 그 장소가 아니었다. 다른 어떤 곳, 처음 와보는 어떤 곳. 아마 그녀가 영화에서 본 일이 있는 저 사막(沙漠)에 가서 허허한 모래의 공간과 하늘로 뻗친 앙상한 사보텐의 다리와 가시를 보았다면 그녀의 가슴은 비슷한 아픔을 느꼈을지도 모른다.

그래서 도적놈처럼 죽여지는 걸음에 그때마다 순간적으로 반발하면서 홀의 끝에 있는 카운터까지 걸어가 널판에 핸드백을 소리내어 얹으면서 그녀는 말하였다.

"누구, 있어요?"

진열대 아래 뚫린, 주방과 통하는 문 앞에는 먹고 난 가락국수 그릇이 내놓여 있었다. 아직 물기가 가시지 않은 그릇은 그녀의 물음에 우선은 대꾸해 주었다. 그러나 저편에서 사람의 목소리는 대꾸해 오지 않았다. 그녀는 다시 불렀다. 그리고 한 손으로 핸드백을 잡고, 남은 손으로 주먹을 만들어, 기대고 선 카운터의 수직면을 약간 세게 두드렸다.

속에서 인기척이 났다. 그녀가 다시 무어라고 입을 떼려던 순간에 사잇문이 열리며 그 빠끔한 공간에 이번에는 거짓말처럼 낯익은 풍경—순자의 그 동탕한 얼굴이 나타났다.

"어머, 언니."

그녀는 목을 꼬아, 찾아온 사람을 올려다보며 웃어 보이고는 한번 안으로 사라졌다가 그제야 문을 빠져나와 카운터 안에 들어섰다.

"너 아직 있었구나?"

"응."

순자는 이마에 흩어지는 머리카락을 밀어올리면서 또 한 번 웃었다. 주방 일을 거들고 있던 순자는 바가 닫히던 무렵에 화장이며 맵시가 부쩍 '언니'들을 닮아서 때가 빠지고 있었다. 그녀는 자기가 가끔 순자에게 쓰다 남은 매니큐어 약이며 루즈를 집어 준 생각을 하였다.

"마담 안 오셨니?"

"아니."

"언제 들렀니?"

"그러니까…… 한 사오 일 전에 오셨던데, 쉬 다시 개업한다구……."

"그래?"

그렇다면 오늘 약속은 지킬는지도 모른다고 그녀는 생각하였다. 마담은 그녀를 다시 두고 싶어할 것은 분명하였고 그러자면 밀린 돈을 다른 일 젖혀놓고라도 청산할 것이기 때문이었다. 그녀는 하나만 남은 의자 위에 올라앉으면서 카운터 안에 선 순자에게 다시 물었다.

"오늘 들르겠단 말 없든?"

"아아니?"

아무튼 기다리기로 하자. 결심을 실천하자면 그만한 돈은 꼭 있어야 했다. 그 돈으로 실천하려는 일이 지금 그녀에게는 그 돈과 꼭 맞먹는 그저 사무적인 일로 생각되었다.

이것 저것 더 묻지도 않고 속으로 무엇인가 생각하면서 멍해 있는 '언니'와 마주서 있기가 무료했던지 순자가 가락국수 그릇을 집어들면서 곧 다녀올 터이니 비우지 말아달라고 이르고 나간 다음에도 그녀는 까딱도 않고 손으로 턱을 괴고 그 자리에 앉아 있었다.

두 겹으로 된 출입문은 그나마 맑은 유리가 아니었고, 위 아래로 길죽한 창에는 두꺼운 커튼마저 가려져서 홀 안은 한결 어두웠다. 그녀가 앉아 있는 곳에서 보면 창문으로 들어오는 햇빛이 커튼에 배어서 밖은 마치 검은 안경을 쓴 남자의 동공처럼 보였다. 그녀의 망막에는 검은 안경을 쓴 어떤 해사한 눈자위가 퍼뜩 떠올랐으나 그녀 속에 있는 노여움이 거칠고 빠르게 그 그림자를 뭉개어 버렸다. 얼굴에 피가 오르는 기분에 스스로 화를 내면서 그녀는 백을 열고 화장용 줄칼을 꺼내 손톱을 다듬기 시작하였다.

언제나처럼 그 작업은 마음을 가라앉혀 주었다. 무료할 때 또는 주위가 소란스러울 때, 상대방의 말을 귀담아 듣고 싶지 않을 때, 또는 눈을 마주치기 싫을 때, 좋을 때 또는 기쁠 때—어느 경우건 손톱에 매달리는 버릇은 동료들에게는 잘 알려져 있어서 그들은 그녀의 말보다도 그녀가 손톱을 손질하는 품을 보고 대답을 들었다. 더 손댈 자리가 없어 보이는 손톱에서 그녀는 아주 작은 그리고 희미한 흠을 찾아내어 조심스레 갈고 닦아갔다. 어두운 속에서 그 작업은 더욱 시간이 걸리고 온 조심을 필요로 하였다. 줄칼의 어림과, 어둠 속에서 반짝이는 손톱의 윤곽을 엇바꿔 조종하면서 그녀는 작업을 계속하였다.

　같은 업종의 집들이 늘어선 깊숙한 골목 안은 한 시를 조금 지난 이 시간에 아주 조용하여서 그녀는 거의 아무 소리도 듣지 못하였다. 그녀는 가끔 고개를 들어 입구를 바라보고 또 구석의 의자의 산을 뒤돌아본다. 손톱을 만지고 있는 사이 그곳에 문이, 그곳에 의자의 산이 아직도 있어 주고 있는가를 다짐하려는 것처럼 보였고, 문에서 누가 나타나기를 기다린다고는 보이지 않았다. 왜냐하면 출입구로 향했던 시선은 멈추지 않고 돌아가는 시계바늘의 운동처럼 의자의 산쪽으로 미끄러져서는 다시 손톱으로 돌아오기 때문이다. 그녀의 동료들은 이 작업을 두려워했었다. 신참자들은 말을 대신한 이 동작 앞에서 '선배'를 느꼈고, 경쟁자들은 짜증을, 그리고 마담은 이 홀의 '1번(番)'의 증거를 보았다. 물론 그 '1번(番)'이 '1번(番)'답지 않은 '외도'를 했을 때 마담은 장삿속만이라고는 할 수 없는 충고를 했었다. 그때도 진실에 몹시 흡사한 말을 한다는 자기 감정 때문에 '마담'답지 않은 울림을 목소리에 풍기는 선배 앞에서 그녀는 묵묵히 줄칼을 꺼냈었다……. 순자는 이내 돌아오지 않는다. 시간이 되었는데 마담도 나타나지 않고, 순자 얘기대로라면 마담은 올 테지. 오지 않으면, 하고 생각해 보니 을씨년스런 홀의 모습이 그녀의 마음속에서 마치 인물처럼 우뚝 마주선다. 만일 오지 않으면. 그녀 앞에 기다리고 있는 것은 풍경을 꼭 닮은 생활이다. 지금까지도 그랬으나 그때는 그 색칠한 불빛과 마지막 자리에 서 있다는 썩은 안정감이 있었는데 지금은, 동굴 속의 어둠. 하늘을 찌르는 사보텐의 산(山). 그 속에 마지막 자리에서 한 발 더 내디디려고 허위적거리는 마음이 있다. 그녀는 손톱 다듬는 작업을 그치지 않으면서 이런 생각을 하고 있는데 그녀의 속에서 또 다른 한 사람의 그녀가 손톱에 신경을 쏟고 있는 그녀와는 달리 돌아앉아서 혼자 하는 상념이고, 그녀는 그것을 어렴풋이 느끼는 그런 식으로 오락가락 하는 생각이다.

마담이 온 것은 약속에서 족히 한 시간은 지난 때였다. 순자의 말대로였다. 바는 곧 개업하게 된다고 마담은 말한다. 장치를 새로 할 생각인데 돈은 너끈히 들여서 신장개업하는 맛을 낼 작정이라고 한다. 마담의 얘기를 들으면서도 그녀는 불안하다. 청산을 미루기 위해서 허풍을 떠는 것인지 모른다고 생각하기 때문이다. 그렇지 않았다. 뜨악해서 제대로 맞장구도 치지 않는 그녀에게 마담은 핸드백에서 수표를 꺼내주면서 말했다.

"요즈음 바쁠 테지. 원 다른 애들하구야 다르지. 너야 이만 돈에야 궁색했겠니? 그래 그녀석 아직 붙잡지 못했니?"

마담은 약속대로 돈을 준다는 일이 예의에 어긋나기나 하는 것처럼 그녀의 변명을 대신해 주는 것이었다. 그것은 바가 열리면 다시 나올 것으로 믿고 있는 상대방의 입장을 어루만져 주는 것임이 분명하였다.

아직도 붙잡지 못했느냐는 물음에 그녀는 상처를 건드리운 고양이처럼 화가 났다. 그녀는 말없이 수표를 핸드백에 받아 넣으면서 인제는 죽을 수 있게 되었다고 생각하다가 문득 자기는 이 돈이 되지 않기를 바랐던 것이 아닐까 하고 생각하자 또다시 화가 나는 것이었다.

P온천으로 가는 기차는 서울역에서 오후 네 시에 있다. 이튿날 그녀는 이 기차를 탔다. 휴일이 아니어서 그런지 이 등 차 안은 듬성했다. 발차하기 조금 전에 뚱뚱한 중년의 남자가 그녀 앞자리를 차지하고 앉았다. 혼자 있고 싶은 그녀에게는 귀찮은 일이었으나 대뜸 자리를 옮기기도 어려웠다. 그녀는 창 밖에서 뒤로 뒤로 달려가는 오월을 바라보면서 그 것을 어제 그녀가 앉아 있었던 바의 풍경과 조금도 다른 것이 아닌 것처럼 보고 있었다.

확실하다. 왜냐하면 죽음은 온전히 그녀 자신에 달려 있었고 그녀는 죽기로 결심했고 지금 자기 시체를 눕힐 장소로 빨리 달리고 있으니. 하숙집에서 죽기는 죽어도 싫었다. 죽은 다음에 안마당에 세든 집 식구들이 자기 방문 앞에서 떠들썩하고 들여다보고 할 것을 생각해서 그랬고, 약을 마시고 잠이 들기까지 그 좁은 방에서 천장을 쳐다보고 있어야 할 사이는 죽음 그것보다 더 소름끼치는 일이었다. 가진 것을 팔았더니 밀린 집세와 구멍가게의 외상을 갚는 데 꼭 맞았다. 그래서 마담에게서 받은 돈은 그대로 남았다. 그녀는 P온천에는 전에 가본 적이 있다는 것과, 거리가 가깝다는 이유로 그곳으로 장소를 정했다. 모든 일은 끝나고 이제 열차 시간표처럼 꼭 짜여진 시간만이 차례로 그녀를 기다리고 있는데도 모든 것은 여전히 거짓말만 같다. 그것이 그녀를 짜증나게 했다. 어느 누군가 그녀의 마지막 소망까지를 몰래 감독하고 있어서 그녀가 아무리 발버둥쳐보았자 그것은 거짓말이라고 하는 것처럼, 자기만이 정할 수 있는 일에 다른 사람이 참견하고 자기는 그것과 싸워야만 한다는 느낌이, 그리고 그 일이 다름아닌 자살이라는 사실이 그녀에게는 짜증스러운 것이다.

그러자 그녀는 그 짜증스러움이 밖으로부터도 그녀를 괴롭히고 있다는 것을 느낀다. 그것은 맞은편 좌석으로부터 오고 있었다. 이맛전이 회부연 그 남자는 담배 연기 사이로 그녀를 뜯어보고 있었다. 몸으로 알 수 있는 그 남자의 시선은 당신 신분을 안단 말야 하는 투의 것으로 느껴지는 것이다. 그녀는 움직일 수 없었다. 움직일 수 없다고 생각이 들자 그것은 무거운 고단함을 강요했다. 그러자 그녀는 거의 날래다고 해야 할 동작으로 핸드백을 열었다. 줄칼은 없었다. 순간 그녀 앞에 근래에 처음으로 실감 있는 감정이, 아득하도록 깊은 구렁텅이가 빠끔히 아가리를 벌렸으나 곧 인색하게 아물려졌다.

마치 그녀를 위한 것처럼 차내 판매원이 다가왔다. 그녀는 사과를 사고 칼을 빌렸다. 그녀는 되도록 천천히 껍질을 벗겼다.

"멀리 가십니까?"

뚱뚱한 남자는 끝내 말을 걸어온다. 그녀는 손에 든 칼로 그 소리가 나는 방향을 힘껏 푹 찌르고 싶은 흉포한 충동을 간신히 참는다. 그녀는 아무 대답도 하지 않았다. 그녀의 시야의 그쪽에 싱글거리는 남자의 얼굴이 있다. 그녀는 토마토 껍질 벗기듯 얇게 천천히 사과를 벗겨간다. 칼끝을 그쪽으로 보내고 싶은 욕망에 지그시 버티듯이. 내 얼굴에 직업이 나타나 있는 것일까 하고 그녀는 생각해 본다. 그 직업이 이렇구 저렇구가 아니라 의당 무례해도 좋으려니 하는 남자의 시선에 그녀는 증오를 느낀다. 이 남자—이 처음 만난 비대한 남자에 대한 살의(殺意)는 거짓말 같지 않았다. 만일 이 사나이를 데리고 간다면…… 자살 계획에 어떤 차질을 가져올까? 술에 약을 타서 먹여놓고 나 혼자 그 장소에 가서 죽을 수 있다. 정말 그렇게 하고 싶다. 가능한 일이다, 하고 생각한다. 자기의 죽음의 결심이 거짓말 같았던 그만한 정확한 비례로 그 사나이의 죽음은 진실하고 확실하게 느껴지는 것이다. 그리고 그 일을 조금도 심한 일이라고는 생각하지 않았다. 죽여 버리자…… 아.

"아."

자기 것보다 먼저 발성된 남자의 소리를 들으면서 그녀는 엄지손가락을 누르며 그 손에 잡고 있던 사과를 떨어뜨렸다. 누르고 있는 손가락 사이에서 피가 새어 나온다.

그녀는 예정하고 있기나 했던 것처럼 말없이 일어나서 선반에서 트렁크를 집어들고 찻간의 맨 끝자리로 가서 앉았다. 손수건으로 싸쥐고 있는 손가락 끝을 톡, 톡, 쏘는 아픔 속에 그녀는 의자등에 머리를 기대고 처음으로 편안한 자세로 창 밖을 바라보았다. 푸른 빛으로 오염(汚染)된 사막이 자꾸 다가온다. 속에 사막을 품고 있는 여자도 욕망의 대상으로 삼을 수 있는 남이, 그 무정함이 그녀를 슬프게 했다.

P온천에 도착하니 바야흐로 황혼 무렵이다. 차례진 방은 마음에 들었다. 식욕이 없었으므로 그녀는 방에 있기도 무료해서 거리를 돌아다니기로 하다.

여기저기 노점이 벌여진 사이로 사람들이 오가고 있다. 그녀에게는 그들 모두가 이 고장 사람들이 아닌 것처럼 보인다. 그들 가운데 자기 같은 목적으로 이 거리를 걷고 있는 사람은 없을 것이다. 모두가 즐거운 사람들로 보인다. 그러나 새삼스럽게 부러운 생각은 없다. 목적지에 온 지금 그녀의 마음은 더욱 비어 있다. 사보텐마저 없어진 사막 같다. 그 가시마저. 그래서 더욱 거짓말 같다. 자기가 내일이면 죽는다는 일이.

골목길에 교회가 있다. 불이 켜진 창문이 길쪽으로 나 있다. 걸음을 멈추고 창 안을 들여다본다. 양쪽 벽에 의자가 한 줄씩 놓이고 가운데는 비어 있다. 설교단 뒤편에 금빛의 예수상이 있는 것을 보고 그녀는 천주교회라는 것을 안다. 그 텅 빈 홀을 어디선가 본 듯싶은 착각에 사로잡힌다. 마침내 어제 들렀던 바의 그 치워놓은 휑한 마루를 자기가 생각하고 있었던 것을 안다.

자그만한 교회는 바의 홀보다 별로 더 넓지 않다. 그녀는 예수를 바라보았다. 예수는 황금의 두 팔을 힘없이 올리고 고개를 숙이고 있다. 그 앞에 석고로 된 마리아가 석고의 아기를 안고 서 있다. 마리아는 유복자를 안은 미망인같이 보인다. 세상의 어느 모자와도 같지 않은 그 가족들이 말없이 살고 있는 이 작은 집에서 그녀는 그들대로 문제를 안고 있는 한 가정을 본다. 문득 위로 치켜진 예수의 황금빛 팔이 점점 늘어지면서 소리내어 땅에 떨어질 것 같은 환각에 사로잡힌다. 그녀는 한 손으로 머리카락을 쓸어넘기며, 오래 지켜 서서 본다. 기다리고 있으면 그러한 일이 일어날 것을 알고 있는 사람처럼. 이어 그녀의 마음에 또 엉뚱한 생각이 고개를 든다. 저기 매달린 남자, 저 황금의 팔을 가진 사람이 그 팔을 들어 나를 부른다면 나는 죽는 것을 그만두어도 좋다고 그녀는 느끼는 것이었다. 죽기가 겁나서가 아니지. 만일 그런 일이 일어난다면 그건 그녀의 죽음에 맞먹는 일이라는 것을. 그만한 일이 일어난다면 자기의 죽음이 거짓말처럼 겉돌지 않고 죽음은 돌처럼 그녀의 발목에 매달릴 것을 그녀는 바랐던 것이다. 그녀는 저울의 이쪽 접시에 올라앉아 있다. 그리고 다른 쪽 접시에 그녀의 결심을—죽음의 결심을 얹었던 것이지만 그것은 풍선처럼 가벼워서, 살아 있는 그녀의 몸과 맞먹어 주지 않았다. 그것이 그녀를 초조하게 한다. 그녀는 예수가 황금의 팔로 그쪽 접시를 눌러 주기를 바랐다. 그녀는 거의 기도하는 심정으로 예수를 바라본다. 그러나 예수는 고개를 들지 않는다. 마치 죄인처럼. 마리아도 움직이지 않는다. 그녀는 그래도 오래 서서 기다렸다. 그러나 아무 일도 일어나지 않았다. 그녀는 부끄러웠다. 그녀는 돌아다녔다.

다음날은 맑게 개인 날씨였다. 천천히 준비하여 정오 가까이 여관을 나섰다. 이 집은 산 언저리에 시내를 앞에 하고 있었다. 그녀가 작정한 장소는 그 산속에 있다. 그 장소는 죽음을 결심한 순간부터 그녀의 마음속에 있었다. 세 번, 이곳에 올 적마다 산속에 있는 그 장소에서 많은 시간을 보냈었다. 죽자고 마음먹은 순간에 졸리운 사람이 침대로 걸어가듯 그녀의 마음은 그 장소로 걸어갔던 것이다. 산은 한참 달아오르는 열기와 풀냄새로 신선하고도 취하게 하는 몸내음을 풍긴다. 그 장소로 가까이 가면서 그녀는 숨이 가빠진다. 산길의 비탈 때문만은 아니다. 그리고 그 장소에 가까워질수록 그녀는 반대편 접시에 그녀의 진실에 맞먹는 묵직한 저울추의 무게를 느끼는 것이다. 그것은 좋은 장소였다. 산에 가는 사람이면 어디선가 한 번은 만나게 마련인, 산모퉁이에 묘하게 숨은 아늑한 빈터, 산속에 있는 묘지가 흔히 그런 명당인 경우가 많지만 그보다 더 막히고 아늑하였다. 멀리서 그녀는 거기를 알아보려고 살핀다. 수풀에 가려서 잘 보이지 않는다. 이제는 내리막이다. 조심스레 발을 옮겨 디디면서 그녀는 경사를 옆으로 가로질러간다. 엉킨 나뭇잎 사이로 공지가 나타난다. 그러자 그녀는 우뚝 섰다. 그리고 나무 사이로 보이는 그곳을 약간 몸을 굽히고 멍하니 바라보았다.

사람이 있다.

그녀는 좀더 걸어나갔다. 그러나 거기가 한계였다. 나무 숲은 거기서 끊어졌다가 그 공지 가까이에서 다시 듬성듬성 시작되고 있는 데다가 그녀가 있는 자리에서 조금 나가면 작은 낭떠러지다. 그녀는 나무 뒤에 몸을 숨기고 좀더 자세히 보려고 애를 썼다. 그러나 공지를 눌러 서 있는 나뭇가지와 잎새가 흐늘흐늘 움직이는 탓으로 사람의 전신을 볼 수는 없었다. 한 쌍의 아베크가 잔디에 누워 있다. 여자는 남자의 팔을 베고 서로 얼굴을 바라보며 모두 누워 있다. 그녀는 풀썩 주저앉았다. 바로 풀이 우거진 발 밑에 주저앉은 것이었으나 사실은 하나의 추락이었다. 그녀의 마음이 타고 있던 저울에서 반대편 접시의 무게가 갑자기 옮겨지고 그녀의 마음은 허망하게 강하(降下)하였다. 그녀는 다시는 그쪽을 보지 않았다. 치마에 다닥다닥 붙은, 가시가 돋힌 열매를 하나하나 옷의 섬유에서 뜯어내면서 줄곧 고개를 들지 않았다. 바람결에 여자의 짧은 웃음소리가 들린 듯했으나 그녀는 여전히 쳐다보지 않았다. 치마에 붙었던 열매가 다 없어지자 그녀는 손가락에 풀을 감아서 똑똑 따내기 시작했다. 햇볕으로 가열된 공기와 밸이 터진 풀과, 흙의 독특한 냄새가, 버무려져진 게 퍼져 일어난다. 그 냄새는 추락할 때의 현기증과 같았다. 그녀는 구토(嘔吐)를 느꼈다. 얼마나 지났는지 아무튼 무척 오랜 시간을 그렇게 앉아 있었다는 피로감을 안고 그녀는 일어섰다. 공지의 남녀는 여전히 누워 있다. 또 한번 여자의 짤막한 웃음소리가 들린 듯싶었다. 그녀는 웃음소리에 쫓기듯이 자리를 떠 여관으로 돌아왔다.

온밤 그녀는 뒤숭숭한 꿈속을 헤맸다. 푸른 잔디 위에 두 남녀는 행복스럽게 웃으면서 누워 있다. 자세히 보니 여자는 어느새 그녀 자신이다. 그녀는 말한다. 당신 팔을 베고 이대로 죽고 싶어. 이보다 더 행복하게 죽을 순 없잖아? 남자가 말한다. 왜 하늘이 저렇게 근사한데, 이 풀 냄새 좀 맡아봐. 죽으면 다 그만이야. 그러나 여자는 응석을 부리는 것이다. 싫어이, 지금. 당신과 내가 꼭 붙잡고 있는 지금 이대로 여엉원해지고 싶어. 남자는 또 어느새 예수였다. 예수는 황금의 팔을 그녀의 머리 밑에 받친 채 하얀 이를 드러내고 쓸쓸하게 웃었다. 그 얼굴이 누군가를 닮았다고 꿈속의 그녀는 생각하였다. 예수는 햇빛이 반짝이는 나머지 한 편의 금빛 팔로 그녀의 머리를 쓰다듬으면서 말했다. 나로 말미암지 않고는 죽을 수 없어. 어머, 하고 여자는 말했다. 그거 무슨 뜻? 너는 내 팔에서만 죽을 수 있다는 말이지. 그러니까 죽어요. 안돼. 하고 예수는 말하면서 누운 채로 호주머니에서 검은 선글라스를 꺼내 썼다. 그러나 해사한 눈자위가 꼭 누구를 닮았다고 꿈속의 그녀는 생각하였다. 왜 안돼? 하고 그녀는 베고 누운 금빛의 팔을 머리로 부볐다. 예수는 말하였다. 꼭 되는 사업인데 좀 돌려줘. 그녀는 비로소 그가 누구인가를 알았다. 다음 순간 그녀는 남자의 팔에서 미끄러지면서 아래로 떨어지고 있었다. 거기서 잠이 깼다. 아직 한밤중이었다.

이튿날 그녀는 전날과 같은 시간에 산으로 올라갔다. 전날보다 길이 가깝게 느껴져서 그녀는 되도록 천천히 올라갔다. 공지를 바라보는 장소까지 왔다. 그녀는 두려운 광경을 기대하듯 그쪽을 건너다봤다. 오늘도 두 남녀는 벌써 와 있다. 그리고 그녀는 여자가 베고 있는 남자의 팔이 햇빛 속에서 환한 금빛으로 빛나는 것을 보았다. 남자가 짙은 황색의 셔츠를 입고 있었다. 어제 보았을 때도 그 옷이었는지는 생각나지 않았다. 여자가 몸을 뒤채는 것이 보이고 이어 암암한 웃음소리…….

그녀는 곧 돌아서서 여관으로 돌아왔다. 마루 끝에 의자를 내다놓고 부채질을 하면서 생각하였다. 이런 일은 전혀 예상치 않았기 때문에 간단한 결론을 내리는 데도 퍽 시간이 걸렸다. 그 장소를 발견한 이상, 두 남녀는 이곳에 머무는 동안 매일 공지를 찾을 가능성이 많았다. 그들은 며칠이나 있을 작정인가? 그것도 물론 알 수 없다. 그들이 나타나지 않을 때까지 기다린다는 방법을 우선 택할 수 있다. 그러나 설령 그녀가 도착하는 시간에 그들이 공지에 없다 하더라도 그것은 그들이 이곳을 떠났다거나 그날은 오지 않을 것이라는 이유는 되지 못한다. 만일 그녀가 약을 먹고 잠이 들었을 때 그들이 도착한다면 일은 틀리게 되는 것이다. 그뿐이 아니다. 그들 두 사람만이 거기를 찾아내라는 법도 없다. 그렇게 생각하면 그곳을 사용한다는 일부터가 안될 말이었다. 남은 길은 두 가지뿐이었다. 거기서 죽는 것을 단념하는 일, 그것은 어려웠다. 죽음을 결심한 순간부터 마음에 정한 탓으로 이제 그녀에게는 죽음이 곧 그 장소였다. 거기서 죽을 수 없다는 것은 죽음이 불가능하다는 편집에 그녀는 잡혀 있었다. 그렇게 되면 남은 길은 하나뿐이다. 밤시간에 거기서 약을 먹는 일이다. 비록 그 장소라는 점에서는 마찬가지였으나 밤에 거기서 죽음을 기다린다는 생각은 해본 적도 없으려니와 그 장소 자체의 성질도 바뀌는 일이었다. 그녀가 처음으로 공지를 본 것도 물론 낮이었고 드러누워서 보는 하늘과 거기 떠 있는 여름 구름과 둘러선 나무들의 술렁댐이며 환한 공기가 그곳의 모습이었다. 밤의 그곳이 어떤 것인지 모르는 그녀로서는 밤에 거기를 쓴다는 것은 전혀 요량할 수 없는 새 사실이었다.

자리에 든 다음에도 언제까지나 결론도 내리지 못하고 잠도 이루지 못했다. 잠깐 눈을 붙였는가 하면 공지의 다정한 아베크가 나타나고 그녀는 어느새 깨어 있고 하였다. 그런데도 잠을 이루지 못하는 사람의 버릇대로 그녀는 눈을 붙이려는 헛된 안간힘을 썼다. 몇 방 건너 객들이 떠들던 소리도 멈추고 커다란 여관에서 자기만이 깨어 있는 것처럼 느꼈다. 그녀는 끝내, 무서운 소설의 무서운 대목을 마지못해 열어보는 순진한 독자처럼 그녀 자신의 기억의 어떤 문을 열었다. 거기 그 풀밭에 그녀 자신과 검은 안경을 쓴 해사한 '그'가 정답게 누워 있었다. 그 광경은 그녀를 화나게 했다. 그 장소가 바로 '그'와의 추억의 장소라는 것을 이제야 깨닫기나 한 것처럼, 자기 행위의 의미가 완전히 드러나는 것을 보면서 화가 나는 것이었다. 그리고 자기를 모욕하는 것이 그 공지를 멋대로 차지한 남녀의 목적이었다고 생각하고 그들이 밉살스러웠다. '그'에게 순정을 주었다고 생각해본 적이 전혀 없다. 그런 순결을 믿지 않는 데서 생긴 관계였으므로 오히려 '그'의 순정을 그녀가 다루고 있는 것이라고 생각하고 조금은 미안하다고 느끼는 그러한 사이였다. '그'가 돈을 돌려달라고 할 때도 그런 미안함을 조금 때우는 생각이 있었고 '그'에게 성의를 보인 것은 아니라고 그녀는 생각했었다. 설령 다른 남자('미스터 강'이나 '한'이었더라도)였더라도 그런 조건으로 상의해 왔으면 그녀는 응했으리라고 생각해 온 것이다. 공지에 정답게 누운 남녀를 보는 순간 그녀는 환각이라고 의심하였다. 자기와 '그'가 거기 누워 있었으므로. 그것은 기쁨의 환각이었고 그 환각과 죽음은 균형하였다. 바로 다음 순간에 환각은 깨어지고 그녀는 허망하게 추락했다. 그때 그녀는 그 추락의 뜻을 알고 있었다. 다만 생각하고 싶지 않았을 뿐이었다. 지금은 모든 것이 확실하였다. 그녀는 사랑했던 것이다. 몸을 판 돈을 선뜻 바치고도 의심치 않을 만큼 순정(?)을 바쳤던 것이다. 순정. 그녀는 낄낄낄 웃었다. 연거푸 낄낄낄 웃었다. 그 천한 웃음소리가 자기의 목구멍이 아니고 방구석 어둠 속에 숨은 어떤 여자의 것인 것처럼 느끼면서 퍼뜩 잠에서 깨었다. 꿈속에서 웃고 있었던 것이다. 그런데 금방 생각은 달아나고 다만 누군가의 웃음소리를 들은 것 같았다. 저 공지에서 바람결에 들리던 들릴락 말락한 여자의 짧은 웃음소리였다고 그녀는 생각하였다. 밤의 나머지 시간은 방금 꾼 꿈의 내용을 돌이켜 생각하려는 노력으로 지새워졌다. 텅 비어서 자꾸 몸이 솟구치는 저울대의 저편에 이번에는 그 꿈을 올려놓으려고 무진 애를 쓴 것이다. 그러는 중에 그녀의 마음은 다른 끝을 잡았다. 그녀는 공지의 남녀가 자기 자신과 '그'처럼 언젠가 갈라지는 날을 상상하였다. 다정스럽게 팔을 베고 있던 그 여자가 자기처럼 혼자 그 빈 터를 찾게 될 어느 날인가를 생각하였다. 그러자 그녀는 거짓말처럼 마음의 균형을 얻었다. 마치 온 밤내 그 결론을 얻기 위해 애쓰다가 기어코 뜻을 이룬 것처럼 느끼면서 커다란 안도감을 느꼈다. 그녀는 곧 깊은 잠이 들고 늦은 아침까지 한 번도 깨지 않았다.

그녀가 눈을 뜬 것은 전날보다 두 시간이나 늦은 시각이었다. 머리가 깨끗하고 고단한 기운도 없었다.

그러는 사이에 점심 때가 되어 그녀는 조금 식사를 하고 다시 산으로 올라갔다. 우선 오늘까지만 더 가보자고 생각했던 것이다. 간밤 잠들 때 얻은 심술궂은 희망이 아직도 그녀를 평안케 하고 있었다. 산으로 올라 가면서도 어제처럼 초조하지 않았다. 오늘 또 자리를 차지한 그들을 보게 되더라도 크게 실망할 것 같지도 않았다. 그때는 그때 가서 생각하지. 오히려 그녀는 오늘도 그들을 기대하고 있었다. 황색의 셔츠를 입은 남자와 그 여자의 자리에 그녀는 마음속에서 자기와 '그'를 놓고 있었기 때문이었다.

전날처럼 벼랑에까지 와서 공지를 바라보았을 때 그녀가 본 것은 남녀가 누워 있던 근처에 둘러서 있는 십여 명의 사람들의 모습이었다. 그녀는 순간 현기증을 느꼈다. 그리고 다음 순간에는 몸을 움직여 그날 이후 처음으로 망보던 곳을 빠져나와 낭떠러지를 조심스레 더듬어 내려서 사람들 쪽으로 접근해 갔다.

둘러선 사람들은 아무도 그녀를 돌아보지 않았다. 그녀가 그들 사이에 끼어들었을 때도 그녀에게 주의를 돌리는 사람은 없었다.

남녀가 누웠던 자리에는 거적때기가 덮여 있고 두 사람의 머리와 팔과 다리의 부분이 밖으로 내밀고 있었다. 여자의 머리를 받친 채 한낮이 가까운 환한 햇빛 속에서 황금색으로 빛나는 남자의 셔츠 소매에서 내민 팔이 검푸르게 썩어 있는 것을 그녀는 보았다.

옆에서 누군가 말했다.

"언제 죽었답니까?"

"저쪽 저 안경 쓴 형사가 그러는데 한 일주일 된 것 같다는군요."

그녀는 꿈결처럼 그 이야기를 들었다. 그때였다. 거적때기 밑에서 전날에 들은 그 웃음소리—젊은 여자의 짤막한 웃음소리가 흘러나왔다. 머리가 환해지고 다리에서 맥이 풀리면서 그녀는 풀밭에 쓰러졌다.

일주일을 더 묵고 그녀는 서울로 오는 열차를 탔다.

창가에 앉은 그녀는 매점에서 새로 산 줄칼로 골똘히 손톱을 다듬으면서 가끔 창 밖을 내다본다.

올 때나 마찬가지로 창 밖에서는 푸르게 오염(汚染)된 사막이 흘러가고 있었으나 그녀는 그 속의 한 풍경을 보고 있었다. 어느 사보텐의 그늘 속에 한 쌍의 남녀가 가지런히 누워 있다. 남자는 그녀가 모르는 얼굴이다. 여자는 사보텐에 가려서 얼굴이 보이지 않는다. 그러자 사보텐의 가시의 저편에서 여자의 짤막한 웃음소리. 손톱 다듬는 손이 저절로 멈춰지고 그녀는 홀리운 듯이 그 웃음소리에 귀를 기울인다. 아주 귀에 익고 사무치는 목소리였다. 암암하게 들려오는 소리. 그것은 바로 그녀 자신의 웃음소리였다. 🔲

병신과 머저리

이청준(李淸俊)

1939년 전남 장흥에서 태
어나 서울대 독문과를 졸
업했다. 1965년 『사상계』
신인상에 「퇴원」이 당선되
어 문단에 등단했다. 1968
년에 동인문학상을, 1978
년엔 이상문학상을 수상
했다. 소설집으로는『별을
보여드립니다』『소문의
벽』『예언자』『당신들의
천국』『잔인한 도시』『흐
르지 않는 강』『눈길』『매
잡이』 등이 있으며, 수필
집으로『작가의 작은 손』
이 있다.

■수상결정서

　이청준 씨는 1965년 단편소설 「퇴원(退院)」으로 제7회 『사상계(思想界)』 신인문학상에 당선된 이래 비교적 짧은 기간 동안에 「줄」, 「굴레」, 「행복원(幸福園)의 예수」, 「마기의 죽음」, 「공범(共犯)」, 「과녁」, 등 우수한 단편을 연달아 발표하여 한국 문단의 가장 촉망되는 젊은 작가의 한 사람으로 꼽히고 있다.

　씨의 작품은 오늘날의 내성적 지식인들, 특히 젊은 세대에 속하는 그들이 당면한 고민을 파헤치려는 집요한 노력이라 할 수 있다. 이러한 노력은 물론 다른 작가들에 의해서도 행해지고 있는 것이요, 때로는 독자의 공감이나 이해를 저버린 자기만족 내지 자기 중심주의로 끝나기도 쉬운 것인데, 씨의 문학적 지성은 항상 그 두 가지를 동시에 추구함으로써 만만치 않은 성과를 거둘 수가 있었던 것이다. 그리하여 씨는 내성적 젊은이의 고민이나 신변의 소재에 안주하지 않고 전혀 다른 세계에 대한 성실한 취재와 검토를 게을리하지 않았고 그것을 자기 것으로 소화하고 자기의 문제와 연관시키기 위해 다양한 형식의 실험을 계속하였음을 심사위원 전원이 높이 평가하지 않을 수 없었다. 예컨대 광대의 세계를 다룬 「줄」, 사소설적 요소가 짙은 「굴레」, 그리고 관념적 도식의 형상화를 과감히 기도한 「마기의 죽음」 등에서도 이 작가의 사고의 진폭과 기량의 크기를 엿볼 수 있는 것이다.

　「병신과 머저리(계간 『창작과 비평』1966년 가을호 소재)」는 씨의 작품세계를 잘 나타내준 단편이다. 6·25동란을 전쟁터에서 겪은 형과 그보다 어린 세대에 속하는 아우의 각기 다른 고민을 대조시키며 그려낸 이 작품은 두 삶의 체험이 아무 상관없이 병치(並置)된 두 개의 이야기가 아니라 서술상의 여러 소도구의 현명한 활용을 통해 서로 얽히고 서로 내용을 더해주는 휘연한 한 개의 이야기를 이루고 있다. 그 결과 형의 체험은 그것 자체로서 보다 흥미롭게 읽힐 뿐 아니라 설화자인 아우의 체험의 일부를 이루어 그의 자기 이해에 이바지하게 되는 것이다. 주제의 중요성이나 그 처리로 보아서 훌륭한 단편인 동시에 여타의 대상작에 비해서도 심사위원회의 일치된 지지를 모았으며 예년의 수상작의 수준으로도 손색이 없다고 보아 이 작품을 동인문학상 수상작으로 추천키로 결정하였다.

　—동인문학상 심사위원회(東仁文學賞 審査委員會)

병신과 머저리

화폭은 이 며칠 동안 조금도 메꾸어지지 못한 채 넓게 나를 압도하고 있었다. 학생들이 돌아가버린 화실은 조용해 있었다. 나는 새 담배에 불을 붙였다.

형이 소설을 쓴다는 기이한 일은 달포 전 그의 칼끝이 열 살배기 소녀의 육신으로부터 그 영혼을 후벼내 버린 사건과 깊이 관계가 되고 있는 듯했다. 그러나 그 수술의 실패가 꼭 형의 실수라고만은 할 수 없었다. 피해자 쪽이 그렇게 생각했고, 근 십 년 동안 구경만 해오면서도 그쪽에 전혀 무지하지만은 않은 나의 생각이 그랬다. 형 자신도 그것은 시인했다. 소녀는 수술을 받지 않았어도 잠시 후에는 비슷한 길을 갔을 것이고, 수술은 처음부터 절반도 성공의 가능성이 없었던 것이었다. 무엇보다 그런 사건은 형에게서뿐만 아니고 수술중에 어느 병원에서나 일어날 수 있는 종류의 것이었다. 그러나 어쨌든 그 일이 형에게는 하나의 사건이었다. 그 일이 있은 후로 형은 차츰 병원 일에 등한해지기 시작했다. 처음에는 가끔씩 밤에 시내로 가서 취해 돌아오는 일이 생기더니 나중에는 아주 병원문을 닫고 들어앉아 버리는 것이었다. 그리고는 아주머니까지 곁에 오지 못하게 하고 진종일 방 안에 틀어박혀 있다가 밤이 되면 시내로 가서 호흡이 답답해지도록 취해 돌아오는 것이었다.

방에 틀어박혀 있는 동안 형은 소설을 쓴다는 것이었다. 처음에 나는 형의 그 소설이란 것에 대해서 별반 관심을 갖지 않았었다. 다만 그 열 살배기 소녀의 사망이 형에게 그만한 사건일 수 있을까, 그렇다면 형은 그 사건을 어떤 형식으로 받아들였기에 소설까지 쓴다는 법석을 부리는 것인가 하는 정도였다. 그러다가 어느 날 밤 우연히 그 몇 장을 들추어보다 나는 깜짝 놀라고 말았던 것이다. 놀랐다고 하는 것은 그것이 소설이기 때문이거나 의사라는 형의 직업 때문은 아니었다. 언어예술로서의 소설이라는 것은 나 따위 화실이나 내고 있는 졸데기 미술학도가 알 턱이 없다. 그것은 나를 크게 실망시키지도 않는다. 그러니까 내가 지금 형의 소설에 대해서 갖는 것이 문학적 관심과는 거리가 먼 것일 수밖에 없다. 형의 소설이 문학작품으로는 이야깃거리가 못 된다는 것이 아니라 나는 그것에 대해서 알고 있지 못하는 것이다. 그런데 내가 놀랐다고 한 것은 형이 그 소설에서 그토록 입을 다물고만 있던 십 년 전의 패잔(敗殘)과 탈출에 관한 이야기를 쓰고 있었다는 것이다.

형은 자신의 말대로 외과의사로서 찢고 자르고 따내고 꿰매며 이십 년 동안 조용하게만 살아온 사람이었다. 생(生)에 대한 회의도, 직업에 대한 염증도, 그리고 지나가 버린 생활에 대한 기억도 없는 사람처럼 끊임없이, 그리고 부지런히 환자들을 돌보아 왔다. 어찌 보면 아무리 많은 환자들이 자기의 칼끝에서 재생의 기쁨을 얻어 돌아가도 형으로서는 아직 만족할 수 없는, 그래서 아직도 훨씬 더 많은 생명을 구해내도록 무슨 계시를 받은 사람처럼 자기의 칼끝으로 몰려드는 병든 생명들을 기다리고 있었다. 그런 형의 솜씨는 또한 신중하고 정확해서 적어도 그 소녀의 사건이 있기 전까지는 단 한 번의 실수도 없었다. 그 외에 형에 대해서 내가 확실하게 알고 있는 것은 거의 아무것도 없는 셈이었다. 다만 지금 아주머니에 관해서는 좀더 이야기를 할 수 있을 것 같다. 아주머니에게는 미안한 말이지만 결혼 전 형은 귀와 눈이 다 깊지 못하고 입술이 얇은 그 여자를 사이에 두고 그 여자의 다른 남자와 길고 긴 싸움을 벌였었다. 그런데 어떻게 된 셈인지 내가 별반 승점(勝點)을 주지도 않았고, 질긴 집념도 없으리라 여겼던, 형이 마침내는 그 여자와 결혼까지 하게 되었던 것이다. 결혼을 하고 나서도 녹녹치 않은 아주머니와 깊이 가라 앉은 형의 성격 사이에는 대단한 말썽을 일으킨 일이 없었다. 조금의 풍파가 있었다면 그것은 성격탓이 아니라 어느 편의 결함인지 모르나 그들 사이에는 아직 아이를 갖지 못하고 있다는 것이 언제나 근원이었다. 그러나 그것은 누구에게나 당연한 일로 여겨지는 그런 것이었다. 어떻든 형이 그렇게 지낼 수 있는 것은 형의 인내와 모든 인간성에 대한 긍정적인 사고의 덕이 아닌가 생각되기도 했으나 그것 역시 자신 있게 말할 수 있는 것은 아니었다. 형에 대하여 알고 있다는 것은 그것뿐이었다. 그리고는 확실하지는 못한 대신 형에게는 내가 언제나 궁금하게 여기고 있던 일이 한 가지 더 있었다. 그것은 형이 6·25사변 때 강계 근방에서 패잔병으로 낙오된 적이 있었다는 사실과 나중에는 거기서 같이 낙오되었던 동료(몇이었는지는 정확하지 않지만)를 죽이고, 그때는 이미 38선 부근에서 격전을 벌이고 있는 우군 진지까지 무려 천리 가까운 길을 탈출해 나온 일이 있었다는 사실에 대해서였다. 그러나 형은 그때 낙오의 경위가 어떠했으며, 어떤 동료를, 그리고 왜 어떻게 죽이고 탈출해 왔던가, 또는 그 천릿길의 탈출 경위가 어떠했었던가 하는 이야기들을 한 번도 털어놓은 일이 없었다. 어느 땐가 딱 한 번, 형은 술걸레가 되어 돌아와서 자기가 그 천릿길을 살아 도망나올 수 있었던 것은 그 동료를 죽였기 때문이라고 한 적이 있었을 뿐이었다. 이상한 이야기였다. 나는 그 말을 이해할 수도 없었으려니와 다음부터 형은 그런 자기의 말까지도 전혀 모른 체했기 때문에 나는 그런 일이 있었던 것이 사실이었는지조차도 확언할 수 없는 형편이었던 것이다. 그런데 형은 요즘 쓰고 있다는 소설에서 바로 그 이야기를 시작했던 것이다. 나의 화폭이 갑자기 고통스러운 넓이로 변하면서 손을 긴장시켜 버린 것은 분명 그 형의 이야기를 읽기 시작하면서부터였다. 더욱이 요즘 형은 내가 가장 궁금하게 여기는 곳에 와서 이야기를 딱 멈추고 있는 것이었다. 문제는 형이 이야기를 멈추고 있는 동안 나는 나의 일을 할 수가 없는 것이었다. 이야기의 결말을 생각하는 동안 나의 화폭은 며칠이고 선(線) 하나 더해지지 못하고 고통스러운 넓이로 나를 괴롭히고 있었다. 이야기의 끝이 맺어질 때까지 정말 나는 아무것도 할 수가 없는 것이다.

창으로 흘러든 어두움이 화실을 채우고 네모 반듯한 나의 화폭만을 희게 남겨두었을 때 나는 자리에서 일어섰다.

그때 그림자처럼 혜인이 문에 들어서 있는 것을 알았다. 나는 불을 켰다. 그녀는 꽤 오래 그러고 서서 기다렸던 듯 움직이지 않은 어깨가 피곤해 보였다. 불을 켜자 그녀는 불빛을 피해 머리를 좀 숙여서 얼굴에 그늘을 만들었다.

"나가실까요?"

나는 다시 불을 껐다.

왜 왔을까. 이 여자에게는 아직도 정리되지 않은 감정이 남아 있었던가. 그녀가 별반 이유도 없이 나의 화실을 나오지 않게 되었을 때 나는 얼마나 황급히 나의 감정을 정리해 버렸던가.

혜인은 형 친구의 소개로 나의 화실을 나오는 학사 아마추어였다.

학생들이 유난히 일찍 화실을 비워 주던 날, 내가 석고상 앞에 혼자 서 있는 그녀의 뒤로 가서 귀밑에다 콧김을 뿜었을 때 그녀는 내게 입술을 주고 나서 그것은 내가 그림을 그리는 사람이기 때문이라고 했다. 그리고 어느 날 그녀는 이제 화실을 나오지 않겠으며 나로부터도 아주 떠나가는 것이라고 했다. 이유는 단지 내가 그림을 그리는 사람이기 때문이라면서 그 꽃잎같이 고운 입술을 작게 다물어 버렸던 것이다. 나는 혜인에게 아무것도 주장하지 못했다. 아무것도 주장할 수 없으며, 떠나보내는 슬픔을 견디는 것이 어렵고, 나중에는 보다 홀가분해지리라는 것을 알고 있는 자신이 화가 났지만 결국 나는 그녀의 말대로 그림을 그리는 사람 이상일 수는 없었던 것이다.

"청첩장 드리러 왔어요."

다방에서 마주앉아 혜인은 흰 사각봉투를 꺼내 놓으며 말했다.

나는 실없이 웃었다.

혜인은 그 후로도 한 번 화실을 찾아온 일이 있었다. 그때 혜인을 다방으로 안내하고 마주 앉아서 아무렇지도 않은 자신을 발견하고 나는 그녀가 정말로 나로부터 떠나가 버린 것을 알았던 것이다. 혜인 역시 그런 나에게 아무렇지도 않게, 자기는 어떤 개업의사와 쉬 결혼을 하리라고 했었다. 그것은 화실을 그만두기 전부터 작정한 일이었노라고.

"모렌데 오시겠어요?"

아예 혼자인 것처럼 멀거니 앉아 있는 나에게 혜인이 사각 봉투를 만지작거리며 물었다. 목소리는 까마득하게 멀었다.

그날 밤, 아주머니에게 그런 말을 했을 때 아주머니는 갑자기 목소리에 희열을 담으며 말했었다.

"도련님, 그럼 그 아가씨 결혼식엔 가보실래요?"

아주머니도 물론 혜인을 알고 있었다. 아주머니는 아마 실수한 배우에게 박수를 치며 좋아할 여자임에 틀림이 없을 것이다. 나는 그런 박수를 받은 배우처럼 난처했다. 그때 나는 뭐라고 했던가. 인부를 한 사람 사서 보내리라고, 아마 그 사람으로도 혜인의 결혼에 대한 내 축원의 뜻을 충분히 전할 수 있을 것이라고. 그것은 치사한 질투가 아니었다. 사실 지금도 나는 혜인과의 화실 시절과 청첩장을 만지작거리고 있는 지금 그녀의 이야기와 또 그녀의 결혼 모든 것에 관심이 가지 않았다.

"화가 나지 않는 게 이상하군요."

나는 하품처럼 대꾸했다.

"그러고 보니 도련님은 성질이 퍽 칙칙한 데가 있으시군요."

그날 밤, 아주머니는 그렇게 말했었다. 아주머니는 다른 사람의 일을 이야기하기 좋아했다. 그렇다고 그녀의 관심이 다른 사람에게 머무르고 있는 것은 아니었다.

"아주머닌 처녀시절 형님과는 약간 밑진다는 생각으로 결혼하셨을 줄 아는데, 형에게 무슨 꼬임수라도 있었습니까?"

나는 혜인의 일과 형의 일에 관심을 반반해서 물었다.

"어딘지 좀 악착같은 데가 있었던 것이지요. 단순하다는 이야기가 될지도 모르겠네요. 머리가 복잡한 사람은 한 가지 일에 악착같을 수가 없거든요. 여자는 복잡한 것은 싫어해요. 말하자면 좀 마음을 놓고 의지할 수 있으리라고 생각이 들었더란 말이에요. 나이 든 여자는 화려한 꿈은 꾸지 않는 법이니까 당연한 생각 아녜요?"

형에 대해서 아주머니는 완전히 정확하지는 못했다. 그러나 그런 생각이 여자의 일반 통념이라는 그녀의 비약을 탓하고 싶지는 않았었다.

"전 또 일이 있습니다."

나는 갑자기 형의 소설이 생각나서 훌쩍 커피를 마시고 일어섰다. 나의 화폭이 고통스러운 넓이로 눈앞을 지나갔다.

혜인은 말없이 따라 일어섰다.

"아무 말씀도 해주시지 않는군요."

문 앞에서 혜인은 나의 말을 한 마디라도 듣지 않고는 돌아가지 않겠다는 듯이 딱 멈추어 섰다.

"그 아가씬 잊으세요. 여자가 그런 덴 오히려 표독한 편이니까요."

그날 밤 딱 한 번 근심스런 얼굴로 말하던 아주머니의 단정은 결코 혜인에게 적용될 수 있는 것은 아닌 것 같았다. 그렇지 않다면 혜인은 여자가 좋아한다는 연극을 하고 있을 것이었다.

나는 돌아서 버렸다.

예상대로 집에는 형이 돌아와 있지 않았다.

—진창에 앉은 듯 취해 있겠지.

나는 저녁을 끝마친 대로 곧장 형의 방으로 가서 서랍을 뒤졌다. 소설은 언제나 같은 곳에 있었다. 형은 아주머니나 나를 경계하는 것 같지 않았다.

"형을 갑자기 문호로 아시는군요."

아주머니는 관심이 없었다. 소리를 귀로 흘리며 나는 성급하게 원고 뭉치의 뒤쪽을 펼쳤다. 그러나 이야기는 전날 그대로 한 장도 더 나아가지 못하고 있었다. 휴지통에 파지를 내놓은 것이나 하루 종일 책상에 매달려 있었다는 아주머니의 말을 들으면 형은 무척 애를 쓰기는 했던가 보았다. 망설이는 것이었다. 이야기의 결말에 대해서, 아직 하나의 살인에 대해서 형은 무던히도 망설이고 있는 것이었다. 그것은 마치 그 답답하도록 넓은 화폭 앞에 초조히 앉아 있기만 하다가 집으로 돌아와 버리곤 하는 나를 일부러 형이 곯리고 있는 것 같기도 했다. 나는 다시 서랍을 정리해 두고 나의 방으로 돌아왔다. 일찌감치 자리를 깔고 누웠으나 눈이 감기지 않았다. 눈을 감으면 곧 잠이 들던 편리한 습관은 고등학교 때까지 뿐이었다. 나대로 소설의 결말을 얻어보려고 몇 밤을 새웠던 상념이 뇌수로 번져나왔다.

소설의 서두는 이미지가 선명한 하나의 서장(序章)으로 시작되고 있었다. 그것은 형의 소년시절의 한 회상이었다. <나(얼마나 형이 객관화되고 있는지는 모르지만 이것은 그 소설 속의 주인공이다. 이하 < >표는 소설문의 직접 인용)>는 어렸을 때 노루사냥을 따라간 일이 있었다. 그즈음 <나>의 고향 마을에는 가을부터 이듬해 초봄까지 꼭꼭 사냥꾼이 찾아들었다. 그들은 가을에는 멧돼지를, 겨울과 초봄으로는 노루사냥을 했다. 특히 겨울이면 그들은 마을 사람 가운데서 날품 몰이꾼을 몇 사람씩 데리고 산으로 가는 것이었다. 양솥을 산으로 메고 가서 사냥한 것을 끓여먹었다. 겨울철 할 일이 없는 마을 사람들은 몰이꾼을 자원했고 사냥꾼이 뜸해지면 그들은 사냥꾼이 마을로 돌아오기를 기다리는 것이었다.
눈이 산들을 하얗게 덮은 어느 겨울날, 방학을 맞아 고향 마을로 돌아와 있던 <내>가 그 몰이꾼들에 끼어 사냥을 따라나선 것이다. 그런데 그날은 이상하게도 낮이 기울 때까지 아무것도 걸리는 것이 없었다. <나>는 다른 어른 한 사람과 함께 어느 능선 부근 바위틈에서 언 밥으로 시장기를 쫓고 있었다. 그때 능선 너머에서 갑자기 한 발의 총소리가 울려왔다. 그 총소리에 대해서 형은 이렇게 쓰고 있었다.
<나는 총소리를 듣자 목구멍으로 넘어가던 것이 갑자기 멈춰 버린 것 같았다. 싸늘한 음향—분명한 살의와 비정이 담긴 그 음향이 넓은 설원을 메아리쳐 올 때 나는 부질없는 호기심에 끌려 사냥을 따라나선 일을 후회하기 시작했다.>

총알은 그러나 노루를 바로 맞추지 못했다. 상처를 입은 노루는 설원에 피를 뿌리며 도망쳤다. 사냥꾼과 몰이꾼들은 눈 위에 방울방울 번진 핏자국을 따라 노루를 쫓았다. 핏자국을 따라가면 어디엔가 노루는 피를 쏟고 쓰러져 있으리라는 것이었다. <나>는 흰 눈을 선연하게 물들이고 있는 핏빛에 가슴을 섬찟거리며 마지못해 일행을 쫓고 있었다. 총소리를 처음 들었을 때와 같은 후회가 가슴에서 끝없이 피어올랐다. <나>는 차라리 노루가 쓰러져 있는 것을 보기 전에 산을 내려가 버리고 싶었다. 그러나 <나>는 망설이기만 할 뿐 가슴을 두근거리며 해가 저물 때까지도 일행에서 벗어나지 못하고 있었다. 핏자국은 끝나지 않았고 <나>는 어스름이 내릴 때에야 비로소 일행에서 떨어져 집으로 되돌아왔다. 그리고 <나>는 곧 굉장히 앓아 누웠기 때문에, 다음날 그들이 산을 세 개나 더 넘어가서 결국 그 노루를 찾아냈다는 이야기는 자리에서 소문으로만 들었으나 몇 번이고 끔직스러운 몸서리를 치곤 했던 것이다.

서장은 대략 그런 이야기였다. 물론 내가 처음에 이 서장을 읽은 것은 아니었다. 어느 중간을 읽다간 문득 긴장하여 처음부터 이야기를 다시 읽게 된 것이었지만, 여기에서도 나는 노루의 핏자국이라든가 총소리라든가 눈 같은 것들이 묘하게 조화되어 긴장한 분위기를 이루고 있는 것을 느꼈다. 사실 여기서 암시하고 있듯이 형의 소설은 전반에 걸쳐서 무거운 긴장과 비정이 흐르고 있었다.

형의 내력에 대한 관심도 문제였지만, 형의 소설이 더욱 나를 초조하게 하는 것은 그것이 이상하게 나의 그림과 관계되고 있는 것 같은 생각이 들기 때문인 것이다. 그것은 사실일 수도 있었다. 혜인과 헤어지고 나서 나는 갑자기 사람의 얼굴이 그리고 싶어졌다. 사실 내가 모든 사물에 앞서 사람의 얼굴을 한번 그리고 싶다는 생각은 막연하게나마 퍽 오래 지니고 있던 것이었다. 그러니까 혜인과 헤어지게 된 것이 그 모든 동기라고 할 수는 없지만 어쨌든 그 무렵 그런 충동이 새로워진 것은 사실이었다.

나의 그림에 대해서는 더 이야기하고 싶지 않다. 그것은 견딜 수 없이 괴로운 일이다. 그리고 나는 내가 그것에 대해서 생각하고 화필과 물감을 통해서 의미를 부여하고자 하는 것의 십 분의 일도 설명할 수가 없을 것이다. 다만 나는 인간의 근원에 대해서 좀더 생각을 깊이 하지 않으면 안된다는 것, 그래서 에덴의 동산으로부터 그 이후로는 아벨이라든가 카인, 또 그 인간들이 지니고 의미하는 속성들을 논리 없이 생각해 보았다. 그러나 어느 것도 전부를 긍정할 수는 없었다. 단세포 동물처럼 아무 사고도 찾아볼 수 없는 에덴의 두 인간과 창세기적 아벨의 선개념. 또 신으로부터 영원한 악으로 단죄받은 카인의 질투—그것은 참으로 인간의 향상의지로서 신을 두렵게 했을는지 모른다—그 이후로 나타난 수많은 분화, 선과 악의 무한정한 배합비율…… 그러나 감격으로 나의 화필이 떨리게 하는 얼굴은 없었다. 실상 나는 그 많은 얼굴들 사이를 방황하고 있었는지도 모른다. 하지만 안타까운 것은 혜인 이후 나는 벌써 얼굴을 강하게 예감하고 있다는 것이었다. 아직 나는 그것과 만날 수가 없었을 뿐인 것이었다. 동그스름한 그러나 튀어나갈 듯이 긴장한 선으로 얼굴의 외곽선을 떠놓고(그것은 나에게 참 이상한 방법이었다.) 나는 며칠 동안 고심만 했다.

그러던 어느 날, 그 소설이라는 것이 시작되기 바로 전날이었을 것이다. 형이 불쑥 나의 화실에 나타났다. 그는 낮부터 취해 있었다. 숫제 나의 일은 제쳐놓고 학생들에게 매달려 있는 나에게 형은 시비조로 말하는 것이었다.

"흠! 선생님이 그리는 사람은 외롭구나. 교합작용이 이루어지는 기관은 하나도 용납하지 않았으니……."

얼굴의 윤곽만 떠놓은 나의 화폭을 완성된 것에서처럼 형은 무엇을 찾아내려는 듯 요리조리 뜯어보고 있었다. 나는 물끄러미 형을 바라보았다.

"그건 아직 시작인걸요."

"뭐 보기에 따라서는 다 된 그림일 수도 있는걸……. 하느님의 가장 진실한 아들일지 몰라. 보지 않고 듣지 않고 오직 하느님의 마음만으로 살아가는. 하지만 눈과 입과 코……귀를 주면…… 달라질 테지……. 한데 선생님은 어느 편이지?"

형은 그림과 나를 번갈아 쳐다보았다. 그 눈은 무엇을 열심히 찾고 있는 것이었다. 그러나 그것은 이미 밖에서 찾을 것이 아무것도 없는 줄을 알아 버린 그런 눈이었다. 나는 어리둥절해 있기만 했다.

"흥, 나를 무시하는군. 사람은 논리로만 구명될 수 있는 것이 아니라는 건 예술가도 이 의사에게 동의해 줄 테지. 그런다면 내 생각도 조금은 옳을는지 몰라. 어때, 말해 볼까?"

형은 도시 종잡을 수 없는 말을 했다. 무엇인가 열심히라는, 열심히 말하고 싶어한다는 것만은 알 수 있었다.

"그 새로 탄생할 인간의 눈은, 그리고 입은 좀더 독이 흐르는 쪽이어야 할 것 같은데…… 희망은—이건 순전히 나의 생각이지만, 선(線)이 긴장을 하고 있다는 것이야."

이상하게도 형은 나의 그림에 대해서 이야기를 하고 있었다.

그날 저녁, 모처럼 술을 사겠다는 형을 따라 화실을 나와서 화신 근처를 지나고 있을 때였다. 우산을 써도 좋고 안 써도 좋을 만큼씩 비가 내리고 있었다. 부지런한 사람은 우산을 썼지만 우리는 물론 쓰지 않고 걸었다.

ㅈ은행 신축공사장 앞에는 늘 거지 아이 하나가 꿇어 엎드려 있었다. 열 살쯤 나보이는 그 소녀거지는 머리를 어깨 아래로 박고 두 팔을 앞으로 내밀어서 손을 벌리고 있었다. 그 손에는 언제나 흑갈색 동전이 두세 닢 놓여 있었다. 한데 우리가 그 앞을 지날 때였다. 앞서 걷던 형의 구둣발이 소녀의 그 내어민 손을 무심한 듯 밟고 지나가는 것이 아닌가. 놀란 것은 거지 아이보다 내쪽이었다. 형의 발걸음은 유연했다. 발바닥이 손을 깔아뭉개는 감촉을 느끼지 못한 것 같았다. 더욱 이상한 것은 그때 깜짝 놀라 머리를 들었던 소녀가 벌써 저만큼 멀어져가고 있는 형의 뒤를 노려볼 뿐 소리도 지르지 않은 것이었다. 나는 소녀의 손을 내려다보았다. 아무렇지도 않았다. 소녀는 다시 자세를 잡았다. 나는 울컥 형이 미워졌으나 잠잠히 뒤를 따르고만 있었다. 분명 형은 스스로에게 무엇인가 확인하고 있는 것 같은, 그리고 화실에서 지껄이던 말들이 결코 우연한 이야기들만은 아니었던 것 같은 생각이 들었다. 그것은 그 며칠 전에 형이 저지른 실수 때문일 거라고 나는 혼자 추리를 해보았다. 하지만 그것은 형의 실수는 아니었다. 그러나 그런 문제보다 중요한 것

은 형의 칼끝이 그 소녀의 몸에 닿은 후에 소녀의 숨이 끊어진 것이었다.

건널목에 이르러 신호등에 막히자 형은 비로소 나를 돌아다보았다. 형의 눈은 무엇인가 나에게 묻고 있는 것 같았다. 절대로 대답을 할 수 없으리라고 믿는 그런 것을 자랑스럽게 묻고 있는 눈이었다.

"아까 형님은 부러 그러신 것 같았어요."

형이 자주 드나들었던 듯한 어떤 홀로 들어가서 자리를 정하자 나는 극도로 관심을 아끼는 목소리로 말했다.

"뭘?"

형은 시치미를 뗐다.

"거지 아이의 손을 밟아 버린 거 말입니다."

나는 오히려 귀찮아하는 목소리로 말했다. 형은 잠시 당황하는 얼굴을 했다. 아무 생각도 없이 그저 그렇게 해야 한다는 생각 때문에 당황해 보이는.

"하지만 별수없더군요. 형님도. 발이 말을 잘 듣지 않았던 모양이죠. 아이가 별로 아파해 하지 않은 것 같았어요. 형님은 나 때문에 뒤를 돌아보지 못해서 모르실 테지만."

형은 그 다음날부터 소설을 쓰기 시작했고, 그러자 나는 그림에 손을 댈 수 없게 되어 버렸던 것이다.

형의 이야기의 본 술거리는 대강 다음과 같은 것이었다. 그것은 6·25사변 전의 국군부대 진중에서부터 시작되었다.

진중생활에서 형은 두 사람에 대해서 이야기의 초점을 맞추고 있었다. 한 사람은 오관모라고 하는 이등중사(당시 계급)였는데, 그는 언제나 대검을 한 손에 들고 영내를 돌아다니는 습관이 있었다. 키가 작고 입술이 푸르며 화가 나면 눈이 세모로 일그러지는 독 오른 배암 같은 인상의 사내였다. 그는 부대에 신병이 들어오기만 하면 다짜고짜 세모눈을 해 가지고 대검을 코 밑에다 꼰아대며 <내게 배를 내미는 놈은 한칼에 갈라놓는다>고 부술 듯이 위협을 하여 기를 꺾어놓는 것이었다. 그리고 그날 밤으로 가엾은 신병들은 관모가 낮에 배를 내밀지 말라던 말의 뜻을 괴상한 방법으로 이해하게 되는 것이었다. 관모에게 배를 내미는 사람이 하나도 없었는지 어쨌는지는 모르지만 관모가 정말로 <배를 갈라 놓는> 일은 한 번도 없었다. 그러던 어느 날, 관모네 중대에 또 한 사람의 신병이 왔다. 그가 바로 형의 이야기에서 초점이 맞추어지고 있는 다른 한 사람인데, 그는 김 일병이라고만 불리우고 있었다. 얼굴의 선이 여자처럼 곱고, 살이 두꺼운 편이었는데 <콧대가 좀 고집스럽게 높았다>는 점을 제외하면 김 일병은 관모가 세모눈을 지을 필요도 없을 만큼 유순한 얼굴을 하고 있었다. 그런데 어떻게 된 셈인지 바로 다음날부터 관모는 꼬리 밟힌 독사처럼 약이 바짝 올라서 김 일병을 두들겨 패기 시작했다. <나>는 김 일병의 코가 제값을 하나보다고 생각했으나 그런 장난스런 생각은 잠깐뿐이었다.

<내가 뒷산에서 의무대의 들것 조립에 쓸 통나무를 베어들고 관모네 중대의 변소 뒤를 돌아오고 있을 때였다. 관모가 김 일병을 엎드려놓고 빗자루를 거꾸로 쥐고 서투른 백정 개잡듯 정신없이 매질을 하고 있었다. 관모는 나를 보자 빗자루를 버리고 대뜸 나에게서 통나무를 낚아 갔다. 미처 내가 어찌할 사이도 없이 관모의 세찬 숨소리와 함께 김 일병의 엉덩이 살을 파고드는 통나무의 둔중한 타격음이 산골을 퍼져나갔다. 그러나 김 일병은 무서울 정도로 가지런한 자세로 관모의 매를 받고 있었다. 김 일병이 관모의 매질에 한 번도 굴복한 적이 없다는 소문이 있었고, 그것이 더욱 관모를 약오르게 한다고는 했으나 나는 당장 눈앞에 숙연해 있는 김 일병의 자세를 믿을 수가 없었다. 김 일병의 자세는 절대로 흐트러지지 않았다. 관모는 괴상한 울음소리 같은 것을 입에 물며 땀을 뻘뻘 흘리고 있었다. 끔찍스러운 광경이었다. 그것은 마치 김 일병이 그만 굴복해 주기를 관모가 애원하고 있는 형국이었다. 그러다 나는 정말 이상한 것을 보고 말았다. 내가 관모와 김 일병 사이로 끼어들어 내내 그 기이한 싸움의 구경꾼이 되어 버린 동기는 아마 내가 그것을 보게 된 데 있었던 것 같다. 언제까지나 자세를 허물어뜨리지 않을 것 같던 김 일병이 마침내 천천히 머리를 들어 나를 올려다보았는데, 그때 나는 갑자기 호흡이 멈추어 버린 것처럼 긴장하고 말았던 것이다.>

그때 <내>가 김 일병에게서 보았던 것은 김 일병의 눈빛이었다. 허리

아래에 타격이 있을 때마다 김 일병의 눈에서는 <파란 불꽃> 같은 것이 반짝이고 지나갔다는 것이었다.

　여기서 형은 그 눈빛에 관해서 상당히 길게 설명을 하고 있었다. 그러고도 미심했던지 형은 원고지를 두 장이나 여분으로 남기고 지나갔다. 혹은 그 눈빛에 관해서 좀더 설득력 있게 이야기를 바꾸어보려는 것이었는지도 모른다. 어떻든지 형은 그 순간에 적어도 그 파란 눈빛의 환각에 빠졌을 만큼 강렬한 경험을 견디고 있었던 것만은 사실인 것 같았다. 형의 소설적 상상력은 절대로 그런 것을 상정해낼 수 있을 정도는 아니기 때문이다.

　<그러다 김 일병은 그눈을 무섭게 까뒤집으며 으으으 하는 신음과 함께 몸을 비틀어 버렸다. 관모가 울상이 되어 김 일병에게 달려들어 그 꿈틀거리는 육신을 타고 앉아서 미친 듯이 굴러댔다.>

　<나>는 다음에도 여러 번 그 기이한 싸움을 구경했다. 그때마다 <나>는 김 일병의 <파란 빛>이 지나가는 눈을 지키면서 속으로 관모의 매질에 힘을 주고 있었다. 그런 때 <나>는 그 눈빛을 보면서 이상한 흥분과 초조감에 몸을 떨면서 더 세게, 더 세게 하고 관모의 매질을 재촉하는 것이었다.

　<이상한 일이었다. 나는 왜 그렇게 초조하고 흥분했었는지, 또 나는 누구를 편들고 있었는지, 그런 것을 하나도 모른 채, 그리고 그 기이한 싸움은 끝이 나지 않은 채 6·25사변이 터지고 말았다.>

　이야기는 거기서 한 단이 끝났다. 그러나 아직 이야기의 초점은 드러나지 않고 있었다. 이야기의 초점이란 형이 패잔 때 죽였노라고 했던, 그를 죽였기 때문에 그 먼 탈출에 성공할 수 있었노라던 일에 관해서 말이다. 하지만 나중까지 가보면 형은 이야기를 위해서 사건을 상당히 생략하고 초점을 향해 치밀하게 이야기를 집중시켜 가고 있음을 알 수 있다.

　다음에서 형은 곧 그 패잔에 관해서 이야기하기 시작했다. 강계 어느 산골의 동굴로 장소를 옮겨갔다.

　동굴 바깥은 <지금> 눈이 내리고 있고 <나>는 굴 어구에 드러누워 머리를 반쯤 밖으로 내놓고 눈을 맞고 있다. 그 안쪽에 오관모 이등중사가 아직 차림이 멀쩡한 군복으로 앉아 있고, 굴의 가장 안쪽 벽 아래에 는 김 일병이 가랑잎에 싸여 누워 있다. 그들은 패잔병이었다. 동굴 안에 는 무거운 긴장이 흐르고 있다. <나>는 그리고 엎드려서 한창 눈에 덮 이고 있는 골짜기를 내려다보면서도 신경은 줄곧 등뒤의 관모에게 가 있고, 관모 역시 입귀에 허연 침이 몰리도록 갈대를 씹어 뱉곤 했으나 낮게 뜬 눈은 <나>의 등에 고정되어 있다. 그런 긴장을 형은 <지금 눈 이, 첫눈이 내리고 있기 때문>이라고만 간단히 말하고 지나갔다. 그런 간단한 비약이 <나>를 훨씬 긴장시켰다. 김 일병은 오른팔이 하나 잘려 서(이것은 꽤 나중에 밝혀지고 있지만 이야기를 쉽게 하기 위해서 먼저 밝히 는 것이 좋을 것 같다) 다른 두 사람을 잊어버린 듯 의식이 깊이 숨어 버 린 눈을 하고 있다.

　<어느 곳인지도 모른다. 강계 북쪽, 하루나 이틀 뒤면 우리는 압록강 물을 볼 수 있으리라는 것이었다. 그러나 그날 새벽 우리는 갑자기 전쟁 개입설이 돌던 중공군의 기습을 받았다. 전투를 별로 겪지 않고 여기까 지 온 우리는 처음으로 같은 장소에서 꼬박 하루 동안을 총소리와 포성 속에 지냈다. 어느 쪽이나 촌보의 양보도 없이 버티었다. 다음날 새벽, 부상병을 나르던 내가 오른쪽 팔이 겨드랑 부근에서 동강나간 김 일병 을 발견하고 바위 밑으로 끌고 가서 응급지혈을 하고 있을 때였다. 별안 간 총소리가 남쪽으로 이동하기 시작했다. 아직 정신을 돌리지 못한 김 일병 때문이기도 했지만, 총소리는 미처 내가 어떻게 할 사이도 없이 갑 자기 남쪽으로 내려가 버렸고, 중공군이 이내 수런수런 산을 누비고 지 나갔다. 금방 날이 밝았다. 그러나 그때는 이미 골짜기가 중공군의 훨씬 후방이 되어 있었다. 나는 바위밑에서 옴지락을 못하고 한나절을 보냈 다. 포성이 남쪽으로 남쪽으로 사라지고 중공군도 뜸해졌다. 그날 해가 질 무렵에야 김 일병은 정신을 조금 돌렸다. 다음날은 뜸뜸하던 포성이 깜박 사라져 버리고 중공군도 발길이 딱 끊어졌다. 전쟁이 늘 그러하듯 이, 대충만 훑고 지나가면 뒤에 남은 것은 제풀에 소멸해 버리거나 이미 전쟁과는 상관이 없을 만큼 힘을 잃어버리고 만다. 중공군은 골짜기를 버리고 갔다. 혹시 부상당한 적의 패잔병 따위가 남아 있는 것을 눈치채

었다 해도 그들은 그냥 지나가 버렸을 것이다. 하여 이제 골짜기는 정적과 가을 햇볕으로 가득할 뿐이었다. 하지만 나는 불안했다. 싸움터에 흩어진 건빵봉지와 깡통 몇 개를 모아가지고 김 일병을 부축하며 좀더 깊고 안전한 곳으로 은신처를 찾아나섰다. 김 일병의 상처는 경과가 좋은 편이었지만 포성마저 사라져 버린 지금 국군을 찾아 떠나기는 불가능한 일이었다.─포성이 곧 되돌아오겠지.─안전한 곳에서 기다려보자.

골짜기를 타고 올라와서 잣나무숲을 빠져나오니 산정까지 이어진 초원이 나섰다. 거기서 관목을 타고 올라오다 나는 동굴을 하나 발견했다. 내가 그 동굴 앞에서 김 일병을 부축한 채 안을 기웃거리고 있을 때였다.

"어떤 놈들이 주인 허락도 없이 남의 집을 기웃거리고 있어!"

소스라쳐 돌아보니 건너편 숲에서 우리 쪽에다 총을 겨누고 웃고 있는 사람이 있었다. 관모였다.

"고기가 먹고 싶던 참이라 방아쇠 당길 뻔했다."

관모는 총을 거두고 훌쩍 뛰어왔다. 그리고는 내가 부축하고 있는 김 일병의 팔을 들춰보더니,

"이런! 넌 별로 쓸모가 없겠군."

하며 혀를 차는 것이었다. 그리고 나의 어깨를 툭 쳤다.

"하지만 고맙지 뭐냐. 적정을 살피러 가래 놓고 다급해지니까 저희들만 싹 꽁무니를 빼버린 줄 알았더니 너희들이 날 기다려줬으니."

거기까지 이야기한 다음에 소설은 다시 눈 오는 동굴로 돌아갔다.

오관모는 질겅질겅 씹고 있던 간대를 뱉어 버리고 구석에 세워둔 칼빈총을 짊어지고 동굴을 나갔다. 그는 <장소>와 인적을 탐색하러 간 것이었다. 관모는 <이> 골짜기에서 총소리를 내도 좋은가를 미리 탐색할 만큼은 지략이 있었다. 이제 동굴에는 <나>와 김 일병뿐이었다.

<우리는 우선 전투지역에 흩어진 식량거리를 한데 모아놓고 동굴로 날랐다. 많은 것은 아니었으나 우리는 그것을 하루 분이나 이틀 분씩 가볍게 날라 올렸기 때문에 며칠을 두고 산을 내려가지 않으면 안되었다. 그것은 우리가 아직도 군인이라는 유일한 행동이기도 했다. 김 일병을 남겨놓고 둘이는 매일 한 차례씩 산을 내려갔다. 그러나 사실을 말하자

면 그런 모든 행동의 결정을 관모가 내렸고, 관모는 그렇게 함으로써 김일병을 제외한 둘이만의 시간을 가지려는 눈치를 여러 번 보였던 것이다. 동굴에서의 관모는 언제나 이야기의 주변만 돌고 있는 것 같았다. 그래서 그에게는 틀림없이 따로 하고 싶어하는 이야기가 있는 것 같은 눈치가 느껴지곤 했었다. 그러나 막상 둘이 되었을 때도 관모는 어떤 이야기의 주변만 맴돌 뿐 불쑥 말을 꺼내지는 못했다.

그러던 어느 날, 그 날로 산 아래의 것을 마지막 매어오던 날이었다. 산을 앞장서 오르던 관모가 발을 멈추고 돌아보며 불쑥 묻는 것이었다.

"포성은 인제 안 오려나보지?"

"겨울을 나면서 천천히 기다려야지."

나는 숨을 몰아쉬며 무심결에 대답했다. 그때 관모가 조금 웃었다.

"요걸로 얼마나 지낼까?"

관모는 자기의 어깨에 멘 쌀자루를 툭툭 쳐보였다. 그러는 관모의 표정이 묘하게 변했다.

"입을 줄이는 수밖에 없지."

말하고 나서 관모는 휙 몸을 돌려 다시 산을 오르기 시작했다. 나는 처음에 그 말의 뜻을 잘 알아듣지 못했다. 대꾸를 못하고 아직 그 말을 씹으려 뒤를 따르고 있으니까 관모는 다시 발을 멈추고 돌아서서는,

"다 내게 맡기고 너 같은 참새가슴은 구경만 하면 돼. 위생병은 그런 일에는 적당치 않으니까. 한데…… 언제가 좋을까?"

하고 그는 찬찬히 나의 얼굴을 들여다보았다. 그리고 그는 모든 것을 이미 정해 놓았던 듯 별로 생각해 보지도 않고 잘라 말했다.

"첫눈이 오는 날이 좋겠어. 그 사이에 포성이 오면 또 생각을 달리해도 될 테니까."

관모는 금방 눈이 떨어지기라도 할 것처럼 하늘을 쳐다보는 것이었다.

그날 밤 관모는 또 나에게로 왔다. 그러나 나는 다른 어느 때보다 불쾌한 듯 놈을 쫓았다. 사실로 그것은 불쾌한 일이었다.

우리가 이 동굴로 온 첫날 밤, 막 잠이 든 뒤였다. 동굴의 어둠 속에서 나는 몸이 거북해서 다시 눈을 뜨고 말았다. 정신이 들고 보니 엉덩이

아래에 뭉툭한 것이 뿌듯이 치받고 있었다. 귀밑에서 후끈거리는 숨결을 의식하자 나는 울컥 기분이 역해져서 몸을 비틀었다. 그러나 놈은 가슴으로 나의 등을 굳게 싸고 있었다.

"가만 있어……."

관모가 귀밑에서 황급히, 그러나 낮게 말했다. 나는 견딜 수가 없었다. 구렁이처럼 감겨드는 놈을 매섭게 밀쳐 버리고 바닥에 등을 꽉 붙이고 누웠다. 그는 한동안 숨을 죽이고 있더니 할 수 없었는지 가랑잎을 부스럭거리며 안쪽으로 굴러갔다. 나는 눈을 감았다. 그리고 희한하게도 관모가 김 일병에게서 낮에 말했던 <쓸모>를 찾아낸 소리를 듣고 있었다.

아마 그것은 김 일병이 관모에게 뒤를 맡긴 최초의 일이었을 것이다.

다음날 김 일병의 표정은 별로 달라지지 않았다. 오히려 명랑해진 쪽이었다. 그 사이, 김 일병에게서 의식하지 못했던 그 눈빛마저 되살아난 것 같았다. 포성의 이야기, 곧 포성이 되돌아오게 될 거라는 이야기를 해주었을 때 김 일병은 잠깐 그런 눈을 했다. 관모도 김 일병을 별로 괴롭히지 않았다. 김 일병의 상처는 더 나빠지지는 않았으나 결코 위생병 옆에서는 좋아질 수도 없을 만큼 큰 것이었다. 그렇게 며칠을 지나던 어느 날 밤 관모가 다시 나에게로 와서 더운 입김을 뿜어댔다. 김 일병에게서는 냄새가 난다는 것이었다. 나는 관모를 다시 김 일병에게로 쫓아버렸다. 그러나 그 며칠 뒤부터 관모는 절대로 김 일병에게로 가지 않았다. 그러다가 첫눈에 관한 이야기를 했던 것이다. 사실 김 일병의 상처에서는 견딜 수 없을 만큼 냄새가 났다.

그날 밤도 관모는 김 일병에게 가지 않았다. 관모는 밤마다 나의 귀밑에서 더운 입김만 뿜다가 떨어져 자버리곤 했다. 내가 할 수 있는 것은 등을 바닥에서 떼지 않는 것뿐이었다. 초겨울로 접어들었는데도 눈은 무척 더디었다. 이제 김 일병에게서는 아무리 포성의 이야기를 해도 그 기이한 눈빛을 하지 않았고 나중에는 하루 한 번씩 내가 소독약을 발라주는 것조차 거절하고 누워만 있었다. 건빵가루로 쑤어준 미음을 꿀꺽꿀꺽 맛있게 받아먹던 것도 거절한 지가 사흘, 포성에 대한 희망은 까마득한 채 드디어 첫눈이 내리게 된 것이다.>

여기서 첫눈에 관한 비약은 완전히 해명된 셈이었다.

<어둠이 차오르기 시작한 골짜기 아래서 가물가물 관모가 올라오고 있었다. 관모는 조금 오르고는 한참씩 멈춰서서 동굴을 쳐다보곤 했다. 사지가 마비될 것같이 긴장했다. 나는 후다닥 김 일병 쪽으로 가서 그의 눈을 들여다보았다. 그 눈동자는 천장의 어느 한 점에 고정되어 있었으나 시신경은 작용을 멈추어 버린 것 같았다. 그 눈은 시신경의 활동보다 먼저 그의 안이 텅 비어 버린 것을 말해 주는 것이었다. 가끔씩 눈꺼풀이 내려와서 그 눈알을 씻고 올라가는 것이 그가 아직 살아 있다는 유일한 증거였다.

"눈이 오고 있다. 김 일병."

나는 부드러운 목소리로 아무렇지 않게 말하고 나서 김 일병의 눈을 들여다보았다. 그 눈에는 아무런 표정도 스치지 않았다.

"김 일병, 눈이 오고 있어."

나는 좀더 큰 소리로 말했으나, 김 일병의 표정이 여전히 변하지 않는 것을 보고는 문득 손을 놀려 김 일병의 상처에 처맨 천을 풀었다. 말라붙은 피고름에 헝겊이 빳빳하게 엉켜 있었다. 그것을 풀어내자 나는 흠칫 놀라 숨을 들이쉬었다. 흰 쌀알만큼씩한 것들이 그 상처 벽에 수없이 옴실거리고 있었다. 하나의 생명은 작은 다른 여러 생명으로 분화되어 가고 있는 것이었다. 나는 다시 김 일병의 눈을 보았다. 아 그런데, 김 일병은 나의 말을 알아들은 것일까. 아니면 아까 분위기가 말해 준 모든 것을 이미 알아차리고 자기의 가장 깊은 곳으로 들어가서 마지막 자기 생명의 소리에 귀를 기울이고 있었던 것일까. 뜻밖에도 그 눈에는 맑은 액체가 가득히 차올라 있었다. 그리고 그것을 밀어내지 않으려는 듯이 눈꺼풀은 동작을 오래 그치고 있었다. 그러다 눈물을 다시 삼켜 버린 듯 그 눈은 다시 건조해졌다. 뜻 없는 눈동자가 천장의 한 점을 계속해서 응시했다.

그때 나는 그가 죽어도 좋다고 생각했다.>

이야기는 거기까지였다. 그러니까 형이 죽였다고 한 것은 김 일병이었을 것이지만, 그것이 누구의 행위일는지는 아직 확실하지 않았다. 확실치 않은 것은 관모에 대해서도 마찬가지였지만 어쨌든 거기에서 형이 천릿길을 탈출할 힘을 얻을 수 있었다면, 그것은 가해자가 누구냐인가는 문제가 아닐 것 같았다. 형은 이미 살인을 저지른 것이었다. 그리고 형은 지금 그 이야기를 함으로써 관념 속에서의 살인을 되풀이하려는 것이었다. 그러나 망설이고 있었다. 그것은 마치 소설의 서장으로 쓰인 눈과 사냥의 이야기에서, 그리고 관모와 김 일병의 눈빛 사이에서 아무 것도 하지 못하고 초조하게 망설이고 있는 <나>를 연상케 했다. 수술을 실패한 소녀에 관해서만 생각지 않는다면 형은 무슨 이유로 지금 그 살인의 이야기를 하고 살인의 기억을 자기에게서 확인하고 싶어졌는지 모르지만, 그는 지금도 끝없이 망설이고 있는 것이었다. 매일 저녁 나는 그 형의 소설을 뒤져보고 어서 끝이 나기를 기다렸지만, 관모는 항상 아직 골짜기 아래서 가물거리고 있었고, 김 일병은 형의 결정을 기다리고만 있는 것이었다.

무엇보다 나는 형이 그러고 있는 동안 화실에서 나의 일을 할 수가 없었다.

다음날 내가 아침을 먹고 집을 나올 때까지 형은 얼굴을 내밀지 않았다. 나는 낮 동안 될수록 형의 소설은 생각지 말고 나의 작업에 전념해 보리라고 마음을 다지고 일찍 화실로 나갔다. 그러나 나는 화가 앞에 앉을 마음의 준비가 없이는 아무것도 되지 않는다는 것을 알고 있었다. 나는 유리창 앞으로 가서 담배를 피워 물었다. 화실로 학생들이 나오는 시간은 오후부터였다. 현기증이 나도록 넓은 화폭 앞에서 나는 결국 형의 소설만을 생각했다. 그 이야기 가운데의 누가 나의 화폭에서 재생되기라도 할 듯 그것의 결말을 보지 않고는, 형이 김 일병을 죽이기 전에는 나의 일을 할 수가 없었다. 결말은 명백히 유추될 수 있었다. 형은 언젠가 자기가 동료를 죽였다고 말했지만 형의 약한 신경은 관모의 행위에 대한 방관을 자기의 살인행위로 받아들인 것인지도 모를 일이었다. 그렇다면 형은 가엾은 사람이었다. 그리고 미웠다. 언제나 망설이기만 하고 한 번도 스스로 행동하지 못하고 남의 행동의 결과나 주워 모아다

자기 고민거리로 삼는 기막힌 인텔리였다. 자기의 실수만도 아닌 소녀의 사망사건을 자기 것으로 고민함으로써 역설적으로 양심을 확인했다. 그리고 관념화한 하나의 사건을 순전히 자기의 것으로 만들어 되씹음으로써 자신을 확인하는 이상한 방법으로 힘을 얻으려는 것이었다. 그러나 요즘 형은 그 관념 속의 행위마저도 마지막에는 주저하고 있었다. 악질인 척했을 뿐 지극히 비루하고 겁 많은 사람이었다. 영악한 양심이 그것을 용납치 않은 모양이었다.

나는 화실 학생들의 등 뒤에서 그들의 화폭만 기웃거리다가 어스름 전에 집으로 돌아오고 말았다. 역시 형은 나가고 없었다. 나는 우선 형의 방으로 가서 원고부터 조사했다. 어제나 마찬가지였다. 원고를 다시 집어 넣어두고 방을 나와 몸을 씻고 저녁을 먹고 아주머니와 몇 마디 농담을 주고받는 동안 나는 줄곧 화가 나서 견딜 수가 없었다. <도대체 형이란 자는⋯⋯>으로부터 시작해서 생각해낼 수 있는 욕설은 모조리 쏟아놓고 싶었다. 그러나 그것은 꼭 형을 두고 하는 생각만은 아닌 것 같았다. 그저 욕을 하고 싶다는 것, 욕을 생각이라도 하고 있지 않으면 한순간도 견뎌 배길 수 없을 듯한 노여움 같은 것이 속에서 부글댔다. 아주머니가 오랜만에 바람 좀 쏘이고 오겠다고 집을 나간 다음, 나는 다시 형의 방으로 가서 쓰다둔 소설과 원고지를 들고 나의 방으로 갔다. 기다릴 수가 없었다. 나는 화풀이라도 하는 마음으로 표범 토끼잡듯 김 일병을 잡았다. 김 일병의 살해범이 누구인지 확실치도 않은 것을 <나>로 만들어 버렸다. 그러니까 <내(여기서는 형이라고 해야 좋겠다)>가 관모가 오기 전에 김 일병을 끌고 동굴을 나와서 쏘아 버리는 것으로 일단 끝을 맺었다. 형은 다음에 탈출 이야기를 이을 것인지 모르지만 그것은 아무래도 좋았다. 관모의 말처럼 망설이고 두려워하기만 하는 형(<나>)의 참새가슴이 벌떡거리는 것을 그리다 나는 새벽녘에야 조금 눈을 붙였다.

다음날, 나는 화폭에 약간 손을 댔다. 그리고 나서 한동안 나는 묘한 흥분에서 헤어나지를 못하고 있었다. 혜인의 결혼식을 무의식중에나마

의식하고 있었던 때문이었는지도 모른다. 실상 나는 혜인의 결혼식을 가보는 게 옳을는지 모른다는 생각이 잠깐 들기도 했지만, 오랜만에 손이 풀리는 것 같아서 화폭에 매달리느라고 그런 생각은 금방 잊어버렸던 것이다. 그런데 점심을 먹고 들어와서 막 아이들을 기다리고 있는 참에 뜻밖에 그때쯤 식장에 서 있을 혜인에게서 속달이 왔다. 나는 하루가 지난 뒤에나 뜯어보든지 아주 잊어버려지기를 바라면서 봉투를 서랍 속에다 깊숙이 집어 넣어 버렸다. 그리고는 아직 좀 이른 시간이었으나 아이들을 기다렸다. 그것들이 옆에 있어 주는 것이 좋을 것 같았다. 그러나 그때 문을 벌컥 열고 들어선 것은 눈이 벌겋게 충혈된 형이었다. 사실 나는 어젯밤 형의 이야기에 손을 대놓고 형이 아주 모른 체하리라고는 생각지 않았었다. 그러나 나는 모처럼 화폭에 손을 댈 수 있었고 막연히나마 혜인의 결혼이 머리에 젖어 있어서 미처 형이 그렇게 나타나리라고는 생각지를 못했던 것이다.

형은 문에 기대어 서서 문을 잘못 들어선 사람처럼 방 안을 한 번 휘둘러보고 나서야 천천히 나의 곁으로 왔다.

"혜인인가…… 그 아가씨 결혼식엔 안 가니?"

형은 물끄러미 나의 화폭을 바라보면서 말했다. 예사스런 목소리와는 다르게 화폭에 가 닿은 식지가 파르르 떨리고 있었다. 혜인은 원래 형 진구의 소개로 나의 화실을 나왔던 터이니까 형도 그건 알고 있을 것이었다. 그렇다면 형은 혜인에 대해서 그리고 그 여자의 남자에 대해서도 퍽 자세히 알고 있을 법한 일이었다. 하지만 그게 무슨 상관이냐.

"형님의 관심은 그런 데 있는 게 아닐 텐데요."

나는 도사리는 소리를 했다.

"아가씨를 뺏긴 것 외에는 넌 썩 현명한 편이다."

형은 웃었다. 그러자 나는 갑자기 초조해졌다.

"제게 감사하러 오신 것 같지는 않군요."

"그럼. 더욱이 그런 오해를 하고 있을까 봐서."

하면서 형은 손가락으로 화폭을 꾹 눌러서 구멍을 내버렸다. 나는 반사적으로 자리에서 일어섰다. 형이 한 손으로 계속 그 구멍을 넓히면서 다른 한 손을 저어서 앉으라는 시늉을 했다.

"좀 똑똑한 아우를 두고 싶을 뿐이다. 화를 내지 말았으면 해. 난 너의 그 기분 나쁜 쌍통을 상대하기에는 지금 너무 기분이 좋아 있어. 다만 이 그림은 틀렸어. 난 잘 모르지만. 틀림없이 넌 뭔가 잘못 알고 있으니까. 곧 알게 될 거야. 늦었을지 모르지만 난 이제 결혼식엘 가봐야겠어. 신랑도 아는 처지라 말이다."

그러고 형은 나가버렸다. 어깨가 퍽 자신 있게 흔들리고 있었다. 나는 한동안 형이 사라진 문을 멍하니 바라보고만 있었다. 눈을 돌렸을 때 폭풍에 시달린 돛폭처럼 나의 화폭은 흉하게 너덜거리고 있었다. 나는 갑자기 생각이나 난 듯 서랍에서 혜인의 편지를 꺼내어 잠시 손가락 사이에서 부피감을 느껴보다가 봉투를 뜯었다.

인제 갑니다. 새삼스럽다구요? 하지만 그젯밤 선생님은 제가 이제 정말로 간다는 인사말을 하게 해주시지도 않으셨지요. 그건 선생님께서 너무 연극기를 싫어하기 때문이라시겠죠. 저를 위해 축복을 해주시라고는 하지 않습니다. 다만 안녕히 계시라고 분명한 목소리로 말을 했어야 했고, 그걸 못했기 때문에 다시 이런 연극을 하는 거예요.

결혼식을 하루 앞둔 신부의 편지라고 겁내실 필요는 없습니다. 어떤 일도 선생님은 책임을 지려고 하지 않으셨고 저는 선생님에게 책임을 지워보려는 모든 노력에서 한 번도 이긴 적이 없으니까요. 결국 선생님은 책임을 질 수 있는 일이 아무것도 없음을 알았어요. 혹은 처음부터 책임을 지지 않도록 하는 일이 이미 책임 있는 행위라고 생각하고 계실지 모르겠어요. 감정의 문제까지도 수식을 풀고 해답을 얻어내는 그런 방법이 사용될 수 있으리라고 생각하시는지 모르지만 그것도 결국 선생님은 아무것도 책임질 능력이 없다는 증거지요. 왜냐하면 선생님의 해답은 언제나 모든 것이 자신의 안으로 들어가는 것뿐이었으니까요.

선생님을 언제나 그렇게 만든 것은 선생님이 지고 있는 이상한 환부(患部)였을 것입니다. 내일 저와 식을 올릴 분은 선생님의 형님되시는 분을 6·25전상자라고 하더군요. 처음에 저는 그 말을 알아들을 수가 없었지만 요즘의 병원 일과 소설을 쓰신다는 일, 술(놀라시겠지만 그분은 선생님의 형님과 친구랍니다)에 관한 모든 이야기를 듣고는 어느 정도 납득이 갔어요. 그렇지만 정말로 저는 선생님에 대해서는 알 수가 없었어요. 6·25의 전상이 자취를 감췄다고 생각하면 오해라고, 선생님의 형님은 아직도 그 상처를 앓고 있다고 하시는 그분의 말을 듣고 저는 선생님을 생각했어요. 그렇다면 이유를 알 수 없는 환부를 지닌 어쩌면 처음부터 환부다운 환부가 없는 선생님은 도대체 무슨 환자일까요. 더욱이 그 증상은 더 심한 것 같아요. 그 환부가 어디에 위치한지, 그것이 무슨 병인지조차 알 수 없다는 점에서 선생님의 병은 더 위험한 거예요. 선생님의 형님은 그 에너지가 어디에서 근원했건 자기를 주장해 왔고, 자기의 여자를 위해서 뭔가 싸워 왔어요.

몇 번의 키스와 손길을 허락한 대가로 말씀드리는 것은 아닙니다. 제가 치료를 해드릴 수 있었으면 하고 생각했지만 그것은 결국 선생님 자신의 힘으로밖에 치료될 수 없는 것이라는 것을 알게 되었습니다. 그렇게 되기를 빌 뿐입니다.

그리고 이제 저는 어떻든 행복해지고 싶으며 그러기 위해서 분명히 떠나간다고 스스로 긍정하는 감정으로 말씀을 드리고 이 글을 끝맺겠어요.

영영 문을 열지 않을 성주(城主)에게

혜인 올림

"도련님, 오늘은 이 집에 무슨 못 볼 바람이 불었나보죠?"

가까스로 아이들을 돌보고 집으로 돌아오자 아주머니는 전에 없이 웃는 얼굴이었다.

"바람이라뇨?"

나는 말하면서 힐끗 형의 방을 들여다보았다. 형은 역시 없었다.

"도련님 얼굴이 다른 날과 달라요."

그것은 정말일는지 모른다. 아주머니 자신의 표정이 다른 날과는 다르기 때문이다.

"무슨 일이 있었나요?"

"형님이 내일부터 병원 일을 시작하겠대요."

아주머니는 어서 누구에게라도 그 말을 하려고 기다리고 있었던 듯 더 참지 못하고 웃음의 비밀을 털어 버렸다.

나는 형의 방으로 뛰어들어가서 서랍을 열고 원고 뭉치를 꺼냈다. 잠시 나의 뇌수는 어떤 감정의 유발도 중지하고 있었다. 소설의 끝부분을 펼쳤다. 그리고는 거기 선 채로 나의 시선은 원고지를 쫓기 시작했다. 나의 감정은 다시 한 번 진공 속으로 빠져들어갔다. 등을 보이고 쫓기던 사람이 갑자기 돌아섰을 때처럼 나는 긴장했다. 형의 소설은 끝이 달라져 있었다. 형은 내가 쓴 부분을 잘라내고 자신이 끝을 맺어놓은 것이었다. 형의 경험은 이 소설 속에서 얼마만큼 사실성을 유지하고 있는지는 모른다. 혹은 적어도 이 끝부분만은 형의 완전한 픽션인지도 모른다. 형은 나의 추리를 온전히 거부해 버린 것이었다.

<나>는 관모가 나타날 때까지 동굴을 들락날락하고만 있다. 드디어 관모는 동굴까지 올라왔다. 그 얼굴이 어둠 속에서 땀에 번들거렸다. 그는 대뜸 <동강난 팔 핑계만 하고 드러누워 처먹고만 있을 테냐>고 하며 <오늘은 네놈도 같이 겨울준비를 해야겠다>면서 김 일병을 일으켜 끌고 동굴을 나간다. 내가 불현듯 관모의 팔을 붙잡는다. 관모가 독살스러운 눈으로 <나>를 쏘아본다. <나>는 아무 말도 못하고 고개를 떨어뜨린다. <넌 구경이나 하고 있어……> 타이르듯 낮게 말하고 관모는 김 일병을 앞세워 산을 내려간다. 말끝에서 나는 <이 참새가슴아> 하고 말하고 싶어하는 관모의 소리를 들은 것 같았다. 뜻밖에 기동을 해서 발걸음이 침착하게 걷고 있는 김 일병은 단 한 번 길을 내려가면서 <나>를 돌아본다. 그러나 그 눈에는 아무것도 찾아볼 수가 없다. 둘은 눈길에 검은 발자국을 내며 골짜기로 내려갔다. 그리고 그들이 골짜기의 잣나무 숲으로 아물아물 숨어 들어가 버릴 때까지 <나>는 거기에 못박힌 듯 붙어 서 있기만 했다. 어느덧 눈은 그치고 눈 위를 스쳐온 바람이 관목 사이로 기분 나쁜 소리를 내며 빠져나갔다. 드문드문 뚫린 구름장 사

이로는 바쁜 별들이 서쪽으로 흐르고 있었다. 조금 뒤에 골짜기에서는 한 발의 총소리가 정막을 깼다. 그 소리는 골짜기를 한 바퀴 돌고 난 다음 남쪽 산등성이로 긴 꼬리를 끌며 사라졌다. <나>는 비로소 잠에서 깨어난 듯 깜짝 놀랐다.

<그 총소리는 나의 가슴속 깊이 어느 구석엔가 숨어서 그 전장의 수많은 총소리에도 지워지지 않고 남아 있었던 선명한 기억 속의 것이었다. 어린 시절, 노루사냥을 갔을 때의 설원에 메아리치던 그 비정과 살의를 담은 싸늘한 음향이었다.>

그러자 <나>의 눈앞에는 그 설원에 끝없이 번져가는 핏자국이 떠올랐다. 그때 또 한 발의 총소리가 올랐다. <나>는 몸을 부르르 떨고 나서 동굴 구석에 남은 한 자루의 총을 걸어메고 그 <핏자국>을 따라 산을 내려갔다. <오늘은 그 노루를 보고 말겠다. 피를 토하고 쓰러진 노루를.> <날더러 구경만 하라고? 그렇지. 잔치는 언제나 너희들 뿐이었지.> 이런 말들이 <내>가 그 <핏자국>을 따라가는 동안에 수없이 되풀이되고 있었다.

<그 핏자국은 끝날 것 같지 않았다. 끝없이 눈 위로 계속되었다. 나는 뛰었다. 그 핏자국은 관모들이 눈을 헤치고 간 발자국이었다는 것을 안 것은 내가 가시나무에 이마를 할퀴고 정신을 다시 차렸을 때였다. 이마에 섬쩍한 촉감을 느끼고 발을 멈추어 섰을 때 나의 뒤에서는 가시나무가 배를 움켜쥐며 웃고 있는 것처럼 커다란 키를 흔들고 있었다. 나는 잣나무 숲속으로 들어서 있었다. 이마에 손을 대어보니 미끄럽고 검은 것이 묻어났다. 손가락을 뿌리고 다시 발자국을 따라 몸을 움직이려고 했을 때였다.

"어딜 가는 거야."

송곳 같은 소리가 귀에 와 드러박혔다. 나는 흠칫 놀라 발을 멈추고 주위를 둘러보았다. 발자국이 사라진 쪽과는 반대편 언덕 아래서 관모가 총을 내쪽으로 받쳐들고 서 있었다. 어둠 속에 허연 이를 드러내놓고 있었다. 웃고 있는 것 같았다. 내가 발을 멈추자 그는 총을 내리고 나에게로 다가왔다.

"너 같은 참새가슴은 보지 않는 게 좋아. 모른 체하고 있으래지 않았나."

관모는 쓰다듬어 줄 듯이 목소리가 낮았다.

―하지만 나는 오늘 밤, 노루를 보고 말겠다. 피를 토하고 쓰러진 노루를.

나는 관모를 무시하고 천천히 몸을 돌렸다.

"가지 마라!"

이상하게 가라앉은 목소리가 나를 쫓아왔다. 노리쇠가 한번 후퇴했다 전진하는 금속성이 뒤로부터 나의 뇌수를 쪼았다. 뇌수가 아팠다. 나는 등뒤로 독사눈깔처럼 까맣게 나를 노리고 있을 총구를 의식했다.

―또 뒤를 주고 섰구나, 뒤를.

"포성이 다시 올 희망은 없다. 먹을 게 없어지면 우리가 찾아가야 한다. 난 아직 네가 필요하다. 그것은 너도 마찬가지다."

"……."

"돌아서라."

―그렇지 돌아서야지. 이렇게 뒤를 주고서야 어디.

나는 돌아섰다.

관모는 그제야 안심한 듯 내게 향했던 총을 내리고 나에게로 걸어왔다. 어깨라도 짚어줄 것 같은 태도였다. 그 순간이었다. 나의 총은 다급한 금속성을 퉁기고 몸은 납작 땅바닥 위로 엎드려졌다. 관모의 몸도 따라 땅 위로 낮아지고 거의 동시에 두 발의 총소리가 또 한 번 골짜기의 정적을 깼다. 그 모든 것은 거의 한 순간에 일어난 일이었다.

총소리가 사라지자 골짜기에는 다시 무거운 고요가 차올랐다. 나는 머리를 조금 들고 관모 쪽을 응시했다. 흰 눈 위로 관모는 검게 늘어진 채 미동도 없었다. 나는 엎드린 채 몸을 움직여 보았다. 이상한 데가 없었다. 당황한 관모의 총알은 조준이 되지 않았을 것이다.

다시 관모 쪽을 살폈다. 가슴께서부터 눈 위로 검은 반점이 서물서물 번져나오고 있었다. 나는 거기에서 눈을 떼지 않은 채 상체부터 조금씩 몸을 일으켰다. 그리고는 총을 비껴 쥐고 조심조심 관모 쪽으로 다가갔다. 가슴께서 쏟아진 피가 빠른 속도로 눈을 물들이고 있었다. 금세 나의 발을 핥고 말 기세였다. 나무들은 높고 산골은 소름끼치는 고요가 짓누르고 있었다. 이상스런 외로움이 뼛속으로 배어들었다. 그때 갑자기 관모가 몸을 꿈틀했다. 그리고는 계속해서 조금씩 꿈틀거렸다. 그것은 모래성에서 모래가 조금씩 흘러내리는 것처럼 작고 신경에 닿는 것이었다. 나는 겁이 나기 시작했다. 어느새 핏자국은 눈을 타고 나의 발등을 덮었다. 나는 한참 동안 두려운 눈으로 관모의 움직임을 지켜보고 있었다. 입으로 짠 것이 흘러들었다. 손으로 이마를 짚었다. 상채기에서 볼로 미끈한 것이 흐르고 있었다.

관모의 움직임은 더 커가는 것 같았다. 금방 팔을 짚고 일어나 앉을 것 같은 생각이 들었다. 짠 것이 계속해서 입으로 흘러들어왔다. 나는 천천히 총대를 받쳐들고 관모를 겨누었다.

탕!

총소리는 산골의 고요를 멀리까지 쫓아 버리려는 듯 골짜기를 샅샅이 돌고 나서 등성이 너머로 사라졌다. 그 소리의 여운을 타고 그리움 같은 것이 가슴으로 젖어들었다. 문득 수면에 어리는 그림자처럼 흐미한 얼굴이 떠올랐다. 그것은 웃고 있는 것 같았다. 그리고 좀더 확실해지기만 하면 나는 그 얼굴을 알아볼 수 있을 것 같았다. 오래 전부터 나와 익숙했던, 어쩌면 어머니의 뱃속에도 있기 이전부터 이미 알고 있었던 것 같은 그리운 얼굴이었다. 그러나 생각이 나지 않았다. 안타까웠다. 생각이 나기 전에 그 수면 위의 그림자처럼 흐미하던 얼굴은 점점 사라져갔다. 나는 눈을 감았다. 그리고 계속해서 방아쇠를 당겼다. 총소리가 다시 산골을 가득 메웠다. 짠 것이 입으로 자꾸만 흘러들어왔다.

탄환이 다하고 총소리가 멎었다.

피투성이의 얼굴이 웃고 있었다. 그것은 나의 얼굴이었다.>

선 채로 소설을 다 읽고 나서 나는 비로소 싸늘하게 식은 저녁상과 싸늘하게 기다리고 있는 아주머니를 의식했다. 몸을 씻은 다음 상 앞에 앉아서도 나는 아직 아주머니에게 눈을 주지 않고 있었다. 나의 추리는 완전히 빗나갔다. 그러나 그런 건 생각할 필요가 없었다. 소설의 마지막에서 형은 퍽 서두른 흔적이 보였지만 결코 지워지지 않는 연필로 그린 듯한 강한 선(線)으로 얼굴을 이야기하고 있었다. 형이 낮에 나의 그림을 찢은 이유가 거기 있었다. 내일부터 병원 일을 시작하겠다던 말을 알수 있을 것 같았다. 그리고 동료를 죽였기 때문에 천릿길에 탈출에 성공할 수 있었다던 수수께끼의 해답도 짐작이 갔다.

나는 상을 물리고 나서 담배를 피워 물고 마루에 걸터앉았다.

"형님은 소설 다 끝맺어났지요?"

아주머니가 곁으로 앉았다.

"네, 읽어보셨어요?"

"아니요, 그저 그런 것 같아서요."

여자들의 직감은 타고난 것이었다. 지극히 촉각이 예민한 곤충처럼 모든 것을 피부로 느끼고 알아냈다.

"이상한 일이군요. 알 수가 없어요…… 형님은."

나는 아주머니의 말을 알 수 있었다.

"모르시는 대로 괜찮을 거예요."

"도련님도 마찬가지예요."

"제게도 모르실 데가 있나요?"

"요즘 통 술을 잡수시지 않는 것, 그 아가씨에의 복수예요?"

아주머니는 복잡한 이야기를 싫어했다. 이야기를 따라가기가 힘들어지면 언제나 나의 꼬리를 끌어 잡아당겨 뒷걸음질을 시켜서 맥을 못추게 해놓곤 했다.

"그 아가씨 오늘 결혼해 버렸어요."

열한 시가 조금 지났을 때에 대문이 열리고 형이 들어오는 소리가 났다. 나는 천장을 쳐다보고 누워서 형의 거동 하나하나를 귀로 감시하고 있었다. 형은 몹시 취한 모양이었다. 화난 짐승처럼 숨을 식식거리며 아주머니의 말에는 대꾸도 하지 않고 방으로 들어가 버렸다. 조금 뒤에 형은 다시 문을 열고 나왔다. 그리고는 무슨 종이를 북북 찢어댔다. 성냥을 그어 거기 붙이는 소리가 나고는 잠시 조용해졌다. 형은 노래 같은 소리를 내다가는 뭐라고 중얼중얼 혼잣말을 하기도 했다. 아주머니가 곁에

서서 형을 내려다보고 있을 것이었다. 형이 바라지도 않았지만 아주머니는 술 취한 형을 도와준 일이 없었다.

붉은 화광이 창문에 비쳤다.

— 무엇을 태우고 있을까.

종이 찢는 소리가 이따금씩 들렸다. 나는 벌떡 일어나 문을 열고 밖으로 나갔다. 아주머니가 먼저 나를 보았다. 아무 표정도 없었다. 형은 댓돌을 타고 앉아서 그 원고 뭉치를 한 장 한 장 뜯어내어 불에다 던져놓고 있었다. 한참만에야 형은 천천히 고개를 돌려 나를 쳐다보았다. 그 얼굴이 비죽비죽 웃고 있었다. 형은 다시 불붙고 있는 원고지 쪽으로 얼굴을 돌려 버렸다.

"병신새끼!"

형은 나에겐지, 형 아닌 남에게라기에는 너무나 탈진한 목소리로 중얼거렸다. 그러나 그것은 나에게 한 말이었다. 다음 순간 형은 다시 나를 똑바로 쳐다보았다.

"너의 그 귀여운 아가씨는 정말 널 싫어했니?"

— 형님은 6·25전상자랩디다.

하려다 나는 아직도 형이 하고 싶은 말이 있으리라 생각하고 순순히 머리를 끄덕였다.

"병신새끼……."

이번에는 형이 손으로는 연신 원고를 찢어 불에 넣으면서도 눈은 내쪽에 주며 뷰명히 말했다.

"그래 도망간 아가씨의 얼굴이 그리고 싶어졌군!"

나는 아직도 더 참을 수 있다고 생각했다. 아주머니는 여전히 형과 나의 얼굴을 무표정하게 번갈아보고만 서 있었다.

"다 소용없는 짓이야…… 오해였어."

형은 다시 중얼거리는 투였다. 나는 지금 형에게 원고를 불태우는 이유를 이야기시키려는 것은 소용없는 일일 것 같았다. 방으로 들어가려고 했다.

"거기 있어!"

형이 벌떡 몸을 일으키는 체하며 호령을 했다.

"기껏해야 김 일병이나 죽인 주제에…… 임마, 넌 이걸 다 읽고 있었다. ……불쌍한 김 일병을…… 그 아가씨가 널 싫어한 건 당연하다."

순서는 뒤범벅이었지만 무엇을 이야기하려는 것인지는 분명했다. 나는 형을 쏘아보았으나, 그때 형도 나를 마주 쏘아보았기 때문에 시선을 흘리고 말았다. 형은 나를 쏘아본 채 손으로는 계속 원고를 뜯어 불에 넣고 있었다.

"임마, 넌 머저리 병신이다. 알았어?"

형이 또 소리를 꽥 질렀다. 그리고 그것은 지극히 당연한 말이었다는 듯이 머리를 두어 번 끄덕이고 나서는,

"그런데 말야……."

갑자기 장난스럽게 손짓을 했다. 나는 가까이 다가갔다. 형은 손에서 원고 뭉치를 떨어뜨리고 나의 귀를 잡아 끌었다. 술냄새가 호흡을 타고 내장까지 스며들 것 같았다. 형은 아주머니까지도 들어서는 안될 이야기나 된 것처럼 귀에다 입을 대고 가만히 속삭이는 것이었다.

"넌 내가 소설을 불태우는 이유를 묻지 않는군……."

너무나 정색을 한 목소리여서 나는 형의 얼굴을 보려고 했으나 형의 손이 귀를 놓아주지 않았다.

"그런데 너 또 읽었겠지만, 거 내가 죽인 관모놈 있지 않아. 오늘 밤 나 그 놈을 만났단 말야."

그리고는 잠시 말을 끊고 나를 찬찬히 살펴보고 있었다. 그 눈은 술에 젖어 있었으나, 생각이 멀리 있는 것처럼 보이는 것은 결코 술 때문만은 아닌 것 같았다. 그러나 형은 이제 안심이라는 듯 큰 소리로,

"그래 이건 쓸데없는 게 되어 버렸지…… 이 머저리 새끼야!"

하고는 나의 귀를 쭉 밀어 버렸다.

다시 원고지를 집어 사그러드는 불집에 집어넣었다.

"한데 이상하거든…… 새끼가 날 잘 알아보지 못한단 말이야…… 일부러 그런 것 같지도 않았는데……?"

불을 보면서 형은 계속 중얼거렸다.

"내가 이제 놈을 아주 죽여 없앴으니 내일부턴…… 일을 하리라고 생각하고 자리를 일어서서 홀을 나오려는데…… 그렇지 바로 문에서 두 걸음쯤 남았을 때였어. 여어, 너 살아 있었구나 하고 누가 등을 탁 치지 않나 말야."

형은 나를 의식하고 하는 이야기 같기도 하고 혼자 중얼거리는 것 같기도 했다.

"놀라 돌아보니 아 그런 그게 관모놈이 아니냐 말야. 한데 놈이 그래놓고는 또 영 시치밀 떼지 않나. 이것 미안하게 됐다구…… 두려워서 비실비실 물러서면서…… 내가 그 사이 무서워진 걸까…… 하긴 놈은 내가 무섭기도 하겠지. 그러나 나는 유유히 문까지는 걸어 나왔지. 하지만…… 문을 나서서는 도망을 했어……. 놈이 살아 있는 데 이게 무슨 소용이냔 말야."

형은 나머지 원고 뭉치를 마저 불집에 던져넣고 나서 힐끗 나를 보았다.

"이 참새가슴 같은 것, 뭘 듣구 있어. 썩 네 굴로 꺼져!"

소리를 꽥 지르는 통에 나는 방으로 쫓겨 들어오고 말았다.

비로소 몸 전체가 까지는 듯한 아픔이 전해왔다. 그것은 아마 형의 아픔이었을 것이다. 형은 그 아픔 속에서 이를 물고 살아왔다. 그는 그 아픔이 오는 곳을 알고 있는 것이다. 그리하여 그것은 견딜 수 있었고 그것을 견디는 힘은 오히려 형을 살아 있게 했고 자기를 주상할 수 있게 했다. 그러던 형의 내부는 검고 무거운 것에 부딪혀 지금 산산조각이 나버린 것이다.

그렇다고 해도 이제 형은 곧 일을 시작하게 될 것이다. 형은 자기를 솔직하게 시인할 용기를 가지고 마지막에는 관모의 출현이 착각이든 아니든 사실로서 오는 것에 보다 순종하여 관념을 파괴해 버릴 수 있는 힘이 있었다. 무엇보다도 형은 그 아픈 곳을 알고 있었으니까. 어쨌든 형을 지금까지 지켜온 그 아픈 관념의 성은 무너지고 말았지만, 그만한 용기는 계속해서 형에게 메스를 휘두르게 할 것이다. 그것은 무서운 창조력일 수도 있었다

그러나…….

나는 멍하니 드러누워 생각을 모으려고 애를 썼다.

나의 아픔은 어디서 온 것인가. 혜인의 말처럼 형은 6·25의 전상자이지만, 아픔만이 있고 아픔이 오는 곳이 없는 나의 환부는 어디인가. 혜인은 아픔이 오는 곳이 없으면 아픔도 없어야 할 것처럼 말했지만 그렇다면 지금 나는 엄살을 부리고 있다는 것인가.

나의 일은, 그 나의 화폭은 깨진 거울처럼 산산조각이 나 있었다. 그것을 다시 시작하기 위하여 나는 지금까지보다 더 많은 시간을 망설이며 허비해야 할는지도 모른다.

어쩌면 그것은 나의 힘으로는 영영 찾아내지 못하고 말 얼굴일는지도 모를 일이었다. 나의 아픔 가운데에는 형에게서처럼 명료한 얼굴이 없었다. ▨

열병(熱病)

송상옥(宋相玉)

1938년 일본 도야마 현에
서 태어나 서라벌예대 문
예 창작과를 졸업 했다.
1959년『동아일보』신춘문
예에「검은 이빨」이 입선,
같은 해『사상계』신인 문
학상에「바다 없는 함정」
이 당선되어 문단에 등단
했다. 소설집으로는『떠도
는 심장』『성 바우로 신
부』『마(魔)의 계절』『환상
살인』등이 있다.

열병(熱病)

도처에 죄(罪)는 있으나 죄(罪)는 아무데도 없다
　　　　　　　　　　　—어느 취객(醉客)의 방가(放歌)에서

　살인혐의로 피체, 기소된 김장성(金長盛)은 38세, 주위에서들 '성실한
공무원'으로 보고 있는 사람이다. 그는 최근 서로 이해관계도 없는 어떤
노인을 거리에서 돌발적으로 살해했다는 혐의를 받고 있다.
　그를 성실한 공무원으로 보고 있는 사람들도 그가 결혼을 두 번 했고,
두 여자가 모두 그에게서 몰래 떠나갔다는 사실까지는 모르고 있었다.
그런 일은 본인이 입을 다물고 있는 한 알려질 까닭이 없는 일이기도
하다.
　우연의 일치—라고 한다면, 지나친 표현이 될지도 모른다. 하지만 기묘
한 일은, 그의 두 번째 아내 계연(季連)이 달아난 지 닷새째 되는 날 밤
에 그가 일을 저질렀다(따라서 체포됐다)는 사실이었고, 그날은 바로 첫
번째 아내와의 사이에서 난 딸 영선(暎善)이 강물에 투신자살한 날이라
는 사실이었다.
　딸 영선의 죽음에 대해서 그는 별다른 추궁도 받지는 않았다. 오히려
그들로서는 이 사건이 노인의 살해를 유발한 심리적 동기로 받아들이고
있었다. 그래서 그들은 그의 살인에 대해서 '돌발적'이란 수식어를 사용

하고 있었던 것이다.

이렇게 객관적 여건들이 그의 살인을 의심할 여지가 없는 일로 만들고 있었다. 무엇보다도 그의 이름 석 자가 박힌 외투가 결정적인 물적 증거로 나타났다. 5년이나 입어 포켓 언저리가 헤어진 이 외투는 노인의 시체에 덮여져 있었던 것이다. 그는 이 외투가 자신의 것임을 시인했고 자신이 덮어 주었다는 사실도 시인했다.

"날씨가 무척 추워서 쓰러져 누운 사람이 불쌍한 생각이 들어 덮어 주었을 뿐입니다."

그가 한 말이었다. 말할 것도 없이 그는 살인이라는 범행만은 끝내 부인하고 있었다. 사람을 죽이기는커녕 지난 몇 년 동안은 제비새끼 한 마리 죽인 기억이 없다고 말하기도 했다.

"왜 하필 제비새끼지?"

이 물음에는 아무런 대답도 하지 않았다. 어릴 때 처마밑에서 재잘거리는 제비새끼를 그만 죽여 버린 탓으로 어머니에게 몹시 혼이 났던 일을 그가 갑자기 떠올렸는지도 모른다.

뿐만 아니라 그는 그날 쓰러져 누워 있던 사람이 노인이었는지도 몰랐고 더구나 이 노인이, 누가 밀어 버리지 않은 이상 그렇게 될 수 없을 정도로 뒤통수에 심한 상처를 입고 죽어 있었으리라곤 생각조차 못했던 일이었다. 사실 그는 이 노인의 죽음에 대해서는 아무런 죄도 없었던 것이다.

몹시 추웠다. 밤도 꽤 깊어서 이따금 자동차들이 휙휙 지나갈 뿐 거리에 나와 있는 사람들도 없었다. 그는 외투깃에 목을 폭 파묻고 어슬렁어슬렁 집으로 향해 걸음을 옮기고 있었다.

'집으로 향해 걸음을 옮기고'는 있었지만, 날씨가 추우니까 얼른 돌아가 눕고 싶다는 마음은 아니었다. 그리고 그는 집으로 돌아가 있는 자신을 상상할 수가 없었다. 지금 집에는 아침에 강물에서 건져낸 영선의 시체만이 그대로 있을 것이다. 그런 집으로 돌아가고 있다는 사실마저 이상스러울 지경이었다.

지난 밤 딸 영선은 몹시 불안한 차림으로 집을 뛰쳐나갔었다. 그리고 오늘 아침에는 시체로 나타났다. 그는 딸의 시체를 그대로 남겨둔 채 닷새 전에 집을 나간 아내 계연을 찾겠다고 나와선 어디론지 사뭇 싸돌아다니다가 이렇게 어슬렁어슬렁 돌아오고 있는 것이었다.

어느덧 그가 낯이 익은 거리의 어느 돌담을 끼고 있었다. 이젠 거의 다 왔군, 하고 안도감이라기보다는 자포자기의 기분에 젖어들었을 때였다. 그는 우뚝 걸음을 멈추었다. 무언지가 발길에 걸렸기 때문이었다.

다음 순간 그는 움찔 놀랐다. 돌담에 머리를 박은 채 사람이 쓰러져 있는 것이었다. 염색한 작업복 차림의 사내는 어둠 속에서도 젊은이 같지는 않았다. 그는 잠시 발 아래를 내려다보다가, 쓰러져 누워 있는 사내를 돌아 다시 걸음을 옮기기 시작했다.

그러나 채 열 걸음도 옮기지 않아서였다. 그는 되돌아 사내에게로 왔다. 불현듯 떠오른 한 기억 때문에 몸을 떨기까지 했다. 그는 외투를 벗어 사내의 몸을 덮어 주었다.

"곤드레만드레가 된 모양이군, 추울 거야."

그리고는 이번에는 쫓기듯 걸음을 빨리했다. 벌써 10년이나 지나 완전히 잊고 있었던 일이었다.

10년 전의 그날 밤도 몹시 추웠다. 지금도 그는 그때의 일을 생생하게 기억해낼 수가 있었다. 딱, 하고 늙은이의 머리가 돌담에 부딪치는 소리가 났고 늙은이는 돌담에 등을 댄 채 그대로 주저앉아 버렸던 것이다.

어디서 어떻게 시간을 보내고 그렇게 늦었는지도 생각나지 않았다. 멀리서부터 사뭇 걸었던 것만은 틀림없었다. 그렇지 않고서야 그 길을 걷고 있었을 리가 없는 일이었다. 하숙을 정하고 있던 S촌 부근 골목이었다. 길 한쪽은 개울이었고 한쪽은 길다란 돌담이었다.

그때 그는 다 왔다는 생각에 일종의 안도감에 젖어들고 있었다. 앞에서 누군가가 걸어가고 있는 게 보였다. 희미한 불빛이었지만 시커먼 외투에 목을 감추고 있는 뒷모습만으로도 나이가 듬직한 사내임을 짐작할 수가 있었다.

과연 다 왔군. 내가 사는 마을에 들어서면 으레 누군가를 만나게 되게 마련이야. 아무리 밤이 깊었어도 말이야. 그는 별로 의미도 없는 말을 뇌까리면서 더욱 걸음을 빨리했다.

사내와의 거리가 좁혀지자 그는 사내가 쉴새없이 중얼거리고 있다는 사실을 알게 됐다. 그러고 보니 가락조의 중얼거림따라 걸음도 이따금 비틀댔다. 술을 마셨거나 부러 그래보는지도 모른다는 생각이 들었다. 술이 아니라도 흥겨울 때는 누구나 비틀거려보고 싶어지는 법이다.

한데, 점점 또렷해지는 중얼거림의 내용이 뜻밖의 것이었다. 그것은 묘하기조차 한, 적어도 흥에 겨워 내는 중얼거림과는 아주 거리가 먼 것 같았다. 그는 걸음의 속도를 늦추기까지 하면서 귀를 기울였다. 금방 지어낸 가락에 억지로 맞추려고 애를 쓰는 듯한, 중얼거림의 내용은 다음과 같았다.

딸이 아버지와, 아들이 어머니와
아무렇지도 않게 붙어먹는 세상

이렇게 몇 번씩이나 읊더니 다음과 같이 이어갔다.

지옥도 천당도 문을 닫았나
도처에 죄(罪)는 있으나
죄(罪)는 아무데도 없다.

이 구절도 한 번으론 끝나지 않았다. 그러다가 처음부터 다시 되풀이하는 것이었다.

그는 이런 내용의 넋두리를 한 번도 들어본 적이 없었다. 늙은이가 별소릴 다 하는군. 이 친구, 아마 울고 있는지도 모른다. 그는 사내를 스치면서 느닷없이 얼굴을 들이댔다. 꼭 사내의 얼굴을 엿보려 했던 건 아니었다. 그저 그래본 데 지나지 않았다.

수염이 텁수룩하게 자란 조그만 얼굴이 예상외로 늙어보였다. 놀라웠던 건 이 늙은이의 얼굴에서 조금도 슬픈 기색을 찾아볼 수가 없었다는 사실이었다. 반대로 무척 즐거워보였다. 역시 부러 그런 소리를 중얼거려본 게로군. 그가 몇 걸음 앞서 그만 가버리려는데 늙은이가 재빨리 그의 외투자락을 잡았다. 그는 걸음을 멈추었다. 이번엔 늙은이 쪽에서 얼굴을 바짝 들이댔다.

"왜 사람을 쳐다보는 거야?"

그리고는 얼굴을 빼면서도 외투자락을 더욱 세게 움켜쥐었다.

"사람을 쳐다봤음 무슨 말이래도 해야 될 일이야."

"이건 놓는 게 좋을 거요."

외투자락을 움켜쥔 손을 뿌리치려 하자 늙은이가 입을 헤 벌리고 웃으며,

"어림없지. 이건 놓아줄 수가 없네. 내가 무서운가."

"우스워요. 너무 얼굴이 조그맣고 털보숭이가 돼서. 그러니까 우리 웃고 헤집시다."

"정말 무서운 게로군. 무서울 때두 사람은 웃음이 나오는 법이니까."

갑자기 늙은이가 어조를 바꾸었다.

"어서 그렇다구 해. 대답 못하겠어?"

이렇게 속삭인 거와 동시였다. 그는 힘껏 늙은이를 밀어 버렸다. 그는 개울 쪽으로 밀어 버린 거라고 생각했었는데 사실은 그 반대였다. 늙은이의 등뒤에 차거운 돌담이 서 있었던 것이다.

딱, 하고 머리가 부딪치는 소리가 유달리 크게 들렸다. 다음 순간, 늙은이는 돌담에 등을 댄 채 그대로 주저앉아 버렸다. 어느새 늙은이의 목이 앞으로 꺾여 있는 것을 본 후에야 그는 그 자리를 떠났다. 정말 죽었는지 확인해 보고 싶기도 했지만 그는 결코 발길을 돌리지 않았다. 그럴 필요도 없다는 생각이 들었다.

그후 그는 파출소를 지나칠 때마다 묘한 충동에 사로잡히곤 했다.

"일 년 전에 S촌 골목에서 발생한 살인사건을 당신은 기억하고 있습니까?"

그러나 순경을 상대로 그의 입에서 이런 말이 나올 법한 일은 아니었다.

"삼 년 전 몹시 추운 날 밤에 늙은이의 시체를 누군가가 발견했음직도 한데요? 그래도 모르겠다구요? 도대체 우리 지팡이들은 무엇을 하고 있

는 거지요?"

이런 말을 해주는 대신에 어리둥절해 있는 순경의 따귀를 갈겨 주고 싶어질는지도 모를 일이다.

"나는 살인범이오!"

느닷없이 두 손을 쑥 내민 다음,

"나, 는, 살, 인, 범, 이, 오……."

어느 소설의 주인공처럼 떠듬거리다가 기절이라도 한다면 참말 그럴 싸한 연극이 될 것이다. 그는 자신의 생각에 피식 웃곤 했다.

그런데 그 늙은이가 정말 죽었는지, 그게 분명치가 않았다. 그는 죽었을 거라고 믿어버렸지만 어쩌면 살아 어디론지 엉금엉금 기어갔을 수도 있는 일이었다.

그때 그 늙은이가 정말 죽었을 거라고 믿고 있는 자신이 우스꽝스럽게 여겨지기도 했다. 그러나 어찌됐건 죽은 거나 다름없어, 하고 그는 단정해 버리고 마는 것이었다. 어째서 그렇게 단정해 버리는 것인지는 자신도 알 수가 없는 일이었다.

그러나 10년이 지나오는 동안 그는 이 일을 완전히 잊어버렸던 것이다. 적어도 자신으로서는 완전히 잊어버렸던 셈이었다. 그런데 이날, 돌담에 머리를 박고 쓰러져 누워 있는 사내를 보자 불현듯 이 일이 떠올랐던 것이다. 그래서 그는 부르르 몸을 떨기까지 하면서 외투를 벗어 사내의 몸을 덮어 주었던 것이다.

그는 쫓기듯 걸음을 빨리했다. 이상하게도 그는, 조금 전 외투를 벗어 덮어 준 사내가 10년 전 그가 세게 떠밀어 버렸던 바로 그 늙은이인지도 모른다는, 어처구니없는 상념에 사로잡혀 있었다. 그런 상념을 떨어 버리기라도 하듯 그는 걸음을 재촉하고 있었다.

그러나 다음 순간 그는 자신의 걸음이 지나치게 빠르다는 사실이 못마땅했다. 지난 밤, 딸 영선은 몹시 '불안한 차림'으로 집을 뛰쳐나갔었고 지금은 그녀의 방에 죽어 있는 것이다. 으시시한 기분이 그를 사로잡았다. 그것은 조금 전 쓰러져 누운 사내를 보면서 부르르 떨었던 것과는 전혀 다른 기분이었다. 그러자 다시 10년 전 그 늙은이의 일이 떠올랐다.

'딸이 아버지와, 아들이 어머니와 아무렇지도 않게 붙어먹는 세상—지옥도 천당도 문을 닫았나, 도처에 죄(罪)는 있으나 죄(罪)는 아무데도 없다.'

그리고 뜻밖에도 그는 이 늙은이를 죽여 버리고 말았었다. 만약 다시 한 번 만날 수 있다면 그때도 나는 이 늙은이를 떠밀어 버릴 것인가. 그는 머리를 흔들어댔다. 아무래도 자신의 행동에 대한 확고한 자신이 서지 않았다. 하지만 다시 그 늙은이를 만나게 된다면 꼭 한 가지는 물어보고 싶은 마음이기도 했다.

"그걸 노랫가락이라고 흥얼거리고 있는 거요? 도대체 어디서 그런 소리를 주워 들었소? 어디 당신의 그 기막힌 신세 이야기나 들어봅시다."

그런 다음, 한 번 더 늙은이를 돌담에다 떠밀어 버릴 것인지, 그렇지 않게 되는지는 알 바 아니라는 생각이 들었다.

어떤 사내가 느닷없이 그에게 수갑을 채운 건 그로부터 삼십 분 가량 지난 다음의 일이었다. 그는 집으로 꺾어 들어가는 골목길을 들어서다 말고 다시 발길을 돌리고 말았다. 딸 영선의 시체가 있는 집으로 가고 싶지가 않았던 것이다. 그는 온 길을 따라 거리를 어슬렁어슬렁 걷고 있었다. 그러다가 그는 어떤 사내가 쓰러져 있던—그들의 표현을 빌리자면, 현장 부근에서 체포됐던 것이다.

그를 체포한 형사의 말에 의하면, 그는 조금도 반항하지 않더라는 것이었다. 반항하기는커녕, '이제 모든 것이 끝났다고 자포자기한 사람모양으로 행동했다'는 형사의 표현이다.

범인은 어느 때건 한 번은 현장에 나타난다고 확신했었다는 형사는, 시체를 확인한 후 20분 가량 부근에 '잠복'해 있었다. 과연 이렇게 추운데도 외투를 걸치지 않은 사내가 '어슬렁어슬렁' 나타나더라는 것이었다.

"당신은 김장성이 아니오?"

형사가 무턱대고 한 말이었다. 그가 의아해서 형사의 얼굴을 쳐다보자,

"틀림없지?"

형사가 말했다. 그로선 전혀 모르는 사람이 자기의 이름을 부른다는 사실에 어리둥절했을 뿐이었다. 잠시 후 그가 그렇다고 대답하자 형사는

느닷없이 그에게 수갑을 채웠던 것이다.

"××서원이오. 본서까지 갑시다."

"아, 그 일 때문이군요?"

그가 피식 웃음까지 띠면서 한 말이었다.

"그렇소. 그 일 때문이오."

"그런데 어떻게 그 일이……."

그는 알 수 없다는 듯이 형사의 얼굴을 쳐다봤다.

"그 일이 어떻다는 거요?"

"십 년이나 지났는데 이제 와서……."

"돌았어? 완전히 돌았군."

형사는 버럭 역정을 냈다.

"십 년 전에 어쨌다는 거야? 바로 오늘 밤, 한 시간이나 두 시간 전쯤 당신은 노인을 죽이고 외투마저 벗어 주지 않았소?"

"아, 그것 말씀입니까? 그 노인이—노인이라 그러셨죠? 그 노인이 죽어 있었습니까?"

그는 참 안됐다는 듯 얼굴을 찡그렸다.

"내 말해 주지. 죽어 있는 게 아니라 당신이 죽였소."

그는 입을 벌린 채 한동안 할 말을 잊고 있었다. 형사가 걸음을 재촉하자 그는 큰소리로 말했다.

"나는, 내가 외투를 벗어 준 그 사람을, 결코 죽이진 않았습니다. 나는 그 사람의 죽음에 대해선 아무런 죄가 없소."

그는 '본서'에 가서도 시종 이 말만 되풀이하고 있었다. 그 사이 그의 신원이 소상히 밝혀졌다. 행정부 모 부서에 근무하는 공무원이며, 결혼을 두 번 했다는 것, 닷새 전에 아내가 자취를 감추었다는 일, 이날 아침 딸의 시체가 강물에 떠올랐다는 따위의 일들이 그것이다.

이 날 밤 몇 시에 집을 나와 살인하기까지(범행시간을 그들은 열두 시 전후로 보고 있었다) 어떻게 시간을 보냈느냐는 물음에 대해서는 입을 열지 않았다. '아내를 찾기 위해 집을 나와선 무작정 싸돌아다녔을 뿐'이라는 말 이외엔. 사실 그로선 그런 말 이외엔 할 말이 없기도 했다. 그에게는 더할 나위없이 불리한 진술임이 분명했지만, 무엇보다도 그는 노인의 죽음에 대해서는 아무런 죄가 없었던 것이다.

이 날 정오 조금 지나 그는 강가에 나가 영선의 시체를 떠메고 집까지 왔다. 그는 강가로부터 그녀의 방에 시체를 내려놓을 때까지, 영선의 몸이 이렇게 차고 무겁고 뻣뻣할 수 있을까, 시종 멍청하고 얼얼한 기분이었다. 그는 후들후들 몸이 떨려서 시체를 더 보고 있을 수가 없었다. 그는 그의 방으로 건너와 이불을 뒤집어썼다. 그런 모양으로 그는 오랫동안 꼼짝도 하지 않고 있었다.

그가 제정신이 든 건 그로부터 다섯 시간이나 지난 후의 일이었다. 이미 방 안이 어두워져 있었다. 그 사이 잠에 빠져 있었던 모양이지만 몸은 조금도 개운치가 않았다.

아내 계연이가 없다는 생각이 제일 먼저 들었다. 그리고 영선이가 죽었다는 생각이 막연한 대로 그를 당황하게 했다. 영선이가 죽었다는 사실은 조금도 실감나는 일이 아니었지만, 다시 그 사실을 확인하기 위해 그녀의 방으로 가보고 싶지는 않았다. 실감나는 일이건 아니건 틀림없이 그녀가 시체가 되어 누워 있을 것을, 또한 그는 잘 알고 있었기 때문이었다.

아내 계연을 찾아야 한다는 생각이 푸드득 찾아들었다. 큰 새가 마치 세찬 나래를 접듯 '푸드득 찾아든' 이 생각이 이번이 처음은 아니었다. 지난 닷새 동안 꾸벅꾸벅 졸던 의자 속에서, 거리에서, 영선이와 마주 앉은 밥상머리에서, 아무래도 마음을 가눌 수 없었던 밤 잠자리에서, 그 생각은 정신병의 발작처럼 푸드득 잘도 찾아들었다. 그럴 때마다 그는 끄응, 하고 신음소리를 내기도 하고 으윽, 하고 치를 떨기도 했었다.

그 '발작'이 지금 또 찾아든 것이었다. 이번에도 그는 으윽, 하고 치를 떨었다. 목을 눌러 얼마든지 그녀를 죽일 수도 있었다고 그는 생각했다. 왜 진작 그녀를 죽여 버리지 않았을까, 자신도 알 수 없는 일이었다.

이처럼 그녀에게로 향한 그의 표면적인 사랑 뒤엔 증오의 불길이 항상 무섭게 타오르고 있었다. 이는 그녀를 옆에 두고 만질 수 있었던 닷새 전까지의 그때나 지금이나 다름없었다. 그런데 이러한 그의 감정을 누구보다도 잘 알고 있었던 그녀는 드디어 달아나고 만 것이다.

계연이를 찾아야 한다. 언제나와 마찬가지로 이 발작이 좀체 멎질 않았다. 발작을 멎게 하려면 계연이를 찾아낼 도리밖에 없다. 어디서 그녀를 찾는단 말인가. 또 찾아서 그녀를 어쩌겠단 말인가. 반드시 죽여 버리려고 그녀를 찾겠다는 생각을 그가 하고 있는 건 결코 아니었던 것이다.

어쨌거나 그는 막연한 생각 끝에 이 날도 그녀를 찾아나섰다. 지난 밤에도 그랬고 닷새 동안 매일 되풀이됐던 일이기도 했다. 다만 이 날은 상황이 조금 달랐다. 그 사실을 그는 느낄 수가 있었다. 이를테면 여느 땐 딸 영선이 그녀의 방문을 빠끔히 열고, 계연을 찾아나서는 그를 엿보곤 했었다던가, 어제 저녁녘만 해도 그녀는 싸늘한 어조로,

"다투시기만 하더니 잘됐지 뭐예요. 그래두 집을 나간 그 여자가 보구 싶어지세요. 돌아가신 엄마와두 그러셨던가요?"

이렇게 불만을 털어놨었다. 그래서 그가 그녀를 무섭게 노려봤다던가, 이 날 밤엔 그런 일 대신 그녀의 방문 밖에서 망설이기만 하다가 끝내 문을 열지 못하고 나와야 했다는 따위가 바로 다른 상황이었다.

그래 이것들은 '조금'이 아니라 여느 때와는 다른 상황이었다. 그런데 집을 나서기 전에 어째서 그 문을 그렇게 열어보고 싶었는지 알 수가 없었다. 그렇게 열어보고 싶었으면서도 어째서 망설이기만 하다 그냥 나왔는지 또한 알 수 없는 일이었다. 그녀가 그 방에 죽어 있기 때문에, 시체가 되어 있다는 사실을 그가 알고 있었기 때문에 열어보고 싶었던 것만은 확실했다. 그래서 그녀의 시체를 다시 한 번 확인해 보고 싶었던 것일까, 모를 일이었다.

그는 끈끈하고 거추장스럽기만 한 상념들을 떨어 버리기라도 하겠다는 듯 이따금 머리를 세게 흔들어대면서 어두운 골목길을 빠져나왔다.

다시는 이 골목길을 밟지 말았으면 좋겠다! 번뜩 스친 생각이었다. 그러나 이것은 아무런 의미도 없는 생각이기도 했다. 매일 저녁녘 계연을 찾겠다고 나와선 이 골목길을 밟을 때마다 그런 생각을 했고, 지나치면 곧 잊어버렸다. 이 날도 그는 큰길로 들어서서 몇 걸음 옮기자마자

또한 그 생각을 잊어버렸던 것이다.

그녀를 찾겠다고 이렇게 나서는 걸음은 언제나 막연했다. 그녀가 있음 직한 곳을 알지도 못했고 알 수도 없는 일이었다. 그러나 그는 이 날도, '상황이 전혀 다른' 상태이면서도 결국 나서고 만 것이다.

버스를 타고 너댓 정류장쯤 가선 내려서, 다시 한동안 걷다가 찻집 같은 데서 멍청히 앉았거나, 아니면 그 부근에 있는 공원(고궁)에서 시간을 보내는 게 고작이었다. 그렇다고 그 사이 계연을 찾아야 한다는 생각을 그가 잊고 있지는 않았다. 다만 그로선 멍청히 앉았거나, 또 그렇게 시간을 보낼 수밖에 없었다.

그러고 보면, 반드시 계연이를 찾겠다고 밖으로 나오는 게 아닌지도 몰랐다. 사실 그가 찻집 같은 데서 멍청히 앉아 있건 공원에서 시간을 보내건, 밖에 나와 있을 동안에는 그녀가 없어졌다는 사실이 그다지 절실하지가 않았다. 비록 그가 꾸벅 졸던 의자 속에서, 거리에서 '푸드득 찾아드는' 생각 때문에 끄응, 하고 신음소리를 내기도 하고 으윽, 하고 치를 떨기는 했지만. 그러나 이것은 그녀가 없어진 데서 오는 결과이기보다는 오히려 계연이 바로 그 여자에 대한 생각에서 오는 결과에 가까운 편이었다. 만약 계연이 그에게서 달아나지 않고 죽어 버린 것이라면, 그는 두 번 다시 그녀를 생각조차 하지 않았을 것이다.

그녀가 없어졌다는 사실을 그가 가장 절실히 느낄 때는 역시 그가 집에 있을 때였다. 말하자면 영선이와 마주앉은 밥상머리에서, 혹은 밤의 잠자리에서였던 것이다. 따라서 그가 이렇게 매일 그녀를 찾겠다고 밖으로 나오는 건 '계연이가 없는 상태'에서 잠시나마 벗어나고 싶었던 때문인지도 몰랐다. 그래 그런 상태에서 응당 찾아드는 자신의 발작을 그는 감당할 수가 없었던 것이다.

언제 봐도 역겹기만 한 육교(陸橋)의 층층대가 바로 눈앞에 와 있었다. 버스를 타려면 이 육교를 지나야 한다. 싸늘한 바람이 그의 옆얼굴에 와 닿았다.

자동차들이 왔다갔다 하는 저 아래로 훌쩍 뛰었으면 좋겠다, 이것 역시 언제나와 마찬가지로 아무런 의미도 없는 생각이었다. 그는 곧 이 생각을 잊어버렸다.

언제나 그랬듯이 버스를 타고 있을 동안만은 어느 때보다도 한결 기분이 나아지는 편이었다. 계연이를 찾겠다고 집을 나와선 버스를 타고, 몇몇 정류장을 지나 버스에서 내려, 찻집에서거나 고궁의 벤치에서거나 그녀의 일에 대해서 생각해야 되지만, 버스를 타고 있을 동안만은 잊어버리고 있어도 좋았기 때문인 것 같았다.

그렇다. 다음의 다음 다음쯤에서 결과적으로 자신이 내리고 있을 테지만, 그 사이가 어쩌면 무한이 될지도 모른다. 이 순간이 어쩌면 영원이 될지도 모른다. 버스를 타고 있는 상태에서 모든 것이 정지돼 버릴 수도 있는 일이다, 하고 지극히 막연하고 자신이 조금도 믿고 있지도 않는 기대에 그는 몸을 내맡기고 있는 셈이었다.

그러나 버스가 사람을 내려놓고 또 태우는 일이 몇 번 되풀이되자 불현듯 계연에 대한 발작이 또 찾아들었다. 그는 치를 떨었다. 그것도 오래 계속되지는 않았다. 곧 버스에서 내려야 했고 걸음을 옮기기 시작하자 그 발작이 이미 멎고 있었던 것이다.

……요며칠 낯이 익어 버린 소녀가 꾸벅 인사를 했다. 불편하신가 봐요, 안색이 좋지 않으세요. 이런 말을 한 것 같았다.

오늘이라고 해서 유독 내 안색이 나쁠 이윤 없어. 그는 이 말을 입밖으로 내진 않았다. 대신 짐짓 이빨을 드러내고 히히, 웃어 주었다. 도무지 그럴 기분이 아닌데, 자연스럽게 나온 웃음도 아니라서 표정이 일그러졌을 거야. 그는 소녀의 얼굴을 보기 위해 얼굴을 들었다. 그땐 이미 소녀가 발길을 돌린 후였다.

앞자리에 앉은 젊은이가 끼득, 하고 낮은 웃음소리를 냈다. 이런 데서 그럴 수가 있는 일이야?

서로 좋으면 그럴 수도 있겠지, 하고 옆의 친구가 뒤를 돌아봤다. 그들의 뒤쪽 구석자리엔 젊은 남녀가 등을 돌린 채 붙어앉아 있었다. 여자의 허리를 감은 사내의 팔이 쉴새없이 움직이고 있었다.

정말 저럴 수가 있는 일이야? 젊은이가 다시 한 번 이 말을 되풀이했다. 저럴 수도 있겠지. 하지만 나 같음 여관에 데려가겠네. 시계를 잡히는 한이 있더라도 말이야, 하고 옆의 친구가 먼저 자리에서 일어났다.

약 사다드려요? 소녀가 다가와서 말했다. 정말 환자로 아는 모양이로 군. 그는 입을 여는 대신 머리를 가로저었다. 필요 없어. 그런 것보다도 나는 우선 계연이를 찾아야겠다. 그는 정말 앓는 사람처럼 얼굴을 잔뜩 찡그리고 자리에서 일어났다.

밖은 몹시 추웠다. 더운 데 있다 나와서 그런지도 몰랐다. 갑자기 모든 일이 번거로운 생각이 들었다. 아까 육교를 지나올 때 아래로 훌쩍 뛰어 내렸다면 어떻게 되었을까. 그는 피식 웃으면서 내 몸이 가루가 되진 않았을 것이라고 생각했다.

"가루가 되진 않고 말고. 일백 번 뛰어내려도 가루는 되지 않아."

이렇게 중얼거리고 나니까 웬지 기분마저 한결 가벼워지는 것 같았다.

한데, 이상한 일이었다. 여느 때 같으면 여기서 다시 고궁으로 향하든지 아니면 집으로 향했을 그가 이 날은 전혀 딴 방향의 길로 들어서고 있었다.

찻집에서 나와서 낯선 골목길로 들어선 그의 앞에는, 열너댓 살 가량의 소녀가 걸어가고 있었다. 그는 이 소녀의 뒤를 사뭇 따르고 있는 것이었다.

그런데 어디서부터 이 소녀의 뒤를 따르게 됐는지는 자신도 알 수가 없었다. 찻집에서 나오자마자 곧 이 골목길로 들어선 것만은 분명했지 만, 소녀 때문에 그가 이 길로 들어선 건지, 무심코 들어서다 보니까 눈 에 띈 소녀의 뒤를 따르기 시작했는지, 그건 아무래도 알 수가 없었다.

오륙 미터의 간격으로 뒤를 따르고 있는 그는 소녀의 차림을 살피기 시작했다. 검정 목도리로 목을 감고, 역시 검정색 바지에다 갈색 골덴 잠바차림의 소녀는 얼핏 보아 거리의 부랑자 같지는 않았다. 그런데 어 째서 이 소녀는 먼길을 사뭇 걷고만 있는 것일까. 그로선 그가 걸어온 이 골목길이 무척 멀다고 생각하고 있었다.

번뜩, 한 생각이 스쳐지나갔다―라기보다 줄곧 그 생각을 하고 있었다 는 편이 옳았다. 그 생각 때문에 잠시 숨마저 멎어 버리는 것 같았다. 그는 걸음을 빨리했다. 만약 소녀가 소리를 내지른다면 입을 막으면 그 만이다, 뭣하면 목을 졸라도 좋다고 그는 생각했다.

아니 그럴 필요가 없을지도 모른다. 잘 구슬리면 의외로 쉬울지도 모른다.

"이봐!"

하고, 꽤 큰소리로 부른 것 같았는데, 그건 자신의 귀에도 들리지 않을 정도의 낮은 목소리였다. 다시,

"이봐!"

하고, 큰소리로 불렀을 때는 이미 골목길이 끝나 있었고 소녀는 길을 꺾어 모습마저 감춘 후였다. 일시에 맥이 풀리는 것 같았다. 그는 온 길을 되돌아 큰길로 나와 다시 어슬렁어슬렁 집을 향해 걸음을 옮기기 시작했다.

그가 낯익은 거리에 들어와 돌담에 머리를 박고 쓰러져 누워 있는 노인에게 외투를 벗어 준 건 그로부터 한 시간쯤 후의 일이었고, 40분 후에는 형사에 의해 체포됐던 것이다.

"그래, 아내를 찾기 위해 집을 나와선 무작정 싸돌아 다녔을 뿐이란 말이지? 그 밖의 일들은 기억해낼 수가 없단 말인가?"

그들이 한 말이었다. 그는 그렇다고 대답할 수밖에 없었다. 찻집에 가 앉아 있었다거나 그 골목길에서 소녀를 놓쳤다는 따위 일들은 입밖에 낼 필요조차 없었다. 그것 역시 '아내를 찾기 위해 무작정 싸돌아 다닌' 일의 일부에 지나지 않았던 것이기도 했다.

"그것도 기억해낼 수 없을 지경이라면 어떻게 자신이 그 노인을 살해하지 않았다고 말할 수 있는가?"

"……."

"혹시 노인을 살해한 사실마저 잊어버린 게 아닌가?"

"나는 결코 노인을 살해하지 않았습니다. 다만 내 외투를 벗어 덮어 주었을 뿐입니다."

이 말만을 그는 언제 어디서나 확고히 말할 수가 있었다. 그는 이 말을 몇 번씩이나 되풀이하고 있었다.

동료들은 그의 인품에 대해서 유리한 증언을 해주었다. 그러나 그것들이 아무리 유리한 증언이라 할지라도 그의 범행을 번복할 만한 반증이

되지 않았음은 말할 것도 없다.

동료 K는 다음과 같이 말하고 있었다.

"그는 성실한 공무원이었습니다. 나이와 경력에 비추어 사 급 갑(四級甲)이라는 낮은 직위에도 불평 한 마디 없이 맡은 일을 잘해냈습니다."

"언제나 말이 없는 편이었습니다. 자연 누구를 상대로 싫은 말 한 마디 하지 않았고, 또 그를 욕하는 사람도 없었습니다. 어느 편인가 하면, 무척 사귀기 힘든 편이기도 했습니다."—P의 말.

"휴식시간이면 이따금 꾸벅꾸벅 졸긴 했습니다만 동료들에게 실례가 될 정도는 아니었습니다. 두뇌도 명석한 편이었고 흠잡을 데가 없는 사람으로 봐도 무방하겠죠. 그런데 왜 승급이 되지 않는지 참으로 불가사의한 일이라 생각되었습니다. 같은 또래의 친구들은 대개 사무관 아니면 서기관으로 회전의자에 앉아 있는데 말씀입니다."—S의 말.

"그러고 보니 어딘지 결점이 많은 사람, 혹은 어딘가 모자라는 데가 있는 사람으로 보이기도 했습니다. 눈이면 눈, 코면 코, 말씨라든가 걸음걸이 등 아무리 봐도 흠잡을 데가 없는 사람이면서 동시에 어딘가 이상한 데가 있는 사람 같았습니다. 전체적인 인상이 말입니다. 그래서 어느 동료는 '얼빠진 샌님'이라고 끼득거린 적도 있습니다. 하지만 보다시피 김장성 씨의 어디에 얼빠진 데가 있단 말입니까. 말쑥합니다. 무척 총명해 보이기조차 합니다. 그런데 정말 '얼빠진 샌님' 같은 냄새를 풍기지 않는 것도 아니거든요."—R의 말.

직속상관이기도 한 C 과장은 그를 위해 또 다음과 같이 증언했다.

"그렇게 고분고분할 수가 없는 사람이었습니다. 술좌석에서도 실수 한 번 저지르지 않는 사람이었습니다. 따라 주는 대로 잘도 마시기는 했지만 술을 좋아하지 않는 편이었습니다. 이런 사람이 이성을 잃을 수가 있는 것일까요? 더구나 사람을 살해하다니 있을 법한 일 같지가 않습니다. 그런데……."

C 과장은 말을 이었다.

"이런 사람의 아내가 무단가출을 하고, 그에 충격을 받았음인지 딸마저 투신자살을 했다니 이해가 가지 않는 일이기도 합니다."

동료들에게 있어 그런 일들이 이해가 가지 않는다는 사실은 지극히 당연한 일인지도 모른다. 사실 그들(동료들)이 그에 대해서 알고 있는 건 거의 없었기 때문이었다.

"나를 그런 식으로 괴롭히면 파출소라도 가서 당신을 고발할 테야요."
계연이 칭얼거리리라는 것쯤 그도 잘 알고 있었지만 이런 말은 처음이었다. 그래서 언제나 그녀의 칭얼거림을 흘려 버리는 편이었던 그가 말했다.
"부부생활을 파출소에 가서 일러바치는 여자도 있나. 그것도 고발한답시고 말이야."
계연은 어처구니가 없다는 듯 피식 웃기까지 했다.
"이게 부부생활인 줄 아세요? 필요할 땐 고통스러운 표정을 지으면서 팔을 뻗치구…… 내가 없으면 하루도 살지 못한다는 사실을 아니까 그 사실 때문에 내가 저주스러운 거죠."
이 여자가 바보는 아니라는 생각이 들었다. 그녀는 말을 계속하고 있었다.
"그렇지 않을 땐 버러지를 대하듯 진저리를 치시구. 내가 정말 버러지로 보여요? 필요할 땐 문을 두드릴 테니 그때만 들어와라, 아니면 죽여 버릴 테니 꼼짝도 말란 식이지 뭐예요."
정말 이 여자는 바보가 아니다. 그는 무슨 신기한 발견이라도 한 듯 그녀를 지켜보고 있었다. 조금 전만 해도 피식 웃기까지 했던 이 여자가 갑자기 분에 못 이겨 색색거리기 시작했다.
"부부라구요? 당치도 않아요. 서로 못 잡아먹어 낑낑거리는 두 마리 이리나 다름없어요. 당신이 나를 미워한다는 사실을 난 잘 알구 있어요. 내가 그 사실을 잘 알구 있다는 사실두 당신은 알구 있어요. 그러니까 내가 호소할 데라곤……."
"파출소밖에 없단 말이지? 웃기는군."
다음 순간 그는 버럭 고함을 내질렀다.
"내가 널 죽이지 않는 건, 알겠어? 그 후에 올 일이 귀찮기 때문이야."
그리고는 돌아누웠다. 조금 후에 계연이 칭얼대기 시작했지만 그는 그것을 귀곁으로 흘러 버리고 있었다.

당신은 영선이에게 부끄럽지도 않은가요. 한창 예민할 나이인데 엿듣고 있을지도 모르잖아요. 같은 여자지만 나두 그애한테 창피하다는 생각이 들어요. 그애 엄만 병으로 죽었다지만, 당신은 이런 식으로 말려 죽였거나 아니면 자살했을 거야요—그녀는 이런 말들을 하고 있었다.

이런 식의 싸움은 노상 그치지 않았다.

"내가 죽어 버렸음 좋겠죠? 지레 말라 죽어 버리기를 바라고 있는 거죠, 안 그래요?"

그가 무어라고 입을 열 리도 없었지만, 그녀 또한 그의 대답을 기다리지도 않았다.

"그렇담 그렇다구 대답해요. 단단히 각오를 하구 있든지, 속을 차릴 방도를 구하든지 해야 하니까요."

그녀의 쉴새없이 꾸물거리는 입 언저리를 보고 있자니까 웃음이 터져 나올 것 같았다. 저런 입에서 나오는 소리라면 조금도 심각하지 않을 것이라는 생각도 들었다.

"그렇지 않음 그렇지 않다구 대답해 줘요. 이런 상태로 살아갈 수가 없잖아요. 당신의 그 얼음장 같은 눈초리를 받으면서도 죽어 버리지 않고 오 년씩이나 버티어 온 자신이 이상스러울 지경이야요."

의외로 목소리가 낮아진 것 같았으나 곧 그녀는 바르르 떨면서 부르짖었다.

"정말 죽어 버리기를 바란다면, 좋아요. 당신 눈앞에서 죽어 주겠어요."

"내 눈앞에서 죽는 것만은 그만뒀음 좋겠어. 얼굴을 찡그린다거나, 죽은 몸에 대해서까지 불경스런 태도를 취하고 싶진 않으니까."

이때 정말 그녀가 죽어 버리기를 바라고 있었을까, 알 수 없는 일이었다. 조금 후 그녀가 훌쩍이면서 사뭇 칭얼거리고 있었을 때, 그가 정말 그녀를 죽여 버리고 싶었는지, 알 수 없는 일이었다.

당신은 영선이에게 부끄럽지도 않은가요, 한창 예민할 나이야요. 그 애 엄마가 병으로 죽었다는 말은 거짓말일 거야요. 당신이 죽였거나 자살했을 거야요—그는 이미 이런 그녀의 판에 박은 듯한 칭얼거림을 듣고 있지는 않았다. 그에게는 별다른 의미를 줄 수가 없는 말이기도 했다. 다만 계연이 무엇 때문에 본인에게는 별로 상관도 없는 두 여자에 대해서 그렇게 관심을 갖고 있는지 의아했을 따름이었다.

그러나 그녀가 아무렇게나 지껄이는 말대로 '그애 엄마'는 자살한 것도 아니었고 그가 말려 죽인 것도 아니었다. 아주 오래 전에 병을 앓다 죽었다고, 그가 영선에게 해주었던 말도 사실이 아니었다. 그녀는 영선이가 겨우 걸음마를 배울 즈음, 하룻밤새 감쪽같이 없어지고 말았던 것이다. 그때는 지금과는 달리 하루쯤 기다리다가 곧 그녀를 잊어버렸다.

계연이 아무렇게나 칭얼거릴 때 그가 사실대로 얘기해 주지 않았던 건 그럴 필요조차 없었고 또한 그에게는 아무려나 마찬가지이기도 했기 때문이었다.

사실 영선을 낳기 얼마 전, 그 여자가 앓아 누운 적이 있었을 때 그는 은근히 여자가 죽어 버리기를 바랐었고, 울어 퉁퉁 부운 여자의 눈을 간혹 볼 때마다 내일쯤 여자가 목을 매다는 경우를 상상했었고, 또한 그 여자가 계연이처럼 그를 상대로 바락바락 악을 쓰는 모습도 때론 볼 수가 있었다.

그의 딸 영선의 시체가 떠오른 날 아침, 그를 보았다는 이웃 소녀의 증언은 노인의 살해사건과는 아무런 관계가 없다는 이유에서인지 그들은 이를 그다지 중요시하지 않는 것 같았다. 하긴 이 소녀의 증언이라기보다 이야기는 영선의 자살사건에 관련된 것이었을 뿐이었던 것이다. 그런대로 그 내용을 간추리면 대충 다음과 같다.

이 소녀는 이웃에 살면서 영선이와는 각별히 친한 사이였다. 고등학교를 같이 졸업했을 뿐만 아니라 둘이 똑같이 대학에 진학 못했다는 사실만으로도 각별히 친할 수 있었는지도 몰랐다(그런데 그는 영선의 자살사건이 있는 날 아침에야 처음으로 이 소녀의 얼굴을 보았다).

그리고 전날 밤 소녀는 잠결에 누가 문을 두드리는 소리를 들었다. 그녀의 이름을 부르고 있었으므로 자신이 나갈 수밖에 없었다. 그런데 문밖에는 잠옷 위에 자켓만을 걸친 영선이가 울면서 서 있더라는 것이었다.

무엇 때문에 우는지, 또 아닌 밤중에 그런 차림으로 왜 집을 뛰쳐나왔는지에 대해선 물어보지 않았다. 계모가 달아나 버린 상태에서 아버지와 몹시 다투기라도 한 모양이라고 제 나름으로 단정하고 있었던 것이다.

옆에 누웠으면서도 영선은 좀체 울음을 그치지 않았다. 울고 싶을 땐 누구나 울어야 한다고 생각한 소녀는 불을 끄고 누웠다.

그러나 이튿날 아침 소녀가 눈을 떴을 때는 이미 영선의 모습은 보이지 않았다. 벽에 걸려 있던 소녀의 오버 코트도 보이지 않아 영선이가 걸치고 제집으로 갔으려니 생각했다.

그런데 정오 조금 못 되어서였다. '어떤 아가씨의 시체가 강물에 떠올랐다'는 소식이 그녀에게도 전해졌다. 그녀는 곧장 강으로 달려갔다. 과연 그것은 영선의 시체였다. 그녀는 허겁지겁 그의 집으로 달려가 아직도 잠들어 있는 그를 흔들어 깨웠다.

"영선의 아버지가 어쩐지 무섭긴 했지만, 흔들어 깨울 수밖에 없었습니다."

큰일났어요, 하고 누군가가 흔들어 깨우고 있었다. 처음 듣는 목소리였다. 그러나 정신을 차려 제일 먼저 떠오른 건 아내 계연이가 없어졌다는 생각이었다. 분명 아무도 없을 집안이다, 더구나 귀에 익지 않은 목소리는 누구일까, 이에 생각이 미치기까지는 얼마간의 시간이 흐른 후였다. 그는 몸을 움직여 눈을 치떴다.

어딘지 겁을 머금은 눈초리가, 어느새 한발짝 물러나 있었다. 역시 한 번도 본 적이 없는 소녀였다. 벌겋게 핏발이 서려 있는 그녀의 두 눈이 금방 울음을 그친 것 같기도 했다. 그는 몸을 일으켰다.

어서 강변에 나가보세요, 큰일났다니까요. 이렇게 다급히 부르짖은 소녀는 다시 몇 발짝 물러났다.

뭐가 큰일났다는 거냐, 넌 누구지? 지나칠 정도로 어투가 부드럽게 나온 데는 오히려 자신이 놀라울 지경이었다. 짜증이 나고 몹시 성가셨던 마련으론 버럭 고함이라도 내지르고 싶었던 것이다.

소녀는 잠시 그를 쏘아보다가 방문을 쾅 닫고 나가 버렸다. 이상한 일이었다. 그녀의 그런 태도에 어리둥절하기는커녕 그는 그것을 당연한 일로 받아들이고 있었다. 열예닐곱쯤 돼 보인 그녀가 우리 집 사정을 잘 아는 이웃 소녀인지도 모른다. 그런데 강변에선 무슨 일이 일어났다는 것일까. 골치가 이렇게 아픈 건 잠을 너무 많이 잔 탓일 게다. 나는 과연 잠을 많이 잔 것일까.

그는 막연하기만 하는 상념들을 떠올리면서 바지단추를 하나씩 끼워 올렸다. 큰일났다니, 영선이가 어떻게 된 것일까. 아니다. 무엇보다도 우선 계연이를 찾아야 한다. 그런데…… 지난 밤 딸 영선이가 몹시 불안한 차림으로 집을 뛰쳐나갔었다.

탁자 위엔 한 바퀴 딩굴은 채 그대로 있는 사발시계가 벌써 열두 시를 가리키면서 똑딱거리고 있었다. 그는 아무런 의미도 없이 시계를 한번 홀깃 보고는 방에서 나왔다.

강까지는 오백여 미터의 거리밖에 되지 않았다. 그러나 중간에 집들이 들어섰고, 가로 뻗어서 끝난 산줄기 때문에 그의 집 부근에선 강물이 보이지 않았다. 그래서 그런지는 모를 일이지만 그는 집 가까이 강이 있다는 사실을 까맣게 잊고 있을 때가 많았다—라기보다는 강이 있다는 사실을 의식하고 있을 경우는 거의 없었다.

어디에선지 불쑥 나타났다가 또 어디론지 사라져 버리고 만 거라고 생각됐던 조금 전의 그 소녀가, 뜻밖에도 멀리서 그를 기다리고 있었다. 이 사실이 잠시 그를 어리둥절하게 했다. 그래 얼마 동안 걸음을 옮길 생각조차 하지 않고 있었다.

그는 일정한 간격을 두고 앞서 달아나다시피 하는 그녀의 뒤를 쫓고 있었다. 근육에 경련이라도 일으키는 사람처럼 이따금 으시시 몸을 떨곤 했다. 차가운 날씨이긴 했지만 바람이 없어 못 견딜 정도의 추위는 아니었던 것이다.

몸에 열이 있는 탓이라고 그는 스스로 단정지었다. 사실 지난 밤의 그 일이 있은 후부터 그는 줄곧, 짜증이 날 정도로 자신의 열을 느끼고 있었다.

열(熱) 이야기가 났으니 말이지만, 지난 밤의 그때부터라고 아주 선을 그을 수도 없을 것 같았다. 닷새 전 계연이가 없어졌다는 사실을 알았을 때도 그는 열을 느꼈었다. 그래서 계연이를 생각할 때마다 끙, 하고 신음 소리를 내기도 하고 으윽, 하고 치를 떨기도 했던 건지도 모를 일이었다.

아니 그 훨씬 전서부터도 그것(열)은 어떻게도 할 수 없는 병마처럼 그에게 달라붙어 있었던 것 같기도 했다. 다만 한 가지, 지난 밤 처음으로 그것이 그에게는 거추장스럽게 느껴졌다는 사실만 확실했다.

그러나 지난 밤 그런 차림으로 집을 뛰쳐나가 버렸던 영선을, 그가 그때 뒤쫓지 않았던 것은 '거추장스럽게' 느껴진 그 열 때문은 결코 아니었다. 그래 그건 그로선 어쩔 수가 없었던 일이었다.

집들 사이 좁다란 길을 몇 번 꺾어, 산줄기가 끝난 평지를 지나자 그다지 높지 않은 둑이 앞을 막았다. 소녀의 모습은 보이지 않았다. 이미 둑을 넘어간 후였던 것이다.

그는 빤질빤질하게 만들어진 길을 따라 둑 위로 올라갔다. 갑자기 세찬 바람이 온몸을 후비는 것 같았다. 그는 한 순간 움찔했다. 그 때문에 잠시 둑 위에 그대로 서 있지 않으면 안되었다.

이십여 미터 떨어진 눈앞 모래밭이었다. 일고여덟 명의 사람들이 원을 그린 채 무언지를 내려다보고 있는 것이었다. 누군가가 누구의 시체를 물에서 건져냈음이 분명했다. 누군가가 분명히 딸 영선의 시체를 건져낸 것이었다.

그래서 사람들은 그 시체를 내려다보면서 몇 마디씩 내뱉고 있을 것이라고 생각했다. 대체 사람들은 무슨 말들을 '내뱉고' 있는 것일까. 아무래도 그로서는 그 내용을 짐작할 수가 없었다. '꽃다운 나이에 자살이 웬 말이냐', '가엾게도 꽃은 시들었어', '가슴이 저렇게두 부풀구 머리칼이 저렇게두 검구 진한데, 하지만 시들고 말았어.'

하긴 별소릴 다 하겠지. 사람들은 어떤 경우를 보더라도 곧 적절한 말을 생각해낸단 말이야, 하고 그는 중얼댔다. 이상한 일이지만, 저게 시체라면 영선의 것임이 틀림없다고 그는 이미 믿고 있었다. 혹시 어느 재빠른 손의 인공호흡으로 살려냈을지도 모를 일이다. 그런데도 그는 그녀가 틀림없이 죽었을 거라고 또한 이미 믿고 있었다.

조금 전에 그 소녀가 그를 흔들어 깨운 다음, 어서 강변에 나가보라고 부르짖었을 때 그는 단박 영선이가 어떻게 된 거라고 생각했었다. 지금 영선은 정말 '어떻게 되어' 있는 것이다.

그만 돌아가 버렸으면 좋겠다, 번뜩 스친 생각이었다. 그는 소녀가 손짓하고 있다는 것을 의식하면서 둑 아래로 내려가기 시작했다. 그는 미끄러지지 않으려고 꽤 애쓰고 있었다. 어릴 때도 미끄럼 같은 것은 타지 않았다고 그는 뇌까렸다.

바로 몇 초 전까지만 해도 야단스레 손짓하던 소녀의 모습이 어느새 사람에 가려 보이지 않았다. 그가 한발 내딛자 그녀가 손짓을 했던 건지, 그녀의 손짓 때문에 그가 둑 아래로 내려온 건지, 그건 아무래도 기억해 낼 수가 없었다.

구두 속으로 들어간 모래가 발바닥을 간지럽혔다. 그러나 허리를 구부려 구두를 벗었다 신을 수는 없다고 생각했다.

사람들이 비켜서자 그는 다시 한 번 움찔했다.

영선의 시체가 그렇게 추해 보이지 않는다는 사실이 몹시 이상스럽게 느껴졌다. 벌써 누군가의 손길이 닿았는지도 모른다. 차림도 지난 밤의 그대로가 아니었다. 이것이 또한 그를 어리둥절하게 했다. 지난 밤 영선은 틀림없이 계연의 엷은 잠옷을 입고 있었고, 집을 뛰쳐나갔을 때의 차림도 그대로였을 거라고 그는 생각하고 있었던 것이다. 그런데 시체는 그가 보지도 못했던 보라색 오버코트를 입고 있었다.

갑자기 그는 자신이 몹시 떨고 있다는 것을 깨달았다. 다음 순간 누군가 흑, 하고 흐느끼는 소리가 났다. 그는 시체를 번쩍 들어 일으켜 세운 다음, 가까스로 등에 업었다. 그가 나타났을 때부터 줄곧 입을 다물고 있던 사람들이 그제서야 다시 웅성거리기 시작했다.

그로부터 집에 도착하여 그녀의 방에 시체를 내려놓을 때까지, 그는 영선의 몸이 이렇게 차고 무겁고 뻣뻣할 수가 있을까, 시종 멍청하고 얼얼한 기분이었던 것이다. 그리고 밤이 되자 그는 시체를 방치해 둔 채 계연이를 찾기 위해 밖으로 나왔던 것이다.

그러는 동안 그는 심경의 변화를 일으키고 있었던 모양이다. 어느새 그가 눈물을 보이기도 했다. 곧 유죄판결이 내려질 것이라는 생각도 들었지만, 갑자기 그는 그 노인의 죽음에 대한 자신의 무죄를 되풀이 주장하고 싶지 않게 돼버린 것이었다.

웬일인지 자신도 알 수가 없었지만, 이제 그들이 자신을 아무렇게나 취급해도 좋다고 여기고 있었던 것이다. 아마 피로했던 건지도 몰랐다. 사실 그는 무척 피로하기도 했다.

지금쯤 계연이 멀리서 나를 생각하고 치를 떨고 있을지 모른다. 아니 내게서 자유로워졌다는 사실이 너무 기쁜 나머지 눈물을 흘리고 있을지도 모른다. 불현듯 그는 계연이가 없어졌다는 사실을 알았을 때 자신도 없어져 버렸어야 했다는 생각이 들었다.

계연이가 없어졌다는 사실을 안 후에라도 좋았다. 매일 그녀를 찾아나선 걸음의, 언제나 역겹기만 했던 육교 위에서라도 좋았다. 그날 밤 소녀가 자취를 감추었던 그 낯선 골목길에서라도 좋았다. 영선이가 그런 차림으로 집을 뛰쳐나간 날 밤(그녀의 시체가 떠오르기 전날 밤), 대문을 열어 준 영선의 몹시 싸늘해 보였던 눈앞에서라도 좋았다. 아니,

"아버진 그 여자가 없음 못 살아요? 이제서야 찾아 다니는 이율 모르겠네요."

그녀가 이렇게 말했을 때라도 좋았다. 그녀가 제 방으로 돌아가 훌쩍이는 소리를 듣고 있을 순간이라도 아니, 그녀가 겁에 질린 얼굴로 뒷걸음질쳤을 때라도 좋았다. 아니, 그 후에라도 좋았다. 하여간 없어져 버렸어야 했다. 그러나 어떻게, 어떤 모양으로 없어져야 했다는 건지, 그건 자신도 알 수가 없었다.

전날 밤, 그는 집에 도착하자마자 문을 세게 두들겨댔다. 계연이를 찾겠다고 나섰다가 돌아오는 걸음이 맥이 빠질수록 그는 언제나 세게 문을 두들기곤 했던 것이다. 이 날 밤은 그다지 늦은 시간이 아니었는데도 영선이 잠든 모양인지 얼른 나와 주지 않았다. 그녀가 대문을 열어 준 건, 같은 기세로 두세 번 문을 두들긴 다음이었다.

"찾았어요? 오늘도 허탕이시군요."

그저 해보는 인사라기보다 그를 빈정대는 말에 가까웠다. 그가 아무런

대답을 하지 않자 영선은 빗장을 걸면서 그의 등에다 대고,

"아버진 그 여자가 없음 못 살아요? 이제 와서 찾아 다니시는 이율 모르겠네요."

이때도 역시 그는 아무 말도 하지 않았다. 어떤 내용이 되든 대답을 하기 시작하다 보면 오히려 싸움이 될 것 같았기 때문이었다. 딸을 상대로 다투고 싶은 생각은 조금도 없었던 것이다.

그러나 영선은 이런 그를 가만히 내버려두진 않았다. 이쪽에서 말을 안 하니까 화가 났던 모양이었다.

"아버진 왜 언제나 그 모양이시죠. 저 같은 건 있어두 좋구 없어두 좋단 말씀인가요?"

"늦었어. 조용히 가서 잠이나 자도록 해."

이런 말로서는 영선이 제 방으로 돌아가 자지도 않았다. 그녀는 그를 뒤따라 그의 방으로 들어왔다.

"한 번만이래두 좋으니 아버지께서 마음을 터놓구 제게 말씀해 주세요. 전 아버지한테 필요두 없는 존잰가요? 네? 대답해 주세요."

제 분에 못 이겨 달겨드는 모습이 그를 낳지도 않은 계연이와 꼭 닮았구나, 하고 그는 생각했다.

"필요하구 안하구 그런 것보다 넌 내 딸이고 난 네 아버지가 아니냐."

"그렇담 그 여잘 잊어버리세요!"

사실은 계연이를 잊기 위해서 매일 그녀를 찾아나서고 있는지도 모른다. 그러다가 지치면 절로 잊게 되는지도 모른다는 것을 알고 있기 때문이다, 하고 말해 주고 싶었지만 그는 역시 입을 열지 않았다.

"잊지 못하시겠단 말씀이죠?"

그러다가 금방 울먹울먹해져서,

"전 엄마가 없어두 살구 있는데 아버진 그 여자 때문에…… 사실 전 엄마의 얼굴도 몰라요."

다시 영선은 그를 똑바로 쳐다봤다.

"솔직히 말씀해 주세요. 돌아가신 엄마와두 그런 식으로 다투셨어요?"

그런 식으로라니, 이 애가 도대체 무얼 안다는 것일까. 그는 차분한 어조로,

"죽은 엄마 얘긴 끄집어내지 말았음 좋겠다."

영선은 입을 다문 채 한동안 말이 없었다. 그의 말뜻을 캐어내기라도 하려는 듯이 그를 뚫어지게 쳐다보고 있었다.

"돌아가신 엄마와두 그러셨군요. 네? 그러셨어요?"

느닷없이 소리를 지르자 그도 꼭같이 목소리를 높였다.

"죽은 엄마 얘긴 끄집어내지 말래두. 죽은 엄마에 대해서 네가 아는 게 뭐냐? 옳다 죽었다는 것밖엔 아는 게 없을 거야. 사실은 그 여자도 달아나 버렸어."

이런 말까지 해버리리라곤 자신도 상상 못했던 일이다. 말해 놓고 보니 더욱 화가 났다.

"꼭 같단 말야. 다를 게 없어. 네 엄마나 계연이나 꼭 같단 말야. 다를 게 없어."

그의 말이 끝난 거와 동시였다. 영선은 얼굴을 싸쥐곤 그녀의 방으로 가버렸던 것이다.

영선의 울음소리가 들려온 건 그로부터 꽤 오랜 후의 일이었다. 그 울음소리 때문에 그가 잠을 깼던 것이다. 다시 잠을 청했으나 좀체 잠이 오지 않았다. 대신 영선의 울음소리가 점점 높아갈 뿐이었다.

그는 벌떡 자리에서 일어났다. 짐짓 문을 세차게 열어젖혔다. 그래도 울음소리가 멎질 않았다. 그는 마룻장을 울리면서 그녀의 방으로 선너가 문을 세차게 열었다.

한 순간 그는 움찔했다. 이불 위에 엎드린 채 훌쩍이고 있던 영선이 얼굴을 들자 그는 떠듬떠듬 간신히 다음과 같이 말할 수가 있었다.

"어떻게…… 넌 도대체…… 왜 그런 옷을 입고 있지."

그녀가 입고 있는 건 계연의 잠옷이었다. 너무 엷고 투명해서 항상 바로 보기가 민망할 정도였었다.

"그걸 당장…… 그걸 벗어 버리지 못해?"

고함이라기보다는 꺽꺽 막히는 듯한 답답한 목소리였다. 내가 이런 소리를 하려고 예까지 온 건 아니다, 하고 그는 생각했다. 그러나 울음을 그치라고 호통을 치는 대신에 한 발짝 방 안으로 들어섰다.

영선이 후다닥 몸을 일으킨 다음 양손으로 가슴을 싸안으면서 뒷걸음을 치기 시작했다. 그녀의 얼굴은 온통 겁에 질려 있었다. 그는 미친 사람처럼 다가가 그녀의 잠옷 앞섶을 잡고 힘껏 낚아챘던 것이다. 그것이 내는 요란한 소리도 그의 귀에는 들리지 않았다. 알몸이 된 영선의 하체에서 피가 흐른다는 사실을 깨닫고 그는 후다닥 몸을 일으켰다.

그가 그의 방으로 돌아오자 다시금 그녀의 울음소리가 들렸다. 얼마 후 그는 그녀가 밖으로 뛰쳐나가는 기색도 알아차릴 수가 있었다.◈

유다 행전(行傳)

유현종(劉賢鍾)

1940년 전북 전주에서 태어나 서라벌예대 문예창작과를 졸업했다. 1961년 『자유문학』 신인상에 「뜻 있을 수 없는 이 돌맹이」가 당선되어 문단에 등단했다. 소설집으로는 『그토록 오랜 망각』 『장화사(張畵師)』 『어릅에도 있이 없는 나무』 『흑지(黑地)』 『들불』 『연개소문』 『삼별초』 『임걱정』 『불만의 도시』 등이 있다.

유다 행전(行傳)

E`lo-i, E`lo-i, la`ma sa-bach-thanni?

어둠 속에 밤이 고여 있었다. 무화과의 넓은 잎사귀가 스렁거리며 움직이는 숲속은 푸르스럼한 안개가 자욱히 깔려 있다. 엷게 번진 구름 속에서 타원의 달무리를 안은 달빛이 누르스럼하게 번져 있다. 그 누른 물이 숲 위를 물들이고 편자갈뿐인 골짜기를 시냇물 대신 흐르고 있었다.

이제 이슬이 내리려나 보다. 풀밭이 축축해 온다. 유다는 두르고 있던 담요를 조용히 벗어냈다. 달빛이 그의 한쪽 얼굴만을 비추고 있어서 메마른 얼굴이 반쪽만 남은 조각품 얼굴처럼 나타났다. 유다는 자기도 모르게 숨을 막고 좌우를 돌아보았다. 그의 얇은 입술 사이로 막았던 한숨이 스르르 흘렀다. 긴장했다가 안도감을 느꼈을 때 나오는 한숨은 아니었다.

그의 얼굴은 편두통을 앓고 있는 환자처럼 고통에 차 있었다. 그리고 그 표정은 이내 무엇엔가 실망한 듯이 풀어졌다간 찌푸려졌다. 다 잠이 든 듯이 보였다. 그가 앉아 있는 주위에는 열한 명의 사나이들이 담요를 두른 채 어떤 자는 엎어져서 어떤 자는 쓰러져서 자고 있었다. 다만 바위를 뒤로 하고 베드로만이 앉은 자세였다. 그렇다고 깨어 있는 것 같지는 않았다. 앉은 채 졸다가 잠이 든 모양이었다.

인자(人子)는 자리에 없었다. 유다는 다시 한 번 신음 같은 한숨을 내몰며 고개를 돌렸다. 인자의 모습은 먼 곳에 있었다. 물론 그의 꿇어앉은 뒷모습이 그린 듯이 보였다. 오늘따라 가엾게 보이는 뒷모습이었다. 원래 나약한 체구이지만 꿇어앉은 그의 뒷모습은 소녀 같은 인상이었다.

그는 자기가 죽으리라는 걸 알고 있었다. 그리고 누가 자기를 배신하여 이국인들의 앞잡이에게 나아드 향유 한 근 값인 은(銀) 삼십 데나리온에 팔았는가를 알고 있었다. 물론 깨어 있는 유다 자신도 인자가 이제는 죽으리라, 그리고 이 세상엔 없으리라는 것도, 누가 그를 팔았는가도 잘 알고 있었다. 다만 인자가 자기를 '팔았다'고 표현했지만 유다는 판 것이 아니라 고발했다고 여기는 점만이 그와 유다 사이에 서로 다르게 생각하는 점이었다.

자기가 체포되면 사형이라는 걸 너무도 잘 알면서 인자는 표연히 자기 뒤를 따르는 제자들에게 베다니에 돌아가 마지막 유월절의 명절을 쉬겠다고 했다. 제자들은 인자의 돌연한 행선에 놀랐지만 유다는 별로 놀라지 않았다. 베다니라면 인자가 언젠가 병들어 죽어 장사지낸 지 삼일 만에 무덤의 돌을 열어 주고 살려내 주었다는 나자로의 집이 있는 곳이다.

그런 연고가 있는 곳이지만 제자들은 놀라서 랍비의 행선을 막았다. 베다니는 예루살렘과 지호지간이고 예루살렘에는 로마 총독부가 있으며 더구나 베다니여리고 지방에는 반(反) 로마의 레지스탕스 조직의 거점이어서 취체와 감시가 아주 심한 곳이었던 것이다.

인자가 베다니에 들어간다는 것은 화약을 지고 불 속으로 감과 같았다. 유다는 인자가 그렇게 하리라고 미리 예상했다. 이미 그는 인자가 그 말하기 며칠 전 가야바 대제사장의 하인과 접촉하여 인자를 체포하도록 밀고를 했기 때문이었다.

베다니에 가겠다고 인자가 했을 때 움찔하기는 했지만 유다는 느낀 바 있어 혼자만 비긋이 웃었다.

'지자(知者)는 죽을 때를 안다. 그리고 죽음을 예비할 줄 안다.'

그런 생각이 떠올랐던 것이다. 표범이 늙어서 죽을 날을 알면 제일 높은 영봉으로 올라간다. 그리고 한번 포효하고 생을 끝막는다. 백수의 으뜸임을 과시하는 것이다. 만일 자기의 죽음을 산중턱에서 마주쳤다면…… 그건 보잘것없는 표범의 보잘것없는 죽음이다.

인자는 그의 곁에서 이틀 동안 자리를 비운 유다가 무슨 짓을 하고 돌아왔으리라는 것쯤은 알아챘다. 적어도 자칭 이스라엘의 메시아[구주(救主)]요 임마뉴엘[왕(王)]이라면 그쯤의 지각(知覺)은 있으리라고 유다는 생각하였다.

베다니로 가겠다는 인자의 비통한 표정 속에서 유다는 그가 '죽을 때가 이르름'과 '이때 죽지 않으면 안된다'는 것을 고백하고 있는 그림자를 발견했다.

과연 그는 유다가 예상한 대로 제자들과 만찬을 같이하면서 이것이 최후의 만찬임을 조용히 예고했다. 그리고 이 중에서 날이 새면 자기를 죽음에 이르도록 하기 위해 팔 자가 있다는 것을 말했다.

그는 인정 넘치는 태도로 제자들에게 골고루 빵을 떼어 주면서 나와 같이 빵을 나누는 자 중에 그 배신자가 있다고 했다. 제자들은 소스라치게 놀래었다. 평범하고 무식한 이들은 인자의 사랑에, 그 믿음에 자기를 빼앗기기나 한 것처럼 서둘러 나는 아니겠지요, 하는 거부의사로 자기들의 속을 드러냈다.

유다는 그때 두 번째로 비슷이 웃었다. 열한 명의 제자들은 하나같이 순진했다. 어린애였다. 양이었다. 비판의식이란 전혀 없는, 유다의 판단에 따르자면 무식하기만 하고 마음만 선량한, 유대 지방에서는 어디 가나 흔히 볼 수 있는 유목 농부이거나 어부 같은 사람들이었다. 자기를 팔 자가 있다고 했을 때 인자의 어조와 표정은 괴로움 그대로였다. 그의 마음을 꼭 집어 읽을 만한 사나이는 이들 중에 유다를 제외하고는 아무도 없는 듯했다.

선량한 그들은 우선 자기들 자신이 배반자가 아니라는 점만을 시종, 각자각자 밝히려 들었다. 자기들의 결백을 완강히 밝히기 전에 그들은 배신자가 누구인가를 생각해야 했을 것이다. 그만큼 그들은 무지했고 인자를 따르는 동료들끼리도 깊은 이해와 사귐도 없었던 것이다.

인자의 얼굴은 그때 무척 고독해 보였다. 그 고독이란 단절의 의미였다. 유다는 인자의 얼굴에서 고독의 영상을 읽어내었을 때 잔잔한 슬픔이 가슴을 덮어옴을 느꼈다.

사실 유다가 요즘 절실히 느껴온 것은 인자의 얼굴에 나타난 고독과 허무였다. 그 고독이란 누구도 모른다. 손에 잡히지도 않는 것이며 형상을 하고 공간 위에 나타나는 것도 아니다. 마음으로 느끼고 보고 할 수 있는 그림자이다.

따라서 그 그림자는 자기 아닌 타자(他者)는 감지할 수 없다. 이것에서 벗어나자면 그럴 만한 이유가 있어야 한다. 그러나 구축의 이유도 꺼낼 수 없다. 일상적이고 속된 모든 욕망이 내 마음대로 해결나 준대도 풀어질 수 없는 구속이다. 그건 사람의 수효만큼, 사람의 마음의 종류만큼 다양하게 각자의 내부에 어려 있다.

인자는 누구보다 의롭고 겸손했다. 그는 언제나 불쌍하고 가난한 사람들의 종이 되겠다고 기회 있을 때마다 말해 왔다. 인간미가 절실히 넘치는 분이었다. 유다는 다시 한 번 인간이므로 인간만이 가질 수 있는 고독의 그림자를 안고 있는 인자의 표정에서 자신의 행위에 대한 자책감이 잠시 출렁임을 느꼈다. 그러나 그 자책은 인자가 신의 아들임을 자칭한 지나간 날의 오연한 음성의 기억 때문에 유다의 가슴속에서는 곧 사라져 버렸다. 인자는 자기의 모친을, 두루 쓰이는 말 그대로 여자라고 불렀고 자기는 여호와의 아들이라고 주장해 왔던 것이다. 인자는 자기를 고발한 자가 유다라는 걸 알면서도 지적해서 그가 판 자라고 말하지 않았다. 다락방의 만찬석상에서 유다는 인자가 자기를 아주 드러내어 배신자라고 손가락질하기를 바랐다. 그러나 인자는 그러지 않았다.

'역시 그는 영리한 사람이야.'

유다는 쓴 입맛을 다셨다. 인자가 대놓고 배신을 힐난하면 유다는 할 말이 많았다. 대놓고 힐난한다면 그건 인자가 유다와 대응한 위치의 사람이 된다. 유다는 그걸 바랐던 것이다. 그러나 인자는 그의 바람을 무시했다.

미풍이 풀내음을 분산시키며 지나갔다. 아직도 인자의 기도는 끝나지 않은 모양이었다. 유다는 그가 무슨 의미의 기도를 올리고 있는지 조금은 안다. 그는 지금 이승에서의 마지막 인간으로서의 기도를, 죽음을 앞두고 자기의 신 앞에 드리고 있는 것이다.

유다는 여자 모습 같은 인자의 뒷모습을 멍하니 응시했다. 뭐라고 간구하고 있는 것일까. 그는 얼마 전의 일을 떠올리고 다시 쓴웃음을 날렸다. 인자는 이 겟세마네 산으로 제자들을 데불고 올라왔을 때 제자들을 바로 이곳에 남겨두고 지금처럼 인자 혼자서 숲이 트인 공터로 나아가 기도를 했었다.

그가 첫 번째 기도를 끝내고 돌아왔을 때 제자들은 거의 잠에 취해 있었다. 그러자 인자는 베드로를 흔들어 깨우며 슬픔과 원망이 깃들인 소리로 말했다.

"시몬아, 자느냐. 네가 한시 동안도 깨어 있을 수 없더냐. 시험에 들지 않게 깨어 있어 기도하라. 마음에는 원이로되 육신이 약하구나."

그 소리를 듣고 제자들은 잠을 깨려고 노력했다. 그러나 인자의 마음대로 제자들에게서 잠이 떨어져 가지는 않았다. 그가 그렇게 이르고 기도하던 장소로 가서 다시 기도를 올리고 돌아와서도 유다만 빼고는 모두 시험에 들어 잠과의 다툼에 져 있었던 것이다.

잠이 들어 있었다. 어떤 자는 입으로 침이 흘러 늘어진 거미줄 같았다. 이제 인자는 기도를 끝내고 돌아오리라. 세 번째이다. 세 번이나 깨어 있으라 부탁을 했는데 또 이렇게 잠이 들어 있으니……. 유다는 소리를 내지 않고 자리에서 일어났다. 그리고 꺼져 가듯이 그곳을 떠나갔다. 인자의 모습이 점점 얼보이며 누런 달빛 속에서 어둠결에 흡수되어 보이지 않게 되었다.

가야바는 인자를 체포할 준비를 남이 모르게 마치고 유다를 기다리고 있었다.

"겟세마네 동산에서 오는 길입니다."

"그럼 모두 거기 있단 말인가?"

밤참으로 양고기를 뜯고 있던 가야바가 구워진 양고기 빛깔 같은 얼굴을 유다 앞에 접근시키며 노란 눈을 빛냈다.

"그렇습니다."

"급습할까?"

"급하게 서두르실 건 없습니다."

"왜?"

"지금쯤 기가 막혀 홀로 인자는 하늘을 보며 탄식하고 있을 겁니다."

"무슨 말이야?"

"모두 자고 있으니까요."

"자고 있다니?"

가야바는 말뜻을 짐작할 수 없는지 유다 앞의 오지그릇에 포도주를 채우면서 유다의 흰자위 많은 눈을 멍하니 바라보았다. 유다는 품이 큰 소맷자락으로 움푹 패여진 광대뼈 밑을 가리며 킬킬킬 웃었다. 가야바는 웃음이 화가 나는지 칫솔 같은 눈썹을 꿈틀했다. 촛불이 춤을 추어 그의 매부리코 그림자가 비뚤어지게 인중 위에서 흔들렸다.

"농담할 때가 아닌데…… 어떻게 된 거냐? 날 놀리구 있는 건가?"

"그럴 리가 있겠습니까? 호호호."

유다는 그래도 킬킬거렸다.

"귀신이 들렸나? 내 말이 안 들리나?"

가야바가 양피(羊皮) 깔린 실내 바닥을 쾅, 하고 굴렀다.

"미안합니다. 불쌍한 인간들이어서 실소를 했을 뿐입니다."

"그럼 동산에서 뭘 하고 있다는 거냐?"

"자고 있다고 말하지 않았습니까? 그 녀석들은 양떼입니다. 초원에서 양떼가 잠들면 목동도 그 양틈에서 잠들게 마련입니다."

"마음 편한 놈들이군."

가야바는 껄껄 웃었다. 그러면서 말을 이었다.

"너는 어떻게 생각하느냐? 지금 가서 잡는 게 좋지 않을까? 나는 그렇게 생각하는데."

"잠을 푹 자고 쉬십시오. 쉬고 나면 동이 틀 것입니다. 그때도 늦지 않습니다."

"날보고 쉬라구?"

"그게 좋습니다. 그는 도망가지 않을 것입니다."

"믿어두 될까?"

"됩니다."

"그럼 자네를 담보물로 생각하구 믿어두지."

가야바는 안심한 듯이 옷을 벗었다.

"자네 목욕하겠나? 옷을 벗구 따라오게."

그러면서 그는 로마식으로 만든 욕실 안으로 허우적거리며 들어갔다.

이른 아침이 회색빛의 새벽 대기(大氣)를 걷어내고 있었다. 어젯밤 같으면 인자의 체포를 위해 가야바가 직접 진두지휘를 할 듯이 덤볐으나 그까짓 사교사(邪敎師) 한 놈을 잡아오는 데 대제사장이란 직함의 자기가 나선다는 것이 왠지 위신이 서지 않았던지 자기 하속 장정 두 명과 서기관들이 보낸 장정 여덟 명을 합세시켜 유다를 앞장세워 내보내는 것이었다.

유다를 제외하고 그들은 모두 몽둥이라든가 칼, 그 밖의 무기들을 가지고 있었다. 장정들은 모두 바라바와 비슷한 친구들이어서 인자의 이름은 들었어도 얼굴은 몰랐다. 그래서 유다는 자기가 다가가 그 사람의 발에 키스를 하면 그게 인자인 줄 알라고 미리 알려두었다.

잔 바위들이 건조한 땅 위에 산재해 있는 구릉을 넘었다. 유다가 걸음을 멈추며 신호를 했다. 장정들이 모두 표나게 가지고 있던 무기들을 옷자락 속에 감추었다. 구릉 아래 초원에서 인자는 여느 날처럼 퍽 태연한 자세로 앉아 제자들과 대화를 나누고 있었다.

유다가 걸음을 빨리해 내려갔다. 장정들이 뒤를 따랐다. 제자들 중의 누군가가 이쪽을 손가락질했다. 그러자 그들은 모두 일어섰다. 그들의 표정은 의아로움에 가득 찼다가 냉소 스치는 유다의 모습을 보고서야 뭔가 알아챘다.

그들은 인자를 둘러쌌다. 그리고 낯선 사나이들과 유다를 노려보았다.

"랍비여, 평안히 주무셨습니까?"

유다는 왕을 알현하는 예를 갖추어 땅에 꿇어앉으며 인자의 발등에 입을 맞추었다. 낯선 사나이들의 검이 번쩍였다. 두 사내가 인자의 팔을 뒤로 틀어올리려 했다.

"이게 무슨 짓이냐?"

인자의 앞에 서 있던 제자 중의 하나가 빠른 놀림으로 낯선 한 사내의 손에서 검을 뺏아 들었다. 검을 뺏긴 사내가 비명을 질렀다. 그의 귀 한 쪽이 달아나며 핏물이 튀어올랐다. 검을 뺏은 사람이 그의 귀를 내려쳤던 것이다.

"흥분하지 말라!"

인자의 엄숙한 목소리였다.

"유다를 잡아라!"

그러나 제자들은 마음을 안정치 못하고 유다를 잡으려고 분노를 터뜨렸다.

"조용히 하라!"

인자의 목소리가 커졌다. 제자들이 주춤했다. 팔을 잡힌 인자가 한발 앞으로 나섰다.

그의 얼굴은 엄숙하기만 했다.

"너희가 강도를 잡는 것같이 검과 몽둥이를 가지고 나를 잡으러 왔느냐?"

그러자 가야바의 하속 하나가 외쳤다.

"저놈은 사탄이다! 얘기를 들으면 사술에 걸린다. 무엇들 하느냐! 먼저 제자놈들을 모두 죽이자."

그 소리에 힘을 입었는지 장정들은 일제히 칼을 휘둘렀다. 비명소리가 연달아 일어나자 제자들은 황급히 인자를 버리고 도망치기 시작했다. 잠시 후의 그곳에는 잡으러 온 유다 일행과 인자밖에는 없게 되었다.

"나사렛 예수라는 놈도 사기사에 불과했구나. 제자놈들에게 우리를 칠 권능을 주지도 못하니…… 홋홋."

서기관의 비속 둘이 껄껄거리며 웃었다.

인자는 아무 말 없이 그들에게 끌려갔다. 유다 쪽은 쳐다보지도 않았다.

인자는 가야바의 집에 있는 성소(聖所) 안에 꿇어앉히워졌다. 그가 체포되어 오자 온 공회에서 제사장들과 서기관들이 몰려와 배열된 의자에 앉았다.

양피(羊血) 냄새가 물씬거리는 성소 안은 무덤 속 같았다. 기름불이 너울거리며 검붉게 빛나고 있었다. 인자는 고개를 숙인 채 있었다. 서기관들의 뒤에는 유다의 앉은 모습도 보였다. 그의 품속에는 가야바로부터 받은 은(銀) 삼십 데나리온이 있었다.

인자에 대한 고발은 시작되었다. 무례하고 젊은 인자에게 향한 서기관들이나 장로들의 감정은 제가끔 비뚤게 들끓고 있었다.

"이놈은 여호와에게 도전한 참람한 이단자요. 민심을 현혹시켜 우리들의 믿음에 흙탕물을 끼얹은 사기꾼이오. 여러분의 냉정한 비판이 있을 것을 제의하오."

가야바는 모여 있는 자기들의 회중들 감정에 불을 붙였다. 중구난방(衆口難防), 인자의 머리 위로 여러 명의 증오에 타는 욕설이 소나기처럼 떨어졌다. 배교도, 이단자, 거짓 선지자…… 등등의 악다구니였다.

"여러분!"

가야바가 두 손을 좌악 벌리며 일어섰다.

"조용해 주시오!"

그의 목소리는 우렁찼다.

"한 사람씩 순서에 따라 고발해 주십시오. 그리하여 이놈이 우리 하나님 아버지를 어떻게 모욕했으며 아버지의 말씀을 흉내내어 우리들의 믿음을 어떻게 희롱했는가를 성토해 주기 바라오."

그러사 장내는 조용해졌다. 서기관 하나가 빌띡 일어났다.

"지난 사월 오일이었소. 저놈은 예루살렘의 성전에서 거짓말을, 많은 무지한 무리들에게 늘어놓고 있었소. 이놈의 죄는 그 무지한 무리를 성스런 성전으로 끌어들인 것만도 아버지 하나님의 뜻을 모독한 것이었소. 왜냐하면 무리들 가운데는 병신들 천지이고 더구나 세리(稅吏)들도 끼어 있었던 거요. 그 놈들은 모두 손도 씻지 않고 빵을 먹는 놈들이오. 게다가 저 놈은 손으로 지은 그 성전을 헐고 삼일이면 지을 수 있다고 떠벌였소."

"무례한 놈이다!"

"이 성전을 헐고 삼일 만에 짓게 하라!"

가시 돋힌 비난의 소리가 쏟아졌다. 장내가 들끓었다.

"여러분!"

가야바가 다시 벌떡 일어났다.

"조용하시오. 여러분을 대신하여 내가 이 놈의 대답을 받겠소."

그가 장내를 둘러보자 모인 자들이 조용해졌다. 의자에서 일어난 가야
바가 꿇어앉은 인자의 앞으로 뚜벅뚜벅 다가갔다.

유다는 가슴을 떨고 있었다. 배반한 스승의 모습이 너무도 가여웠다.
그는 가늘게 눈을 뜨고 인자를 주시했다.

"네가 그 말을 한 건 사실이냐?"

가야바의 말이 인자의 숙인 머리 위에 떨어졌다.

"……."

"왜 말을 못하느냐, 네가 손으로 지은 성전을 헐고 삼일 만에 짓겠다고
한 것이 사실이 아니란 말이냐?"

"……."

"대답이 없는 것은 수긍하는 증거요!"

서기관 하나가 외쳤다.

"옳소!"

가야바가 회중을 둘러보았다. 그러더니 숙인 인자의 얼굴을 추켜올렸
다. 가야바의 날카로운 시선이 꿰뚫어 버릴 듯이 내려쏠렸다.

"사실이었구나! 그렇다면 이 사람들이 보는 앞에서 이 성전을 헐고 삼
일 만에 지어라! 만일 네가 그 기적을 발휘한다면 이 가야바는 물론 이
스라엘의 모든 인민은 너를 여호와의 증인으로 경배(敬拜)하겠다. 어떠
냐? 얼마간 숨돌릴 여유를 주마. 가부간 결정하라. 기적을 보이겠다든지
못한다든지. 지금부터 백의 수를 셀 동안의 여유를 주겠다."

"……."

인자는 아무런 대답이 없다. 가야바의 하속 하나가 수를 세기 시작했
다. 모든 사람들은 과연 기적이 일어날 수 있느냐 없느냐는 경이감과 공
포감으로 인자의 온몸을 샅샅이 주시하기 시작했다. 한동안의 침묵 속
에서 숫자 세는 소리만 울렸다.

유다는 애를 태웠다. 그의 진정한 바람은 인자가 그 기적을 보이겠다고

나서는 일이었다. 그리하여 성전을 헐고 삼일 만에 짓는다면…… 그 기적을 나타내 보인다면…… 보여 주었으면 하고 기다렸다. 그것은 이율배반적인 감정의 갈등이었다. 유다는 인자에게 실망하여 배신을 하긴 했지만 막다른 골목이니까 반드시 인자는 최후의 어떤 기적으로 자신을 나타내어 보이리라 싶었던 것이다.

유다는 누구보다 지금까지 인자가 영웅이라는 것을 믿어왔다. 모세보다 위대한 인간으로 믿어왔다. 그러나 그는 적어도 유다가 보기에는 허약하기 만한 인간이었다. 모세처럼 홍해를 가르고 불쌍한 동포들을 사지(死地)에서 구출할 만한 용기와 권능도 없었고 파라오의 간담에 얼음장을 던질 만한 대담성도 없었다. 그러면서도 그는 자칭 이스라엘의 임마뉴엘이라 일컬었고 찬란한 샌들 대신에 맨발로 돌길을 걸었으며 부정한 사마리아인들을 형제로 불렀다. 유다가 진실로 원하는 기적을 인자는 한 번도 나타내지 않았던 것이다. 유다는 마침내 그래서 실망했던 것이다. 그후부터 받은 유다의 번민은 이루 말할 수·없었다. 인자의 고발은 자학의 결론이나 마찬가지였다. 죽음에 이르른다면 인자는 뒷걸음치지 않으리라는 생각이었다. 바라던 그 기적을 인자는 나타내리라…….

유다는 마른침을 넘겼다. 가야바의 하속은 여든아홉을 세고 있었다. 인자의 얼굴은 가야바의 손에 의해 쳐들려져 있었다. 그는 눈을 감고 있었나. 입술은 사연스럽게 나물어신 재 표정은 체넘한 듯이 펑온했나.

"아흔여덟!"

유다의 눈은 간절한 빛을 내며 인자의 얼굴, 그중에서도 입술을 지키고 있었다. 입을 열리라, 열 것이다. 그리고 기적을 행한다고 말하리라. 유다의 목줄기가 인자 대신 떨렸다.

"백!"

하속의 입에서 마지막 숫자의 외침이 떨어졌다. 유다는 신음을 씹어넘겼다. 인자의 표정은 동요되지 않고 조금 전과 다름없었다. 부정의 뜻도 긍정의 뜻도 나타나 있지 않았다. 장내가 다시 수런거려지기 시작했다.

"못하는구나?"

가야바가 조소를 날렸다.

"가련한 놈! 사탄의 메시야! 마지막으로 한마디 내가 묻겠다."

가야바는 인자의 얼굴을 뿌리치고 그로부터 한발 물러났다. 양쪽 옆구리에 손을 걸고 다시 인자를 내려다보며 입을 열었다.

"이 말에만 대답해 보라. 듣건대 너는 여호와의 아들이라 자칭한다는데 과연 너는 찬송받을 자의 아들 그리스도냐?"

그 말이 떨어지자 지금까지 잠자코만 있던 인자가 머리를 들고 조용히 대답했다.

"그렇다. 내가 바로 그다. 이제 내가 권능자(權能者)의 우편에 앉은 것과 하늘구름을 타고 오는 것을 너희가 너희 눈으로 보리라."

"뭐라구?"

가야바는 어처구니없는 듯 두어 걸음 물러났다. 제사장들과 서기관들이 자리에서 일어나 물러나왔다. 분노의 입김이 서로의 사이에서 교차하고 있었다.

"우리가 어찌 이 놈을 이 이상 성토하겠는가!"

가야바가 외치며 입고 있던 웃옷자락을 잡아채어 찢어냈다. 성이 오른 가야바가 외쳤다.

"이 이상 참람한 말을 들을 수 없다. 여러분은 어떻게 생각하는가!"

흥분한 회중이 제가끔 소리질렀다.

"그 놈을 사형시켜야 하오!"

"당장에 죽입시다."

"타살시키시오!"

인자의 얼굴에 가래침이 붙었다. 가야바가 뱉은 것이다. 그러자 제사장들과 서기관들이 달려들어 인자를 발로 차고 주먹으로 구타하기 시작했다. 신음소리도 내지 못하고 인자는 생명 없는 물건처럼 이리 구르고 저리 굴렀다. 의자에 앉아 있던 유다는 두 손으로 얼굴을 싸쥐었다. 너무나 실망을 가져다 주는 인자의 태도였고 모습이었다.

감아 버린 유다의 망막 안으로 지워질 수 없는 지난날의 기억들이 살아서 움직였다. 로마 병사들에게 잡힌 아버지의 몸부림이었다. 그들은 이들처럼 몇 차례인가 구타를 퍼부었던 것이다. 그때 아버지는 병사들의 발 아래 데굴데굴 굴렀다. 지금과 좀 다른 점이라면 때린 자들이 이 방인인 정복자였다는 것과 맞는 이가 매를 받아들이는 태도가 조금 달랐다는 것뿐이었다.

인자는 맞으면서도 신음소리를 내지 않았지만 유다의 아버지는 살려 달라고 눈물을 흘리며 외쳤던 것이다. 그는 왜 아버지가 로마 군사들에게 죽음을 당했나 하는 이유는 나중에야 알았다. 아버지는 이스카롯 지방에서 예루살렘 근처로 돌아다니며 행상을 하던 양피(羊皮) 장수였다. 어린 유다는 아버지가 끄는 노새 등에 타고 따가운 태양볕을 받으며 사막을 건너던 많은 기억을 가지고 있다. 노새 등에는 아버지가 팔고 사는 물건들이 얹혀져 있었고 말라빠진 노새의 걸음은 느리기만 했었다. 노새 위에서 보면 아버지는 모래 위에 따라오는 검은 그림자를 끌고 가는 듯이 보였었다.

아버지는 말수가 없었다. 아버지가 가는 곳에는 언제나 눈곱 낀 노새가 따랐고 그 등 위에는 유다가 있었다. 유다는 어머니를 모르고 떠도는 노새의 등 위에 자라난 것이다.

아버지가 어느 지방도시의 성문을 지나려 할 때였다. 세 명의 로마 병사가 검문을 했다. 그리고 몸수색도 했다. 이와 같은 절차는 유다도 많이 보고 겪어와서 예사가 되었다. 그러다가 아버지가 그들에게 얻어맞는 것도 비일비재하게 보았었다. 통행세를 안 낸다고 때리는 것인데 그리 되어 은전을 털리고 나면 아버지와 아들은 번번이 끼니를 굶어야 했다.

그날도 아버지는 세 명의 병사들한테 얻어맞았다. 그러면서 땅바닥을 설설 기어다녔다. 유다는 두 눈을 껌벅거리는 노새의 등 위에서 멍청히 그걸 내려다보았다. 그러자 먼지를 일으키며 맞은편 쪽의 길로 네 명의 기병(騎兵)이 말을 타고 달려왔다. 그러더니 이들 앞에 섰다. 금색 투구를 쓴 사람이 나섰다. 순찰대장인 모양이었다. 그는 성문을 지키는 병사로부터 로마말로 보고를 받았다. 유다는 전혀 알아들을 수가 없었다.

순찰대장이 말에서 뛰어내렸다. 그리고 그는 병사에게 가죽조각을 받아들었다. 그 가죽조각은 유다의 아버지 몸에서 나온 것이었다.

읽기를 마치자 대장은 가죽조각을 부하에게 던져 주고 무릎을 꿇고 있는 유다의 아버지 앞에 다가섰다. 그의 채찍이 바람을 갈랐다. 대장은 자기 나라 말로 뭐라 외쳤다.

채찍이 몸에 감길 때마다 아버지는 비명을 지르며 살려달라고 뒹굴었다. 대장이 매질을 끝냈다. 대장이 뒤에 섰던 부하에게 고갯짓을 했다. 그러자 부하가 기다리고 있었던 것처럼 달려들어 유다의 아버지 두 손에 철갑을 채웠다. 철갑에는 길게 쇠사슬이 늘어져 있었다. 대장은 사슬 끝을 자기의 말안장에 매달았다. 채찍이 날았다. 대장의 말이 앞발을 들더니 내달리기 시작했다. 쓰러진 채 아버지는 말이 달리는 대로 끌려갔다. 살려달라고 절규하면서.

"너희 아버진 반역자야!"

노새 등 위에 앉은 유다에게 성문을 지키는 병사가 그렇게 유대말로 알려 주는 것이었다.

아버지는 죽었다. 그 시체를 유다가 찾은 것은 몇 달 후였다. 죽음의 계곡이라 불리우는 시체터에 버려진 채 독수리에게 살을 뜯어먹히우고 있었다.

"언젠가는 오리라. 선지자들이 예언한 인자는 오리라. 그이는 모세보다 훌륭한 권능으로 우리를 구원하리라."

말수 없던 아버지가 단 한 번 중얼거리던 말을 유다는 기억하고 있다. 그리고 유다는 그의 어머니가 로마인의 첩으로 어딘가에 살고 있다는 말도 들은 법했다.

유다는 철이 들어서야 아버지가 가죽조각을 산적떼 같은 사람들에게서 받고 다른 산적떼 같은 사람들에게 전해 주던 이유를 알았다. 산중에 숨어 있던 산적떼는 모두가 반(反)로마 지하당의 무리였고 그들은 자기들 민족의 해방을 위해 항거하고 있었다.

아버지가 왜 반역의 무리에 가담하여 민족운동을 했는지 유다는 몰랐지만 아버지의 죽음은 유다에게 심상치 않은 영향을 미쳤다. 어째서 피땀 흘려 얻은 재화의 거의를 로마제국의 케사르에게 바쳐야 하며 왜 그들 앞에서 노예처럼 부림을 당하고 처참하게 고혈을 빨려야 하는지, 그 구체적인 사실들을 정면에서 바라보게 되었고 회의하게 되었고 분노하게 되었다.

그가 자칭 유대의 왕이라는 나사렛 예수를 만난 것은 감격적인 일이었다. 그로부터 그는 재무(財務)를 맡으며 인자의 뒤를 따랐다. 그의 상상 속의 날개는 비약하여 때로는 재무대신이 되는 꿈으로 펼쳐지기도 했고 민중의 지도자가 되는 권력자의 환상도 즐겨 갖게 되었다. 유다는 누구보다도 야심에 불탔다.

야심은 곧 지배욕(支配慾)이며 가면(假面)을 쓴 탐욕이라지만 인간은 누구나 야심을 가지고 있다. 역시 유다는 인간이었던 것이다. 그 야심이 하나하나 무너지기 시작했다.

"케사르의 것은 케사르에게, 하나님의 것은 하나님께 돌리라."

케사르의 초상이 부조된 화폐를 유대 사람이 케사르 황제에게 바치는 것이 옳은가, 옳지 않은가 하고 누군가 인자에게 물었을 때 인자는 그처럼 애매한 대답을 했었다. 한편 생각하면 유대를 정복한 것이 로마이고 로마의 화폐로 통용되고 있으니 원래 그 돈의 주인은 케사르이니 케사르에게 돌리라는 말은 명답 중의 명답이었지만 유다에겐 궤변으로 들렸던 것이다.

'그 돈을 주조할 때를 생각해야지. 누구의 피땀으로 만들어진 돈인가? 피정복자의 피땀을 긁어 만든 돈이라는 걸 모르는군? 당신과 나의 땀도 세금으로 징수되어 그 돈이 만들어졌다는 걸 안다면 그런 소린 안할 것이다.'

유다는 사실 인자가 모세보다 위대한 영웅이길 소망했다. 그 소망이 하나하나 깨지자 그의 양심과 기대는 점차 고독과 허무로 돌아오는 것이었다. 야심이 깨지면 야심만큼 독소(毒素)가 우러나는 법이다.

유다는 자리에서 일어나고 말았다. 다시 한 번 비참하고 또 슬퍼지고 누구에겐지 모를 증오심이 부글거리며 치솟아올랐던 것이다. 그는 가야바의 집을 나와 버렸다. 닭 우는 소리가 들렸다. 한 사나이가 길가 바위에 엎드려 흐느끼고 있었다. 유다의 마음은 그것을 개의할 만큼 평온하지 못했다. 착잡하기만 했다. 그는 무작정 걸어가기 시작했다.

바위에 엎드려 우는 사나이는 베드로였다. 인자가 체포될 때 제자들은 뿔뿔이 도망쳤었다. 베드로도 도망쳤지만 그래도 궁금하여 멀찍이 떨어져 인자가 끌려가는 대로 따랐던 것이다. 인자가 가야바의 집안 성소에서 성토를 받는 동안 베드로는 그 집 뜰 안에서 가야바의 하속들과 함께 화톳불을 쪼이고 앉아서 사태를 관망했다. 그러자 하속 중의 하나가,

"분명히 이놈은 제자 중의 하나다. 그 놈이 잡힐 때 이 놈도 거기 있었다."

하며 베드로에게 다가들었다. 베드로는 깜짝 놀라,

"무슨 말을 하는지 모르겠소. 사람을 잘못 본 모양이오."

하며 엉거주춤 물러나자 그 자는 다그치는 것이었다.

"넌 어디 사람이냐?"

"갈릴리 사람이오."

"봐라! 그 놈도 갈릴리 놈이다. 분명히 너도 그 한패다!"

베드로는 공포에 질리면서 뒷걸음질을 쳤다. 그때 닭이 홰를 치며 울었다.

"바른대루 말해! 한패지?"

"모르오. 나는 그런 자는 결코 모르오. 맹세해도 좋습니다. 예수가 뭐하는 사람인지조차도 모릅니다."

겨우 세 번이나 부인하여 그 집에서 가까스로 빠져나왔던 것이다. 그러자 이윽고 어디선지 닭이 두 홰째 우는 것이었다. 베드로는 닭 울음 소리를 듣자 번쩍 정신이 나며 가슴을 저미는 인자의 말이 떠올랐다.

"닭이 두 번 울기 전에 네가 세 번 나를 부인하리라."

체포되기 전 인자는 베드로에게 그렇게 예언했던 것이다. 그 때문에 베드로는 흐느껴 운 것이었다.

로마 총독부 관저의 브라이도리온 뜰에는 이른 아침부터 수많은 구경꾼들과 서기관, 제사장들로 북새를 이루고 있었다. 로마 총독 빌라도는 사형에 합당한 반역자라고 끌어다 넘긴 인자를 취조하고 있었다. 군중들 가운데는 유다도 섞여 있어 발돋움하고 있었다.

인자가 꿇어앉은 회당 안은 넓고 멀었다. 빌라도는 황금빛으로 빛나는 의자에 앉아서 인자를 취조하고 있었다. 그러나 뭐라고 하는지 들리지 않았다. 빌라도가 앉은 의자의 모서리에는 날개를 접은 독수리 한 마리가 오만하게 앉아 있었다. 그건 이미 애완용이 되어 오만 자체가 시위로

만 보이는 자세였지만 그래도 늠름함은 남아 있었다.

인자가 뭐라 답변하는 것 같다. 빌라도가 또 뭐라 묻는다. 말소리가 들리지 않는다. 빌라도가 의자에서 벌떡 일어났다. 독수리가 그의 어깨 위로 날아올랐다. 그는 입구 쪽으로 걸어나왔다. 화려한 금색 선들이 붉은 카펫 위에서 번쩍였다.

그가 우뚝 섰다. 그리고 군중을 휘둘러보았다.

"너희들은 인자가 자칭 이스라엘의 왕이라 참칭한다 하여 로마의 반역자로 고소했지만 나로서는 반역의 증거를 잡을 수 없다. 그는 내게 대답하기를 제가 왕으로 있는 왕국은 이 세상에 존재하는 나라가 아니라고 명백히 했다. 그러므로 나는 그의 죄를 발견하지 못했다. 이 자의 죄가 있다면 너희들이 처벌하라!"

그러자 군중은 제가끔 외쳤다.

"아니오이다, 빌라도 총독 각하 아니면 벌을 줄 권리가 우리에겐 없나이다! 그를 사형에 처하소서!"

"그는 행악자(行惡者)이오니다! 십자가에 못박게 하소서!"

"그 자는 우리 계명에 배신했기 때문에 우리 계명에 있는 바 신의 이름으로 사형을 시켜야 하옵니다!"

"각하! 그 놈을 죽이지 아니하면 민요(民擾)가 날지 모르옵니다!"

빌라도는 행정관이었다. 그는 정복지의 감독관으로서 로마의 황제에게 충성하고 그들이 원하는 바 돈과 노력(勞力)만 빼다 바치면 되는 것이었다. 그들 자신의 종교에 대해서 간섭해서 소동이 일어날 원인이 되어 줄 필요까지는 없었다.

얼마 후 빌라도는 흥분한 군중에게, 명절이 돌아오면 식민지 국민들에게 나눠 준 눈가리고 아옹하는 식의 선물을 주겠다고 선포했다. 즉 명절특사(特赦)라는 것이었다. 명절이면 극형수 중의 하나를 군중이 원하는 대로 풀어 주는 것이다. 극형을 받은 죄수는 세 명이었다. 인자도 극형을 받을 직전에 있었다.

군중은 아우성을 치며 인자를 십자가에 못박게 하고 살인강도인 바라바를 풀어달라고 호소하였다. 이윽고 바라바가 환호성을 헤치며 석방되어 나왔다.

묶인 인자가 얼마 만에 두 병사에게 끌려서 회당 밖으로 나왔다. 그 뒤로 빌라도가 나타났다.

"보라! 이게 이스라엘의 왕이며 너희들의 왕이다. 너희들의 왕을 십자가에 못박게 함이 과연 옳으냐?"

빌라도가 턱으로 예수를 가리키며 말하자 제사장들이 외쳤다.

"케사르 외에는 저희들에게 왕이 없나이다!"

"그렇다면 너희들 마음대로 하라!"

빌라도가 인자를 군중에게 밀었다. 인자는 비틀거리며 뜰 구석으로 끌려갔다. 제사장들은 그의 얼굴에 침을 뱉았다. 사형장으로 호송하기 위해 병사들이 집합했다.

그들은 인자에게 자색옷을 입히고 가시로 엮은 면류관을 머리에 씌웠다. 그의 이마에선 피가 흘렀다. 그리고 그들은 그 앞에 무릎을 꿇으며 갖은 말로 인자를 희롱했다.

유다는 그 이상 인자의 모습을 바라보지 못하고 자리를 떠났다. 총독부를 벗어나 저잣거리를 걸었다. 그의 발길은 허청이고 있었다.

'그는 내게 대답하기를, 제가 왕으로 있는 왕국은 이 세상에 존재하는 나라가 아니라고 명백히 했다.'

빌라도의 목소리가 귓전에 뱅뱅 돌고 있었다.

"아아."

유다는 귀를 막았다. 세라의 집이 그 앞에 있었다. 세라는 유다가 행상하면서 알게 된 여자로 남편이 죽은 뒤 혼자 살고 있었다. 유다의 초췌한 모습을 보고 세라는 깜짝 놀랐다.

유다는 술을 찾았다. 작은 가죽부대에 든 포도주를 단숨에 들이켰다.

'케사르 외에는 저희들에게 왕이 없나이다.'

제사장들의 외침이 환청으로 울려왔다. 유다의 얼굴은 고통으로 이지러졌다. 그의 오른손이 자기 품속으로 갑자기 들어갔다. 그는 짐승처럼 뭐라 외치더니 은전 삼십 냥이 든 주머니를 꺼내어 힘껏 내던져 버렸다.

"아니 돈 아녀요?"

눈이 번쩍 뜨여서 세라는 벽에 맞아 터져 버린 주머니 속에서 쏟아져 흩어지는 은전을 긁어 모았다.

"개자식들! 개자식들이야! 불쌍한 자식들! 삼십 데나리온이면 겨우 향유 한 근 값이야. 그래도 아나니아는 삼십 데나리온을 요구했어. 우선 그 돈만 있으면 단원(團員)들은 한 달 동안 굶지 않을 거라 했어. 개자식들. 케사르 외에는 저희들에게 왕이 있을 수 없다구? 개자식들, 아나니아, 들었소? 그래도 그 더러운 돈이 필요하오! 떠그랄 자식들."

유다는 흩어진 은전을 함부로 밟으며 되는 대로 욕설을 퍼부으며 주정을 했다.

"누굴 욕하시는 거여요? 유다, 이건 어떻게 된 돈이야요?"

세라가 유다의 어깨를 잡았다. 유다의 얼굴은 검붉었다. 그의 노란 눈이 세라를 삼킬 듯이 노려보았다. 미친 사람의 표정이었다. 무서운지 세라가 한 손으로 입을 막으며 물러났다.

유다의 손이 억세게 여자를 끌어안았다. 유다의 가슴 밑에 깔린 세라가 가쁜 숨을 몰아쉬었다.

"이게 무슨 짓이야요?"

"흥."

"당신은 훌륭한 분이에요. 랍비의 제자 아니에요?"

"닥쳐!"

유다가 여자의 뺨을 쳤다. 순간 그는 여자의 속옷을 부욱 찢어냈다. 그리고 그는 꿈틀거리는 여자의 가슴에 머리를 묻고 몸부림쳤다. 괴로웠다. 모든 걸 잊고 싶었다.

여자의 가슴은 갈릴리 호수처럼 부드럽고 맑고 잔잔했다. 인자의 모습이 떠올라왔다. 그날은 바람이 거세던 밤이었다. 인자는 호수 위를 천연히 걸었다. 기적이었다. 앉은뱅이가 인자를 애타게 불렀다. 인자는 그를 걷게 했다. 빵이 없어 제자들이 걱정하자 인자는 모든 사람이 배불리 먹을 만큼의 빵을 순식간에 만들어 주었다. 아니 병들어 죽은 지 사흘이나 지난 나자로를 살아서 걸어나오게 했다.

인자의 웃는 얼굴이 보였다. 그는 새끼나귀를 타고 있었다. 제사장들의 발 아래서 굴러다니는 보잘것없이 가여운 모습도 보였다.

"아아아."

유다는 다시 한 번 짐승처럼 외치며 여자를 떠밀고 무엇에 덴 사람처럼 물러났다.

"유다!"

여자가 외쳤다. 벌써 유다는 집 밖으로 튀어나가 허청거리며 저잣거리를 걸어가고 있었다. 거리에는 땅거미가 덮여오고 있었다.

'인자의 최후를 봐야 한다. 죽음 앞에서라면 설마 죽음 앞에서까지 나를…… 나를 실망시키지는 않을 것이다. 인자의 최후를 봐야 한다.'

유다는 그렇게 뇌이며 정신이상자처럼 허청허청 걸었다.

인자는 골고다 언덕 위 나무로 만든 십자가에 못박혀 매달려 있었다. 그 십자가에는 유대인의 왕이란 죄패가 붙어 있었다. 메마른 그의 모습은 너무도 초라했다. 이제 그는 온몸이 찢어지는 듯한 고통도 못 느끼고 있는 듯했다. 그의 좌우에는 역시 살인강도 두 사람이 십자가에 매달려 있었다.

그중의 하나는 아픔을 깨물며 조용히 죽음을 기다리고 있었으나 다른 한쪽의 사내는 몇 시간 동안 악다귀를 퍼대며 요동을 쳤다. 심지어 그자는 인자에게,

"네가 하나님의 아들이라면 우리들을 살려내라."

고 악을 썼다.

그럴 때마다 밑에 있던 제사장들과 서기관들은 폭소와 야유를 터뜨렸다.

"저놈이 소문으로는 남을 구원했다지만 저 자신은 구원하지 못하는구나!"

"아아! 성전을 헐고 사흘에 짓는 자여! 어디 한 번 그런 권능이 있다면 네가 너를 구원해 보렴!"

놀이 사라지고 어둠이 골고다에 물들어오자 관람자들은 하나둘씩 사라지기 시작하고 십자가를 지키는 로마 군병만이 남았다. 인자를 믿고 사랑하던 자들은 무서움 때문에 한 사람 가까이 오지 않았다.

인자는 혼절을 했는지 고개를 숙인 채 조용했다. 십자가 밑으로 네 사람이 올라와 섰다. 군병들은 지나가는 사람들로 알고 간섭하지 않았다.

유다가 나타난 것은 이때였다. 그는 취중에도 십자가 셋을 번갈아보다가 인자의 매달림을 보고 움찔했다. 더욱이 그 밑에 서 있는 사람들을 보고는 더욱 놀라 몸을 숨겼다.

죽은 듯하던 인자가 고개를 들었다. 그리고 아래를 내려다보았다. 입을 열었다.

"나입니다. 여자여! 인자는 여기 있습니다. 보소서, 아들입니다."

"아아."

넷 중의 한 중년여자가 십자가의 기둥을 잡았다. 인자의 어머니였다. 유다는 인자가 어머니를 그전처럼 '여자'라고 불렀을 때 숨을 막았다. 그다음 말을 듣고 싶었던 것이다.

인자가 다시 입을 열었다.

"너는 이제부터 어머니로 모셔라."

그중에 섞인 제자에게 하는 말이었다. 제자는 그만 오열을 삼켰다. 이제 할 말은 다 했다는 듯이 인자는 눈을 감았다. 네 사람은 흐느낌을 삼키며 이윽고 자리를 떠나갔다. 막달라 마리아와 인자의 이모(姨母)가 인자의 어머니를 부축하고 내려갔다.

유다의 얼굴은 창백했다. 먹은 술이 언제 깼는지 알 수 없다. 인자가 자기 모친의 뒤를 부탁했을 때 유다는 아찔한 현기증을 느꼈다.

'그게 아닌데, 그게 아닌데……'

그는 가슴을 쓸어안았다. 인자의 목소리가 들렸다. 유다는 눈을 부릅뜨고 경련을 일으키며 어디엔지 모르게 향하는 최후의 기대를 걸며 귀를 세웠다. 인자가 고개를 들었다. 하늘을 올려다보았다. 유다의 얼굴도 하늘로 올려졌다. 그의 목줄기가 떨리고 있었다.

'인자는 기적을 빌고 있다. 다시, 다시 탄생하리라!'

그는 입술을 깨물었다. 인자의 목소리가 커졌다.

"엘리, 엘리, 라마 사박다니!(나의 하나님, 나의 하나님! 어찌하여 나를 버리셨나이까!)"

"아아아."

유다는 그 말을 듣자 수십 길 단애 석벽이 한 순간에 와그르 무너져 그 밑에 깔려지는 듯한 충격을 받았다. 그러면서 그는 훌쩍 떠나 버리는 의식을 놓치지 않으려 애태우며 몸부림쳤다.

천둥소리가 들리는 듯했다. 비바람이 몰아쳐오는 듯했다. 비가 내렸다. 언젠가 크레타 섬에서 왔다는 노인의 옛 이야기 한토막이 팬터마임처럼 펼쳐졌다가 획 사라졌다.

이타카의 왕 율리시즈의 모습이었다. 영웅 율리시즈를 죽이기 위해서 남부 이탈리아 해상에서 기다리는 해정(海精) 실레느. 실레느의 노랫소리만 들으면 누구든 그 노래에 반하여 따라가다 암초에 부딪쳐 죽고 만다. 드디어 율리시즈가 그 해협을 지나게 된다. 마녀 실레느의 유혹의 노래가 들린다. 그러자 율리시즈는 마스트 기둥에 자기를 매달라고 외친다. 십자가에 매달린 인자처럼 그는 마스트에 묶인다. 실레느의 유혹과 싸우기 위해서이다.

실레느의 아름다운 노래는 율리시즈의 연인, 그렇게 보고 싶은 페넬로페의 노래로 헛들린다. 그러나 율리시즈는 절망의 부르짖음은 토하지 않는다. 당당한 인간의 투지로 이겨내는 것이다.

"아아."

번쩍이는 율리시즈의 얼굴을 본 유다는 그만 정신을 잃고 말았다.

골고다 언덕 위에 비가 내리고 있었다. 천둥이 쳤다. 번개불이 번쩍하면서 쓰러진 유다를 퍼렇게 비추었다.

어떤 파리(巴里)

박순녀(朴順女)

1928년 함남 함흥에서 태어나 서울사대 영문과를 졸업했다. 1960년 『조선일보』 신춘문예에 「케이스워커」가 당선되어 문단에 등단했다. 그후 1964년 『사상계』에서 「외인촌 입구」로 신인상을 받았고, 1970년에 현대문학상을 수상했다. 소설집으로는 『어떤 파리』 『칠법전서(七法全書)』 『영가(靈歌)』 『스몰보이』 『시간의 기둥』 등이 있다.

어떤 파리(巴里)

　낮의 소음이 점점 가시는 고층빌딩의 사무실 안에서 우리는 좀체 일어서려 하지 않았다. 우리의 대화는 바야흐로 장소와 시간을 넘어서는 흐름의 중류(中流)에 이르러 있었다. 우리는 어쩌다 동경이며 정열, 열망 같은 도취의 입김이 느껴지는 황금의 화제에 이르러 있었다. 우리가 파리에 가게 되면 첫째로 무엇을 느낄까, 우리는 에어 프랑스의 비행기표를 이미 속주머니에 간직하고 있는 사람들처럼 그런 이야기를 하고 있었던 것이다. 홍재는 큰 눈을 굴리며 존경하는 여인에게처럼 나에게 말했다.

　"나는 느낄 거예요. 진정한 자유를 말입니다. 파리의 한복판에서 언론의 자유를 말예요. 류샤는 무엇을 느낄 것 같아요?"

　지연이란 아주 한국적인 내 이름이 있는데도 불구하고 만주벌판에서 함께 크던 때의 류샤를 지금껏 기억해 주고 있는 홍재다.

　"나는 나는……."

　나는 더듬거렸다. 약간의 어린 부끄러움이 섞이어 나왔다.

　"나는 홍재씨, 사랑…… 사랑 같은 것을 생각할 거예요."

자유, 언론…… 홍재와 겨룰 수 있는 당당한 말은 나도 할 수 있었다. 그러나 나에게는 역시 그런 낱말이 실감이 나지 않았다. 나에게 어울리는 이야기는 꿈 같은 눈매로 지껄이는 갈망 섞인 사랑, 그리고 사랑의 주변을 서성대는 여자, 우리의 특기 같은 그런 것으로 고작이었다.

"사랑입니까, 그것은 흡사 어느 흑인의 이야기와 같군요."

그의 화제처리 솜씨는 언제나 이렇게 광범하고 국제적이다.

"북미 대륙에서 굴욕적인 인종 문제로 폭도화됐던 어느 흑인의 이야기입니다만 그가 파리로 향하는 배에 올랐다는군요. 불덩이 같은 노여움에 떨며 미국과 백인에 핏발진 눈알을 휘번득이던 그가 그러나 파리로 향하는 배 속에서 이상한 변모를 맛보았습니다. 배가 항구를 뜨는 순간, 미국 대륙이 그의 시야에서 미처 벗어나기도 전에 지금껏 그를 붙잡고 놓지 않던 국가며 인종 같은 불꽃 튀던 문제들이 환영처럼 사라지고 남는 것은 오직 너와 나의 문제뿐이더란 겁니다. 자기를 둘러싸는 사면이 고요해지면서 비로소 너와 나만이 남는 곳, 그것이 파리더란 이야기예요."

이 파리의 이야기, 우리의 환상 속의 파리의 하늘, 그 도피의 도시……. 파리와 너무도 동떨어진 곳에서 사는 우리는 우리의 사는 곳을 의식하면 파리가 우리 생의 환희의 상징이나 되는 것처럼 파리의 이야기를 지껄이곤 한다. 세계에서 오직 하나 미워하지 않는 도시로 남겨놓은 듯한 곳, 그 파리를 이야기하는 것으로 우리는 허망한 만족, 현실의 자기에 대한 잔인한 복수를 즐기는 습성이 있었다.

"십 년을 살아서 파리의 지린내를 겨우 알겠더란 놈을 보았어요. 마찬가지로 파리를 스쳐오고 파리를 말하는 놈도 봅니다만 똑같이 그들은 존재하지 않는 국가, 존재하지 않는 인종에 열병을 앓는 무리지요. 우리에게 열병을 앓을 수 있는 자유란 욕구불만의 현실에 대한 복수가 아니겠어요. 우린 그런 숨구멍을 자신에 대한 무기처럼 키우고 있단 말예요."

그의 어조는 완전히 도취경에 빠져 있었다.

"홍재씨……."

나는 그를 불러보았다. 파리는 우리가 진작해야 하는 이야기의 전주곡에 불과하다. 그 이야기에 이르는 먼 여정(旅程)이다. 그것은 우리 서로

가 빤히 아는 일이면서도 우리는 파리에만 매달리어 우리가 할 이야기에서 도피하고 있는 것이었다.

"기억하세요, 홍재씨? 우리가 망국의 백성답게 혹한의 형벌을 받으며 만주벌판에서 크던 시절을 말예요. 그때 우리 마음속에서 크던 먼 훗날에 대한 무지개를 말예요, 기억하시죠?"

"진영이 이야기가 하구 싶군요."

마침내 진영이 이름은 튀어나왔다.

지금 거리에 꽉 차 있는 화제, 홍재가 의식적으로 말하고 싶어하지 않는 그 이야기를, 그 일반적인 성질을 떠나서 나는 그와 꼭 이야기하고 싶었다.

홍재는 사무실의 기물처럼 의자 속에 아무렇게나 쑤셔박혀져 있던 몸을 일으켰다. 그리고 입을 열었다.

"우리에게 진영이 이야기는 결렬된 민족이란 비극성을 내세우고 덤벼도 결코 동정할 것은 못 돼요. 다만 쇼킹한 것에 불과하죠. 국가를 십년 이상 떠나 있는 사람들이 제 나라의 뭘 압니까?"

"그렇지만."

나는 너무도 단호한 그의 말에 놀랐다.

"진영이 이야기 아니에요? 내가 정치를 말하자는 것이 아닌 것을 잘 아시면서."

"정치를 떠나서 우리에게 뭐가 있어요? 아, 있긴 하나 있군요. 이 나라의 상류 계급에 속해 파리로 갔다가 간첩 사건에 묶이어 우리에게 돌아온 그들에게, 꼬박 이 나라 속에서 갇혀 산 우리가 우린 너희 걱정을 할수 없다고 소리칠 수는 있겠군요. 그러나 진영이에게 그럴 순 없다는 것이 류샤나 마찬가지 내 심정입니다. 아시겠어요?"

"모르겠어요!"

아, 이래서 그는 그 얘기를 피하고 있었구나. 이렇게 분명히 지금은 진영이라는 이름을 거의 잊은 상태가 되어서 우리 공유(共有)의 시절을 인정치 않으려는 것이었구나.

내가 아직 여학생이던 시절, 무지개를 이야기하던 한자리에 진영이가 있었다. 그 무엇인가 방황하던 진영이의 소녀티의 눈길을 나는 홍재가 지금도 기억하고 있을 것으로만 생각했다. 그때의 염원대로 홍재는 지금 세계 수준에 겨루기를 좋아하는 독자를 가진 시인이 됐고, 진영이도 파리란 예술의 거리를 산책할 수는 있는 신분이 됐다. 다만 나만이 일개 외과 개업의 아내가 되어 우주공간에서 궤도를 잃은 끝날 길 없고 목적 없는 위성모양 지난날의 무지개 대열에서 탈락해 버렸다.

"홍재씨, 어쩌면 진영이를 그렇게 잊고 말았어요? 우리가 아는 진영이는 결코 공산주의자가 될 소질이 있는 애가 아니지 않았어요? 그것을 우리가 증언할 의무가 있지 않아요?"

"류샤 마음속엔 아직도 영웅이 살아 있군요."

"그럼 홍재씨는 진영이를 위해 진정 아무것도 할 수 없다는 말씀이에요?"

"할 수 없습니다."

"왜요, 왜요!"

물론 진영이는 남한의 주민이라면 듣기만 해도 쇠뭉치로 때려 주고 싶어하는 간첩 사건으로 묶이어 왔다. 오랜 해외 생활에서 무슨 특권 같은 평양까지 내왕하면서……. 사실이지 우리 건국사상 정보사범 중 이렇게 제 조국을 완전 배반한 어마어마한 사건이 있었던가. 그것이 진영이가 당하는 일이 아니었던들 홍재가 말하듯이 이 나라의 상류 계급에 속해 있는, 서민의 현실에서 멀리 사는 그들의 수난을 나는 염려할 필요가 없었다. 아무리 내 머리를 박애, 인도주의로 씻어내도 나는 그들의 죽음에 이의를 제출치 못했을 것이다. 그러나 우리—같은 무지개클럽의 진영이가 당하는 일이었다. 나와 같은 과거에 속했고 내가 너무도 잘 아는 내용의 이야기를 나누던 진영이었다. 그녀가 남편과 함께 묶이운 신문지상의 사진과 더불어 고국에 돌아왔다. 죽으러, 그렇다. 죽으러 왔다. 간첩 사건에 연루된 자를 보면 우리는 그렇게 단정하고 싶어한다. 그렇게 단정한 데 있어 조금도 무리를 느끼지 않는다.

그러나 나는 그 신문을 앞에 하고 묘한 일에 감격하여 마음으로부터의 갈채를 진영에게 보냈다. 남편이 묶이어 와도 무사할 수 있는 아내가 아닌 것이 나를 떨리도록 감격케 한 것이다. 우리의 오욕, 저 부부가 뿔뿔이 헤어져 쫓겨다니던 6·25에서 그 고독을 넘어서 우리가 이까지 왔구나, 나는 그런 일에 감회와 자랑을 느꼈던 것이다.

남편과 아내가 따로따로 그 인생을 걷는 일에 나는 참을 수 없는 모멸을 가지고 있다. 전란을 당해 그 화를 피할 때 남자 혼자만을 떠나보내는 부부관계가 견딜 수 없었다. 잠시의 피난으로 알았다고도 하고 도저히 행동을 같이할 사정이 아니었다고도 말들을 했다. 아니다, 한국적인 너무나 한국적인 편리위주의 남자와 여자 관계가 나를 절망케 해왔다. 아내 앞에서 남편이 쓰러지고, 남편 앞에서 아내가 죽어 넘어지는 남녀 결합의 투철함이 우리에겐 왜 없을까, 그래서 우리의 비극은 감동이 없고 오로지 비참할 뿐이다. 내가 묶이어 온 진영에게 감격하는 이유를 이해 못하는 사람은, 못해도 좋다. 나는 부부가 함께 묶이어 온 진영에게 내 감격을 표시하지 않을 수 없을 따름이다.

"그래 류샤는 그들을 위해 진정 무엇을 할 수 있다고 생각하는 겁니까?"

"있고 말고요."

나는 거의 자포자기로 소리쳤다.

"남이 피할 때 나는 접근할 수 있고요, 남이 죽으라고 소리칠 때 나는 살리라고 소리칠 수 있어요. 그리고 그것을 하는 것이 옳다는 판단에 도달해 있어요!"

왜 나는 이다지도 자신없는 벅찬 소리를 지껄이고 있을까. 조국을 등진 자들을 위해 조국 안에서 시달림을 받은 홍재에게 말이다.

"나는 류샤에게 충고를 하고 싶은데, 우리 사정이 감상을 알아줄 때가 못 됩니다."

"감상일까요?"

아니라고 나는 철학적인 풀이를 내세울 자료는 없다.

"모든 것은 처리될 대로 처리되는 거예요."

그래서 홍재는 지금도 파출소 앞을 구보로 지난다는 것을 나는 잘 알고는 있다. 구보로 지나기까지 그는 우리의 아들이나 이웃이 보초 서 있는 그 파출소 앞을 지나는 방법을 몰랐다. 파출소 뒤를 발소리를 죽여 순경이 보면 체포하고 싶어지지 않을 수 없는, 그런 방법으로 돌아다니

곤 했다. 지금은 그 앞을 떳떳이 구보로 다니는 대담성이나마 가지게 됐
지만, 그의 머리의 일부분은 확실히 정상적인 사고를 할 기능을 상실하
고 만지도 모른다. 그는 국가가 아무리 양해해 준다고 공약해도 6·25에
의용군으로 나가 조국을 저버릴 뻔했던 치명적인 과오를 잊지 못하고
있는 것이다.

5·16이 났을 때 그는 상기되어 번들거리는 얼굴로 나에게 쫓아왔다.

"지금 나는 피신을 가는 길입니다."

묘하게 기분이 앙등된 목소리였다.

"홍재씨가 왜? XX정권에 장인이라도 있었던가요?"

"XX정권이 문제 아니라 정권 교체시의 예비검거를 하고 싶어할지 모르
니까요. 그럴 때마다 시효가 되살아나거든요."

여전히 영웅적이다.

"아, 아, 수고스럽습니다. 어디 절간에라도 처박혀 있을 작정예요?"

"댁에 좀 망명처를 구할 수 없어요? 세상이 궁금해서 멀리 가 있을 수
야 있습니까."

"방조죄에 걸리면 어쩌라구요."

나도 마침내는 어떤 스릴의 예감에 신선한 흥분을 느껴 싱글대며 말했다.

결국 그는 우리 병원에 있게 됐다. 외과의의 수술 광경을 이런 기회에
한번은 꼭 보아두어야겠다며 입원실 한구석에 처박혀 있었다.

그의 예측은 적중했다. 그리고 우리의 상식도 맞아들어갔다. 해산하는
아내의 머리맡을 지키고 앉았던 신문인이 연행됐다. 매스컴에 이름을
잘 팔리던 정치 교수가 잡혀갔다. 죄가 없으니 걱정할 것 없다며 동료
시인이 역시 연행됐다는 소식을 들었을 때 홍재는 교통신호를 무시한
국민학생 같은 부끄러운 얼굴로,

"알고 보면 아주 소심한 녀석인데 무슨 필요로 잡았을까."

하고 중얼거렸다.

그후 며칠 동안 그는 자기 입원실에서 나오지 않았다. 밀고라도 당할까
봐 극도로 경계를 했다. 우리 병원에는 사실 신체적 고통으로 신경이 날
카로워 언제 어떤 환상적인 착각을 일으킬지도 모를 환자가 많았다. '아,

빨갱이 빨갱이!' 하고 환자가 헛소리라도 크게 치는 날이면 그대로 도망칠 수 있게 그는 밤에도 옷을 벗지 않고 잤다.

그러나 검거됐던 사람들이 별 심각성 없이 하나 둘 풀려나오자 그는 완전히 씁쓸한 얼굴이었다.

"그 검거 명단에 나는 없었던가?"

그렇다면 국가는 국민과의 공약을 지킨 셈이 된다.

"그런데도 나는 왜 벌레 같은 이런 도피를 하는가."

왜소한 자기가 정말 싫어졌다.

"아니면 추적하다 결국 단념한 것일까?"

한 가닥 불안이 아직도 가실 길 없으면서 그는 집으로 돌아갈 날의 그 늦지도 빠르지도 않은 시기가 잡기 어렵다고 투덜대기 시작했다.

"오늘쯤 가본다?"

"하루만 더 지내봐요. 마지막에 가서 스타일 구기면 안되잖아요."

나는 그저 버릇처럼 말렸다.

"내일은 말리기 없습니다."

"저녁에 안방으로 오세요. 이별주를 드릴 테니까요."

그날 밤 우리 안방에서는 진짜로 망명 생활의 일막을 장식하는 맥주파티가 있었다. 홍재는 알코올이 들어가자 좀 다변이 되어 '서형, 서형'을 연발했다. 외과의인 내 남편을 그는 그렇게 불렀다.

"서형, 우리가 공산주의자 될 수 있소? 서형이 공산주의자 될 수 있소?"

흔히 마왕(魔王)이 판을 친다는 어둠 속에서 이런 말이 튀어나오자 만사에 세심한 외과의는 나에게 눈짓을 했다. 나는 일어나 창 밖을 내다보고 커튼을 당겨 경계하는 마음을 나타냈다.

홍재는 픽 웃었다. 그리고 계속했다.

"서형이나 나나 우리는 언제나 지도를 받는 쪽이오. 이 지도받는 쪽이 어쩌다 한마디 하면 저 자식 공산주의다, 하고 나온단 말예요. 도대체가 권력은 필연적으로 반역자를 만드는 법 아니요. 반역자는 없는 것이 얼마나 비관이냐를 모른단 말예요, 우리 권력은."

외과의가 그 말을 받았다.

"이 동네에 개구쟁이 녀석이 하나 있는데 아이들이 가기만 하면 때린 단 말요. 우리 애녀석도 늘 맞는 축인데 맞고 그리고 울고 왔으면 다시 가지 않으면 좋은데 또 갑니다. 어느 정도까지 접근하면 때리나 그걸 시험하러 가는 거예요. 이판저판 한판 한다는 마음은 조금도 없이 순 패배주의예요."

"에이 여보쇼, 그런 심한 소리 말아요. 이판저판이 그렇게 쉬운 줄 알아요."

"권력의 죄라는 것도 그리 쉬운 것은 아닐 거요."

"에이 여보쇼, 그렇다고 비겁을 자각증 없는 순응으로 알고 이 세상을 조용히 살란 말이요?"

외과의는 시인의 원기회복이 우스웠다. 그래서 완전히 조롱조로,

"그래서야 밤낮 주머니 털릴 판이지."

하고 말했다.

"그 소리 말아요!"

홍재는 비명을 질렀다. 그것은 견딜 수 없이 즐거운 얼굴이었다.

어느 날 그는 술집에서 술김에 현정부를 비방하는 얘기를 했다가 앞에서 듣고 있던 대학생에게 호주머니 속의 돈을 모조리 털어줬던 것이다. 물론 그 정부는 혁명정부도 민주정부도 아닌 4·19의 제물이 됐던 자유 정권이었다.

그 대학생이 정보원에 틀림없었을 거라는 홍재의 위구에서였다. 자기 이야기에 열성을 보여 준 그 대학생을 그는 정보원으로밖에 더 볼 수 없었다.

대학생은 마구 털어놓는 돈을 받고 얼떨떨해서 홍재의 뒤를 미행했고, 홍재는 그 미행을 따르라고 땅이 45도로 출렁이는 밤거리를 덮어놓고 도망쳤다. 그것은 완전히 쫓는 자와 쫓기는 자를 분간할 수 없는 엉망인 한밤의 추적전이었다.

"서형, 내가 그때 말하고 싶었던 주제는 노대통령이 이끄는 봉건지주적 정치의 비방 같은 것은 아니었단 말이오. 그 정체불명의 대학생이 하도 내 얘기에 열중하기에 그만 그런 곳으로 말이 흘러 버렸지만 내가 진짜 하고 싶었던 말은……."

별안간, 들떴던 그의 말소리가 낮아졌다.

"의용군으로 나갔다가 내가 반공포로로 석방돼 돌아왔을 때 우리 어머니는 내게 물었어요, 너도 사람을 죽였냐구."

그의 낮은 목소리는 계속됐다.

"나는 한참 생각하다가 대답했소. 어머니, 물론 나도 사람을 죽일 생각은 없었어요. 그러나 전쟁이라는 것을 설명해 드릴까요. 내 옆의 친구가 그때 생각으로는 꼭 형제 같은 친구가 총에 맞아 쓰러집니다. 그 선량한 내 형제를 쓰러뜨린 총구멍이 저만치에 보여요. 내가 어떻게 가만히 있을 수 있겠어요. 내 손가락은 방아쇠를 마구 잡아다닙니다―어머니는 내 말을 듣고 아무 소리를 못했소⋯⋯. 그 말이 내가 그때 해야 하는 주제였소. 그런데 그 녀석이 내 말을 교묘히 유도해서 아차, 싶었을 땐 말이 이미 딴 데로 번진 게 아니겠소. 그건 확실히 지금도 자신을 갖고 말하는 전통적인 정보원의 수법입디다."

삶과 죽음을 이야기한 뒤의 방 안에는 역시 한동안의 침묵이 있었다. 그 침묵을 깨고 외과의는 뜻밖이리만치 가볍게 물었다.

"그 대학생의 눈빛을 잘 봤소?"

"눈빛? 본 것 같은데⋯⋯."

홍재는 애매한 확실성을 갖고 대답했다.

"혹시 불그레 긴장된 안타까운 눈빛은 아니었소? 그렇다면 시골에서 올 하숙비를 기다리다 못해 변소에 나갔던 김에 한잔 걸치러 온 빈 주머니의 지방 학생일지도 모르는데."

"그럴까?"

홍재 자기야말로 불그레 취기어린 눈빛을 하고 한동안 외과의를 쳐다봤다. 그리고 그 장난기어린 지방 학생론에 별 반격도 가하지 않고 그저 회상하는 얼굴로 침묵에 빠졌다. '지방'이라는 말에 극히 약한 홍재를 보는 외과의는 갑자기 그에게 절실해지는 친근감을 느끼며,

"나도 정보원이 들으면 당장 수첩을 꺼내야 할 얘기가 있는데."

하고 나를 돌아다봤다.

나는 다시금 일어나 어두운 바깥을 살폈다. 내 시야에 닿는 한엔 번쩍

이는 안테나도 보이지 않고 나무 그늘을 더 어둡게 하는 잠복한 인물도 느껴지지 않았다. 바람이 죽은 여름밤에 나른히 내리덮인 커튼이 간혹 경련하듯 잘게 떨리는 일이 있었다. 그것도 방 안의 선풍기 때문이었다.

"내가 이 세상에서 만난 진정한 리버럴리스트 얘길 이런 밤에 피력하지요."

외과의의 목소리에는 고요한 안정과 깊은 추억에 서린 감정이 섞여 있었다.

"서울이 그들 손에 뺏겼던 또 바로 그때 얘기요. 일단의 학생이 잡혀서 그들 앞으로 끌려갔소. 정치범도 포로도 아닌 불운의 우리는 다만 죽음에 해당하는 무리들일 뿐이었소. 죽음—막상 닥쳐놓고 보니 그것은 운명론으로 처리되는 것도 아니고 뱃가죽이 등에 가 붙도록 십자가를 그어서 주의 손에 위임할 수 있는 것도 아니었소. 조국이 당당히 있고 그리고 젊은 우리는 새가 되어서라도, 벌레가 되어서라도 살고만 싶은 것이 아니었겠소. 사실 그렇게 죽을 순 없는 일 아니오. 그때 우리에게 삶으로도 죽음으로도 통할 수 있는 마지막 기적 같은 기회가 왔소. 한때 우리와 학우(學友)이던 월북한 여학생이 우리와 마주치게 됐단 말예요. 그녀는 자기가 아는 우리의 하나하나를 불러냈소. 불리워 딴 방으로 옮겨진 우리 몇몇은 토색에서 아찔아찔해지는 적동색으로 변하면서 '살려놓고 죽인다'고 광기어린 속리로 중얼대었소. 그러자 새로운 공포가 전신의 땀구멍 하나하나로 찐득히 솟아나오는 것이 아니었겠소. 오줌이 나오더군요. 우리는 오줌을 싸면서 임종하는 사자(死者)처럼 임종한 거지요. 여학생이라고밖에 달리 불려지지 않은 그녀는 우리에게 협력을 요구했소. 북으로 함께 가서 협력의 길을 찾는 것이 목숨을 부지하는 교환조건이라는 거야. 당연히 했을 말 아니오. 그러나 이미 임종한 탓인지 우리는 삶의 마지막 기회에 그 미련을 상실한 자처럼 그것을 거절했소. 되풀이 강요해도 거절했소, 민족에 봉사하는 충성이라고 호소해도 거절했소. 드디어 그녀는 우리의, 이미 임종한 얼굴을 하나하나 눈여겨보고 나서 아주 낮은 목소리로 말하더군요. —할 수 없군요, 사상은 자유니까…… 나는 여러분을 놓아드립니다. 국가와 민족을 위해 목숨껏 일하기를 약속합시다."

말을 잃은 커다란 감동이 우리를 휩쌌다. 우리는 그 자각중 없는 리버럴리스트를 꼭 껴안아 주고 싶은 격정으로 괴로울 지경이었다.

"그 리버럴리스트의 영향은 나에게 컸던 것 같소. 그녀가 국가와 민족을 위해 목숨껏 일하자고 말한 탓은 아니겠지만, 그후에 나는 학생복을 벗고 전투에 참가했어요. 뺏겼던 서울에 되돌아오자 우리에게 첫째로 맡겨진 것은 부역자들의 처치였소. 원커나 원치 않거나 전쟁은 그런 자의 처치를 전투원에게 맡깁니다. 어느 날 밤 나는 그런 자들을 이끌고 처형장으로 갔소. 한 사람 한 사람 눈이 가려지고 처형이 진행되는데 어느 한 사나이가 눈을 가리기 직전, 할 말이 없냐고 묻는 말에 잠깐 달을 보게 해달라고 대답했어요. 마침 밤하늘에는 싸움터의 피를 모조리 빨아올린 듯한 시뻘건 달이 떠 있었어요. 순간 달을 쳐다보는 사나이의 눈이 번쩍하는 것이 보이는 것 같았소. '앗!' 나는 뜻도 없는 소리를 지르고 '잠깐!' 하고는 그 사나이께로 다가갔소. 다가가 다시 들여다본 사나이의 두 눈은 도저히 죽여 없앨 수 없을 정도로 맑고 단순한 것이었소. 도저히, 도저히……. 나는 '할 말은?' 하고 이미 물은 말을 또 물었소.

—내가 월남할 때 쳐다본 달도 저 달과 같았습니다.

—그렇다면 월남자인가?

—네.

—월남자가 진짜 빨갱일 수 없어!

나는 크게 고함치고 그 사나이를 총뿌리 앞에서 끌어냈던 것이에요."

외과의의 이야기는 끝났다.

초저녁이 지나고 한밤중이 깊어가고 무덥던 기온은 새벽에 접어들면서 선듯선듯하게 추워졌다. 우리는 열대에서 한대로 날아온 사람 같은 굳은 표정들을 하고 앉아 있었다. 그 사이 오줌 때문에만 세 사람은 번갈아 일어났다.

"나는 슬프군."

홍재가 중얼댔다.

"아, 슬퍼, 슬퍼!"

그는 눈물이 떨어지는 것같이 머리를 숙이고 있었다. 울고 있지 않더라도 그것은 우는 것보다 더 슬픈 모습이었다. 둥글고 길고 네모난 얼굴의 세 사나이가 얄타라는 곳에 모여 앉아 빚어낸 그럴듯한 천하공론은 감사를 전제하면서도 우리에게 이런 슬픔을 가져왔다.

"비계덩이의 비대한 몸집을 가누지 못하는 이 나라 지도층의 사람들에 이 소리를 들려 주고 싶다. 생각하고 괴로워해서 살이 싹 내려야 하는 건데."

홍재는 계속 중얼대고 있었다.

"세 시군."

외과의는 팔뚝시계를 들여다봤다.

"자야겠어."

부드러운 목소리였다.

"잡시다."

증인대에서 증언을 마친 기분인 그는 쳐다보는 방청인 앞에서 빨리 없어지고 싶은 모양이었다. 그러나 우리는 새벽 세 시인 것도 알고 이미 잘 시간이 지난 것도 알면서 역시 그렇게 앉아 있었다.

나는 초야에 잠을 놓친 신부의 새벽 세 시를 생각해봤다. 지난날의 오늘로 이르는 행복했던 것만도 아닌 나날이 되새겨지고 오늘을 시작으로 미지의 이미 스타트한 앞날이 거창한 기대와 함께 밀어닥친다. 행복해지고 싶다! 나는 조그맣게 외과의에게 주의를 건넨다.

"당신, 아무데 가서나 그런 소리 하는 거 아니에요."

홍재가 문득 떠오르는 미소와 함께 나를 보았다.

"이 사람은 가끔 아들을 열이나 길러낸 어머니같이 이런 소리를 해요."

외과의가 약간 행복하고 나머지는 우둔스럽다는 얼굴로 이런 주석을 붙였다.

나는 웃음을 머금은 채 지금이 아닌 언제고 외과의가 살려 준 그 맑고 단순한 눈매의 사나이 이야기를 마저 듣고 싶다고 생각했다. 그때 병원 대문이 면해 있는 길 안으로, 아니 대문밖에서 사람 소리가 들렸다.

"무슨 사람들일까?"

외과의가 긴장되며 귀를 모았다. 우리도 불길한 예감이 몸 속을 직선으로 달리는 것을 느꼈다.

"환자 아닐까요?"

나는 말해 보았다.

"글쎄……."

그러나 요즘 통금시간을 무릅쓰고 달려오는 환자는 선을 그은 듯이 끊어졌다. 그것은 비상시를 당하면 인체에 나타나는 수긍할 수 있는 변화였다.

대문을 두드려댄다.

"홍재씨……."

내가 외치는 것과,

"역시……."

하고 홍재가 일어서는 것이 동시였다.

우리는 일순에 모든 사태를 짐작했다.

"내가 나가겠어."

외과의는 숨을 짧게 마시고 나서 홍재를 X레이실 다락 속에 숨으라고 지시했다. 거기는 계단 밑의 고대(古代) 사원의 범죄적인 지하실을 방불케 하는 창고하고도 통해 있었다. 홍재는 무언 속에 지시를 따랐다.

"여보시오, 여보시오."

소리가 들려온다.

다시 분석해 봐도 환자를 떠메고 온 당황과 애원이 섞인 목소리는 아니다. 저력이 있다. 나는 재빨리 외과의에게 잠옷을 건네고 맥주컵들을 책상 밑으로 밀었다. 꾸무럭대며 외과의가 나간 뒤 이불을 끄집어내어 방구석에 말아붙였다. 그것으로 부부가 깊은 잠 속에서 안면을 방해당한 듯한 방 분위기를 조성하여 남을 속일 수 있을까 없을까, 나는 방 안을 휘둘러보며 판단해 보려 했다. 그것을 업으로 그것을 육감과 경험을 통해 오늘까지 되풀이해 온 그 사람들이 용케 속아줄까, 아, 인간이란 일초 후의 일을 알 수가 없구나.

무작정 움직여 확인해야만 안정의 꼬투리라도 얻을 것 같은 다급한 마음의 나는 X레이실로 가려다 도로 주저앉았다. 야밤중에 수사진이 들이 닥칠 때는 알 수 있는 일이다. 출구마다 천리안의 사나이가 검은 새처럼 깔려 있고 집안은 번번이 밤잠을 설쳐야 하는 직업의 사나이들의 신경질로 집요한 수색을 당하리라. 목소리는 이미 현관으로 올라섰다. 맞으러 가야 하나?

"아, 수고했어요."

"그럼 가보겠습니다."

낯선 목소리가 주고받는다. 도로 돌아서는 사람이 있다. 동네사람이 길 안내라도 선 것일까, 신고자일까, 홍재가 위구했던 대로? 발소리는 문 앞에 이르고 있다. 나는 벌떡 일어섰다.

"이리 들어오세요."

외과의는 방문을 열었다. 두 사나이가 들어섰다.

"밤중에 미안합니다."

이제 그 플래시를 내두르며 어둠마다를 찾아 긴장의 망을 펴갈 그들이지만 뜻밖에 목소리는 싹싹했다.

"우린 이런 사람입니다."

호주머니의 수첩을 꺼냈다. 외과의와 나는 그 수첩을 충분한 시간을 들여서 확인했다. 그 수첩의 위력이 이제 우리의 목을 숨쉴 수 없이 뜨겁게 조여댈지라도 그러는 것이 그때의 우리에게 남겨진 오직 하나의 권리라는 것을 우리는 잘 알고 있었다. 수첩은 분명히 그들 신분을 제시하고 있었다. 우리의 불행한 예감은 조금도 어긋나 있지 않았다. 다만 우리의 근거 없이 얻어진 예측과는 달리 질풍같이 나타나 백 개의 문을 한꺼번에 열어제끼며 "문답 무용!"* 하고 그들은 소리치지 않았을 따름이다. 그들은 과히 서두르지 않고 고압적도 아니게 일을 시작했다.

"서 아무갭니까?"

"네."

"부인입니까?"

"네."

"댁에 서 건이라는 아홉 살 난 B국민학교 3학년 재학의 남자아이가 있지요?"

"네, 우리 큰앱니다만."

나는 대답했다.

"지금 있어요?"

"자고 있습니다만."

"어느 방입니까?"

"저 방입니다만."

나는 건넌방을 가리켰다. 이 새벽의 비상 같은 사태 속에서도 건은 그 견고한 잠을 방해당하는 일 없이 분명 자고 있을 것이었다.

"그 애가 어쨌습니까?"

외과의는 내 아들이…… 하는 우선 경이(驚異)와 그것이 무엇인지 짐작도 못하는 데서 오는 묘한 얼굴이 되어 물었다. 삼십 원짜리 뿔난 요물의 탈바가지를 쓰고 아버지를 놀랜다고 수술중의 방문 앞에 숨어 있곤 하는 그 아홉 살짜리가 이 혁명의 사후 조처와 무슨 연관이 있단 말인가.

"좀 알아봐야 할 것이 있어서 그래요."

단호히 내막에는 언급 없이, 무수한 죄인에 준하는 사람들의 애소에 이십사 시간을 넌더리 났던, 비슷한 인상의 사나이의 하나가 말했다. 우리는 침묵할 수밖에 없었다.

"깨워 올까요?"

나는 물었다.

"아니, 그리로 가지요."

여유를 두지 않는 대답이었다.

아홉 살짜리의 탈출…… 손을 써야 하나 쓰지 말아야 하나. 변두리 파출소 순경도 아닌 중앙기관의 베테랑급에 속해 있을 두 사나이가 와 있다. 이들의 본격적인 추적을 받아야 하는 건이란 놈은 오늘 학교에서 돌아와서도 다른 때와 조금도 다른 점이 없었다. 어제도 그랬고 그제도 그랬다. 내내 그랬다. 그 놈이 그렇게 대담하고 조직적이고 위장에 능한 일면이 있었단 말인가. 도대체 어떤 선에서 국가가 찾고 있는 홍재와 연관되어…… 그렇다, 밀고자일까? 아니다. 그 놈은 홍재가 영이 아버지라는 것 외엔 다른 관심이 없다. 밀고자로서의 지식이 전혀 없는 것이다. 그렇다면 그 놈은 우리가 상상도 못한 특이한 착상을 해서 이 안일에 빠진 가정에 오색찬란한 불꽃을 올릴 셈이었을까. 아무튼 우리 부부는 은밀스런 쾌락처럼 공상해 온 불온시인의 체포와 함께 방조자로서의 비장한 각오의 예행연습이 당치 않은 극히 막연하고 극히 황당스런 사태에 이른 것을 알게 됐다.

우리는 아이들이 자는 방으로 갔다. 여섯 살과 아홉 살의 두 아이가 토끼가 소풍가는 무늬의 똑 같은 타월 포대기를 아무렇게나 몸에 감고 마치 행복한 아이들처럼 조그만치의 불안도 없이 지나친 무관심 속에 자고 있었다. 나는 천사를 보는 듯한 감동으로 눈시울이 뜨거워졌다. 건의 어깨께에 앉아 손을 디밀고,

"건아, 건아."

하고 깨웠다.

"건아, 건아, 애."

건이는 잠이 질기던 아이답지도 않게 벌떡 일어났다. 그리고 자기를 둘러싸고 헤아릴 수 없이 무수한 눈의 응시가 집중돼 있는 듯한 것을 느끼자 몽롱한 의식의 눈을 한껏 크게 하고 두리번댔다. 몸에 감겼던 타월은 떨어져나가고 허슨한 삼각팬티의 다리께로 잠에서 먼저 깬 듯한 부동자세의 그러나 너무도 가련스런 고추가 삐어져나왔다. 눈물겨운 광경이었다. 나는 타월로 건이 몸을 감아줬다.

"건아, 정신을 차렸니? 이분들이 너에게 알아볼 일이 있으시단다. 자는 걸 깨워서 미안하다."

외과의는 아들에게 정중히 사과했다.

"뭘요?"

건은 또렷하게 반문했다.

"자는 걸 깨워서 미안한데."

수첩의 사나이는 주인의 말을 반복했다. 그러나 사나이끼리의 무언의 격려와 무엇인가 부탁하는 암시적인 아버지의 목소리와는 너무도 달랐다. 다른 한 사나이는 조서용지를 꺼내서 펼친다.

"B국민학교 3학년 2반에서 오늘 데모가 있었지?"

수첩의 사나이는 물었다. 아홉 살의 어린이를 놓고 순 직업적일 수는 없겠으나 그러나 그것은 사회 봉사관념으로 굳어진 압력조의 목소리였다.

"네, 있었어요."

"왜 데모했지?"

"우리 선생님, 도루 오시라구요."

"어떻게 시작됐지?"

명쾌하게 반문한다.

"응, 말하자면 누가 하자고 해서 시작했냐 말야."

"우리들이요."

"그런 생각 누가 맨 먼저 했냐 말이다."

"내 옆의 아이가요."

"그 아이의 이름이 뭐냐?"

조서와 수첩의 두 사나이가 함께 흥분을 보인다.

"몰라요."

"왜?"

"내 옆에 누가 있은지 모르겠는걸요."

"잘 생각해봐. 누가 하라고 했지, 맨 먼저?"

"나도 하자고 했어요."

"그럼 네가 먼저 말했어?"

"나도 먼저 말했어요."

조서는 뭔가 적어넣는다.

"너하고 또 누구야?"

"우리 반 아이 전부예요."

"아!"

수첩은 약간 짜증이 나고 약간은 맥이 풀린 얼굴이다.

"거짓말하면 안돼. 아는 것 숨겨도 안되고."

"네."

"선생님이 하래서 했나?"

"어느 선생님요?"

그들이 알고자 하는 바로 그 대답을 해주고 싶은 듯 건은 열심인 얼굴로 물었다.

조서가 펜을 놓았다. 우리는 우리의 아들의 얼굴을 쳐다봤다. 우리는 새삼스레 그 애의 지능에 놀랐다. 이 애는 이 사나이들을 명랑한 어린이가 되라고 교실 앞에 교훈을 써 걸고 동심으로 돌아가 하루를 같이 살아주는 학교의 선생쯤으로 생각하는지 모른다.

수첩은 심문을 중단했다. 성인(成人)들의 상식적이고 그 악질적인 회피에 비해 이것은 너무나 적극성을 띤 우롱 같은 협력이다. 피로가 문득 수첩의 입을 우리에게 열게 하여 우리는 비로소 우리 아들이 연루한 데모사건의 일부를 정식으로 듣게 됐다.

2, 3일 전 B국민학교에는 2, 3명 교사에 대한 인사조처가 있었다. 담임을 잃은 아이들은 오늘 '우리 선생님 돌려달라'는 난데없는 구호를 외치며 데모에 나섰다. 교실에서 외치다가 복도로 나와서 내킨 김에 가두에까지 진출했다. 배후 조정이 없이 그 어린아이들이 데모를 어찌 알아서 그따위 짓을 했겠냐는 것이었다. 배후…… 반정부적인 배후는 이 어린아이들까지를 도구로 이용한다. '우리 선생님 돌려달라'는 구호가 문제가 아니다. 배후를 캐야 하는 것이다. 수첩은 그렇게 말했다.

수첩은 일단 포기할 기분이던 심문을 우리들에 대한 피로발산의 대화 끝에 다시 시작했다. 우리는 수첩이 정식 설명한 사건 내용의 대가로서도 한마디 거들 입장이 아닐 수 없었다.

"건아, 네가 아는 일에 대해서는 똑똑히 얘기해야 된다."

외과의는 말했다.

"네."

단순명료한 대답이 돌아온다.

"그래서 말이다, 다시 묻겠는데, 데모하자…… 하고 너흰 떠들었단 말이지?"

"네, 그리구 말예요, 우린 선생님 데리러 가자…… 하고 A동으로 갔어요."

"모두 함께?"

"아니에요, 더러는 학교에 남구요. 우린 선생님 집으로 갔어요."

"누구누구 갔어?"

수첩의 추궁은 어디까지나 구체적으로 좁혀져간다.

"나두 끼고요."

건이는 몇몇 아이의 이름을 대기 시작했다.

조서가 열심히 받아 쓴다. 이마를 짚으며 여섯 아이까지 이름이 나오자,

"너는 누구 말을 듣구 거기 따라갔니?"

수첩이 다시 핵심으로 몰고갔다.

"모두 함께 가자구 한 거예요."

"그래두 맨 먼저 얘기한 얘가 있지 않아?"

"나는 교실서 구슬치기 하고 놀고 있었는데요, 모두 떠들어서 함께 간 거예요."

"홍, 그래 선생님 집에 가서는 어떻게 했니?"

"가니까요, 선생님 안 계시다 하잖아요. 그리구는 현관문을 잠가 버려요. 우린 열어달라구 문을 찼어요."

"선생님 데리러 가서 문을 차?"

"안 열어 주는 걸요. 그래서 차버리자, 하고 찼어요."

"그래서?"

"그래두 안 열어 주잖아요. 그런데 학교서 선생님이 우릴 네리러 왔어요. 그래서 돌아왔어요."

데모는 그것으로 끝, 그런데 주모자도 선동자도 도무지 오리무중이다, 우리가 함께 심문에 입회한 한에서는.

"그래, 알았다……."

수첩은 말했다.

아홉 살짜리 불온 어린이와 긴급 야간심문을 벌이고 있는 자기 모습이 그에게는 보이기 시작하는 모양이었다. 심문을 끝마친 그는 허리를 구부린 채 움직이지 않았다. 조서도 방바닥을 내려다보고 같은 자세였다. 나는 X레이실에 신경이 쓰여졌으나 안방에서 담배와 재떨이를 들고 왔다. 수첩과 조서는 담배를 피워물었다.

아무도 입을 열지 않았다. 담배 한 대가 거의 다 타들어갔을 때야 수첩은,

"그렇게 앉아 있지 말고 이제 자."

하고 건이에게 말했다.

나는 건이를 여섯 살짜리 바로 옆에 붙여 뉘었다. 여섯 살짜리는 이 세상의 현실적인 아이가 아닌 것처럼 한번 눈을 떠보는 일도 없이 고른 숨으로 그냥 자고 있었다.

"실로 안전하고 귀엽고 소규모적인 데모가 있은 셈인데……."

수첩이 동료를 돌아보며 말했다.

"우린 그 때문에 여기까지 여섯 집을 돌아다녀야 했소."

조서가 우리를 보고 말했다.

"여섯 집을요?"

나는 무의미한 감탄을 했다.

"아직도 더 다니셔야 합니까?"

외과의가 물었다.

"배후를 캐기까지 다녀야지요. 동네 순경을 앞장 세워 집을 찾아다니면서 말입니다."

다시금 아무도 입을 열지 않았다.

그들은 돌아가면서 처음으로 직업을 잊은 선량한 시민의 목소리가 되어,

"미안합니다, 공연스리 밤중에."

하고 사과를 했다.

그러자 우리는 갑자기 동족의식에 말려 그들의 손이라도 꽉 붙잡고 싶은 충동을 느꼈다. 우리는 그들이 사라진 뒤에도 한동안 망연한 눈길로 거기 서 있었다.

홍재는 그 새벽에 악성의 주정을 부렸다. 위경련 환자처럼 방 안을 데굴데굴 헤매고 자기 혐오로 소리를 내어 울기도 했다. 그는 X레이실 다락에서 곧장 계단 밑의 창고로 기어내려가 있었던 것이다. 그가 체포당하는 행운을 가졌어도 그 속에서 나왔을 때 그는 그렇게까지 비참하고 굴욕스럽지는 않았을 것이다. 나타나지 않는 체포의 손길을 기다리며 원죄처럼 놓여날 날이 없는 공포의식에 쫓기는 그는 그 속에서 문득 무

수한 쥐떼에 아연했다. 그 놈들은, 그 하등동물놈들은 그가 무력하다고
알자 상상할 수 없는 방자한 꼴로 그를 우롱했다. 떼로 밀려오고 떼로
밀려가고 고가(古家)가 썩어나는 것 같은 오물냄새를 풍기는 그 놈들은
그의 전신을 마구 타오르려고 했다. 그가 손을 조금 움직여도 이놈들은
그의 약점을 아는 듯 와르르, 찍찍 간담을 서늘케 하는 소리를 내질렀다.
그래도 끝끝내 그런 것 전부를 견디어냈는데 밤의 수색은 그가 목적이
아니었다. 아홉 살의 귀여운 데모원까지 알고 쫓아왔으면서 그는 무시
해 버렸다. 무서운 굴욕이다.

"벌레다, 나는 보지도 말고 밟아 죽여야 하는 더러운 벌레다!"

그는 여러 번 그런 말을 해댔다.

"코미디라고 웃어 넘겼으면 좋을 텐데."

나중에 외과의는 나에게 그렇게 말했다.

그러나 우리가 그에게 웃으라고 강요할 수는 없다.

그런 웃지 못할 코미디를 몇 차례나 경험한 것이 현재의 이 파리를 이
야기하는 홍재이리라. 그러나 나는 그에게 우리 공유의 류샤 시절을 인
정시키는 노력을 단념할 수는 없다. 그것은 그가 나에게 가르친 황금의
시절이니까.

"홍재씨, 나도 두 사내애를 가진 남한의 어머니예요. 남북이 만일 6·25
의 비극을 되풀이하는 날이 있다면 홍재씨나 나보다도 우리 애들이 우
선 조국을 지키는 보루로 달려나가야 해요. 반공교육 속에서 철저히 큰
그 애들은 내가 가지 말라 붙잡아도 뛰쳐나갈 거예요. 나는 사물을 개인
적으로밖에 이해 못하는 여자라 남북에 대한 관념도 이렇게 자식을 놓
고 생각해요. 그러나 진영이는 두 아들을 파리서 길렀어요. 나 같은 어머
니의 마음은 모를 거예요. 그리고 내 마음은 이 남한 전체의 어머니의
마음이기도 하니까 우리 법정은 전체 어머니의 이름으로도 진영이를 죽
일 수 있어요. 홍재씨, 진영이는 이렇게 고독해요."

"남편이 있지 않습니까."

"그래요, 남편에 순(殉)하는 여인이 이렇게 고독해요."

"류샤!"

홍재는 놀랍도록 부드럽고 우정적인 목소리로 나를 불렀다.

"무슨 청이라도 온 것입니까, 유리한 증언이라도 해달라는."

"청이라뇨?"

"인간의 기본성격이란 우리의 혈액형과 같이 날 때부터 정해져 있는지 모릅니다. 진영이의 기본적인 인격이 반영됐다고 할 수 있을 시절의 가장 유리한 증언을 할 수 있는 사람이 류샤나 납니다……."

나는 홍재의 말을 다 듣고 있지 않았다.

"감히, 감히 이런 사건에 누가 어떤 청을 할 수 있어요?"

"혹시 가족되는 분들께서라도?"

나는 머리를 강하게 흔들었다. 강하게 흔드는 것으로 말을 대신했다. 생각해 봐도 알 일이다. 백여 년 전까지만 해도 우리 나라는 역적의 씨를 뽑았다. 그때보다 지금이 국가 사직적으로 반석이 됐다는 실증은 하나도 없다. 반역사건에 가족이 어찌 남에게 누를 끼치는 청을 할 수 있는가.

홍재는 그 강한 내 반응을 보자 똑바로 세웠던 척추의 힘을 빼며,

"그렇다면 더 생각하지 말아요, 반국가적이라는 사실에 한해서는 진영일지라도 다른 경우와 조금도 다를 것이 없으니까요."

하고 타이르듯이 말했다.

한참 뒤, 그는 그것만으로는 미흡했던지,

"우정의 순수한 소리가 그래도 우리를 괴롭힌다면 사식이나 의복을 차입할 수는 있겠지요. 그러나 그들은 경제적으로는 우리의 우정을 필요치 않는 특수 계급이니까."

하고 덧붙였다.

얼마간의 시간이 일종의 판단 포기상태로 우리 사이를 지나갔다. 비애롭고 비애로운 비애여, 자기가 살고 있는 자기 인생에 대해 구체적인 예정을 세울 정열을 느끼지 못하는 사람이 있다……

"너무하군요, 너무 달라지셨어요."

나도 거의 절망적이 되어 중얼거렸다.

"진영이를 미워하는 것 같기조차 해요. 옛 말에도 죄는 미워하되 사람

은 미워하지 말랬는데.”

“…….”

“그래도 나는 내가 할 일은 하겠는 걸요, 할 마음이에요, 하지 않을 수 없어요.”

“…….”

“내가 해야 할 말은, 그것은 나만이 아는 일이고, 나만이 할 수 있는 말이에요. 나만이 진영이를 위해 호소할 수 있는 거예요.”

“…….”

“너무 달라지셨어요!”

“정 그렇다면 되풀이 다시 충고하겠는데 류샤는 진영이를 위해 증언한다는 것이 어떤 것인지 알고나 있습니까?”

“나를 걱정하시는 거예요? 내가 설사 서투른 증언을 한다 쳐도 나를 빨갱이로 오해할 사람은 없을 텐데요. 설혹 과거에 내가 믿을 수 없는 생각을 가졌다는 것이 드러나도 말예요. 그럴수록 내 말에 진실이 담겨 있다는 것을 알아주는 것이 아닐까요. 나는 그렇게 생각하는데요.”

“좋습니다. 류샤가 증언한다는 것은…….”

그의 영원히 침묵 속에 파묻어 버리고 싶었던 그 패배사건은 이리하여 나에게 알려지게 됐다.

아주 최근, 그는 그대로 연관된 어떤 일로 그야말로 용기가 필요되는 증인을 자청했다. 그를 염려하는 몇몇 친구가 그에게 초보적인 주의를 줬다. 그것은 저쪽을 꼭꼭 북괴라 일컫고 설혹 그쪽에 부모 처자가 있을지라도 그들을 나와 같은 동포로 생각지 말라는 따위 충심으로부터의 충고였다. 사적인 장소에서는 실수로 돌려지는 일도 그런 경우에 가선 문제가 된다는 것이었다. 그는 그들의 말을 이해했다. 그리고 명심하기로 약속했다. 그의 마음 태세는 신이 존재한다면 신에 맹세하여 철두철미한 대한민국 국민으로 자처하고 남았다.

드디어 어느 날, 그가 대기하고 있는 곳으로 일초의 시간의 차질도 없이 약속의 검은 차는 소리없이 와 멎었다. 그런데 그 차는 너무나 검어서 빛이 나고 기이한 착각을 가져와 그때부터 그의 사고력 전부를 빛과 검은 색 외엔 사용할 수 없게 만들었다. 그는 차에 실려 소정의 장소에까지 가는 동안 내내, 검은 색 그리고 빛에 몰두했고 증언하는 자리에서도 그것은 문어가 뿜어대는 먹물처럼 그를 포위했다. 머리를 들어도 숙여도 검은 색과 빛은 머리에 있었고, 눈을 떠도 감아도 그것은 그의 안저(眼底)에 남아돌았다.

증언을 마치고 나왔을 때 검은 차는 이미 없고 정결한 느낌의 회색 싱글을 입은 사나이가 대기하고 있다가 정중히 그의 수고를 치하했다. 그의 얼굴에는 있어야 할 광채 대신 자기 조소적인 피로만이 역력했다. 그는 결국 그곳에 왔다 돌아가기까지 이렇다 할 말은 한마디도 떳떳이 지껄인 기억이 없었다. 나중에 생각해도 그것은 백일몽이 아닌가 싶게 현실성이 없었고, 다만 기이했던 검은 색과 빛의 인상만이 언제까지나 마음속에 깊이 침체해 버렸다.

"나는 그것을 색과 빛의 불가사의한 조화라고 우길 도리는 정말 없어요. 이해하시겠어요? 이해한다면 이런 회복할 수 없는 자기 불신을 가져오는 것을 왜 한단 말입니까?"

"협박하지 말아 주세요, 홍재씨!"

나는 별안간 눈물을 떨구며 정신없이 소리쳤다.

"그렇게 나를 협박하지 말아 주세요. 나는 마음 약한 여자인걸요. 색이며 빛으로 협박하면 자신이 없어져요. 내가 이렇게 할 말이 많은데 그것을 못하라고."

나의 눈물은 오열로 변했다. 나는 그 오열이 우리들의 류샤 시절에 대한 열렬한 애착이라는 것을 잘 알고 있었다. 그 오열 속에서 나는 오열로 자꾸 끊기는 말을 이어가며 정신없이 지껄였다.

"홍재씨, 내 말을 들어보시겠어요? 웃어도 좋으니 들어보세요. 그 유치하던 시절, 그 센티하던 시절, 진영이와 나는 바다를 동경했었어요. 우리가 자란 그 만주벌판에서는 볼 수 없었던 푸른 물결, 진주빛 물이랑의 바다를 동경했었어요. 그리고 우리는 소녀적으로 말했었어요. 류샤야, 우리 이담에 남쪽 고향으로 돌아가면 그 바닷가에서 꼭같은 하늘색 원피스를 입고 나는 소월의 시를 읊고 너는 멋진 영시를 읊어라. 그리고 나는 진영아, 우리 이담에 결혼하면 사랑에 살고 사랑에 죽고 전적으로 사랑적으로 살자고, 저능적인 약속을 했어요. 홍재씨는 이런 말들을 웃겠지요. 그러니까 웃어도 좋다는 거예요. 지금 생각해도 진영이와 나눈 그 헤아릴 수 없이 많은 말 중에서 이 두 가지만은 또렷이 내 머리에 남아 있어요. 그리고 남이 들을까 부끄러울 정도의 그 유치했던 시절의 약속대로 진영이는 그렇게 살았어요. 그녀는 우리의 시를 사랑하여 교단에서 가르쳤고, 지금 사랑하는 남편과 함께 운명을 같이하러 묶이어 왔어요. 내가 어떻게 가만 있을 수 있어요? 그 애가 지금은 무서운 조국의 배반자로 불리울지 몰라도 내가 아는 진영이는 공산주의자일 수 없었단 말예요. 그런데, 그런데 그 증언을 하지 말라고. 지금 이 유치한 말들을 듣고 나서 내 증언이 그녀에게 하등의 도움이 되지 않는다고 홍재씨는 어처구니없어 할지 모르지만 그래도 나는 해야 하는 거예요. 나만이 말할 수 있는 진영이를 알려줘야 하는 거예요!"

울고 난 뒤, 그리고 고백적인 넋두리를 하고 거리에 선 나는 눈가에 주름을 접으며 눈부신 듯 밤거리를 봤다. 무수한 검은 색과 마찬가지 무수한 빛이 거리에는 충만해 있었다. 자가용, 택시, 대형버스가 꽁무니엔 어둠을 끌고 앞에는 빛을 발하며 종횡무진으로 달린다. 하늘에는 어둠에 먹힌 보이지 않는 여객기가 조그만 빛으로 자기 존재를 강조하며 난다. 우리들의 지하도에도 연인들이 좋아하는 어둠과 서울시장이 달아 준 빛은 역시 있다. 그런데 방금, 이 색과 빛에 관한 얘기가 나를 왜 그렇게도 흥분시켰을까. 나는 그때 거의 미칠 지경이 되어 소리쳤던 것이다. 구원을 청하는 사람처럼 절실히 그리고 숨가쁘게.

감각이 마비된 팔로 연인들은 그 색과 빛속으로 걸어나간다. 싸구려를 부르는 은행 모퉁이의 꽃장수도 그 속으로 내닫는다. 육교를 오르고 내리는 사람들의 모습도 어둠에서는 가려지고 빛에서는 나타난다. 종차에 매달린 어느 바걸의 얼굴은 가로등 밑을 스치게 되자 피로로 일그러져 보였다. 빛과 색, 내 앞으로, 내 뒤로 꽉 들어차 있는 그 빛과 검은 색, 빛과 색—이제 나는 홍재의 빛과 색의 마법에 걸린 게 분명하다. 내 사고력은 온통 빛과 색에 동원됐고 나는 그 빛과 색 속에 묻혀 '앗!' 하는 내 비명을 들은 것 같았다. 아니 그것은 어쩌면 '파리!'라는 외침이었을지도 모르고, 아니면 '진영아!' 하는 증언의 집착에의 부르짖음이었을지도 모른다.■

처세술개론(處世術槪論)

최인호(崔仁浩)

1945년 서울에서 태어나 연세대 영문과를 졸업했다. 1962년 『조선일보』 신춘문예에 소설 「견습환자」가 당선되었다. 1971년에 현대문학상을, 1982년엔 이상문학상을 수상했다. 소설집으로는 『별들의 고향』『우리들의 시대』『타인의 방』『구르는 돌』『가족』『지구인』『겨울 나그네』『위대한 유산』『길 없는 길』등이 있으며, 수필집으로 『누가 천재를 죽였나』『모르는 사람에게 보내는 편지』등이 있다.

처세술개론(處世術槪論)

노(老)할머님이 아흔한 살로 돌아가셨다. 그날은 어찌나 더운 날이었는지 거리엔 사람이 하나도 없었고, 기온은 삼십오 도를 가리키고 있었다. 그것은 수년 내 최고의 기온이라고 아나운서가 말을 했다.

"삼십오 도라면 실감이 오지 않으시겠지만……."

우스갯소리 잘하는 재담가가 만담 시간에 익살을 부렸다.

"우리 체온이 삼십육 도 가량이니 이런 날씨에 거리를 나다닌다는 것은 여편네 속살을 종기에 고약 붙이듯, 피부에 밀착시키고 다니는 셈이니까요. 운운."

그래서 그 노할머님이 돌아가셨다는 전보를 받았을 때 나는 왜 하필이면 이처럼 무더운 날씨에 돌아가실 게 뭐냐고 투덜거렸지만, 투덜거리긴 노할머님이 신선한 가을날씨에 돌아가셨다 해도 마찬가지였을 것이다. 왜냐하면 아흔한 살이란 나이는 좀 너무하다 싶은, 거의 일세기에 걸친 나이였기 때문이었다. 그러나 그것보다도 내가 투덜거렸던 이유는 다른 곳에 있다. 그 노할머님의 죽음을 알리는 전보로 내 어린 날의 기묘했던 추억담이 생각나서 쓸쓸해졌기 때문인 것이다.

나의 아버지는 키가 크고, 거인(巨人)이었던 술주정뱅이였다. 술만 먹으면 우리들 형제를 때리거나, 공술이나 얻어먹은 날이라야 그 껄끌껄끌한 수염의 감촉을 누이들 얼굴에 부비곤 했으므로, 우리들은 어려서부터 아버지의 표정을 판독(判讀)하고 아버님의 발걸음 소리를 듣기만 해도 그날이 과연 아버지가 기분 좋은 날인가 기분 나쁜 날인가를 점치는 데 익숙해져 있었다. 그에 비하면 어머니는 키가 아주 작아 두 분이 서 있는 모습은 그 모습으로부터 웃기려는 싸구려 쇼 코미디언처럼 희화적이었는데 성격도 아주 달라서, 어머니는 그래도 일요일이면 예배당에도 나가시고 주기도문도 외우고 그러다가는 가끔 훌쩍훌쩍 울다가 이내 깔깔 웃기도 잘하는 여인이었다.
　두 분은 다산성 동물처럼 기회만 있으면 아이를 낳았기 때문에 어머니는 늘 뱃속에 됫박을 차고 있는 것처럼 애를 배고 있어서 지금은 옛말하듯 우스개 얘기지만, 그 한창 시절에 무려 열두 명의 아이들을 순산하셨던 것이다. 연필을 한 다스 사면 꼭 한 개씩 돌아갔고, 축구팀을 짜도 한 명의 후보 선수쯤은 낼 수 있는 여유도 있었다. 그러나 축구팀이란 좀 무리인 게 열두 명 중에서 일곱 명은 여자였고 다섯 명만 남자였기 때문이었다.
　만약에 그 열두 명이 몽땅 살아서 집안에 같이 있었다면 정말 무슨 식용동물 기르는 축사 같은 기분이 들었을 것이지만, 다행인 것은 참으로 다행인 것은, 그 열둘 중에서 다섯 명만 남아 있다는 것이다. 열두 명 중에서 다섯 명만 살아 남은 것은 참 어처구니없는 거짓말 같지만 그것은 사실이다.
　전란이 있을 때마다 으레 둘, 셋은 죽었고, 제일 멋쩍게 죽은 편이라면 내 동생으로 겨우 걸음마를 배울 무렵 우물에 빠져 죽었다. 죽음이란 체에 용케 걸려 남은 사람 다섯 명을 나는 뭐 새삼스레 신의 가호가 두터운 편이라고 변명하고 싶지는 않다.
　물론 죽은 사람은 죽은 사람들 대로의 이유가 있다. 전쟁통에 전사한 형으로부터, 아기를 낳다 죽은 누이로부터, 무슨 몹쓸 유행병이 돌 때 자꾸 설사를 하다 죽은 동생으로부터, 나는 죽음만을 보아왔고, 죽음에 익숙해져 있었다.

어린 나이에 죽음에 익숙해져 있다는 것은 우울한 일일 것이다. 나는 죽은 형의 옷을 줄여 입고, 죽은 누이의 책가방을 들고 학교에 가야 했고 그리고 자라왔다. 때문에 나는 투명한 죽은 이의 혼, 보이지 않는 죽은 이의 감촉과 체취, 언제나 어디서나 조용히 속삭이는 죽은 이의 언어, 이런 모든 것에 익숙해져 있었다. 그래서 나는 어린 나이였지만 크게 웃는 일도 없이 언제나 과묵하였고 행동이 신중하였으며, 교회에서는 어린이 합창대의 가장 높은 테너 고음을 내는 성가대원이었다.

아버지는 술을 마신 후 간혹 동리 망나니 같은 유행가를 흥얼거리며 길거리에서 시비를 하고 아버지의 반 뼘만큼이나 작은 사내들을 때리고 욕지거리하는 일이 왕왕 있었는데 으레 그때엔 내가 나갔었고, 그 떠들썩한 군중들 틈에 끼어 서 있노라면 아버지는 이내 나를 발견하고는, "여어 되련님, 저 같은 놈두 죽으면 천당에 갈 수 있을까요. 회개해 주세요. 꼬마 신부님 꼬마 신부님." 하고 사람들이 보거나 말거나 무릎을 꿇고 눈물을 두어 방울 흘리는 시늉을 하다가 그리고는 느릿느릿 집으로 돌아오곤 하는 것이었다. 그래 동리 사람들은 아버지가 술이 취하기만 하면 남의 집 부부싸움 구경하는 것 이상으로 재미있어 하였고, 심지어 동리 조무래기들은 졸졸 따라다니기까지 하였다. 그러나 아버지가 나를 꼭 그럴 필요가 없는데도 사람들이 구경하는 가운데 목마를 태우고 신부님 도련님 어쩌구저쩌구 해가며 집으로 왔다 해도, 그것은 형제 중에서 누구보다 나를 사랑하고 있기 때문은 아니었다. 오히려 내가 아버지를 미워하고 있듯이 아버지도 나를 미워하고 있는 것은 사실이었다. 아버지가 진실로 사랑한 아들이라면 우리 형제들 가운데 첫째 형으로서 나는 그 얼굴도 본 적이 없는 친구였지만 거의 전설에 가까운 일화를 남기고 있다. 그 이야기인즉 힘이 세어서 씨름대회에 나가 곧잘 황소도 끌고 오던 사람이었던 모양으로 그 한창 나이에 도박판에서 칼침맞고 죽었는데, 죽은 지 사흘이 지났는데도 심장이 펄떡펄떡 뛰더라는 관우, 장비 같은 일화가 구전으로 전해오고 있었다.

나는 어릴 때 남자답지 않게 이쁘게 생겨서 국민학교 거의 졸업할 때까지 어머니를 따라 여자 목욕탕에 가곤 했었는데, 그래서 가끔 차라리 여자로 태어날 걸 그랬지 하고 생각할 때도 있을 정도였다. 나는 어머니를 빼다박은 듯 닮아 키는 작았으나 살결이 희었고 입술은 연지를 바른 듯 붉었으며 행동도 예의발라 거리를 지나노라면 동리 사람들이 "아아 고 녀석 지 애비하구는 영 딴판으로 생겼네.", "거 지 엄마 닮아서 그렇지 않나." 하는 소리를 듣는 적이 많았다. 그래서 나는 항상 모범생 같은 표정을 짓고 다녔으며, 어머니의 광적일 정도로 강한 애정을 받고 성장했다. 어머니는 언제나 조산원같이 사근사근하셨었고 아버지한테 큰 목소리를 한 번도 낸 적이 없으셨지만 내 문제만 나오면 큰 소리로 아버지에게 덤벼드셨고, 그럴 때마다 아버지는 좀 어쩡쩡한 얼굴이 되어 물러서곤 하는 것이었다.

한번은 아버지가 술에 취해서 집안에 들어와서 고래고래 창가(唱歌)를 하고, 지금은 아기 낳다 죽은 누이를 붙들고 쌍소리로 욕을 하다간 무슨 생각이 났던지 구석진 의자에 얌전히 앉아 있는 나를 보더니 갑자기,

"여어 도련님. 꼬마 신부님. 찬송가 좀 불러 주세요. 거 왜 있지 않아요. 나의 사랑하는 책 비록 해어졌으나 어머니의 무릎 위에 앉아서 어쩌구 저쩌구 하는 노래 말이에요."

하고 노래를 청하였는데 내가 쉽사리 응하지 않자, 좀 화가 났던지,

"임마 애비가 자식새끼한테 노래 좀 듣자는 게 아니꼽냐."

하고 언성을 높였다. 그러나 그때 어머니가 들어오시면서,

"뭐라구요, 노래를 불러보라구요. 이거 어따 대구 술주정이에요."

하며 소리를 지르시길래 나는 그 광경을 쳐다보며 무슨 일이 벌어지지나 않을까 불안해 하고 있었지만, 이상하게 아버지는 풀 덜 먹인 빨래처럼 시선을 피하며,

"난 그저 노래 한번 불러보라구 했을 뿐이오."

하고 수그러지는 것이었다. 그러자 어머니는,

"이 애에게 악을 배워 주지 말아요, 그 더러운 손으로."

하고는 갑자기 울기 시작하셨는데 오히려 아버지는 술이 일순에 깬 사람처럼 멀쩡해져서,

"난 그저 노래 불러보라구 했을 뿐인데 거 왜 울구 야단이오. 제기랄 내가 또 잘못했지. 그저 내가 죽일 놈이지."

하고 거실로 사라져 버리는 것이었다. 그때 나는 어머니의 품에 안겨서 그 의미 모를 눈물을 볼에 받으며, 대체로 아버지란 좀 거추장스런 존재여서 차라리 일찌감치 죽어 버리고 어머니를 내가 아버지 대신 차지해 버리면 어떨까 하는 생각을 하고 있었던 것이다.

어머니의 큰어머님이 미국에서 오셨는데 대충 얘기를 들으면 구한말 하와이에 사진 결혼으로 이민 간 후 갖은 고생 끝에 무지무지 돈을 벌어 말년에 고향에 뼈나 묻힐까 하고 그 많은 재산을 모조리 정리하고 오신 모양으로 그때 나이는 일흔여섯인데도 아주 정정하시며, 더구나 재산이 그처럼 많으시면서도 슬하에 자식이 한 명도 없다는 얘기가 우리들 가족들 간에 무슨 예수님의 재림같이 떠들썩하게 대두된 것은 바로 그 무렵이었다. 어머님의 생각은 일찍이 남편을 여의고 자기 자식도 없고 오직 친척이라면 그녀 동생의 두 딸, 즉 어머님과 어머님 동생 두 명뿐으로, 더구나 이모는 품행이 나빠 벌써 네 번씩이나 결혼했다가 겨우 나만한 나이 또래의 계집애를 하나 가지고 있을 뿐, 그래도 대부대의 식솔을 거느리고 군림하는 어머니 편에 고무적인 무엇이 있을 게 아니냐는 공론으로 아버지는 단연 술도 끊고 수염도 깎았으며 하루아침에 밭 가운데서 유전을 발견한 앞니 빠진 시골뜨기 같은 좀 얼떨떨한 비남사가 되어 버렸던 것이다. 며칠 동안 집안은 붐비기 시작했다. 일 년에 한 번 볼까말까 하는 이모는 자주 집에 드나들면서 같이 공항에도 나가고 아주 붙임성 있게 놀았다. 그 노할머님은 거처가 마땅치 않아 우선 간단한 살림처를 하나 얻고, 연신 들락거리는 아버님 부부와 이모의 접대를 받으며 노후를 즐기고 계신 모양이었는데, 어느 날 밤은 바로 그 할머님댁에 다녀오신 이후로 아버지와 어머니는 대판 싸움을 하기 시작했다. 대충 얘기를 들으면 식사중에 아버지가 좀 주책없게 자식을 열두 명 낳았지만—그것은 아버지의 유일한 자랑거리였고, 빨강머리 이모에 대한 유일한 우월성이었다—그 중 다섯 명만 살아 있는 경위를 자세히 설명했던 모양인데, 그까짓 얘기를 왜 하느냐는 어머니의 반론과, 하면 어떠냐는 아버지의 변명으로 모처럼 엄숙하게 실연했던 모범 부부의 묘가 깨뜨려지기 시작했던 것이다. 어머님 말에 의하면 그때 노할머님은 "에그 그렇다면 자네가 어디 사람인가, 짐승이지." 하고 낯을 찡그리시자 아버지는 아버지대로 "건 모르시는 말씀입니다요. 애 많이 낳았다고 어디 꼭 짐승인가요." 하고 껄껄거렸다는 것인데, 바로 그것이 더욱 아버지의 주책이었다는 것이 어머니의 주장인 것이었다. 차라리 가만히 있을 것이지 무슨 장한 일이라고 말대꾸는 말대꾸냐 하고 핀잔을 주자, 아버지는 아버지대로 "그건 내 잘못 때문만은 아니야. 당신도 책임이 있어. 좀 건드렸다 하면 뒷박을 차던 것은 바로 당신이었어." 하고 덤벼들어 별수없이 어머니는 또 그 예의 눈물을 터뜨리셨고, 아버지는 에잇 모르겠다, 찬장에서 소주병을 꺼내들고 잔에 따라 마실까 말까, 며칠간의 금주를 깨뜨릴까 말까 아주 위태위태하였다. 그러나 곧 잠잠해졌고 형제들은 자리에 들었었는데 어머님이 상냥하게 거의 잠이 들어 있는 나를 깨웠고, 나는 눈을 비비며 아버지가 한결 기분이 좋아서 껄껄거리고 있는 마루로 나갔었다.

"재가 해낼 수 있을까?"

아버지는 침착한 목소리로 귀를 새끼손가락으로 쑤시기도 하고, 또 그것을 톡톡 털어 버리는 불결한 행동을 반복해 가며 나를 쳐다보았다.

"왜요. 애가 어때서요?"

어머니는 뜨개질을 하시면서 그러나 정확히 그 올 사이사이로 대나무 바늘을 찔러 넣으면서 반문을 했다.

"우리 정아가 어때서요?"

"글쎄."

아버지는 손으로 배를 긁으면서 하품을 했다.

"워낙 그 계집애가 별종이라고 하니 말이야."

"그래두 애라면 문제 없어요."

어머니는 강하게 대답하셨다.

"그 계집애가 지 애미를 닮아서 별난 애라 해두 우리 정아는 문제 없어요."

나는 무슨 소린지는 몰랐지만 약간 부끄러움을 느끼면서 얌전히 앉아 있었다.

"얘야, 어디 일어서 봐라."

아버지는 부드럽게 늙은 간호부 같은 소리를 냈다. 그래서 나는 일어났는데 아버지는 미술감상이나 하듯 눈을 가느다랗게 뜨고 이모저모로 나를 훑어보았고, 심지어는 몸까지 만져보더니,

"됐다. 그만하면 충분하다. 아주 잘생긴 도련님인데. 그만하면 할머님이 너한테 홀랑 빠져 버리실 게다."

하고는 껄껄 웃었고, 어머니도 자못 대견하다는 듯 내 머리를 자신의 무릎 위로 껴안아 올려 놓으시며,

"얘야, 오늘은 푹 자두렴. 내일 아침엔 노할머님한테 가야 하니까."

하고는 내게 입을 맞추시는 것이었다.

나는 왜 내가 우리 집 형제들을 대표해서 다음날 아침 그 노할머님 집을 찾아가야 했었는지 모른다. 그리고 그날 하루 종일 할머님 집에서 저질렀던 실수는 지금도 내 얼굴을 뜨겁게 한다.

물론 부모님들이 다섯 형제 중에서 나를 골라내었던 것은 그중 내가 제일 예쁘게 생기고, 공부도 잘하고, 주기도문을 잘 외우는 모범 소년이라는 것 때문이었지만, 할머니의 환심을 사야 하는 일 같은 것에 관해서는 오히려 나는 무자격자였던 것은 숨길 수 없는 사실이었다. 차라리 그것이 목사님 앞에서 예수님의 행적에 대해 교리문답을 하는 것이었다면 모른다. 아니면 노래를 부르는 경연대회였다면 나는 적격자였겠지만, 거의 반백 년 가량 외국에서 고생을 해온 질기고 편협적이고 단순한 할머님의 환심을 사야 하는 일에는 말주변이 없는 나로서는 영 젬병이었던 것이다.

어쨌든 나는 다음날 아침 죽은 누이가 입던 옷을 줄여 갑자기 남성용으로 변조시킨 빨강 색깔에 흰 무늬가 물방울처럼 점점이 있는 옷을 입고 할머님 집으로 갔다. 아버지가 다 큰애한테 그게 무슨 망할 놈의 옷이냐고 한마디 하셨지만 어머니는 모르는 소리 말아요, 이 애는 이런 색깔이 어울려요, 하고 아버지에게 핀잔을 주셨다.

그리고 우리는 출발하였다. 다음날은 일요일이었으므로 우리는 마땅히

교회에 가야 했던 것이다. 그러나 우리는 밀수업자 같은 단단한 복장을 하고, 찬송가가 울려퍼지는 교회를 지나 할머님 집으로 향하였다.

우리가 할머님 집에 당도하였을 때 할머니는 노인답지 않게 노오란 원피스를 입고 안락의자에 앉아서 주스를 마시고 계셨다. 그 곁에는 갈색 머리를 한 계집애가 앉아 있었는데 나는 그 애가 행실 나쁜 이모의 딸인 것을 알아차렸다. 그 계집애는 참으로 이상한 몸매를 하고 있었다. 나이는 내 나이하고 동갑으로 열 살 가량이었으나 몇 살은 족히 더 먹어보였다. 푸른 색 원피스를 입고 있었는데 앞쪽엔 희고 큰 단추가 점점이 달려 있었기 때문에 마치 배추벌레 같은 옷차림이었다. 등 뒤에는 큰 리본을 매고 있었고 머리는 굉장히 퍼머를 해서 토인용 가발을 쓴 것처럼 보였다. 얼굴은 붉었는데 그것은 원래 붉어서라기보다는 연극 배우용 화장품을 너무 발랐기 때문이었다. 매우 말라빠져서 할머님이 마시는 주스에 꽂혀진 밀짚대같이 보였지만, 그러면서도 이상하게 얼굴만은 살이 쪄 있었다. 손가락에는 모조리 반지가 빛나고 있었고 손톱엔 붉은 매니큐어가 칠해져 있었다. 한마디로 말해서 그 계집애는 어미를 닮아서 이쁘고 매혹적이긴 했지만 그러나 제 어미를 닮아서 속되어 보였다.

계집애는 방금 양지 바른 황토길에서 말똥을 굴리는 곤충처럼 재빠른 손짓으로 빵조각을 뜯어 조그맣게 둥근 알을 만들어내고 있는 중이었다. 나는 매우 점잖게 앉아 있었다. 하지만 그 계집애가 나이 먹은 사람들이 하듯 손으로 입을 가리며 웃는다든지, 무용을 하듯 리본을 팔랑거리며 걷는다든지, 한시도 쉬지 않고 곁눈질을 살짝살짝 하거나 할머님이 묻는 말에 아주 진지한 태도로 대답하는 것을 보노라면 어쩐지 슬그머니 겁이 나는 것은 사실이었다.

할머니는 나를 굉장히 반갑게 맞아 주셨고 나를 제 에미를 닮아서 아주 예쁘고 착하게 생겼다고 칭찬을 한 다음, 내게 몇 살이냐고 물었는데 나는 그만 조심했던 나머지 내 이름을 큰소리로 대답해 버렸다. 그러나 조금 후에는 할머님이 내게 물으신 것이 이름이 아니고 나이라는 것을 깨닫자, 곧 수정해서 나이를 대고는 눈을 내리깔았다. 그 순간 할머님 곁에 앉아 있던 계집애가 킥킥거리면서 웃는 것을 나는 보았다.

"넌 이제 보니 늬 에미를 빼다박은 듯 닮았구나."

할머니는 서너 번이나 그런 얘기를 했고, 그럴 때마다 아버지는 좀 무안해서 헛기침을 큼큼했다.

"교회에 갔다 오는 길이에요."

어머니는 조용히 거짓말을 하셨는데 하등 이상스레 보이지 않았다. 그러자 아버지도 거짓말을 하기 시작했다.

나는 어른들 얘기에 귀를 기울이지 않고 얼핏얼핏 내게 적의의 눈빛과 또 한편으로 이상 야릇한 유혹의 눈빛을 보내고 있는 계집아이를 쳐다보고 뜨거운 침을 삼키고 있었다. 그 계집아이는 참 이상한 계집애였다. 할머님이 얘기 도중에, 애야 저기 가서 담배 좀 가져온, 하고 말을 시키자 그 계집애는 그 넓은 초록색 원피스를 펄렁거리며 발 끝으로만 서는 발레리나처럼 탁자 옆으로 가더니 담배를 한 가치 입에 물고, 싸악 성냥을 그어서 자기가 두어 모금 빨아 그 불티를 확인한 다음 할머님께 주는 것이었다.

어머니와 아버지는 그냥 얘기를 계속하고 계셨지만, 그것은 일부러 못 보는 척하는 것뿐으로 공연히 아버지는 애꿎은 담배만 연신 피우고 있었고 어머니는 아직 그런 철이 아닌데도 콧등에 땀이 솟아 있었다.

거의 한낮이 다 되었을 때 어머니와 아버지는 볼일이 있다고 자리를 일어나셨고 나는 그냥 집에 남아 있기로 했다. 저녁 때쯤 아버지가 나를 데리러 오겠다고 말하고는, 할머님이 안 보시기를 기다려 내게 잘해 보라는 듯 눈을 두어 번 꿈쩍꿈쩍했다.

집은 넓었고 따뜻한 봄 햇살이 정원의 잔디밭을 비추고 있어 실내는 좀 무더운 감이 돌았다.

그래서 우리는 정원으로 향한 유리문을 모두 열고 안락의자에 앉아 있었다. 꿀벌의 닝닝거리는 소리가 정원 쪽으로부터 들려오고 조춘(早春)의 햇살 속에서 꽃들은 유리 제품처럼 투명하게 빛나고 있었다. 계집애가 내게 주스를 타주었는데, 나는 그것을 흘리지 않으려고 매우 조심스럽게 조금씩 빨아먹었다.

할머니는 아주 기분이 좋아 보였다. 햇볕을 가리려고 챙이 큰 모자를 쓰고 앉아 있었고 움직일 때마다 넓은 블라우스 위로 늘어진 젖가슴이 푸대자루처럼 흔들거리고 있었다. 손과 발이 몸집에 비해 너무 커서 거의 남자의 그것처럼 보일 때도 있었다. 계집애는 앉아서 할머님에게 얘기를 해주고 있었다. 매우 카랑카랑하고 높은 목소리로 얘기를 했는데, 그러자 할머니는,

"애야, 이 할미는 아직 귀가 먹지 않았으니까 좀 조용히 얘기해라, 애야."

하고 웃으셨다. 계집아이는 평판이 나쁜 자기 어머니에 대해서 얘기를 하고 있었다. 할머니는 때때로 눈을 감고 있거나 주스를 마시면서 꽤 열심히 얘기를 듣고 있었다.

"세상 사람들이 우리 어머니를 무어라고 욕하는 것쯤은 나두 알아요. 하지만 세상 사람들이 우리 어머니를 망친 거예요."

계집아이는 연극배우처럼 강하게 말을 했다.

"어머니는 늘 할머니를 생각하고 있었어요. 건 정말이에요."

"늬 에미 두 번째 남편은 뭘 하던 사내였지?"

"밴드마스타였대요."

계집애는 손으로 나팔을 부는 시늉을 했다.

"트럼펫을 불었는데 매일같이 술만 마시구 어머니를 때렸대요. 건 정말이에요. 그래서 어머니는 참다참다 못해서 나를 안고 도망쳤대요. 나는 지금도 그날 밤을 잘 기억할 수 있어요. 그날은 흰눈이 펑펑 쏟아지는 밤이었어요. 어머니는 나를 껴안구 끝없이 우셨어요."

"애야, 꼭 영화 같은 얘기로구나."

할머님은 높은 소리로 웃었다.

"정말이에요. 꼭 영화 같은 얘기예요. 어머니가 고생한 얘기는 책으로 열 권에 엮어두 모자랄 지경이에요."

갑자기 계집애 눈에서 눈물이 굴러 떨어졌다. 그것은 아주 사실 무근한 눈물이어서 마치 안약처럼 보였다. 계집애는 그것을 닦을 염도 하지 않고 내버려 두었다가 좀 후에 원피스에 꽂혀 있던 손수건을 꺼내 꼭꼭 집어서 눈물을 닦아냈다. 그것은 참으로 알맞게 흘린 눈물이었고, 그래서 나는 아주 감동을 하면서 그 계집애에게 일종의 존경심을 느끼게까

지 되었다. 하지만 할머니는 여전히 카이카이 웃으시었다.

"애야, 꼭 넌 늬 에미를 닮았구나. 어떻게 꼭 그렇게 닮아 버렸냐. 얘기하는 투도 꼭 같구나 애야. 도대체 넌 이 다음에 뭐가 될 테냐?"

할머니는 손녀의 큰 눈을 쳐다보며 부드럽게 물으셨다. 그러자 계집애의 얼굴은 아주 진지한 얼굴로 변해 버렸다.

"전 발레리나가 되겠어요."

계집애는 언제 울었냐는 듯이 아주 생생한 얼굴로 대답했다.

"우리 이쁜이는 뭐가 될 테냐?"

이번엔 할머님이 나를 쳐다보셨다.

"전, 전."

나는 당황해져서 볼 안에 가득 사탕을 문 것같은 어정쩡한 대답을 했다.

"소설가가 되겠습니다."

"소설가라구?"

할머니는 순간 쿡쿡 어깨로만 웃으셨다.

"애야, 왜 하필이면 배고픈 소설가가 되겠다는 말이냐? 건 아주 혈일 없는 사람들이나 하는 게란다. 수염이나 기르구 침이나 탁탁 뱉어내는 사람들 말이다."

나는 얌전하게 앉아 있었다. 나는 차라리 의사가 되겠다고 말할 걸 그랬다 후회를 하고 있었다. 하지만 그런 내색은 하지 않았다. 나는 무언가 골똘히 생각하는 듯한 표정을 짓고 앉아 있었다.

"애, 늬 아버진 아직두 그렇게 술 많이 마시냐? 동리에서 소문났더라."

이번에는 계집애가 아주 지나가는 말 비슷하게 그러나 날카로운 목소리로 내게 물어왔고, 나는 좀 어리둥절했던 나머지 정직하게 얘기해 버렸다.

"전에는 조금 마셨지만 할머님이 오신 후부터 끊어 버리셨다."

"애야, 늬 엄마한테 너희 애비가 좀 과했지. 그게 무슨 소린지 아느냐?"

"……모르겠는데요."

나는 대답했다.

"난 늬 엄마를 굉장히 귀여워했었단다. 난 늬 엄마가 거의 걸음마를 배우고 났을 때 미국으로 떠나 버렸었지만 그때 벌써 늬 엄마는 동리에서 첫째 가는 미인이었지. ……그런데 얘기를 듣자니까, 늬 아버진 뭐랄까, 늬 아버진 거 술만 마시는 알부랑당이라던데…….”

“아닙니다.”

나는 조금 분개에 차서 할머님의 말을 막았다.

“아버지는 술을 마시지만 지금은 끊어 버렸습니다. 그리구 저희들두 아버지를 사랑하고 있습니다.”

“허기야.”

할머님은 떴던 눈을 다시 감으시면서 말을 이으셨다.

“부부 사이가 나쁘다면 새끼를 열둘이나 낳았겠느냐.”

나는 그 순간 계집애를 쳐다보았는데 계집애는 내게 손톱을 물어뜯으면서 유쾌한 웃음을 보내고 있었다.

우리는 그 이외에 여러 가지 얘기를 많이 하였다. 하지만 주로 이야기는 계집애가 하는 편이었고, 할머니는 듣거나 듣지 않거나 하고 있었다. 얘기에 지치자 할머니는 내게 노래 한곡 부르라 하셨고, 나는 찬송가 한 곡을 불렀는데, 원래 고음에 자신 있던 나는 일부러 높은 음으로 노래를 불렀지만 흥분했던 탓인지 고음에서 삐익거리는 빗긴 음을 발하고 말았다. 하나 할머니는 아주 흡족해 하시면서 박수를 치셨다. 그러자 계집애는,

“전 무용을 할 줄 알아요.”

하고는 혼자서 마루에 있는 전축에 레코드를 걸더니 이윽고 춤을 추기 시작했다. 그것은 굉장한 춤이었다. 지금 생각하면 그 춤은 서부 개척시대에나 추었을 그런 폴카조의 경쾌하고 날렵한 뜀박질 같은 춤이었다. 하지만 어린 내가 보기에도 그 춤은 좀 야한 춤이어서 간혹 다리를 번쩍 번쩍 들 때마다 붉은 내의가, 넓적다리가 들여다보였고, 그 춤은 어찌나 요란했던지 탁자 위에 놓였던 꽃병이 울림에 떨어져 깨어졌을 정도였다. 그것뿐만은 아니었다. 노래를 부르다가 계집애는 간혹 기묘한 함성을 질렀고, 그럴 때마다 더욱 이상한 것은 할머니도 따라 교성을 지르며 마루를 구르고 박수를 쳐대는 꼬락서니였다. 나는 한심했으나 얌전하게 앉아서 세상이 점점 내가 어릴 때하고 많이 달라져 가는구나 하는 격세

지감을 느끼고 있었다.

"넌 늬 에밀 닮아서 그저 사내를 홀리는 것이라면 무엇이든지 잘하는 구나."

춤이 끝나자 손수건으로 땀을 닦으시던 할머니는 명랑한 목소리로 말씀하셨다.

그리고 또 우리는 여러 가지 하면서 많이 놀았다. 점심도 먹었고 주기도문도 외웠는데 나는 좀 느릿느릿하게 외울 참이었으나 계집애가 책상 밑을 통해 손톱으로 내 넓적다리를 슬쩍 꼬집어서 빨리 끝내고 말았다. 기도가 끝나 눈을 뜨고 보니 계집애가 아주 천연덕스러운 낯짝으로 아멘 하고 중얼거리면서 나를 보고 웃었다. 나는 원래 포크질을 할 줄 몰랐으므로 할머님이 일일이 가르쳐 주셨고 계집애는 혼자서 나이프와 포크질을 썩 잘하면서 이 인 분이나 먹어치웠다. 하지만 나는 하나도 남기지 않고 먹었음에 비해 계집애는 반 이상 남겨 놓았다.

점심을 먹고 난 후 우리는 목욕탕에서 목욕을 했다. 원래 목욕을 하려던 것은 아니었다. 그런데 웬일인지 계집애가,

"할머니 제 몸 좀 씻겨 주시겠어요?"

하고 청을 했는데, 그러자 할머님은 의외로 천천히 응시하면서 계집애를 목욕탕으로 끌고 가셨다.

그러나 문을 꼭꼭 잠그었는데도 계집애는 내게 뒤로 돌아서 있으라고 목욕탕 안에서 신경질적으로 소리를 질렀고, 내가 좀 무안해서 뒤로 돌아 서 있자, 이번엔 거실에 있지 말고 잔디밭에 나가 있으라고 떼를 썼으므로 나는 우울해서 햇살이 가득한 잔디밭으로 나와 천천히 앉았다.

잔디밭은 아주 아름다워 생생한 생명감이 넘쳐 흐르고 있었다. 무슨 꽃일까, 담 밑에 가득한 꽃 사이로 꿀벌들이 닝닝거렸고, 햇빛이 찬란한 잔디밭 위에 핀 꽃의 순색은 눈이 부시게 눈을 찌르고 있었다. 나는 넓은 정원 속에 혼자 앉아 있었다. 온정원은 꽃의 향기로 충만되어 있었다. 나는 차라리 작문을 짓느니보다는 그림을 그리는 화가가 되고 싶다고 생각하고 있었다. 그러나 나는 형제가 많은 집에서 자라난 애들 특유의 우울한 비애감으로 그 꽃잎을 뜯어 버리고 싶은 충동감과, 누이의 옷을

줄여 입어야 하는 소년 특유의 고집, 질긴 인내를 동시에 느끼고 있었다. 목욕탕에서 유쾌한 물장난 소리가 들려왔다. 또 할머님이 계집애의 엉덩이를 때리는지 찰싹찰싹 하는 소리가 났고, 그 소리에 맞춰 높은 계집애의 비명소리가 들려왔다. 그리고는 옷을 입는지 좀 조용해지더니 곤충의 날갯짓 같은 수상스런 옷깃 소리가 들려오고 있었다.

나는 참 오랫동안 앉아 있었다. 초봄의 따가운 햇살을 몸 가득히 받으면서, 초조하게 조용히 귀를 기울이고 있었다. 나는 땀을 흘리고 있었다.

"들어와도 좋아요."

한참 후에 유리창 사이로 고개가 밀려지더니 우유빛처럼 환한 얼굴을 하고 계집애가 말했다. 그러나 나는 조금 더 앉아 있었다. 흰 나비 한 마리가 햇빛 속을 열대어처럼 비상하더니 꽃 사이로 사라져가는 모습을 쫓으면서.

"들어오라니까."

다시 계집애의 고개가 나왔을 때야 나는 천천히 마루로 들어갔다. 햇볕에 앉아 있었으므로 어둠에 눈이 익숙치 않았는데 갑자기 계집애가 내게 등을 내어밀더니,

"애, 지퍼 좀 올려줘."

하고는 천연덕스럽게 아직 마르지 않은 머리에서 뚝뚝 듣기는 물방울을 함부로 뿌리면서 말을 했다. 내가 좀 우두커니 서 있자 할머니는 카이카이 웃으시면서,

"애야, 동생 지퍼 좀 채워 줘라."

하고 재촉하셨다. 나는 비누 냄새를 맡으면서 쑥스럽고 분한 기분으로 계집애의 지퍼를 올려 주었다.

"넌 어쩔 테냐, 목욕할 테냐?"

"싫어요."

나는 대답했다.

"목욕하지 않겠어요."

"애야."

할머니는 열린 목욕탕 저편에서 욕조의 물을 뽑으시면서 나를 쳐다보셨다.

"난 손주새끼 목욕시켜 주고 싶은데. 자, 부끄러워 말구 이리 들어오라니까."

나는 별수없이 목욕탕으로 들어갔다. 그러자 할머님은 목욕탕 문을 안에서 잠그시면서 손으로 찬 물과 더운 물을 알맞게 조종하신 다음, 옷을 벗기기 시작했다. 할머니는 아주 오랫동안 그런 일에 익숙해 오신 듯 조금도 주저하지 않으시며 내 단추를 끄르고 옷을 벗기셨는데 할머님의 차디찬 손길이 내 몸에 닿을 때마다 나는 깜짝깜짝 놀라곤 했다. 나는 곧 발가벗기웠고 할머니는 내가 옷을 입었을 때보다 발가벗었을 때 더욱 기분 좋으신 모습으로 내 몸을 찰싹찰싹 가볍게 때리시며 우선 나를 뜨거운 물 속에 집어넣고는 향기 나는 비누를 물 속에 가득 풀었고 그 속에 향수를 반 병 넘어 뿌리시었다. 그리고 거품이 자꾸 일어나 이윽고 내가 온통 햇솜 같은 비누 거품 속에 파묻히게 되자, 천천히 거품 속으로 손을 뻗어 노인 특유의 완만한 몸짓으로 내 몸의 때를 벗기기 시작했고, 나는 할머님의 손이 겨드랑이나 목덜미나 아랫배 부분을 스칠 때마다 간지럽기도 하고 즐겁기도 하고 또 한편 부끄럽기도 해서 몸을 비틀었는데, 할머니는 아주 자상하게 내 몸 구석구석을 문지르고 긁어내리고 그리고는 아주 정성들여 아랫부분을 닦아주시는 것이었다.

"얘야, 넌 꼭 늬 에미를 닮아서 아주 살결이 부드럽구나."

할머니는 내 몸을 문지르시며 몇 번이고 같은 말을 반복하셨다.

목욕탕의 젖빛 유리창으로 스며들어온 회색의 빛 속에서 묵직하게 가라앉아, 나는 점점 배포가 유해져 이미 수치심도 상실하고, 할머니가 요구하실 때마다 몸을 뒤로 제치거나 옆으로 비켜 주고 있었다. 아주 오랜 후에 목욕이 끝나고 나는 샤워를 했는데 할머니는 갑자기 찬 물을 내게 끼얹어 주시면서,

"얘야, 저기 마른 타올이 있으니까 그걸로 닦은 후에 옷을 입어라."

하시고는 문을 열고 나가셨다.

나는 벌겋게 상기해져서 욕탕 거울을 쳐다보았다. 수증기 어린 부연 거울 위에 아주 예쁘게 생긴 소년이 부표처럼 떠 있었다. 그것은 참으로 뻔뻔스런 얼굴이었다. 나는 충분히 물기를 닦으면서 그 모범생 같은 모

습으로 단아하게 서 있는 자신의 모습에 혀라도 내보이고 싶은 혐오감을 느끼고 있었다. 나는 이미 알고 있었다. 어린아이가 아니다. 그러나 그들은 내게 어린아이이기를 요구하고 있다. 나는 실제로 모든 것에 대해 곁눈질하고 있었지만 겉으로는 모르는 체하고 있을 뿐이었다. 아아, 저 예쁘게 생긴 소년은 나쁜 자식이다. 나쁜 자식. 형편없는 자식인 것이다.

우리는 좀더 이야기를 하였다. 어느덧 짧은 봄의 햇살은 뉘엿뉘엿 사라지려 하고 정원의 푸른 잎들은 사라지려는 잔영 속에서 날카롭게 빛나고 있었다. 해질녘의 푸른 잎들은 한결 생생한 빛깔로 불타오르고, 짙은 향기를 풍기고 있었다. 계집애는 다시 자기 어머니 얘기를 하기 시작했다. 그 목소리는 사라져가는 빛을 후광으로 받고 있는 우리들의 분위기를 매우 천연덕스럽게 가라앉히고 있었다. 할머니는 눈을 감고 계셨는데 아마도 우리 둘을 손수 목욕시키신 후 매우 피로해지신 것 같았다. 우리 셋은 거의 아무런 움직임도 없었다. 나는 의자에 단정히 앉아서 목욕 후의 나른함을 손끝으로 느끼고 있었다.

"어머니가 고생하던 얘기는 이것뿐이 아니에요."

소녀는 마치 솜씨 좋은 외무사원처럼 말과 말 사이에 화제를 풍부하게 하는 침묵도 배치할 줄 알았다. 그러다가는 발작적으로 손을 흔들며 목소리를 높였고 그럴 때마다 일몰하는 빛 속에서 계집애의 모조반지는 둔중하게 번득이고 있었다.

"어머니는 패션 모델도 했었으니까요. 그것뿐인 줄 아세요. 노래두 부르고, 춤도 추고, 할 수 있는 것이라곤 모조리 했었으니까요."

계집애는 말을 끊었다. 나는 거의 수면 상태 속에서 계집애의 얘기를 듣고 있었는데 갑자기 계집애는 말을 끊더니 소파에 누워 있는 할머님의 표정을 살폈다. 할머님은 안락의자에 몸을 파묻고 잠이 든 것처럼 보였다. 그러자 소녀는 살금살금 몸을 떼어 할머니 곁으로 가더니 조심스럽게 "할머니, 할머니" 하고 불러보았다. 그러나 할머니는 조금도 움직이시질 않으셨다. 이번엔 소녀는 손끝으로 할머님의 눈썹을 건드려보았다. 그래도 할머님은 움직이시지 않으셨다.

"잠이 들었군."

할머님이 잠에 완전히 빠지신 것을 확인하자, 계집애는 무언가 즐거운 듯 몸을 크게 움직이면서 중얼거렸다.

"지독한 할망구 같으니라구."

소녀는 이를 악물며 어리둥절해서 앉아 있는 나를 쏘아보았다. 커튼 사이를 통한 우울한 빛 속에서 계집애의 눈은 짐승처럼 빛나고 있었다.

"얘, 넌 참 바보 얼간이같이 생겼구나 얘. 거짓말 잘하는 사기꾼같이 생겼어."

소녀는 갑자기 소파 위에 놓여 있는 스폰지를 내게 던졌다. 나는 피할 길 없이 그 스폰지를 얼굴에 얻어맞았다.

"얘, 너무 젠 체하지 마라. 난 다 알구 있다. 이 뻔뻔스런 바보 자식아."

이번엔 계집애가 던져도 깨어지지 않을 플라스틱 접시를 내게 던졌다. 하나 나는 이번에는 주의를 했으므로 맞지 않았다. 플라스틱 접시는 벽에 부딪친 후 마룻바닥에 굴렀다.

"니가 내 친척이라니. 얘, 더럽다 더러워. 가서 그 애 많이 낳는 늬 엄마한테 가서 얘기해라. 이 할망구는 곧 죽을 테니까 염려 말라구."

계집애는 아주 성이 난 듯 보였다. 얼굴은 발갛게 달아올랐고, 목은 성난 뱀의 그것처럼 부풀어 있었다.

나는 주춤주춤 일어났다.

"얘, 너 미쳤니?"

나는 될 수 있는 한 나지막하게 얘기했다.

"미쳤다, 미쳤어. 왜 고소하니?"

계집애는 이번엔 던지는 것을 중지하고 숫제 몸째로 덤벼들었다. 나는 계집애의 손을 피해 슬슬 뒷걸음질을 쳐서 거실로 밀려들어갔다. 계집애의 힘은 무척 강했고 독이 올라 있었으므로 마치 쌈닭처럼 사나워 보였다. 계집애는 방 한구석에 쌓아놓은 방석을 차례차례 던지기 시작했다. 나는 얼떨떨해져서 그러나 용케 피하며 그 방석이 벽에 걸린 액자를 깨거나 꽃병을 깨뜨리는 것을 멍하니 바라보고 있었다. 계집애의 행패는 그뿐만이 아니었다. 처음엔 깨어지지 않는 물건들만을 던졌으나 좀 후엔 손에 잡히는 대로 마구 내던지고 있었다.

레코드가 날아와서 깨어졌고 스푼이 번득이며 물고기의 흰 배처럼 날았다. 그 바람에 유리창이 깨어졌다. 참으로 어처구니없는 일이었다. 나는 조금 무서워져서 엎질러진 꽃병을 바로 세우고 흘러나온 물을 걸레로 훔치려고 했다. 그러나 이러한 나의 성의의 시도는 계집애의 다음 번 행동으로 말미암아 무참하게 좌절되었다. 구석으로 몰린 내게 이번에 계집애의 몸이 달려와서 내 얼굴을 할퀴기 시작했던 것이다. 아주 사나운 기세였다.

정말이지 나는 참을 수 있는 데까지는 참아보려 했다. 그것은 사실이다. 그것을 꼭 이해해 주길 바란다. 나는 결단코 형제 많은 집에서 자라난 특유의 질기디 질긴 인내성으로 참아나가려 했던 것을 꼭 기억해 주길 바란다. 그러나 참는 것에도 한계가 있었다.

나는 유약하고, 신중하고, 주기도문을 외우는 소년이었지만, 비록 처음엔 무슨 영문인지 잘 몰라서 뒷걸음질치는 소년이었지만 계집애의 손톱이 내 얼굴을 할퀴고 후비고 주먹이, 발길질이 내 몸을 향해 돌격해 올 때엔 분명히 분노할 수 있는 남자임을 이해해 주길 바란다. 그것은 비단 그 계집애뿐만 아니라 온세상 여자에 대한 최소한도의 우월감 때문이었다.

나는 순간 계집애를 때리기 시작했다. 계집애의 머리칼을 쥐고 머리통을 벽에 두어 번 쾅쾅 부딪쳤다. 그것은 아버지가 가끔 술에 취해서 집에 왔을 때, 누이에게 했던 것으로 구태여 그 방법을 모방했던 것은 아니었다. 그러나 역시 남자가 여자에게 타격을 가할 때는 그같이 하는 것이 제일 손쉬운 방법이라는 것은 내가 실제로 실행해 보니까 증명되었다.

"사람 살려요, 이 자식이 날 죽여요."

계집애는 갑자기 소리를 지르기 시작했다. 그래서 손을 늦추어 주었더니 계집애는 엉엉 울면서 마루로 뛰어나갔다. 그녀는 잠들어 있는 할머니를 흔들어 깨우기 시작했다.

"할머니, 할머니."

할머님은 아주 늦게서야 눈을 떴다. 그리고는 머리를 풀어헤치고 얼굴에 멍이 든 채 울고 있는 손주딸을 의아하게 쳐다보았다.

"저 오빠가 날 때렸어요."

"뭐라구?"

할머님이 일어서서 아직 방 안에 서 있는 내게로 다가오셨다.

"얘들아, 이게 무슨 꼴이냐. 유리는 누가 깨었니. 꽃병은 누가 엎질렀구."

그러나 계집애는 대답하지 않았다. 나도 변명하지 않았다. 그러나 내가 매우 못된 난폭한 소년처럼 방 한가운데 서서 엎질러진 꽃 몇 송이를 들고 있었기 때문에 범인으로 보여질 것이라는 것은 의심할 여지가 없었다.

"까뎀."

할머님은 아주 젊은 여자 같은 비명소리를 내셨다.

"얌전한 줄 알았더니 이제 보니 지 애빌 닮았군. 저 자식이 왜 널 때렸는지 아느냐 아가야."

"모르겠어요."

계집애는 서럽게 울면서 대답했다.

"할머님이 잠이 드신 바로 직후였어요. 저는 조용히 앉아서 얘기를 하고 있었는데, 갑자기 저 오빠가 듣기 싫다고 하면서 날 때리기 시작했어요."

"미친 자식. 꼴두 보기 싫다. 얼른 내 눈앞에서 없어져 버려."

할머니는 고래고래 소리를 시르셨다. 그내 우리는 초인종 소리를 들었고 좀 후엔 아버지가 월부책 팔러온 외판원 같은 표정으로 정원에 서 있는 것을 볼 수 있었다. 아버지는 할머님께 드릴 생과자를 손에 들고 있었다.

"이리로 들어와 보라구."

할머니는 무서운 기세로 아버지께 대들었다.

"무슨 일입니까?"

"애를 똑똑히 교육시키라구, 부랑배 만들지 말구."

"뭐, 뭐라구요?"

아버지는 좀 얼버무리는 듯한 웃음을 웃으려고 했다.

"저 자식이 이 애를 때렸단 말야. 보라구, 이 상채기를 보라구."

"글쎄요."

아버지는 애매하게 대답하며 나를 쳐다보셨다. 나는 서글퍼져서 고개를 숙인 채 서서히 몇 방울의 눈물이 흘러내리는 것을 느끼고 있었다.

"빨리 데리구 가. 이 주정뱅이야."

나는 눈물 어린 눈으로 아버지를 바라보았는데, 아버지는 갑자기 결심했다는 듯 뚜벅뚜벅 내게로 오더니 좀 우악스럽게 내 손을 거머쥐었다.

"이 생과자두 가지구 가라구."

할머니는 소리를 질렀다.

"안녕히 계십시오."

아버지는 정중하게 큰 목소리로 인사를 했지만 할머니는 인사를 받지도 않으셨다.

"안녕이구 굿바이구, 이젠 얼씬두 하지 말아라."

"알겠습니다."

아버지가 대답했다.

"이젠 다시 오지 않겠습니다."

우리는 거리로 나왔다. 거리엔 어둠이 내려 있어 거리의 상가는 불을 밝히고 있었다. 나는 이미 눈물을 흘리고 있었으므로 거리의 불빛은 번질번질 윤택이 흐르고 있었다.

"울지 마라."

아버지는 무뚝뚝하게 말씀을 하셨다.

"사내 녀석이 울긴."

나는 어머니와 많은 동생들과 누이들과 형들이 기다리고 있는 저편의 우리 집을 생각해냈다.

"아버지."

나는 변명하기 위해서 입을 열었다.

"난 정말 때리려고는 하지 않았어요. 정말이에요, 아버지."

"다 알구 있다니까."

아버지는 갑자기 웃기 시작하셨다. 어찌나 크게 웃으셨는지 지나가는 사람들이 쳐다봤을 정도였다.

"그래, 그 계집앨 니가 때렸니? 캴캴캴, 정말 니가 그 계집앨 캴캴캴 때렸니?"

나는 눈치를 보며 대답했다.

"……때리긴 때렸어요."

"어떻게 때렸니. 캴캴캴 주먹으로 말이냐?"

아버지는 자기의 커다란 주먹을 들어보였다.

"……주먹으로두 때렸어요."

"아주 힘껏 때렸니?"

"……예."

나는 무언가 즐거워져서 아버지와 같이 웃었다. 유쾌한 공범 의식이 서서히 가슴에 충만되기 시작했다.

"발루두 찼어요."

"자알 했다. 망할 계집애."

아버지는 내 머리를 쓰다듬어 주셨다.

"네가 이제부터 진짜 남자가 되는가보다. 팽이하구 북어하구 여자란 자고로 캴캴캴 좀 맞아야 되는 게다. 이제부터 넌 진짜 내 아들 자격이 있다."

길거리에 술집이 있었는데 아버지는 조금도 망설이는 것이 없이 내 손을 붙들고 그 술집으로 성큼성큼 들어가셨다. 내가 약간 주저주저하며 아버지의 손을 잡아끌자, 아버지는 크게 웃으시면시 나를 내려다보시는 것이었다.

"아니다. 오늘같이 즐거운 날은 술 한잔 먹어야 한단다. 제기랄, 젠장. 애, 거 술 며칠, 끊었더니만 어디 사람 살겠디? 캴캴캴, 술이나 먹고 노래나 부르자."▣

1960년대 소설의 넓이, 그 지표

조남현(서울대 교수, 문학평론가)

1

1961년에서 1971년까지의 동인문학상과 현대문학상 수상작 15편을 한 자리에 놓고 논하는 것은 1960년대 소설의 본질적 국면을 쉽게 파헤쳐 들어 가는 작업이 될 수 있으며 1950년대의 후경과 1970년대의 전경으로서의 1960년대 소설의 특징을 잘 이해하게 만든다. 이 15편은 이호철의 「판문점(板門店)」과 「닳아지는 살들」, 박순녀의 「어떤 파리(巴里)」, 최인호의 「처세술개론(處世術槪論)」 등과 같이 6·25를 원경으로 한 것, 전광용의 「꺼삐딴 리」, 권태웅의 「가주인산조(假主人散調)」, 송병수의 「잔해(殘骸)」, 이청준의 「병신과 머저리」 등과 같이 6·25를 근경으로 한 것, 한말숙의 「광대 김 선생」, 이광숙의 「탁자(卓子)의 위치(位置)」, 김승옥의 「서울, 1964년 겨울」, 최상규의 「하오(下午)의 순유(巡遊)」, 최인훈의 「웃음소리」, 송상옥의 「열병(熱病)」, 유현종의 「유다 행전(行傳)」 등과 같이 6·25와 관계가 없는 것으로 3분해 볼 수 있다. 이렇게 보면 한국전쟁을 직·간접적인 소재로 삼은 작품과 표면상으로는 한국전쟁과 전혀 관계가 없는 작품은 대등한 숫자를 이루게 된다. 6·25를 직접적인 것이든 간접적인 것이든 소재로 한 작품들은 1960년대 소설을 1950년대의 연장선에 놓고 보게 만들며 6·25와 관계가 없는 작품들은 1960년대 소설을 1970년대 쪽으로 밀어 붙여 이해하게끔 만든다. 6·25를 근경으로 한 것이란 6·25를 작중 현재나 작중 과거로 설정한 것을 말하며, 원경으로 한 것이란 전쟁을 근본원인으로 한 전후사회를 중심소재로 다룬 것을 말한다.

아무리 다같이 상을 받은 것이기는 하나, 명작으로 기억되는 것은 6·25를 근경으로 한 것이 가장 많다. 4편 중 3편은 수상작이 된 직후부터 지금까지 독자들 사이에서 1960년대의 대표작 혹은 해방 이후의 대표작으로 꼽히기도 한다. 또 해당작가의 간판작으로 꼽히기도 한다. 6·25와 전혀 상관이 없는 7편의 소설들 가운데서 고작 2, 3편 정도가 명작에 든다는 점도 시사하는 바가 크다. 이들 15편은 발표시기로 보아 전후소설이라고는 하기 어렵다. 6·25가 근본원인이 된 1950, 60년대 사회를 다룬 소설로는 「판문점」, 「꺼삐딴 리」, 「닳아지는 살들」, 「병신과 머저리」, 「닳아지는 살들」, 「처세술개론」 등을 들 수 있으며 전시와 전장을 다룬 소설로는 「잔해」, 「가주인산조」 등이 있다. 「꺼삐딴 리」, 「광대 김 선생」, 「유다 행전」은 문제적 인물을 집중적으로 다룬 인물소설이라는 공통점을 보여 주고 있으며, 「닳아지는 살들」과 「잔해」는 삶과 존재의 문제를 정면에서 파고 든 상황소설의 경지를 보여 준다. 그런가 하면 「탁자의 위치」와 「열병」 그리고 「병신과 머저리」는 추리소설의 방법을 취하고 있다. 작가의 궁극적인 서술의도를 소설을 다 읽고 나서야 알 수 있다는 점에서 이 세 작품은 '양파소설'로 비유된다. 비록 부분적이기는 하지만 「판문점」, 「어떤 파리」, 「병신과 머저리」 등은 토론소설 혹은 관념소설의 유형을 보여 준다. 특히 「판문점」과 「어떤 파리」에서는 자본주의/공산주의를 놓고 이데올로기 토론을 벌이는 장면을 엿볼 수 있다. 이렇듯 15편의 수상작들은 여러 가지 소설유형을 열어 보임으로써 1960년대 우리 소설의 넓이를 잘 헤아릴 수 있게 한다.

2

이호철의 「판문점」(『사상계』, 1961. 3)은 '판문점'이라는 용어 자체가 분단현실의 상징어가 되고 있는 것처럼, 분단문학의 한 표본으로 꼽을 만하다. 작가는 1950, 60년대의 한국인들이 '판문점'에 대해 아직은 담담 하다든가 여유 있는 시선을 갖추지 못했음을 일깨워 주는 데서 또 주인 공을 통해 판문점이 주는 이역감(異域感)을 강조하는 데서 시작하고 있 다. 주인공 진수는 집안의 실질적인 가장이며 부모 형제에게는 무관심 한 형에게서, 또 판문점행 버스 속의 외국기자들에게서 이역감을 느낀 다. 바로 그와 비슷한 수준에서 '판문점'이라는 말로부터 이역감을 느끼 게 된 것이다. 이역감은 그가 판문점을 호기심이나 탐구심을 이기지 못 해 접근한 것이 아님을 입증한다. 이때의 이역감은 이질감이나 거리감 으로 바꿀 수 있는 것으로, 역사의식이나 시대인식으로 발화할 수 있는 수준의 것은 되지 못한다. 그는 "판문점이 중유 같은 물큰물큰한 액체더 미가 되어 우르르 자갈소리를 내면서 몰려 오기도 하고, 우툴투툴한 바 위 덩어리로서 우당탕거리며 달아나기도 했다. 그런가 하면 판문점이 상투를 한 험상궂은 노인이기도 했다"와 같이 음미할 만한 비유에 닿고 있다.

진수는 무직자로 광명통신 기자를 사칭하고 판문점에 가 보기로 한 것 일 뿐, 느닷없이 판문점에 가게 된 의도는 명시되지 않았다. 앞서 말한 것과 같이 역사의식이나 시대의식 같은 것에 이끌려 계획적으로 간 것 이 아니다. 진수가 처음 인사한 북한의 여기자와 일대 토론을 벌이는 것 을 비중 있게 다룬 점에서 이 소설은 토론소설의 형식도 수용한 것이 된다. 진수가 "당신들은 어떤 개개인의 양상을 객관적인 큰 기준과의 관 련 속에서만 포착한다"고 하면서 공격의 포문을 열자 북의 여기자는 "사회를 총체적으로 포착해야 한다"고 응수하면서 개인의 타락, 자유, 남북교류 등의 문제에 대한 자기 소견을 원론적 수준에서 밝혔다. 이어 여기자는 신념의 중요성을 역설하면서 자유의 진가는 사회 나름의 일정 한 도덕적 규범과 결부될 때 제대로 되는 것이라고 주장하기도 하였다.

여기자가 진수를 향해 남쪽 사람들의 나태, 타락, 자유왜곡, 이념결핍 등의 성향을 비판적으로 지적한 데서 북한사람들이 남한사람들을 어떻게 보고 또 자본주의 사회를 어떻게 평가하고 있는가를 잘 알 수 있다.

그런데 진수는 진지하지도 않고 똑똑하지도 못한 나머지 북한 여기자를 깔보는 태도를 노골적으로 드러내고 있으며 나중에는 희롱하려는 듯한 자세마저 취한다. 이러한 진수의 자세는 북한을 잘 알지도 못하고 또 알려고도 하지 않은 채 주로 감상과 편견과 오만 등으로 접근하려 했던 1950, 60년대의 일부 남쪽 사람들의 태도를 일러 준다. 갑작스런 소나기를 피해 들어 간 차 안에서 진수와 여기자가 나눈 대화는 이미 토론의 성격을 상실하고 만다. 앵무새처럼 북으로 가자고 하는 북한 여기자의 말과 희롱조를 마다 않는 진수의 말을 통해서 남북 교류가 교착상태에 빠질 수밖에 없는 이유를 알게 된다. 자신의 이력을 통해서 또 여러 편의 창작경험을 통해서 남북관계에 남다른 식견과 전망을 지니게 된 작가 이호철이 어째서 이러한 식의 남쪽 남자와 북쪽 여자와의 관계 즉 공적인 만남에 사적인 감정이 파고 들어 간 관계를 설정하게 되었는지 의문을 가져 볼 필요가 있다.

진수라는 인물과 북한 여기자와의 만남과 대화를 중심사건으로 설정한 다음 이호철은 판문점에 대한 설명과 외양묘사를 꾀하였다. 마침내 이호철은 판문점을 "가슴패기에 난 아프지 않은 부스럼"이라는 흥미있는 비유를 얻고 있다. 이 소설은 진수가 다시 판문점으로 가 그녀를 만나 가벼운 설전을 벌인 다음, 속으로 참으로 쓸 만한 계집애라고 중얼거리는 것으로 끝나고 있다. 비극적인 쪽으로 형상화가 확실하게 되었더라면 하는 아쉬움을 남긴다. 단편형식을 취한 탓인지 이호철은 두 남녀 사이의 대화를 본격적인 이념토론의 수준으로 끌어올리지 않고 있거니와, 「판문점」이 이데올로기 소설 혹은 토론소설의 골격을 취했더라면 무게 있는 비극적 서사에 한 발자국 다가가는 결과가 되었을 것이다.

전광용의 「꺼삐딴 리」(『사상계』, 1962. 7)는 제목이 가리키고 있는 것처럼, 인물소설(Figurenroman)에 들어간다. 이때의 인물은 영웅소설처럼 감탄이나 존경의 대상도 아니고 사상소설처럼 무엇인가 배울 것이 있는 대상도 아니다. 오히려 비웃음이나 비판을 받아야 할 존재로 그려지고 있다. 이 소설은 이인국이라는 명의가 한국 현대사 속에서 어떤 시대에서든 어느 체제 아래서든 살아 남은 과정을 그리고 있다.

이인국 박사는 뛰어 난 의술을 개인의 출세를 도모하는 쪽으로만 발휘한 끝에 일제시대에도 조선사람으로서는 '꺼삐딴'의 위치에 올랐고, 해방 직후 북한에서 친일파 혐의로 감옥에 있던 중 소련군 고문관의 혹수술을 성공리에 마쳐 절대적인 신임을 받게 되었고, 6·25 이전에 월남해 친미적인 상류 인사로 자리잡게 되었다. 한마디로 이인국은 과잉적응주의자요 출세주의자다. 자신의 부귀영달을 위한 것이라면 사대주의니 배외주의니 하는 것을 꺼리지도 않았고 가리지도 않았다. 최소한 그는 의술을 인술로 바꾸거나 의술과 인술을 연결시키는데 실패하고 만 것이다. 이인국 박사는 살아 남고자 하는 본능에 머물고 있는 것이 아니라 어느 시대에서든지 최고가 되고 싶어했고, 귀족처럼 살고자 했다. 실제로 그를 움직인 것은 생존본능보다는 부·명예·지위에 대한 욕망이었다. 이러한 이기적인 욕망과 자기도취적인 야심은 그것이 끝내 최소한의 도덕의식과 양심을 등에 업지 않는 한 몰락과 파탄의 결말을 맞기 쉽다. 전광용은 이러한 인간세계의 이치를 일깨워 주기 위해 「꺼삐딴 리」를 지은 것인지도 모른다. 따라서 '꺼삐딴 리'는 보기 드문 고유명사이기보다는 우리 근현대사 속에서 흔히 친일파, 친소파, 친미파 등과 같은 사대주의자로 존재하는 보통명사에 가깝다.

그러나 작가는 이인국 박사에게 양지만 제공한 것은 아니다. 시대를 초월하여 양지만 찾아가는 이인국 박사에게 깊은 그늘도 주고 있다. 작품의 중간 중간에서 업보(業報)의 무서운 이치를 분명하게 확인시켜 주고 있다. 이인국은 전처와의 소생인 아들이 소련으로 유학 가서 영영 돌아오지 않는 슬픈 사연을 지니고 있으며 딸이 국제 결혼을 강행하는 것을 허락할 수밖에 없는 처지에 놓이게 된다. 해방 직후 소련군 고문관에게 단단히 인정받게 된 이인국은 아내가 적극적으로 말리는 것도 뿌리치고 아들을 소련으로 유학 보내게 된다. 그 후 이인국은 제 살길을 찾기 위해 월남했고 그 바람에 아들과는 완전히 연락이 끊기고 만다. 이인국은

'시류에 따라야 한다'는 명분에서 본인은 원하지도 않는데 딸을 미국유학을 보내고 거기서 딸은 동양학을 연구하는 미국인과 가까워져 마침내 결혼을 하게 된다.

이인국은 다른 나라의 식민지가 되었거나 다른 나라의 영향 아래 있었던 우리 현대사의 거울이라고 할 수 있다. 단편소설의 형태를 취한 만큼 손거울에 해당된다. 이인국은 큰 것이나 힘있는 것으로부터 인정받고 싶어하고 또 그것에 의지하려 하는 오래된 한국인의 잠재의식을 잘 보여주고 있다. 이인국은 지식인으로서의 전문지식이나 기술을 오로지 자기 자신이나 자기 가족만을 위해 쓴 점에서 소아주의자의 전형이요 속물의 표본이라고 할 수 있다.

이호철의 「닮아지는 살들」(『사상계』, 1962. 7)은 '꽝당꽝당'이라는 쇳소리가 보여 주는 상징적 장치와 온 식구가 20년 전 북으로 시집 간 이 집안의 큰딸을 기다린다는 중심사건과 무기력하고 전망이 없어 보이는 아버지와 아들이라는 모티프로 교직되어 있다. 아버지와 큰 아들은 큰딸을 기다리다가 지쳐 버린 면이 있는 듯하지만 거꾸로 이미 삶에 지쳐 버린 탓에 현실성이 약한 기다림을 삶의 중심행위로 지니고 있는 것이라고 할 수도 있다. 쇳소리의 상징성이 주제와 직결되어 있는 점에 착안하면서 이를 확대하면 이 소설은 상징소설이 되고 큰딸을 기다린다는 중심사건을 확대하면 이 소설은 상황소설이 된다. 전직 은행 두취였으나 치매에 걸린 채 큰딸이 밤 12시에 돌아올 것이라는 믿음을 갖고 하루하루 지내는 아버지, 큰딸의 시사촌 동생으로 막내딸 영희와 가까이 지내는 선재, 밤낮 파자마 차림으로 집에 있으며 작곡가를 꿈꾸기는 하나 아무 일도 하지 않는 큰 아들 성식 등이 이 집에 있는 남자들이다. 남자들이 제 역할을 하지 못하는 것과는 달리 여자들은 제대로 행동하고 판단하는 편이다. 막내딸 영희는 '꽝당꽝당' 하는 쇳소리를 들어 내고 있으며 이 집안의 몰락을 예감하고 있는 가운데 그를 담담하게 지켜본다. 큰 며느리는 한마디로 착한 운명론자다. 그녀는 시아버지나 남편에게 한 번도 화를 낸 적이 없다. 식모는 이 집안 사람들을 모조리 비정상적인 존재로 보면서 틈만 나면 아무나 놀리려고 든다. 유일하게 식모가 행사하는 희극은 이 소설의 경우에는 비극적 분위기를 이완시키는 것이 아니라 오히려 비극적 분위기를 윤색해 준다. 이 소설에서 선재의 아이를 임신한 여자가 찾아 와 이 집 여자들과 길게 대화를 나누는 것으로 처리한 것은 긴밀한 구성을 가로막는 결과가 되고 있다.

　이호철은 이 집안이 돌아 가는 모습을 묘사한 다음 시적인 표현방법을 빌려 직접 설명한다. "그러나 시간은 이 집채에 닿아서는 서서히 굼벵이 걸음을 걷다가는 무참히도 정지되어 물쿤물쿤한 열기를 뿜는 것"이라고 직접 설명하고 나서 올케와 이야기를 나누는 영희의 입을 통해서 "모두 무엇을 놓치고 있어요. 큰 배경을 놓치고 있어요.", "서서히 기울어져 가는—날로날로 더 무력해 가는—무엇인가 큰 울타리에 너무나 너무나 비뚤어져 있어요. 싱싱한 것은 우리와는 너무나 다른 곳에서 동터 오르고 있어요"라고 지적한다. 이러한 서술은 이 집안을 대상으로 하고 있을 뿐만 아니라 1950년대의 우리 사회를 대상으로 하는 것으로 볼 수 있다.

　이 소설에는 꽝당꽝당과 같은 쇳소리가 14번이나 나온다. 거의 유일하게 막내딸인 영희가 들어내어 올케나 선재에게 쇳소리의 상징성을 환기시켜 주곤 한다. "송곳처럼 쑤시는 구석", "밤중에 간헐적으로 들려오는 소리", "이 집을 주저앉게 할 것 같다", "지축을 흔들 듯이 달려들었다", "우리와는 다른 무엇인가 싱싱한 것이 서서히 부풀어서 우릴 잡아먹을 것 같은" 등과 같은 의미가 부여된다. 영희가 쇳소리를 제일 민감하게 들었다는 것은 그만큼 이 집안의 몰락을 제일 심각하게 느끼고 있는 것을 뜻한다. 몰락의 조짐이나 압박감의 환기로 풀이되는 쇳소리, 기약이 없는 기다림의 모티프, 무기력한 남자들의 모습 등은 바로 1950년대 한국사회의 축도를 구성한다. 독자들에게 쇳소리는 압박감을 주고 작중의 남자들은 절망감을 주고 기다림의 모티프는 피로감을 준다. 이 소설의 끝부분으로 가면 쇳소리는 쿵쿵과 같은 오래된 나무뿌리가 맞부딪치는 소리로 바뀌게 된다. 그렇게 해서 나온 것이 「닳아지는 살들」의 후편인 「무너앉는 소리」가 아닌가.

　권태웅의 「가주인산조」(『신사조』, 1962. 3)는 1950년 10월의 서울을 시공간으로 한 것으로 전시소설이며 후방소설이다. 이때의 후방은 총소리라곤 전혀 들리지 않는 그런 후방은 아니다. 이 소설은 꼽추인 '내'가 아현동 색시와 우연히 만나서 알게 되어 일주일 동안 동거한 때를 그리워하는 것으로 시작한다. '나'는 아현동 색시를 알면서 영광도 알게 되었고 행복도 알게 되었다고 생각한다. '나'는 불구의 몸이었던 만큼, 왕이 된 것 같은 기분을 느꼈을 정도로 과장된 심리상태에 빠지게 된 것이다.

꼽추인 '나'는 전쟁 때 피난 대열에도 끼지 못하였지만, 한강다리를 못 건너 간 것을 슬퍼하지도 기뻐하지도 않았다. 그런가 하면 9·28수복이 되어 많은 사람들이 서울로 돌아온 것에 대해 기뻐하지도 슬퍼하지도 않았다. 불구자로 살면서 맛본 소외감이 거듭되면서 꼽추인 '나'는 어느덧 운명을 사랑하는 존재가 되고 만 것이다. '나'는 시가전이 한창일 때 이 집 저 집 도둑질하다가 이 집에 머물러 있었고 아현동 색시가 노무 동원에 끌려 바리케이드를 쌓아 올리다가 이 집에 들어와서 만나게 되었다. '나'는 얼떨결에 주인행세를 하게 되었고 마침 그때 이 집에 들어와 숨겨 달라는 그녀 말을 들어 주게 되었고 얼마 안 있다가 둘은 몸을 섞게 된다. 그녀는 이 집을 넘겨 달라고 했고 '나'는 집주인이 아닌 것을 밝히지도 못한 채 가옥 명의 변경에 관한 각서를 써주게 된다. 그녀는 그것을 갖고 사라지고 난 후 얼마 안 있다가 건장한 남자와 같이 와서는 '나'를 쫓아내고 만다. 뛰는 놈 위에 나는 놈과 같은 형상이다. 꼽추를 주인공으로 한 점에서는 단순한 병자소설이기는 하지만, 꼽추가 도둑질을 하고 아현동 색시가 남자에게 몸을 준 것을 대가로 집을 독차지한 사기행위를 벌린 점에서는 범죄소설(Kriminalroman)이 된다. 작중의 주인공의 행위나 이야기의 격조에 비추어 보면 제목은 미장법의 산물로 판단된다.

한말숙의 「광대 김 선생」(『신작 15인집』, 1963)은 가야금의 명인의 기인됨을 그린 점에서 인물소설이며 예술가소설이라고 할 수 있다. 앞부분만 보면 이 소설의 제목은 내용과 거리가 있다. 이 소설의 주인공은 준이라는 작곡가도 아니고 미국유학 가기로 되어 있는 여동생 원도 아니다. 준이 가야금을 배우기 위해 찾아가는 사람은 바로 가야금 명인인 김 선생이다. 김 선생은 기인이라고 할 수 있을 정도로 사생활이 정돈되지 못한 면을 지니고 있다. 그는 11살 때 조혼한 이래 많은 여성과 관계를 맺으면서도 일찍이 헤어진 조강지처에게 계속 생활비를 보내 준다든가 여옥이라는 기생 하나만을 죽자고 사랑한다든가 하는 다소 긍정할만한 면모도 보였다. 몸을 섞은 여자들로부터 사기를 당한 것도 여러 차례였다. 또한 그는 돈에 무심하여 열 차례 이상이나 이사를 다녔고 음악이론은 전혀 모르는 상태였다. 국민학교 3년을 중퇴하여 음악이론은 백지상태나 다름없었음에도 그는 가야금 명인이 된 것이다. 이처럼 김 선생은 예술과 생활이 조화되지 않은 면을 보여 주고 있고 이론과 실기의 차이도 보여 준다. 늘 돈에 쪼들리고 여자 문제에 깨끗하지 못한 것을 그늘이라고 한다면 또 음악이론을 전혀 모르는 것을 그늘이라고 한다면 바로 이러한 그늘이 뛰어난 가야금 연주자를 낳게 한 원동력이 된 것이라고 할 수 있다.

송병수의 「잔해」(『현대문학』, 1964. 9)는 전장소설 혹은 전투소설의 모범이 된다. 전쟁터의 현장성과 공간성을 잘 살려 낸 점에서 상황소설이라고 할 수 있다. 이 소설은 "삼천 피트의 고도, 김진호 중위는 지상으로 급강하하고 있었다"로 서두를 떼며 김진호 중위가 이리 저리 헤매고 다니다가 자기가 타고 다녔던 비행기의 잔해를 발견하고 우는 것으로 끝이 나고 있다. 짧게 짧게 끊어 버린 문장과 박진감 넘치는 사건진행은 이 소설을 성공적인 상황소설로 만들어 놓았다. 이 소설은 낙하 직후의 상황＋낙하하기 직전의 상황＋낙하하고 난 후의 상황으로 작중의 시간을 구성하고 있다. 작가는 「잔해」의 결말에서 김진호 중위의 생사를 독자의 상상력에 맡기고 있다. 열린 결말이기는 하지만 주인공의 운명은 절망적인 쪽으로 기울고 있다. 이러한 결말에 닿기까지 작가는 시련＋극복의지＋실패를 여러 차례 보여 주고 있다. 이리 저리 헤매이던 중 때마침 지나가는 우군기에 손을 흔들었으나 연결되지 않았고 어렵게 구한 고구마를 담은 구명대를 놓치고 만다. 또 적군의 점령지에 느닷없이 나타난 아군 헬리콥터에 구명신호를 보내었으나 연락이 안 되고 만다. 여러 차례에 걸친 김진호 중위의 탈출시도는 그냥 시도로 끝났을 뿐이다. 전쟁소설은 인간의 운명이라는 것을 곧잘 화두로 내세우는 가운데 인간

세계에서는 초극의지가 가장 인간적이면서도 숭고한 것임을 깨닫게 한다. 이 소설에서 잠깐 비치는 김중위의 과거는 "공포의 추락, 안도의 귀환과, 주색과 뉘우침과 막연한 기대와, 막연한 죄의식 속에 나날을 보냈다"로 요약된다. 김 중위가 비행사로서 매일같이 불안하게 산다는 것은 그의 애인 미애에게 임신한 아기를 떼라고 하는 데서 잘 입증된다.

「잔해」는 우리의 1950년대 소설이 전후소설로 될 수밖에 없는 운명과 실존주의적 시각을 빌려 와야겠다는 의지가 결합된 것임을 잘 입증해 준다. 장용학의 「요한시집」마저도 이러한 운명과 의지 사이의 틈을 보이고 있는데 비해 「잔해」는 그 운명과 의지가 잘 정합된 느낌을 준다.

이광숙의 「탁자의 위치」(『현대문학』, 1965. 5)는 소재의 의미에 관계없이 소설읽는 재미와 스릴을 느끼게 해 준다. 소재도 재미 있고 사건진행 방법이라든가 작중인물의 성격창조라든가 하는 것도 범상하지 않다. 이 소설은 두루마기 네모꼴 여인과 보석반지 여인이 앉아 있는 탁자 위에 전신주 그림자가 시간을 따라 달리 비치는 것을 묘사하는 데서 시작된다. 전신주 그림자가 시간을 따라 달리 비치는 것은 작가 나름의 단순한 발견으로서의 의미를 지니는 것으로 볼 수 있는데, 이 작품이 교활한 인간들의 승리로 끝나면서 전신주 그림자가 시간에 따라 탁자에 다른 방향으로 비치는 것은 '큰 것'을 상징하게 된다. 다소는 담론이 복잡한 것에 비해 이 소설의 스토리는 간단한 편이다. 폐병에 걸려 직장을 잃게 된 남편의 병을 고치기 위해 두루마기 네모꼴 여인이 곗돈을 타려다가 다른 계원들에게 기만당한다는 이야기다. 그런데 그 과정이 세밀하게 서술되어 있고 묘사되어 있다. 하회에 대한 궁금증을 부추기려고나 하듯 이 소설은 추리소설적 기법까지 동원하였다.

이 소설에는 두루마기 네모꼴 여인, 보석반지 여인, 보조개 여인, 박여인, 고 여인 등과 같은 계원들이 등장하고 있다. 이 계모임은 '숙녀계'라고 이름을 붙였는데 자기가 계를 타기 위해 자기 이름을 써넣는 '상스러운' 행동은 하지 말고 반대로 남의 이름을 써 놓자는 취지에서 '숙녀계'라고 이름을 붙인 것이다. 두루마기 네모꼴 여인은 이를 믿었고 보석반지 여인 등 나머지 계원들은 이를 악용하여 사전에 치밀하게 공작을 꾸민 것이다. 네모꼴 여인은 자신의 딱한 사정을 은근히 내비치기도 하였고 동창인 보조개 여인으로부터는 단단한 다짐까지 받았으나 투표결과는 보석반지 여인이 표를 제일 많이 얻어 곗돈을 타게 되었고 두루마기 여인은 단 한 표도 얻지 못하는 것으로 나타났다. 여기서 두루마기 네모꼴 여인도 순진한 존재로 그려진 것은 아니지만 순진한 사람이 교활한 인간으로부터 기만 당한다는 구조를 보여 준 것은 틀림없다. 전후의 살기 어려운 사회에서 사기가 횡행하는 세태를 그려 낸 점에서 이 소설은 사기꾼소설의 범주에 들어간다고 볼 수 있다.

　김승옥의 「서울, 1964년 겨울」(『사상계』, 1965. 6)은 이미 제목에서 시간적 배경과 공간적 배경은 다 제시한 셈이 된다. 이때의 시공간은 단순배경이 아니라 이미지로 작용하고 있다. 제목만 보면 선술집의 카바이트 불빛처럼 쓸쓸하고, 춥고, 고달픈 현실이 펼쳐질 것이라는 기대지평이 생긴다. 이 소설은 25세로 육사를 지망했다가 떨어지고 군대 갔다 와서는 구청 병사계에 근무하는 '나'와 부잣집 장남이면서 대학원생인 안 그리고 서적 외판원인 중년 사내 이렇게 셋이 처음으로 만나 선술집에서 술 마시는 것으로 시작하고 있다. 이 소설의 전반부는 '나'와 안 사이의 대화가 이끌어 가고 있으며 후반부는 급성 뇌막염으로 죽은 아내의 시체를 대학 병원에 판 중년사내의 수상쩍은 행동이 이끌어 가고 있다. 후반부로 가면 '나'와 안은 졸지에 목격자로 변해 버리고 중년사내의 자살사건을 겪으면서는 해설자가 되어 버린다. '나'와 안이 중년사내의 자살사건에 대해 시큰둥한 반응을 보이는 것도 의외다. 김승옥은 개성 있는 인물의 형상화를 위해서라면 몰인정한 태도를 취하는 것도 꺼리지 않았다.

　이 소설이 당시의 독자들에게 충격을 주었던 또 하나의 요인은 바로 '나'와 대학원생 사이에 오고 간 기묘한 대화에서 찾을 수 있다. 이때의 충격은 기묘하다든가 신선하다든가 하는 느낌으로 구체화된다. 같이 25세인 '나'와 안은 "꿈틀거리는 것"에 대해서 이야기를 나누었는데 '나'는 여자의 아랫배를 예로 들었고 안은 대학원생답게 데모를 들었다. 이어 두 사람은 자기만이 발견하고 비밀로 간직해 둔 것에 대해 이야기를 나누었다. "평화시장 앞에 줄지어 선 가로등들 중에서 동쪽으로부터 여덟 번째 등은 켜 있지 않습니다……."고 하는 식이다. 바로 직전까지 나온 전후소설에 비하면 여유가 있으며 감각을 중시하는 태도가 엿보인다. 그리고 개인중시의 관념도 움트고 있다.

'나'와 대학원생 '안' 사이에 오고 간 대화내용은 윤리적 세계관의 시선 으로는 도무지 그 실체를 잡기 어렵다. 다소 장난기가 있는 두 사람 사 이의 대화는 '나만의 것'이 무엇인가를 밝히려는 쪽으로 초점이 맞추어 져 있는데 두 사람의 삶의 동기는 이미 도덕적 상상력의 틀 밖에서 설명 되고 있는 것이다. 이 두 사람의 발상법은 아내의 시체를 병원에 팔고 나서 그것 때문에 심한 자책감에서 헤어 나지 못해 자살해 버리는 중년 사내의 삶과 좋은 대조를 이룬다. 25세의 두 젊은이는 그것이 사회에서 어떤 비중으로 있는 것이든 간에 자기만의 세계를 찾으려 하고 있고 10 년 연상인 중년 사내는 가난으로 인한 '아내시체팔기'를 견디지 못해 그 대가로 받은 돈을 다 써버리고 남은 돈을 불 속에 던져 버리고 만다. 중 년 사내가 가난의 포로가 되어 결과적으로 인간이하라는 자격지심을 처 리하지 못하게 된 반면 두 사내는 새로운 눈과 가슴을 열어 보이고 있 다. 가난이 낡은 것이라면 나만의 감각은 새로운 것이다. 가난이 현실이 라면 새로운 감각은 이상이다.

'나'와 '안'은 간밤 같이 술 마시고 함께 여관에 들었던 중년 사내가 자 살한 것에 대해서 그다지 큰 충격도 받지 않고 또 당황하지도 않는 것처 럼 서술되고 있다. 김승옥이 '나'와 '안'이라는 두 인물의 사고 방식과 행 동방식에 이 작품의 초점을 맞추는 동시에 긍정적 인식을 보내려 했음 은 부인할 수 없다. 「서울, 1964년 겨울」은 기존윤리에 어긋나는 사고와 행위를 보여 주는 면이 있기는 하지만 개인이 개인다워지는 과정을 보 여 준 소설이다. 또한 이 소설에서는 종래의 소설들의 주인공들을 얽어 매 놓았던 시대니 역사니 하는 개념들을 걷어 내려고 애쓴 흔적을 찾을 수 있다.

최상규의 「하오의 순유」는 작가 특유의 담론을 보여 주고 있다. 최상 규는 때로는 인과적 구성이나 필연구성을 의도적으로 거부하기도 하였으며 인과원리가 아닌 연상원리에 근거를 둔 패러다임으로서의 서사를 여러 차례 보여 주기도 하였다. 「하오의 순유」는 전통적인 서사구성 방법에서 약간 벗어나 있다. 집안에 있던 '그'는 오후가 되자 갑갑함을 견디지 못해 집을 나선다. '그'의 집은 아내가 가게를 벌려 호구지책을 마련하고 있는데 가게를 지키고 있는 아내는 뜨개질을 하면서 때마침 외출하는 남편에게 웃는 표정을 지어 보인다. 최상규는 자신이 우연구성을 취하려고 한 것처럼 우연의 중요성을 강조하여 "더 큰 사건들이 으레 사소한 우연을 계기로 전혀 생각지 않게 발생하고 상상할 수도 없이 묘한 방향으로 전개되어 나가기도 하는 법"이라고 하였다.

최상규의 소설의 인물들이 대체로 사변형인 것처럼 '그'도 생각을 많이 하는 사람으로 그려져 있다. '그'는 현상은 '언제나 흐르고 있어야 한다'는 생각에 젖는다. 그러면서도 별도의 생각의 흐름이 있어야 한다고 보았다. '그'는 레이 찰스, 에디뜨 삐아프 같은 가수의 노래를 들으며 1920년대의 휠젠벡의 "다다여 전진하라"의 한 구절을 떠올리면서 '생각이 흐르는 것'을 느꼈다. '그'는 마침내 "운동-소음-감동-운동-소음"의 영구순환이 있음을 발견하였다. '그'는 느끼는 자, 생각하는 자에서 목격하는 자를 거쳐 행동하는 자로 바뀌게 된다. '그'는 다방에서 자기가 알고 있는 여자가 자기의 군대시절의 상관인 대령과 만나는 것을 우연히 목격하고 그녀에게 접근한다. 그는 그녀를 데리고 중국 음식점에 가서 키스하기도 하고 다시 그 중국집을 나와 그녀의 집 근처까지 데려다 주고 헤어진다. 그리고 처음에 들렀던 다방으로 가서 이제 막 헤어진 그녀가 있지 않겠는가 하는 일말의 기대를 걸면서 두리번거리기도 한다. 그리고는 다방 마담과 술 한 잔 하고 나서 집으로 돌아온다. 이처럼 「하오의 순유」에 나타나는 사건은 싱겁다고 할 정도로 알맹이도 없고 의미도 찾기 어렵다. 최상규를 거의 그대로 반영하고 있는 '그'에게는 '그녀'라는 존재보다는 현상은 흐르고 있어야 한다는 관념이 더욱 소중한 것인지도 모른다.

최인훈의 「웃음소리」(『신동아』, 1966. 1)는 여주인공 '그녀'가 전에 일하던 '바 하바나'에 돈 받으러 가는 것으로 시작한다. 「웃음소리」에서는

'그녀'만이 주인공으로 되어 있을 뿐 마담, 동반 자살한 남녀 등을 포함해서 모두 단역의 수준을 벗어나지 못한다. 돈을 받자 그녀는 주위에 밀린 돈을 다 갚고는 P온천으로 가는 기차를 탄다. 작가는 이쯤 와서는 그녀가 자살결심을 했음을 암시하는 수준에서 벗어나 아예 독자들에게 다 털어놓는 태도를 취하고 있다. 그녀는 남에게 폐끼치지 않고 조용히 죽을 수 있는 장소로 P온천 근처의 야산을 택한 것이다. 이 장소에 세 번째 가면서 그녀는 자살을 실천에 옮길 작정이었다. 그런데 보아 둔 장소에 가 보니 한 쌍의 남녀가 들어 누워 있지 않은가. 멀리서 바라보니 여자는 남자의 팔을 베고 누워 있고 남자의 팔은 황금빛으로 빛나고 있었다. 이 때 그녀는 누워 있는 여자의 것이라고 생각되는 웃음소리를 듣게된 것이다. 이 대목을 조심해서 읽어 볼 필요가 있다. 작가는 작중의 그녀가 여자의 웃음소리를 "들었다"고 하지 않고 "들은 듯하다", "들은 듯싶다"고 하였다. 여자의 웃음소리는 현실이 아니라 환청임을 내비치고 있다. 다음날 가 보아도 벌써 두 남녀는 이미 와서 누워 있다. 그런데 사흘째 가 보니 두 남녀 누워 있는 곳에 사람들이 모여 있고 경찰도 와 있다. 그녀는 거적떼기 밑에서 젊은 여자의 웃음소리를 들었다. 말하자면 웃음소리는 이미 죽은 여자가 내뱉은 것이 된다. 그리고 서울로 올라오는 기차 옆에 있는 사보텐의 가시 저편에서도 그녀의 웃음소리를 들은 것이다. 이처럼 웃음소리는 작중의 '그녀'의 내부 속에서 조작해 낸 것이다. 환청일 뿐이다. 술집여자로 남자에게 헌신적으로 대하다가 배반당하여 더 이상 살 의욕을 느끼지 못하고 자살을 결심한 그녀의 내부에서 빚어 나온 것이다. 이때의 웃음은 정확하게 맞아떨어지는 것은 아니지만 치유설의 시각으로 보아야 제대로 설명이 될 수 있을 듯하다.

이청준의 「병신과 머저리」(『창작과 비평』, 1966년 가을)는 작품의 전체 분량에 비해 복잡하다고 할 수 있는 인간관계를 제시하고 있다. 표면상으로 형과 '나' 사이의 긴장관계가 중심을 이루는 듯하지만 형의 소설에 나타나는 오관모와 김 일병의 대립, 형과 오관모 사이의 미묘한 긴장감 그리고 김 일병과 형 사이에 말없이 교차되는 연민과 거리감이 보는 각도에 따라서는 오히려 더 큰 의미를 지닐 수 있다. 형은 6·25를 전후해서 이런 관계들을 만나거나 혹은 그 속에 뛰어들면서 결국 살인했다는 죄의식을 일종의 잠재심리로 지니게끔 된 것이다. 소녀환자가 죽어 버린 사건은 죄의식이 핵이 된 형의 잠재의식에 불을 지르는 계기가 되었고 이 잠재의식이 서서히 표면화되면서 형과 '나' 사이에 팽팽한 줄다리기가 시작된다.

'나'는 형의 내면세계를 여러 각도에서 추리해 본 끝에 형이 쓰는 소설의 끝부분을 "형의 의중에 들어맞게끔" 대신 처리해 버리는 행동까지 서슴치 않게 된다. 작중인물이 써 놓은 글의 내용을 인용소개하는 형식을 곧잘 취함으로써 작중 내레이터의 권리행사가 보다 객관적인 방향으로 흐르게끔 하는 결과를 가져오곤 한다. 「병신과 머저리」는 이런 방법론에 관한 거의 첫 예로 꼽힐 수 있다. 이 소설은 형과 동생의 내면세계를 양파껍질처럼 여기고 있다. 형과 동생의 내면을 다 벗겨 내었는가 싶으면 벗겨 내어야 할 껍질이 여전히 남아 있다. 이청준은 특히 형의 내면을 벗겨 내고 또 벗겨 내고 또 벗겨 내는 그런 방법을 취하고 있다.

형은 소설을 씀으로써 그 동안 자신을 오랫동안 억압하여 왔던 죄의식에서 자유로워질 수 있으리라고 기대하였던 것이며 또 제 한 목숨 부지하기 위해 전우를 별 망설임 없이 죽였던 오관모를 향해 복수할 수 있으리라 믿었던 것인지도 모른다. 형이 소녀환자의 죽음에 충격을 받고 6·25 참전 후 10여 년 동안 감추고 있었던 비밀을 털어 내는 작업, 즉 소설 쓰는 작업을 시작하게 된 심층심리로 해방감과 복수심 이외에 용서의 감정을 들 수 있다. 오관모는 유치하면서도 거칠기 짝이 없는 가해자를, 김 일병은 비인간적인 것에 대해서는 끝까지 타협할 줄 모르는 결벽증에 가까운 피해자를, 또 형은 비인간적 행위를 타개할 줄 모르는 비겁한 방관자 내지 동조자를 상징하는 것으로 볼 수 있다. 김 일병이 부상하여 일행에게 큰 짐이 되자 오관모가 처치의사를 내비치게 되었고 이에 형은 묵시적으로 동의하게 된 것이다. 한마디로 형은 그 후 십 년 동안 "동료를 죽임으로써 나는 살 수 있었다"는 죄책감을 자기 내면의 저층에다가 간직한 채 살아 온 것이다. 이런 죄책감을 확인하는 것과 함께 형은 자신의 우유부단한 태도와 주변적인 성격을 탓하게 된다.

'나'는 형이 "아픈 관념의 성을 파괴하면서" 새로운 창조력으로 삶을 도모할 수 있게끔 자극을 주고 도와 준 데 반해 형으로부터 여러 차례 병신이니 머저리니 하는 욕을 들어 왔다. 형은 '나'에게 혜인이를 그렇게 싫어하지 않으면서도 어째서 의사표시가 분명치 않느냐는 투로 꾸짖을 때 병신이니 머저리니 하는 욕을 해댔다. 이때 형이 동생을 겨냥해서 해 댄 병신이니 머저리니 하는 욕은 부메랑 효과를 일으키는 것이라고 할 수 있다. 형과 동생은 서로 우유부단하고 사색적이라고 나무란다.

이 소설은 내레이터가 작중 주요인물의 내면에 깊숙하게 개입하는 형식을 취해 보이고 있는데 이런 형식은 관념소설이라든가 심리소설을 낳게 된다. 또한 이 소설은 한국전쟁이라는 소재에 대해 독특한 접근법을 취하고 있다. 겉으로 보아서는 거의 지워져 버린 것 같은 정신적 상흔을 찾아내어 그것이 오늘의 한국인의 삶의 방식에 어떠한 영향을 주고 있으며 또 어떻게 간섭하고 있는가 하는 질문을 바로 「병신과 머저리」를 통해 던져 본 것이다. 「병신과 머저리」는 '전쟁은 악'이며 '전쟁은 외상(外傷)'이라는 공식을 확인시켜 주고 있다.

송상옥의 「열병」(『현대문학』, 1968. 4)은 김장성이라는 38세 된 성실한 공무원이 한 노인을 살해했다는 혐의로 체포되자 그를 완강히 부인한다는 이야기를 들려 주고 있다. 물론 이 소설은 주인공이 억울한 누명을 쓴 것임을 처음부터 털어놓기는 하였다. 이 소설의 가장 큰 특징은 이 누명을 벗겨 내는 과정이 복합적이라는데 있다. 두 번째 결혼한 김장성은 부부싸움으로 닷새 전에 두 번째 부인이 가출하였고 바로 전날 밤에 가출한 딸이 한강에서 변사체로 발견되는 일을 겪고 있었던 참이었다. 주인공이 진술하는 형식을 취하는 대신 내레이터가 직접 설명하는 방식을 취하였다. 내레이터와 주인공은 주인공의 무고함을 아는데 형사들은 모르는 것으로 되어 있다. 내레이터는 김장성에 얽혀 있는 진실을 한꺼번에 이야기하지 않고 뒤엉킨 실타래를 풀어 내듯이 단계를 두어 이야기하고 있다. 김장성이 노인살해 혐의로 체포되던 바로 그 날의 이야기를 하고 나서 다시 그 전날에 딸이 가출하게 된 과정을 들려 주고 있다. 김장성은 딸의 시체를 건져 가지고 와서 몇 시간 동안 정신을 차리지 못하고 있다가 닷새 전에 가출한 아내 계연이를 찾아 나선다. 여기 저기 헤매고 다니다가 어느 골목길 돌담에 기대어 있는 노인에게 외투를 벗어 준 것이 오해되어 40분 후에 노인 살해 혐의를 뒤집어쓰고 체포되고 만 것이다. 닷새 전에 남편 김장성과 심하게 다투다가 분을 못 이겨 가출한 아내 계연이와 전처 소생 영선이는 사이가 좋지 않다. 아내 계연이를 못 잊어 하는 아버지를 비웃던 딸 영선이는 "네 엄마도 달아나 버린 것"이라는 아버지의 고백을 듣고 충격을 받는다. 그리고는 그 밤으로 집을 나가 강물에 몸을 던지고 만 것이다. 아내의 가출, 딸의 투신자살, 김 노인의 살해 혐의 등을 억지로 연결시키지 말았어야 했다. 이 중 두 가지만 연결시켰어도 좀 여유가 있었을 것이다. 아내의 가출, 딸의 투신자살, 김 노인의 살해 혐의, 그 어느 한 가지만으로도 중심사건이 될 수 있는 것이기 때문이다. 우연의 일치라기엔 이 세 가지 사건이 내적으로는 전부 연계가 되어 있다. 두 번째 아내 계연의 가출은 딸 영선의 가출과 자살의 한 원인을 제공한 셈이 되었고 두 모녀의 가출이나 자살은 노인의 죽음과 전혀 무관하다고는 볼 수 없다.

유현종의 「유다행전」(『현대문학』, 1969. 6)은 예수 그리스도의 죽음을 중심소재로 한 종교소설이다. 예수의 제자의 한 명인 유다가 베다니에 들어가는 예수의 행로를 밀고하여 잡히고 만 예수가 마침내 십자가에 못박혀 죽기까지의 과정을 그려 낸 소설이다. 작가 유현종은 유다의 조조하고 복잡한 내면을 그리는데 치중했으나 예수의 내면을 그리는 데도 인색하지 않았다. 예수는 유다가 배한할 것을 알고 있었고 베드로가 세 번 부정할 것을 알고 있었던 것으로 그려지고 있다. 제목은 「유다행전」으로 되어 있긴 하지만 예수의 내면과 외양을 묘사한 것이 더 큰 비중을 차지하고 있다. 그렇다고 내용에 어울리게 「유다행전」을 「예수행전」으로 고치면 유다가 설 자리는 아예 없어져 버리기 쉽다. 그리고 작가는 완전히 성자소설이나 기독교소설을 쓸 수밖에 없게 된다. 제목을 「유다행전」이라고 한 만큼 유다 쪽에 훨씬 더 양적 비중을 크게 두었거나 유다를 확실하게 내레이터로 설정하여 예수를 관찰하고 그려 내었더라면 하는 아쉬움이 있다.

이 작품은 최후의 만찬장, 가야바의 군사들이 예수를 체포하는 장면, 재판받는 모습, 무지몽매한 군중에게 집단구타당하는 광경, 로마총독 빌라도가 예수를 취조하는 현장, 십자가에 매어 달리는 모습 등으로 짜여져 있다. 제목이 「유다행전」인 것처럼 여기에다가 작가는 유다 아버지가 민족운동하다가 죽은 내력을 소개하여 덧붙이고 있으며 유다가 후회하고 고뇌하는 모습을 그리고 있다. 이 소설은 유다가 후회하고 고뇌하다가 마침내 쓰러지고 만다는 이야기를 말미에 장식하고 있다. 바로 그때 천둥이 치고 있었다.

전쟁 직후인 1950년대의 우리 나라 사람들에게 프랑스의 수도 파리는 '환상과 도피의 도시'였고 생의 환희의 상징 그것이었다. "그 파리를 이야기하는 것으로 우리는 허망한 만족, 현실의 자기에 대한 잔인한 복수를 즐기는 습성이 있었다"고 고백하는 데서 박순녀의 「어떤 파리」는 시작한다. 이 소설 제목은 '어떤 파리'로 잡혀 있기는 하나 국내에 살고 있는 여자와 파리에서 살던 중 간첩 사건에 연루되어 붙잡혀 들어온 여자와의 삶의 방식상의 거리 또 감정상의 거리가 근본적인 요인으로 작용하고 있다. 이 소설에서 부분적으로는 파리지앙인 진영이는 실제로는 등장하지 않는다. 진영이는 여고 동창인 '나'(류샤, 지연)와 남자 친구인 홍재 사이의 걱정과 토론의 공간에서만 존재하고 있을 뿐이다. 홍재는 반정부 운동하는 시인이고 '나'는 외과 개업의의 아내이고 진영은 파리를 산책할 수 있는 신분이다.

이 작품은 간접적이기는 하지만 이데올로기 문제를 다루고 있다. 진영은 간첩사건에 연루된 남편과 함께 붙잡혀 들어오게 되었고 홍재는 시인이기는 하지만 5·16 직후 경찰을 피해 숨어 다니는 입장이었다. 홍재는 '나'의 남편이 경영하는 병원에 환자로 가장하여 입원실에 숨어 지내기도 하였고 지하실에 있는 창고에 숨어 있기도 하였다.

여기서 '나'는 진영이 문제를 둘러싸고 홍재와 갈등을 보이게 된다. '나'의 남편 서원장은 한때 학우였던 월북한 여학생이 공산주의자가 되어 우리를 취조하다가 살려 주었고 자기 자신도 참전중에 부역자들을 만났을 때 혐의 없는 사람은 살려 주는 방향으로 노력했음을 털어놓았다. 홍재는 진영의 재판의 증인으로 출석하여 반공주의자로서의 태도를 견지하였다. 그리고는 '나'에게는 선이 분명한 증언이 아닌 것은 진영에게 도움을 주지 않는다고 하였다. 처음에 '나'는 진영이는 두 아들을 파리에서 길러 한국 어머니의 심정을 잘 모른다고 하였으나 끝내 '나'는 진영이의 어린 시절을 이야기하여 공산주의자로서 부적합한 인물임을 증언하려는 태도를 유지하려 하였다. 홍재는 이러한 식의 증언은 도움이 되지 않는다고 하였다. 이 소설은 "내 사고력은 온통 빛과 색—이제 나는 홍재의 빛과 색의 마법에 걸린 게 분명하다"고 하면서 끝을 맺는다. 작가는 무엇을 노리고 있는 것일까. 온정주의를 강조하고자 한 것일까. 최소한 박순녀는 경색된 이데올로기의 대립이라든가 냉전체제를 향해 의문부호를 던진 것이다. 그러면서도 서 원장의 경우를 통해 때로는 인정이나 피가 이데올로기에 앞설 수 있는 것임을 인정하고 있다.

　최인호의 「처세술개론」(『현대문학』, 1971. 3)은 '나'의 엄마의 큰어머니인 노할머니가 91세로 세상을 떠났다는 소식을 듣고, 그 돈 많은 노할머니의 환심을 사기 위해 부모님이 '나'를 내세웠다가 실패한 과거를 회상하는 것으로 구성되어 있다. 술주정뱅이로 호전적이고 격정적인데다가 가장으로서의 책임감도 없는 아버지와 어린 시절의 '내'가 속해 있는 시간은 바로 전후사회다. 어머니가 낳은 12남매 가운데서 7남매가 이러 저러한 사유로 죽고 5남매만 살아 남았는데 아버지는 얌전하고 보범석이고 과묵한 '나'를 미워했고 엄마는 가장 이뻐했다. 배운 것이 짧고 고난과 시련을 많이 겪은 아버지는 가지런하고 모범적이고 우수한 것에 대해 거부하는 태도가 있었다.

　일찍이 미국 하와이로 이민가 그 동안 많은 돈을 번 것을 정리해 가지고 국내로 돌아와 여생을 보내고자 한 노할머니의 환심을 사기 위해 '나'는 시집을 네 번이나 간 이모의 딸과 경쟁하게 된다. 이게 어찌 된 일인가. 이모의 딸은 자기 엄마를 닮아 교활하고 임기응변이 강하고 거칠기 짝이 없었다. 노할머니네 갔다가 그 여자 아이의 타고난 술수에 휘말려 '나'는 그 여자 아이에게 주먹질을 하고 쫓겨 나게 된다. 그 여자 아이가 상황을 되집어 엎어 '내'가 가해자이면 자기가 피해자인 것처럼 만들어

놓았다. '나'는 노할머니로부터 제 아비를 닮아 폭력적이라는 말을 듣게 된 것이다. 그런데 아버지는 의외로 '나'의 등을 두드린다. 이 소설은 "제기랄, 젠장, 애 거 술 며칠, 끊었더니만 어디 살겠디? 캴캴캴 술이나 먹고 노래나 부르자"고 아버지가 다시 자기 본성으로 돌아가는 것으로 끝이 나고 있다. 아버지는 노할머니의 환심을 사기 위해 얌전을 떠느라고 며칠 동안 그 좋아하는 술도 안 먹고 지냈던 것이다.

'나'는 이미 소년 시절에 속악한 것으로부터 선량한 것이, 허위적인 것으로부터 순진한 것이 밀려나 버리는 세상 이치를, 그러나 분명 잘못된 세상 이치를 경험한 것이다. 바로 아버지와 사촌 누이가 가르쳐 준 잘못된 세상이치를. 🔲

〈한 권으로 보는 역사 100장면〉 시리즈

한 권으로 보는 세계사 101장면
김희보 지음 | 신국판 | 값 10,000원
인류의 출현에서 소련의 붕괴까지 세계의 역사 가운데 전기를 이루었다고 생각되는 101대 사건을 간명하게 정리, 세계사의 흐름을 파악할 수 있게 했다.

한 권으로 보는 한국사 101장면
정성희 지음 | 신국판 | 값 10,000원
한반도의 구석기문화 출현에서 문민정부의 등장까지 우리 역사에서 전기를 이루었다고 생각되는 101대 사건을 엄선, 정리했다.

한 권으로 보는 중국사 100장면
안정애 · 양정현 지음 | 신국판 | 값 10,000원
북경원인이 출현에서부터 최근의 한 · 중 수교에 이르기까지 장구한 중국의 역사에서 100대 사건을 엄선, 다기한 중국사의 흐름을 간명하게 제시했다.

한 권으로 보는 러시아사 100장면
이무열 지음 | 신국판 | 값 12,000원
러시아 대륙에 최초로 나타난 나라 키예프 러시아에서 '인류의 위대한 실패'로 기록된 소련의 붕괴까지, 격동의 러시아사에서 100대 사건을 간명하게 정리했다.

한 권으로 보는 미국사 100장면
유종선 지음 | 신국판 | 값 10,000원
신대륙 발견에서 LA 흑인폭동에 이르기까지, 건국 200년 아메리카 합중국의 역사에서 일대 전기를 이루었다고 생각되는 100대 사건을 엄선, 간명하게 정리했다.

한 권으로 보는 해방후 정치사 100장면
(증보판)
김삼웅 지음 | 신국판 | 값 9,000원
해방에서부터 김대중 집권까지 반세기 동안 격동했던 한국 현대정치사 중에서 역사의 전기를 이루었다고 생각되는 102대 정치사건을 엄선, 정리했다.

한 권으로 보는 서양철학사 100장면
김형석 지음 | 신국판 | 값 10,000원
철학의 탄생에서 20세기 현대사상에 이르기까지 3,000년 서양철학사를 에세이풍으로 시원스레 풀어나간 노교수의 명강의.

한 권으로 보는 불교사 100장면
임혜봉 지음 | 신국판 | 값 12,000원
석가의 탄생에서부터 성철 큰스님의 입적까지 우리 불교를 중심으로 100대 사건을 엄선, 2500년 불교사의 가닥을 간명하게 정리했다.

한 권으로 보는 북한현대사 101장면(증보판)
고태우 지음 | 신국판 | 값 9,000원
김일성의 입북에서 사망, 김정일의 후계계승, 최근의 남북정상회담까지 북한의 역사에서 101대 사건을 엄선, 북한사의 흐름을 쉽게 짚을 수 있도록 엮었다.

한 권으로 보는 세계 탐험사 100장면
이병철 편저 | 신국판 | 값 12,000원
중세의 바다를 주름잡았던 바이킹에서부터 에베레스트를 무산소로 등정한 라인홀트 메스너까지, 이제까지 있었던 인류의 탐험사를 100장면으로 정리.

한 권으로 보는 20세기 대사건 100장면
(증보판)
양동주 지음 | 신국판 | 값 12,000원
격동의 20세기, 어떤 대사건들이 일어났나? 20세기 100년 동안 세계사의 흐름을 뒤바꾼 대사건 100개를 엄선한, 살아 있는 세계현대사.

한 권으로 보는 20세기 결전 30장면
정토웅 지음 | 신국판 | 값 12,000원
20세기 100년간 일어난 수많은 전쟁 중 주요 전투, 곧 '결전' 30개를 뽑아 그 전개경과와 전술, 승패요인, 전사적인 의미 등을 쉽게 풀어쓴 20세기 전쟁사의 결정판.

한 권으로 보는 전쟁사 101장면
정토웅 지음 | 신국판 | 값 9,000원
트로이 전쟁에서 대 이라크 전쟁인 걸프 전쟁까지, 인류 역사의 물줄기를 바꾸어온 중요 전쟁 101개를 엄선한 전쟁사 입문서.

한 권으로 보는 일본사 101장면
강창일 · 하종문 지음 | 신국판 | 값 10,000원
선사문화에서 의회 부전결의까지, 일본역사의 전기를 이룬 101장면을 추려 시대순으로 정리하여 일본사의 흐름을 한눈에 파악할 수 있게 한 '새로운 일본사 읽기'.

한 권으로 보는 한국 최초 101장면

김은신 지음 | 신국판 | 값 9,000원
'파마 값이 쌀 두 섬이었던 최초의 미장원'에서부터,
남자가 애 받는 '해괴망측한 산부인과 병원'까지 우리
근대문화의 뿌리를 들춰 보는 재미있는 문화기행.

한 권으로 보는 한국미술사 101장면

임두빈 지음 | 변형 4*6배판 | 올 컬러 | 값 20,000원
선사시대 원시인들의 암각화에서 현대미술에 이르기
까지 101개의 주요 작품을 위주로 일목요연하게 해설,
부담없이 읽어나가는 동안 한국미술 5000년의 역사를
파악할 수 있도록 한 역작.
〈98 한국간행물윤리위원회 제32차 청소년 권장도서〉 선정.

한 권으로 보는 중국미술사 101장면

장훈 지음 | 노승현 옮김 | 변형 4*6배판 | 올 컬러 | 값 20,000원
동양미술의 첫 샘, 중국미술을 이해하지 않고서는 우
리 미술을 이해할 수 없다. 반파 채도에서 제백석까지,
7000년 중국미술사로의 재미있는 여행.
〈99 이달의 청소년도서〉 선정.

한 권으로 보는 스페인 역사 100장면

이강혁 지음 | 신국판 | 값 12,000원
알타미라 동굴 벽화에서 유로화까지, 한때는 세계 제
패를 꿈꾸던 강대국에서 내전의 소용돌이와 민주화를
위한 소용돌이를 거쳐 다시 부활을 꿈꾸기까지 스페
인의 길고 웅대했던 역사가 펼쳐진다.

서양음악사 100장면

박을미 · 김용환 지음 | 변형 4*6배판 | 올 컬러
값 1권 18,000원, 2권 22,000원
모차르트, 베토벤 등 고전시대 이후를 다룬 책은 많아
도 바흐 이전의 고음악을 쉽게 알려주는 책은 거의 없
던 터라 반갑다. 고음악 애호가들에게는 좀더 지적인
감상을 위한 나침반이고, 고음악을 잘 모르던 사람에
게는 호기심을 일으키는 자극제다. ─〈한국일보〉

이 책은 오랜 세월의 소리가 묻어 있는 문화예술의 결
정체 음악의 자취를 더듬는다. 또한 르네상스 시대 레
오나르도 다빈치가 건축과 회화 외에 음향악에도 조
예가 깊었다는 새로운 사실을 발견하는 즐거움도 준
다. ─〈세계일보〉

분야별 작은사전 시리즈

한국 고중세사 사전

한국사사전편찬회 편 | 신국판 | 20,000원
우리 역사의 태동기인 구석기시대부터 근대에 이르는
1800년대 중반까지, 생활과 학습, 자료조사에 있어서
꼭 필요하다고 인정되는 1,400여 항목을 가려뽑아 간
명하고 적절한 해석을 가한 역작.

한국 근현대사 사전

한국사사전편찬회 편 | 이이화 감수 | 신국판 | 20,000원
진주민란에서 한 · 소 국교 수립까지 격동의 한국 근현
대사 130년 중 학습과 사회생활에 꼭 필요한 기본적인
사항을 1,200여 항목을 가려뽑아 시대순으로 배열한
최초의 사전. 사건 · 인물 · 제도 · 문물 등을 고리처럼
엮어 역사의 흐름과 관련성을 파악할 수 있게 했다.

한국 현대문학 작은사전

편집부 엮음 | 신국판 | 양장 | 26,000원
한국 현대문학 탄생 100년을 맞아 신문학의 태동부터
최근의 신세대 작가군까지, 주요 작가 · 작품 · 문학
용어 등을 엄선해 1,600여 항목으로 간명히 요약정리
한 우리 현대문학사전의 결정판!

세계문학사 작은사전

김희보 편저 | 신국판 | 양장 | 35,000원
세계문학의 흐름을 개괄적으로 서술하되 이론적인 측
면보다는 더 많은 작품을 소개하고 감상하는 데 중점
을 두었다. 방대한 분량 속에는 작가와 작품, 주요 항
목 및 사진을 통해 문학사는 물론 구체적인 작품감상
도 용이하도록 했다.

세계사 작은사전

이무열 엮음 | 신국판 | 양장 | 35,000원
인류 문명의 발생부터 사회주의권 붕괴까지, 세계사
의 영역에서 중심이 되는 사건, 인물, 지명, 용어 등
5,800여 항목을 간추려 시대순으로 배열하여 쉽게 찾
아볼 수 있도록 했다.

지워진 이름 정여립

신정일 지음 | 신국판 | 값 9,000원

조선조 4대 사옥의 희생자들의 합보다 더 많은 1,000여 호남인맥의 희생을 가져온 '조선조의 광주사태' — 정여립 사건. 조선조 최대의 옥사, 기축옥사의 전모를 최초로 파헤치고 재조명한 역저.

조선역사 바로잡기

이상태 지음 | 신국판 | 값 9,000원

조선시대 역사 · 인물 · 땅에 대한 잘못된 상식 바로잡기. 너무도 상식적인 역사 이야기가 철저한 고증을 통해 새롭게 재조명된다.

〈2000 한국간행물윤리위원회 청소년 권장도서〉선정.

시장을 열지 못하게 하라

김대길 지음 | 신국판 | 값 9,000원

민초들의 삶의 터전이었던 장시의 이해는 조선시대의 전반적인 시대상을 이해하는 또 다른 방법이 될 수 있다. 조선시대 시장의 형성과 상인, 상업의 발달, 장터문화에 대해 깊이 있고 재미있게 풀어놓았다.

'언론'이 조선왕조 500년을 일구었다

김경수 지음 | 신국판 | 값 9,000원

사헌부 · 사간원 · 홍문관, 그리고 역사를 기록했던 사관들이 백성과 나라를 위해 보여주었던 빛나는 언론 정신이 어떻게 시대의 흐름을 선도하고 바로잡아 나갔는가? 오늘의 관점에서 조명해보는 조선시대의 언론 · 출판 이야기.

〈한국간행물윤리위원회 이달의 읽을 만한 책〉선정.

임진왜란은 우리가 이긴 전쟁이었다

양재숙 지음 | 신국판 | 값 9,000원

전쟁이 아닌 난동으로 인식되고 있는 임진왜란에 대해 저자는 이기고도 이긴 줄을 몰랐던, 단지 참담한 민족의 수난사로만 인식되어온 기존의 시각을 바로 새롭게 잡았다.

양반나라 조선나라

박홍갑 지음 | 신국판 | 값 9,000원

오늘날까지 그 맥이 이어지고 있는 조선시대의 양반문화 · 관료문화의 명암을 한자리에 모은 책. 조선시대 양반사회에서의 여러 모습들 중에서 우리의 상식을 뛰어넘는 10개의 테마를 잡아 깊이 있게 재조명했다.

너희가 포도청을 어찌 아느냐

허남오 지음 | 신국판 | 값 9,000원

'세계에서 가장 오랜 역사를 지닌 경찰기관'으로서의 포도청과 포졸, 해괴한 범죄와 그 처벌 등을 통해 조선시대의 사회상과 경찰상을 생생하게 들여다본다.

강정일당

이영춘 지음 | 신국판 | 값 9,000원

가난 속에서도 참답고, 선하고, 품위 있게 살았던 한 조선 여성의 자아실현 — 각고의 수양과 심오한 학문 그리고 도덕적 실천을 훌륭한 문장으로 남겼다.

〈2002 한국출판인회의 이달의 책〉선정!

사치하는 자는 장 100대에 처하라

KBS 〈TV조선왕조실록〉 제작팀 지음 | 신국판 | 값 9,000원

500년 조선왕조의 역사를 오늘의 시각에서 살펴볼 수 있도록 한 KBS-1TV의 야심적인 역사 다큐멘터리 'TV조선왕조실록'을 책으로 재구성했다.

전하! 뜻을 거두어주소서

KBS 〈TV조선왕조실록〉 제작팀 지음 | 신국판 | 값 9,000원

KBS-1TV의 야심적인 역사 다큐멘터리 〈TV조선왕조실록〉을 책으로 재구성했다. 직격 인터뷰, 리포트, 증언, 500년 조선시대를 실감 넘치게 재구성한 흥미진진한 이야기 조선시대사.

청계천은 살아 있다

이경재 지음 | 신국판 | 값 9,000원

청계천을 둘러싼 재미있는 일화와 함께 조선시대 서민들의 땀과 애환이 얽힌 그 주변 이야기들이 옛날이야기처럼 구수하게 펼쳐진다.

조선의 공신들

신명호 지음 | 신국판 | 값 12,000원

조선왕조 500년, 태조 때의 개국공신부터 영조 때의 분무공신에 이르기까지 총 28회의 공신 책봉으로 태어난 1,000여 명의 공신을 통해 본 격동의 조선사 읽기.

조선의 암행어사

임병준 지음 | 신국판 | 값 9,000원

암행어사란 무엇이며, 그들은 누가 임명하고 어떤 행동을 했는가? 세계의 역사에서 그 유례를 찾아보기 어려운 탁월한 공직자 부패방지제도인 암행어사의 모든 것을 살펴본다.

한양 이야기

이경재 지음 | 신국판 | 값 12,000원

조선왕조 500년의 도읍 한양의 역사와 그 땅에 얽힌
재미있는 이야기들. 겨레와 영욕을 함께한 한양의 역
사와 곳곳에 얽힌 일화들은 시대를 뛰어넘어 지금 우
리에게 생생한 '서울의 숨결'을 전해준다.

조선의 청백리

이영춘 외 지음 | 신국판 | 값 10,000원

예의염치와 청렴을 몸소 실천한 조선의 대표적인 청
백리 34인과 그들을 태동시킨 조선의 청백리 제도 및
정신, 그리고 그들의 청백한 삶에 대한 이야기.

조선의 왕릉

이호일 지음 | 신국판 변형 | 올 컬러 | 값 20,000원

태조 이성계의 건원릉에서 고종과 순종의 능인 홍 ·
유릉에 이르기까지, 조선 500년 역사와 영욕을 함께한
42릉 2묘의 왕릉 기행. 1994년 출간한 《왕릉》을 전면
개정, 보완했다.

조선의 무기와 갑옷

민승기 지음 | 신국판 | 값 15,000원

환도 한 자루에서 대형 전함까지 조선시대에 사용된
무기와 갑옷의 역사와 용도, 특징 등을 폭넓게 정리한
책으로 고전문헌을 중심으로 서술하고 있으며, 300여
장의 도판을 수록하여 이해를 돕고 있다.

내시와 궁녀

박상진 지음 | 신국판 | 값 10,000원

구중궁궐 깊숙한 곳에서 왕의 수족과 그림자가 되어
한 많은 생을 살아야만 했던 내시와 궁녀에 관한 책.
여기에 내시가 되는 과정과 그들의 결혼생활, 일화와
함께 궁녀의 유래, 출궁과 죽음, 궁녀의 선발과 입궁
과정 등 내시와 궁녀의 삶을 빠짐없이 복원했다.

소설 퇴계 이황

김성한 지음 | 신국판 | 값 9,000원

이황과 이마라는 대조적인 두 인물을 내세워 조선시대
권력을 탐했던 조신들과 한 시대를 풍미했던 윤원형,
정난정 등의 삶을 소설로 엮은 책. 폭포수처럼 쏟아지
는 저자의 구수한 입담과 해박한 지식은 책을 읽는 내
내 눈을 즐겁게 한다.